GOLDMANN
FANTASY

FANTASY

MELISSA ANDERSSON (HRSG.)

Das große Lesebuch der FANTASY

GOLDMANN VERLAG

Die Angaben zu den Übersetzungen
und Quellennachweisen der
einzelnen Texte
finden Sie am Ende des Bandes

Thanks to:
Rainer Gladys. Chris Bunch.
Joachim Körber. Cliff, too.
It's been a long ride, boys.

Umwelthinweis:
Alle bedruckten Materialien dieses Taschenbuches
sind chlorfrei und umweltschonend.
Das Papier enthält Recycling-Anteile.

Der Goldmann Verlag
ist ein Unternehmen der Verlagsgruppe Bertelsmann

Originalausgabe 11/95

Umschlaggestaltung: Design Team München
Umschlagillustration: Bavaria/Artbank, Gauting
Satz: deutsch-türkischer fotosatz, Berlin
Druck: Elsnerdruck, Berlin
Verlagsnummer: 24665
SN • Redaktion: Michael Ballauff
Herstellung: Peter Papenbrok
Made in Germany
ISBN 3-442-24665-2

1 3 5 7 9 10 8 6 4 2

Inhalt

Troll Dich

Terry Pratchett

Terry Pratchett zählt heute zu den fünfzig reichsten Männern der britischen Insel. Er hat sich mit seinen Scheibenwelt-Romanen, angefangen mit Das Licht der Phantasie *(1983), ein Millionenpublikum erschrieben und darüber hinaus das Kunststück vollbracht, die zeitgenössische Fantasy mit feiner Ironie in die Moderne zu überführen und dabei ein letztes Mal neu zu erfinden. Wie nah sich der heute in Somerset lebende Ausnahmeautor an der Wirklichkeit bewegt, zeigt auch die folgende Story, die mit typischen Fantasy-Versatzstücken aufwartet, um das Genre sanft auf den Kopf zu stellen: Hier geht es einmal mehr um das Schicksal von Mythen und Legenden, genauer gesagt, um das Rollenverständnis derer, die einst Helden waren. Zeiten und Traditionen ändern sich, und am Ende müssen das auch Barbaren und Trolle erkennen.*

Der Wind wehte von den Bergen und brachte winzige Eiskristalle mit sich.

Für Schnee war es zu kalt. Dieses Wetter trieb Wölfe bis zu den Dörfern hinab, und im Herzen des Waldes ließ die Kälte Bäume bersten.

Bei solchem Wetter blieben vernünftige Leute daheim vor dem Kamin und erzählten Geschichten über Helden.

Das Pferd war alt, der Reiter noch älter. Der Gaul sah aus wie ein eingeschweißter Toastständer, und die Gestalt darauf schien nur deshalb nicht herunterzufallen, weil ihr die Kraft dazu fehlte. Trotz der bitteren Kälte trug der Reiter nur einen dünnen Lederkilt und einen schmutzigen Verband am Knie.

Er nahm die zerfransten Reste einer Zigarette aus dem Mund und zerdrückte sie in der Hand.

»Na schön«, sagte er. »Bringen wir's hinter uns.«

»Für dich ist das leicht gesagt«, erwiderte das Pferd. »Und wenn du einen deiner Benommenheitsanfälle bekommst? Außerdem macht dir dein Rücken Schwierigkeiten. Ich finde keinen großen Gefallen an der Vorstellung, nur deshalb gefressen zu werden, weil du zum falschen Zeitpunkt Rückenschmerzen hast.«

»Keine Sorge, das passiert nicht«, behauptete der Reiter, stieg ab und behauchte seine eiskalten Finger. Anschließend wandte er sich der Satteltasche zu und holte ein Schwert hervor, dessen Schneide an eine schlecht gepflegte Säge erinnerte. Versuchsweise schwang er es einige Male.

»Hab noch immer den Dreh raus«, sagte er, verzog dann das Gesicht und lehnte sich an einen Baum.

»Ich könnte schwören, daß dieses verfluchte Schwert jeden Tag schwerer wird.«

»Du solltest damit aufhören«, meinte das Pferd. »Dich in

den Ruhestand zurückziehen oder so. Es ist einfach nicht richtig, daß du dich in deinem Alter noch mit solchen Dingen beschäftigst.«

Der Mann rollte mit den Augen.

»Verdammte Zwangsversteigerung!« teilte er der kalten Welt mit. »Das kommt davon, wenn man etwas kauft, das einem Zauberer gehörte. Ich habe mir deine Zähne und Hufe angesehen, aber ich hätte auch *lauschen* sollen.«

»Wer hat wohl gegen dich geboten, hm?« erwiderte das Pferd.

Cohen der Barbar lehnte weiterhin am Baum. Er war nicht ganz sicher, ob er jemals wieder stehen konnte, ohne sich irgendwo abzustützen.

»Bestimmt hast du viele Schätze versteckt«, sagte das Pferd. »Wir könnten unsere Reise zum Rand fortsetzen. Was hältst du davon? Wir suchen uns ein hübsches, warmes Fleckchen, vielleicht an einem hübschen, warmen Strand. Das wär doch was, oder?«

»Es gibt keine versteckten Schätze«, entgegnete Cohen. »Hab alles ausgegeben. Für Wein und was weiß ich. Der Rest ist verschenkt oder verloren.«

»Du hättest was auf die hohe Kante legen sollen. Fürs Alter.«

»Ich habe nie damit gerechnet, alt zu werden.«

»Eines Tages stirbst du«, sagte das Pferd. »Vielleicht heute.«

»Ich weiß. Was glaubst du, weshalb ich hierhergekommen bin?«

Das Pferd drehte sich um und blickte in die Schlucht. Der Weg hatte hier viele Mulden und Rillen. Hier und dort wuchsen bereits kleine Bäume zwischen den Steinen. Zu beiden Seiten drängte der Wald heran. In einigen Jahren würde niemand mehr wissen, daß es hier eine Straße gegeben hatte. Schon jetzt schien sich niemand mehr daran zu erinnern.

»Du bist hierhergekommen, um zu *sterben*?«

»Nein. Ich muß etwas erledigen. Eine Aufgabe, die seit meiner Jugend auf mich wartet.«

»Ach?«

Cohen versuchte, sich wieder aufzurichten. Die Sehnen schickten Botschaften von heißer Agonie durch die Beine.

»Mein Vater«, krächzte er und brachte sich wieder unter Kontrolle. »Mein Vater sagte zu mir …« Er schnappte nach Luft.

»Sohn«, spekulierte das Pferd.

»Wie bitte?«

»Sohn. Dein Vater hat vermutlich ›Sohn‹ gesagt. Und wenn Väter ihre Söhne mit ›Sohn‹ ansprechen, wollen sie ihre Sprößlinge an väterlicher Weisheit teilhaben lassen. Das ist allgemein bekannt.«

»Es sind *meine* Erinnerungen.«

»Entschuldigung.«

»Er sagte … Sohn – Himmel, du hast recht –, Sohn, wenn du einen Troll beim Zweikampf besiegst, dann bist du zu allem fähig.«

Das Pferd blinzelte. Dann drehte es sich erneut um und sah noch einmal an den nahen Bäumen vorbei zur düsteren Schlucht. Eine steinerne Brücke führte zur anderen Seite.

Profundes Unbehagen regte sich in dem Roß.

Seine Hufe scharrten nervös über das Geröll.

»Zum Rand«, sagte es. »Zu einem hübschen, warmen Ort.«

»Nein.«

»Was nützt es, einen Troll zu töten? Was hast du davon, wenn du einen Troll getötet hast?«

»Einen toten Troll. Darum geht's ja gerade. Außerdem: Ich brauche ihn gar nicht zu töten. Ich muß ihn nur besiegen. Im Zweikampf. Mann gegen … Troll. Mein Vater würde sich in seinem Grabhügel umdrehen, wenn ich es nicht wenigstens versuche.«

»Dein Vater hat dich aus dem Stamm vertrieben, als du elf warst. Das hast du mir selbst erzählt.«

»Wofür ich ihm sehr dankbar bin. Dadurch habe ich gelernt, auf den Füßen anderer Leute zu stehen. Komm jetzt.«

Das Pferd schob sich näher. Cohen griff nach dem Sattelknauf und zog sich hoch.

»Du willst heute gegen einen Troll kämpfen?« fragte der Gaul.

Cohen griff in eine andere Satteltasche und holte den Tabakbeutel hervor. Der Wind zupfte und zerrte am Papier, als er sich eine weitere Zigarette drehte.

»Ja.«

»Und nur deshalb hast du den weiten Weg bis hierher zurückgelegt?«

»Mir blieb keine Wahl«, erwiderte Cohen. »Wann hast du zum letzten Mal eine Brücke mit einem Troll darunter gesehen? Früher gab's Hunderte, als ich jung war. Heute leben mehr Trolle in den Städten als in den Bergen. Und die meisten von ihnen sind fett wie Butter. Wozu haben wir auf so vielen Schlachtfeldern gekämpft? Und nun ... zur Brücke.«

Die schmale Brücke führte über einen schäumenden und heimtückischen Fluß in einer tiefen Schlucht. An solchen Orten erwartete man ...

Eine graue Gestalt setzte über die Brüstung und landete mit nach außen gestellten Füßen vor dem Pferd. Sie hob eine Keule.

»Also *gut*«, knurrte sie.

»Äh ...«, begann das Pferd.

Der Troll blinzelte. Die niedrige Temperatur und der bewölkte Winterhimmel wirkten sich nachteilig auf die Leitfähigkeit des Siliziumgehirns aus, und deshalb bemerkte die graue Gestalt erst jetzt, daß niemand auf dem Pferd saß.

Kurze Zeit später blinzelte der Troll erneut, weil er eine Messerspitze am Nacken spürte.

»Hallo«, erklang eine Stimme dicht an seinem Ohr.

Der Troll schluckte. Und zwar ganz vorsichtig.

»Es ist Tradition«, sagte er verzweifelt. »So eine Brücke ... die Leute *rechnen* damit, daß sie hier einem Troll begegnen. Äh«, fügte er hinzu, als sich ein weiterer Gedanke träge formte, »wieso habe ich nicht gehört, daß du dich herangeschlichen hast?«

»Weil ich mich mit solchen Sachen auskenne«, erwiderte der Alte.

»Stimmt«, bestätigte das Pferd. »Er hat sich an mehr Leute herangeschlichen, als du jemals verschlingen könntest.«

Der Troll riskierte einen Blick zur Seite.

»Meine Güte«, hauchte er. »Du hältst dich wohl für Cohen den Barbar, wie?«

»Für wen hältst *du* mich?« erwiderte Cohen der Barbar.

»Wenn er nicht so schlau gewesen wäre, sich Tücher um die Knie zu wickeln«, wieherte das Pferd, »hätte er sich mit dem Klicken verraten.«

Der Troll brauchte eine Weile, um diesen Hinweis zu verarbeiten.

»Donnerwetter!« entfuhr es ihm. »Potzblitz! Auf *meiner* Brücke!«

»Was?« fragte Cohen.

Der Troll duckte sich und gestikulierte aufgeregt. »Es ist alles in Ordnung, alles in Ordnung!« sagte er hastig, als sich Cohen näherte. »Du hast mich erwischt! Hatte überhaupt keine Chance! Gebe mich geschlagen! Ich rufe meine Familie, wenn du gestattest. Sie soll's mit eigenen Augen sehen. Sonst glaubt mir niemand. *Cohen der Barbar!* Auf *meiner* Brücke!«

Die große steinerne Brust schwoll noch weiter an. »Mein blöder Schwager gibt immer an mit seiner großen, blöden Holzbrücke. Meine Frau weist ständig darauf hin. Ha! Der wird ein Gesicht machen ... O nein! Was denkst du bloß von mir?«

»Gute Frage«, sagte Cohen.

Der Troll ließ die Keule fallen und griff nach der Hand des Alten.

»Ich heiße Muskovit. Und du ahnst nicht, wie groß die Ehre für mich ist!«

Er beugte sich über die Brüstung. »Beryll! Komm hoch! Und bring die Kinder mit!«

Er wandte sich wieder an Cohen. Stolz und Freude leuchteten in seinem Gesicht.

»Beryll will immer, daß wir von hier fortziehen und uns nach etwas Besserem umsehen. Aber ich erinnere sie ständig daran, daß sich unsere Familie schon seit Generationen um diese Brücke kümmert. Es hat immer einen Troll unter der Todesbrücke gegeben. Das ist Tradition.«

Eine große Trollfrau wankte mit zwei Babys in den Armen über den Hang. Ein Schweif aus Trollkindern folgte ihr. Sie bezogen hinter ihrem Vater Aufstellung und beobachteten Cohen aus großen Augen.

»Das ist Beryll«, sagte Muskovit. Seine Frau starrte den Menschen an. »Und dies ...« Er zog eine kleinere Version seiner selbst nach vorn. In der einen Hand hielt der Junge eine Miniaturausführung der Keule seines Vaters. »... ist mein Sohn Schutt. Aus dem gleichen Fels gehauen. Wird die Brücke übernehmen, wenn ich nicht mehr bin, stimmt's, Schutt? Nun, mein Junge, das ist Cohen der Barbar! Toll, was? Auf *unserer* Brücke! Wir haben hier nicht nur dicke reiche Kaufleute wie dein Onkel Pyrit«, fügte Muskovit hinzu. Seine Worte galten dem Knaben, doch er blickte an ihm vorbei zu Beryll. »Nein, wir bekommen richtige Helden, so wie in der guten alten Zeit.«

Die Trollfrau musterte Cohen von Kopf bis Fuß.

»Ist er reich?« fragte sie skeptisch.

»Reichtum und so spielt überhaupt keine Rolle«, erwiderte Muskovit.

»Hast du vor, unseren Vater umzubringen?« erkundigte sich Schutt argwöhnisch.

»*Natürlich* hat er das vor«, sagte der Brückentroll streng. »Das ist seine Pflicht. Und anschließend werde ich berühmt, und man singt Lieder über mich. Hier steht Cohen der Barbar vor uns, jawohl, kein Bauerntölpel mit einer Heugabel. Er ist ein berühmter Held, der einen weiten Weg zurückgelegt hat, um uns einen Besuch abzustatten. Zeig Respekt.«

Und zu Cohen: »Entschuldige bitte, Herr Held. Die Jugend von heute. Du weißt schon.«

Das Pferd kicherte.

»Sei still«, zischte Cohen leise.

»Mein Vater hat mir von dir erzählt, als ich noch ein kleiner Stein war«, sagte Muskovit. »›Wie ein Koloß schreitet er über die Welt.‹ So lauteten seine Worte.«

Es wurde still. Cohen fragte sich, was ein Koloß sein mochte. Er spürte Berylls durchdringenden Blick auf sich ruhen.

»Er ist doch nur ein alter Mann«, stellte sie fest. »Sieht gar nicht aus wie ein Held. Wenn mit ihm wirklich soviel los sein soll ... warum ist er dann nicht *reich*?«

»Jetzt hör mal ...«, begann Muskovit.

»Darauf haben wir die ganze Zeit gewartet, wie?« fuhr Beryll fort. »Dauernd haben wir unter einer Brücke gesessen, durch die das Regenwasser sickert. Und warum? Vielleicht in der Hoffnung, daß ein krummbeiniger Alter daherkommt? Ich hätte auf meine Mutter hören sollen! Soll ich zulassen, daß unser Sohn unter einer Brücke hockt, bis ein alter Knacker eintrifft, um ihn umzubringen? Das ist das Leben eines Trolls? Von wegen!«

»Du weißt gar nicht, was du ...«

»Ha! Pyrit bekommt keine alten Männer, sondern große,

dicke Kaufleute! Er *ist* jemand! Du hättest sein Angebot annehmen sollen, als du noch Gelegenheit dazu hattest!«

»Eher esse ich Würmer!«

»Würmer? Ha! Seit wann können wir uns Würmer leisten?«

»Auf ein Wort«, sagte Cohen.

Er schlenderte zum Ende der Brücke und ließ dabei das Schwert hin und her baumeln. Der Troll folgte ihm.

Der Barbar holte den Tabak hervor, sah zu Muskovit und bot ihm den Beutel an.

»Möchtest du rauchen?« fragte er.

»Das Zeug kann einen umbringen«, erwiderte der Troll.

»Ja. Aber nicht heute.«

»Verschwende keine Zeit, indem du mit dem Alten schwatzt!« rief Beryll vom anderen Ende der Brücke. »Heute ist genau der richtige Tag für dich, zur Sägemühle zu gehen! Hornstein meinte, daß er die Stelle nicht mehr lange freihalten kann. Du solltest die gute Chance endlich nutzen.«

Muskovit sah Cohen an und lächelte schief.

»Eigentlich meint sie's nur gut«, sagte er.

»Ich klettere nicht wieder zum Fluß runter, um dich ans Ufer zu ziehen!« donnerte Beryll. »Erzähl ihm von den Ziegenböcken, Herr Wichtiger Troll!«

»Ziegenböcke?« wiederholte Cohen.

»Ich weiß überhaupt nichts von Ziegenböcken«, ächzte Muskovit. »Immer wieder erwähnt sie irgendwelche Ziegenböcke. Und ich habe nicht die geringste Ahnung, was sie meint.« Er schnitt eine Grimasse.

Sie beobachteten, wie Beryll die Trollkinder über die Böschung geleitete. Kurze Zeit später verschwanden sie im Dunkeln unter der Brücke.

»Ich habe gar nicht vor, dich umzubringen«, sagte Cohen, als sie wieder allein waren.

Enttäuschung zeichnete sich auf der Miene des Trolls ab.

»Tatsächlich nicht?«

»Ich wollte dich nur von der Brücke stoßen und anschließend deinen Schatz stehlen.«

»Ach?«

Cohen klopfte Muskovit auf den Rücken. »Ich mag Leute mit ... mit einem guten Gedächtnis. Daran mangelt es heute. Es fehlen Leute, die sich an alles erinnern.«

Der Troll nahm Haltung an.

»Ich gebe mir Mühe«, versicherte er. »Mein Junge möchte gern losziehen, um in der Stadt zu arbeiten. Aber ich habe ihm gesagt, daß fast fünfhundert Jahre lang Trolle unter dieser Brücke gesessen haben.«

»Gib mir einfach den Schatz«, meinte Cohen. »Dann setze ich meinen Weg fort.«

»Welchen Schatz?« fragte Muskovit. »Ich habe keinen.«

»Oh, ich *bitte* dich«, sagte Cohen. »Eine so gut gehütete Brücke ...«

»Ja, aber es kommt niemand mehr hierher. Du bist der erste Reisende seit Monaten, ehrlich. Berylls Ansicht nach hätte ich der Partner ihres Bruders werden sollen, als eine neue Straße gebaut wurde, die zu seiner Brücke führte. Aber«, Muskovit hob die Stimme, »ich habe darauf hingewiesen, daß immer ein Troll unter dieser Brücke saß.«

»Ja«, murmelte Cohen.

»Eins der Probleme ist, daß sich dauernd Steine lösen«, fuhr der Troll fort. »Und es ist einfach nicht zu fassen, wieviel die Steinmetze verlangen. Verdammte Zwerge. Man kann ihnen nicht trauen.« Er beugte sich vor. »Um ganz offen zu sein: Ich muß drei Tage pro Woche in der Sägemühle meines Schwagers arbeiten, damit wir über die Runden kommen.«

»Ich dachte, dein Schwager hätte eine Brücke«, wandte Cohen ein.

»Einer von ihnen. Meine Frau hat ebenso viele Brüder wie

ein Hund Flöhe.« Muskovit blickte niedergeschlagen zum Fluß hinab. »Einer handelt mit Holz unten in Sauerwasser. Ein anderer kümmert sich um die Brücke, und der Dicke verdient seine Brötchen als Kaufmann in Bitterspieß! Wohl kaum der richtige Job für einen Troll, oder?«

»Aber einer ist im Brückengeschäft tätig«, sagte Cohen.

»Im Brückengeschäft? Den ganzen Tag über sitzt er in einem kleinen Häuschen und verlangt ein Silberstück von Leuten, die seine Brücke passieren wollen. Überarbeitet sich bestimmt nicht. Nimmt sich häufig frei und überläßt es einem Zwerg, das Geld zu sammeln! So was will ein Troll sein? Man kann ihn nur noch von einem Menschen unterscheiden, wenn man ihn aus der Nähe sieht!«

Cohen nickte verständnisvoll.

»Weißt du, jede Woche muß ich meine Frau begleiten, wenn sie ihre Brüder besucht«, sagte der Troll traurig. »Und bei solchen Gelegenheiten faseln alle drei davon, daß man mit der Zeit gehen muß und so ...«

Kummer stand in seinen Augen.

»Was ist verkehrt daran, als Troll unter einer Brücke zu hocken?« fragte er. »Ich bin unter einer Brücke aufgewachsen. Mein Sohn Schutt soll ebenfalls als Troll unter einer Brücke leben, wenn ich nicht mehr bin. Was ist falsch daran? Man braucht Trolle unter Brücken. Ich meine, wo kämen wir sonst *hin*?«

Sie lehnten deprimiert an der Brüstung und blickten ins schäumende Wasser des Flusses.

»Ich entsinne mich, daß man einmal von den Klingenklippen bis hierher reiten konnte, ohne jemandem zu begegnen«, sagte Cohen langsam. Er betastete sein Schwert. »Und kam es doch zu einer Begegnung, so dauerte sie nicht lange.«

Er warf den Zigarettenstummel in die Schlucht. »Heute gibt's überall Bauernhöfe. Kleine Bauernhöfe, auf denen kleine

Leute arbeiten. Und überall erstrecken sich *Zäune.* Daraus besteht die Welt heute: aus Bauernhöfen, Zäunen und kleinen Leuten.«

»Beryll hat natürlich recht«, meinte Muskovit und setzte sein inneres Gespräch fort. »Unter einer Brücke hervorzuspringen und so ... Das hat keine Zukunft.«

»Nun, ich habe nichts gegen Bauernhöfe«, sagte Cohen. »Auch nicht gegen Bauern. Man braucht sie. Früher lebten sie allerdings in weiter Ferne, in einer Welt, die man Zivilisation nennt. Und jetzt ist sie hier, die Zivilisation.«

»Ja«, bestätigte Muskovit. »Alles verändert sich, und zwar ständig. Zum Beispiel mein Schwager Hornstein. Der betreibt eine Sägemühle. Das muß man sich mal vorstellen. Ein *Troll* mit einer Sägemühle! Du solltest mal sehen, was er mit dem Schönschattenwald angestellt hat!«

Cohen hob überrascht den Kopf.

»Meinst du den Wald mit den vielen großen Spinnen?«

»Jetzt gibt es dort keine Spinnen mehr. Nur noch Baumstümpfe.«

»Stümpfe? *Stümpfe!* Der Wald gefiel mir. Er war ... nun, unheimlich. Daran fehlt's heute, an unheimlichen Wäldern. Im Schönschattenwald konnte man schnell lernen, was es mit Angst und Schrecken auf sich hat.«

»Wenn du Gefallen daran findest, einen Schrecken zu bekommen«, sagte Muskovit, »wie wär's hiermit: Mein Schwager hat sich gerade für eine neue Bepflanzung entschieden – mit Fichten.«

»Fichten!«

»Die Idee stammt nicht von ihm. Er könnte einen Baum kaum von anderen unterscheiden. Die Anregung kam von Lehm. Er hat ihn drauf gebracht.«

Cohen hatte das Gefühl, die Orientierung zu verlieren. »Lehm?«

»Ich habe doch erwähnt, daß meine Frau *drei* Brüder hat, oder? Nun, Lehm ist der Kaufmann. Er meinte, neu bepflanzt ließe sich das Land leichter verkaufen.«

Es war still, während Cohen gründlich über die letzte Bemerkung nachdachte.

»Man kann den Schönschattenwald nicht verkaufen«, sagte er schließlich. »Er gehört niemandem.«

»Ja. Genau deshalb soll er zum Verkauf angeboten werden.«

Cohen schlug mit der Faust auf die Brüstung. Ein Stein löste sich und fiel in die Schlucht.

»Entschuldigung«, brummte er.

»Schon gut. Jeden Tag fallen hier irgendwelche Dinge ab.«

Cohen drehte sich um. »Was passiert nur? Ich erinnere mich an die großen Kriege. Vielleicht hast auch du an ihnen teilgenommen?«

»Ja. Mit einer Keule.«

»Wir zogen aufs Schlachtfeld, um für eine strahlende Zukunft oder was weiß ich zu kämpfen. So hieß es damals.«

»*Ich* kämpfte, weil mich ein großer Troll mit einer Peitsche dazu aufforderte«, entgegnete Muskovit vorsichtig. »Du weißt sicher, was ich meine.«

»Haben wir uns wegen Bauernhöfen und Fichten die Köpfe eingeschlagen?«

Muskovit ließ die breiten Schultern hängen. »Und ich kann nicht mehr bieten als diese lächerliche Brücke«, sagte er. »Das tut mir wirklich leid. Du kommst den ganzen weiten Weg ...«

»Und es gab den einen oder anderen König.« Cohen blickte erneut zum Fluß hinab. »Vielleicht trieben sich auch einige Magier herum. Ich weiß es nicht mehr genau. Aber eins steht fest: Es gab einen König. Bin ihm allerdings nie begegnet. Seltsam.« Der alte Barbar drehte den Kopf, sah Muskovit an und lächelte bitter. »Ich habe seinen Namen vergessen. Den des Königs. Ich glaube, man hat ihn uns nie genannt.«

Etwa eine halbe Stunde später verließ Cohens Pferd den düsteren Wald und erreichte ödes, windiges Heideland. Eine Zeitlang stapfte es weiter, dann fragte es schließlich: »Na schön – wieviel hast du ihm gegeben?«

»Zwölf Goldstücke«, antwortete Cohen.

»Warum zwölf?«

»Weil ich nicht mehr hatte.«

»Du scheinst den Verstand verloren zu haben.«

»Als ich meine berufliche Laufbahn als barbarischer Held begann, gab's einen Troll unter jeder Brücke«, sagte Cohen. »Und durch einen Wald wie den hinter uns konnte man nicht reiten, ohne daß einige Kobolde versuchten, einem den Kopf abzuhacken.« Er seufzte. »Wer hat all das verschwinden lassen?«

»Du«, erwiderte das Pferd.

»Nun, ja. Aber ich dachte immer, es gibt viel mehr. Ich habe immer geglaubt, die Wildnis reiche bis in die Unendlichkeit.«

»Wie alt bist du?« fragte das Pferd.

»Keine Ahnung.«

»Du bist sicher alt genug, um es besser zu wissen.«

»Mag sein.« Cohen zündete sich eine weitere Zigarette an und hustete, bis ihm die Augen tränten.

»Fängst auf deine alten Tage an, Mitleid zu zeigen.«

»Und wenn schon.«

»Gibst das letzte Geld einem Troll!«

»Ja.« Cohen blies den Rauch in Richtung der untergehenden Sonne.

»Warum?«

Der Barbar blickte zum Himmel hoch. Das rote Glühen war so kalt wie die Hänge der Hölle. Ein eisiger Wind wehte über die weite Steppe und zerrte an den Resten von Cohens Haar.

»Um der Art und Weise willen, wie die Dinge beschaffen sein sollten.«

»Ha!«

»Um der Alten Welt willen.«

»Ha!«

Cohen blickte nach unten.

Er lächelte.

»Und wegen drei Adressen«, fügte er hinzu. »Eines Tages sterbe ich, aber nicht heute.«

Der Wind wehte von den Bergen und brachte winzige Eiskristalle mit sich. Für Schnee war es zu kalt. Dieses Wetter trieb Wölfe bis zu den Dörfern hinab, und im Herzen des Waldes ließ die Kälte Bäume bersten. Allerdings gab es weniger Wölfe und auch weniger Wald.

Bei solchem Wetter blieben vernünftige Leute daheim und saßen vor dem Kamin.

Sie erzählten Geschichten über Helden.

Der unwillige Drache

Kenneth Grahame

Aufgewachsen im ländlichen Berkshire, hatte Kenneth Grahame (1859–1932) immer genug Zeit gehabt, seinen Tagträumereien nachzuhängen, die er später in seinen Kindheitserinnerungen The Golden Age *und* Dream Days *zu Papier brachte.* Der unwillige Drache *ist mit an Sicherheit grenzender Wahrscheinlichkeit das erste durch und durch pazifistische Märchen, mit einem sentimentalen Drachen als Hauptfigur, der Sonette dichtet und sich eigentlich nur danach sehnt, von allen gemocht zu werden. Der Mann, der so hinreißend fabulieren konnte, ging selbst dem eher nüchternen Beruf eines Bankangestellten nach, den er auch behielt, als er längst bekannt geworden war. Ein gutes Jahrzehnt später verfaßte er den Kinderbuchklassiker* Der Wind in den Weiden, *der auf den Gutenachtgeschichten basierte, die Grahame sich für seinen Sohn Alastair ausgedacht hatte – ein Vater, der vom Träumen nie genug bekommen konnte.*

Vor langer Zeit – es mag vielleicht mehrere hundert Jahre her sein –, da lebte in einer Hütte auf halbem Weg zwischen einem Dorf und einem seitlichen Vorsprung der Downs* ein Schäfer mit seiner Frau und seinem kleinen Sohn. Nun verbrachte der Schäfer seine Tage, und je nach Jahreszeit auch seine Abende, hoch droben auf dem weiten Meerbusen der Downs, nur mit der Sonne, den Sternen und seinen Schafen als Gesellschaft; weit weg von der freundlich schwatzenden Welt der Männer und Frauen. Sein kleiner Sohn dagegen brachte die meiste Zeit – wenn er nicht gerade seinem Vater half, und oft auch dann – über großen, dicken Büchern zu, die er sich von den gebildeten Leuten und den interessierten Pastoren der Umgebung auslieh. Seine Eltern hatten ihn sehr lieb und waren auch sehr stolz auf ihn, aber das ließen sie sich in seiner Gegenwart nicht anmerken, und so durfte er denn seiner eigenen Wege ziehen und konnte lesen, soviel er mochte. Und statt daß er des öfteren mal eine Ohrfeige bekam, was ihm schließlich gut hätte passieren können, behandelten ihn seine Eltern als mehr oder weniger gleichberechtigt. Sie waren nämlich so verständig, es für eine gerechte Arbeitsteilung zu halten, wenn sie die praktische Erfahrung beisteuerten und er das Bücherwissen. Sie wußten, daß sich das Bücherwissen – entgegen dem, was ihre Nachbarn sagten – in manchen Notfällen als nützlich erweisen konnte. Womit sich der Junge vorwiegend beschäftigte, waren die Naturgeschichte und Märchen, und er las sie so, wie sie ihm gerade unterkamen, manchmal sogar mehrere Bücher nebeneinander. Und wirklich, seine Vorgehensweise erscheint doch ziemlich klug.

* Die Downs sind eine kahle, grasbedeckte Kreidekalk-Hügellandschaft entlang der Süd- und Südostküste Englands (Anm. d. Übers.).

Eines Abends kam der Schäfer, der bereits an den vergangenen Abenden durcheinander, geistesabwesend und ungewöhnlich erregt gewesen war, am ganzen Leib zitternd nach Hause. Er setzte sich an den Tisch, wo seine Frau und sein Sohn friedlich beieinander saßen – sie beim Nähen, er bei den Abenteuern des herzlosen Riesen –, und rief in großer Erregung:

»Es ist aus mit mir, Maria! Niemals mehr kann ich auf die Downs gehen!«

»So beruhige dich doch«, sagte seine Gattin, die eine *sehr* vernünftige Frau war, »und erzähl uns erst mal, was passiert ist und was dir einen solchen Schrecken versetzt hat. Und dann sollten du und ich und unser Sohn hier versuchen, der Sache auf den Grund zu gehen.«

»Es begann vor ein paar Abenden«, sagte der Schäfer. »Ihr kennt doch die Höhle dort oben – irgendwie mochte ich sie noch nie, und die Schafe auch nicht, und wenn die Schafe etwas nicht mögen, gibt es dafür meistens einen Grund. Nun, jedenfalls dringen seit einiger Zeit schwache Laute aus der Höhle – Laute, die wie schwere Seufzer klingen, vermischt mit Grunzen; und manchmal, von ganz tief hinten, hört man auch Schnarchen – richtiges Schnarchen, aber irgendwie nicht jenes *rechtschaffene* Schnarchen, so wie du und ich nachts schnarchen, weißt du!«

»*Ich* weiß es«, sagte der Junge ruhig.

»Natürlich hatte ich fürchterliche Angst«, fuhr der Schäfer fort, »und doch konnte ich mich irgendwie nicht fernhalten. Also schaute ich mich heute abend, bevor ich zu euch herunterkam, leise bei der Höhle um. Und da – o Herr! –, da sah ich ihn schließlich, so wirklich, wie ich euch jetzt vor mir sehe!«

»Sahst *wen*?« fragte seine Frau, auf die sich allmählich die Unruhe ihres Mannes übertrug.

»Na *ihn*, sage ich dir doch!« sagte der Schäfer. »Er sah halb aus der Höhle heraus und schien auf eine beinah romantische Art die Abendfrische zu genießen. Er ist so groß wie vier Zugpferde und am ganzen Körper mit glänzenden Schuppen bedeckt – am Kopf sind sie dunkelblau, und dann gehen sie zunehmend in ein helles Grün über. Beim Atmen flirrt es über seinen Nüstern wie über unseren Kreidekalkstraßen an einem heißen, windstillen Sommertag. Sein Kinn hatte er auf seine Krallen gelegt, als würde er nachdenken. O ja, er ist ein recht friedfertiges Ungeheuer. Er wütete nicht herum oder spielte verrückt oder tat sonst irgend etwas, was nicht recht und billig gewesen wäre. Das gebe ich ja alles gerne zu; aber trotzdem, was soll ich denn jetzt machen? *Schuppen,* versteht ihr, und Klauen, und bestimmt auch ein Schwanz, obwohl ich sein Hinterteil nicht gesehen habe – das ist mir einfach *fremd,* und ich *billige* es nicht, soviel steht mal fest!«

Der Junge, der allem Anschein nach während des Berichts seines Vaters in sein Buch vertieft gewesen war, klappte es jetzt zu, gähnte, verschränkte die Hände hinter dem Kopf und sagte schläfrig:

»Es ist alles in Ordnung, Vater. Mach dir keine Sorgen. Es ist nur ein Drache.«

»Nur ein Drache?« schrie sein Vater. »Was meinst du damit? Sitzt seelenruhig da und sagst das so einfach, du mit deinen Drachen! *Nur* ein Drache, in der Tat! Aber was weißt *du* schon davon?«

»Weil es so *ist* und weil ich es eben weiß«, erwiderte der Junge ruhig. »Sieh mal, Vater, wie du weißt, hat jeder von uns seinen Bereich. *Du* weißt über Schafe Bescheid und das Wetter und derlei Dinge; *ich* kenne mich bei Drachen aus. Und, wie du dich erinnern kannst, habe ich schon immer gesagt, daß diese Höhle da oben eine Drachenhöhle ist. Und ich habe schon immer gesagt, daß sie irgendwann mal einem Drachen gehört haben muß, und daß sie auch jetzt vermutlich einem

Drachen gehört, wenn die Regeln noch etwas gelten. Und jetzt erzählst du mir also, daß es dort einen Drachen *gibt*, und folglich ist *das* doch in Ordnung. Es überrascht mich nicht halb so sehr, als wenn du mir erzählt hättest, daß es dort *keinen* Drachen gibt. Regeln bestätigen sich immer, wenn man nur lange genug wartet. Also überlaß das bitte einfach mir. Gleich morgen früh werde ich – nein, in der Früh kann ich nicht, da hab ich eine Menge zu erledigen –, na, dann vielleicht am Abend hinaufgehen und mich ein wenig mit ihm unterhalten, und du wirst sehen, daß alles seine Richtigkeit hat. Nur, bitte, begib dich nicht ohne mich in seine Nähe. Du verstehst Drachen kein bißchen, und sie sind sehr empfindlich, mußt du wissen!«

»Er hat recht, Vater«, sagte die vernünftige Mutter. »Drachen sind sein Gebiet und nicht unseres. Er weiß sehr viel über Bücher-Ungeheuer, und das muß man ihm zugute halten. Und wenn ich ehrlich bin, macht es mich ganz traurig, daran zu denken, daß das arme Tier ganz allein dort oben ist, ohne ein bißchen warmes Abendessen oder jemanden, mit dem es ein wenig plaudern und Neuigkeiten austauschen kann. Vielleicht sind wir ja sogar in der Lage, etwas für ihn zu tun. Und falls er nicht durch und durch anständig ist, wird unser Junge das schnell genug herausfinden. Er hat schließlich so eine angenehme Art an sich, durch die ihm jeder alles erzählt.«

Am nächsten Tag schlenderte der Junge nach dem Nachmittagstee den Kreidekalkweg hoch, der zur Spitze der Downs führte. Und tatsächlich traf er dort auf den Drachen, der faul auf dem Rasen vor seiner Höhle lag. Die Aussicht von dieser Stelle war prächtig. Zur Linken und Rechten sah man die kahlen und schlanken Ketten der Hügellandschaft; nach vorn das Tal mit seiner Ansammlung von Wohnstätten und weißen Straßenfäden, die durch Obstgärten und gut beackerte Flächen liefen, und in weiter Ferne eine Andeutung von grauen alten

Städten am Horizont. Eine frische Brise spielte über die Grasoberfläche, und über entfernten Wacholdersträuchern zeigte sich die silberne Sichel eines großen Mondes. So war es auch nicht weiter verwunderlich, daß der Drache friedlicher und zufriedener Stimmung war. Als der Junge sich dem Tier näherte, konnte er es sogar mit glücklicher Regelmäßigkeit schnurren hören. »Man lernt doch nie aus«, sagte er zu sich selbst. »In keinem meiner Bücher stand, daß Drachen schnurren.«

»Hallo, Drache!« sagte der Junge ruhig, als er bei ihm angelangt war.

Der Drache hatte beim Geräusch der näher kommenden Schritte höfliche und bemühte Anstalten unternommen, sich zu erheben. Als er jedoch sah, daß es sich um einen Jungen handelte, schob er streng seine Augenbrauen zusammen.

»Wehe, du schlägst mich«, sagte er, »oder du bewirfst mich mit Steinen oder bespritzt mich mit Wasser oder sonst etwas dergleichen. Das werde ich nicht dulden, soviel kann ich dir gleich sagen.«

»Ich habe nicht vor, dich zu schlagen«, sagte der Junge und ließ sich erschöpft neben das Tier ins Gras fallen. »Und hör um Himmels willen auf zu sagen ›Tu dies nicht und tu das nicht‹. Das kriege ich andauernd zu hören, es ist immer dieselbe Leier, und ich habe es allmählich satt. Ich bin nur vorbeigekommen, um dich zu fragen, wie's dir so geht; aber wenn ich störe, kann ich auch ohne Probleme wieder gehen. Ich habe viele Freunde, und niemand kann mir nachsagen, daß ich mich aufdränge, wo ich unerwünscht bin.«

»Nein, nein, bitte geh nicht gleich wieder weg«, sagte der Drache hastig. »Tatsache ist, ich bin hier oben glücklich, solange der Tag anhält; und nie ohne eine Beschäftigung, lieber Kamerad, nie ohne eine Beschäftigung! Aber, unter uns gesagt, manchmal ist es schon ein bißchen fade.«

Der Junge biß ein Stück von einem Grashalm ab und kaute

darauf herum. »Hast du denn vor, lange hierzubleiben?« fragte er höflich.

»Das kann ich im Moment noch nicht so sagen«, erwiderte der Drache. »Es scheint mir hier ein recht nettes Plätzchen zu sein – doch ich bin erst seit kurzem da, und man muß sich schon Zeit lassen, darüber nachdenken und es sich reiflich überlegen, bevor man sich irgendwo endgültig niederläßt. Es ist schließlich eine gewichtige Entscheidung, seßhaft zu werden. Und außerdem – jetzt werde ich dir etwas anvertrauen, worauf du bestimmt nie von allein gekommen wärst, selbst wenn du es versucht hättest! –, nun ja, alles in allem bin ich ein verdammt träger Bursche!«

»Das hätte ich nicht von dir gedacht«, sagte der Junge höflich.

»Es ist aber die traurige Wahrheit«, fuhr der Drache fort und machte es sich – offenkundig darüber erfreut, endlich jemanden gefunden zu haben, der ihm zuhörte – zwischen seinen Krallen bequem, »und ich glaube, das ist auch der eigentliche Grund, warum ich hier gelandet bin. Weißt du, die anderen waren alle so geschäftig und *eifrig* – immerzu wüteten sie herum und scharmützelten und durchkämmten die Wüste und schritten das Meeresufer ab, jagten irgendwelche Ritter kreuz und quer durch die Gegend, verschlangen Jungfrauen und trieben überall ihr Unwesen –, wohingegen ich schon immer gerne regelmäßige Mahlzeiten zu mir genommen habe. Nachher habe ich mich dann mit dem Rücken an einen Felsen gelehnt und ein kleines Nickerchen gemacht, und wenn ich dann aufgewacht bin, habe ich daran gedacht, was so vor sich ging und daß alles immer gleich weiterging, weißt du! Und so hat es mich ziemlich erwischt, als es passierte.«

»Als was passierte, bitte?« fragte der Junge.

»Das weiß ich eben nicht so genau«, sagte der Drache. »Ich nehme an, die Erde nieste oder schüttelte sich, vielleicht ist auch der Unterboden von irgend etwas herausgefallen. Jedenfalls gab es ein Beben und ein Getöse und ein allgemeines Spektakel, und dann fand ich mich Meilen unter der Erde wieder, eng eingezwängt. Nun, Gott sei Dank habe ich nur wenige Bedürfnisse, und auf jeden Fall hatte ich jetzt Ruhe und Frieden und wurde nicht die ganze Zeit aufgefordert, doch mitzukommen und etwas zu *tun*. Wo ich doch solch ein reges Hirn habe – immer in Betrieb, versichere ich dir! Aber als die Zeit verging, wurde es doch etwas eintönig, und schließlich begann ich mir zu denken, es wäre doch spaßig, wieder an die Oberfläche vorzudringen und zu sehen, was ihr anderen alle so macht. Und so scharrte und grub ich und arbeitete mich mal hierhin und mal dorthin, und am Ende kam ich durch diese Höhle heraus. Ich mag das Land und die Aussicht und die Leute – zumindest, was ich davon bis jetzt gesehen habe –, und alles in allem bin ich durchaus geneigt, mich hier niederzulassen.«

»Womit beschäftigst du dich denn so, wenn du nachdenkst?« fragte der Junge. »Das würde ich schon noch gerne wissen.«

Der Drache errötete leicht und schaute weg. Kurz darauf sagte er zaghaft: »Hast du jemals versucht zu dichten – Verse, weißt du?«

»Na klar habe ich das«, sagte der Junge. »Massenhaft. Und einige sind auch recht gut geworden, da bin ich mir ganz sicher, nur interessiert sich leider niemand für sie. Mutter ist sehr lieb, wenn ich sie ihr vorlese, und auch Vater, was das betrifft. Aber irgendwie scheinen sie nicht –«

»Genau!« rief der Drache aus. »Genau wie bei mir. Man kann einfach nicht mit ihnen darüber sprechen. Also, du hast wirklich Kultur, das habe ich dir sofort angesehen, und ich hätte gern deine aufrichtige Meinung über ein paar kleine Gedichte gehört, die ich, während ich dort unten war, so aus dem

Handgelenk verfaßt habe. Ich freue mich sehr, deine Bekanntschaft gemacht zu haben, und ich hoffe, daß die anderen Nachbarn auch so nett sind. Gerade erst gestern abend war ein sehr liebenswürdiger alter Herr hier, aber er schien mich nicht stören zu wollen.«

»Das war mein Vater«, sagte der Junge, »und er ist in der Tat ein liebenswürdiger alter Herr. Ich werde euch bei Gelegenheit einander vorstellen.«

»Könnt ihr nicht gleich morgen herkommen und mit mir zu Abend essen oder so?« fragte der Drache begierig. »Natürlich nur, wenn ihr noch nichts Besseres vorhabt«, fügte er höflich hinzu.

»Herzlichsten Dank«, sagte der Junge, »aber wir gehen nirgends ohne meine Mutter hin, und, um dir die Wahrheit zu sagen, fürchte ich, daß sie ein paar Dinge gegen dich einzuwenden haben wird. Na ja, nichts kann die harte Tatsache verschleiern, daß du ein Drache bist, oder? Und wo du davon sprichst, dich hier niederzulassen, und von den Nachbarn und so, kann ich mich nicht des Eindrucks erwehren, daß du deine Lage nicht ganz begreifst. Schließlich bist du ein Feind der Menschen, verstehst du!«

»Ich habe keinen einzigen Feind auf dieser Welt«, sagte der Drache. »Zunächst bin ich schon mal viel zu träge, um sie mir überhaupt zu machen. Und wenn ich tatsächlich einmal anderen meine Gedichte vorlesen darf, bin ich auch immer bereit, mir dafür ihre anzuhören!«

»Ach du liebe Zeit!« rief der Junge. »Ich wünschte, du würdest versuchen, deine Situation richtig einzuschätzen. Wenn die anderen dich erst entdecken, werden sie dich mit Lanzen und Schwertern und dergleichen jagen. Nach ihrer Ansicht gehörst du vernichtet! Du bist eine Geißel der Menschheit, ein unheilbringendes Ungeheuer!«

»Kein einziges Wort davon ist wahr«, sagte der Drache und

wiegte ernst seinen Kopf. »Wahrer Charakter hält selbst der strengsten Untersuchung stand. Und jetzt habe ich da ein kleines Sonett, an dem ich gerade arbeitete, als du auf der Bildfläche erschienen bist –«

»Also, wenn du nicht vernünftig werden willst«, rief der Junge und stand auf, »dann gehe ich jetzt eben wieder nach Hause. Nein, wegen eines Sonetts kann ich nicht länger hierbleiben; meine Mutter bleibt immer wach, bis ich komme. Ich schaue dann irgendwann morgen wieder vorbei, und versuch, um Gottes willen, einzusehen, daß du eine gefährliche Plage bist, denn sonst gerätst du in eine ganz üble Klemme. Gute Nacht!«

Es war für den Jungen nicht schwer, seine Eltern hinsichtlich seines neuen Freundes zu beruhigen. Sie hatten diesen Bereich immer ihm überlassen, und sie nahmen seine Worte ohne Widerspruch zur Kenntnis. Der Schäfer wurde dem Drachen offiziell vorgestellt, und es wurden viele Höflichkeiten und freundliche Fragen ausgetauscht. Seine Frau jedoch, obgleich sie ihre Bereitwilligkeit geäußert hatte, alles zu tun, was sie nur konne – etwas auszubessern, die Höhle aufzuräumen oder eine Kleinigkeit zu kochen, wenn der Drache über einem Sonett gegrübelt und seine Mahlzeiten vergessen hatte, wie es männliche Wesen nun einmal *tun* –, konnte nichts dazu bewegen, ihn offiziell zu begrüßen. Die bloße Tatsache, daß er ein Drache war, schien ihr schwer genug zu wiegen. Indes erhob sie keinen Einspruch dagegen, daß ihr kleiner Sohn seine Abende auf ruhige Weise mit dem Drachen verbrachte, solange er nur um neun Uhr wieder zu Hause war. Und die beiden verbrachten viele schöne Abende miteinander. Sie saßen dann im Gras, während der Drache von alten, alten Zeiten erzählte, als es noch viele Drachen gab und das Leben voller Spannung und Schauer und Überraschungen steckte.

Was der Junge befürchtet hatte, wurde jedoch bald Wirklichkeit. Der anständigste und zurückhaltendste Drache der Welt kann sich, wenn er so groß ist wie vier Zugpferde und mit blauen Schuppen bedeckt, nicht gänzlich dem öffentlichen Blickfeld entziehen. Und so war die Tatsache, daß ein richtiger, lebendiger Drache brütend in der Höhle auf den Downs saß, natürlich abendliches Hauptgesprächsthema in der Dorfschenke. Und auch wenn die Dorfbewohner seine Existenz höchst verängstigte, so waren sie doch ziemlich stolz. Es war schließlich eine Besonderheit, einen dorfeigenen Drachen zu haben, und man empfand es als eine Auszeichnung, mit der sich das Dorf brüsten konnte. Trotzdem waren sich alle darin einig, daß es so nicht weitergehen konnte. Die schreckliche Bestie mußte vernichtet, das Land von dieser Plage, diesem Schrecken, dieser zerstörenden Geißel befreit werden. Daß nicht einmal ein Hühnerstall Schaden genommen hatte seit der Ankunft des Drachens, wurde dabei außer acht gelassen. Er war nun einmal ein Drache, das konnte er nicht bestreiten, und wenn er sich nicht wie ein solcher benehmen wollte, so war das sein eigenes Problem. Doch trotz des mutigen Geredes konnte kein Held gefunden werden, der bereit gewesen wäre, Schwert und Lanze zu ergreifen, um das leidgeplagte Dorf zu befreien und unsterblichen Ruhm zu erlangen. Jeden Abend verliefen die erhitzten Diskussionen aufs neue im Sande. Währenddessen rekelte sich der Drache, ein glücklicher Bohemien, auf dem Rasen, freute sich an den Sonnenuntergängen, erzählte dem Jungen vorsintflutliche Anekdoten und feilte an seinen alten Gedichten, während er schon über neue sinnierte.

Eines Tages fand der Junge jedoch, als er gerade zurück ins Dorf kam, alles in festlicher Aufmachung vor, was nicht mit dem Kalender zu erklären war. Läufer und bunte Tücher hingen aus den Fenstern, die Kirchenglocken läuteten laut, in der kleinen Straße waren Blumen gestreut worden, und überall drängten sich schwatzende Leute, die sich gegenseitig dazu anhielten, doch zurückzutreten. Der Junge erblickte einen gleichaltrigen Freund in der Menge und wandte sich an ihn.

»Was ist los?« rief er ihm zu. »Sind es Spielmänner oder Bären oder ein Zirkus oder was?«

»Alles in bester Ordnung«, schrie sein Freund zurück. »Er ist schon im Anmarsch.«

»*Wer* ist im Anmarsch?« wollte der Junge wissen, während er sich in die Menge schob.

»Na, St. Georg natürlich«, erwiderte sein Freund. »Er hat von unserem Drachen gehört, und jetzt kommt er, um das unheilvolle Ungeheuer zu erschlagen und uns von seinem schrecklichen Joch zu befreien. Ach, was das für einen prächtigen Kampf geben wird!«

Das waren wirklich Neuigkeiten! Der Junge hatte das Gefühl, er müßte das erst einmal überprüfen, und so wand er sich zwischen den Beinen der gutmütigen älteren Dorfbewohner hindurch, wobei er sie unaufhörlich für ihre ungesittete Drängelei beschimpfte. In der vordersten Reihe angelangt, erwartete er atemlos den Ankömmling.

Gleich darauf ertönten vom hinteren Ende der Reihe Jubelschreie. Als nächstes ließen die gleichmäßigen Schritte eines gewaltigen Streitrosses sein Herz schneller schlagen, und dann jubelte er plötzlich mit den anderen Dörflern mit, während St. Georg unter Willkommensrufen, gellendem Frauengekreisch, hochgehaltenen Babys und Taschentuchgewedel langsam und gemessen die Straße entlangritt. Das Herz des Jungen stand still, er konnte nur noch stoßweise atmen. Die Anmut des Helden übertraf alles, was er bislang gesehen hatte. In die Rüstung war Gold eingelegt, der gefiederte Helm hing am Sattelbogen, und das volle blonde Haar umrahmte ein Gesicht, das unbeschreiblich gütig und sanft war, bis man den strengen Ausdruck seiner Augen wahrnahm. Vor dem kleinen Gasthaus zügelte er sein Pferd, und die Dorfbewohner scharten sich mit Grußworten, Danksagungen und wortreichen Erklärungen ihres erlittenen Unrechts, ihres Grolls und ihrer Not um ihn. Der Junge vernahm die feierliche, sanfte Stimme des Heiligen, der ihnen versicherte, jetzt würde alles gut werden, er würde ihnen beistehen und dafür Sorge tragen, daß ihnen Recht widerfahre und sie von ihrem Widersacher befreit würden. Dann stieg er ab und schritt durch die Tür, und nach ihm strömte die Menge hinein. Der Junge hingegen rannte, so schnell ihn seine Beine trugen, den Hügel hinauf.

»Es ist alles aus, Drache!« schrie er, sobald er in Sichtweite des Ungeheuers war. »Er kommt! Er ist schon hier! Du wirst dich zusammenreißen und endlich etwas *unternehmen* müssen!«

Der Drache war gerade dabei, seine Schuppen abzulecken und sie mit einem Wischlappen zu polieren, den ihm die Mutter des Jungen geliehen hatte; vielleicht hatte er das Gefühl, sich mal wieder auf Hochglanz bringen zu müssen.

»Nicht so *heftig*, Junge«, sagte er, ohne aufzusehen. »Nun setz dich erst mal hin und verschnauf, und dann versuch dich daran zu erinnern, daß das Hauptwort das Verb regiert, und dann bist du vielleicht so freundlich, mir mitzuteilen, *wer* da kommt?«

»So ist's recht, nimm's nur kaltblütig«, sagte der Junge. »Aber wenn ich mit meinen Neuigkeiten fertig bin, bist du wahrscheinlich nur noch halb so ruhig. Es ist bloß St. Georg, der da kommt, das ist alles. Vor einer halben Stunde ist er ins Dorf eingeritten. Natürlich ist er kein Problem für einen so gewaltigen, großen Kerl wie dich! Aber ich dachte, ich warne dich besser, denn er wird sicher bald hier sein, und er hat die längste, übelst aussehende Lanze, die du jemals ins Auge gefaßt hast!« Und mit diesen Worten stand der Junge auf und begann voller Vorfreude auf den Kampf herumzuhüpfen.

»Ach herrje«, jammerte der Drache, »das ist doch wirklich zu schrecklich. Ich werde wohl davon absehen, die nähere Bekanntschaft dieses Genossen zu machen. Ich bin sicher, er ist nicht nett. Du mußt ihm bitte sagen, daß er sofort verschwinden soll. Sag ihm, er kann mir schreiben, wenn er mag, aber es kann leider kein Gespräch stattfinden. Zur Zeit empfange ich niemanden.«

»Drache, Drache«, sagte der Junge eindringlich, »nun sei doch nicht so störrisch und verbohrt. Irgendwann wirst du ihn nun einmal bekämpfen *müssen,* wie du weißt, denn er ist schließlich St. Georg, und du bist der Drache. Es ist also besser, du bringst es hinter dich, und dann können wir uns wieder den Sonetten widmen. Außerdem solltest du auch mal ein bißchen an andere Leute denken. Wenn du es hier oben schon fade findest, dann denk mal daran, wie langweilig es erst für mich sein muß!«

»Mein lieber kleiner Mann«, sagte der Drache feierlich, »du mußt nur ein für allemal verstehen, daß ich nicht kämpfen kann und nicht kämpfen werde. Ich habe zeit meines Lebens noch nie gekämpft, und ich werde nicht ausgerechnet jetzt damit anfangen, nur damit du dich auf meine Kosten vergnügen kannst. In den alten Zeiten habe ich immer den anderen das Kämpfen überlassen, und das ist zweifellos auch der Grund, warum ich das Vergnügen habe, jetzt hier zu sein.«

»Aber wenn du nicht kämpfst, wird er dir den Kopf abschlagen!« sagte der Junge, dem ganz elend wurde bei dem Gedanken, seinen Freund zu verlieren.

»O nein, ich denke nicht«, sagte der Drache in seiner schwerfälligen Art. »Du bist bestimmt in der Lage, das irgendwie zu regeln. Ich habe absolutes Vertrauen in dich, du bist doch schließlich ein aufgewecktes Kerlchen. Sei ein lieber Junge und bring alles in Ordnung. Ich überlasse das ganz dir.«

Zutiefst niedergeschlagen machte sich der Junge auf den Weg zurück ins Dorf. Zuallererst würde es keinen Kampf geben. Darüber hinaus hatte sich sein lieber und hochgeschätzter Freund, der Drache, nicht in einem ganz so heroischen Licht gezeigt, wie er sich das gewünscht hätte. Wie auch immer, eigentlich machte es auch keinen großen Unterschied, ob der Drache nun in seinem Innersten ein Held war oder nicht, denn St. Georg würde ihm höchst unzweifelhaft einfach den Kopf abschlagen. »Ich soll alles regeln!« sagte er verbittert zu sich selbst. »Der Drache behandelt die ganze Angelegenheit so, als ginge es um eine Einladung zu Tee und Krocket.«

Als er die Straße entlangging, schlenderten die Dorfbewohner gerade verstreut nach Hause. Alle waren in bester Laune und diskutierten fröhlich über den bevorstehenden Kampf. Der Junge setzte seinen Weg zum Gasthaus fort und ging zur größten Kammer, in der St. Georg jetzt allein über die traurigen Geschichten von Plünderung und Unrecht nachsann, die sich gerade eben erst in seine mitfühlenden Ohren ergossen hatten.

»Darf ich hereinkommen, St. Georg?« fragte der Junge höflich, als er vor der Tür stand. »Ich möchte mit Ihnen über den Drachen sprechen, wenn Sie es inzwischen nicht schon leid sind.«

»Ja, komm nur herein, Junge«, sagte der Heilige gutmütig. »Eine neue Geschichte von Not und Unrecht, fürchte ich. So ist es denn ein gütiger Elternteil, dessen dich der Tyrann beraubte? Oder eine zarte Schwester oder ein Brüderlein? Nun, die Tat soll bald gerächt sein.«

»Nichts dergleichen«, sagte der Junge. »Es scheint da ein Mißverständnis zu geben, und das möchte ich aufklären. Es handelt sich nämlich um einen *anständigen* Drachen.«

»So ist es«, sagte St. Georg freundlich lächelnd, »ich verstehe vollkommen. Ein anständiger *Drache.* Glaube mir, ich bedaure nicht im mindesten, daß er ein Gegner ist, der meines Stahls würdig ist, und kein schwaches Exemplar seines schädlichen Stammes.«

»Aber er ist *kein* schädlicher Stamm«, rief der Junge gepeinigt. »Ach herrje, wie *dumm* die Menschen doch sind, wenn sie sich einmal etwas in den Kopf gesetzt haben! Ich sage Ihnen, er ist ein *guter* Drache und ein Freund von mir, und er erzählt mir die schönsten Geschichten, die man jemals gehört hat, von den alten Zeiten und als er noch klein war. Und er ist so freundlich zu Mutter, sie würde alles für ihn tun. Und auch Vater mag ihn, obwohl mein Vater es nicht sehr mit der Kunst und Poesie hält und immer einschläft, wenn der Drache anfängt, über *Stil* zu dozieren. Tatsache ist jedoch, daß niemand anders kann, als ihn zu mögen, wenn sie ihn erst mal kennen. Er hat ein so einnehmendes Wesen, und er ist so vertrauensselig und einfältig wie ein Kind!«

»Setz dich und zieh dir einen Stuhl heran«, sagte St. Georg. »Ich mag Burschen, die sich für einen Freund einsetzen, und ich bin sicher, daß der Drache seine guten Seiten hat, wenn er einen Freund hat wie dich. Aber darum geht es hier nicht. Den ganzen Abend habe ich mit Kummer und unaussprechlichem Schmerz Berichten von Mord, Diebstahl und Unrecht lauschen müssen. Sie waren vielleicht etwas zu farbenprächtig ausgeschmückt und nicht immer ganz überzeugend, aber im ganzen ergibt sich eine äußerst schwerwiegende Liste von Verbrechen. Die Geschichte lehrt uns, daß die größten Schurken häufig alle häuslichen Tugenden besitzen; und ich fürchte, daß dein kultivierter Freund trotz der Qualitäten, die – und das mit Recht – deine Achtung gewonnen haben, unverzüglichst vernichtet werden muß.«

»Ach, Sie sind also auf das ganze Seemannsgarn hereingefallen, das Ihnen diese Gefährten erzählt haben«, sagte der Junge ungeduldig. »Die Bewohner unseres Dorfes sind nämlich die größten Geschichtenerzähler in der ganzen Umgebung. Das ist eine allseits bekannte Tatsache. Sie müssen fremd in der Gegend sein, sonst hätten Sie schon davon gehört. Das einzige, was die Dorfbewohner interessiert, sind *Kämpfe.* Sie sind die fürchterlichsten Kerle, wenn es darum geht, Kämpfe anzuzetteln – sie brauchen sie so nötig wie Wasser und Brot. Hunde, Stiere, Drachen – was, ist ganz egal, Hauptsache, es gibt einen Kampf. Zur Zeit halten sie einen armen, unschuldigen Dachs im Stall hier hinter dem Gasthof. Sie wollten heute etwas Unterhaltung mit ihm haben, aber jetzt heben sie ihn sich auf, bis *Ihre* Veranstaltung vorüber ist. Und sicher haben Sie Ihnen auch erzählt, was für ein Held Sie doch sind und daß Sie im Namen von Recht und Gerechtigkeit bestimmt siegen werden und so weiter; aber lassen Sie mich Ihnen sagen, als ich die Straße entlangging, wetteten sie gerade offen sechs zu vier auf den Drachen!«

»Sechs zu vier auf den Drachen!« murmelte St. Georg traurig, sein Kinn in die Hand gestützt. »Was ist das doch für eine schlechte Welt! Manchmal beginne ich wirklich zu glauben, daß nicht alles Übel in den Drachen steckt. Und doch – kann es nicht sein, daß dieses listige Ungeheuer dich über seinen wahren Charakter getäuscht hat, damit dein gutes Gerede von ihm als Deckmantel für seine bösen Taten dienen kann? Ist es nicht sogar möglich, daß gerade in diesem Moment irgendeine unglückliche Prinzessin in jener dunklen Höhle gefangengehalten wird?«

Im selben Augenblick, da St. Georg dies ausgesprochen hatte, taten ihm seine Worte auch schon leid, so aufrichtig bekümmert sah der Junge aus.

»Ich versichere Ihnen, St. Georg«, sagte er ernst, »in der Höhle befindet sich nichts dergleichen. Der Drache ist mit jedem Zentimeter ein wahrer Gentleman, und ich wage zu behaupten, daß niemand schockierter und bekümmerter wäre als er, würde er Sie in dieser – dieser *lockeren* Art über Dinge reden hören, über die er sehr strenge Ansichten hat!«

»Nun, vielleicht bin ich allzu leichtgläubig«, sagte St. Georg. »Und vielleicht habe ich das Tier wirklich ungerecht beurteilt. Aber was sollen wir denn jetzt machen? Hier sind also der Drache und ich, stehen einander sozusagen gegenüber, und uns beiden dürstet angeblich nach dem Blut des jeweils anderen. Ich sehe da keinen Ausweg. Was schlägst du vor? Kannst du das nicht irgendwie regeln?«

»Genau dasselbe hat der Drache auch gesagt«, entgegnete der Junge verärgert. »Also, wirklich, die Art und Weise, wie ihr beide alles mir überlassen wollt – ich vermute, ich kann Sie nicht davon überzeugen, in aller Stille zu verschwinden, oder?«

»Unmöglich, fürchte ich«, sagte der Heilige. »Verstößt vollkommen gegen die Regeln. Das weißt *du* so gut wie ich.«

»Na gut, hören Sie«, sagte der Junge. »Es ist noch früh – hätten Sie etwas dagegen, mit mir zum Drachen hinaufzugehen und die ganze Sache mit ihm durchzusprechen? Es ist nicht weit, und jeder meiner Freunde ist ihm höchst willkommen.«

»Nun, es ist zwar ungewöhnlich«, sagte St. Georg und erhob sich, »aber es scheint mir tatsächlich das Vernünftigste zu sein. Du machst dir wirklich viele Umstände für deinen Freund«, fügte er freundlich hinzu, als sie gemeinsam durch die Tür hinausgingen. »Aber Kopf hoch! Vielleicht muß ja am Ende gar kein Kampf stattfinden.«

»Oh, aber ich hoffe doch, daß es einen geben wird!« erwiderte der kleine Kerl sehnsüchtig.

»Hier habe ich dir einen Freund mitgebracht, Drache«, sagte der Junge laut, als sie die Höhle erreichten.

Der Drache fuhr erschreckt aus dem Schlaf auf. »Ich habe nur gerade – äh – über etwas nachgedacht«, sagte er in seiner etwas einfältigen Art. »Sehr erfreut, Ihre Bekanntschaft zu machen, Sir. Bezauberndes Wetter haben wir heute!«

»Das ist St. Georg«, sagte der Junge kurz angebunden. »St. Georg, lassen Sie mich Ihnen den Drachen vorstellen. Drache, wir sind gekommen, um alles in Ruhe zu besprechen, und jetzt laß uns bitte, um Himmels willen, den gesunden Verstand einschalten und zu einer praktischen Vereinbarung kommen, denn ich habe die ganzen Meinungen und Theorien zum Leben und zu den persönlichen Vorlieben und solchen Dingen satt. Ich kann vielleicht noch hinzufügen, daß meine Mutter wach bleibt, bis ich komme.«

»Ich bin ja so erfreut, Sie kennenzulernen, St. Georg«, begann der Drache ziemlich nervös, »denn Sie sind ein großer Reisender, während ich immer eher ein Stubenhocker war. Aber ich kann Ihnen viele Altertümer zeigen und viele interessante Punkte unserer Landschaft, falls Sie irgendwann mal hier vorbeikommen –«

»Ich glaube«, sagte St. Georg, »daß wir besser dem Rat unseres jungen Freundes hier folgen und zu einer geschäftlichen Absprache kommen bezüglich unserer kleinen Angelegenheit. Glauben Sie nicht, daß es letztendlich das Einfachste wäre, es gemäß den Regeln auszufechten und den besten Mann gewinnen zu lassen? Unten im Dorf schließen sie Wetten auf Sie ab, darf ich Ihnen sagen, aber das stört mich nicht!«

»Ach ja, Drache, *bitte*«, sagte der Junge erfreut. »Das würde uns soviel Mühe ersparen!«

»Mein junger Freund, du sei mal still«, sagte der Drache streng. »Glauben Sie mir, St. Georg«, fuhr er fort, »es gibt niemanden auf der Welt, dem ich lieber einen Gefallen täte als Ihnen und diesem jungen Gentleman hier. Aber die ganze Sache ist Unsinn und Konvention und populäre Dummheit. Es gibt absolut keinen Grund zu kämpfen. Doch auch wenn es einen gäbe, würde ich nicht kämpfen. Damit ist es entschieden!«

»Aber angenommen, ich bringe Sie dazu?« sagte St. Georg verärgert.

»Das können Sie nicht«, sagte der Drache triumphierend. »Dann verschwinde ich nämlich einfach in meiner Höhle und ziehe mich eine Zeitlang in das Loch zurück, durch das ich hochkam. Sie werden es bald leid sein, draußen zu sitzen und darauf zu warten, daß ich herauskomme und mit Ihnen kämpfe. Und sobald Sie endgültig fortgegangen sind, komme ich fröhlich wieder heraus, denn ich sage Ihnen ganz ehrlich, mir gefällt dieses Fleckchen Erde, und ich habe vor, hierzubleiben!«

St. Georg blickte eine Weile auf die schöne Landschaft um sie herum. »Aber das wäre ein wunderschöner Platz zum Kämpfen«, startete er einen neuen Überredungsversuch. »Diese großen, kahlen, wellenförmigen Hügel als Arena – und ich in meiner goldenen Rüstung, die sich gegen Ihre gewaltigen, blauen, schuppigen Windungen abhebt! Bedenken Sie doch, was für ein Bild!«

»Jetzt versuchen Sie, meine künstlerische Ader zu gewinnen«, sagte der Drache. »Aber das wird Ihnen nicht gelingen. Allerdings gäbe es wirklich ein sehr hübsches Bild ab, wie Sie sagen«, fügte er, ein wenig ins Wanken geraten, hinzu.

»Wir scheinen allmählich zum *Geschäftlichen* vorzustoßen«, warf der Junge ein. »Du mußt schon verstehen, Drache, daß es irgendeine Art von Kampf geben muß, denn du kannst nicht ernstlich wieder in dieses dreckige, alte Loch zurückkehren wollen und dort Gott weiß wie lang bleiben.«

»Wir könnten etwas verabreden«, sagte St. Georg nachdenklich. »Ich *muß* Sie natürlich irgendwo durchbohren, aber ich muß Ihnen ja nicht richtig weh tun. Sie sind derart groß, daß Sie doch irgendwo ein paar überflüssige Stellen an sich haben müssen. Hier, zum Beispiel, gleich hinter Ihrem Vorderbein. Da dürfte es Ihnen eigentlich nicht sehr weh tun!«

»Jetzt kitzeln Sie mich, St. Georg«, sagte der Drache schüchtern. »Nein, diese Stelle wird nicht gehen. Selbst wenn es mir da nicht weh tut – und ich bin sicher, es würde mir weh tun, schrecklich weh tun –, würde es mich zum Lachen bringen, und das würde alles verderben.«

»Dann lassen Sie uns eine andere Stelle probieren«, sagte St. Georg geduldig. »Zum Beispiel unter ihrem Hals – all diese dicken Hautfalten –, wenn ich Sie hier durchbohrte, würden Sie nicht mal merken, daß ich's getan habe.«

»Ja, aber sind Sie auch ganz sicher, daß Sie die richtige Stelle treffen?« fragte der Drache besorgt.

»Aber natürlich bin ich das«, sagte St. Georg zuversichtlich. »Überlassen Sie das nur ganz mir!«

»Ich frage ja auch nur, weil mir gar nichts anderes übrigbleibt, als es Ihnen zu überlassen«, erwiderte der Drache gereizt. »Ohne Zweifel würden Sie jeden Fehler, den Sie in der Eile des Augenblicks vielleicht begehen, zutiefst bedauern – aber nicht halb so sehr wie ich! Wie dem auch sei, ich vermute, irgend jemandem müssen wir auf unserem Weg durchs Leben ja trauen, und Ihr Plan scheint mir so gut wie jeder andere.«

»Hör mal, Drache«, unterbrach ihn der Junge, der im Namen seines Freundes, für den der schlechtere Teil des Handels abzufallen schien, ein wenig besorgt war. »Ich sehe nicht ganz, wo *du* deinen großen Auftritt hast! Allem Anschein nach muß es zu einem Kampf kommen, und du mußt erledigt werden; aber ich will wissen, was *du* davon haben wirst?«

»St. Georg«, sagte der Drache. »Erzählen Sie ihm bitte – was wird geschehen, nachdem ich in dem gefährlichen Gefecht besiegt worden bin?«

»Nun, laut den Regeln werde ich Sie in einem Triumphzug zum Marktplatz führen, oder was diesem auch immer entspricht«, sagte St. Georg.

»Exakt«, sagte der Drache. »Und dann –«

»Dann wird es Jubelstürme geben und Reden und dergleichen«, fuhr St. Georg fort. »Und ich werde erklären, daß Sie bekehrt sind und den Fehler Ihres Verhaltens einsehen und so weiter.«

»Ganz recht«, sagte der Drache. »Und dann –?«

»Oh, und dann«, sagte St. Georg, »na, dann wird es das übliche Festessen geben, nehme ich an.«

»Genau«, sagte der Drache, »und da habe *ich* dann meinen großen Auftritt. Sieh mal«, fuhr er, zu dem Jungen gewandt, fort, »ich langweile mich hier oben zu Tode, und keiner würdigt mich so richtig. Ich werde mich in die Gesellschaft einführen, jawohl, durch die freundliche Hilfe unseres Freundes hier, der um meinetwillen soviel Mühe auf sich nimmt. Und du wirst sehen, ich verfüge über all die nötigen Eigenschaften, um mich bei Leuten, die in lustiger Gesellschaft zusammensitzen, beliebt zu machen! Und so ist nun alles geregelt, und wenn ihr nichts dagegen habt ... ich bin ein altmodischer Bursche ... ich möchte euch nicht hinauswerfen, aber –«

»Aber vergessen Sie nicht, daß Sie auch Ihren Anteil am Kampf haben, Drache!« sagte St. Georg, der den Wink aufnahm und sich erhob. »Ich meine, herumwüten und Feuer speien und so!«

»*Herumwüten* kann ich, ja«, erwiderte der Drache zuversichtlich, »aber was das Feuerspeien angeht ... es ist doch erstaunlich, wie schnell man aus der Übung kommt; aber ich tue mein Bestes. Gute Nacht!«

Sie waren bereits den Hügel hinabgestiegen und schon beinahe zurück im Dorf, da blieb St. Georg plötzlich stehen. »Ich *wußte* doch, daß ich etwas vergessen habe«, sagte er. »Es muß eine Prinzessin geben. Zu Tode geängstigt und an einen Fels gefesselt und so. Junge, kannst du nicht für eine Prinzessin sorgen?«

Der Junge befand sich gerade inmitten eines gewaltigen Gähnens. »Ich bin todmüde«, jammerte er, »und zu dieser nachtschlafenden Zeit kann ich auch keine Prinzessin besorgen oder mich um sonst noch was kümmern. Und außerdem wartet meine Mutter zu Hause auf mich, und verschonen Sie mich bitte bis morgen mit weiteren Bitten, etwas für Sie zu regeln!«

Am nächsten Morgen strömten die Leute in ihrer besten Sonntagskleidung und mit Körben, aus denen Flaschenhälse herausschauten, bereits zu einer recht frühen Stunde die Downs hinauf, allesamt eifrig darauf bedacht, sich einen guten Platz für den Kampf zu sichern. Das war kein leichtes Unterfangen, denn natürlich war es durchaus möglich, daß der Drache gewann, und in dem Fall konnten selbst jene, die ihr Geld auf ihn gesetzt hatten, wohl kaum erwarten, daß er mit seinen Förderern anders verfuhr als mit dem Rest. Die Plätze wurden deshalb sorgfältig im Hinblick auf eine schnelle Rückzugsmöglichkeit im Notfall gewählt. Und so bestand die vorderste Reihe hauptsächlich aus kleinen Jungen, die der elterlichen Gewalt entwischt waren und sich nun im Gras wälzten und rollten, ungeachtet der schrillen Drohungen und Warnungen von ihren besorgten Müttern weiter hinten.

Der Junge hatte sich in der Nähe der Höhle einen guten Frontplatz gesichert und war so nervös wie ein Regisseur bei einer Premiere. War auf den Drachen wirklich Verlaß? Vielleicht hatte dieser seine Meinung ja inzwischen geändert und sah die ganze Darbietung als Blödsinn an. Oder er war in Anbetracht dessen, daß die Veranstaltung so überstürzt geplant worden war und so ganz ohne Probe, möglicherweise zu aufgeregt, um sich zu zeigen. Der Junge betrachtete die Höhle eingehend, aber nichts deutete darauf hin, daß Leben in ihr war. Konnte es gar sein, daß der Drache sich im Mondschein aus dem Staub gemacht hatte?

Die höher gelegenen Stellen waren nun schwarz vor Schaulustigen, und schon bald verrieten Jubelschreie und Tuchgewedel, daß sie etwas sahen, was der Junge noch nicht sehen konnte. Eine Minute später krönten St. Georgs rote Federn die Spitze des Hügels, während der Heilige langsam auf die große Ebene zuritt, die sich bis zur finsteren Öffnung der Höhle erstreckte. So hoch zu Roß in seiner goldenen Rüstung, die in der Sonne glitzerte, und mit der langen Lanze, an deren Spitze der kleine Wimpel mit dem roten Kreuz flatterte, sah er sehr stattlich und schön aus. Er zügelte sein Pferd und verharrte regungslos. Die Zuschauerreihen wichen ein wenig nervös zurück; und selbst die Jungen vorne hörten auf, einander an den Haaren zu ziehen und sich zu hauen und beugten sich erwartungsvoll vor.

»Nun mach schon, Drache!« murmelte der Junge ungeduldig und rutschte unruhig auf dem Hosenboden herum. Er hätte sich nicht unnötig sorgen müssen. Die dramatischen Möglichkeiten dieser Veranstaltung hatten den Drachen enorm gereizt. Er war bereits seit frühester Stunde auf den Beinen und hatte sich auf seinen ersten öffentlichen Auftritt mit ebensoviel Inbrunst vorbereitet, als wäre er wieder ein kleiner Drache, der mit seinen Schwestern auf dem Boden der Höhle seiner Mutter das Spiel Heilige-und-Drachen spielte, in dem immer der Drache gewann.

Ein leises Brummen und Schnauben war nun zu hören; es schwoll zu einem ohrenbetäubenden Gebrüll an, das den ganzen Platz auszufüllen schien. Dann verdunkelte eine Rauchwolke den Eingang der Höhle, und aus deren Mitte stapfte prachtvoll der Drache selbst hervor, schillernd, meerblau und prächtig anzusehen; und alle riefen »Oh!« und »Ah!«, als wäre er eine gewaltige Rakete. Seine Schuppen funkelten, sein langer spitzer Schwanz peitschte gegen seine Flanken, seine Klauen rissen das Gras auf und ließen die Erdklumpen hoch über seinen Rücken hinwegfliegen, und unablässig entströmte Rauch und Feuer seinen wütenden Nüstern. »Gut gemacht, Drache!« rief der Junge aufgeregt aus. »Hätte gar nicht gedacht, daß soviel in ihm steckt!« fügte er für sich selbst hinzu.

St. Georg senkte die Lanze, beugte seinen Kopf, stemmte seine Fersen in die Flanken des Pferdes und donnerte über den Rasen. Der Drache griff mit einem Brüllen an – eine große blaue, wirbelnde Mischung aus Schnauben, aufeinanderprallenden Kieferknochen, Zacken und Feuer.

»Daneben!« schrie die Menge auf. Einen Augenblick lang sah man nur ein Knäuel aus goldener Rüstung, blau-grünen Windungen und einem spitzem Schwanz, dann trug das hohe Roß, an seinem Gebiß zerrend, den Heiligen, der seine Lanze hoch in die Luft geschwungen hatte, fast bis zur Öffnung der Höhle.

Der Drache setzte sich und knurrte bösartig, während St. Georg mit einiger Mühe sein Pferd herumzog.

»Das Ende der ersten Runde!« dachte der Junge. »Wie gut sie das doch hinbekommen haben! Aber ich hoffe, daß der Heilige nicht irgendwann nervös wird. Dem Drachen kann ich aber vertrauen. Was für ein Komödiant der Bursche doch ist!«

St. Georg hatte endlich sein Pferd dazu gebracht, stillzustehen, und schaute sich um. Als er den Jungen bemerkte, lächelte er, nickte und hielt für einen kurzen Moment drei Finger hoch.

»Es scheint alles genau geplant«, sagte der Junge zu sich. »Offensichtlich soll die dritte Runde die letzte sein. Ich wünschte, es könnte etwas länger dauern. Aber was hat der alte Spaßmacher von Drachen denn jetzt vor?«

Der Drache nutzte die Pause, um für die Menge eine Darbietung im Herumwüten zu geben. Herumwüten, sollte erklärt werden, besteht darin, in einem weiten Kreis herumzurennen und Wellen und kräuselnde Bewegungen das ganze Rückgrat entlangzuschicken, von den Ohren geradewegs bis zur Spitze des langen Schwanzes. Wenn man mit blauen Schuppen bedeckt ist, hat das einen ganz besonders hübschen Effekt; und der Junge besann sich, daß der Drache jüngst den Wunsch geäußert hatte, gesellschaftlichen Erfolg zu haben.

St. Georg straffte nun seine Zügel, senkte die Lanzenspitze, setzte sich fest in den Sattel, und ritt vorwärts.

»Los!« brüllten alle erregt. Und der Drache hörte auf herumzuwüten, setzte sich aufrecht hin und fing an, mit gewaltigen plumpen Sätzen von einer Seite auf die andere zu springen. Dabei heulte er wie ein Indianer. Das brachte natürlich das Pferd durcheinander, und es scheute heftig, so daß der Heilige sich an die Mähne klammern mußte. Und als sie am Drachen vorbeischossen, schnappte dieser tückisch nach dem Schwanz des Pferdes, was das arme Tier wie toll bis weit über die Downs hinaus galoppieren ließ. Glücklicherweise waren dort die Worte des Heiligen, der aus einem Steigbügel herausgerutscht war, nicht mehr zu verstehen.

Runde zwei ging vorbehaltlos an den Drachen. Die Zuschauer waren nicht faul, einen Kämpfer zu würdigen, der sich so gut behaupten konnte und Sportsgeist zeigte. Viele anfeuernde Bemerkungen trafen die Ohren unseres Freundes, während er, mit geschwellter Brust und den Schwanz in die Luft erhoben, hin und her stolzierte und seine neue Popularität zutiefst genoß.

St. Georg war inzwischen abgestiegen, zurrte seine Sattelgurte enger und machte seinem Pferd mit einem recht orientalisch anmutenden Schwall von bildhaften Redewendungen deutlich, was er von ihm, seinen Artverwandten und seinem gegenwärtigen Betragen hielt. Und der Junge ging zu der Seite, wo der Heilige stand, und hielt die Lanze für ihn.

»Bis jetzt war es ein prachtvoller Kampf, St. Georg!« sagte er mit einem Seufzer. »Können Sie ihn nicht noch ein bißchen länger andauern lassen?«

»Nun, ich glaube, besser nicht«, erwiderte der Heilige. »Dein lieber Freund wird nämlich langsam etwas eingebildet. Nun, da sie begonnen haben, ihm zuzujubeln, wird er die Abmachung vergessen und sich darauf verlegen, den Spaßmacher zu spielen, und es ist nicht abzusehen, wo er haltmachen wird. Nein, ich erledige ihn noch in dieser Runde.«

Er schwang sich in den Sattel und nahm seine Lanze entgegen. »Aber hab keine Angst«, fügte er gütig hinzu. »Ich habe die Stelle genau markiert, und *er* wird mir sicherlich alle in seiner Macht stehende Hilfe bieten, denn er weiß, daß das seine einzige Chance ist, zum Festbankett gebeten zu werden!«

St. Georg faßte jetzt seine Lanze kürzer, indem er das untere Ende unter seiner Achsel hielt. Dann trabte er, statt wie vorher zu galoppieren, elegant auf den Drachen zu, der sich bei seinem Nahen duckte und mit seinem Schwanz um sich schlug, bis dieser in der Luft knallte wie eine große Karrenpeitsche. Als der Heilige in die Nähe seines Widersachers kam, drehte er und umkreiste diesen vorsichtig, ohne die Umgebung aus den Augen zu verlieren. Währenddessen schritt der Drache mit einer ähnlichen Taktik bedächtig denselben Kreis ab, wobei er gelegentlich mit seinem Kopf zum Schein angriff. So rangen die beiden um eine Eröffnung, während die Zuschauer atemlose Stille hielten.

Wenngleich die ganze Runde sich über einige Minuten hinzog, kam das Ende so schnell, daß der Junge davon nur eine blitzartige Armbewegung des Heiligen und dann ein wildes Durcheinander aus Zacken, Klauen, Schwanz und fliegenden Rasenstückchen wahrnahm. Der Staub legte sich, die Zuschauer schrien und rannten jubelnd los, und der Junge erkannte, daß der Drache am Boden lag, von der Lanze dort festgehalten, während St. Georg vom Pferd gestiegen war und mit gespreizten Beinen auf ihm stand.

Das alles schien derart echt, daß der Junge, inbrünstig hoffend, der liebe alte Drache sei nicht wirklich verletzt, atemlos hinlief. Als er näher kam, hob der Drache sein großes Augenlid, blinzelte ihm feierlich zu und kollabierte dann erneut. Er wurde mit dem Hals dicht auf den Boden gedrückt, aber der Heilige hatte ihn an der verabredeten überflüssigen Stelle getroffen, und es schien ihn nicht einmal zu kitzeln.

»Aber schlag'n Se ihm denn gar nich den Kopf ab, Meister?« fragte einer aus der applaudierenden Menge. Er hatte den Rücken des Drachen bestiegen und war verständlicherweise ein wenig betrübt.

»Nun, nicht *heute,* glaube ich«, entgegnete St. Georg heiter. »Wie Sie sehen, kann das *jederzeit* geschehen. Es besteht also keine Eile. Ich denke, wir gehen zuerst alle ins Dorf hinunter und nehmen dort eine kleine Erfrischung zu uns, und dann werde ich ihn ausgiebig schelten, und ihr werdet sehen, daß er hinterher ein ganz anderer Drache sein wird.«

Bei dem magischen Wort *Erfrischung* formierte sich die gesamte Menge zu einer Prozession und wartete stumm auf ein Startsignal. Die Zeit des Redens, Jubelns und Wettens lag nun hinter ihnen, jetzt war die Stunde der Aktion gekommen. St. Georg zog mit beiden Händen die Lanze aus der Erde und befreite so den Drachen, der sich erhob, schüttelte und seinen Blick schnell seine Zacken und Schuppen entlanglaufen ließ, um zu sehen, ob auch alles in Ordnung war. Dann stieg der Heilige auf sein Roß und führte den Festzug an. Hinter ihm lief sanftmütig der Drache, zusammen mit dem Jungen, während die durstigen Zuschauer respektvollen Abstand wahrten.

Großes war im Gange, als sie wieder im Dorf angelangt waren und sich vor dem Wirtshaus aufgestellt hatten. Nach der Erfrischung hielt St. Georg eine Rede, in der er seine Zuhörer davon unterrichtete, daß er ihre gräßliche Plage – unter großen

Mühen und Schwierigkeiten – beseitigt habe, und nun müßten sie nicht mehr murrend herumlaufen und so tun, als litten sie unter Mißständen, denn dem wäre nicht so. Und sie sollten nicht so begeistert von Kämpfen sein, denn das nächste Mal müßten sie vielleicht selbst kämpfen, was die Sache ganz anders aussehen ließe. Außerdem gäbe es da einen gewissen Dachs in den Wirtshausstallungen, den sie sofort freilassen sollten. Er werde höchstpersönlich kommen und prüfen, ob das auch getan werde. Dann sagte er ihnen noch, der Drache hätte über alles nachgedacht und sähe ein, daß jede Medaille zwei Seiten habe, und er würde es nie mehr tun, und wenn sie lieb zu ihm wären, würde er vielleicht sogar hierbleiben und seßhaft werden. Daher müßten sie Freundschaft schließen und nicht voreingenommen sein und nicht so tun, als wüßten sie alles, was es zu wissen gäbe, denn dem wäre nicht so, noch lange nicht. Und er warnte sie vor der Sünde, zu übertreiben und sich einzubilden, andere Leute würden ihre Geschichten glauben, nur weil sie plausibel klängen und in den lebhaftesten Farben ausgemalt wären. Dann setzte er sich unter dem reuevollen Beifall der anderen hin, und der Drache stieß den Jungen heimlich in die Rippen und flüsterte ihm zu, er hätte es selbst nicht besser machen können. Dann gingen alle, um sich für das Festessen zu kleiden.

Festgelage sind immer etwas Angenehmes, denn sie bestehen, wie es nun einmal in der Natur der Sache liegt, hauptsächlich aus Essen und Trinken. Aber besonders angenehm an einem Festgelage ist, daß es stattfindet, wenn es nichts mehr gibt, dessentwegen man sich sorgen müßte, und der morgige Tag scheint eine Ewigkeit entfernt. St. Georg war glücklich, weil es einen Kampf gegeben hatte und er trotzdem niemanden hatte töten müssen; er tötete nicht gern, auch wenn er das im allgemeinen tun mußte. Der Drache war glücklich, weil es einen Kampf gegeben hatte und er darin, ohne im geringsten verletzt worden zu sein, an Popularität und einen Platz in der Gesellschaft gewonnen hatte. Der Junge war glücklich, weil es einen Kampf gegeben hatte und seine zwei Freunde sich nichtsdestotrotz bestens verstanden. Und alle anderen waren glücklich, weil es einen Kampf gegeben hatte und – nun, sie brauchten keinen weiteren Grund, um glücklich zu sein. Der Drache bemühte sich, zu jedem das Richtige zu sagen, und erwies sich als die Seele des Abends; wohingegen der Heilige und der Junge beim Zusehen das Gefühl hatten, sie wären bei einem Fest zugegen, das ganz dem Drachen zu Ehre und Ruhm gereichte. Doch das nahmen sie ihm nicht übel, denn sie waren gute Kameraden, und der Drache war nicht im mindesten überheblich oder nachlässig. Im Gegenteil, etwa alle zehn Minuten lehnte er sich zum Jungen hinüber und sagte eindringlich: »Du *wirst* mich doch nachher nach Hause bringen, ja?« Und jedesmal nickte der Junge, obwohl er seiner Mutter eigentlich versprochen hatte, nicht zu spät nach Hause zu kommen.

Schließlich war das Festgelage zu Ende, die Gäste hatten sich einer nach dem anderen mit zahlreichen Gute-Nacht-Wünschen, Gratulationen und Einladungen zurückgezogen, und der Drache, der eben noch die letzten zur Tür begleitet hatte, trat auf die Straße hinaus, wischte sich die Stirn, seufzte, setzte sich auf die Straße und starrte zu den Sternen hoch. »Was für eine herrliche Nacht!« murmelte er. »Was für herrliche Sterne! Was für ein herrliches kleines Fleckchen Erde! Denke, ich sollte einfach hier sitzen bleiben. Habe gar keine Lust, irgendeinen schrecklichen Hügel hinaufzuklettern. Der Junge versprach mir, mich heimzubringen. Er sollte es also besser tun! Hab keine Verantwortung. Verantwortung ganz beim Jungen!« Und sein Kinn sank auf seine breite Brust, und er schlummerte friedlich ein.

»O nein, Drache, *steh auf*«, rief der Junge weinerlich. »Du weißt doch, daß meine Mutter auf mich wartet, und ich bin so müde, und du hast mich dazu gebracht, dir zu versprechen, daß ich dich nach Hause bringe, aber ich wußte ja nicht, was das bedeutet, denn sonst hätte ich niemals eingewilligt!« Und damit setzte sich der Junge auf die Straße neben den schlafenden Drachen und weinte.

Die Tür hinter ihnen öffnete sich, ein Lichtstrahl fiel auf die Straße, und St. Georg, der zu einem Spaziergang durch die kühle Nachtluft hinausgetreten war, erblickte die zwei, die da saßen – den großen, regungslosen Drachen und den weinenden kleinen Jungen.

»Was ist denn, Junge?« fragte er freundlich und trat neben ihn.

»Ach, es ist dieses große, träge *Schwein* von einem Drachen!« schluchzte der Junge. »Erst sollte ich ihm versprechen, ihn nach Hause zu bringen, und dann sagt er, ich sollte es besser tun, und schläft ein! Könnte genausogut versuchen, einen *Heuhaufen* nach Hause zu bringen! Und dabei bin ich doch so müde, und Mutter –« An dieser Stelle brach er erneut in Tränen aus.

»Jetzt ärger dich nicht«, sagte St. Georg. »Ich werde dir helfen, und wir werden ihn *gemeinsam* nach Hause bringen. Wach auf, Drache!« sagte er streng und rüttelte am Ellbogen des Ungeheuers.

Der Drache blickte schläfrig auf. »Was für ein Abend, Georg!« murmelte er. »Was für ein –«

»Jetzt hör mir mal gut zu, Drache«, sagte der Heilige bestimmt. »Hier ist dieser kleine Bursche, der darauf wartet, dich nach Hause zu bringen, und du *weißt*, daß er bereits seit zwei Stunden im Bett liegen sollte, und was seine Mutter dazu sagen wird, weiß *ich* jedenfalls nicht, und jeder außer einem eigennützigen Schwein hätte ihn bereits vor langer Zeit ins Bett *geschickt* –«

»Er *soll* ja auch ins Bett!« rief der Drache und sprang auf. »Armer kleiner Kerl – sich vorzustellen, daß er noch zu dieser Zeit auf ist! Es ist eine Schande, jawohl, das ist es, und ich glaube nicht, St. Georg, daß du sehr rücksichtsvoll warst – aber jetzt kommt schnell mit und laßt uns keine Zeit mehr mit Diskutieren oder Zaudern verschwenden. Gib mir deine Hand, Junge – danke, Georg, ein stützender Arm ist genau das, was ich für den Weg hinauf brauche!«

Und so setzten sie sich Arm in Arm in Marsch, immer den Hügel hinauf, der Heilige, der Drache und der Junge. Allmählich erloschen die Lichter in dem kleinen Dörfchen; aber die Sterne und der Mond leuchteten ihnen, während sie zusammen zu den Downs hinaufliefen. Und als sie um die letzte Biegung bogen und aus dem Blickfeld verschwanden, wurden Fetzen eines alten Liedes von der Abendbrise zurückgeweht. Ich kann nicht genau sagen, wer von ihnen sang, aber ich *glaube,* es war der Drache!

Hundeleben

Clive Barker

Clive Barker, mit seinen Büchern des Blutes *vor allem als Innovator des angelsächsischen Horrors gefeiert, ist ein höchst vielseitiger Autor, der vom kalt kalkulierten Schocker bis zur ornamentalen Elegie alles schreiben kann. Seit Ende der achtziger Jahre tauchen in seinen Werken auch verstärkt Fantasy-Motive auf, wie Romane wie* Gyre *(1989) oder* Imajica *(1991) deutlich vor Augen führen. Inzwischen verbringt Barker – auch in seiner Funktion als Regisseur – einen Großteil seiner Zeit im kalifornischen Los Angeles. Die folgende Vignette handelt vom Leben in der Erdbebenzone, nicht zuletzt aber von der komplizierten Beziehung zwischen Herr und Hund. Manchmal sind die einfachsten Ideen die besten. In diesem Fall lautet sie: Wenn der beste Freund des Menschen sprechen könnte – was würde er uns wohl sagen?*

Ralph träumte wieder von Kathleen. Sie stand am Rand des Schwimmbeckens, das er für Jerry Meuse im Goldwater Canyon baute, blickte hinein und sagte:

»Ralph, das ist ja Milch.«

Als ihm klar wurde, daß sie recht hatte, begann der Boden zu beben. Irgendwo weit entfernt hörte er Duffys verzweifeltes Bellen.

Das ist kein Traum, dachte er und öffnete die Augen. Die Wände rissen, die Tür flog auf, und das Bett holperte durch das Zimmer. Das waren keine normalen Erdstöße. Das war ein starkes Erdbeben, und es wurde immer stärker. Er fühlte, wie Staub auf sein Gesicht rieselte, und sprang aus dem Bett. Nur einen Herzschlag später stürzte die Decke ein und begrub den Teil des Zimmers, in dem er noch vor einer Sekunde gelegen hatte.

Die Vorhänge standen einen Spalt offen – seit Kathleen ihn verlassen hatte, konnte er nicht mehr in völliger Dunkelheit schlafen –, und der Mond warf grad eben soviel Licht auf den tanzenden Boden, daß er den Weg zur Tür finden konnte.

Er rief: »Duffy?« und rannte die Treppe hinunter. »Wo bist du, mein Junge?«

Er stürmte in die Küche, wo Duffy für gewöhnlich die Nächte verbrachte – Kathleen war überzeugt, daß er so sein Fressen vor ihnen beschützen wollte –, aber er bekam keine Antwort. Das Beben hatte sich in brutale Stöße verwandelt, als würde ein Riese mit schweren Stiefeln gegen das Haus treten. Töpfe, Teller, Schüsseln und Gläser lagen entweder schon zerbrochen auf dem Boden oder waren auf dem Weg dorthin.

Er befürchtete das Schlimmste und brüllte noch mal: »Duffy!«

Da endlich ertönte ein leises Winseln aus dem Arbeitszimmer. Er rannte durch die Halle. Der Hund lag unter dem Schreibtisch, was wohl in solchen Situationen der zweckmäßigste Ort war.

Er hörte, wie hinter ihm Gips krachend zersplitterte. Er drehte sich herum und sah einen der großen Bücherschränke auf sich zukippen. Sechs der Regalbretter waren von Ordnern mit seinen jüngsten Projekten durchgebogen, das siebte vollgestopft mit seiner geheimen Sammlung an Edelpornomagazinen. Er versuchte noch zurückzuspringen, aber ein Hagel aus Büchern und *Penthouse*-Heften fällte ihn.

Vincent, Ralphs Geschäftspartner, ließ seinen Blick über das Chaos im Arbeitszimmer schweifen.

»Das scheint im Moment kein sicheres Plätzchen zu sein«, kommentierte er. »Du solltest bei Laureen und mir wohnen, bis sich ein Bauingenieur das hier angesehen hat.«

Ralph saß an seinem Schreibtisch, der mitten in dieser totalen Verwüstung eine Oase des Lebens bildete. Das Foto von Kathleen, die antike Uhr sowie die Chandler-Erstausgabe standen wie Überlebende auf dem Tisch.

»Nein, danke. Ich habe schon genug verloren. Erst Kathleen …«

»Sie wird zurückkommen, Ralph.«

»… dann ist Duffy weggerannt. Ich werd den Teufel tun und auch noch das Haus sich selbst überlassen. Es ist alles, was mir noch geblieben ist.«

Er tastete mit einer Hand nach der verbundenen Augenbraue. »Außer meinen ständigen Kopfschmerzen.«

Weil das Schlafzimmer unbewohnbar war, machte er sich sein Bett für die nächste Nacht auf dem Sofa zurecht. Den ganzen Tag über hatte es Nachbeben gegeben – die Seismologen von Cal Tech hatten vorausgesagt, bei einem Erdbeben von dieser

Stärke könne es einige Wochen so weitergehen –, aber in der Helligkeit und Wärme des Tages hatte ihn das nicht weiter beunruhigt. Sobald es aber dunkel wurde, fühlte er sich verängstigt. Er konnte nur sehr schlecht einschlafen. Zweimal erwachte er aus einem leichten Dämmerzustand und glaubte, Gipsstaub auf seinem Gesicht zu spüren.

Das dritte Mal wurde er von einem Geräusch geweckt, das sich verdächtig nach Schmatzen anhörte. Er stand auf, griff nach der starken Taschenlampe, die auf dem Boden lag, und folgte dem Geräusch bis in die Küche. In der Dunkelheit konnte er eine kleine Gestalt ausmachen, die auf dem Tisch saß. Es war kein Kind. Ein feiner Lichtschein umgab die Barthaare an seinem Kinn.

»Ralph?« Die Stimme des Eindringlings klang tief und warm.

Ralph schaltete das Licht an.

»Zu hell«, sagte Duffy und blinzelte. Er saß auf dem Tisch, einen Becher Pfirsicheis zwischen seinen Pfoten. Neben ihm lagen ein Löffel und eine Schale, aber Duffy hatte wohl entschieden, sie nicht zu benutzen und statt dessen seine Schnauze in den Becher zu stecken.

»Mannomann, du siehst aber übel aus«, sagte er.

Ralph legte seine Hände an die pochenden Schläfen. Die Gehirnerschütterung war wohl schwerer, als er gedacht hatte.

»Ich weiß, ich sollte kein Eis essen«, sagte Duffy. »Unser Verdauungssystem ist nicht für Zucker gemacht. Aber ich dachte, was soll's, zur Feier des Tages. Es passiert ja nicht alle Tage, daß ein Hund mit seinem Herrn reden kann.«

»Es passiert ja auch nicht«, sagte Ralph tonlos.

»Siehst du, Ralph, das ist eben ein dummes Klischee. Komm, setz dich, iß etwas von dem Eis, und ich erklär es dir.«

Ralph rührte sich nicht.

»Nun komm schon«, versuchte Duffy ihn zu überreden. »Ich beiße nicht.«

»Das ist eine Halluzination«, erklärte Ralph seinem Hund und plazierte sich so, daß er der Illusion genau gegenüber saß, um sofort einen eventuellen Makel an ihrer Stichhaltigkeit erkennen zu können.

»Weißt du, Kathleen hatte recht«, fuhr Duffy fort. »In Wisconsin wären wir sicherer gewesen. Aber andererseits hätten wir dann auch ihre verdammte Mutter am Hals gehabt. Willst du wirklich nichts von dem Eis abhaben?«

Ralph schüttelte den Kopf.

»Du wunderst dich sicher, warum ich auf einmal reden kann, nicht wahr? Also, nachdem ich davongerannt war – entschuldige bitte, aber so ist das eben mit den Instinkten –, lief ich hoch in die Berge von Mullholland, und dort sah ich eine Kojotenmeute. Ich folgte ihnen, weil ich im Gefühl hatte, daß es sich lohnen würde.«

»Hat es sich denn gelohnt?«

»Und wie. Ich lief den Kojoten bis zu einem kleinen Wald hinterher. Aber wir waren nicht die einzigen. Aus allen Himmelsrichtungen kamen noch andere Tiere. Da waren Hirsche und Waschbären, Schlangen, Vögel und Eidechsen. Es gab auch ein paar Haustiere. Weggelaufene, die durch einen glücklichen Zufall hierhergefunden hatten.« Er unterbrach sich und lächelte seinen erstaunten Herren an.

»Aber es kommt noch verrückter«, sagte er. »In der Erde war so ein Riß, aus dem es qualmte, und die Tiere gingen hin und atmeten die Rauchschwaden ein. Also tat ich es auch, und weißt du was? Ich konnte plötzlich sprechen. Wir alle konnten sprechen. So ein Geplapper hast du noch nie gehört.«

Er lachte, amüsiert von seiner Erinnerung.

»Und dann ...« – er lehnte sich über den Tisch, und seine Stimme wurde zu einem Flüstern – »... dann stieg diese Frau aus dem Rauch. Sie sagte zu uns: ›Ihr alle kennt mich.‹«

»Und, kanntest du sie?«

»Entfernt. Sie war dick, so an die 130 Kilo Lebendgewicht, und wunderschön. Jeder Tropfen Blut ihres Körpers, jedes der Gefühle, das sich in ihrem Gesicht spiegelte, alles war umwerfend schön. Wut, Liebe und Verzückung ...«

Er war immer noch wie verzaubert.

»Unglaublich«, seufzte er.

»Und wer war sie?«

»Irgendein Erdgeist. Eine Göttin. Meine Mutter. Ich weiß es nicht. Aber der springende Punkt ist, daß sie uns fragte, ob sie die Stadt durch weitere Beben in Schutt und Asche legen soll.«

»Oh, mein Gott!«

»Daraufhin fingen alle gleichzeitig an zu erzählen, wie grausam ihr Menschen seid, wie dumm und zerstörerisch.«

»Und was hast du gesagt?«

»Ich hielt den Mund. Ich meine, an sich haben wir beide, du und ich, uns ja sehr gut verstanden, aber es verwirrte mich doch ganz schön, diese schrecklichen Geschichten zu hören. Ich wußte nicht, was ich denken sollte.«

»Also kam es dann wohl zu einer Abstimmung?«

»Ja, sicher.«

Ralph blickte forschend in Duffys braune Augen, als könnte er darin die Antwort finden.

»Und?« fragte er leise.

»Ich darf nichts ...« Er verstummte abrupt und spitzte seine Ohren.

»Ojeoje«, brummte er.

»Was ist los?«

»Fühlst du es nicht?«

Er sprang vom Tisch und verschwand durch die Tür.

Einen Augenblick später erschütterte ein Nachbeben das Haus. Die Lichter gingen aus. Die Fenster klirrten. Die Wände ächzten.

Diesmal war Ralph schneller. Er warf die Arme über den

Kopf, um seinen Schädel vor einem weiteren Schlag zu schützen, rannte über den zitternden Boden zur Vordertür hinaus und sah erst zurück, als er sich auf offener Straße in Sicherheit befand. Von dort hatte er eine erschreckend gute Sicht auf den Zusammenbruch seines Hauses. Die bereits stark lädierten Wände rutschten in sich zusammen, und das Dach stürzte auf die Trümmer, um alles unter sich zu begraben, was er sein eigen nannte.

Er rief Kathleen von Vinces Wohnung aus an und berichtete ihr die Neuigkeit. Sie sagte, daß es ihr leid täte, aber das hatten sie sich unzählige Male vorher auch gesagt und nie ernst gemeint. Am Ende des Gesprächs fragte er sie, ob sie vorhatte, in nächster Zeit nach Kalifornien zurückzukehren. Sie verneinte.

»Du kannst es wiederaufbauen«, meinte Vince, als sie am Tag darauf den Trümmerhaufen durchstöberten.

»Die Regierung hat bereits zinslose Darlehen versprochen, und du bist ja auch versichert.«

Das stimmte. Sicher könnte er das Haus wiederaufbauen. Mit einem besseren Fundament, mehr Stahl und Beton. Aber in diesem Moment machte ihn die Idee eher mutlos.

Er mußte immer an die Halluzination denken. An Duffy, der Eiskrem verzehrte und über die Grausamkeit der Menschen sprach. Die Kopfschmerzen hatten nachgelassen, so daß er annahm, er würde nun nicht mehr von solchen Visionen heimgesucht, aber das Gespräch zerrte empfindlich an seinen Nerven.

Wiederaufbauen, wollte er zu Vince sagen. Warum?

Er behielt seine Zweifel dann aber lieber für sich, setzte eine tapfere Miene auf und schaffte es sogar, ein oder zwei Mal zu lächeln. Aber als Vince Bier holen ging, hörte er sofort auf zu graben, setzte sich mit dem Rücken zu den Trümmern und starrte in den Canyon.

Er fragte sich, wohin Duffy wohl dieses Mal gegangen war? Vielleicht wieder hoch nach Mullholland?

Ohne rechtes Ziel stand er auf und ging einfach los. Der Gedanke, Duffy zu suchen, war nur ein schwacher Impuls irgendwo weit hinten in seinem Bewußtsein, aber mit jedem Schritt, den er sich weiter vom Haus entfernte, verstärkte er sich zu einem Vorhaben. Er mußte seinen Hund als Beweis dafür finden, daß das Leben nicht unwiederbringlich verloren war. Erst dann würde er es auf einer neuen, stärkeren Grundlage wiederaufbauen.

Eine Szenerie der Zerstörung umgab ihn – Häuser, die er früher liebend gern selbst besessen hätte, waren vernichtet, Schwimmbecken verschüttet – aber als er den Bergrücken erreichte, war die Luft klar und der Ausblick wesentlich schöner, als er ihn in Erinnerung gehabt hatte.

Er lief ungefähr eine Viertelmeile, dann kam er an eine Stelle, an der das Gebüsch am Straßenrand niedergetrampelt worden war. Neugierig trat er vom Asphalt in den aufgeweichten Boden und folgte dem matschigen Pfad bis zu einem Punkt, der durch dicht stehende Bäume vor menschlichen Blicken verborgen war.

Noch bevor er den Forst erreichte, jagte ihm ein absurder Verdacht einen Schauer über den Rücken. Der Boden war nicht von Menschen zertreten worden. Hier war eine enorme Anzahl von Tieren durchgelaufen. Und das nicht etwa nur aus einer Richtung, aus jeder, die eine Kompaßnadel anzeigen kann, mußten Tiere gekommen sein und dabei Pfade getrampelt haben, die hier zusammenliefen.

Er wollte sich umdrehen und davonlaufen, aber die Neugier war stärker als die Angst. Obwohl sein Herz wie ein Dampfhammer in seinem Brustkorb schlug, begann er, sich zwischen den Bäumen hindurchzuschlängeln.

Das Wäldchen sah einsam und verlassen aus. Aber es gab keinen Zweifel, daß hier eine große Versammlung stattgefunden hatte. Hufe und Pfoten hatten den Matsch durchpflügt, Federn und Tierhaare wirbelten hoch, überall waren Spritzer, Kügelchen und Haufen von Kot.

Und in der Mitte des Hains war der Erdriß.

Zaghaft näherte er sich, aber es stiegen keine Rauchschwaden mehr herauf. Der Boden war fest und kalt. Welches Wunder sich auch immer hier ereignet haben mochte – wenn es überhaupt eins gegeben hatte –, jetzt war nichts mehr davon zu sehen.

Oder doch? Eine undeutliche Bewegung huschte plötzlich an seinen Augenwinkeln vorbei. Er fuhr herum und sah, wie Duffy zwischen den Bäumen hervorkam.

»So«, sprach er seinen Hund an, »dann ist das alles also doch wahr.«

Sobald Duffy die Stimme seines Herrn erkannte, galoppierte er auf Ralph zu und sprang an ihm hoch, um ihm das Gesicht abzuschlecken.

»Duffy«, sagte Ralph. »Hast du mir überhaupt zugehört? Ich habe gesagt, daß ich dir glaube.«

Duffy bellte nur und rannte in Kreisen um ihn herum.

»Sprich mit mir, verdammter Kerl!« polterte Ralph.

Der Hund bellte wieder und wedelte wie wild mit dem Schwanz. Dann lief er aus dem Schatten des Wäldchens heraus, wobei er ständig Blicke über die Schulter warf, um zu sehen, ob sein Herr mit ihm kam.

Ralph blickte noch einmal auf den Erdriß hinab, dann folgte er seinem Hund hinaus in die Sonne und trat dabei versehentlich in ein Dutzend verschiedener Kothaufen. Den ganzen Weg zurück tollte Duffy bellend herum. In der Hoffnung, doch noch einen wahrnehmbaren Satz – oder auch nur ein Wort – aus diesem Lärm herauszuhören, achtete Ralph gespannt auf jeden Laut seines Hundes. Aber alles, was er hörte, war der typisch hündische Ausdruck der Freude, daß er lebendig und wieder bei der Kreatur war, die ihm zu fressen gab. Natürlich beantwortete das seine Fragen nicht.

Aber Duffys Freude war zumindest ansteckend. Als sie in Sichtweite der zerstörten Stadt kamen, plante Ralph bereits das Haus, das eines Tages an der Stelle des alten stehen sollte.

Trotzdem beschloß er, auf keinen Fall sein Herz daran zu hängen, denn es war ja durchaus möglich, daß das Abstimmungsergebnis schlecht ausgefallen war und daß jenes Tier, das da vor ihm herlief, sein einfaches Hundsein nur vorgab, um seinen Herrn noch ein wenig vor der Verzweiflung zu bewahren.

Kind einer uralten Stadt

Tad Williams

Tad Williams' erstes Buch war die erfolgreiche Tierfantasy Traumjäger und Goldpfote *(1985), die ganz in der Tradition von Richard Adams' Millionenseller* Unten am Fluß *stand. Wirklich populär wurde er jedoch mit seiner epischen Fantasy-Trilogie um den* Drachenbeinthron *(1988–1993), die eher Tolkien zum Vorbild hat. Sein neuestes Werk,* Caliban's Hour *(1994), basiert gar auf Shakespeares* Sturm, *und auch die folgende Erzählung zeugt von klassisch generierter Inspiration, auch wenn der Name der Autoren hinter dem Werk selbst zurücktritt. Die orientalische Welt von Scheherazade, die tausendundeine Nacht lang Geschichten erzählen mußte, um ihr Leben zu retten, aber auch die Welt indischer Mythen wird lebendig und erfährt durch Williams' Einfallsreichtum eine erfrischende Ergänzung.*

Bei der Barmherzigkeit Allahs! Ich fühle mich wie ein feistes Kalb, reif für den Schlächter!«

Marsur al-Adan lachte grölend und ließ seinen Kelch einmal, zweimal, dreimal auf den polierten Holztisch donnern. Eine Spur von halbmondförmigen Vertiefungen folgte den Bewegungen seiner Hand. »Ich bin kaum noch in der Lage, mir einen weiteren Bissen in den Mund zu schieben!«

Ein Feuer prasselte im Kamin, und an den Wänden tanzten Schatten. Auf Marsurs Tisch – dies hier war seine Tafel – lagen weithin die Knochen von jungem Geflügel verstreut.

Er beugte sich vor und betrachtete die Runde. »Wie ein fettes Kalb«, sagte er noch einmal, rülpste unvermittelt und wischte sich den Mund mit dem weinbefleckten Ärmel ab.

Ibn Fahad setzte ein dünnes, kaltes Lächeln auf: »Wir haben wahrlich unter dem Volk der Tauben ein Massaker angerichtet, alter Freund.« Seine schlanke Hand schloß in einer weiten Geste den übersäten Tisch ein. »Außerdem haben wir nach Kräften die Blüte deines Weinkellers geplündert. Und wie üblich will ich mich gern bei dir für deine Gastfreundschaft bedanken. Doch sag mir, beschleicht dich ab und an die Frage, ob das Leben nicht mehr zu bieten hat, als im Dienste des Kalifen fett zu werden?«

»Ha!« Marsur stierte für einen Moment vor sich hin. »Dem Kalifen zu Diensten zu sein, hat mich reich gemacht. Deswegen habe ich mich selbst gemästet.« Er lächelte. Die anderen Gäste lachten und tuschelten miteinander.

Abu Jamir, ein Mann von noch gewaltigerer Leibesfülle in einem mindestens ebenso fleckigen Gewand, warf einen Turm aus Geflügelknochen um. »Die Nacht ist noch jung, mein guter Marsur!« rief er. »Schickt jemanden nach mehr Wein, und laßt uns ein paar gute Geschichten hören.«

»Baba!« brüllte Marsur. »Her mit dir, du fauler Hund!«

Binnen dreier Atemzüge erschien der alte Diener in der Tür und sah seinen zu Scherzen aufgelegten Herrn halb besorgt und halb furchtsam an.

»Bring uns den restlichen Wein aus dem Keller, oder hast du dich daran vergriffen?«

Baba zupfte sich am grauen Bart. »Aber, Herr, Ihr selbst habt ihn getrunken. Ihr und der Herr Ibn Fahad habt die letzten vier Krüge mitgenommen, als Ihr ausgezogen seid, mit Pfeilen den Wetterhahn herunterzuholen.«

»Das hatte ich befürchtet«, nickte Marsur. »Dann lauf zum Basar. Dort begibst du dich zum Haus von Abu Jamir. Weck seinen Leibdiener, und kehre mit so vielen Krügen zurück, wie du tragen kannst. Unser guter Abu Jamir hier hat eben gesagt, wir brauchen jetzt mehr Wein.«

Baba machte sich auf den Weg. Der gefoppte Abu Jamir mußte sich nun noch gefallen lassen, daß die anderen mit Fingern auf ihn zeigten und ihn auslachten.

»Eine Geschichte! Eine Geschichte!« rief jemand. »Wir wollen eine Geschichte hören!«

»O ja, eines von Euren Reiseabenteuern, ehrwürdiger Marsur!« bat der junge Hassan, der bereits erheblich betrunken war. Niemand störte sich daran, denn seine Augen waren noch immer lebendig und voller unschuldiger Einfalt. »Jemand erzählte mir einmal, Ihr hättet auch die grünen Länder des Nordens besucht.«

»Der Norden ...«, knurrte Marsur unwillig und machte eine abwehrende Handbewegung, als wäre er mit etwas Unreinem in Berührung gekommen. »Nein, Junge, nein ... damit kann ich Euch nicht dienen.« Seine Miene umwölkte sich. Er ließ sich in seine Kissen plumpsen und schüttelte weiter das tarbuschbewehrte Haupt.

Ibn Fahad kannte Marsur so gut wie seine Pferde. Ibn Fahad

hatte schon miterlebt, wie sein alter Kamerad doppelt so viel getrunken hatte und dann immer noch wie ein Derwisch über die Mauern von Bagdad getanzt war. Aber er glaubte zu wissen, was Marsur jetzt zu solcher Zurückhaltung bewegte.

»Ach, Marsur, bitte!« Hassan gab nicht auf und ähnelte in seiner Beharrlichkeit einem jungen Falken, der zum ersten Mal ein Beutetier in den Klauen hält. »Berichtet uns vom Norden! Und von den Ungläubigen!«

»Ein guter Moslem sollte nicht so viel Neugier für die Ungläubigen an den Tag legen«, tadelte ihn Abu Jamir. »Wenn Marsur uns keine Geschichte zu erzählen hat, so soll er seinen Willen haben.«

»Ha!« machte der Gastgeber wieder und rappelte sich auf. »Ihr versucht mich nur von meinen Abenteuerberichten abzuhalten, damit meine Kehle nicht so ausgetrocknet ist, wenn Euer Wein ankommt. Nein, ich fürchte nicht, von Ungläubigen zu erzählen. Allah hätte ihnen keinen Ort auf dieser Erde zugewiesen, wenn sie zu gar nichts nütze wären. Es liegt an ... anderen Vorkommnissen dort, die mich zögern lassen.« Er bedachte den jungen Hassan mit einem freundlichen Blick, der ganz so aussah, als würde er in seiner Trunkenheit gleich in Tränen ausbrechen. »Verzweifelt nicht, mein Küken. Vielleicht tut es mir ja ganz gut, mit dieser Geschichte herauszurücken. Ich habe sie wohl zu lange in mir verborgen gehalten.« Er goß den letzten Rest aus einem Krug in seinen Kelch. »Dabei kommt mir die Erinnerung daran immer wieder hoch – es waren wahrlich bittere Zeiten.« Marsur warf einen Blick über die Schulter auf Ibn Fahad. »Warum gibst du sie nicht zum besten, mein Freund. Du warst an den Ereignissen genauso beteiligt wie ich.«

»Nein«, entgegnete der Angesprochene nur. Der stark berauschte junge Hassan stieß einen erstickten Entsetzensschrei aus.

»Aber warum nicht, alter Weggefährte?« fragte der Gastgeber und drehte seinen massigen Oberkörper herum, um den Freund erstaunt anzustarren. »Haben die Ereignisse dich so ins Mark getroffen, daß du bis heute nicht darüber reden kannst?«

Ibn Fahad verzog das Gesicht. »Nein, ich schweige, weil ich es besser weiß. Kaum beginne ich nämlich mit der Geschichte, wirst du mich schon unterbrechen, um hier eine Nebensächlichkeit hinzuzufügen und dort etwas in bunteren Farben auszumalen. Dann aber sagst du: ›Nein, nein, ich kann nicht weitersprechen! Fahrt fort, alter Freund!‹ Doch kaum habe ich Atem geschöpft, um den Faden wiederaufzunehmen, wirst du mir schon wieder ins Wort fallen. Wir beide wissen, daß am Ende du die ganze Geschichte erzählen wirst, Marsur. Warum fängst du dann nicht gleich damit an und ersparst es mir, meinen Atem zu verschwenden?«

Alle lachten, bis auf Marsur, der eine Miene äußerster Bekümmernis aufsetzte. »Aber natürlich, wenn du es so haben möchtest. Ich hatte ja keine Ahnung, daß du einen solchen Groll gegen mich hegst. Gerne werde ich Euch allen von unseren Abenteuern im Norden berichten.« Er zwinkerte der Runde zu. »Kein Opfer ist mir für eine Freundschaft wie die zu Ibn Fahad zu groß. Schür das Feuer, Baba! Baba? Oh, er ist ja fort. Hassan, würdet Ihr die Freundlichkeit besitzen?«

Als der junge Mann wieder an der Tafel Platz genommen hatte, nahm Marsur einen tiefen Schluck, strich sich über den Bart und begann.

In jenen Tagen stand ich noch als kleiner Soldat in den Diensten des Harun al-Raschid – möge Allah ihn mit ewiger Gesundheit segnen. Ich war jung, stark und ein Mann, der dem Wein mehr zusprach, als er sollte – aber welcher Soldat tut das nicht? Außerdem besaß ich damals eine rankere Gestalt und ein hübscheres Gesicht, als Ihr jetzt hier sehen könnt.

Meine Einheit erhielt den Befehl, eine Karawane zu begleiten, die nach Norden aufbrach, ins Land der Menariten, die jenseits der Kaukasus-Berge leben. Der dortige Prinz hatte dem Kalifen viele Geschenke als Tribut geschickt und ihn gebeten, eine Handelsroute zwischen seinem Land und unserem Reich zu eröffnen. Harun al-Raschid, der Weiseste unter den Weisen, belud die Lasttiere nicht so voll mit Gegengeschenken, daß sie unter dem Gewicht stöhnten, schickte aber einige Höflinge als Gesandte mit, an deren Spitze den Unterwesir Walid al-Salameh, der in seinem Namen sprechen und dem menaritischen Prinzen versichern sollte, daß ihn große Reichtümer erwarteten, sobald die Handelsroute über den Kaukasus erst einmal eingerichtet sei.

Wir verließen Bagdad unter klingendem Spiel. Die Banner flatterten, die Schilde der Soldaten funkelten wie goldene Dinare, und die Geschenke des Kalifen schaukelten auf den Rücken der ebenso bösartigen wie störrischen Esel.

Zunächst folgten wir dem Ufer des segensreichen Tigris, und nach einer Rast von ein paar Tagen in Mossul zogen wir weiter am Ostrand Anatoliens entlang. Als wir nach Norden abbogen, wandelte sich das Land. Der saubere Sand wich steinigen Hügeln, die mit Gestrüpp bewachsen waren. Das Wetter wurde kühler, der Himmel grauer, und es kam uns so vor, als hätte Allah sein Antlitz von diesem Flecken Erde abgewandt. Doch den Männern gefiel es, der glühenden Wüstensonne entronnen zu sein. Wir kamen gut voran, und nicht die Spur einer Gefahr zeigte sich, wenn man von den gelegentlich auftauchenden Wölfen absieht, die des Nachts abseits vom Schein unseres Lagerfeuers heulten. Bevor zwei Monate vergangen waren, erreichten wir die Ausläufer des Kaukasus, einen Landstrich, den man Steppe nennt.

Denjenigen unter Euch, die noch nicht weit aus Bagdad herausgekommen sind, sei gesagt, daß die nördlichen Länder ganz anders aussehen als alles, was Ihr je erblickt habt. Die Bäume stehen sehr dicht beisammen, und man kann einen Stein keine fünf Schritte weit werfen, ohne daß er gegen einen Stamm prallt. Die Gegend selbst liegt in ständiger Dunkelheit, denn die dichten Wipfel sperren das Sonnenlicht schon aus, ehe es richtig Nachmittag geworden ist. Und der Boden ist recht feucht. Doch um der Wahrheit die Ehre zu geben, das Staunen über dieses Neue nutzt sich rasch ab, und über kurz oder lang beschleicht einen das Gefühl, der Geruch von Fäulnis und Verfall werde einen nie wieder verlassen. Unsere Karawane war nun schon acht Wochen unterwegs, und das Heimweh setzte uns bereits arg zu. Doch wir trösteten uns mit Gedanken an die herrlichen Unterkünfte, die uns erwarteten, sobald wir den Palast des Prinzen erreicht hätten; denn schließlich führten wir die guten Wünsche des Kalifen und auch seine handfesteren Segnungen mit uns.

Wir hatten gerade die höchsten Berge überquert und machten uns endlich an den Abstieg, als die Katastrophe über uns hereinbrach.

Tausend Fuß unter den gewaltigen Gipfeln des Kaukasus schlugen wir in einem engen Tal unser Nachtlager auf. Die Feuer waren bereits bis auf ein Glimmen herabgebrannt, und bis auf die zwei Wachtposten schliefen wir alle. Ich hatte mich in meine Decke eingewickelt und träumte davon, wie ich meinen Lohn ausgeben wollte, als ich von einem gellenden Schrei geweckt wurde. Schlaftrunken fuhr ich hoch und lag gleich wieder flach, als etwas Großes und Schweres auf mich plumpste. Nach dem ersten Schrecken stellte ich fest, daß es sich dabei um eine unserer Wachen handelte. Ein Pfeil hatte die Kehle des Mannes durchbohrt, und sein Blick zeigte noch immer die Überraschung, die er im letzten Moment seines Lebens empfunden hatte. In meiner Panik dachte ich sogleich an Wölfe, und daß ein ganzes Rudel über uns hergefallen sein mußte. In diesem Zustand kam mir überhaupt nicht in den Sinn, daß diese Tiere so gut wie nie mit Pfeil und Bogen bewaffnet sind.

Die anderen fuhren hoch, und plötzlich war unser Lager angefüllt mit springenden, sausenden Schatten. In der Dunkelheit zischte ein Pfeil an meinem Gesicht vorbei, und dann schlug etwas auf meinen blanken Schädel und erfüllte meinen Kopf mit einem blendenden Licht, das leider nichts erhellte. Bewußtlos brach ich zusammen.

Ich vermag nicht zu sagen, wie lange ich in dieser schwärzesten Finsternis geweilt hatte, als mich plötzlich ein Stiefel, der gegen meinen Brustkorb krachte, in die Wirklichkeit zurückriß.

Als ich aufblickte, erkannte ich gegen die aufgehende Morgensonne die Silhouette eines großen, wild aussehenden Mannes. Meine Augen gewöhnten sich langsam an das Licht, und ich sah ein messerschmales Gesicht mit dunklen Brauen, einer grimmigen Miene und einem langen Schnurrbart von der Art, wie ihn die tartarischen Hirten zu tragen pflegen. Sofort wurde mir bewußt, daß er, wer immer er auch sein mochte, zu mir gekommen war, um mir den Rest zu geben. Ich mühte mich matt, den Dolch aus meiner Leibbinde zu ziehen. Doch dieser schreckliche Mann hob nur einen Stiefel, stellte ihn auf mein Handgelenk und erklärte in bestem Arabisch: »Bei allen Wundern Allahs, das ist der schmutzigste Mann, den ich je zu Gesicht bekommen habe.«

Bei dem Hünen handelte es sich natürlich um Ibn Fahad. Die Karawane war nicht eben klein gewesen. Er war vorn mit den Menariten und dem Unterwesir geritten, um sich nicht mit dem gemeinen Volk abgeben zu müssen, und so hatten wir beide noch nie ein Wort miteinander gewechselt. Nun wißt Ihr, liebe Freunde, wie wir beide uns kennengelernt haben: ich auf dem Rücken, besudelt mit Dreck, Blut und Spucke, und

Ibn Fahad, der über mir stand wie ein reicher Mann, der auf dem Basar ein paar Möhren in Augenschein nimmt. Was für eine Schande!

Ibn Fahad war wie so oft, wie ich später noch erfahren sollte, mit seinem unverschämten Glück gesegnet gewesen. Als die Räuber, die uns vermutlich schon seit Tagen gefolgt waren, in der Nacht ihren Angriff begonnen hatten, war Ibn Fahad gerade ein Stück höher am Hang damit beschäftigt gewesen, seine Blase zu entleeren. Bei den ersten Schreien war er zurückgeeilt und hatte mehr als nur einen dieser Schurken mit seinem scharfen Schwert in die Hölle geschickt. Doch leider waren es ihrer zu viele. Er scharte einige Überlebende um sich, kämpfte sich mit ihnen den Weg frei und floh dann entlang des Berghangs in die Dunkelheit, begleitet vom Widerhall der Schreie hinter ihm, wo die anderen ihre geringe Zahl und die Unkenntnis des Landes verfluchten.

Als er dann in der ersten Dämmerung zurückkehrte, um nach verbliebenen Vorräten zu suchen und festzustellen, wer uns da überfallen hatte, stieß er auf mich. Ein Umstand, den er mich bis zum heutigen Tage nicht hat vergessen lassen, wohingegen ich im Gegenzug es ihm nie gestattet habe, die Verantwortung dafür abzustreifen.

Während meine Wunden versorgt und mein Zorn auf die Räuber besänftigt wurden, stellte mich Ibn Fahad den wenigen Überlebenden unserer einstmals riesigen Karawane vor.

Da war Susri al-Din, ein fröhlicher junger Mann mit rosigen Gesichtszügen und glatten Wangen wie bei unserem Freund Hassan hier. Er trug die Tracht eines reichen Kaufmannssohnes. Die Soldaten, die mit dem Leben davongekommen waren, mochten ihn und nannten ihn »Rehkitz«, um ihn wegen seines guten Aussehens und seiner großen Augen aufzuziehen. Des weiteren lernte ich einen knochigen und erbärmlich aussehenden Oberschreiber mit Namen Abdallah kennen, an dem mir vor allem sein verkniffener Mund und sein stahlgrauer Blick auffielen. Dann einen unwürdig plumpen jungen Mullah, der gerade aus dem Kloster gekommen war und in der letzten Nacht einen ziemlich rauhen Einblick ins wirkliche Leben erhalten hatte. Dieser Mullah, er hieß Ruad, sah ganz so aus, als würde er lieber mit den Soldaten lachen und trinken, wohingegen der mißmutige Abdallah den Eindruck erweckte, er sei eigentlich derjenige, der nie seine Augen aus dem Koran hob. Nun, in gewisser Weise war das nicht ganz unberechtigt; für einen Mann wie Abdallah war das Rechnungsbuch die Heilige Schrift, möge Allah mir diese Lästerung nachsehen.

Neben Ibn Fahad und mir hatten noch vier oder fünf Soldaten das Gemetzel überlebt. Erwähnen sollte ich noch Walid al-Salameh, den Unterwesir Seiner Großmächtigkeit, des Kalifen Harun al-Raschid, und sei es auch nur wegen der außergewöhnlichen Vornehmheit seiner Gewänder, der außergewöhnlichen Weiße seines Bartes und der außergewöhnlichen Menge an Schmuck, die er an sich trug. Walid war die wichtigste Persönlichkeit unserer Karawane, und zu meiner nicht gelinden Überraschung war er auch kein schlechter Kerl.

Da standen wir also, die Überreste der Gesandtschaft des Kalifen, und uns blieb keine andere Hoffnung, als uns den Weg zurück durch ein fremdes und feindseliges Land zu suchen.

Die oberen Regionen des Kaukasus sind ein kalter und gottverlassener Ort, und der Nebel hier ist dicht und naß. Morgens kriecht er über alles, löst sich kurzzeitig auf, wenn die Sonne am höchsten steht, kehrt dann aber rasch wieder zurück, um erneut alles zu bedecken. Schon als wir das Vorgebirge durchquert hatten, waren wir bald durchnäßt wie Brunnengräber. Auch ist der Kaukasus ein tückisches Fleckchen Erde: Wolf und Bär hausen hier, und der Wald steht so dicht, daß an manchen Stellen die Sonnenstrahlen niemals den Weg zum Boden finden. Da wir keinen Führer hatten – und glaubt mir, mehrere Tage vergingen, ehe wir die ersten Anzeichen einer menschlichen Besiedlung entdeckten –, wanderten wir ziellos umher und kamen nur schlecht voran, weil wir uns allzu oft im Kreis bewegten.

Schließlich mußten wir uns eingestehen, ohne die Hilfe eines Einheimischen niemals von hier fortzukommen. Auf manchen Hängen standen die Bäume so dicht beieinander, daß wir für Stunden nicht feststellen konnten, in welche Richtung wir liefen. Wenn es Zeit fürs Gebet wurde, mußten wir uns auf Mutmaßungen verlassen, wo Osten und damit Mekka läge, und wir richteten unsere Gebete – auch das eine Schmähung Gottes – sicher genauso oft gen Aleppo wie nach Mekka. Wir hatten nur noch die Möglichkeit, durch Zufall auf einen Bewohner dieser Ödnis zu stoßen, oder jämmerlich zugrunde zu gehen.

Nach Einbruch der Dunkelheit trafen wir auf ein abgelegenes Schäfergehöft und nahmen dort einen jungen Mann gefangen. Wir bewegten uns so leise wie Diebe in der Nacht (was die meisten von uns früher ja auch einmal gewesen waren, wenn du mir verzeihen mögest, Ibn Fahad). Die Familie des Jungen schlief weiter, und nicht einmal der Hund bellte. Und bevor am nächsten Tag die Sonne aufging, waren wir schon mindestens fünf Meilen weiter.

In gewisser Weise tat mir der Bauernlümmel leid, den wir entführt hatten. Er war ein netter Bursche, wenn auch recht einfältig und in seiner Furcht bis zur Blödheit dumm. Ich frage mich, ob wir für ihn heute nur noch eine alte Geschichte sind, mit denen er seine Kinder langweilt. Wie dem auch sei, als dem Bauern – dessen Name, wenn ich mich recht erinnere, für zivilisierte Zungen unaussprechlich war – klar wurde, daß wir weder Geister noch Dschinns waren und auch nicht vorhatten, ihn zu ermorden, beruhigte er sich wieder und erwies sich als überaus hilfreich. Von nun an kamen wir deutlich besser voran und erreichten binnen zwei Tagen die Gipfel des nächsten Höhenzugs.

An diesem Abend, der ersten Nacht seit langem unter freiem Himmel, war uns allen feierlich zumute. Die Soldaten fluchten zwar, weil es nichts gab, mit dem sie hätten anstoßen können, aber ansonsten waren wir alle bester Stimmung. Selbst Ibn Fahad konnte sich zu einem leisen Lächeln überwinden.

Während der Unterwesir Walid am Lagerfeuer eine recht launige Geschichte erzählte, ließ ich den Blick über unsere kleine Gesellschaft wandern. In der Runde ließen sich nur zwei unfrohe Gesichter feststellen. Das eine gehörte dem Schreiber Abdallah – was nicht weiter verwundern konnte, denn er schien mir ein rechter Sauertopf zu sein –, das andere dem entführten Dörfler. Ich begab mich zu ihm.

»Hallo, junger Bursche«, sagte ich, »was wirkst du so niedergeschlagen? Ist dir denn noch nicht aufgegangen, daß wir im Grunde guten Herzens sind? Gottesfürchtige Männer, die dir kein Leid antun wollen?« Er hob nicht einmal das Kinn, das auf den angezogenen Beinen ruhte, wie es Hirten beim Sitzen zu tun pflegen, verdrehte aber die Augen, bis er mich ansehen konnte.

»Es liegen nicht daran«, erklärte er in seinem gebrochenen Arabisch, »nicht an Euch Soldaten, sondern an diesem … Ort.«

»Dies sind wahrlich finstere Berge«, stimmte ich ihm zu, »aber du lebst doch schon dein ganzes junges Leben hier. Warum bedrückt dich dieses Land dann?«

»Nein, nicht diese Gegend. Wir nie betreten diesen Ort … er ist unheilig. Der Vampir wandeln über die Gipfel.«

»Ein Vampir?« fragte ich. »Was für ein Bauernschreck soll das sein?«

Aber er wollte nichts mehr dazu sagen. Also ließ ich ihn in seinem Brüten allein und kehrte zu den anderen zurück.

Die Männer lachten alle über den Vampir und überboten sich gegenseitig in ihren Versuchen, sich dieses Wesen immer grotesker auszumalen. Nur Ruad, der junge Mullah, hob warnend die Hände.

»Ich habe schon von solchen Afrits gehört«, erklärte er. »Und ein so gottloser Haufen wie Ihr sollte sich nicht über ein solches Ungeheuer lustig machen.«

Seine Worte klangen wie ein halb im Scherz vorgebrachter Tadel, aber seine Miene war dabei so eigenartig, daß wir seinen weiteren Ausführungen aufmerksam zuhörten.

»Ein Vampir ist ein ruheloser Geist. Er ist weder lebendig noch tot, und seine Seele gehört ganz und gar dem Schaitan. Am Tag schläft das Wesen in einem Grab oder in einer Gruft, und wenn der Mond aufgeht, begibt es sich nach draußen, um sich von Wanderern und Reisenden zu ernähren, indem es ihr Blut trinkt.«

Wieder brachen die Männer in Gelächter aus, doch diesmal war es so falsch wie das Lächeln eines Kesselhändlers.

»Mir erzählte einst ein Besucher, der von weit her kam, von solchen Ungetümen«, erklärte der Unterwesir Walid jetzt leise. »In einem Weiler unweit von Smyrna sollen sich diese Vampire einst zu einer echten Plage entwickelt haben. Alle Bewohner flohen den Ort, und seitdem ist das Dorf bis auf den heutigen Tag menschenleer.«

Das erinnerte einen der Unseren (vielleicht war ich es sogar selbst) an eine Geschichte über einen Afrit, dem aus beiden Kopfseiten Zähne gewachsen sein sollen. Andere fielen ein und gaben ihre Dämonengeschichten zum besten. So schwatzten und erzählten wir bis tief in die Nacht hinein. Doch niemand verließ das Lagerfeuer, bis es ganz heruntergebrannt war. Gegen Mittag des folgenden Tages hatten wir die Höhen hinter uns gelassen und gelangten erneut in die finsteren, dichtbewaldeten Schluchten. Als wir an diesem Abend unser

Lager aufschlugen, waren wir wieder einmal vor den Sternen verborgen und außer Sicht von Allah und dem Himmel.

Ich weiß noch, daß ich früh am Morgen, noch vor der Dämmerung, aufwachte. Mein Bart war von Tau naß, und ich hatte mich heillos in meinem Umhang verfangen. Ein großer dunkler Schatten erhob sich über mir, und ich muß gestehen, daß mir in diesem Moment ein leiser Angstschrei entwich.

»Ich bin's doch nur«, zischte der Schatten, bei dem es sich um Rifakh, einen unserer Soldaten, handelte.

»Du hast mir einen ganz schönen Schrecken eingejagt.«

Rifakh grinste. »Dachtest wohl, ich wäre der Vampir, was? Tut mir leid, dich enttäuschen zu müssen. Ich bin nur auf dem Weg, Wasser zu lassen.« Damit trat er über mich hinweg. Ich wickelte mich ein, hörte noch, wie der Soldat durch das Unterholz brach, und fiel wieder in Schlaf.

Die Sonne kroch gerade über den Horizont, als mich wieder jemand weckte, diesmal Ibn Fahad, der an meinem Arm zog. Ich knurrte, er solle mich gefälligst schlafen lassen, aber wie ein Almosenbettler ließ er einfach nicht locker.

»Rifakh ist fort«, sagte er. »Nun wacht doch schon auf! Habt Ihr ihn gesehen?«

»Er ist mitten in der Nacht gegen mich getreten, auf dem Weg zu einem Baum, um ihn zu bewässern. Wahrscheinlich ist er in der Dunkelheit über irgend etwas gestolpert und hat sich dabei den Kopf angestoßen. Habt Ihr denn nicht nach ihm gesucht?«

»Doch, überall«, antwortete Ibn Fahad. »Rings um das Lager. Aber keine Spur von ihm. Hat er Euch denn nichts gesagt?«

»Nichts von Belang. Vielleicht hat er ja die Schwester unseres jungen Hirten getroffen und spielt mit ihr das Spiel von dem Tier mit den zwei Rücken.«

Ibn Fahad verzog angesichts meiner derben Sprache das Gesicht. »Vielleicht auch nicht. Möglicherweise ist er auf ein ganz anderes Tier gestoßen.«

»Sorgt Euch nicht um ihn«, entgegnete ich. »Wenn er nicht in irgendeine Schlucht gestürzt ist, taucht er bestimmt bald wieder auf.«

Aber wir bekamen Rifakh nicht mehr zu Gesicht. Als alle aufgestanden waren, machten wir uns gründlich auf die Suche, konnten aber nichts von ihm entdecken. Gegen Mittag beschlossen wir mißgestimmt, unseren Marsch fortzusetzen. Die meisten von uns hegten die Hoffnung, Rifakh habe sich lediglich verirrt und werde unterwegs irgendwo zu uns stoßen.

Es ging weiter ins Tal hinab und immer tiefer in den Wald hinein. Von Rifakh war nirgends etwas zu sehen, obwohl wir immer wieder anhielten und seinen Namen riefen – für den Fall, daß er hier irgendwo herumirrte und nach uns suchte. Keiner von uns fürchtete, dadurch irgendwelche Feinde auf uns aufmerksam zu machen, denn dieses dunkle Tal war so leer wie die Börse eines Hungerleiders. Trotzdem wurde uns nach einer Weile der Klang unserer Stimmen unangenehm, wie sie durch den feuchten Wald widerhallten, und so setzten wir unseren Weg in Schweigen fort.

Die Dämmerung kommt rasch am Busen der Berge. Mitten am Nachmittag wurde es bereits dunkel. Der junge Rehkitz – trotz seiner empörten Einwände war der Spitzname an unserem Jungen haftengeblieben –, den das Verschwinden von Rifakh am meisten zu bedrücken schien, hielt unseren Zug plötzlich an und schrie: »Seht nur, dort!«

Wir alle fuhren herum und schauten auf die Stelle, auf die er zeigte. Aber zwischen den dicken Stämmen und dichten Schatten ließ sich nichts ausmachen.

»Ich habe eine Gesalt gesehen!« rief Rehkitz. »Nur ein Stück weit zurück, als folge sie uns. Vielleicht ist das ja der vermißte Soldat.«

Selbstredend rannten alle dorthin, doch obwohl wir alles Unterholz durchkämmten, konnten wir nichts und niemanden entdecken. Wir kamen schließlich zu dem Schluß, daß das schwächer werdende Licht den Augen des jungen Mannes einen Streich gespielt haben mußte oder daß er ein Reh oder ein anderes Tier gesehen hatte.

Noch zwei weitere Male blieb er abrupt stehen und verkündete lauthals, einen Schemen wahrgenommen zu haben. Beim letzten Mal war auch der Blick eines der Männer darauf gefallen. Er erklärte, einen dunklen, menschenähnlichen Schatten gesehen zu haben, der einen Bogenschuß entfernt zwischen den Bäumen herumhuschte. Eine nähere Untersuchung ergab wieder nichts. Als unser Trupp müde auf den Pfad zurückkehrte, wandte sich der Unterwesir Walid mit einem strengen Blick an den Jüngling.

»Junger Herr, es stünde Euch wohl gut zu Gesicht, wenn Ihr damit aufhörtet, von Schatten und Schemen zu faseln.«

»Aber ich habe ihn doch gesehen!« wehrte sich Rehkitz. »Und der Soldat Mohammad auch!«

»Daran zweifle ich nicht«, entgegnete Walid al-Salameh, »aber bedenkt dies: Wir sind etliche Male zu der von Euch angegebenen Stelle gelaufen und haben dort nie auch nur das geringste Anzeichen eines Menschen entdeckt. Vermutlich ist unser Rifakh längst tot. Möglicherweise in einen Fluß gefallen und ertrunken. Oder mit dem Kopf hart gegen einen Fels gestoßen. Es könnte durchaus sein, daß sein Geist uns folgt, weil er nicht wünscht, an einem so unfreundlichen Ort zurückzubleiben. Das bedeutet jedoch noch lange nicht, daß wir ihn suchen und finden wollen, oder?«

»Ja, aber …«, begann Rehkitz.

»Jetzt ist es genug!« fuhr der Oberschreiber Abdallah ihn an. »Ihr habt die Worte des Unterwesirs gehört, Ihr Possenreißer und Tunichtgut. Wir wollen nichts mehr von Euren gottlosen

Geistern hören, und Ihr werdet auf der Stelle von solchem Gerede ablassen!«

»Eure Sorge in allen Ehren, Abdallah«, erwiderte Walid kühl, »aber ich bedarf Eurer Hilfe in dieser Angelegenheit nicht.« Damit ließ der Unterwesir die beiden stehen.

Insgeheim war ich nicht unfroh, daß der Oberschreiber sich zu Wort gemeldet hatte, denn solches Geunke über Geister und Dämonen hat einer Reisegesellschaft noch nie gutgetan ... doch auf der anderen Seite ärgerte mich der selbstgerechte Hochmut Abdallahs ebenso wie den Unterwesir, und das nicht zum ersten Mal. Ich war mir sicher, daß die anderen ebenso empfanden, denn an diesem Abend schnitt niemand mehr dieses Thema an.

Doch Allah behält stets das letzte Wort, und wer sind wir, Seine Wege verstehen zu wollen? An diesem Abend wurde nicht viel erzählt, und wir legten uns alle früh schlafen. Die Vorstellung, der Geist des unglücklichen Rifakh treibe sich hier irgendwo herum, hing unausgesprochen in der Luft.

Ich erwachte aus einem flachen, unruhigen Schlaf und fand das Lager in hellem Aufruhr vor. »Es ist Mohammad, der Soldat!« schrie Rehkitz. »Er wurde ermordet! Der Mann ist tot!«

Leider behielt er recht. Der Mullah Ruad, der an diesem Morgen als erster aufgestanden war, hatte die Schlafstelle Mohammads leer vorgefunden und dann wenige Schritte von der Lichtung entfernt die Leiche entdeckt.

»Etwas hat ihm die Kehle aufgerissen«, erklärte uns Ibn Fahad.

Der Soldat sah aus, als sei ein wildes Tier über ihn hergefallen. Seine Augen waren weit aufgerissen, und rings um ihn herum hatte sich der Boden rot von seinem Blut gefärbt.

Über den Verwünschungen der Männer und dem Gemurmel des Mullahs, dessen Gesicht ungewöhnlich grün aussah, vernahm ich ein weiteres Geräusch. Der junge Hirte, der den ganzen vorigen Tag grimmig geschwiegen hatte, hockte vor den Resten des Feuers, schaukelte unablässig vor und zurück und stöhnte und wimmerte vor sich hin.

»Vampir«, heulte er dann. »Vampir, Vampir, Vampir ...«

Die Männer waren nun, verständlicherweise, von diesem Vorfall aufs äußerste entmutigt. Während wir Mohammad in einer rasch ausgehobenen Grube beerdigten, warfen alle immer wieder Blicke über ihre Schultern in das dichte Grün. Selbst Ruad hatte Mühe, während er Suren aus dem heiligen Koran vortrug, den Blick gesenkt zu halten. Ibn Fahad und ich hatten uns verständigt, den anderen gegenüber zu erklären, der Soldat sei einem Wolf oder einem anderen Raubtier zum Opfer gefallen, doch unsere Gefährten hatten Mühe, überhaupt den Anschein zu erwecken, unseren Worten zu glauben. Nur der Unterwesir und der Oberschreiber hatten sich nicht aus der Fassung bringen lassen. Abdallah machte auch keinen Hehl aus seiner Verachtung für die anderen. Nach der Bestattung brachen wir unverzüglich auf.

Unser Marsch verlief an diesem Tag in düsterer Stimmung, was sicher nicht verwundern kann. Keiner von uns wollte das aussprechen, was für jedermann offenkundig war, und nach Scherzen oder anderem leichten Gerede stand niemandem der Sinn. So zog ein stummer Zug durch die Weite der Bergwelt.

Als die Schatten des Abends über uns kamen, zeigte sich uns auch prompt wieder die dunkle Gestalt, huschte gerade außerhalb der Sichtweite durch den Wald, blieb für eine Weile verschwunden und kehrte dann unvermittelt wie eine Dohle zurück. Mir jagte ein Schauer nach dem anderen über den Rücken, das könnt Ihr mir glauben, obwohl ich mich bemühte, mir nichts davon anmerken zu lassen.

Wir schlugen unser Lager auf, schürten ein großes Feuer, hockten uns nah beieinander darum herum und nahmen schweigend das Abendbrot zu uns. Ibn Fahad, Abdallah, der

Unterwesir und ich sprachen von dem Wesen immer noch als Tier. Der Oberschreiber mochte davon wirklich überzeugt sein, nicht etwa, weil er nur mit dürftigen Geistesgaben ausgestattet war, sondern weil Männer seines Schlages nicht bereit sind, an etwas zu glauben, das sich jenseits ihres Weltbildes befindet.

Nachdem wir die Wachen für die Nacht eingeteilt hatten, begann der junge Mullah mit den Männern, die allesamt den Schlaf fürchteten, zu beten. Die Stimmen fuhren mit dem Rauch zum Himmel, und beides war wenig geeignet, uns vor dem Wind in diesen alten und kalten Bergen zu schützen.

Ich hockte mich neben den jungen Schäfer. Wenn das überhaupt möglich war, verhielt er sich nach dem grausigen Fund am Morgen noch schweigsamer als vorher.

»Dieser Vampir, von dem du gesprochen hast«, begann ich leise, »nun, was stellen deine Leute an, um sich vor ihm zu schützen?«

Er hob den Kopf und bedachte mich mit einem traurigen Lächeln.

»Verschließen die Türen.«

Ich blickte hinüber zu den Gefährten. Der junge Rehkitz hatte die Stirn in Falten gelegt und die Zähne fest zusammengebissen. Dem Mullah Ruad lief der Schweiß über die runden Wangen, während er mit geschlossenen Augen seine Gebete murmelte. Ibn Fahad blickte immerzu mit kalter Miene in das Dunkel jenseits des Feuerscheins. Ich wandte mich wieder an den Jungen und erwiderte seinen traurigen Gesichtsausdruck.

»Wir haben hier aber weder Türen noch Fenster, die verriegelt und verrammelt werden können«, sagte ich. »Was tut dein Volk sonst noch?«

»Es geben da ein Kraut, das wir hängen vor unsere Haustüren, das …« Er suchte nach der Bezeichnung dafür in unserer Sprache. Nach einer Weile gab er seine Bemühungen auf. »Aber sein unwichtig. Wir haben keins dabei, und es wachsen hier nicht.«

Ich beugte mich über ihn, bis mein Gesicht nur noch ein kleines Stück von dem seinen entfernt war. »Bei der Liebe Gottes, Freund, was unternehmt ihr sonst noch?« Ich wußte längst, daß dieses Ungeheuer kein Wesen von dieser Erde war … auch ich hatte den umherflatternden Schatten gesehen.

»Na ja«, entgegnete er leise und senkte den Blick. »Es heißen, wenigstens einige Männer das sagen, daß man Geschichten erzählen müssen …«

»Was?« Ich fürchtete schon, der Junge habe den Verstand verloren.

»So erklären mein Großvater. Der Vampir werden innehalten, um der Geschichte zu lauschen, die Menschen erzählen. Doch Geschichte müssen gut sein. Und wenn man sie lange genug erzählen, also bis zum Morgengrauen, er zurückkehren an den … Ort der Toten.«

In diesem Moment ertönte ein furchtbarer Schrei. Ich sprang auf und griff nach meinem Messer. Aber es war nur Ruad gewesen, der mit dem nackten Fuß versehentlich in die Glut geraten war. Ich hockte mich wieder hin, und mein Herz schlug noch eine ganze Weile wie wild.

»Geschichten?« fragte ich den Hirten.

»Ich davon nur hören«, antwortete er und rang wieder um die arabischen Wörter. »Wir versuchen, ihn gar nicht erst so weit herankommen zu lassen, denn er müssen einem Menschen schon ziemlich nahe sein, um Geschichte hören zu können.«

Später, als das Feuer ziemlich weit heruntergebrannt war, stellten wir die Wachen auf und wickelten uns in unsere Decken. Ich lag noch eine ganze Weile wach, weil mir die Worte des menaritischen Jungen nicht aus dem Sinn gehen wollten.

Ein gräßlicher Schrei riß mich aus dem Schlaf. Die Sonne war noch nicht aufgegangen, und diesmal hatte sich niemand die Fußsohle an einem glimmenden Scheit versengt.

Einer der beiden Wachposten lag ausgestreckt auf dem Waldboden, und Blut strömte aus einer großen Wunde an seinem Kopf. Im Fackelschein sah es so aus, als hätte ihm jemand mit einem schweren Knüppel den Schädel eingeschlagen. Von dem anderen Wächter war zunächst nichts zu erblicken, doch dann hörten wir ein Stück vom Lager entfernt im Unterholz ein furchtbares Krachen. Dem folgten Schreie, die man für die eines Tieres hätte halten können, das sich in einer tödlichen Falle gefangen hatte, wären da nicht die gegurgelten, kaum verständlichen Wörter gewesen, die sich daruntermischten.

Halb aufgerichtet lagen wir da und starrten wie erschrockene Kaninchen. Die Schreie erstarben. Plötzlich warf Ruad die Decke zurück und stand schwerfällig auf. Ich entdeckte Tränen in seinen Augen. »Wir dürfen unseren Kameraden nicht so leiden lassen!« rief er dann und sah uns der Reihe nach an. Ich glaube, keiner von uns konnte seinem Blick standhalten, mit Ausnahme natürlich von Oberschreiber Abdallah. Ich für meinen Teil war dazu jedenfalls nicht in der Lage.

»Haltet den Mund, Ihr Narr!« fuhr Abdallah ihn an und schien sich gar nicht des Verbrechens bewußt zu sein, einen Mann Gottes so zu beschimpfen. »Da draußen treibt sich lediglich ein wildes Tier herum. Darum soll sich dieses feige Pack von Soldaten kümmern, nicht aber ein Mullah!«

Ruad starrte ihn für einen Moment verständnislos an, dann ging ein Ruck durch seine Gestalt. Die Tränen glitzerten immer noch auf seinen Wangen, und er schob den Unterkiefer vor und reckte die Schultern.

»Nein!« rief er dann. »Wir dürfen unseren Gefährten nicht diesem Diener des Schaitans überlassen. Ihr mögt Euch weigern, Euch zu ihm zu begeben, ich aber gehe hin.« Er rollte die Schriftrolle auf, die er die ganze Zeit über in seinen nervösen Fingern gehalten hatte, und küßte sie. Ein Strahl von Mondlicht fuhr kurz über die goldenen Lettern.

Ich versuchte, ihn am Arm festzuhalten, als er an mir vorbeikam, aber er schüttelte meine Hand mit erstaunlicher Kraft fort und schritt weiter auf das Unterholz zu, aus dem nur noch leises Stöhnen und Wimmern ertönte.

»Macht sofort kehrt, Ihr Wahnsinniger!« brüllte der Oberschreiber. »Das ist doch hirnverbrannt! Kommt zurück!«

Der junge, heilige Mann drehte sich kurz um und bedachte Abdallah mit einem Blick, wie ich ihn noch nie an ihm gesehen, geschweige denn von ihm erwartet hatte. Dann setzte er seinen Marsch fort und hielt die Schriftrolle vor sich, als wäre sie eine Kerze in finsterer Nacht.

»Es gibt keinen Gott außer Allah, und Mohammed ist Sein Prophet!« rief er in die Bäume, und dann ward er nicht mehr gesehen.

Nach einem langen Moment der Stille hörten wir die nächste Sure aus dem Koran, vorgetragen mit einer leicht zitternden Stimme. Dann knackten Äste, während sich der Mullah seinen Weg tiefer ins Dickicht bahnte. Ich war in diesem Moment bestimmt nicht der einzige, der ergriffen den Atem anhielt.

Als nächstes vernahmen wir ein mächtiges Krachen, als breche ein großes Tier durchs Unterholz. Der Singsang Ruads ging immer mehr in ein Heulen über. Die Männer fluchten hilflos vor sich hin. Jetzt ertönte ein betäubend machtvoller Schrei wie von einem Tier, das vor Überraschung und Entsetzen rasend geworden war. Am Furchtbarsten war jedoch für unsere Ohren, daß dieser gräßliche Laut Worte enthielt, wenn auch aus einer Sprache, die ich nie zuvor vernommen hatte und seitdem auch nie wieder gehört habe.

Nun wieder ein Krachen, und danach nur noch Stille. Wir entfachten das Feuer aufs neue und hockten uns schlaflos bis zum Sonnenaufgang darum herum.

Am Morgen machten sich die Männer, trotz meiner Ermahnungen und Warnungen, auf die Suche nach dem Wachtposten und dem jungen Mullah. Sie fanden beide.

Seid versichert, Freunde, es war ein gräßlicher Anblick. Sowohl der Soldat als auch der Priester hingen mit dem Kopf nach unten vom Ast eines großen Baums. Ihre Hälse waren aufgerissen, und ihre Haut zeigte sich weiß wie Kalk. Kein einziger Tropfen Blut befand sich mehr in ihnen. Wir trugen die beiden eiskalten Leiber zum Feuer und begruben sie kurz darauf neben dem Wachtposten, der seine Kopfverletzung nicht überlebt hatte.

»Also war es doch ein Schmerzensschrei, den wir da vernommen haben«, flüsterte Ibn Fahad mir über die Schulter zu. »Allem Anschein nach ist dieses Ungeheuer nicht unverwundbar.«

»Ja, man kann ihm Schmerzen bereiten, es aber nicht zur Aufgabe zwingen«, entgegnete ich. »Und uns steht keine heilige Schriftrolle mehr zur Verfügung, genausowenig wie heilige Hände, sie zu halten, oder ein heiliger Mund, aus ihr vorzutragen.« Ich warf einen beziehungsreichen Blick auf Abdallah, der den beiden verbliebenen Soldaten ungebetene Ratschläge darüber erteilte, wie sie die Erde auszuheben hatten. In mir keimte die wenig freundliche Hoffnung, einer der Männer möge seine Schaufel nehmen und sie dem alten Besserwisser über den Schädel ziehen.

»Das ist nicht von der Hand zu weisen«, brummte Ibn Fahad. »Nun, ich hege auch Zweifel, ob kalter Stahl bei dem Ungetüm viel auszurichten vermag.«

»Mir geht es genauso. Doch es könnte sein, daß es einen Weg

gibt, uns zu retten. Der Hirtenbube hat mir da etwas gesteckt. Ich werde Euch und den anderen zur Mittagsstunde davon berichten.«

»Ich warte schon jetzt ungeduldig darauf«, entgegnete Ibn Fahad und schenkte mir eines seiner nur angedeuteten Lächeln. »Zumindest freut es mich festzustellen, daß sich außer mir noch ein anderer den Kopf zerbricht. Doch Ihr habt sicher recht, Ihr solltet uns auf dem Marsch Euren Plan aufdecken. Die Tagesstunden sind mittlerweile für uns so wertvoll geworden wie unser Blut. Und offen gestanden, ich glaube, von nun an sollten wir auf zeitraubende Bestattungen verzichten.«

Nun, Freunde, wir befanden uns in einer ziemlich vertrackten Lage. Während wir marschierten, erläuterte ich den Gefährten meinen Plan. Sie lauschten schweigend und mit gesenkten Blicken wie Männer, die zum Tode verurteilt sind. Und wenn ich es recht bedenke, hatten sie auch die triftigsten Gründe dafür.

»Nun, ich habe mir folgendes überlegt«, erklärte ich ihnen. »Wenn der Junge mit seiner Vermutung recht behalten sollte, werden wir von nun an die Nächte mit dem Erzählen von Geschichten verbringen. Zu diesem Zweck legen wir tagsüber Rasten ein, um uns schlafen zu legen. Deshalb ist es für uns besonders wichtig, in den Wachzeiten zügig voranzuschreiten, weil wir sonst über kurz oder lang in diesen verwünschten Bergen unser Leben verlieren. Außerdem müssen wir uns während des Marsches auf Geschichten besinnen, die wir einmal gehört haben. Laut Auskunft des Hirten liegen noch zehn Tage bis zwei Wochen vor uns, ehe wir diese elenden Berge endlich hinter uns gebracht haben. Eine lange Zeit, in der uns leicht die Geschichten ausgehen können. Deshalb zermartert Eure Gehirne und kehrt in Eurem Gedächtnis das Unterste nach oben.«

Der eine oder andere knurrte unwillig, aber den Gefährten

war schon zuviel ihres Mutes abhanden gekommen, um sich noch ernsthaft dagegen auszusprechen.

»Schweigt, wenn Ihr keinen besseren Vorschlag habt«, brachte Ibn Fahad sie schließlich zum Verstummen. »Marsur hat vollkommen recht – obwohl ich den starken Verdacht hege, daß es das erste Mal in seinem Leben ist.« Er grinste spöttisch, und ein Soldat fing an zu kichern. Trotz der Schmähung machte mir das in diesem Moment das Herz etwas leichter.

Zur Mittagsstunde legten wir eine kurze Rast ein. Die meisten von uns legten sich für eine Stunde zum Schlafen auf den felsigen Boden. Danach marschierten wir ohne Unterbrechung bis zum Einbruch der Dunkelheit. Wir befanden uns auf dem Grund einer langgezogenen, tiefen und dichtbewaldeten Schlucht, wo wir sofort ein großes Feuer entfachten, um wenigstens etwas von der Dunkelheit dort unten zu vertreiben. In solchen Momenten wird einem bewußt, welch ein Freund das Feuer dem Menschen ist.

Versammelt um das Prasseln und Flackern, hielten die Männer an Stöcken Wildbretstreifen über die Flammen. Der Wasserschlauch machte die Runde, und nicht zum ersten Mal wünschten sich die Kameraden, auch anderes zu trinken zu bekommen.

»Nun denn«, begann ich, »ich mache den Anfang, denn bei mir zu Hause pflegt man immer mich zu rufen, wenn es ans Geschichtenerzählen geht, und ich versichere Euch, über einen beträchtlichen Vorrat an gutem Abenteuergarn zu verfügen. Einige von Euch dürfen schlafen, aber nicht alle. Zwei oder drei müssen immer wach bleiben, und sei es nur für den Fall, daß der Erzähler ins Stocken gerät oder sonstwie nicht mehr weiterweiß. Natürlich wissen wir nicht, ob wir damit das Ungeheuer wirklich in Schach halten können, aber wir sollten kein Risiko eingehen.«

Und so begann ich mit der Geschichte von den vier klugen Brüdern. Es war noch früh am Abend, und niemand verspürte Müdigkeit. Alle lauschten mir aufmerksam, während ich der Geschichte ihren Lauf ließ, hier eine Kleinigkeit hinzufügte und da eine Beschreibung ausdehnte.

Als ich geendet hatte, verleitete mich der Beifall der Kameraden dazu, mit der Geschichte vom Teppichhändler Salim und seinem untreuen Weib fortzufahren. Dieser Stoff war vielleicht nicht ganz die beste Wahl, denn es ging darin um einen rachsüchtigen Dschinn und den Tod. Aber ich ließ mich nicht abhalten, und als die Geschichte zu Ende war, gab ich noch zwei weitere zum besten.

Ich hatte die vierte fast hinter mir, sie drehte sich um einen Waisenjungen, der eine Höhle voller Edelsteine entdeckt, als mir etwas Merkwürdiges auffiel.

Das Feuer war schon ziemlich heruntergebrannt, und bei einem Blick über die Flammen nahm ich im Wald eine Bewegung wahr. Der Unterwesir Walid saß mir direkt gegenüber, und hinter seinen einstmalen prächtigen Gewändern hockte plötzlich ein dunkler Schatten. Dieser kam nie näher als bis zum Waldrand und hielt sich sorgfältig aus dem Feuerschein. Für einen Moment versagte mir die Stimme, und ich mußte stottern, doch es gelang mir rasch, den Faden wiederaufzunehmen und die Geschichte zu ihrem Ende zu bringen. Niemand hatte das kurze Stocken bemerkt, dessen war ich mir ziemlich sicher.

Ich zog mir die Kapuze tief ins Gesicht, um meinen Blick zu verbergen, und spähte über die Schulter des Unterwesirs in die Bäume. Das Wesen schien etwas näher an uns herangerückt zu sein.

Jetzt konnte ich es sogar recht gut erkennen, obwohl es sich an einen Stamm preßte. Das Ungeheuer besaß Menschengestalt, und sein Gesicht lag im Schatten. Doch zwei Augen funkelten darin wie glühende Kohlen. Es schien mir, als wäre das

Wesen in Lumpen gekleidet, doch vielleicht war ich nur einer Sinnestäuschung erlegen.

Nur einen Steinwurf von uns entfernt hockte es im Gehölz und lauschte.

Ich ließ den Blick langsam über die Runde fahren. Die meisten richteten ihre Augen auf den Unterwesir. Rehkitz hatte seine geschlossen und mußte wohl eingeschlafen sein. Nur Ibn Fahad starrte hinaus in die Dunkelheit. Ich vermute, er spürte meinen Blick, denn plötzlich drehte er sich zu mir um und nickte leise. Er hatte das Ungeheuer also auch erspäht.

So fuhren wir bis zur Morgendämmerung fort. Die Männer legten sich abwechselnd schlafen, während ein anderer mit dem Erzählen fortfuhr. Meistens erzählten alle Geschichten, die sie in der Kindheit gehört hatten, seltener eigene Erlebnisse. Ibn Fahad und ich verloren kein Wort über unseren ungebetenen Gast. Irgendwann kurz vor der Morgendämmerung zog das Wesen sich zurück.

Wir waren ein verschlafener Haufen, der sich am folgenden Tag über den Bergpfad mühte, doch wenigstens hatten wir alle die Nacht lebend überstanden. Das allein schon hob die Stimmung der Kameraden, und wir machten bis zum Abend gute Fortschritte.

In der Nacht hockten wir uns wieder um ein Feuer. Ich erzählte die Geschichte vom Gazellenkönig, dann die vom verzauberten Pfau und schließlich die von dem kleinen Mann ohne Namen. Jeder Beitrag fiel länger und umständlicher aus als der vorangegangene. Alle steuerten dann wechselseitig Geschichten bei, nur Abdallah und der Hirtenjunge nicht. Der Oberschreiber erklärte, wann immer er befragt wurde, er habe noch nie seine Zeit mit Narreteien wie dem Lauschen von Geschichten vergeudet. Schließlich gaben wir es auf, unser Heil an Leib und Seele ihm anzuvertrauen und ihn zum Erzählen zu drängen.

Der menaritische Knabe, unser Führer, hockte die ganze Nacht schweigend in unserer Mitte und ließ die Geschichten, die nicht in seiner Muttersprache erzählt wurden, über sich ergehen. Als der Mond über den Baumwipfeln aufging, kam der Schatten wieder zu uns und stand reglos gerade außerhalb der Lichtung hinter einem Baum. Ich bemerkte, wie der Bauernjunge den Kopf hob. Mir war klar, daß er das Wesen sah, aber wie Ibn Fahad und ich hielt er den Mund.

Der nächste Tag bescherte uns zweifaches Ungemach. Als wir am Morgen das Lager abbrachen und uns von Herzen darüber freuten, daß unsere Zahl sich seit dem Abend nicht verringert hatte, begab sich der Hirte mit den Wasserschläuchen auf den Weg zum Fluß, der die Sohle des Tals durchschnitt. Als über eine Stunde verstrichen und er noch nicht zurückgekehrt war, machten wir uns mit bangem Herzen auf die Suche nach ihm.

Der Junge war fort. Alle Wasserschläuche bis auf einen lagen am Flußufer. Er hatte sie brav gefüllt.

Die Kameraden gerieten in Panik. »Der Vampir hat ihn geholt!« riefen sie ein ums andere Mal.

»Wozu sollte eine solche Höllenkreatur sich denn eines Wasserschlauchs bemächtigen?« fuhr al-Salameh sie an.

»Da hat er recht«, erklärte ich. »Nein, ich fürchte, unser junger Freund ist sozusagen von Bord gegangen. Vermutlich glaubt er, eher und sicherer nach Hause zu kommen, wenn er sich allein auf den Weg dorthin macht.«

Noch heute frage ich mich, ob der Knabe es wohl geschafft hat. Er war kein schlechter Kerl, ganz gewiß nicht. Dafür mag allein schon der Umstand stehen, daß er lediglich einen Wasserschlauch mitgenommen und den Rest für uns zurückgelassen hat.

So standen wir also wieder einmal ohne Führer da. Glücklicherweise hatte ich bei einer früheren Gelegenheit mit dem

Hirten gesprochen und ihn nach der Richtung befragt, in die wir uns wenden mußten. Und er hatte Ibn Fahad und mir erklärt, auf welche markanten Punkte in der Landschaft wir zu achten hätten. Trotzdem nahmen wir nur schweren Herzens unseren Weg wieder auf.

Später, am frühen Nachmittag, traf uns dann der zweite Schlag.

Wir waren aus dem Tal gekommen und bestiegen schräg eine steile Schluchtwand. Die verdammten kaukasischen Nebel hatten die Felsen glitschig gemacht und den Boden aufgeweicht. Der Grund war äußerst trügerisch.

Achmed, der ältere der beiden verbliebenen Speerträger, war schon den ganzen Tag beschwerlich vorangekommen. Er klagte über Gliederreißen und meinte, die kalten Nächte hätten alles nur noch schlimmer gemacht.

Wir hielten auf einem Felsvorsprung an, der aus der Schluchtwand ragte. Achmed, der letzte im Zug, wollte gerade zu uns hinaufsteigen, als er ausglitt, auf die Seite fiel und einige Fuß den Steilhang hinabrutschte.

Ibn Fahad sprang sofort auf und suchte nach einem Seil, doch bevor er eines aus seinem Bündel gezogen hatte, kletterte der andere Soldat – er hieß Bekir, wenn mich mein Gedächtnis nicht im Stich läßt – den Vorsprung hinab, um seinem Kameraden zu Hilfe zu eilen.

Er bekam auch Achmeds Gewand zu fassen und drehte sich nach hinten, um Ibn Fahads Seil zu ergreifen, als das Bein des älteren Mannes einknickte und er nach hinten fiel. Bekir verlor das Gleichgewicht und stürzte ebenfalls nach unten, weil seine Hände sich in Achmeds Gewand verkrallt hatten. Die beiden rollten, sich wieder und wieder überschlagend, die Felswand hinunter. Bevor einer von uns auch nur in der Lage war, einen Schrei auszustoßen, verschwanden die Soldaten über den Rand, so wie ein Weinkrug vom Tisch rollt. Von einem

Moment auf den anderen war von ihnen nichts mehr zu sehen.

Einen Sturz in solche Tiefe kann niemand überleben.

Wir konnten die Leichen natürlich nicht bergen. Es war uns nicht einmal möglich, hinunter in die Schlucht zu steigen und nach ihnen Ausschau zu halten. Ibn Fahads Vorschlag, daß wir in Zukunft auf Bestattungen verzichten sollten, war auf schreckliche, geradezu zynische Weise zur Wirklichkeit geworden. Uns blieb nichts anderes übrig, als unseren Weg fortzusetzen. Nun waren wir nur noch zu fünft: Ibn Fahad, der Unterwesir Walid, der Oberschreiber Abdallah, der junge Rehkitz und meine Wenigkeit. Ich bezweifle, daß es in diesem Moment einen unter den Gefährten gab, der sich nicht fragte, wen von uns der Tod sich an diesem trübsinnigen Ort als nächsten holen würde.

Bei Allah, dem Großmächtigen, ich bin noch nie des Klangs meiner eigenen Stimme so überdrüssig gewesen wie zu dem Zeitpunkt, an dem neun weitere Nächte hinter uns lagen. Ich weiß, Ibn Fahad würde dazu nur bemerken, mir sei nie bewußt geworden, wie überdrüssig jeder meiner Stimme wird, wenn er sie nur kurz vernehmen muß. Habe ich nicht recht, alter Freund? Doch ich war ihrer wirklich müde geworden, war es gründlich leid, mein Hirn auf der Suche nach neuen Geschichten zu martern, den heiseren Stimmen von Walid und Ibn Fahad zu lauschen und zu alledem auch noch durch diese feuchten, finsteren und bedrückenden Berge irren zu müssen.

Mittlerweile waren sich alle des Schattens bewußt, der des Nachts erschien, sich außerhalb des Feuerscheins an einen Baum lehnte und lauschte. Dem jungen Rehkitz machte das Wesen am meisten zu schaffen. Als er an der Reihe war, konnte er seine Geschichte kaum zu Ende erzählen, so sehr zitterte seine Stimme.

Abdallah wurde von Stunde zu Stunde kälter und umgab sich mit einer Abwehrschicht wie ranziges Fett. Die Kreatur, die uns folgte, ließ sich weder von seinem Zynismus abschrecken noch von seinen Rechenkünsten beeindrucken – selbst seine Wut und Übellaunigkeit schienen ihr nicht das geringste auszumachen. Der hagere Oberschreiber beschimpfte uns nicht mehr, noch nahm er an der Geschichtenrunde teil. Statt dessen hockte er nur schweigend herum oder ließ sich abseits von uns nieder. Trotz der dräuenden Gefahr blieb Abdallah lieber allein und mied unsere Gesellschaft, wann immer ihm das möglich war.

In der zehnten Nacht nach dem Verlust von Achmed und Bekir fiel uns so gut wie nichts mehr ein, was sich noch zu erzählen lohnte. Das Ende schien nah und damit der Zeitpunkt, an dem wir uns geschlagen geben mußten. Wir waren nur noch Schatten unserer selbst und glichen somit immer mehr dem Wesen, das wir so sehr fürchteten.

Walid al-Salameh berichtete gerade ebenso dröge wie monoton von irgendeiner wenig aufregenden Intrige am Hofe des Königs Darius von Persien. Ibn Fahad beugte sich zu mir und erklärte so leise, daß weder Abdallah noch Rehkitz – dessen Miene anzusehen war, daß er alle Hoffnung aufgegeben hatte und nur noch tiefste Verzweiflung in ihm wohnte – ihn verstehen konnten: »Ist Euch aufgefallen, daß unser besonderer Freund sich heute abend noch nicht gezeigt hat?«

»Das ist mir durchaus nicht entgangen«, antwortete ich, »und ich halte das auch für alles andere als ein gutes Zeichen. Wenn unsere Geschichten dem Vampir zu langweilig werden, wie lange mag es dann noch dauern, bis er sich besinnt, daß wir ihm auch auf andere Weise dienlich sein können?«

»Diese Furcht beschleicht mich ebenfalls«, entgegnete er und lachte heiser. »Noch mindestens drei oder vier Tage strammen Marsches stehen uns bevor, bis wir diese elenden

Berge hinter uns lassen und endlich wieder die Ebene erreichen, wo wir hoffen dürfen, von dieser Höllenkreatur nicht länger behelligt zu werden.«

»Ibn Fahad«, erklärte ich mit einem Blick auf Rehkitzens sorgenzerfurchtes, bleiches Gesicht leise, aber eindringlich, »ich fürchte, das schaffen wir nie und nimmer ...«

Wie um die Wahrheit meiner Worte zu unterstreichen, hielt Walid in diesem Moment in seiner Erzählung inne und erlitt einen heftigen Hustenanfall. Ich reichte ihm den Wasserschlauch und ließ ihn trinken, doch als er seine Kehle ausreichend befeuchtet hatte, fuhr er mit der Geschichte nicht fort, sondern hockte nur da wie jemand, der sich rettungslos verlaufen hat, und starrte in den dunklen Wald.

»Werter Wesir«, sprach ich ihn an, »wollt Ihr nicht weitererzählen?«

Als er weiterhin schwieg, nahm ich den Faden an seiner Stelle auf und versuchte, mit einer Geschichte fortzufahren, der ich kaum zugehört hatte. Abdallah schnalzte abschätzig mit der Zunge. Wenn ich nicht gerade damit beschäftigt gewesen wäre, mich auf eine Fortsetzung zu besinnen, hätte ich den Oberschreiber auf der Stelle niedergeschlagen.

Und langsam formte sich vor meinem geistigen Auge die zweite Hälfte der Geschichte. Ich ersann gerade einen Ausweg für Darius, um Ruhe und Ordnung an seinem Hof wiederherzustellen, als ein neuer Schock wie ein eisiger Wind über uns fuhr. Ein Schatten tauchte am Rand der Lichtung auf: Der Vampir war zu uns gekommen.

Der Unterwesir stöhnte, rutschte näher ans Feuer und machte sich dort ganz klein. Kurz versagte auch mir die Stimme, aber nur für einen Moment, dann fuhr ich mit der Erzählung fort. Die kohleartigen Augen starrten uns undurchdringlich und unentwegt an. Dann bewegte sich der Schatten, als breite das Wesen seine Schwingen aus.

Plötzlich sprang Rehkitz auf und stand auf schwankenden Beinen. Jetzt konnte ich endgültig nicht mehr weitererzählen, sondern nur noch verwundert den Jungen anschauen.

»Kreatur!« schrie Rehkitz. »Höllengezücht! Warum quälst du uns auf diese Weise? Warum? Sag mir einen Grund? Warum?«

Ibn Fahad streckte eine Hand aus, um den Jungen zurückzuziehen, aber der wich ihm behende aus, wie ein scheuendes Pferd. Sein Mund stand offen, und in seinen Augen, die tief in den Höhlen lagen, stand nur blankes Entsetzen.

»Du großes Ungeheuer!« brüllte er jetzt. »Warum spielst du mit uns? Warum bringst du mich nicht gleich um, warum tötest du nicht uns alle, damit wir befreit werden von diesem, diesem …«

Und damit schritt er von dannen, fort vom Feuer und hin zu dem Wesen, das am Waldrand hockte.

»Beende dieses unwürdige Spiel auf der Stelle!« kreischte Rehkitz, fiel wenige Schritte vor den glühenden Augen auf die Knie und fing hemmungslos an zu schluchzen.

»Ihr törichter Junge, kommt sofort zurück!« rief ich. Doch bevor ich aufspringen und ihn zurückholen konnte – und im Namen Allahs, das hätte ich getan, ich schwöre es Euch –, ertönte ein machtvolles Rauschen, und dann war der schwarze Schatten verschwunden. Man hätte meinen können, jemand hätte das gräßliche Funkeln der Augen gelöscht. Als wir den zitternden Jüngling zum Feuer zurückzogen, raschelte es in den Bäumen, und auf der entgegengesetzten Seite unseres Lagers bog sich ein Ast unter dem Gewicht einer fremdartigen, neuen Frucht – ein schwarzes Gewächs mit rotglühenden Augen. Der Vampir ließ ein gräßliches Krächzen ertönen.

In unserem Entsetzen brauchten wir einige Zeit, ehe wir erkannten, daß es sich bei den reibeisenhaften Geräuschen um Worte handelte, und zwar um arabische.

»Ihr … wart … es … doch«, erklärte uns das Wesen, »die … sich … dafür … entschieden haben, das Spiel auf diese Weise zu spielen.«

Am Rätselhaftesten war jedoch, daß diese Kreatur, und darauf hätte ich jeden Eid abgelegt, unsere Sprache noch nie gesprochen hatte, ja, sie vermutlich früher nicht einmal vernommen hatte, ehe wir uns in diesem Gebirge verliefen. Etwas an der abgehackten Modulation und der ungewöhnlich zögernden Aussprache ließ mich darauf schließen, daß der Vampir das Arabische in all den Nächten von uns gelernt hatte, in denen wir uns am Lagerfeuer Geschichten erzählten.

»Dämon!« kreischte Abdallah. »Was für eine Art Kreatur seid Ihr?«

»Ihr wißt sehr … gut, was für … eine Art Wesen ich … bin, Mensch. Zwar mag keiner unter Euch wissen, wie oder warum ich so geworden bin, aber Ihr … habt mittlerweile erfahren … dürfen, was ich … bin.«

»Warum nur, warum quält Ihr uns so?« rief Rehkitz und bibberte im starken Griff Ibn Fahads am ganzen Leib.

»Warum bringt die … Schlange das Kaninchen … um? Die Schlange haßt das … Kaninchen nicht. Sie tötet, um zu … leben, so … wie ich das tue … und Ihr auch.«

Abdallah wagte sich einen Schritt vor. »Wir schlachten die von unserer Art nicht auf die Weise ab, wie Ihr das tut, Auswurf der Hölle!«

»Oberschreiber!« zischte die schwarze Gestalt und ließ sich von dem Ast fallen. »Haltet Euer törichtes Maul! Ihr reizt mich zu sehr!« Der Vampir hüpfte auf und ab, als sei er aufs äußerste verärgert. »Verflucht seien die Menschen und ihre Art! Selbst in diesem Augenblick provoziert Ihr mich mehr, als Eurer würdig ist, Ihr aufgeblasenes … Insekt!«

Das Wesen sprang hoch in die Luft und eilte unter lautem Blätterrascheln über den langen Ast eines großen Baumes. Ich suchte nach meinem Schwert, doch bevor ich es gefunden hatte, ließ die Kreatur vom hohen Sitz seine gräßliche Stimme vernehmen.

»Der Jüngling hat mich gefragt, warum ich mit Euch ›spiele‹. Nun, das tue ich nicht. Wenn ich nicht töte, muß ich leiden. Noch mehr Pein ertragen, als es mir ohnehin schon auferlegt ist.

Im Gegensatz zu dem, was der Oberschreiber in seiner Verblendung äußerte, bin ich jedoch kein Wesen ohne Gefühle, wie Menschen sie haben. Weniger und weniger steht mir der Sinn danach, Euch zu töten.

Zum ersten Mal seit langer, langer Zeit war es mir vergönnt, von Menschenzungen etwas anderes als Schreie der Furcht zu vernehmen. Ich konnte mich einer Gruppe von Menschen nähern, ohne daß Hunde anfingen zu bellen, und mich an ihren Geschichten erfreuen.

Das war für mich fast so, wie wieder einer der Menschen zu sein ...«

»Und zeigt Ihr so Eure Freude, indem Ihr uns ermordet?« fragte der Unterwesir mit klappernden Zähnen.

»Ich bin, was ich bin«, antwortete das Ungeheuer. »Doch trotz meines Hungers habt Ihr in mir den Wunsch nach Gesellschaft, nach Gefährten geweckt. Und damit sind mir andere Dinge wieder in den Sinn gekommen, an die ich mich lange nicht mehr erinnern konnte ...

Ich schlage Euch deswegen einen Handel vor ... oder, wie Ihr das nennt, eine Wette ...«

Endlich fand ich mein Schwert. Ibn Fahad hatte das seine bereits gezogen, doch uns beiden war nur zu bewußt, daß mit blankem Stahl kaum etwas auszurichten war – nicht gegen einen rotäugigen Dämon, der aus dem Stand fünf Ellen hoch in die Luft springen konnte und binnen zwei Wochen unsere Sprache gelernt hatte.

»Wir schließen keinen Handel mit dem Schaitan!« ereiferte sich Abdallah.

»Was meint Ihr damit?« fragte ich den Vampir und staunte im stillen nicht schlecht darüber, das ein solches Gespräch hier und jetzt stattfand, und ich mittendrin. »Achtet nicht auf den ...«, ich verzog den Mund, »den selbsternannten heiligen Mann!«

Der Oberschreiber bedachte mich mit seinem giftigsten Blick.

»Dann hört meine Worte«, begann das Ungeheuer und schien im dichten Wipfel seines Baums ein weiteres Mal die mächtigen Schwingen zu spannen. »Hört mich an. Ich muß töten, um zu leben, und meine Natur ist von solcher Art, daß ich nicht aus dem Leben scheiden kann. So verhält es sich nun einmal mit uns Vampiren.

Jetzt biete ich Euch jedoch trotzdem eine Möglichkeit, sicher und unbeschadet aus diesen Bergen, meinem Reich, zu gelangen. Wir veranstalten einen Wettstreit, wenn Euch das beliebt. Wenn Ihr mich schlagt, dürft Ihr unbehelligt von dannen ziehen, und ich wende mich wieder den stinkenden, dickblütigen Bauern in diesen Tälern zu.«

Ibn Fahad lachte bitter. »Wie das? Sollen wir etwa gegen Euch kämpfen? Wohlan denn!«

»Ich würde Euer Rückgrat wie trockenes Reisig zerbrechen«, krächzte die schwarze Gestalt. »Nein, Ihr habt mich so viele Nächte mit Euren Geschichten unterhalten, und so sollen es Erzählungen sein, die Euch freien Abzug gewähren können. Wir führen einen Wettstreit durch, und zwar einen, der meinem Gemüt am ehesten entspricht: Es geht darum, die traurigste Geschichte vorzutragen. Dies bestimme ich, und so soll es sein. Ihr dürft drei Geschichten erzählen, ich nur eine. Sollte wenigstens eine der Euren trauriger sein als die meine, mögt Ihr weiterziehen und werdet nicht mehr von mir verfolgt.«

»Und wenn wir unterliegen?« rief ich. »Und wer soll überhaupt der Richter in diesem Wettstreit sein?«

»Ihr selbst dürft bestimmen, welche Geschichte den Anforderungen am ehesten genügt«, antwortete er, und in seiner tiefen Stimme schwang so etwas wie grimmige Belustigung mit. »Wenn Ihr mir in die Augen sehen und dann erklären könnt, daß eine Eurer Geschichten besser war als meine, nun, dann will ich Euch glauben.

Wenn Ihr aber verliert, so soll einer aus Eurer Mitte zu mir kommen und den Preis für Eure Niederlage bezahlen. Dies sind meine Bedingungen. Wenn Ihr sie nicht annehmt, jage ich Euch weiter und bringe Euch einen nach dem anderen zur Strecke. Denn bei allem, was recht ist, die letzten Geschichten, die Ihr vorgetragen habt, konnten kaum noch meine Neugier erregen.«

Ibn Fahad warf mir einen besorgten Blick zu. Rehkitz und die anderen starrten das Wesen halb entsetzt und halb verwundert an.

»Wir teilen Euch unsere Entscheidung morgen bei Sonnenuntergang mit«, erklärte ich dem Vampir. »So viel Zeit müßt Ihr uns gewähren, damit wir nachdenken und uns beraten können.«

»Der Wunsch sei Euch gewährt«, entgegnete er. »Doch wenn Ihr meine Herausforderung annehmt, beginnt der Wettstreit unmittelbar danach. Immerhin sind uns nur noch wenige gemeinsame Tage vergönnt.« Damit ließ er ein fürchterliches Lachen erklingen, das sich anhörte, als würde man die Rinde von einem verrotteten Baum reißen. Und einen Moment später war der Schatten verschwunden.

Am Ende mußten wir uns natürlich auf die Wette der Kreatur einlassen, wußten wir doch, daß er mit seiner Einschätzung richtig gelegen hatte. Wir wackelten des Nachts am Lagerfeuer nur noch mit den Bärten und hatten längst aufgehört, den Geschichten zu lauschen, die wir uns gegenseitig erzählten. Welcher Zauber auch immer die Kreatur davon abgehalten hatte, unsere Kehlen zu zerreißen, er war ausgelaufen wie Mehl aus einem löchrigen Sack.

Ich peinigte mein armes Gehirn den ganzen Nachmittag hindurch, auf daß mir eine möglichst traurige Geschichte einfallen möge, doch mir kam beim besten Willen nichts in den Sinn, was den Bedingungen des Vampirs Genüge getan hätte oder sonstwie geeignet gewesen wäre, unser aller Leben zu retten. Die meisten Nächte hindurch, und oft genug mehrere hintereinander, hatte ich den Großteil des Erzählens besorgt, und mein Vorrat an Geschichten war restlos erschöpft. Außerdem bin ich noch nie gut darin gewesen, mir neue auszudenken, wie mein Freund Ibn Fahad hier sicher gern bestätigen wird. Ja, lacht Ihr nur in Euren Bart, alter Weggefährte.

Um der Wahrheit die Ehre zu geben, es war Ibn Fahad selbst, der sich bereit erklärte, die erste Geschichte zu erzählen. Ich fragte ihn gleich, was er denn zum Vortrag bringen wolle, doch er wollte es mir nicht sagen. »Laßt mich die Kraft, die ihr innewohnen mag, bis zum entscheidenden Moment bewahren«, erklärte er mir nur. Dem Unterwesir war auch etwas eingefallen, was ihm brauchbar erschien. Ich marterte gerade ein weiteres Mal vergeblich mein Hirn, als der junge Rehkitz sich zu Wort meldete und verkündete, auch er wolle eine Geschichte zum besten geben. Ich sah ihn nur an, betrachtete seine rosigen Wangen und die Augen mit den langen Wimpern und fragte ihn, was er denn schon von Traurigkeit zu wissen glaube. Kaum hatte ich diese Worte ausgesprochen, als mir auch schon bewußt wurde, wie grausam sie klingen mußten, befanden wir alle uns doch im Schatten des Todes oder eines noch weitaus schlimmeren Schicksals. Doch ich konnte sie nicht mehr zurücknehmen.

Aber Rehkitz war nicht verletzt oder beleidigt. Er hockte im Lotussitz auf dem Boden und faltete seinen Umhang zusammen und wieder auseinander, faltete ihn erneut zusammen und so fort. »Ich will eine traurige Geschichte über die Liebe erzählen. Alle besonders traurigen Geschichten drehen sich um die Liebe.«

Ach, diese jungen Flaumbärte, dachte ich, obwohl ich gerade mal zehn Jahre älter war als er. Eine traurige Erzählung über die Liebe. Doch da ich mit keinem besseren Vorschlag aufwarten konnte, mußte ich ihm seinen Willen lassen.

An diesem Tag marschierten wir so lange und so weit, wie wir nur konnten. Fast schien es, als beflügle uns die Hoffnung – mochte sie auch noch so sehr aller Vernunft zuwiderlaufen –, einen Weg hinaus aus diesen düsteren, nebelverhangenen Tälern zu finden. Als die Dämmerung kam, ragten immer noch die hohen Gipfel vor uns auf. Wir schlugen im Windschatten eines großen, aufrecht stehenden Felsens unser Lager auf, als könnte der uns wenigstens den Rücken freihalten, wenn sich die Dinge in dieser Nacht anders entwickeln sollten, als wir uns das wünschten.

Das Feuer fing gerade an zu brennen, und die Sonne versank endgültig hinter dem Höhenzug, als ein kalter Windstoß die Baumzweige peitschte. Ohne es aussprechen zu müssen und ohne einander anzusehen, wußten wir, daß der Vampir zu uns gekommen war.

»Habt Ihr zu einer Entscheidung gefunden?« Die Stimme, die aus dem Wald kam, klang eigenartig, als wollte das Wesen freundlich erscheinen, doch meine Ohren hörten in diesem Gekrächze nur Tod und Verderben.

»Das haben wir«, antwortete Ibn Fahad und erhob sich aus seiner hockenden Stellung, um aufrecht zu stehen. »Wir wollen auf Eure Wette eingehen. Wünscht Ihr, gleich selbst zu beginnen?«

»O nein«, entgegnete das Wesen und machte ein Geräusch, als würde es mit den Schwingen schlagen. »Das würde doch alle Spannung aus unserem Wettstreit nehmen, oder nicht? Ich bestehe darauf, daß Ihr zuerst Eure Geschichten erzählt.«

»Dann mache ich den Anfang«, erbot sich Ibn Fahad und sah sich in unserer Runde nach Zustimmung um. Das dunkle Wesen schritt unvermittelt auf uns zu. Noch bevor wir auseinanderlaufen konnten, blieb es wenige Schritte vor dem Feuer stehen.

»Fürchtet Euch nicht.« So nah klang die Stimme des Vampirs noch fremdartiger. »Ich bin zu Euch getreten, um die Geschichte besser zu hören und den Sprecher ansehen zu können, denn so verhält es sich doch in einer guten Geschichtenrunde. Aber keine Sorge, ich komme Euch nicht näher. Also, beginnt.«

Alle außer mir starrten ins Feuer, zogen die Knie an und vermieden es tunlichst, einen Blick auf die dunkle Gestalt zu werfen, die hinter uns hockte. Ich saß dem Vampir direkt gegenüber, und das Feuer befand sich zwischen uns, so daß ich mich sicherer fühlen durfte als Walid oder Abdallah, die ihm direkt den Rücken zukehrten.

Der Vampir stand nicht wie üblich, sondern hockte auf dem Boden, als ahme er uns nach. Er hatte sich die Kapuze ins Gesicht gezogen, und nur ein schwacher roter Schein, wie bei einem verglimmenden Holzscheit, lugte unter dem Saum hervor. Das Wesen war von schwärzestem Schwarz, nicht so wie bei einem Neger, sondern mehr wie verbrannter Stahl oder der Eingang zu einer tiefen Höhle. Dennoch besaß er unzweifelhaft eine menschenähnliche Gestalt. Allerdings wirkte er wie jemand, der an der Pest gestorben ist. Der Vampir hatte sich in Lumpen gehüllt, schimmelnde Stoffetzen, so faulig wie vergammeltes Brot. Nur der mächtige gebeugte Rücken zeigte an, welche ungeheure Kraft in ihm wohnte. Er sah aus wie eine zum Sprung bereite Riesenheuschrecke.

Ibn Fahads Geschichte

Vor vielen Jahren reiste ich für einige Zeit durch Ägypten. Ich war damals bettelarm und zog an jeden Ort, an dem die Aussicht bestand, daß ein Schwertkämpfer benötigt würde.

Endlich fand ich mich in der Leibwache eines reichen Kaufmanns in Alexandria wieder. Dort ging es mir nicht schlecht, und ich war es zufrieden. Und noch mehr gefiel es mir, die belebten Straßen entlangzuspazieren, wie es sie in dem Dorf, in dem ich geboren und aufgewachsen bin, nicht gab.

An einem Sommerabend lenkten mich meine Schritte in eine Straße, die mir gänzlich unbekannt war. Sie endete an einem kleinen Platz, der sich vor der Fassade einer alten Moschee erstreckte. Viele Menschen hatten sich hier versammelt, Kaufleute wie Fischweiber, darunter auch zwei bis drei Jongleure, doch die meisten standen dicht an dicht vor dem Gotteshaus und starrten hinauf.

Als ich auf den Platz gelangte, glaubte ich zuerst, es wäre Zeit für das Abendgebet, obwohl die Sonne noch gar nicht untergegangen war. Dann fragte ich mich, ob vielleicht ein bedeutender Imam seinen Weg hierher gefunden hatte und nun von den Stufen der Moschee sprechen wollte. Doch beim Nähertreten erkannte ich, daß die Menschen viel weiter nach oben blickten, ja, sich wahrhaftig die Hälse verrenkten, als hätte sich die Sonne selbst auf dem Weg zu ihrem Ankerplatz im Westen in einer der Minarettspitzen verfangen.

Doch als ich auch dort hinauf blickte, gewahrte ich oben auf der Kuppel nicht die Sonne, sondern einen Mann, der hinaus auf den Horizont zu starren schien.

»Wer ist das?« fragte ich einen der Umstehenden.

»Das ist Ha'arud al-Emwiya, der Sufi«, antwortete er mir, ohne den Blick auch nur für einen Moment von dem Schauspiel zu wenden.

»Hat er sich dort oben festgebunden?« wollte ich wissen. »Wird er nicht abstürzen?«

»Wartet es nur ab«, erklärte der Mann mir lediglich, und ich tat, wie mir geheißen.

Einen Moment später versteifte der Sufi Ha'arud seinen Körper und ließ sich zu meinem unbeschreiblichen Entsetzen wie ein Stein von dem Minarett fallen. Mir stockte der Atem, und einigen anderen in der Menge erging es ebenso. Doch die meisten standen nur in ehrfürchtigem Schweigen da.

Und dann geschah das Unfaßbare: Der stürzende heilige Mann breitete die Arme wie Vogelschwingen aus, und sein Fall verwandelte sich in sanftes Gleiten. Er überflog die Menschen, stieg schließlich höher, ließ sich wie ein Blatt im Wind dahintreiben, drehte sich im Flug, machte eine Rolle vorwärts und landete endlich weich wie eine Daunenfeder auf dem Boden. Alle Anwesenden schrien: »Gott ist groß! Gott ist groß!« Als der Sufi auf seinen bloßen Fußsohlen aufgesetzt hatte, umringten ihn die Menschen, berührten sein grobes Wollgewand und riefen seinen Namen. Er aber schwieg, ließ das alles über sich ergehen und lächelte dazu. Nach einer Weile begann die Menge, sich zu zerstreuen. Die Menschen verließen den Platz in kleinen, erregt miteinander diskutierenden Gruppen.

»Das war ja wirklich ein Wunder!« erklärte ich meinem Nebenmann.

»Vor jedem heiligen Tag setzt er zu seinem Flug an«, teilte er mir mit und zuckte die Achseln. »Mich verwundert viel mehr, daß Ihr tatsächlich noch nie von Ha'arud al-Emwiya gehört habt.«

Ich beschloß, mit diesem erstaunlichen Sufi zu sprechen. Als sich die Reihen der Menge deutlich gelichtet hatten, trat ich zu ihm und fragte ihn, ob ich ihn zu einem Glas Tee einladen dürfe. Aus der Nähe fiel mir ein schelmischer Zug in seiner Miene auf, wie ich ihn bei einem Mann, dem von Allah soviel Gunst erwiesen worden war, nie vermutet hätte. Er stimmte lächelnd zu und führte mich in ein Teehaus unweit der Straße der Weber.

»Wie kommt es, und verzeiht, wenn ich so unverblümt frage, daß Ihr unter allen heiligen Männern so gesegnet wurdet?«

Er hielt das warme Glas in den Händen, sah mich an und grinste. In seinem Mund befanden sich nur noch zwei Zähne. »Der Sinn fürs Gleichgewicht.«

Das verblüffte mich. »Eine Katze hat einen guten Gleichgewichtssinn«, entgegnete ich. »Trotzdem muß sie warten, bis der Vogel gelandet ist, ehe sie ihn fangen und verspeisen kann.«

»Ich meine ja auch eine andere Art von Gleichgewicht«, erklärte er, »nämlich die Balance zwischen Gott und dem Schaitan, die, wie Euch sicher bekannt ist, von Allah dem Allwissenden als sehr empfindliches Gleichgewicht eingerichtet worden ist.«

»Erklärt mir das bitte genauer, Meister!« bestürmte ich ihn und wollte Wein bestellen, doch der heilige Mann lehnte dankend ab.

»Alle Dinge wollen mit Umsicht und Behutsamkeit angegangen werden«, begann er. »Genauso verhält es sich auch mit dem Fliegen. Weit heiligere Männer, als ich es bin, können sich genausowenig in die Lüfte erheben wie ein Stein. Und andere Menschen, die so verderbt gelebt haben, daß es den Teufel beschämt, können ebensowenig den Himmel durcheilen. Nur ich, und Ihr müßt verzeihen, wenn das jetzt etwas eitel und selbstgefällig klingt, habe die perfekte Balance gefunden. Jedes Jahr vor den heiligen Tagen zähle ich meine Taten zusammen und füge hier eine kleine Läßlichkeit und dort einen minderen Akt des Glaubens hinzu, bis meine guten und meine schlechten Werke sich im perfekten Gleichgewicht befinden.

Wenn ich dann von der Spitze der Moschee springe, haben weder Allah noch sein Erzwidersacher einen Anspruch auf meine Seele und verschieben mich auf einen späteren Zeitpunkt, an dem dann besser zu ermitteln ist, welcher Seite ich zufalle.« Er lächelte wieder und trank sein Glas leer.

»Dann seid Ihr so etwas wie ein Schachbrett, auf dem sich Gott und der Teufel messen?« fragte ich ihn verblüfft.

»Ja, ein fliegendes Schachbrett.«

Wir unterhielten uns noch lange, und die Schatten auf der Straße der Weber wurden immer länger. Doch Ha'arud beharrte stur auf seiner Erklärung. Ich muß immer noch ein ungläubiges Gesicht gemacht haben, denn nach einer Weile schlug er vor, gemeinsam zur Spitze der Moschee hinaufzusteigen, damit er dort den Beweis für seine Behauptung antreten könne.

Ich war mittlerweile vom guten Wein schon etwas angetrunken. Er hingegen, obwohl er nur Tee zu sich genommen hatte, war von einer Ausgelassenheit, die zu erreichen ich noch etlicher Kelche mehr bedurft hätte. Wir begaben uns also zur Moschee, stiegen die lange Wendeltreppe hinauf und traten, oben angekommen, auf den schmalen Sims hinaus, der wie eine Krone auf dem Minarett lag. Die kühle Nachtluft und die tausend blinkenden Lichter in der Stadt unter uns ernüchterten mich auf der Stelle. »Mit einem Mal kommt mir Eure Erklärung durchaus sinnvoll vor«, sagte ich. »Laßt uns doch wieder hinabsteigen.«

Aber davon wollte der Sufi nichts wissen und machte sich bereit, vom Rand des Simses zu springen. Wie eine Hummel hockte er gut hundert Fuß über der staubigen Straße. »Der Sinn fürs rechte Gleichgewicht«, erklärte er mit großer Selbstzufriedenheit.

»Aber«, fragte ich, »reicht die gute Tat, mir Eure Künste vorzuführen, aus, um den Hochmut ins Lot zu bringen, der Euch zu dieser Tat beflügelt?« Mir wurde hier oben recht kalt, und ich wollte nichts lieber als wieder nach unten. Ich hoffte daher, mein Einwand würde ihn zur Abkehr von seinem Vorhaben bewegen.

Doch als er meine Frage hörte, verzog er das Gesicht, als wäre ihm das noch nicht in den Sinn gekommen. Einen Moment später stürzte er mit einem Überraschungsschrei auf den Lippen vom Sims und schlug schwer auf den Stufen der Moschee auf, so tot, wie man nur sein kann.

Ibn Fahad, der sich ganz in der Erinnerung an diese Begebenheit verloren hatte, stieß mit einem Stecken in die Glut. »So verhält es sich also mit dem empfindlichen Gleichgewicht zwischen Allah und dem Schaitan«, erklärte er schließlich und schüttelte den Kopf.

Das wispernde Rascheln unseres dunklen Besuchers riß uns rasch in die Wirklichkeit zurück. »Eine gute Geschichte«, krächzte der Vampir. »Und auch recht traurig. Aber auch traurig genug? Nun, wir werden sehen. Wer von Euch will als nächster antreten?«

Ein eisiges Frösteln wie von Fieber befiel mich bei diesen so ruhig ausgesprochenen Worten.

»Ich ... ich will es jetzt versuchen«, sagte Rehkitz, und seine Stimme klang so angespannt wie eine Bogensehne. »Darf ich beginnen?«

Der Vampir schwieg und gab lediglich mit einem kurzen Nicken seines schwarzklumpigen Schädels sein Einverständnis. Der Jüngling räusperte sich.

Rehkitzens Geschichte

Es war einmal ... Es war einmal ein junger Prinz mit Namen Zufik, der zweitgeborene Sohn eines großmächtigen Sultans. Als ihm bewußt wurde, daß er sich keine Aussichten machen durfte, einst seinem Vater auf den Thron nachzufolgen, zog er hinaus in die weite Welt, um dort sein Glück zu suchen.

In einer Stadt erzählte man ihm, daß der Herrscher eines benachbarten Sultanats eine wunderschöne Tochter habe, die sein einziges Kind und ihm teuer wie sein Augapfel sei.

Doch dieses Nachbarland wurde nun schon seit vielen Jahren von einem schrecklichen Tier heimgesucht, einem weißen Leoparden, wie man ihn noch nie zuvor gesehen hatte. Das Raubtier war gleichzeitig gefährlich, denn es hatte alle Jäger gefressen, die es in eine Falle locken wollten, und schlau, da es vermochte, Säuglinge aus der Wiege zu rauben, während die Mutter schlafend daneben lag. Alle im Sultanat lebten in ständiger Furcht, und der Herrscher selbst, dessen beste Krieger vergeblich versucht hatten, das Ungeheuer zu erlegen, war der Verzweiflung nahe. Schließlich wußte er sich keinen anderen Rat mehr, als auf dem Marktplatz öffentlich bekanntzugeben, daß der Mann, der das Land von dem weißen Leoparden befreien konnte, zum Lohn dafür die Hand seiner Tochter Rassoril erhielte und nach dem Ableben des Sultans den Thron dazu.

Der junge Zufik hörte auch, daß die verwegensten und mutigsten Männer des Reiches wie auch aus anderen Ländern herangezogen waren und einer nach dem anderen in den Klauen oder Fängen des Raubtiers den Tod gefunden hatten ...

(Hier stockte Rehkitz wieder, als sei ihm bei diesen Worten bewußt geworden, das uns ein ähnliches Schicksal blühte. Der Unterwesir Walid klopfte ihm so lange freundlich auf die Schulter, bis er sich beruhigt hatte und fortfahren konnte.)

Und so ... Und so machte sich Prinz Zufik auf den Weg in das benachbarte Sultanat und wurde bald am Hof des Herrschers vorstellig.

Der Sultan zeigte sich als müder alter Mann, und die Feuer in seinen tief in den Höhlen liegenden Augen waren längst erloschen. Ein Großteil der Macht an diesem Hof schien auf einen blassen, schmalgesichtigen jungen Mann namens Sifaz übergegangen zu sein, den Vetter der Prinzessin. Als Zufik, wie es schon so viele vor ihm getan hatten, sein Vorhaben ankündigte, blitzen Sifaz' Augen auf.

»Ihr werdet ohne Zweifel das gleiche Schicksal erleiden wie alle Eure Vorgänger, doch Ihr seid herzlich eingeladen, den Versuch zu wagen. Und natürlich erhaltet Ihr im Falle Eures Sieges den Lohn.«

Dann bekam der Prinz zum ersten Mal die Prinzessin zu sehen, und sofort entbrannte sein Herz lichterloh.

Ihr Haar war schwarz und glänzte wie polierter Gagat, und angesichts ihrer Züge mußte Allah sich selbst beglückwünscht und sich gesagt haben: »Dies ist mein absolutes Meisterwerk.« Ihre zarten Hände ähnelten, wie sie sie im Schoß hielt, kleinen Tauben, und ein Mann konnte in ihren braunen Augen versinken und nie wieder herauskommen. Und genau so geschah es auch mit Zufik, der sich nicht irrte, als er glaubte, die Prinzessin erwidere seinen innigen Blick.

Das entging auch dem Vetter nicht. Seine Lippen verzogen sich zu einem höhnischen Grinsen, und seine Augen verengten sich zu schmalen Schlitzen. »Führt diesen Prinzen auf sein Gemach«, befahl er, »damit er sich ausruhen und schlafen kann, um hernach mit dem Mond aufzustehen. Der Schrei des Leoparden wurde nämlich in der letzten Nacht innerhalb der Palastmauern vernommen.«

Und tatsächlich hörte Zufik, als er in der Nacht erwachte, den Schrei des Tiers direkt unter seinem Fenster. Als er hinaussah und sich mit seiner Scheide gürtete, erblickte er unter sich im Garten einen weißen Schemen, der zwischen den Schatten hin und her huschte. Er nahm noch sein Messer und setzte über das Fensterbrett nach unten.

Kaum berührten seine Füße den Boden, da brach auch schon der weiße Leopard mit einem fürchterlichen Knurren aus der Dunkelheit in der Hecke, die den Garten umgab, und stürmte auf den Prinzen zu. Das Tier war größer als jeder Leopard, den Zufik je zu Gesicht bekommen oder von dem er je gehört hatte, und sein weißes Fell glänzte wie Elfenbein. Die Bestie sprang ihn mit blitzenden Krallen an, und der Prinz konnte sich im letzten Moment zu Boden werfen. Das Tier fuhr wie eine weiße Wolke über ihn hinweg und berührte ihn nur mit seinem heißen Atem. Doch sofort wirbelte es herum und preschte unter dem Gebell der eben erwachten Palasthunde erneut heran. Diesmal riß eine Tatze des Leoparden dem Prinzen die Brust auf und schleuderte ihn zurück. Blut strömte über Zufiks Bluse, und zwar in solchen Mengen, daß er sich kaum wieder aufrappeln konnte. Er stand mit dem Rücken zur Wand und saß in der Falle. Das Tier bewegte sich langsam auf ihn zu, und seine gelben Augen funkelten wie Talglichter in den Nischen der Hölle.

Plötzlich ertönte vom hinteren Ende des Gartens ein Krachen. Die Hunde waren aus ihrem Zwinger ausgebrochen und jagten nun zwischen den Bäumen und Sträuchern hindurch. Der Leopard zögerte – Zufik gewann fast den Eindruck, das Tier würde nachdenken –, sprang dann mit einem letzten Knurren auf die Mauer und verschwand in der Nacht.

Man brachte Zufik auf sein Zimmer zurück, verband seine Wunden und legte ihn ins Bett. Prinzessin Rassoril, die ihr Herz bereits an ihn verloren hatte, weinte bitterlich an seiner Seite und flehte ihn an, in das Land seines Vaters zurückzukehren und sein gefährliches Vorhaben fahrenzulassen. Doch so geschwächt der Prinz auch sein mochte, er dachte überhaupt nicht daran aufzugeben; genausowenig hätte man ihn zu einem Diebstahl oder einem Verrat verleiten können. Er erklärte Rassoril, sich in der folgenden Nacht erneut dem Untier stellen zu wollen. Sifaz grinste wieder boshaft und führte die Prinzessin fort. Zufik glaubte, den bleichen Vetter draußen auf dem Gang pfeifen zu hören.

Noch bevor der Morgen graute, hörte Zufik, der aufgrund der Schmerzen, die die schwere Verwundung ihm bereitete, nicht schlafen konnte, wie die Tür zu seiner Kammer leise geöffnet wurde. Zu seiner großen Überraschung kam Rassoril herein und bedeutete ihm gleich, daß er keinen Laut von sich geben solle. Sie schloß die Tür hinter sich, warf sich auf sein Lager, bedeckte seine Hand und sein Antlitz mit Küssen, gestand ihm ihre unendliche Liebe und beschwor ihn erneut, das Sultanat zu verlassen. Auch er gestand ihr seine Liebe, erinnerte sie aber im gleichen Atemzug daran, daß seine Ehre es ihm verbiete, so kurz vor dem Ziel aufzugeben, selbst wenn er bei dem neuen Versuch den Tod finden sollte.

Die Prinzessin erkannte schließlich, daß es keinen Weg gab, den Prinzen umzustimmen. Sie zog einen schwarzen Pfeil aus ihrem Gewand, der mit einer silbernen Spitze und Federn aus Pfauengefieder versehen war. »Dann nehmt das hier«, erklärte sie Zufik. »Denn wisset, der Leopard ist ein verzaubertes Wesen, und mit normalen Mitteln kann man ihn nicht töten. Nur Silber vermag sein Herz zu durchbohren. Benutzt diesen Pfeil, dann mag Euer Vorhaben gelingen.« Damit schlich sie sich aus seinem Gemach.

In der folgenden Nacht hörte Zufik wieder unten im Garten den Ruf des Leoparden. Diesmal bewaffnete er sich mit seinem Bogen und dem Pfeil, bevor er dem Untier entgegentrat. Zuerst wehrte sich alles in ihm dagegen, diese Waffe einzusetzen, kam es ihm doch unmännlich vor, den Gegner mit einem Pfeil zu erlegen. Doch als die Kreatur ihn ein weiteres Mal verletzte und drei seiner Schwerthiebe keinerlei Wirkung zeigten, legte er endlich den Pfeil mit der Silberspitze auf die Sehne. Als das Tier abermals heranstürmte, schoß er ihn ab. Der schwarze Pfeil fuhr mitten in das Herz des Untiers. Die Bestie stieß einen Schrei aus, der dem Prinzen durch Mark und Bein ging, und sprang wieder die Mauer hinauf. Doch diesmal hinterließ sie eine Blutspur.

Als der Morgen kam, begab sich Zufik zum Sultan und verlangte von ihm Männer, um der Spur des Leoparden zu folgen, auf sein Lager zu stoßen und dort festzustellen, ob er wirklich tot war. Der Sultan wurde sehr ungehalten, als sein Wesir, der bleiche Vetter der Prinzessin, auf seinen Ruf hin nicht erschien. Alle marschierten in den Garten, und dort angekommen, vernahmen sie einen lauten Schrei aus den Schlafquartieren im Turm. Es klang, als hauche dort jemand sein Leben aus. Mit bangem Herzen eilten Zufik, der Sultan und seine Männer hinauf und stießen dort auf den Vetter.

Der Wesir hob einen zitternden, rotverschmierten Finger und zeigte damit auf Zufik. »Er hat es getan!« schrie er. »Der Fremdling hat es vollbracht!«

Und dann entdeckten sie in Sifaz' Armen den Körper von Prinzessin Rassoril, aus deren Brust ein schwarzer Pfeil ragte.

Als Rehkitz geendet hatte, setzte ein langes Schweigen ein. Mir kam es so vor, als säße der Jüngling nun aufrechter da, als hätte die Tapferkeit des Prinzen seinen eigenen Mut bestärkt.

»Ach ja«, sagte der Vampir endlich, »die Liebe und ihr Preis. So lautet doch die Botschaft Eurer Geschichte. Oder ging es Euch eher um die todbringende Wirkung, die Silber auf alles Übernatürliche hat? Macht Euch keine falschen Hoffnungen, mir kann das Material nichts anhaben. Ich fürchte Silber genausowenig wie Eisen oder irgendein anderes Metall.« Das Wesen stieß ein Geräusch aus, das wie Schnaufen und Scharren klang und wohl ein Hohngelächter darstellen sollte. Ich bewunderte den Vampir, trotz des Umstandes, daß mein Leben an einem seidenen Faden hing, wieder dafür, wie rasch und vollkommen er unsere für seine Zunge so fremdartige Sprache erlernt hatte.

»Ja, eine traurige Geschichte, fürwahr«, sagte der Schatten, »aber auch traurig genug? Das bleibt die Frage. Wer ist unser letzter Bewerber?«

Nun wurde mein Herz kalt wie Eis, und ich hockte jämmerlich da, als hätte ich einen Stein verschlungen. Walid al-Salameh meldete sich zu Wort.

»Ich will es wagen«, sagte er und atmete tief ein. »Ich bin derjenige.«

Die Geschichte des Wesirs

Dies ist eine wahre Geschichte, zumindest hat man mir das versichert. Sie ereignete sich zu der Zeit meines Großvaters, und der hatte sie von jemandem gehört, der die Personen kannte, die darin verwickelt waren. Er berichtete sie mir zur Mahnung, auf daß ich daraus lernen sollte.

Einst lebte ein alter Kalif, der mit seltenen Gaben und viel Glück gesegnet war. Er beherrschte ein kleines und sehr wohlhabendes Reich – ein Land, über das alle guten Gaben Allahs in verschwenderischer Fülle herabgeregnet waren. Der Kalif hatte den prächtigsten Erben, den ein Mann sich nur wünschen kann, einen pflichteifrigen und mutigen Sohn, den das Volk fast so sehr liebte wie den Herrscher selbst. Er besaß noch weitere gute Söhne und zweihundert wunderschöne Frauen und eine Armee von tapferen Kriegern, um die ihn alle Nachbarn beneideten. Seine Schatzkammer war bis unters Dach mit Gold und Geschmeide, ganzen Blöcken des wohlriechenden Sandelholzes, Elfenbein und den kunstvollsten Schließspangen für vornehme Kleider angefüllt. Sein Palast war über einer Quelle errichtet worden, aus der wohlschmeckendes, frisches Wasser sprudelte. Alle sagten, es müsse sich dabei um das Wasser des Lebens selbst handeln. So gesegnet und beliebt war dieser Kalif. Sein einziger Kummer bestand darin, daß das Alter ihn seines Augenlichts beraubt hatte und er blind geworden war. Doch mochte ein solches Schicksal auch hart sein, es war gering zu nennen als Preis für all die Wohltaten, die Allah ihm erwiesen hatte.

Eines Tages wandelte der Kalif durch seinen Garten und genoß den wunderbaren Duft der blühenden Orangenbäume. Sein Erstgeborener, der Prinz, hielt sich ebenfalls dort auf, bemerkte seinen Vater anscheinend nicht und unterhielt sich ungerührt mit seiner Mutter, der Hauptfrau des Kalifen.

»Er ist schon furchtbar alt«, sagte sie. »Ich kann es nicht mehr ertragen, ihn auch nur zu berühren. Schon die Vorstellung widert mich an.«

»Du hast recht, Mutter«, entgegnete er. Der Kalif verbarg sich hinter einem Baum und lauschte bestürzt. »Auch ich bin es leid, ihn zu sehen, wie er den ganzen Tag herumhockt und in seine Schüssel sabbert, oder wenn er blind durch den Palast tappt. Doch sag mir, Mutter, was sollen wir tun?«

»Darüber habe ich lange und gründlich nachgedacht«, antwortete sie. »Wir schulden es uns und denen, die uns nahestehen, ihn zu töten.«

»Ihn umbringen?« entfuhr es dem Sohn. »Das klingt unerhört, aber vermutlich hast du recht. Doch ich empfinde immer noch etwas Liebe für ihn, deswegen wollen wir es rasch bewerkstelligen, damit er nicht lange leiden muß.«

»Einverstanden. So soll es sein, am besten noch in dieser

Nacht. Ich möchte lieber selbst sterben, als noch einmal seinen stinkenden Atem in meinem Gesicht zu spüren.«

»Dann heute nacht«, stimmte der Sohn zu, und die beiden verließen den Garten. Der Kalif blieb zitternd vor Zorn und Entsetzen bei den Orangenbäumen zurück. In seiner Blindheit konnte er nicht sehen, was hinter ihm auf dem Gartenpfad lag und worüber die beiden sich in Wahrheit unterhalten hatten: der Schoßhund der Hauptfrau, mittlerweile steinalt und von Zahnfäule befallen.

So eilte der Kalif sofort zu seinem Wesir, dem einzigen Menschen, dem er in dieser Welt noch trauen konnte, die plötzlich voller verräterischer Söhne und Weiber war, und befahl ihm, die beiden gefangenzunehmen und auf der Stelle zu enthaupten. Der Wesir war entsetzt und wollte vom Kalifen den Grund für diese Maßnahme erfahren. Doch der Herrscher antwortete ihm nur, er habe einen unwiderlegbaren Beweis, daß die zwei vorhätten, ihn zu ermorden, um sich auf seinen Thron zu setzen. Er befahl dem Wesir, sofort zur Tat zu schreiten.

Der Wesir gehorchte und ließ gleich und ohne viel Aufsehen zu erregen, die beiden ergreifen. Er folterte sie, um von ihnen ein Geständnis und die Namen der Mitverschwörer zu hören. Doch sie sagten ihm weder das eine noch das andere, und so überließ er sie dem Henker.

Traurig begab er sich danach zum Kalifen und meldete ihm, daß es vollbracht sei. Der alte Herrscher zeigte sich hoch erfreut. Doch bald schon wurde ruchbar, was geschehen war, und die Brüder des Prinzen beredeten miteinander die Tat ihres Vaters. Viele unter ihnen wurden rasend vor Zorn, denn jeder im Reich wußte von der Liebe und Hingabe der Hauptfrau und des Prinzen zum Kalifen.

Bald empörten sie sich so laut über diese Untat, daß es selbst dem Herrscher zu Ohren kam, und er begann, um sein Leben zu fürchten. Er ängstigte sich, daß seine anderen Söhne ihrem

Bruder nacheifern wollten. So rief er wieder den Wesir zu sich und verlangte von ihm, die Prinzen festzusetzen und köpfen zu lassen. Der Wesir beschwor ihn vergeblich, davon abzulassen, und bedrängte ihn so sehr, daß schon sein eigenes Leben in Gefahr geriet. Allein der Kalif wollte sich nicht erweichen lassen. Schließlich blieb dem Wesir nichts anderes übrig, als loszuziehen und das zu erledigen, was von ihm verlangt wurde. Eine Woche später kehrte er, an Leib und Seele gebrochen, zu seinem Kalifen zurück.

»Es ist vollbracht, o Herrscher«, erklärte er ihm. »Alle Eure Söhne sind tot.«

Dem Kalifen blieb nur eine kurze Frist, sich wieder sicher zu fühlen. Dann kam ihm die Raserei seiner Weiber über die Tötung ihrer Söhne zu Ohren. »Vernichte auch sie!« befahl der blinde Herrscher seinem Wesir.

Wieder machte der Mann sich traurig auf den Weg und kehrte einige Zeit später zurück.

»Es ist vollbracht, o Kalif. Eure Frauen sind alle einen Kopf kürzer gemacht.«

Nun fingen die Höflinge an, ein Geschrei zu erheben und lautstark den Herrscher des Mordes zu bezichtigen. Und bald schon schickte der Kalif wieder seinen Wesir aus, sie wie die anderen zum Schweigen zu bringen.

»Es ist vollbracht«, konnte der brave Gefolgsmann schließlich vermelden. Doch der Herrscher fürchtete nun den Zorn seines Volkes, und so befahl er dem Wesir, mit der Armee auszuziehen und das Volk zu erschlagen. Wieder brachte der Wesir seine Einwände vor, gehorchte aber endlich und begab sich zu den Truppenunterkünften.

»Es ist vollbracht, o Kalif«, erfuhr der Herrscher einen Monat später. Doch jetzt sagte sich der Kalif, daß nun, wo seine Söhne und Weiber und alle wichtigen Höflinge fort waren, die Soldaten sich gegen ihn verschwören könnten, um ihn vom

Thron zu stürzen. Er schickte den Wesir los, Lügen unter ihnen zu verbreiten und Zwietracht zu säen, bis sie übereinander herfielen und sich gegenseitig erschlugen. Als der Mann fort war, sperrte er sich in sein Zimmer ein, um hier in aller Sicherheit den Ausgang des Gemetzels abzuwarten. Nach anderthalb Monaten klopfte der Wesir an seine Tür.

»Es ist vollbracht, o Herrscher.«

Für einen Moment war der Kalif zufrieden. Alle seine Feinde waren tot, und er war eingeschlossen in seinem Zimmer. Niemand konnte ihn jetzt noch ermorden, seine Schätze stehlen oder sich seines Thrones bemächtigen. Doch da gab es noch einen Menschen, der am Leben war und sogar wußte, wo sich der Herrscher verbarg ... sein Wesir.

Blind, wie er war, tastete er in seinem Gemach nach dem Schlüssel, mit dem er sich eingesperrt hatte. Am besten schaltete er zuerst dieses Risiko aus, ehe ihn jemand mit einer List aus dem Zimmer locken konnte. Er schob den Schlüssel unter der Tür hindurch und befahl dem Wesir, ihn an einer Stelle fortzuwerfen, wo niemand ihn je finden könne. Als der Getreue zurückkehrte, hieß der Herrscher ihn, sich vor die geschlossene Tür zu stellen, hinter der sein kleines Reich der Dunkelheit und Sicherheit lag.

»Wesir!« rief der Kalif dann durch das Schlüsselloch. »Ich befehle dir, hinzugehen und dich selbst umzubringen, denn du bist der letzte Mensch, der noch eine Bedrohung für mich darstellt.«

»Ich soll mich selbst töten, o Herrscher?« rief der Wesir voller Bestürzung. »Mich umbringen?«

»Du hast richtig gehört«, entgegnete der Kalif. »Und nun mach dich an die Tat; denn so lautet mein Befehl.«

Lange Zeit herrschte Schweigen. Endlich sagte der Wesir: »Sehr wohl, Herr.« Und damit trat ein noch längeres Schweigen ein.

Der Kalif aber saß in seinem Zimmer und frohlockte, denn alle, denen er jemals mißtraut hatte, lebten nicht mehr. Sein getreuer Wesir hatte alle köpfen lassen oder sonstwie beseitigt und danach auch an sich selbst Hand angelegt.

Doch unvermittelt kam ihm ein furchtbarer Gedanke: Was, wenn der Wesir seinem Befehl nicht gehorcht hatte? Wenn er sich statt dessen mit den Feinden des Kalifen gemein gemacht und ihm nur Lügen aufgetischt hatte, wenn er von den Hinrichtungen berichtete? Wie sollte der Herrscher das herausfinden? Dem Kalifen schwanden bei dieser Vorstellung vor Furcht und Entsetzen fast die Sinne.

Schließlich nahm er seinen ganzen Mut zusammen und tastete sich durch das Zimmer zu der versperrten Tür. Er legte sein Ohr an das Schlüsselloch und horchte. Doch er vernahm nur Stille und Schweigen. Endlich atmete er tief durch und brachte den Mund an die kleine Öffnung.

»Wesir?« rief er mit zitternder Stimme. »Hast du getan, was ich dir aufgetragen habe? Hast du dich selbst entleibt?«

»Es ist vollbracht, o Herrscher«, kam die Antwort.

Als er seine Geschichte zu Ende erzählt hatte, und sie war ebenso schrecklich wie traurig gewesen, senkte der Unterwesir den Kopf, als wäre er beschämt oder erschöpft. Wir alle warteten angespannt darauf, was unser ungebetener Gast dazu zu sagen hatte. Ich bin mir sicher, daß jeder von uns die vergebliche Hoffnung nährte, der Vampir möge kein Wort mehr von sich geben und einfach verschwinden, so wie ein erschreckender Traum vor der Sonne weicht.

»Statt nun über die Güte Eurer traurigen Geschichten zu beraten«, erklärte der in Lumpen gehüllte schwarze Schatten schließlich – und machte uns damit sehr deutlich, daß es aus unserem Alptraum kein Erwachen gab, »und statt uns darüber zu streiten, ob das Spiel nun bereits beendet ist oder nicht, obwohl doch erst eine Seite ihre Züge machen konnte, will ich jetzt meine Stimme erheben. Die Nacht ist noch jung, meine Geschichte nicht lang, und ich will Euch ausreichend Zeit geben, ein Urteil zu fällen.«

Während das Wesen redete, leuchteten seine Augen so rot wie erblühende Rosen. Nebel stieg rings um das Feuer aus dem Boden und wickelte das Ungeheuer in einen Umhang von wirbelnden Schwaden, bis es aussah wie ein verfaultes schwarzes Ei in einem seidenen Netz.

»Darf ich beginnen?« fragte das Wesen, doch niemand von uns brachte ein Wort hervor. »Wohlan denn ...«

Die Geschichte des Vampirs

Die Geschichte, die ich Euch erzählen will, handelt von einem Jungen, der in einer uralten Stadt an den Gestaden eines mächtigen Flusses geboren wurde. Dies ist so lange her, daß nicht nur die uralte Stadt zu Staub zerfallen ist, sondern auch die Städte, die auf ihren Ruinen errichtet wurden, kleine Marktflecken wie auch mächtige Festungen, die ebenfalls von den Mühlsteinen der Zeit zermahlen wurden. Vergangen sind sie wie ihre Vorgängerin, davongeblasen wie Staub vom Wind und nun kaum mehr als Sandkörner an den Ufern des Stroms.

Der Junge lebte in einer strohgedeckten Lehmhütte und spielte mit seinen Kameraden in den seichten Stellen des schlammigen braunen Flusses, während seine Mutter die Wäsche der Familie wusch und mit den Nachbarn tratschte.

Selbst diese ururalte Stadt war auf den Resten noch älterer erbaut worden, und in den Trümmern einer dieser Ansiedlungen – einem großen Haufen von umgestürztem und verwittertem Sandstein – spielten der Junge und seine Freunde gelegentlich. Und eines Tages, als er schon etwas größer war – fast so alt wie unser junger, romantischer Freund hier –, nahm er ein hübsches, rehäugiges Mädchen mit dorthin.

Es sollte für ihn das erste Mal sein, daß er hinter den Schleier blicken durfte, daß er die Geheimnisse der Weiblichkeit kennenlernen würde. Sein Herz schlug begreiflicherweise immer schneller, als sie vor ihm herging und ihr Körper von Licht und Schatten wie ein Tigerfell gefärbt wurde, während sie zwischen den umgekippten Säulen wandelte. Doch plötzlich sah sie etwas, blieb erschrocken stehen und stieß einen gellenden Schrei aus. Der Jüngling rannte sofort zu seiner Liebsten.

Das Mädchen war wie von Sinnen, zeigte ständig auf eine Stelle vor ihr und war vor lauter Schluchzen nicht zu verstehen. Der junge Mann aber starrte verwundert dorthin und gewahrte ein schwarzes, verschrumpeltes Etwas, das vor ihnen auf dem Boden lag. Ein verzerrtes Gebilde, das einmal ein Mensch gewesen sein mochte, jetzt jedoch nur noch so eingeschrumpft und schwarz aussah wie ein Stück Leder, das ins Feuer gefallen war. Und dann öffnete das Wesen die Augen.

Das Mädchen würgte und rannte davon, aber er blieb dort, weil er erkannt hatte, daß der Klumpen sich nicht bewegen konnte. Sein Mund zuckte, als versuche er, etwas zu sagen. Der Jüngling glaubte, eine sehr schwache Stimme zu vernehmen, die um Hilfe bat und ihn anflehte, zu ihm zu kommen. Er beugte sich über das Wesen, da von seinen Worten kaum mehr als ein leises Zischen zu verstehen war. Doch da schnellte das Gebilde wie eine Schlange vor und biß ihn. Seine Zähne, scharf wie Fischhaken, gruben sich tief in die Muskeln seines Beins. Der Jüngling schrie hilflos und mußte mit ansehen, wie sein ausströmendes Blut vom Maul des Wesen aufgesaugt wurde. Stinkender Speichel drang in die Wunde und brannte von dort aus durch seinen ganzen Körper, selbst dann noch, als er sich mühte, von dem unheimlichen Gegner loszukommen. Das Gift durchströmte ihn, und er hatte das Gefühl, der Schlag seines Herzens käme aus dem Takt, würde schwächer und stürbe schließlich ganz ab, so wie ein hilfloser junger Vogel, der aus dem Nest gefallen war und sich einen Flügel gebrochen hatte. Mit einem letzten verzweifelten Aufbäumen konnte der junge Mann sich befreien. Das schwarze Etwas, dessen Maul noch offenstand, sackte in sich zusammen und zitterte wie ein Käfer auf einem heißen Stein. Einen Moment später hatte es sich in Asche und ölige Flocken aufgelöst.

Aber es hatte mich lange genug in seiner Gewalt gehabt, um mich zu zerstören – denn natürlich war ich der junge Mann –, um sein fauliges Gift in mein Blut zu bringen, um mir die Menschlichkeit zu rauben und den ebenso tückischen wie ungewollten Wein der Unsterblichkeit an seine Stelle zu setzen. Mein Jünglingsherz verwandelte sich in einen Eisklumpen.

So kam es, daß ich zu dem wurde, was ich heute bin. Ein sterbender Vampir hat mir das angetan, ein Wesen, das einst so war wie ich seitdem. Ermattet und schließlich niedergerungen vom Lauf der Jahrtausende, hatte er sich einen Wirt für seine widernatürliche Krankheit gesucht, um dann sterben zu können. Genauso wie es mir eines Tages ohne Zweifel ergehen wird und ich dem Griff eines schrecklichen, blinden und insektenhaften Drangs erliege. Doch bis dahin ist es noch lange hin. Heute ist nicht der Tag.

Damit wurde aus dem Jungen, der wie alle anderen Kinder auch gewesen war – der Stolz seiner Familie und immer bereit für Lärm, Spiele und Naschwerk –, ein Wesen der Finsternis, dem das Licht der Sonne die größten Leiden bereitet.

Vertrieben in die feuchten Schatten unter Steinen oder ins staubige Halbdunkel verlassener Orte, um dann im Licht des Mondes von einem unwiderstehlichen, nicht zu stillenden Hunger wieder nach draußen getrieben zu werden … Zuerst nährte ich mich an meiner Familie. Meine Mutter, die von all dem nichts begriff, weinte, als ihr Sohn zurückkehrte und neben ihr am mondbeschienenen Strohlager stand. Dann kamen die anderen Bewohner der Stadt an die Reihe. Natürlich auch das dunkeläugige Mädchen, das davongelaufen war, als ich stehenblieb. Sie war weder die letzte, noch habe ich ihr den Tod weniger schmerzhaft bereitet. Ich schlitzte immer mehr Kehlen auf und weidete mich am warmen, meersalzbitteren Blut, während das Kind in mir stumm vor sich hin weinte. Ihm war so, als stünde es hinter einer durchsichtigen Wand, von der es sich nicht entfernen konnte und immerzu hilflos zusehen mußte, wie vor ihm die grausigsten Verbrechen begangen wurden …

Und so gingen die Jahre für mich ins Land. Sie waren nicht mehr als Sandkörner, aufgereiht am Gestade und in ihrer endlosen Folge nicht mehr zu zählen. Jedes einzelne Jahr brachte eine unübersehbare Schar von Morden, von denen jeder einzelne so furchtbar wie in seiner Ähnlichkeit mit den anderen betäubend war. Nur das Blut der Menschen vermag mich zu nähren, und über hundert Generationen Eurer Geschlechter haben meinen Schrecken fürchten gelernt.

So stark ich auch sein mag, geradezu unsterblich und unverwundbar, zumindest soweit es mir bekannt geworden ist – Klingen durchdringen mich wie Rauch; Feuer, Wasser, Gift und dergleichen können mir nichts anhaben –, das Licht der Sonne bereitet mir immer noch solche Schmerzen, wie Ihr Sterblichen, deren Pein irgendwann im Tod endet, es Euch überhaupt nicht vorstellen könnt. Und so sind der Menschen Reiche erstanden und wieder zu Staub zerfallen, seit ich zum letzten Mal das Tageslicht sehen durfte. Denkt allein daran für einen Moment und überlegt dann, ob Euch etwas Traurigeres einfällt. Ich muß mich im Dunkel verbergen, wenn die Sonne aufgeht, und wenn ich des Nachts auf Suche nach Beute umherziehe, beziehen Kröten, Schnecken, Fledermäuse und Blindschleichen mein Quartier.

Menschen sind für mich, ich kann nicht anders, bloße Nahrung. Ich kenne keinen weiteren von meiner Art, wenn man von der sterbenden Kreatur absieht, die mich vergiftete. Und der Gestank meiner eigenen Verderbtheit verpestet mir unentwegt die Nase.

Dies war also meine Geschichte. Ich kann nicht sterben, bis meine Zeit gekommen ist, und wer vermag schon zu sagen, wann das sein wird? Bis dahin werde ich allein sein, so allein, wie kein Sterblicher es je sein kann – allein mit all meiner Verderbtheit, dem Teuflischen in mir und meinem Ekel vor mir selbst, bis die Welt untergeht und wieder neu ersteht …

Der Vampir erhob sich und ragte wie ein schwarzes Segel im vollen Wind über uns auf. Er breitete seine mächtigen Arme oder Schwingen aus, als wollte er uns fortwehen. »Was sind Eure Geschichten schon gegen meine?« rief das Wesen. Und obwohl seine Stimme lauter und lauter wurde, klang seine Rauheit milder und gedämpfter. »Wer von uns hat die traurigste Erzählung vorgetragen?« So viele Schmerzen strömten aus diesen Worten, daß es mir schier das hämmernde Herz zu zerreißen drohte. »Sagt es mir? Welche Geschichte war die traurigste? Es ist an der Zeit, Euer Urteil zu fällen …«

Und in eben jenem Moment, in dem eine Lüge mir das Leben gerettet hätte, konnte ich kein Falsch reden. Ich wandte den Blick ab von diesem bebenden schwarzen Schatten, diesem Wesen voller Lumpen mit den rotglühenden Kohleaugen. Auch die anderen rund ums Lagerfeuer wußten nichts zu sagen. Selbst der Oberschreiber Abdallah hockte nur mit herausquellenden Augen da, umklammerte die angezogenen Knie und klapperte mit den Zähnen.

»So etwas habe ich mir gedacht«, erklärte das Ungeheuer schließlich. »Genau das habe ich erwartet.« Der Wind peitschte die Äste über unseren Köpfen, und es schien uns, als befände sich jenseits der Wipfel nur unendliche Finsternis, in der weder Himmel noch Sterne, nur absolute Leere existierte.

»Also gut«, sagte der Vampir. »Euer Schweigen ist Antwort genug. Ich habe gesiegt, habe die Wette gewonnen.« Doch nicht der leiseste Hauch von Triumph schwang in seiner Stimme mit. »Gebt mir den Preis, dann lasse ich die anderen aus meinen Bergen fliehen.« Der dunkle Schatten zog sich ein Stück zurück.

Wir alle sahen einander an, und es war uns willkommen, daß die Nacht unsere Gesichter verhüllte. Ich setzte zum Sprechen an, aber Ibn Fahad ließ mich nicht zu Wort kommen. Seine Stimme klang wie ein gepeinigtes Raspeln.

»Ich will nichts davon hören, daß sich einer freiwillig meldet. Wir lassen das Los entscheiden und ziehen Halme. Nur so wird es gehen.« Rasch schnitt er einen dünnen Stecken in fünf Teile, von denen einer kürzer war als die anderen, und verbarg sie in seiner Faust, so daß nur die Spitzen herausragten.

»Jetzt zieht«, forderte er uns auf. »Ich behalte das letzte.«

Während ich noch überlegte, welchem Wahnsinn wir uns hingegeben hatten, indem wir um einer Wette willen Geschichten erzählten und nun Halme zogen, von denen unser Leben abhing, bedienten sich reihum alle an Ibn Fahads Hölzern. Ich umklammerte mein Stück, bis die anderen fertig waren, weil ich Allah nicht dazu drängen wollte, mir mein Schicksal zu enthüllen. Als jeder sein Stöckchen hatte, hielten wir es alle hoch.

Rehkitz hatte das kürzeste gezogen.

Eigenartigerweise zeigte sich auf seiner Miene nichts von dem Grauen, das ihn nun erwartete. Er schien nicht einmal unsere hilflosen Worte oder gestammelten Gebete zu hören. Er stand nur auf und ging langsam auf den schwarzen Schatten zu, der am anderen Ende der Lichtung wartete. Der Vampir erhob sich und trat ihm entgegen.

»Nein!« ertönte ein Schrei, und zu unserer grenzenlosen Überraschung sprang der Oberschreiber Abdallah auf, rannte in Richtung der Bäume und warf sich zwischen dem Ungeheuer und dem Jüngling auf den Boden. »Er ist doch so jung!« schrie Abdallah und klang ehrlich empört. »Tut ihm das Schreckliche nicht an! Nehmt mich an seiner Stelle!«

Ibn Fahad und ich waren unfähig, uns zu rühren, so sehr verblüffte uns das unerwartete Verhalten des Oberschreibers, aber der Vampir bewegte sich viperngleich auf Abdallah zu und schlug ihn mit einer Armbewegung beiseite, daß es klatschte.

»Ihr seid wahrhaftig verrückt, Ihr kurzlebigen Menschen«, zischte der Schatten. »Dieser hier hat die ganze Zeit nichts getan, um sich selbst zu retten. Nicht einmal vernahm ich beim Geschichtenerzählen seine Stimme. Doch jetzt wirft er sich bereitwillig dem Tod in die Klauen, um diesen Jüngling vor seinem Schicksal zu bewahren. Fürwahr Wahnsinn!« Damit ließ er den Oberschreiber liegen, der Mühe hatte, wieder zu Atem zu kommen, und wandte sich an den immer noch schweigenden Rehkitz. »Kommt mit mir. Ich habe im Wettstreit obsiegt, und Ihr seid meine Trophäe. Es ... tut ... mir ... leid, aber ... es gibt keinen anderen Weg.« Der Jüngling wurde in Dunkelheit wie in eine Decke eingehüllt. »Folgt mir, und denkt an die bessere Welt, die Ihr gleich betreten werdet. Daran glaubt Ihr doch, nicht wahr? Nun, bald schon sollt Ihr sehen, was es mit dem Paradies auf sich hat ...«

Der Vampir verstummte unvermittelt.

»Was macht Ihr für ein eigenartiges Gesicht, Menschenkind?« fragte das Wesen dann hörbar beunruhigt. »Ihr vergießt Tränen, und doch entdecke ich keine Angst in Euch. Wie kommt das? Fürchtet Ihr den Tod gar nicht?«

Rehkitz antwortete mit eigenartig leerer Stimme: »Lebt Ihr wirklich schon so lange? Und seid Ihr die ganze Zeit so schrecklich allein gewesen?«

»Ich habe es Euch doch erzählt, und ich hatte keinen Grund, Euch zu belügen. Glaubt bloß nicht, Ihr könntet mich mit Euren befremdlichen Fragen von meinem Tun abbringen.«

»Ach, wie konnte Gott der Gerechte nur so ungnädig sein?« Die Worte waren eine einzige Folge von Seufzern. Das schwarze Ungeheuer, das seine Arme um ihn gebreitet hatte, erstarrte.

»Weint Ihr etwa um mich? Um mich?«

»Wie kann ich Euch nur helfen«, schluchzte Rehkitz. »Selbst Allah müßte Tränen um Euch vergießen ... um so ein bedauernswertes Geschöpf, das für immer in der einsamen Finsternis verloren ist ...«

Für einen Moment schien die Nachtluft zu zittern. Dann stieß das Wesen ein Keuchen aus, das aus seinem tiefsten Innern stammen mußte, und schlug dem Jüngling vor die Brust, so daß er heftig zurückprallte und auf den stöhnenden Abdallah fiel.

»Geht!« brüllte der Vampir, und seine Stimme klang wie Blitz und Donner zugleich. »Verschwindet aus meinen Bergen! Fort mit Euch!«

Verwirrt halfen wir Rehkitz und dem Oberschreiber auf und stolperten mit ihnen den Hang hinab. Zweige und Äste schlugen nach unseren Händen und Gesichtern, und wir erwarteten jeden Moment, die Schwingen über uns rauschen zu hören und den eiskalten Hauch im Nacken zu spüren.

»Befestigt Eure Häuser, Menschlinge!« heulte eine Stimme wie Sturmwind hinter uns. »Mein Leben ist lang, und eines Tages mag ich es bedauern, Euch gehen gelassen zu haben!«

Wir rannten und rannten, bis es schien, als würde das Leben selbst aus unseren Körpern fliehen ... bis unsere Lungen brannten und unsere Fußsohlen voller Blasen waren ... und bis der oberste Rand der Sonne silbern über die Gipfel im Osten spähte ...

Marsur al-Adan ließ das Ende seiner Geschichte für eine Spanne von dreißig Herzschlägen einsinken und stieß sich dann mit seinem Stuhl vom Tisch.

»Am nächsten Tag brachten wir die Berge hinter uns«, fuhr er schließlich fort. »Binnen dreier Monate waren wir zurück in Bagdad. Fünf Männer, die einzigen Überlebenden der einst prachtvollen Karawane, die zum Land der Menariten aufgebrochen war ...«

»Aah ...«, machte der junge Hassan, und dieses Geräusch zeigte an, wie sehr ihn die Geschichte in ihren Bann gezogen hatte. »Was für ein wunderbares und gleichzeitig schreckliches Abenteuer! Ich selbst wäre wohl nicht mit dem Leben davongekommen. Wie entsetzlich! Hat das Ungeheuer wirklich gesagt, daß es eines Tages hierherkommen werde?«

Marsur nickte mit ernster Miene. »Auf meine Seele. Habe ich nicht recht, Ibn Fahad, mein alter Freund und Weggefährte?«

Der Angesprochene setzte ein feines Lächeln auf, für seine Verhältnisse die höchste Form der Zustimmung.

»Ja«, fuhr Marsur fort, »diese Worte lassen mir auch heute noch das Blut in den Adern gefrieren. So manche Nacht habe ich in diesem Raum gesessen, auf die Tür gestarrt«, er zeigte in die Richtung, »und mich gefragt, ob dereinst der Tag kommen wird, an dem sie aufgeht und sich auf der Schwelle das gräßliche, mißgestaltete schwarze Wesen zeigt, das aus der Hölle selbst gekommen ist, um seinen Lohn aus dem Wettstreit einzufordern.«

»Allah steh uns bei!« keuchte Hassan.

Während die anderen Gäste aufgeregt miteinander redeten, beugte sich Abu Jamir weit vor. Verärgerung zeigte sich auf seiner Miene. »Guter Hassan«, erklärte er barsch, »habt die Freundlichkeit und beruhigt Euch wieder. Wir alle sind unserem Gastgeber Marsur dankbar, daß er uns mit einer solchen

Geschichte unterhalten hat. Aber es ist doch eine Beleidigung für alle vernünftigen, Gott wohlgefälligen Männer, wenn man ihnen andeutet, jeden Moment könne irgendein blutdürstiger Dämon an die Tür klopfen, um uns …«

In diesem Augenblick flog die Tür mit lautem Krachen auf und gab den Blick auf ein unheimliches und mißgestaltetes Wesen frei, das rotbeschmiert und bebend auf der Schwelle stand. Sofort erfüllte das laute Kreischen von Marsurs Gästen den Raum.

»Herr …«, stammelte die dunkle Gestalt und offenbarte sich als Baba, der einen Weinkrug auf der Schulter trug. Ein zweiter war zu seinen Füßen zerbrochen und hatte alles mit Abu Jamirs köstlichem Wein bespritzt. »Herr, ich fürchte, mir ist ein Weinkrug hingefallen.«

Marsur warf einen Blick auf Abu Jamir, der, alle viere von sich gestreckt, besinnungslos auf dem Boden lag.

»Ach, das macht nichts, Baba«, lächelte der Gastgeber und zwirbelte seinen schwarzen Schnurrbart. »Wir brauchen wohl doch nicht soviel Wein, wie ich anfangs glaubte. Es hat den Anschein, als hätte meine Geschichte einige Gäste entschlummern lassen.«

Wer hat schon Mitleid mit einem Schwan?

CONNIE WILLIS

Connie Willis räumt seit Jahren regelmäßig die begehrten Hugo- *und* Nebula-Awards *für ihre Kurzgeschichten und Erzählungen ab. Auch wenn sie vor kurzem mit* Die Jahre des schwarzen Todes *einen voluminösen Roman abgeliefert hat, der im Gewand einer Zeitreisegeschichte eine beeindruckende Schilderung des englischen Mittelalters bietet, liegt ihre eigentliche Stärke weiterhin in der kurzen Form. Ihre Palette reicht von satirisch-ironischen Boshaftigkeiten (*Even the Queen *beispielsweise beschäftigt sich auf recht unorthodox-unfeministische Weise mit den Problemen der Menstruation) bis zu eindringlichen Schilderungen menschlicher Schicksale in historischen Krisensituationen – so in* Fire Watch, *wo sie den Londoner Alltag während des Blitzkriegs beschreibt. Aber Miss Willis kann auf vielen Hochzeiten tanzen, wie dieses melancholisch-romantische Märchen beweist.*

Eines Tages kam der Prinz, der zur Jagd ausgeritten war, zufällig an einen Weiher. Auf der reglosen Oberfläche saßen drei Schwäne wie Blumen auf einem Spiegel. Zwei der Schwäne waren groß und prächtig, sie tunkten die Hälse ins schwarze Wasser und suchten dort nach Fischen. Der dritte aber war klein. Unerschrocken trug er den Kopf auf dem gebogenen Hals. Ganz plötzlich dachte der Prinz an ein kleines Mädchen, das vor ihm auf einem großen Pferd gesessen hatte, und ein jäher Schmerz durchzuckte ihn, als hätte sich ein Pfeil – oder eine Erinnerung – durch sein Herz gebohrt. »Emelie«, schrie er auf und wäre beinahe gestürzt.

Im selben Moment aber hörte er ein Plätschern und einen Laut, der dem Trompeten eines Schwans oder dem Schrei eines Kindes glich, und als er aufsah, waren die Schwäne verschwunden. Zwei Männer mühten sich ab, irgend etwas aus dem Wasser zu zerren. Der Prinz, jetzt eher ärgerlich als schmerzlich berührt, dachte: Sie wollen die kleine Schwanenmaid stehlen. Er sprang vom Pferd und zog das Schwert.

»Laßt sie in Ruhe«, sagte er, doch die Männer schienen ihn nicht gehört zu haben. Sie beugten sich über ein Mädchen, zogen es hoch und hakten es zu jeder Seite unter. Sie wateten ans Ufer, doch das Mädchen wehrte sich gegen sie, bis es mit einem Knie einknickte und das Wasser platschend hochschoß.

Der Prinz rannte ins Wasser, bereit, gegen die Männer zu kämpfen, doch als das Mädchen ihn sah, stand es auf und betrachtete ihn erstaunt. Sie war sehr jung, das nasse, dunkle Haar umrahmte ihr Gesicht wie ein Kranz aus Wasserpflanzen. Ihr weißes Kleid war mit schwarzem Schlamm befleckt, dennoch war das Mädchen sehr schön.

Die Männer faßten das Mädchen noch immer am Arm. Der Prinz hätte nicht sagen können, ob sie es festhielten oder nur stützten. Er bemerkte, daß die Männer ebenfalls in kostbare, inzwischen freilich schlammige Gewänder gehüllt waren.

»Wer seid ihr?« fragte der Prinz. »Was habt ihr mit dem Mädchen vor?«

»Sie ist unsere Schwester«, sagte der ältere der beiden Männer und wandte sich dem Mädchen zu, erstaunt, tatsächlich seine Schwester zu sehen.

»Wir waren verzaubert«, sagte der jüngere Bruder.

»Verzaubert?« fragte der Prinz.

»Wir sind Königskinder«, sagte der ältere Bruder. Seine Worte klangen, als habe er das, was er nun berichtete, selbst noch nicht begriffen.

»Eine Hexe hat uns verzaubert. Wir sollten so lange Schwäne sein, bis sich jemand an uns erinnert und Erbarmen mit uns hat. Wir befürchteten jedoch, niemals erlöst zu werden, denn wer hat schon Erbarmen mit einem Schwan?«

»Schwäne«, wiederholte das Mädchen. »Wir waren Schwäne.«

»Wer ist dein Vater?« wandte der Prinz sich ihm freundlich zu. Das Mädchen wich einen Schritt zurück, als fürchte es sich vor ihm. »Ich erinnere mich nicht«, antwortete sie.

»Wir sind so lange Schwäne gewesen, daß wir uns nicht mal an unsere Namen erinnern können«, sagte ihr Bruder.

»Dann werde ich sie Cygnelle nennen«, sagte der Prinz. »Und ich heiße euch alle willkommen. Das Schloß meines Vaters liegt nicht weit von hier.«

Cygnelle wandte sich um und warf einen Blick auf den schwarzen Weiher. »Wir waren Schwäne«, sagte sie und taumelte gegen ihren Bruder, der sie auffing und fest an sich preßte.

»Meine Schwester fröstelt«, sagte er. »Sieh nur, wie sie zittert.« Er wollte gerade den nassen Mantel ausziehen, da eilte der Prinz herbei und legte ihr seinen trockenen Mantel um die Schultern.

»Reite mit ihr zum Schloß deines Vaters. Wir kommen nach«, sagte ihr Bruder.

Und der Prinz setzte sie vor sich aufs Pferd und ritt mit ihr durch den Wald, bis sie an den Weg kamen, der zum Schloß seines Vaters führte. Der Weg war breit und gerade. Der Prinz wollte ihn einschlagen, als Cygnelle fragte: »Wohin führt dieser Weg?« Sie zeigte auf einen anderen Pfad, der so überwuchert war mit Dornengestrüpp, daß man ihn beinahe nicht mehr erkennen konnte.

»Nirgendwohin«, antwortete der Prinz. Er wandte sich so abrupt ab, daß das Pferd protestierend den Kopf warf. Cygnelle erschauerte. Freundlicher fügte der Prinz hinzu: »Nur zu einer Schloßruine. Seit Jahren lebt dort niemand mehr.«

Er gab dem Pferd die Sporen und brachte Cygnelle zum Schloß seines Vaters. Der König kam ihnen entgegen und begrüßte sie.

»Vater«, sagte der Prinz, »dieses Mädchen und ihre Brüder sind von einer Hexe in Schwäne verzaubert worden.«

»Eine Hexe«, wiederholte der König, als redete er mit sich selbst. »Es gab eine Hexe. Sie lebte ...«

»Ich kenne weder den Namen des Mädchen, noch weiß ich sonst etwas von ihr, doch ich möchte sie zu meiner Braut machen«, erklärte der Prinz.

»Schwäne. Kann es sein ... mein Kind«, sagte der König herzlich und nahm Cygnelle bei der Hand. »Ich hatte geglaubt, die Mörder hätten dich ...«

Der Schmerz traf den Prinzen wie ein Pfeil. »Sie erinnert sich an nichts, nicht einmal an ihren Namen. Ich habe ihr den Namen Cygnelle gegeben«, brachte er hervor.

Dann ließ der Prinz das Mädchen in kostbare Gewänder kleiden und Blumen in sein Haar flechten, und noch am selben Tag heirateten sie.

Unter freudigem Jubel brachte man sie ins Brautzimmer,

doch als sie allein waren, setzte sich Cygnelle vor den Spiegel, nahm die Blumen aus dem Haar und betrachtete sie. »Es war an einem Frühlingstag, wir flogen in den Norden«, begann sie, »da sah ich, wie sich ein Baum über eine Mauer bog. An dem Baum hingen weiße Blüten, wie diese hier, und ich erinnere mich …« Sie hielt die Blumen, als hätte sie vergessen, was Blumen sind und wie sie aussehen. Sie richtete den Blick in den Spiegel, sah hindurch, schweigend und reglos, als durchteilte sie das dunkle Wasser des Weihers.

»Vergiß das«, sagte der Prinz in einem Ton, den er nie zuvor angeschlagen hatte, nicht einmal einem Diener gegenüber. »Komm ins Bett.«

Da sie verängstigt war und zitterte, ging sie nicht gleich zu ihm. Sie legte die Blumen nieder, näherte sich ihm und stellte sich vor ihn hin. Etwas sanfter wiederholte er nun: »Komm ins Bett.« Sie lächelte und legte ihm die Arme fest um den Hals.

Als er am nächsten Morgen erwachte, bemerkte er, daß sie schon früh aufgestanden war. Als er hinausging, um sie zu suchen, fand er sie in der großen Halle, in der das Hochzeitsfrühstück stattfinden sollte. Sie unterhielt sich mit ihren Brüdern.

»Ich habe mich an etwas erinnert«, sagte ihr Bruder. »An einem Frühlingstag, als wir aus dem Süden zurückgekehrt sind, sind wir über einen Weg geflogen, der dicht überwuchert war von Dornengestrüpp, und über eine Mauer und ein Tor, und ich habe geglaubt, diesen Ort zu kennen. Es war das Schloß unseres Vaters.«

»Eine Mauer und ein Baum mit weißen Blüten«, fügte Cygnelle hinzu und wich einen Schritt zurück, als fürchtete sie sich vor ihrem Bruder. »Ich erinnere mich …«

»Das ist unser Hochzeitsfrühstück«, sagte der Prinz und nahm sie am Arm. Er hätte nicht sagen können, ob er sie festhielt oder nur stützte, und so führte er sie zum Festmahl.

Doch als sie gespeist hatten und der König auf den Prinzen und die Braut einen Trinkspruch ausgebracht hatte, hob Cygnelles Bruder seinen Kelch und sagte: »Möge unsere Schwester immer glückliche Erinnerungen haben.«

Cygnelle lächelte und erhob ihren Kelch mit beiden Händen, um mit ihm auf diesen Toast anzustoßen, aber die Hände zitterten ihr, und die weiten weißen Ärmel breiteten sich wie Schwingen unter ihren Armen aus. Solange ihre Brüder hier sind, wird sie niemals vergessen, dachte der Prinz.

Und noch ehe Cygnelle sich wieder gesetzt hatte, fragte er für jedermann vernehmlich: »Liebe Brüder, wann werdet ihr zu eurem eigenen Königreich aufbrechen?«

Cygnelle setzte vorsichtig den Kelch ab, doch sie verschüttete den Wein.

»Ihr habt euch an das Königreich eures Vaters erinnert«, sagte er mit lauter Stimme. »Mein Vater wird euch Pferde und Gold geben, damit ihr losreiten und es suchen könnt. Ist es nicht so, Vater?«

Doch als hätte er nicht zugehört, fragte der Vater: »Wo liegt dieses Königreich?«

»Möge es so weit von hier entfernt liegen, daß wir nie wieder von ihrem Anblick belästigt werden«, sagte der Prinz und verließ eilig das Hochzeitsmahl. Sein Vater ging ihm nach und legte ihm die Hand auf den Arm.

»Wo liegt ihr Königreich?« fragte der König.

»Ich weiß es nicht. Und es interessiert mich auch nicht. Ich möchte nur, daß sie von hier verschwinden«, erwiderte der Prinz.

»Wo hast du sie gefunden?« fragte der König. »War es in der Nähe von König Gudrains Schloß?«

»Ja«, gab der Prinz zu. »Und ich wünschte, ich hätte sie dort gelassen, denn alles, was sie tun, ist, mit Cygnelle über jene Zeit zu reden, in der sie Schwäne waren.«

»Worüber sollen sie deiner Meinung nach reden?« fragte der König. »Sie erinnern sich doch sonst an nichts.«

»Warum müssen sie sich überhaupt an etwas erinnern? Warum können sie nicht die Vergangenheit vergessen und weiterleben? Deshalb möchte ich ihre Brüder fortschicken. Cygnelle und ich können nicht glücklich werden, solange sie nicht die Vergangenheit vergißt.«

»Wenn sie sich an nichts erinnert, wirst du dann glücklich sein?« fragte der König. »Ihre Brüder wollen ihr nicht weh tun. Sie wollen ihr nur dabei helfen, sich zu erinnern, wer sie gewesen ist.« Er zog die Hand zurück. »Mein Sohn, als König Gudrain ermordet und seine Kinder geraubt wurden ...«

»Sie reden von der Vergangenheit, und du redest von der Vergangenheit. Wenn du mir nicht helfen willst, werde ich sie selbst fortschicken«, sagte der Prinz. Er ging hinaus in den Garten, wollte Cygnelle suchen und sie von ihren Brüdern fortbringen. Doch als er sie fand, stand sie ganz allein da. Traurig sah sie zu ihm auf und sagte: »Ich habe meine Brüder gebeten, zu ihrem eigenen Königreich zu reiten, und sie sind gegangen.«

»Nun können wir glücklich sein«, sagte der Prinz und faßte sie am Arm. »Komm und geh mit mir im Garten spazieren.«

Sie schlugen den Weg ein, der durch den Garten führte, bis sie an einen kleinen Weiher kamen, der mit Backsteinen eingefaßt war. Ein Baum mit weißen Blüten bog sich über den Weiher. Der Prinz hielt inne und pflückte einen Blütenzweig für Cygnelle. Sie vergrub das Gesicht in den Blüten, und als sie zu ihm emporsah, bemerkte er, daß die Blütenblätter von Tränen glitzerten.

»Cygnelle«, sagte er und wollte sich zu ihr beugen, um sie zu küssen. Doch plötzlich erklang ein Laut wie Trompetenschall, und als er aufsah, fiel sein Blick auf einen Schwarm wilder Schwäne, die über ihre Köpfe hinwegflogen, die Schwingen wie weiße Ärmel gegen den Himmel ausgebreitet.

»Nein«, sagte er und sah Cygnelle an. Sie hatte die Blumen fallen lassen und betrachtete die Schwäne.

»Eines Tages flogen wir über eine Mauer, und ich sah einen Jungen, der auf einem Pferd ritt, und ich habe mich erinnert ...«

Der Prinz preßte sich die Hand unter die Rippen, als wäre er verwundet. »Vergiß die Erinnerungen«, sagte er und biß die Zähne zusammen, um den Schmerz zu unterdrücken, woher er auch kommen mochte. »Vergiß, daß du jemals eine Schwanenmaid gewesen bist.«

»Ich kann nicht«, sagte sie und sah ihn verzweifelt an. »Hilf mir, mich zu erinnern.«

»Nein«, protestierte der Prinz.

»Dann laß mich mit meinen Brüdern gehen. Wenn du mir nicht helfen willst, dann werden sie es vielleicht tun.«

»Nein!« sagte der Prinz, packte sie an den Schultern und schüttelte sie. »Du sagst, daß du nicht vergessen kannst«, brachte er hervor. »Warst du so glücklich, ein Schwan zu sein?«

»Glücklich?« wiederholte sie.

»Hattest du Liebhaber, die Schwäne waren? Ist es wegen ihnen? Willst du sie nicht vergessen?« Er stieß sie von sich. »Ich gehe auf die Jagd.«

Der Prinz blieb den ganzen Tag auf der Jagd – und auch den folgenden und den darauf folgenden. Und als er nach Hause kam, fand er Cygnelle am Teich. Sie saß am Ufer und starrte in das dunkle Wasser. Sie hielt eine weiße Blume in der Hand und hatte den Kopf darüber gebeugt, so daß die wohlgeformte, gebogene Linie ihres langen Halses zu sehen war.

»Ich bin auf der Jagd gewesen«, sagte der Prinz.

Sie sah nicht zu ihm auf. Sie hielt die Blume, als hätte sie vergessen, was eine Blume ist, sah ins Wasser und durch es hindurch. »Laß mich meine Brüder suchen«, sagte sie.

»Nein«, sagte er. »Ich habe dir etwas mitgebracht.«

Doch sie sah immer noch nicht zu ihm auf.

»Du kannst die Schwäne nicht vergessen, die deine Liebhaber waren«, sagte er, »also habe ich sie dir gebracht«, und er zog ein wildes Schwanenpaar hervor, jeder Schwan mit einem Pfeil im Herzen, und legte es auf den Mauerrand des Weihers.

Cygnelle stand auf und wich leicht taumelnd vor ihm zurück, doch er bot ihr nicht die Hand, um sie zu stützen.

»Ich wünschte, du wärst an jenem Tag nicht in den Wald gekommen«, sagte sie.

»Damit du immer noch ein Schwan sein könntest?« fragte er verbittert und ging hinein, um seinen Vater zu suchen.

»Ich hatte Glück bei der Jagd, Vater«, sagte er. »Ein wildes Schwanenpaar.«

Der König hatte am Fenster gestanden und in den Garten geschaut. Nun wandte er sich um und sah den Prinzen an, den Blick voller Trauer. »Glaubst du, damit die Vergangenheit zerstören zu können?« fragte er. »Das kannst du nicht. Ich weiß es. Ich habe es versucht.«

»Willst du schon wieder mit mir über König Gudrain reden?« fuhr der Prinz ihn an.

»Nein«, sagte der König. »Denn du wirst mir sowieso nicht zuhören. Ich möchte mit dir über Cygnelle reden. Du mußt sie zu ihren Brüdern gehen lassen. Ich habe eine Nachricht von ihnen erhalten. Sie haben das Schloß ihres Vaters gefunden, so wie ich es vermutet habe.« Traurig sah er den Prinzen an. »Möchtest du mich nicht fragen, wo es liegt?«

Der Prinz rang röchelnd nach Luft, ein furchtbares Geräusch, als hätte jemand versucht, ihm einen Pfeil aus der Seite zu ziehen. »Nein«, sagte er und hielt den Atem an, um den Schmerz zu unterdrücken. »Es interessiert mich nicht, wo das Schloß ihres Vaters liegt, wenn es nur recht weit von hier entfernt ist.« Er machte leicht taumelnd einen großen Schritt, doch der König bot ihm nicht die Hand, um ihn zu stützen. »Du hast von einer Hexe gesprochen, Vater. Sag mir, wo sie lebt.«

»Was willst du von dieser Hexe?« fragte der König. »Der Zauber ist gebrochen.«

»Ich will, daß sie einen neuen Zauber auf Cygnelle legt, so daß sie vergißt, ein Schwan gewesen zu sein. Sag mir, wo sie lebt.«

»Nein«, lehnte der König ab.

»Dann werde ich sie selbst finden«, sagte der Prinz und ging hinaus, um sein Pferd zu satteln und sich auf die Suche nach der Hexe zu machen, doch als er an den Weiher kam, auf dem er die Schwäne gesehen hatte, dachte er: »Während ich fort bin, wird Cygnelle zu ihren Brüdern gehen.« Er kehrte um und ritt wieder zurück, um sie in ihr Zimmer einzuschließen und eine Wache vor ihre Tür zu stellen.

Doch als er am Schloß ankam, bot sich ihm ein anderer Anblick: Cygnelle lag am Ufer des Weihers. Sein Vater, der König, kniete neben ihr. Das dunkle Haar des Mädchens umrahmte naß ihr regloses Gesicht wie ein Kranz aus Wasserpflanzen. Das weiße Kleid war mit schwarzem Schlamm befleckt. Der König hielt Cygnelle die Hand und sah ängstlich in das erstarrte Gesicht. »Sie hat versucht, sich zu ertränken«, murmelte er, wie zu sich selbst.

Leblos lag sie da, und als der Prinz zu ihr hinuntersah, erkannte er Schatten unter ihren Augen, schwarz wie die Maske eines Schwans. »Vielleicht hat sie gedacht, sie wäre immer noch ein Schwan«, vermutete er. »Vielleicht hat sie versucht, wegzuschwimmen.«

Der König sah zu ihm empor. »Die Hexe lebt in der Nähe des Schlosses, das König Gudrain gehörte«, sagte er. »Nimm den Weg, der zu diesem Schloß führt, folge ihm, bis du auf einen Pfad stößt, der so dicht von Dornengestrüpp überwuchert ist, daß man ihn beinahe nicht mehr sehen kann. Du bist diesen Weg schon einmal gegangen. Gehe ihn wieder, und du wirst zu einer Mauer und einem Tor kommen. Schließlich wird sich der Weg verlieren, und du kommst zu der Hexe. Oder vielleicht«, fügte er hinzu, Cygnelles Hand fest umschlossen, »vielleicht kommst du zu dir selbst.«

»Ich werde zu der Hexe gehen und sie bitten, Cygnelle zu verzaubern, so daß sie vergißt, ein Schwan gewesen zu sein«, sagte der Prinz. »Aber du mußt mir erst versprechen, daß du Cygnelle nicht erlauben wirst, zu ihren Brüdern zu gehen.«

Sein Vater antwortete nicht. Er nahm sich den Mantel von den Schultern und legte ihn Cygnelle um. Der Prinz sah, daß sie zitterte.

»Ich werde nicht gehen, bevor du mir nicht dein Wort gegeben hast«, beharrte er.

Der König sah zu ihm auf und sagte in einem Ton, den der Prinz nie zuvor bei ihm vernommen hatte, nicht einmal einem Diener gegenüber: »Dann gebe ich dir mein Wort, denn ich würde alles tun, damit du von hier fortgehst.« Der Prinz ritt fort, um die Hexe zu suchen.

Er nahm den Weg, der vom Schloß wegführte, und es dauerte nicht lange, da kam er an die Stelle, wo der Weg sich mit dem Pfad kreuzte, nach dem Cygnelle gefragt hatte. Er lag halb verborgen und war überwuchert mit Dornengestrüpp. Als der Prinz ihn sah, spürte er das Aufflackern einer Erinnerung in seinem Herzen – wie den Flügelschlag eines Vogels.

Nein, dachte er, die Hexe stellt mir eine Falle. Sie will mir mit Erinnerungen Einhalt gebieten.

Er legte eine Hand in die Seite, ließ sie dort ruhen und ritt weiter. Nach einiger Zeit kam er an eine Mauer. Sie war aus roten Ziegeln erbaut und einmal so groß gewesen, daß man nicht hinübersehen konnte, doch nun war sie in sich zusammengefallen und umwuchert von Dornengestrüpp. In diesem

Gestrüpp aber stand ein Baum mit weißen Blüten. Als der Prinz ihn sah, spürte er das Hämmern einer Erinnerung in seinem Herzen – wie das Picken eines Vogelschnabels.

Nein! dachte er. Die Hexe möchte, daß ich, versunken in Erinnerungen, die mir nur Schmerzen bereiten, nicht weiterreite.

Er zog ein Tuch unter seinem Hemd hervor, preßte es sich in die Seite und ritt weiter. Nach einiger Zeit kam er an ein Tor. Es war verrostet, und der Garten dahinter war überwuchert mit Dornengestrüpp. Das Schloß fiel in sich zusammen, und als er es sah, fühlte der Prinz eine Erinnerung auf seinem Herzen lasten – schwer wie das Gewicht eines toten Vogels.

»Nein!« schrie der Prinz. Und er zog sich das Hemd aus, riß es in Streifen und band sie sich unter die Rippen. Er ritt weiter, den ganzen Tag – und den folgenden und den darauf folgenden –, bis er vom Weg abkam. Schließlich gelangte er zu der Hexe.

Sie stand in einem Haufen roter Ziegelsteine, und zuerst dachte der Prinz, diese Steine gehörten zu einem verwitterten Schloß, doch wie sie zwischen den Steinen hin- und herlief, sie aufhob und beiseite legte, erkannte er, daß das Mauerwerk nicht vollendet worden war. Hier eine Stiege und eine Wand, dort ein Teil eines Bogens, als hätte die Hexe vergessen, was sie eigentlich hatte bauen wollen. Sie trug ein weißes Kleid, und das dunkle Haar umrahmte ihr Gesicht wie ein Kranz aus Wasserpflanzen.

»Hexe«, sagte der Prinz, »du mußt mir helfen.«

»Wer bist du?« fragte sie. Sie legte den Ziegelstein auf die letzte Stufe, die noch nicht vollendet war. »Was suchst du in meinem Wald?«

»Die Kinder eines Königs sind in Schwäne verwandelt worden. Sie können erst erlöst werden, wenn sich jemand an sie erinnert und Erbarmen mit ihnen hat. Ich möchte, daß du …«

Die Hexe setzte sich auf die Stufe. »Daß ich den Zauber breche?« fragte sie.

»Nein«, sagte der Prinz. »Der Zauber ist gebrochen. Ich möchte, daß sie noch einmal verzaubert werden ...«

»In Raben, hast du gesagt?« wollte die Hexe wissen, als hätte sie ihm gar nicht zugehört. »Ich habe einmal eine Prinzessin in einen Raben verzaubert. Sie sollte erst erlöst werden, wenn ein Prinz sie wegen ihrer süßen Stimme lieben würde.«

»Sie waren Schwäne«, sagte der Prinz. »Aber der Zauber ist gebrochen. Ich brauche einen anderen Zauber.«

»Es war ein guter Zauber«, wandte die Hexe ein. »Sie hat mit ihren schwarzen Flügeln geschlagen und ›krah, krah‹ gekrächzt, aber wer würde schon zu einem Raben sagen: ›Was für eine liebliche Stimme!‹ Also wurde sie nie erlöst. Wie hast du den Zauber gebrochen«, wollte sie wissen, »wenn du dich nicht an sie erinnerst?«

Der Prinz fühlte einen scharfen, bohrenden Schmerz. Er schwankte und wäre beinahe gestürzt, doch die Hexe wandte sich unbeirrt wieder den Ziegelsteinen zu und mauerte weiter an einer Wand, die noch nicht vollendet war. Der Prinz stieg vom Pferd, ging zu ihr und blieb an ihrer Seite stehen.

»Hexe!« sprach er sie an. »Das Mädchen, das ich erlöst habe, kann nicht vergessen, daß es ein Schwan gewesen ist. Ich möchte, daß du einen Zauber über sie sprichst, der sie vergessen läßt.«

Die Hexe hob einen Stein hoch und setzte ihn wieder ab. »Damit sie womöglich auch dich vergißt?« fragte sie und sah zu ihm auf.

Er hatte geglaubt, sie wäre alt, doch dem war nicht so. Als er ihr Gesicht sah, dachte er für einen Moment, sie wäre sogar jünger als Cygnelle, doch dann erkannte er, daß ihr Gesicht lediglich unvollendet war wie ihr Schloß. Gesichtszüge waren ihr gegeben, jedoch ohne Formen und Konturen.

»Ich möchte, daß das Mädchen vergißt, ein Schwan gewesen zu sein«, herrschte der Prinz sie ungehalten an. »Wirst du mir helfen?«

»Ich habe einmal einen König verzaubert«, sagte die Hexe, als könnte sie sich nicht erinnern. »Ich habe immer und immer wieder darüber nachgedacht, welchen Zauber ich auf ihn legen könnte, und da ich ihm gewünscht habe, zu frieren und Hunger zu leiden, sich vor Kälte zusammenzukauern und im Schlamm unter verzweifeltem Flügelschlagen nach Würmern und Maden zu graben, dachte ich: Ich will ihn also in einen Schwan verwandeln, und er soll erst erlöst werden, wenn sich jemand an ihn erinnert und Erbarmen mit ihm hat. Und wer hat schon Erbarmen mit einem Schwan?«

»Und wurde er erlöst?« wollte der Prinz wissen.

Die Hexe senkte den Blick auf die Wand, die noch nicht vollendet war, und sah durch sie hindurch, als hätte sie vergessen, was eine Mauer ist. »Er hatte drei Kinder, zwei Söhne und eine Tochter. Ich habe sie also alle in Schwäne verzaubert und sie vergessen lassen, jemals Menschen gewesen zu sein, doch ihm habe ich die Erinnerung gelassen, damit er womöglich noch mehr leidet.«

»Wie hießen die Kinder?« wollte der Prinz wissen.

»Ich wollte, daß er lebt, bis sich niemand mehr an ihn erinnert«, sagte die Hexe, »jenseits von Erinnerungen, jenseits von Erbarmen sollte er für immer ein Schwan sein. Doch als er mit seinen Kindern aus seinem Garten flog, kam ein Jäger vorbei und durchbohrte ihm das Herz mit einem Pfeil, und er stürzte tot auf das Tor seines eigenen Hauses.«

»Wie war der Name des Königs?« fragt der Prinz. Er packte die Hexe an den Schultern und schüttelte sie. »Hieß er Gudrain?«

»Ich weiß es nicht«, sagte die Hexe. »Es könnte sein.«

Der Prinz ließ sie los und wich einen Schritt zurück.

»Warum hast du dem König so viel Böses gewünscht, daß du einen solchen Teufelszauber auf ihn gelegt hast?«

»Ich kann mich nicht erinnern«, sagte die Hexe. Daß sie den Grund vergessen hatte, kam dem Prinzen schrecklicher vor als die grausame Verwünschung. Zumindest hätte sie sich daran erinnern müssen, welche Namen diese Menschen hatten.

»Was ist mit den Kindern?« fragte er. »Hast du auf die, die sie geliebt haben, auch einen Fluch gelegt, damit sie sich nicht an sie erinnern?«

Sie legte einen Ziegelstein hin und hob ihn wieder auf. »Nein. Sie leiden bereits unter einer Verwünschung, die mächtiger ist als jeder Zauber, den ich bewirken könnte. Sie sind dazu verdammt, sich schuldig zu fühlen und sich zu quälen, so daß der Schmerz es ihnen verbietet, sich erinnern zu können. Wenn sie die Erinnerung verweigern, können sie auch kein Erbarmen empfinden, und ohne Erbarmen können die Kinder niemals erlöst werden. Das ist der stärkste Zauber von allen.«

Der Prinz sah ihr ins Gesicht, das dunkle Haar umrahmte es wie ein Kranz aus Wasserpflanzen, und er dachte an Cygnelle, wie sie am Weiher gelegen hatte, weil er ihr verboten hatte, sich zu erinnern. »Wie bist du eine Hexe geworden?« fragte er erstaunt.

Die Hexe legte sich – geistesabwesend, als hätte sie längst vergessen, wonach sie tastete – eine Hand in die Seite, unter die Rippen. Nach einer Weile nahm sie die Hand fort und beugte sich vor, um einen weiteren Stein aufzuheben, und als sie sich wieder aufrichtete, hielt sie inne, sah den Prinzen an und sagte: »Wer bist du? Was machst du in meinem Wald?«

Der Prinz rief nach seinem Pferd und ritt den Weg zurück, den er gekommen war. Der Weg war eng und überwuchert von Dornengestrüpp, so daß er sein Pferd an den Zügeln führen mußte. Die Büsche zerrissen ihm die Kleider, die Dornen zerschnitten ihm die Hände. Er konnte den Weg nicht finden. Die Dunkelheit brach herein. Er stürzte in ein schlammiges Wasserloch, und die Zügel entglitten ihm. Nachdem er im hüfttiefen Wasser mühsam festen Boden unter den Füßen gefunden hatte und ans Ufer gewatet war, legte er sich dort hin, zitternd vor Kälte in seinem nassen Mantel, und schlief ein.

Am Morgen kam sein Pferd und stupste ihn sanft wach. Er erkannte, daß dies der Weiher war, in dem er die Schwäne gefunden hatte. Er stieg auf sein Pferd und ritt so schnell er konnte, bis er wieder an die Stelle gelangt war, an der die beiden Wege zusammentrafen. Der breite Weg führte zum Schloß seines Vaters, der andere zu König Gudrains Schloß. Ich bin diesen Weg schon einmal gegangen, dachte er, während er den halb verborgenen Pfad betrachtete. Mein Vater und ich sind diesen Weg zusammen gegangen. Und er verharrte so reglos auf dem Pferd wie eine Blume auf einem Spiegel und versuchte, sich zu erinnern.

Der Weg war einmal breit gewesen, eingefaßt mit roten Steinen. Er selbst war noch so klein gewesen, daß er mit den Füßen kaum an die Steigbügel gekommen war, doch da er mit seinem Vater zusammen geritten war, war er sich erwachsen vorgekommen und hatte Stolz empfunden. »Wir werden die Tochter König Gudrains sehen«, hatte sein Vater gesagt. »Sie ist noch ein ganz kleines Mädchen. Du mußt nett sein und gut auf sie aufpassen, denn eines Tages wird sie deine Braut sein.«

Der Prinz hatte die Zügel fallen lassen und starrte mit leerem Blick auf den Weg. Sein Pferd warf den Kopf. Der Prinz kam wieder zu sich und ritt weiter, und mit der Zeit kam er zu der Mauer und dem Baum mit den weißen Blüten. Ich bin diesen Weg schon einmal geritten, dachte er. Mit Emelie. Er verharrte reglos wie ein Schwan auf dem Wasser und versuchte, sich zu erinnern.

Sein Vater hatte gesagt: »König Gudrain und ich haben viel

zu besprechen.« Und er hatte Emelie vor den Prinzen auf das Pferd gesetzt und ihn gebeten, mit ihr den Weg an der Mauer entlang zu reiten. Emelie war noch ein ganz kleines Mädchen gewesen, viel jünger als er, doch sie hatte aufrecht vor ihm gesessen, ohne ihn zu berühren. Ihre kleinen Hände hatten aber den Knauf des Sattels fest umklammert. Sie hatte gezittert, als er dem Pferd die Sporen gegeben hatte. Er war mit ihr zum Ende der Mauer geritten, bis an jene Stelle, an der sich ein Baum, bedeckt von weißen Blüten, über die Mauer bog. Er hatte ihr einen weißen Blütenzweig gepflückt, und sie waren zurückgeritten. Die Blumen hatte sie fest in der Hand gehalten.

Der Prinz war abgestiegen und stand nun neben dem Baum. Mit leerem Blick sah er auf die weißen Blüten. Sein Pferd stampfte ungeduldig mit den Hufen. Der Prinz kam wieder zu sich und ritt weiter. Mit der Zeit gelangte er an das Tor.

Hier habe ich ihn gefunden, dachte er und verharrte auf dem Pferd, reglos wie tote Schwäne am Ufer des Weihers. Nun erinnerte er sich.

»Ich sorge mich um Gudrain«, hatte der König gesagt. »Da ist eine Hexe im Wald, die ihn verwünscht. Ich muß ihn warnen.« Doch der Prinz hatte seinen Vater gebeten, daß er König Gudrain die Warnung überbringen dürfe, und schließlich hatte sein Vater ihn gehen lassen. Schnell war er bis an die Stelle geritten, an der die beiden Wege sich kreuzten, denn er hatte seinem Vater beweisen wollen, wie gut er die Aufgabe erledigte. Doch als er sich dem Weg, der zum Schloß König Gudrains führte, zugewandt hatte, hatte er das Trompeten eines Schwanes vernommen. Der Laut hatte ihn die Warnung des Vaters vergessen lassen, er hatte kehrtgemacht und war dem Ruf gefolgt.

Die Schreie hatten ihn tiefer und tiefer in den Wald gelockt, obwohl sie zusehends wie menschliche Hilferufe geklungen hatten. Der Weg war schmal geworden, überwuchert von Dornengestrüpp, so daß der Prinz sein Pferd am Zügel führen mußte. Er hatte sich die Kleider zerrissen, und obwohl er angestrengt gelauscht hatte, waren die Rufe des Schwans nicht mehr zu hören gewesen.

Doch schließlich hatte er durch die Bäume hindurch ein Tor entdeckt, und in dem Moment, als er es sah, hatte er sich erinnert, daß sein Vater König Gudrain hatte warnen wollen. Er war auf das Tor zugerannt. König Gudrain hatte – mit einem Pfeil im Herzen – am Boden gelegen. Der Prinz hatte sich niedergekniet und dem König die Hand gehalten, aber nicht das Herz gehabt, nach den Leichen von Emelie und ihren Brüdern zu suchen. Er hatte gewartet, bis sein Vater auf der Suche nach ihm zum Tor kam. Sie waren in den Garten gegangen – doch die Kinder waren verschwunden.

Der Prinz war vom Pferd gestiegen und starrte mit leerem Blick auf den Boden. Sein Pferd schnaubte und wieherte. Der Prinz kam zu sich. Er wollte das Tor öffnen, doch sein Vater versperrte ihm den Weg.

»Ich habe mein Wort gebrochen. Ich habe Cygnelle mit hierher genommen, damit sie ihre Brüder sehen kann«, sagte sein Vater. »Ich konnte nicht anders handeln. Ich hatte Angst, daß es beim nächsten Mal, wenn ich sie aus dem Weiher ziehe, zu spät sein könnte.«

»So wie ich zu spät gekommen bin, als ich König Gudrain die Warnung überbringen sollte«, sagte der Prinz. Der König betrachtete die zerrissenen Kleider und den nassen Mantel des Prinzen.

»Sie ist im Garten«, sagte er und öffnete das Tor.

Der Prinz wollte in den Garten gehen, aber der ältere Bruder versperrte ihm den Weg. »Wir lassen nicht zu, daß du uns unsere Schwester fortnimmst«, sagte er und zog sein Schwert.

»Laß mich nur mit ihr reden«, bat der Prinz.

»Worüber willst du mit ihr reden?« sagte der jüngere Bruder. »Über die Schwäne, die du getötet hast?«

»Ich möchte mit ihr über ihren und euren Vater reden. Ich war schuld an Gudrains Tod«, sagte der Prinz. »Ich habe ihm nicht rechtzeitig die Warnung überbracht.« Sie betrachteten seine verschmutzte Kleidung und die Schnitte in den blutenden Händen. Der jüngere Bruder sagte: »Du findest sie am Lilienweiher.« Er ließ ihn vorbei.

Der Prinz ging in den Garten. Er war überwuchert von Dorngestrüpp, der Lilienweiher war voller Wasserpflanzen. Auf dem See verharrte, wie eine Blume auf einem Spiegel, ein kleiner Schwan. Auf der anderen Seite des Weihers saß Cygnelle und betrachtete den Schwan. Sie hatte den Kopf gebeugt, so daß er die wohlgeformte, gebogene Linie sehen konnte, die ihr Hals beschrieb. Sie lächelte den kleinen Schwan an. Doch als sie die Stimme erhob, war sie erfüllt von Traurigkeit.

»Eines Tages sind wir über einen Reitweg geflogen, der sich offen meinem Blick darbot«, sagte sie, »und ich habe einen Jungen gesehen, der zusammen mit einem kleinen Mädchen ritt. Das Mädchen saß vor ihm im Sattel. Obwohl ich mich nicht erinnern konnte, hatte ich den Gedanken: Einer, der mich nicht vergessen wird, ist noch am Leben. Er wird kommen und uns erlösen. Und du hast es getan.«

Sie streckte die Hand nach dem kleinen Schwan aus. Die weißen, weiten Ärmel entfalteten sich unter ihren Armen. »Aber du hast dich nicht an mich erinnert, du wußtest nicht einmal meinen Namen.«

»Jetzt weiß ich ihn«, sagte der Prinz.

Sie sah zu ihm auf. Er erkannte die schwarzen Schatten der Traurigkeit unter ihren Augen. »Ich konnte mich an nichts erinnern, außer daran, daß ich ein Schwan gewesen bin. Ich habe erkannt, daß der Zauber immer noch nicht gebrochen, daß er nur ein anderer geworden ist. Ich habe erkannt, daß du dich nie an mich erinnern und Erbarmen mit mir haben würdest, so daß ich erlöst werden kann. Denn wer hat schon Erbarmen mit einem Schwan?«

»Nun erinnere ich mich«, sagte er. Er streckte ihr über den Lilienweiher hinweg die Arme entgegen. »Emelie«, sagte er.

Nun war der Zauber wirklich und wahrhaftig gebrochen. Sie schmiegte sich in seine Arme, lange Zeit. Die Brüder und der König kamen in den Garten und umarmten sie. Sie lachten und weinten. Der Prinz setzte sie vor sich auf sein Pferd, nahm sie mit zu seinem Schloß, und sie lebten ein Leben, das nur diejenigen leben können, die reiche Erinnerungen haben – bis sie schließlich starben.

Die Hexe aber lebte weiter, bis alle sie vergessen hatten. Sie lebte jenseits jeglicher Erinnerungen, jenseits von Erbarmen. Sie wurde niemals erlöst.

Die Stimme von El-Lil

ROBERT E. HOWARD

Seine letzten Worte schrieb er am 11. Juni 1936: »All fled – all done, so lift me to the pyre/The feast is over and the lamps expire.« Danach setzte er sich in seinen Wagen und schoß sich, gerade dreißig Jahre alt, eine Kugel durch den Kopf. Der Texaner Robert E. Howard, Schöpfer von mythischen Gestalten wie King Kull und Conan, die jedes Problem mit scharfen Schwertern lösten, war nie mit dem wirklichen Leben fertig geworden. Ein Apologet des romantischen Primitivismus, befand er sich irgendwo im literarischen Niemandsland zwischen Edgar Rice Burroughs, Jack London, Sax Rohmer und Lord Dunsany: ein weltfremder, mutterfixierter und suizidgefährdeter Pulpwriter, der fabulieren konnte wie kaum ein anderer Autor seiner Generation. Die Stimme von El-Lil, *dem Genre der Lost-World-Stories zuzurechnen, ist eine seiner unbekannteren, wenngleich nicht weniger faszinierenden Arbeiten.*

Wie so manche andere Hafenstadt ist Muskat eine Oase für die Abenteurer vieler Nationen, und sie bringen die Sitten und Gebräuche ihrer Herkunftsländer samt allen Eigentümlichkeiten mit dorthin … Türken pflegen Umgang mit Griechen, Araber mischen sich unter Hindus. Die Sprachen des halben Orients hallen durch die Arkaden des von kräftigen Gerüchen durchzogenen Basars. Es erschien mir daher nicht unpassend, als ich, an den Tresen der Bar eines stets dümmlich grinsenden Eurasiers gelehnt, den melodischen Klang eines chinesischen Gongs hörte, der das dumpfe Dröhnen des Straßenverkehrs deutlich übertönte. Der weiche Klang hatte nichts besonders Erschreckendes an sich, und so wunderte ich mich doch sehr, daß der große Engländer neben mir zusammenzuckte, losschimpfte und mir seinen Whiskey-Soda über den Ärmel schüttete.

Er entschuldigte sich und verfluchte seine Ungeschicklichkeit mit Ausdrücken, die auf absolute Gottlosigkeit schließen ließen, aber ich merkte ihm an, daß er echt erschüttert war. Der Mann interessierte mich, wie mich dieser Typ stets interessiert; er war ein gutgebauter, hochgewachsener Mann, über eins achtzig groß, braungebrannt, blauäugig, blond, dazu breit in den Schultern, schmal in der Hüfte mit kräftigen Gliedmaßen – der perfekte Kämpfertyp. Seine Rasse ist so alt wie Europa, und er weckte vage Erinnerungen an legendäre Gestalten wie Hengist, Hereward, Cedrik – geborene Abenteurer und Kämpfer, Abkömmlinge einer barbarischen Rasse …

Darüber hinaus merkte ich, daß er darauf aus war, mit mir zu reden. Ich stellte mich vor, bestellte uns Drinks und wartete. Mein Musterexemplar eines Abenteurers bedankte sich, nahm hastig einen Schluck von seinem Whiskey und fing ohne weitere Umschweife an zu erzählen:

»Sie wundern sich sicher, warum ein erwachsener Mann sich von so einem kleinen Vorkommnis erschüttern läßt – nun, ich gebe zu, dieser verdammte Gong hat mich tatsächlich aus der Fassung gebracht. Es ist dieser Idiot Yotai Lao, der seine Buddha-Statuen samt den widerlichen Räucherstäbchen in diese ehrbare Stadt gebracht hat – ich sollte irgendeinen Moslemfanatiker mit einem Halfpenny bestechen, daß er ihm die braune Kehle durchschneidet und seinen verfluchten Gong im Golf versenkt. Und jetzt erzähle ich Ihnen, warum ich dieses Ding so hasse.

Mein Name ist Bill Kirby. Bei einem Aufenthalt in Dschibuti am Golf von Aden traf ich eines Tages John Conrad. Er war ein schlanker junger Mann aus den Neuengland-Staaten der USA – und trotz seiner Jugend bereits Professor. Auch ein Opfer einer Obsession, wie die meisten seiner Art. Er war Insektenforscher, und es gab da einen ganz speziellen Käfer, der ihn an die Ostküste Afrikas gelockt hatte, oder besser gesagt, die Hoffnung, dieses verdammte Biest dort zu finden, denn das war ihm bisher noch nicht gelungen. Es war fast unheimlich, in welchen Rausch der Begeisterung dieser Mann sich steigern konnte, wenn er von dem bevorzugten Objekt seiner Begierde redete. Er hätte mir sicher eine Menge über Insekten beibringen können, aber ich kann mich für diese Tierchen nicht erwärmen, wohingegen er anfangs kaum von etwas anderem redete oder träumte oder an etwas anderes dachte.

Nun, wir paßten von Anfang an gut zusammen. Er hatte Geld und Ambitionen, und ich hatte ein wenig Erfahrung und unruhige Füße. Wir stellten eine kleine, bescheidene, dennoch leistungsfähige Safari zusammen und machten uns auf den Weg ins hintere Somaliland. Heutzutage erzählt man überall, diese Gegend sei bestens erforscht, aber ich kann beweisen, daß das nicht wahr ist. Wir sind auf Dinge gestoßen, von denen kein Weißer je zu träumen gewagt hat.

Wir waren fast einen Monat marschiert und schließlich in eine Gegend vorgedrungen, von der ich wußte, daß sie dem normalen Entdecker und Forscher unbekannt ist. Das Grasland und Dornengestrüpp ging in ein Waldgebiet über, das echtem Dschungel ähnlich war, und die Eingeborenen, auf die wir stießen, hatten dicke Wulstlippen und schadhafte Zähne und waren geistig ziemlich minderbemittelt – ganz anders als die Somali sonst. Wir durchquerten ihr Stammesgebiet, und plötzlich fingen unsere Träger und Askari an, herumzutuscheln und zu murren. Ein paar von den wulstlippigen Kerlen hatten mit ihnen palavert und ihnen Geschichten erzählt, die unsere Leute in Angst und Schrecken versetzten, und sie weigerten sich auf einmal, noch weiter mit uns in den Dschungel vorzudringen. Keiner der Leute wollte mit mir oder Conrad darüber reden, aber wir hatten einen Lagerdiener, einen Mischling namens Selim, und wir sagten ihm, er solle sich mal umhören. In der Nacht kam er dann in mein Zelt. Wir hatten das Lager auf einer großen Lichtung aufgeschlagen und einen Wall aus Dornengesträuch rundum aufgeschichtet, denn die Löwen machten mächtig Krach im Busch.

»Master«, sagte er in seinem Mischlingsenglisch, auf das er sehr stolz war, »die schwarzen Kerl machen Träger und Askari viel Angst mit böses Ju-Ju-Reden. Sagen mächtig Ju-Ju-Fluch auf Land, wo jetzt kommen, und ...«

Er hörte abrupt auf, wurde kreidebleich, und auch mein Kopf zuckte hoch. Aus dem düsteren, spukhaften Labyrinth des Dschungels im Süden drang das Flüstern einer beklemmenden Stimme. Sie klang wie das Echo eines Echos, aber seltsam deutlich, tief, vibrierend und wohlklingend. Ich trat aus meinem Zelt und sah Conrad vor einem Feuer stehen, angespannt horchend, witternd wie ein Jagdhund.

»Hast du das gehört?« fragte er. »Was war das?«

»Eine Eingeborenen-Trommel«, antwortete ich – aber wir

wußten beide, daß das nicht stimmte. Alle Geräusche und das Geschnatter unserer Leute an den Feuern waren verstummt, als wären sie plötzlich vom Tod ereilt worden.

In dieser Nacht hörten wir nichts mehr von der Stimme, aber am nächsten Morgen waren unsere Träger und Askari verschwunden. Sie hatten ihre Zelte abgebaut und alles mitgenommen, was sie schleppen konnten. Wie hielten Kriegsrat, Conrad, Selim und ich. Der Mischling war total verängstigt, aber der Stolz auf seinen Schuß weißen Blutes ließ ihn bei uns ausharren.

›Was jetzt?‹ fragte ich Conrad. ›Wir haben unsere Waffen und genug Verpflegung, also eine gute Chance, uns zur Küste durchschlagen zu können.‹

›Horch!‹ Conrad hob die Hand. Draußen im Dschungel ertönte wieder dieses spukhafte Flüstern. ›Wir machen weiter‹, sagte er. ›Ich gebe keine Ruhe, bis ich weiß, was hinter diesem Geräusch steckt. So was habe ich noch nie gehört.‹

›Unsere Knochen werden im Dschungel vermodern‹, sagte ich. Er schüttelte den Kopf.

›Horch!‹ sagte er wieder.

Es war wie ein Ruf. Es drang einem ins Blut. Es zerrte an einem wie die Musik des Fakirs an der Kobra ... Ich wußte, es war der pure Wahnsinn, aber ich widersprach nicht. Wir rafften das meiste der restlichen Ausrüstung zusammen und marschierten los. Jede Nacht errichteten wir Dornenzäune um unser Lager und hielten uns damit die draußen heulenden und knurrenden Großkatzen vom Leib. Und je tiefer wir uns in den Dschungel vorarbeiteten, um so deutlicher hörten wir die Stimme – tief, weich, melodisch ... Sie ließ einen seltsame Dinge träumen; die Aura unendlicher Zeitenläufe schien in ihr mitzuschwingen. Der Glanz des Altertums flüsterte aus ihrem Klang. In ihrer Resonanz konzentrierten sich alle Sehnsüchte und Geheimnisse des Lebens, die ganze Magie der orientalischen Seele. Ich erwachte mitten in der Nacht und horchte auf die wispernden Echos der Stimme, und wenn ich dann wieder einschlief, träumte ich von himmelhoch aufragenden Minaretten, von langen Reihen sich verbeugender, braunhäutiger Betender in Moscheen, von mit Purpur ausgeschlagenen Pfauenthronen und dahindonnernden goldenen Streitwagen ...

Conrad war auf etwas gestoßen, das zu seinem besessenen Interesse für Käfer in Konkurrenz trat. Er redete nicht viel; seiner Käfersuche ging er nur in abwesender Pflichterfüllung nach. Den ganzen Tag über schien er in einer Art lauschender Anspannung gefangen zu sein, und wenn die tiefen, melodischen Töne aus dem Dschungel zu uns herüberwehten, erstarrte er wie ein Jagdhund, der Witterung aufgenommen hat, wobei sich in seinen Augen ein Glanz zeigte, der für einen zivilisierten Professor recht seltsam war. Beim Jupiter, es ist wirklich erstaunlich, wenn man beobachtet, wie sich so etwas wie ein urzeitlicher Einfluß durch die verkrustete äußere Schale der auf Vernunft ausgerichteten Seele eines Wissenschaftlers stiehlt und auf das brodelnde Leben darunter stößt! Es war neu und herausfordernd für Conrad; da gab es etwas, das er mit seinem modernen, kalten Wissen um psychologische Zusammenhänge nicht erklären konnte.

Nun denn, wir machten weiter mit dieser irren Suche – denn es ist der Fluch des weißen Mannes, zur Hölle vorzudringen, wenn er damit seine Neugier befriedigen kann. Eines Morgens dann, im grauen Licht der Dämmerung, wurde unser Lager überrannt. Es gab keinen Kampf. Wir wurden einfach von einer enormen Übermacht überflutet. Sie hatten sich in der Nacht herangeschlichen und uns umzingelt. Ich merkte erst etwas von der ganzen Sache, als eine Horde phantastischer Gestalten blitzschnell das Lager stürmte und ich ein halbes Dutzend Speerspitzen an meiner Kehle spürte. Es ging mir verdammt gegen den Strich, daß ich mich ergeben mußte, ohne einen Schuß abgefeuert zu haben, aber das half uns auch nichts mehr, und ich verfluchte mich, daß ich nicht besser aufgepaßt hatte. Bei diesem teuflischen Dröhnen im Süden hätten wir mit so etwas rechnen müssen.

Es waren mindestens hundert, und mich überlief ein Frösteln, als ich sie mir näher ansah. Es waren keine Schwarzen, auch keine Araber. Es waren hagere Männer von mittlerer Größe, mit gelblich getönter Hautfarbe, dunklen Augen und langen Nasen. Sie trugen keine Bärte, und ihre Köpfe waren kahl rasiert. Gekleidet waren sie in eine Art Tunika, die an der Hüfte von einem breiten Ledergürtel zusammengehalten wurde. An den Füßen trugen sie Sandalen. Auf ihren Köpfen saßen sonderbare Eisenhelme, die vorne offen waren, oben spitz zuliefen und an den Seiten und hinten fast bis auf die Schultern reichten. In den Händen hielten sie große, fast quadratische, eisenbeschlagene Schilde. Als Waffen trugen sie Speere mit schmalen Eisenspitzen, seltsam geformte Bögen und Pfeile sowie kurze, gerade Schwerter, wie ich sie vorher noch nie gesehen hatte und auch seitdem nicht mehr gesehen habe.

Sie fesselten Conrad und mich an Händen und Füßen und schlachteten Selim auf der Stelle ab – schnitten ihm wie einem Schwein einfach die Kehle durch, während der arme Kerl jaulte und schrie und um sich trat. Ein scheußlicher Anblick – Conrad mußte sich fast übergeben, und auch ich, muß ich gestehen, bin sicher recht blaß geworden. Dann nahmen sie uns in die Mitte und brachen auf, folgten der Richtung, in die wir vorher auch marschiert waren. Die Hände hatten sie uns auf dem Rücken gefesselt, und die ganze Zeit über waren mehrere Speerspitzen drohend auf uns gerichtet. Sie nahmen die kümmerlichen Reste unserer Ausrüstung mit, aber an der Art, wie sie die Gewehre trugen, erkannte ich, daß sie keine Ahnung hatten, wozu sie dienten. Sie hatten kaum ein Wort untereinander gesprochen, und als ich sie in verschiedenen gängigen Dialekten ansprach, bekam ich als Antwort nur Speerspitzen zu spüren. Ihr Schweigen war irgendwie gespenstisch und zerrte an unseren Nerven. Ich hatte den Eindruck, wir waren von einer Geisterbande gefangengenommen worden.

Ich wußte nicht, wie ich sie einordnen sollte. Sie sahen aus wie Orientalen, aber nicht wie die Orientalen, die ich kenne, wenn Sie verstehen, was ich meine. Ostafrika mag ja für manche zum Orient gehören, aber es ist nicht der Orient. Diese Männer sahen ebensowenig afrikanisch aus wie Chinesen. Es ist schwer zu erklären, aber ich würde es so sagen: Tokio gehört zum Osten, genauso Benares, aber Benares steht für eine andere, ältere Entwicklungsstufe des Orients, Peking wieder für eine andere, noch ältere. Diese Männer kamen aus einem Orient, den ich nie kennengelernt hatte; sie entstammten einem Orient, der älter ist als Persien, älter als Assyrien, ja älter als Babylon. Ich spürte das wie eine Aura über ihnen, und mich schauderte bei dem Gedanken an die zeitliche Kluft zwischen heute und der Zeit, die diese Männer verkörperten. Aber der Gedanke faszinierte mich auch. Unter den gotischen Bögen eines tausendjährigen Dschungels, vorangetrieben von den Speerspitzen schweigender Orientalen, deren Art seit Gott weiß wie vielen Äonen vergangen und vergessen war, kann ein Mann wirklich auf phantastische Gedanken kommen. Manchmal fragte ich mich, ob diese Männer tatsächlich existierten oder nur die Geister von Kriegern waren, die seit viertausend Jahren nicht mehr lebten.

Der Wald wurde immer lichter, es ging einen Hang hinunter, und schließlich kamen wir auf eine Klippe, von der aus sich uns ein Anblick bot, daß uns der Atem stockte. Wir schauten in ein weites Tal, rundum von hohen, steil aufragenden Klippen umgeben, in die mehrere Bäche enge, steile Schluchten gegraben hatten und einen ausgedehnten See in der Mitte des Tales speisten. Im Zentrum des Sees lag eine Insel, auf dieser Insel erhob sich ein Tempel, und an der entfernten Seite der Insel lag eine Stadt! Kein Eingeborenendorf aus Bambus und Lehm ... Eine echte Stadt, augenscheinlich aus gelblichbraunem Stein gebaut.

Die Stadt war von einer Mauer umgeben und bestand aus quadratischen Flachdachhäusern, von denen einige offensichtlich drei bis vier Stockwerke hatten. Die Ufer des Sees waren von einem Kranz bebauter Felder umgeben, die von einem System künstlich angelegter Gräben bewässert wurden und grün und blühend dalagen. Das Bewässerungssystem erstaunte mich. Aber am erstaunlichsten war der Tempel.

Ich hielt die Luft an, riß den Mund auf, mußte mehrmals hinschauen ... Da unten lag wahr und wahrhaftig der Turm von Babel! Nicht so hoch und groß, wie ich ihn mir vorgestellt hatte, aber er bestand doch aus mehr als zehn einzelnen Bauwerken übereinander. Er war düster und massig wie auf den Gemälden, die man von ihm kennt, und über ihm lag derselbe unfaßbare Eindruck des Bösen ...

Und dann, während wir da oben standen, drang über den See hin aus dieser enormen Aufschichtung von Mauerwerk wieder das tiefe, widerhallende Dröhnen – jetzt laut und klar –, und die Felsen schienen unter den von diesem Klang vibrierenden Luftwellen zu erzittern. Ich schaute verstohlen auf Conrad; er schien ratlos zu sein. Er gehörte zu den Wissenschaftlern, für die das Universum exakt klassifiziert und in diverse Schubfächer eingeordnet ist und alles sein hübsches kleines Plätzchen hat. Beim Jupiter! Es haut sie um, wenn sie von paradox-unerklärlichen Situationen, vom Das-darf-doch-nicht-wahr-Sein überrascht werden, weitaus mehr, als das bei normalen Menschen wie Ihnen und mir, die wir nicht so klare Vorstellungen von den Dingen insgesamt haben, der Fall ist.

Die Krieger führten uns eine in den massiven Felsen gehauene Treppe hinunter, dann durch die bewässerten Felder, wo Männer mit kahlrasierten Köpfen und dunkeläugige Frauen die Arbeit einstellten, um uns neugierig zu betrachten. Wir kamen zu einem großen, schmiedeeisernen Tor, wo eine kleinere Gruppe von Soldaten in derselben Ausrüstung wie unsere Eskorte – anscheinend ein Wachkommando – uns anhielt, offensichtlich eine Art Parole abfragte, und dann wurden wir in die Stadt eskortiert. Sie glich durchaus anderen Städten im Osten – Männer, Frauen und Kinder waren in den Straßen unterwegs, disputierten miteinander, verkauften und kauften alle möglichen Dinge. Alles in allem lag ein Hauch von Fremdheit über der Stadt – ein Hauch von Altertum. Ich konnte die Architektur ebensowenig einordnen, wie ich die Sprache verstand. Das einzige, was mir bei der Betrachtung der geduckten, quadratischen Gebäude einfiel, waren Erinnerungen an die Hütten bestimmter minderwertiger Mischvölker im Euphrat-Tal in Mesopotamien. Die Hütten dort könnten, wie ich dachte, eine heruntergekommene, degenerierte Entwicklungsstufe der Architektur dieser seltsamen afrikanischen Stadt sein.

Unsere Eskorte führte uns direkt zum größten Gebäude der Stadt, und als wir durch die Straßen gingen, entdeckten wir, daß die Häuser und Mauern nicht aus Natursteinen, sondern aus Ziegelsteinen errichtet waren. Man brachte uns durch ein Spalier schweigender Soldaten in eine Halle mit großen Säulen, dort dann vor ein hohes Podium, zu dem breite Stufen hinaufführten. Hinter und beiderseits eines Thrones standen bewaffnete Krieger, daneben ein Höfling, wahrscheinlich ein Schreiber, und Mädchen in Kleidern aus Straußenfedern kauerten auf den Stufen. Auf dem Thron saß ein Teufel mit grausamen Augen. Als einziger der Männer in dieser phantastischen Stadt hatte er lange Haare und trug einen schwarzen Bart. Auf seinem Kopf saß eine Art Krone, und sein Gesicht war das hochmütigste und grausamste, das ich je bei einem Mann gesehen habe. Jeder arabische Scheich oder türkische Aga hätte im Vergleich zu ihm wie ein Lämmchen gewirkt. Er erinnerte mich an die Vorstellung mancher Maler von Belsazar oder den Pharaonen – ein König, der nach seiner Meinung und auch in den Augen seines Volkes mehr ist als ein König, ein Herrscher, der zugleich König und Hohepriester und Gott ist.

Die Krieger unserer Eskorte warfen sich vor ihm hin, schlugen immer wieder die Stirn auf den Boden, bis der König gelangweilt etwas zu dem Schreiber sagte, der daraufhin den Kriegern ein Zeichen gab. Sie erhoben sich, und der Anführer begann mit einer langen Rede an den König; der Schreiber kritzelte wie wild auf einer Tontafel herum. Conrad und ich standen derweil wie zwei verdammte Esel da und rissen den Mund auf, fragten uns, was eigentlich hier vorging. Dann hörte ich ein Wort, das mehrmals wiederholt wurde, und jedesmal, wenn der Anführer es aussprach, deutete er auf uns. Das Wort klang wie »Akkader«, und durch meinen Kopf zuckten plötzlich die Möglichkeiten, die ich damit in Verbindung brachte. Es konnte nicht sein – und doch, es mußte wahr sein!

Ich wollte nicht in das Gespräch eingreifen und vielleicht meinen Kopf verlieren, also sagte ich nichts, und schließlich gestikulierte der König herum und sagte etwas, woraufhin die Soldaten sich wieder auf den Boden warfen, uns dann packten und roh aus dem Angesicht der königlichen Hoheit entfernten. Sie drängten uns in einen von Säulen umrahmten Flur, dann in einen großen Raum, stießen uns schließlich in eine kleine Zelle und verriegelten von außen die Tür. In der Zelle gab es nichts außer einer großen Bank. Das einzige Fenster war vergittert.

»Großer Gott, Bill!« rief Conrad aus. »Wer hätte sich so etwas vorstellen können? Es ist wie ein Alptraum – oder wie ein

Märchen aus *Tausendundeiner Nacht*! Wo sind wir? Was sind das für Leute?«

»Du wirst es mir nicht glauben«, sagte ich, »aber hast du mal von dem alten Reich der Sumerer gehört?«

»Natürlich; es hatte vor mehr als viertausend Jahren seine Blütezeit in Mesopotamien. Aber was ... beim Jupiter!« Er unterbrach sich und starrte mich mit weit aufgerissenen Augen an, als er die Zusammenhänge erkannte.

»Ich überlasse es deiner Vorstellungskraft, was die Nachkommen eines vorderasiatischen Königreiches in Ostafrika zu suchen haben«, sagte ich und griff nach meiner Pfeife, die man mir gelassen hatte. »Aber es ist eine Tatsache. Die Sumerer haben ihre Städte aus sonnengetrockneten Ziegeln gebaut. Als wir vorhin am See vorbeikamen, habe ich gesehen, wie Männer solche Ziegel geformt und am Seeufer zum Trocknen ausgelegt haben. Der Schlamm ist dem im Tigris- und Euphrattal bemerkenswert ähnlich. Vielleicht haben sich die Leute deshalb hier niedergelassen. Die Sumerer schrieben mit spitzen Griffeln auf Tontafeln, genauso, wie es der Bursche eben im Thronsaal gemacht hat.

Und schau dir mal ihre Waffen, ihre Kleidung und ihre Physiognomie an. Ich kenne die Darstellungen ihrer Künstler in Stein und auf ihrer Keramik, und ich habe mich schon immer gefragt, ob die großen Nasen Teil ihrer Gesichter oder ihrer Helme sind. Und schau dir den Tempel auf der Insel im See an. Eine verkleinerte Ausgabe des Tempels, der dem Gott El-Lil in Nippur geweiht war – und von dem wahrscheinlich der Mythos des Turms von Babel ausgeht.

Was die Sache aber bestätigt, ist die Tatsache, daß sie uns als *Akkader* bezeichnet haben. Ihr Reich wurde um 2350 vor Christus von Sargon von Akkad erobert und unterworfen. Wenn diese Leute hier Nachkommen einer Gruppe von Sumerern sind, die damals vor dem Eroberer flohen, dann ist es verständlich, daß sie in dieser gottverlassenen Gegend, seit mehr als 4000 Jahren abgeschlossen von der Welt, in allen Fremden Akkader sehen, so wie man in abgelegenen Ländern Vorderasiens alle Europäer in Erinnerung an den Sieg Karl Martells über die Araber bei Tours Franken nennt.«

»Aber warum hat man sie nicht schon längst entdeckt?«

»Nun, sollte je schon einmal ein Weißer vor uns bis hierher vorgedrungen sein, dann haben sie gut auf ihn aufgepaßt und sichergestellt, daß er nicht wieder von hier wegkam und von seiner Entdeckung berichten konnte. Ich glaube nicht, daß sie viel umherziehen. Sie gehen wahrscheinlich davon aus, daß die Welt um sie herum von blutrünstigen Akkadern überrannt worden ist.«

In diesem Augenblick wurde die Tür unserer Zelle geöffnet, und ein schlankes, junges Mädchen kam herein. Sie war nur mit einem breiten Seidengürtel und goldenen Brustplatten bekleidet. Sie brachte uns Essen und Wein, und ich bemerkte sofort, wie sehnsuchtsvoll sie Conrad anschaute. Und zu meiner Überraschung sprach das Mädchen uns in perfektem Somali an.

Ich nutzte sofort die Gelegenheit. »Wo sind wir?« fragte ich. »Was wird man mit uns machen? Und wer bist du?«

»Ich bin Naluna, die Tänzerin des Gottes El-Lil«, antwortete sie, und man glaubte es ihr sofort, war sie doch schön und geschmeidig wie eine Pantherin. »Es tut mir leid, euch bei uns zu sehen; kein Akkader kommt von hier lebend wieder fort.«

»Nette Leutchen«, grunzte ich, war im Grunde aber froh, jemand gefunden zu haben, mit dem ich sprechen konnte. »Und wie heißt diese Stadt?«

»Sie heißt Eridu«, antwortete sie. »Unsere Vorfahren kamen vor vielen Zeitaltern hierher, aus dem alten Sumer, das viele Monde im Osten liegt. Sie wurden von einem großen und mächtigen König vertrieben, von Sargon, dem König der Akkader – einem Wüstenvolk. Aber unsere Vorfahren wollten nicht Sklaven sein wie die anderen Menschen unseres Stammes, und so flohen sie aus Sumer, viele Tausende in einem einzigen großen Zug, und sie durchquerten viele fremde, wilde Länder, bis sie diese Gegend erreichten.«

Über diese Auskunft hinaus war ihr Wissen sehr gering und mit Mythen und unglaubwürdigen Legenden durchsetzt. Conrad und ich diskutierten später über ihre Aussagen, fragten uns, ob die alten Sumerer die Westküste Arabiens entlanggezogen waren und das Rote Meer an der Meerenge zum Golf von Aden beim heutigen Al Mukha überquert hatten oder ob sie nördlich des Roten Meeres über den Isthmus von Suez gezogen und dann auf der afrikanischen Seite nach Süden gewandert waren. Ich neige zur letzteren Version. Als sie aus Vorderasien kamen, sind sie wahrscheinlich auf Ägypter gestoßen, die sie dann nach Süden verdrängt haben. Conrad meinte, sie könnten den größten Teil der Strecke über das Meer zurückgelegt haben, weil, wie er sagte, der Persische Golf damals etwa hundertdreißig Meilen weiter nach Süden reichte als heute und das alte Eridu zu dieser Zeit eine Hafenstadt war. Jetzt aber, während Naluna noch bei uns war, beschäftigte mich eine andere Frage.

»Wo hast du Somali gelernt?« fragte ich.

»Als ich noch klein war«, antwortete sie, »lief ich einmal aus dem Tal weg in den Dschungel, und dort fiel ich in die Hände einer Bande räuberischer Schwarzer. Sie verkauften mich an einen Stamm, der in der Nähe der Küste lebt, und ich habe meine Kindheit bei diesen Leuten verbracht. Aber als ich zum jungen Mädchen herangewachsen war, erinnerte ich mich immer deutlicher an Eridu, und eines Tages stahl ich ein Kamel und ritt viele Wegstunden durch Buschland und Dschungel und kam schließlich wieder zur Stadt meiner Geburt. In ganz Eridu bin ich die einzige, die eine Sprache anders als unsere Zunge spricht – bis auf die schwarzen Sklaven, aber die sprechen gar nicht, denn wir haben ihnen die Zunge aus dem Mund geschnitten, sobald wir sie gefangengenommen hatten. Die Menschen von Eridu gehen nicht weiter von hier weg, als der Dschungel dicht um uns herumreicht, und wir vermeiden auch Kontakte zu den schwarzen Stämmen, die manchmal zu uns vordringen, es sei denn, wir fangen uns ein paar Sklaven.«

Ich fragte sie, warum sie Selim, unseren Lagerdiener, getötet hätten, und sie antwortete, daß es nach dem Gesetz von Eridu verboten sei, daß Schwarze und Weiße sich mischen, und daß Nachkommen aus einer solchen Verbindung nicht am Leben bleiben dürften. Die Farbe des armen Kerls hatte ihnen also nicht gefallen, deshalb hatten sie ihn getötet.

Naluna konnte uns nur wenig aus der Geschichte der Stadt seit ihrer Gründung erzählen. Ihr Wissen beschränkte sich auf Dinge, die sie selbst erlebt hatte, und das waren vor allem Erzählungen von vereinzelten Angriffen durch Kannibalenstämme, die im Dschungel im Süden leben, von kleinen Intrigen am Hof und im Tempel, von schlechten Ernten und ähnlichem – der Gesichtskreis im Leben orientalischer Frauen ist nun einmal so beschränkt, sei es am Hof von Akbar in Indien, von Kyros in Persien oder von Assurbanipal in Assyrien. Aber wir erfuhren, daß der Name des Herrschers von Eridu *Sostoras* war und er zugleich als Hohepriester und König fungierte – wie die Herrscher im alten Sumer vor viertausend Jahren. Ihr Gott war *El-Lil*, er hatte seinen Sitz im Tempel im See, und das tiefe Dröhnen, das wir gehört hatten war, wie Naluna sagte, die Stimme des Gottes.

Schließlich stand sie auf, warf Conrad einen sehnsuchtsvollen Blick zu und ging. Conrad saß da wie ein Mann in Trance – endlich einmal waren seine verfluchten Käfer gänzlich aus seinen Gedanken verschwunden.

»Nun«, sagte ich, »was meinst du dazu, mein junger Freund und Schicksalsgenosse?«

»Es ist unglaublich«, sagte er und schüttelte den Kopf. »Es ist absurd – ein intelligenter Stamm lebt hier seit viertausend Jahren und ist in dieser Zeit keinen Schritt über die Entwicklungsstufe der Vorfahren hinausgekommen!«

»Du bist anscheinend von einem fortschrittsbesessenen Käfer gebissen worden«, sagte ich ironisch und stopfte meine Pfeife. »Du denkst an das schnelle Wachstum unserer eigenen Völker. Aber du darfst nicht verallgemeinern, darfst einen Orientalen nicht unter westlichen Gesichtspunkten beurteilen. Was ist mit dem berühmten *langen Schlaf* Chinas? Was diese Schlitzaugen angeht – man darf nicht vergessen, daß sie kein primitiver Stamm sind, sondern der Schlußstein in einer Entwicklung, die länger als jede andere angedauert hat. Sie haben den Höhepunkt ihres Fortschritts schon vor Tausenden von Jahren überschritten. Ohne Verbindung zur Außenwelt und ohne Zufuhr frischen Blutes sinkt dieses Volk hier immer tiefer in der Stufe seiner Zivilisation. Ich wage zu behaupten, daß ihre Kunst und Kultur weitaus minderwertiger ist als die ihrer Vorfahren.«

»Warum sind sie dann noch nicht auf die Stufe von Barbaren herabgesunken?«

»Vielleicht sind sie das ja in der Praxis«, antwortete ich und zog genüßlich an meiner alten Pfeife. »Sie beeindrucken mich nicht besonders, wenn man bedenkt, daß sie Nachfahren einer uralten und ruhmreichen Zivilisation sind. Aber man muß bedenken, daß sie diesen hohen Stand der Zivilisation nur langsam entwickelt haben und daß ihre Rückentwicklung ebenso langsam erfolgen wird. Die sumerische Kultur war ungewöhnlich kraftvoll. Ihr Einfluß ist auch heute noch in Vorderasien zu spüren. Die Sumerer waren bereits ein zivilisiertes Volk, als unsere verdammten Vorfahren sich noch mit Höhlenbären und Säbelzahntigern herumschlugen, um es mal so auszudrücken. Jedenfalls hatten die Europäer damals noch nicht die ersten Schritte zur Zivilisation zurückgelegt, egal, welcher Art ihre tierischen Mitbewohner waren. Das alte Eridu war bereits um 6500 vor Christus ein bedeutender Seehafen. Von dort bis 2350 vor Christus ist für jedes Reich eine lange Zeitspanne. Welches andere Reich hat so lange Bestand gehabt wie das sumerische? Die von Sargon errichtete akkadische Dynastie überdauerte nicht mehr als zweihundert Jahre, dann wurde sie von einem anderen semitischen Volk, den Babyloniern, abgelöst, und die entlehnten ihre Kultur dem akkadischen Sumer, so wie die Römer die ihre von den Griechen übernahmen. Die Kassiten und Elamiten wiederum verdrängten die Babylonier, es folgten die Assyrer und Chaldäer ... Nun, du kennst die rasche Folge von Dynastien in Vorderasien, ein semitisches Volk unterwarf das andere, bis die wahren Eroberer am östlichen Horizont auftauchten, die Meder und Perser, aber auch sie herrschten kaum länger als ihre Opfer.

Jetzt vergleiche einmal jedes dieser flüchtigen Reiche mit dem unglaublich langen Bestand des alten präsemitischen Sumer! Wir meinen, das minoische Zeitalter auf Kreta liege lange Zeit zurück, aber das sumerische Reich von Uruk, im alten Testament Erek genannt, zerfiel bereits vor der aufsteigenden Macht des sumerischen Nippur, ehe die Vorfahren der Kreter überhaupt aus der Jungsteinzeit auftauchten. Die Sumerer verfügten über etwas, das den nachfolgenden Hamiten, Semiten und Ariern fehlte: Stabilität. Sie entwickelten sich langsam, und wenn man sie in Ruhe gelassen hätte, wäre ihr Reich auch langsam wieder zerfallen, so wie diese Stadt hier langsam untergeht. Trotz alledem, diese Burschen hier haben einen Fortschritt gemacht – hast du dir ihre Waffen genauer angesehen?

Das alte sumerische Reich bestand in der Bronzezeit. Die Assyrer waren die ersten, die Eisen zu mehr als kleineren Verzierungen benutzten. Aber diese Knaben hier haben gelernt, Eisenerz in größerem Stil zu verarbeiten, wage ich zu behaupten.«

»Aber das Geheimnis um Sumer bleibt bestehen«, warf Conrad ein. »Wer sind sie? Von wo kamen sie? Einige Fachleute sagen, sie wären drawidischen Ursprungs, ähnlich wie die Basken …«

»Das glaube ich nicht, mein Freund«, sagte ich. »Selbst wenn man von einer möglichen Einmischung arischen oder turanischen Blutes bei den Nachkommen der Drawiden ausgeht, erkennt man auf einen Blick, daß diese Völker nicht der selben Rasse entstammen.«

»Aber ihre Sprache …«, begann Conrad eine Diskussion, die als eine gute Möglichkeit des Zeitvertreibs anzusehen ist, wenn man darauf wartet, in den Kochtopf gesteckt zu werden, aber zu nichts anderem führt als zur Stärkung der eigenen ursprünglichen Auffassungen.

Bei Sonnenuntergang kam Naluna wieder mit Essen zu uns, und diesmal setzte sie sich dicht neben Conrad und sah ihm beim Essen zu. Ich beobachtete sie, wie sie so dasaß, die Ellenbogen auf den Knien, das Kinn in eine Hand geschmiegt, bemerkte, wie sie ihn mit ihren großen, glänzenden Augen verschlang, und ich sagte auf englisch, so daß sie es nicht verstehen konnte, zu meinem Professorenfreund: »Dieses Mädchen ist völlig hingerissen von dir; mach das Spielchen mit. Sie ist unsere einzige Hoffnung.«

Er errötete wie ein verdammtes Schulmädchen. »Ich habe eine Verlobte in den Staaten.«

»Zum Teufel mit deiner Verlobten«, sagte ich. »Kann sie etwas dazu beitragen, daß unsere verdammten Köpfe auf unseren verdammten Schultern bleiben? Ich sag dir, dieses Mädchen hier ist vernarrt in dich. Frag sie, was man mit uns vorhat.«

Er tat es, und Naluna antwortete: »Euer Schicksal liegt im Schoß von El-Lil.«

»Und im Gehirn von Sostoras«, murmelte ich. »Naluna, was hat man mit den Gewehren gemacht, die man uns abgenommen hat?«

Sie antwortete, man habe sie im Tempel von El-Lil als Siegestrophäen aufgehängt. Keiner der Sumerer kannte ihren Zweck. Ich fragte sie, ob die Eingeborenen, mit denen sie manchmal zusammengestoßen waren, Gewehre gehabt und im Kampf eingesetzt hätten, und sie verneinte diese Frage. Ich glaubte ihr das, denn es gibt in diesen gottverlassenen Gegenden viele Eingeborenenstämme, die kaum jemals einen Weißen zu Gesicht bekommen haben. Aber es erschien mir unglaubhaft, daß die Araber, die seit tausend Jahren Streifzüge durch das Somaliland gemacht hatten, nie auf Eridu gestoßen sein und es geplündert haben sollten. Es zeigte sich jedoch, daß es wahr war – eine weitere dieser seltsamen Zufälligkeiten und unerklärlichen Tatsachen im Leben wie die, daß man heute im Staat New York noch auf Wölfe und Wildkatzen stoßen kann, oder der verwunderliche, präarische Menschenschlag, den man heute noch in kleinen Orten in den Bergen von Connaught und Galway in Irland vorfindet. Ich bin sicher, daß große Sklaven-Raubzüge nur ein paar Meilen von Eridu entfernt stattgefunden hatten, aber die Araber hatten die Stadt nicht gefunden und die Bewohner somit nie mit dem Gebrauch von Feuerwaffen beeindrucken können.

Ich sagte also zu Conrad: »Laß dich auf das Spielchen mit ihr ein, du Dummkopf! Wenn du sie dazu bringen kannst, uns ein Gewehr zu besorgen, haben wir eine faire Chance.«

Conrad faßte sich also ein Herz und fing an, mit Naluna zu reden, wenn auch auf recht nervöse Art. Wie er es schaffte, kann ich nicht sagen, denn er hatte nur wenig von einem Don Juan an sich, aber Naluna kuschelte sich zu seiner großen Verlegenheit an ihn und horchte mit der ganzen Seele in den Augen auf sein gestammeltes Somali. Im Orient erblüht die Liebe oft plötzlich und unerwartet …

Eine herrische Stimme draußen im Flur ließ Naluna dann jedoch zusammenfahren, aber ehe sie ging, drückte sie Conrads Hand und flüsterte ihm etwas ins Ohr, das weder er noch ich verstehen konnte, aber es klang sehr leidenschaftlich.

Kurz nachdem sie gegangen war, wurde die Zellentür wieder aufgerissen; davor stand eine Reihe schweigender, gelbhäutiger Krieger. Ihr Anführer, der Gorat hieß, wie wir später erfuhren, winkte uns heraus. Man führte uns durch einen langen, düsteren, säulenverzierten Korridor, in absoluter Stille, die nur durch das leise Schlurfen ihrer Sandalen und das Poltern unserer Stiefel auf den Fliesen durchbrochen wurde. Nur vereinzelte Fackeln an den Wänden und Licht aus Luken in den Nischen zwischen den Säulen erleuchteten schwach den Weg. Schließlich kamen wir in die leeren Straßen der stillen, nächtlichen Stadt. Keine Wachen patrouillierten in den Straßen oder auf der Stadtmauer, kein Lichtschein zeigte sich in den Fenstern der Häuser. Es war, als gingen wir durch die Straßen einer Geisterstadt. Ob es jede Nacht so still in Eridu war oder die Leute sich in ihren Häusern verkrochen, weil unsere Anwesenheit ein besonderes und furchteinflößendes Ereignis war, kann ich nicht sagen.

Wir gingen die Straße hinunter zur Seeseite der Stadt. Dort kamen wir durch ein kleines Tor in der Stadtmauer – über dem, wie ich mit einem Schaudern bemerkte, ein grinsender Totenschädel eingemeißelt war – aus der Stadt heraus. Eine breite Treppe führte hinab zum Seeufer, und die Speere in unseren Rücken dirigierten uns die Stufen hinunter. Dort wartete ein Boot auf uns, ein seltsames Gefährt mit hohem Bug, dessen Prototyp wohl in den Tagen des alten Eridu den Persischen Golf befahren hatte.

Vier Schwarze saßen an den Rudern, und wenn sie den Mund aufmachten, sah man, daß tatsächlich ihre Zungen herausgeschnitten waren. Man dirigierte uns in das Boot, unsere Wächter stiegen ein, und es begann eine seltsame Fahrt. Wie in einem Traum glitten wir hinaus auf den See, und die Stille wurde nur von dem leisen Plätschern der langen, dünnen, goldverzierten Ruder im Wasser durchbrochen. Die Sterne sprenkelten das tiefblaue Wasser mit silbernen Pünktchen. Ich schaute auf den riesigen, dunklen Umriß des Tempels, der vor dem Sternenhimmel drohend aufragte. Die nackten, stummen Schwarzen zogen kräftig an den schimmernden Rudern, und die stillen Krieger mit ihren Speeren, Helmen und Schilden saßen reglos vor und hinter uns. Es war wie der Traum von einer legendären Stadt zu den Zeiten Harun-al-Raschids oder Suleiman-ben-Daouds, und ich dachte, wie verdammt unpassend Conrad und ich mit unseren Stiefeln und den verdreckten, zerlumpten Khakianzügen in dieser Szenerie wirkten.

Wir landeten auf der Insel, und ich sah, daß sie von Mauerwerk umgürtet war – rund um die Insel führten vom Ufer aus breite Treppen nach oben. Das Mauerwerk schien noch älter als die Stadt zu sein – die Sumerer mußten es errichtet haben, als sie damals in das Tal gekommen waren, noch ehe sie mit dem Bau der Stadt selbst begonnen hatten.

Wir gingen die von unzähligen Füßen ausgetretenen Stufen hoch und kamen zu einem riesigen Eisentor. Gorat legte seinen Speer und seinen Schild nieder, warf sich auf den Bauch und schlug mit dem behelmten Kopf mehrmals gegen die Schwelle. Jemand mußte uns durch einen Sehschlitz beobachtet haben, denn von der Spitze des Turmes erklang ein tiefer, wohltönender Ruf, und die Tore schwangen lautlos auf. Wir kamen in einen düsteren, von Fackeln erleuchteten Vorhof. Gorat erhob sich und ging voraus. Mit den verfluchten Speeren in unseren Rücken folgten wir ihm.

Wir stiegen eine Treppe hoch und kamen zu einer Folge von Galerien, die sich im Inneren der einzelnen Stockwerke dahinzogen und im Kreis immer weiter nach oben führten. Ich schaute hoch und stellte fest, daß das Gebäude innen viel höher und größer wirkte, als es von außen den Anschein gehabt hatte, und das düstere Halbdunkel, die Stille und das Mysterium dieses Ortes ließen mich erschauern. Conrads Gesicht schimmerte kreidebleich in dem düsteren Licht. Die Schatten vergangener Zeitalter legten sich auf uns, wirr und erschreckend, und mich überkam das Gefühl, als würden die Geister all der Priester und ihrer Opfer, die diese Galerien seit viertausend Jahren hinaufgestiegen waren, mit uns Schritt halten. Die riesigen Schwingen dunkler, vergessener Götter schienen drohend über diesem erschreckenden Gebäude aus der Vorzeit zu schweben.

Wir kamen zum höchsten Stockwerk. Dort stießen wir auf eine große Halle mit drei kreisförmig zueinander versetzten Reihen hoher Säulen – und ich möchte betonen, daß diese Säulen, wenn man bedachte, daß sie aus sonnengetrockneten Ziegeln errichtet waren, eine erstaunliche Symmetrie aufwiesen. Aber es zeigte sich nichts von der Anmut und offenkundigen Schönheit der, sagen wir einmal, griechischen Baukunst. Diese Architektur wirkte verbissen, düster, monströs – etwa wie die ägyptische, nicht ganz so massiv, aber noch furchterregender in ihrer Starrheit –, die Architektur eines Zeitalters, in dem die Menschen noch im Schatten der Schöpfung lebten und Vorstellungen von monströsen Göttern hatten.

Über dem inneren Säulenkreis ragte ein geschwungenes Dach empor – fast wie eine Kuppel. Wie sie es gebaut hatten und wie sie dazu gekommen waren, die römische Architektur so lange vorher vorwegzunehmen, kann ich nicht sagen. Jedenfalls wich diese Konstruktion erstaunlich von ihrem sonstigen Baustil ab – aber es gab sie nun einmal. Und von diesem kuppelähnlichen Dach hing ein großes, rundes, glänzendes Ding, das das Licht der Sterne in einem Netz aus silbernen Punkten widerspiegelte. Jetzt wußte ich, was uns über so viele irre Meilen angelockt hatte. Es war ein großer Gong – die Stimme des Gottes El-Lil. Der Gong sah aus, als wäre er aus Jade, aber ich bin mir da bis heute nicht sicher. Aber woraus er auch bestand, er war das Kernstück des Kultes und des Glaubens der Sumerer – das Symbol der Gottheit selbst. Und ich weiß, daß Naluna die Wahrheit sagte, als sie uns erzählte, daß ihre Vorfahren ihn damals auf ihrer langen, mörderischen Wanderung, auf der Flucht vor Sargons wilden Reiterhorden, mitgenommen hatten. Und wie lange vor dieser düsteren Epoche mußte er im Tempel von El-Lil in Nippur, Uruk oder Eridu gehangen und seine klangvolle Drohung oder Verheißung über das verträumte Tal des Euphrat oder über die grüne Brandung des Persischen Golfes hinausgedröhnt haben.

Wir mußten am ersten Säulenkreis stehenbleiben, und irgendwo aus den Schatten trat Sostoras, der Priesterkönig von Eridu, hervor, und er wirkte wie ein Schatten der Vergangenheit selbst. Er war in ein langes, wallendes Gewand in tiefem Grün gekleidet, das mit Schuppen wie bei einer Schlangenhaut bedeckt war, und sie glitzerten und schimmerten bei jedem seiner Schritte. Auf dem Kopf trug er einen Schmuck aus wehenden Federn, in der Hand hielt er einen langen, goldenen Schlegel.

Er schlug damit leicht auf den Gong, und sanfte Klangwellen überfluteten uns. Es war, als wollten diese Töne uns mit ihrer exotischen Süße ersticken. Und dann kam Naluna. Ich weiß bis heute nicht, ob sie hinter den Säulen hervorkam oder durch eine Falltür im Boden. Im einen Augenblick war der Platz vor dem Gong noch leer, im nächsten tanzte sie bereits dort wie ein Mondstrahl auf dem Wasser eines Teiches. Sie war nur mit einem dünnen Schleier bekleidet, der ihren sich windenden Körper und die geschmeidigen Glieder kaum verhüllte. Sie tanzte vor Sostoras und El-Lil, wie Frauen ihres Volkes bereits im alten Sumer vor viertausend Jahren getanzt hatten.

Ich kann diesen Tanz kaum beschreiben. Er machte mich zittern, ließ mir kalte Schauder über den Rücken laufen und mich doch innerlich erglühen. Ich hörte, wie Conrad keuchte, sah, daß er wie ein Rohr im Wind zitterte und schwankte. Von irgendwoher erklang Musik, die schon alt war, als Babylon noch jung war, eine Musik so elementar wie das kalte Feuer im Auge einer Megäre und so seelenlos wie eine dunkle afrikanische Nacht. Aber Naluna tanzte ... Ihr Tanz war ein Wirbel aus Feuer und Wind und Leidenschaft und allen elementaren Kräften. Sie zentrierte alle fundamentalen, ursprünglichen Dinge des Lebens auf die zugrundeliegenden Prinzipien, vereinigte sie in einer einzigen knappen Bewegung. Sie konzentrierte das Universum in seiner Bedeutung auf einen Stecknadelkopf, und ihre fliegenden Füße und ihr schimmernder Körper webten das Netz des Labyrinths des einen zentralen *Weltgedankens*. Ihr Tanz betäubte, hypnotisierte, begeisterte bis zur Ekstase, machte rasend ...

Ihr Drehen und Wirbeln war die elementare Substanz des Daseins, war eins mit allen kraftvollen Impulsen des Lebens, den wirkenden und den ruhenden Kräften – der Sonne, dem Mond, den Sternen, dem blinden Tasten nach Erleuchtung auf der Suche nach verborgenen Ursprüngen, dem Feuer des Lebensofens, den Funken des lebensschmiedenden Ambosses, den Kräften, die das Rehkitz atmen lassen und dem Adler die Krallen geben ... Naluna tanzte, und ihr Tanz war *Zeit und Ewigkeit*, war Bitte um *Schöpfung* und Bitte um *den Tod*, war Geburt und Vergehen, Jugend und Alter in einem.

Mein betäubter Geist weigerte sich, weitere Eindrücke aufzunehmen; das Mädchen verschmolz zu einem wirbelnden

Flackern weißen Feuers vor meinen benommenen Augen. Dann schlug Sostoras wieder leicht auf den Gong, und sie sank vor ihm auf den Boden, ein bebender weißer Schatten. Über den Klippen im Osten ging ein gleißender Mond auf.

Die Krieger packten mich und banden mich an eine der äußeren Säulen. Conrad jedoch schleppten sie zum inneren Säulenkreis und fesselten ihn an eine Säule direkt vor dem Gong. Im helleren Schimmer des Mondlichtes sah ich Nalunas bleiches Gesicht, sah, wie sie schmerzerfüllt auf Conrad schaute und dann mir einen bedeutungsvollen Blick zuwarf, ehe sie zwischen den dunklen, drohenden Säulen verschwand.

Sostoras gab ein Zeichen, und aus dem Schatten trat ein verhutzelter, unglaublich alt aussehender, schwarzer Skalve. Er hatte die vertrockneten Gesichtszüge und den leeren Blick eines Taubstummen. Der Priesterkönig übergab ihm den goldenen Schlegel, trat dann zurück und stellte sich neben mich. Gorat verbeugte sich tief vor ihm und trat ebenfalls ein paar Schritte zurück; dasselbe taten die Krieger, nur daß sie sich noch weiter zurückzogen. Sie schienen tatsächlich verdammt darauf bedacht zu sein, so weit wie möglich von dem finsteren inneren Säulenring wegzukommen.

Es entstand ein angespannter Augenblick des Wartens. Ich schaute hinaus über den See auf die hohen, düsteren Klippen, die das Tal umrahmten, auf die stille Stadt im Licht des aufgehenden Mondes. Sie wirkte wie eine Totenstadt. Die ganze Szenerie war höchst unwirklich, als hätte man Conrad und mich auf einen fremden Planeten gebracht – oder zurück in ein totes, vergessenes Zeitalter. Dann schwang der schwarze Taubstumme den Schlegel gegen den Gong …

Zuerst ertönte nur ein leises, weiches, flüsterndes Dröhnen unter den regelmäßigen Schlägen des schwarzen Mannes. Aber schnell steigerte es sich in der Lautstärke. Der stetige, immer intensivere Klang wurde nervenzerfetzend, ja unerträglich.

Und es war mehr als nur purer Klang. Der taube Schwarze erzeugte eine so starke Vibration, daß sie an jedem Nerv des Körpers rüttelte und ihn in Stücke zu reißen schien. Das Dröhnen wurde lauter und lauter, bis ich mir nichts sehnlicher wünschte, als taub zu sein, so wie dieser Schwarze mit den leeren Augen, der die Geräuschhölle, die er da erzeugte, weder zu hören noch zu spüren schien. Dennoch, ich sah, daß Schweiß seine fliehende, affenartige Stirn benetzte. Wahrscheinlich hallten die Donner dieses hirnzerreißenden Kataklysmus in seiner Seele wider ... El-Lil sprach zu uns, und in seiner Stimme lag der Tod ... Hätte einer der schrecklichen düsteren Götter vergangener Zeitalter sprechen können, dann hätte er es ganz sicher mit dieser Stimme getan. Es gab weder Erbarmen oder Mitleid noch irgendeine Schwäche in ihrem tosenden Dröhnen. Es war die Selbstsicherheit eines kannibalischen Gottes, für den die Menschheit nichts als ein Spielzeug war, eine Marionette, die er nach Gutdünken tanzen lassen konnte.

Ein Laut kann zu tief oder zu schrill oder zu hell für die Aufnahme durch das menschliche Ohr sein. Aber so war die Stimme des Gottes El-Lil nicht. Sie hatte ihren Ursprung in einer unmenschlichen Zeit, als finstere Zauberer wußten, wie man Gehirne foltert, wie man Körper und Seele auseinanderreißt. Ihre Tiefe war unerträglich, ihre Lautstärke war unerträglich, aber Ohr und Seele waren äußerst empfänglich für ihre Resonanz, und diese Organe erfuhren nicht die Barmherzigkeit, taub und stumpf zu werden. Und die schreckliche Süße der Stimme war jenseits dessen, was ein Mensch ertragen kann; sie erstickte uns in einer einlullenden Woge aus Tönen und war dennoch mit spitzen Reißzähnen gespickt. Ich keuchte, mußte gegen diese physischen Höllenqualen ankämpfen. Ich nahm wahr, daß selbst der alte Sostoras neben mir die Hände auf die Ohren preßte, und Gorat krümmte sich auf dem Boden, die Stirn auf die Fliesen gepreßt.

Wenn das schon so auf mich einwirkte, der ich nur am Rand des magischen Kreises stand, sowie auf die Sumerer, die sich knapp außerhalb dieses Kreises befanden, was mußte es erst für Auswirkungen auf Conrad haben, der im inneren Kreis angebunden war, dazu noch unter dem Kuppeldach, das jeden Ton vielfach verstärkte?

Bis zu seinem Lebensende wird Conrad dem Irrsinn und dem Tod nie näher kommen als in dieser Situation. Er wand und krümmte sich, zerrte an seinen Fesseln wie eine Schlange, deren Rückgrat gebrochen ist; sein Gesicht war entsetzlich verzerrt, die Augen schienen aus den Höhlen zu quellen, Schaum stand ihm vor dem Mund. Aber in dieser Hölle des marternden und doch auch so verzückenden Tosens konnte ich nicht hören, ob er irgendwelche Laute ausstieß – ich sah nur seinen keuchenden Mund, die schaumbedeckten, schlaffen, weit aufgerissenen Lippen, die zuckten wie die eines Irren. Aber ich spürte irgendwie, daß er schrie und jaulte wie ein krepierender Hund.

Die Opferdolche der Semiten waren dagegen barmherzig. Selbst in Molochs grausigem Höllenfeuer war der Tod leichter zu ertragen als in dieser alles zerfetzenden und doch so grandiosen Vibration, die Tonwellen mit giftigen Krallen versah. Ich spürte, daß auch mein eigenes Gehirn brüchig wurde wie sprödes Glas. Ich wußte, wenn Conrads Gehirn noch ein paar Sekunden länger dieser Tortur ausgesetzt war, würde es wie ein Kristallkelch zersplittern, und er würde in einem Anfall rasenden Irrsinns sterben. Dann aber holte mich etwas aus meiner wirren Qual – der feste Griff einer schmalen Hand, die sich um meine hinter der Säule gefesselten Hände schloß. Ich spürte ein Zerren an den Seilen, als ob sie mit einem Messer durchtrennt würden, und dann waren meine Hände frei. Etwas wurde in meine Hände geschoben, und eine irre Freude durchzuckte mich. Ich erkannte sofort den vertrauten, gerippten Griff meines Gewehrs – meine Webley.44 hätte ich unter Tausenden anderer Gewehre erkannt.

Ich reagierte so blitzartig, daß die ganze Bande völlig überrascht war. Ich stieß mich von der Säule ab, und als erstes jagte ich dem schwarzen Taubstummen eine Kugel durch den Kopf. Dann wirbelte ich herum und schoß Sostoras in den Bauch. Er ging zu Boden, spuckte Blut, und ich feuerte schnell hintereinander eine Salve auf die zu Salzsäulen erstarrten Soldaten ab. Bei dieser geringen Entfernung konnte ich sie gar nicht verfehlen. Drei von ihnen gingen zu Boden, die anderen erwachten aus ihrer Erstarrung und rannten davon wie ein Hühnerhaufen vor dem Habicht. In Sekundenschnelle war die Halle bis auf Naluna, Conrad und mich und die auf dem Boden liegenden Sumerer leer. Es war wie in einem Traum; das Echo der Schüsse hallte noch durch den Tempel, und der Geruch von Schießpulver und Blut lag beißend in der Luft.

Das Mädchen schnitt Conrad los, er sank auf den Boden und winselte wie ein sterbender Irrer. Ich schüttelte ihn, aber in seinen Augen war nichts als ein wildes Glitzern, und Schaum stand vor seinem Mund wie bei einem tollwütigen Hund. Ich zog ihn hoch, schob einen Arm unter seine Achsel und stolperte mit ihm auf die Treppe zu. Noch waren wir bei weitem nicht außer Gefahr. Wir eilten die breiten, düsteren, sich hinabwindenden Galeriegänge hinunter, waren darauf gefaßt, jeden Moment in einen Hinterhalt zu geraten, aber die Kerle hatten wohl immer noch die Hosen gestrichen voll, und so kamen wir ohne weiteren Zwischenfall aus diesem höllischen Tempel. Als wir die Eisentore hinter uns hatten, brach Conrad zusammen, und ich redete auf ihn ein, aber er konnte anscheinend weder hören noch sprechen. Ich wandte mich an Naluna:

»Kannst du irgend etwas für ihn tun?«

Ihre Augen glitzerten im Mondlicht. »Es soll nicht umsonst geschehen sein, daß ich mich meinem Gott und meinem Volk widersetzt und meine Religion und meine Rasse verraten habe. Ich habe die Waffe des Rauches und des Feuers gestohlen und euch befreit, so ist es doch, nicht wahr? Ich liebe ihn, und ich will ihn jetzt nicht verlieren!«

Sie rannte in den Tempel und kam fast sofort wieder zurück mit einem Krug Wein in der Hand. Sie sagte, der Wein habe magische Kräfte. Ich glaube das bis heute nicht. Ich denke, Conrad stand einfach nur unter einer Art Granatenschock, wie wir ihn aus dem Krieg kennen, verursacht durch die Nähe zu diesem entsetzlichen Dröhnen, und ich glaube, Wasser aus dem See hätte dieselbe Wirkung gehabt wie dieser Wein. Wie auch immer, Naluna träufelte ein wenig Wein zwischen seine Lippen, goß dann einen Schwall über seinen Kopf, und er fing alsbald an zu stöhnen und zu fluchen.

»Siehst du!« schrie Naluna triumphierend. »Der Zauberwein hat den Fluch, den El-Lil auf ihn gelegt hat, aufgehoben!« Und sie schlang die Arme um Conrads Hals und küßte ihn selig.

»Mein Gott, Bill«, ächzte Conrad, setzte sich auf und hielt sich den Kopf. »Was ist das für ein Alptraum?«

»Kannst du gehen, alter Knabe?« fragte ich. »Ich fürchte, wir haben in einem verdammten Hornissennest herumgestochert, und es wäre am besten, wenn wir schleunigst von hier verschwinden würden.«

»Ich werd's versuchen.« Mit Nalunas Hilfe kam er auf die Beine. Ich hörte ein unheilvolles Rascheln und Flüstern im düsteren Schlund des Eingangs zum Tempel, und ich vermutete, daß die Krieger und Priester da drinnen sich langsam von ihrem Schock erholten und sich aufmachten, uns zu verfolgen. Wir hasteten die Treppe zum See hinunter, wo das Boot, das uns zur Insel gebracht hatte, noch vertäut lag. Die schwarzen Ruderer waren verschwunden. Eine Axt und ein Schild lagen im Boot, und ich nahm die Axt und hackte Löcher in die Böden der anderen Boote, die daneben festgemacht waren.

Inzwischen hatte der große Gong wieder angefangen zu dröhnen, und Conrad stöhnte auf und wand sich unter den nervenzerfetzenden Klängen. Diesmal verbreitete der Gong einen Warnruf, und ich sah, daß Lichter in der Stadt aufflammten, hörte plötzlich gedämpfte Rufe über den See zu uns herüberdringen. Etwas zischte an meinem Kopf vorbei und fuhr ins Wasser. Ein rascher Blick zurück zeigte, daß Gorat unter dem Tor des Tempels stand und seinen schweren Bogen spannte. Ich sprang ins Boot, Naluna half Conrad hinein, und wir legten eiligst ab, begleitet von weiteren Pfeilen, die Freund Gorat auf uns abschoß. Einer fuhr durch Nalunas Haar und riß eine Locke von ihrem hübschen Kopf.

Ich legte mich in die Ruder, Naluna steuerte, Conrad lag auf dem Boden des Bootes; ihm schien speiübel zu sein. Eine Flotte von Booten legte von der Stadt ab, und als die Insassen uns im Mondlicht entdeckten, erhob sich ein Schrei unbändiger Wut, der mir das Blut in den Adern gefrieren ließ. Wir hielten auf das andere Ufer des Sees zu, hatten einen erheblichen Vorsprung vor ihnen, aber wir mußten die Insel umrunden, und als wir sie gerade achtern hinter uns gelassen hatten, glitt aus einem Schlupfwinkel der Insel ein langes Boot mit sechs Kriegern – am Bug Gorat mit seinem verdammten Bogen.

Ich hatte nur noch einen Schuß im Lauf und keine Reservemunition mehr, also legte ich mich mit aller Kraft in die Ruder, und Conrad, irgendwie grün im Gesicht, nahm den Schild und richtete ihn am Heck auf. Das war unsere Rettung, denn Gorat schoß während der ganzen Fahrt über den See auf uns, spickte den Schild so mit Pfeilen, daß er wie ein verdammtes Stachelschwein aussah. Man hätte meinen können, sie hätten nach dem Blutbad, das ich in der *Halle der Stimme* angerichtet hatte, Angst vor uns, aber sie waren hinter uns her wie die Bluthunde hinter einem Hasen.

Wir hatten einigen Vorsprung vor ihnen, aber Gorats fünf

Ruderer legten sich mächtig ins Zeug und ließen das Boot durch das Wasser rasen wie ein Rennpferd über die Rennbahn, und als wir auf den Strand aufliefen, waren sie nur noch ein halbes Dutzend Ruderschläge hinter uns. Als wir aus dem Boot sprangen, faßte ich den Entschluß, daß wir uns lieber gleich dem Kampf stellen sollten, als davonzurennen und uns wie die Kaninchen abschießen zu lassen. Ich rief Naluna zu, sie solle weglaufen, aber sie lachte nur und zog einen Dolch aus ihrem Gewand – sie war zum Kampf bereit wie ein Mann, dieses großartige Mädchen!

Das Boot mit Gorat und seinen Männern erreichte nach einigen letzten Ruderschlägen den Strand, und mit wildem Geschrei stürmten die Krieger wie ein Haufen blutrünstiger Piraten an Land und auf uns zu – der Kampf begann! Bei meinem letzten Schuß hatte Gorat Glück, denn ich verfehlte ihn und tötete den Mann hinter ihm. Dann schlug der Hahn auf eine leere Hülse, und ich ließ das Gewehr fallen und griff nach der Axt, als sie auf uns eindrangen. Beim Jupiter! Es bringt jetzt noch mein Blut in Wallung, wenn ich an die flammende Wildheit dieses Kampfes denke. Bis zu den Knien im Wasser stehend, gingen wir aufeinander los, in einem animalischen Kampf um Leben oder Tod.

Conrad schlug einem der Angreifer mit einem Stein, den er aus dem Wasser gefischt hatte, den Schädel ein, und während ich zum Schlag gegen Gorats Kopf ausholte, sah ich aus den Augenwinkeln, daß Naluna wie eine Pantherin auf einen anderen losging, und beide stürzten in einem Wirbel aus Gliedern und aufblitzendem Metall in das flache Wasser. Gorat ging mit dem Schwert gegen mich vor, aber ich schlug es mit der Axt zur Seite, und er verlor das Gleichgewicht und rutschte aus – das Seeufer bestand an dieser Stelle aus massivem Fels und war verteufelt glitschig.

Einer der Krieger rannte mit dem Speer auf mich zu, aber er

stolperte über den Körper des Burschen, den Conrad getötet hatte, der Helm flog ihm vom Kopf, und ich zerschmetterte seinen Schädel, noch ehe er das Gleichgewicht wiedergefunden hatte. Gorat war derweil wieder auf den Beinen und sprang auf mich los, der andere noch lebende Krieger holte mit dem Schwert in beiden Händen zu einem tödlichen Schlag gegen mich aus, aber er konnte ihn nicht vollenden, denn Conrad griff sich den Speer des Mannes, den ich gerade getötet hatte, und stieß ihn ihm mit voller Wucht in den Rücken.

Gorats Stich mit dem Schwert, auf mein Herz gezielt, streifte meine Rippen, ich schwang die Axt seitwärts hoch, und sie brach ihm den Arm, als sei er ein morscher Ast, aber er ließ nicht von mir ab. Er war zu allem bereit, in einer Art Trancezustand – das waren sie offensichtlich alle, sonst hätten sie sich von meinem Gewehr abschrecken lassen. Er drang auf mich ein wie ein Tiger im Blutrausch, schwang das Schwert nach meinem Kopf. Ich duckte mich, konnte so der vollen Wucht des Schlages ausweichen, aber die Waffe streifte meine Kopfhaut und riß eine fast zehn Zentimeter lange, klaffende Wunde, tief bis auf den Schädelknochen – sehen Sie hier zum Beweis die Narbe. Blut lief mir in die Augen, blendete mich, aber ich schlug zurück wie ein verwundeter Löwe, in blinder, rasender Wut, und ich hatte Glück und traf ihn voll. Ich spürte, wie die Axt sich durch Metall und Knochen bohrte, wie der Griff zersplitterte, und Gorat lag tot zu meinen Füßen, sein Kopf nur noch ein scheußliches Gemisch aus Blut und Knochen und Gehirnmasse.

Ich schüttelte mir das Blut aus meinen Augen und schaute mich nach meinen Freunden um. Conrad half Naluna auf die Beine, und mir schien, als schwankte sie ein wenig. Ein Blutfleck war auf ihrer Brust, aber er konnte auch von dem bis zum Griff mit Blut besudelten Dolch in ihrer Hand stammen. O Gott! Auch jetzt noch wird mir übel, wenn ich an den Anblick denke, der sich uns bot. Das flache Wasser, in dem wir standen, war scheußlich rot gefärbt, und sechs verstümmelte Leichen schwammen darin. Naluna deutete über den See auf die Boote aus Eridu, die auf uns zuhielten. Noch waren sie ein gutes Stück von uns entfernt, näherten sich aber rasch. Naluna lief uns voran, landeinwärts, weg vom Ufer. Meine Wunde blutete stark, wie nur eine Wunde in der Kopfhaut bluten kann, aber noch war ich dadurch nicht besonders geschwächt. Ich wischte mir das Blut aus den Augen, sah, daß Naluna beim Laufen schwankte, und ich wollte meinen Arm um sie legen, sie stützen, aber sie schüttelte ihn ab.

Sie lief auf die Klippen zu, und als wir sie erreichten, waren wir völlig außer Atem. Naluna lehnte sich an Conrad, zeigte mit zitternder Hand nach oben, atmete in langen, keuchenden Stößen. Ich verstand sofort, was sie meinte. Eine Strickleiter führte nach oben. Ich ließ sie als erste hochklettern, dann Conrad, ging selbst als letzter, wobei ich das Ende der Leiter hinter mir hochzog. Wir hatten etwa die Hälfte der Strecke geschafft, als die Boote ans Ufer stießen, die Krieger an Land sprangen und auf die Klippe zurannten, wobei manche einen Teil ihrer Pfeile aus den Köchern verloren. Nun, wir waren im Schatten der Klippe, was das genaue Zielen erschwerte, und die meisten der auf uns abgeschossenen Pfeile klirrten unter uns gegen den Felsen. Einer jedoch drang in meinen Arm, aber ich zog ihn heraus – und konnte meine Bewunderung für den treffsicheren Schützen nicht verhehlen.

Als wir über den Rand der Klippe geklettert waren, zog ich die ganze Leiter hoch, legte sie auf den Boden und löste sie aus ihrer Verankerung. Als ich mich den anderen zuwandte, sah ich, daß Naluna wankte und in Conrads Armen zusammenbrach. Wir betteten sie sanft ins Gras, aber selbst ein Blinder hätte sehen können, daß sie im Sterben lag. Ich wischte das Blut von ihrer Brust und zuckte beim Anblick, der sich mir bot, entsetzt zusammen. Nur eine zutiefst liebende Frau hatte dieses Rennen und Klettern mit einer solchen Wunde unter dem Herzen durchstehen können ...

Conrad wiegte ihren Kopf in seinem Schoß, versuchte, ein paar Worte zu stammeln, aber sie legte mit letzter Kraft ihre Arme um seinen Hals und zog sein Gesicht zu sich.

»Weine nicht um mich, du mein Geliebter«, sagte sie, und ihre Stimme sank zu einem Flüstern herab. »Du bist vom Anfang der Zeiten an meine Bestimmung gewesen, und du wirst es bis zum Ende der Zeiten sein ... In den Lehmhütten am Alten Fluß, noch ehe es Sumer gab, damals, als wir die Herden hüteten, waren wir bereits vereint, waren eins ... Wir haben uns in den Palästen des alten Eridu geliebt, lange bevor die Barbaren aus dem Osten kamen ... O ja, in diesen alten Zeiten sind wir bereits auf den Wellen dieses Sees dahingeglitten, in diesen alten Zeiten haben wir bereits gelebt und uns geliebt, du und ich ... So weine nicht, mein Geliebter ... Denn was ist ein kurzes Leben, wo wir doch schon so viele Leben miteinander verbracht haben und noch so viele miteinander verbringen werden? Und in jedem dieser Leben wirst du mein sein, und ich werde dein sein ...

Aber du darfst nicht länger hier verweilen ... Horch! Da unten lechzen sie nach deinem Blut. Da sie nun aber die Leiter nicht mehr haben, gibt es nur noch einen Weg, die Klippen zu überwinden – der Weg, auf dem sie euch ins Tal gebracht haben. Eile, Geliebter! Sie werden zurück über den See fahren, die Klippen hochsteigen und dich verfolgen, aber du wirst ihnen entkommen, wenn du dich beeilst ... Und wenn du die Stimme des Gottes El-Lil hörst, denke immer daran, ob im Tod oder im Leben, daß Naluna dich mit einer Liebe liebt, die größer ist als die Liebe eines jeden Gottes ...

Um einen Segen aber bitte ich dich noch«, flüsterte sie, und ihre schweren Lider legten sich über ihre Augen wie bei einem schlafenden Kind. »Lege, ich bitte dich, deine Lippen auf meine, du mein Gebieter, bevor die letzten Schatten mich umarmen. Und dann lasse mich hier und gehe, und weine nicht, o du mein Geliebter, denn was ... ist ... ein ... kurzes ... Leben ... für ... uns ..., die ... wir ... uns ... schon ... in ... so ... vielen ... Leben ... geliebt ...«

Conrad heulte wie ein verdammtes Baby, und bei Judas, mir ging es nicht besser, und ich trample jedem Idioten, der mich deswegen belächelt, sein verdammtes Hirn aus dem Schädel. Wir falteten ihr die Hände auf der Brust, und als wir gingen, lag ein Lächeln auf ihrem lieblichen Gesicht, und ich schwöre, wenn es einen Himmel für Christen gibt, wird sie mit den besten von ihnen dort eingehen.

Nun, wir taumelten im Mondlicht davon, und meine Wunden bluteten immer noch, und ich war fast am Ende. Das einzige, was mich weiter vorantrieb, war so etwas wie der Instinkt eines wilden Tieres, der ihm gebietet, um sein Leben zu kämpfen, nehme ich an, denn wenn ich je nahe daran war, mich hinlegen und sterben zu wollen, dann war es in dieser Situation ... Wir waren etwa eine Meile vorangekommen, als die Sumerer ihren letzten Trumpf ausspielten. Ich nehme an, sie hatten erkannt, daß wir zu viel Vorsprung hatten und sie uns nicht mehr einholen konnten.

Plötzlich begann der verfluchte Gong wieder zu dröhnen. Ich hätte am liebsten aufgejault wie ein Hund, den ein Tollwutanfall packt. Diesmal war es ein anderer Klang. Ich habe noch nie, bis heute nicht, einen Gong gesehen oder von einem Gong gehört, dessen Klänge so viele unterschiedliche Bedeutungen ausdrücken können. Diesmal war es ein heimtückischer Ruf – ein lockendes Drängen, ein gebieterischer Befehl an uns, zurückzukehren. Er war Drohung und Versprechen zugleich. War seine Verlockung schon enorm gewesen, als wir in diesem Turm des Tempels standen und seine volle Kraft zu spüren bekamen, dann war sie jetzt fast unwiderstehlich. Sie wirkte hypnotisch. Ich weiß jetzt, wie ein Vogel sich fühlt, wenn eine Schlange ihn mit ihrem Blick verzaubert, und wie es wiederum einer Schlange geht, wenn sie dem Klang der Flöte des Fakirs erliegt. Ich kann Ihnen die überwältigende, magnetische Anziehungskraft dieses Rufes kaum schildern ... Er brachte einen dazu, sich zu winden und zu krümmen, tobend um sich zu schlagen – und zurückzurennen, blindlings wie ein Kaninchen, das auf den Rachen einer Python zurennt. Ich mußte dagegen ankämpfen wie ein Mann, der um seine Seele kämpft.

Was Conrad angeht, so hatte ihn der dröhnende Ruf fest im Griff. Er blieb stehen und wankte hin und her wie ein Betrunkener.

»Es hat keinen Zweck«, murmelte er dumpf. »Es zerrt an allen Fasern meines Herzens; es lähmt mein Denken, alle Regungen meiner Seele, und es enthält alle bösen Lockungen des Universums. Ich muß zurück ...«

Und er begann, den Weg zurückzuwanken, den wir gekommen waren – auf die goldene, verlogene Lockung zu, die über den Dschungel zu uns herüberwehte. Aber ich dachte an das Mädchen Naluna, das sein Leben hingegeben hatte, um uns vor diesem Greuel zu bewahren, und eine wilde Wut packte mich.

»Hör mir zu!« schrie ich. »Du wirst das nicht tun, du elender Narr! Du hast wohl völlig den Verstand verloren! Ich will das nicht, verstanden?«

Aber er beachtete mich nicht, schob sich an mir vorbei, und seine Augen starrten ins Leere wie in Trance, und so blieb mir nichts anderes übrig – ich verpaßte ihm einen kräftigen rechten Haken an die Kinnlade, und er sackte bewußtlos zu Boden. Ich warf ihn mir über die Schulter und setzte den Weg fort. Es dauerte fast eine Stunde, bis er wieder zu sich kam, und er war wieder äußerst vernünftig und dankte mir für mein Eingreifen.

Nun, wir sahen nichts mehr von den Kriegern von Eridu. Ich habe keine Ahnung, ob sie uns weiter verfolgt haben oder nicht. Wir marschierten so schnell wir nur konnten, denn wir flohen vor dem beklemmenden, schauerlichen sanften Flüstern, das uns von Süden her verfolgte. Schließlich kamen wir zu einer Stelle, an der wir auf dem Hinweg ein paar zusätzliche Waffen versteckt hatten, und dann machten wir uns, jetzt zwar bewaffnet, aber nach wie vor völlig unzureichend ausgerüstet, auf den langen Weg zur Küste. Vielleicht haben Sie ja mal was von den zwei ausgezehrten, verwirrten, dem Wahnsinn nahen Abenteurern gehört, die von einer Elefanten-Jagdsafari im tiefsten Busch des Somalilands aufgefunden wurden. Nun, wir waren völlig fertig, das gebe ich zu, aber wir hatten unsere Sinne noch voll beisammen. Was man als »verwirrt« und »dem Wahnsinn nahe« bezeichnete, ergab sich aus unseren Erzählungen über das, was wir erlebt hatten. Diese verdammten Idioten glaubten uns kein Wort. Sie klopften uns auf die Schultern, redeten besänftigend auf uns ein und drängten uns einen Whiskey-Soda nach dem anderen auf. Wir stellten sehr bald unsere Erzählungen ein, erkannten schnell, daß wir sonst als Lügner und Spinner angesehen würden. Sie brachten uns zurück nach Dschibuti, und wir beide hatten zunächst einmal genug von Afrika. Ich nahm ein Schiff nach Indien, Conrad eines in die andere Richtung – er konnte gar nicht schnell genug zurück nach New England kommen, wo er, wie ich hoffe, sein kleines amerikanisches Mädchen geheiratet hat und ein glückliches Leben führt. Ein prächtiger Bursche, trotz seiner Besessenheit für diese verdammten Käfer …

Was mich angeht, ich kann heutzutage keinen Gong, gleich welcher Art, mehr hören, ohne zusammenzufahren. Auf diesem langen, mörderischen Marsch konnte ich nicht ruhig atmen, bis wir außerhalb der Reichweite der scheußlichen Stimme El-Lils waren. Man weiß nie, was so etwas im Geist eines Menschen anrichten kann. Es spielt Schindluder mit allen rationalen Gedanken.

Auch heute noch höre ich manchmal das höllische Dröhnen dieses Gongs in meinen Träumen, und ich träume auch manchmal von diesem scheußlichen alten Turm von Babel in diesem alptraumhaften Tal ... Manchmal frage ich mich, ob die Stimme auch nach all den Jahren noch nach mir ruft. Aber das ist natürlich Unsinn. Jedenfalls war das meine Geschichte, und wenn Sie mir nicht glauben, kann ich Ihnen das nicht übelnehmen.«

Nun, ich ziehe es vor, Bill Kirby zu glauben, denn ich kenne diesen Menschenschlag, bei Hengist angefangen, und ich weiß, daß Kirby wie all die anderen ist – wahrheitsliebend, draufgängerisch, lästerlich, empfindsam und redlich; ein wahrer Bruder der die Welt durchstreifenden, streitlustigen, kühnen Söhne des Menschengeschlechts.

Rotkäppchen

James Finn Garner

Hans Christian Andersen, Wilhelm Hauff und die Gebrüder Grimm: ein Haufen unsensibler Chauvinisten, die für Umwelt, Minderheiten und Frauenrechte nur ein kaltes Schulterzucken übrig hatten? In der Tat muß man zugeben, daß Hexen, Wölfe, Zwerge und Artverwandte in ihren Märchen nie besonders gut wegkamen, vielmehr diskriminiert und herabgewürdigt wurden. In seinen Politisch korrekten Gutenachtgeschichten, *aus denen auch die folgende Vignette stammt, räumt James Finn Garner, Journalist und Autor aus Chicago, auf mit Vorurteilen, Klassendenken und alltäglichem Sexismus. Seine Märchen-Nacherzählungen sind nicht nur hochironische Satire-Kunststückchen, sondern spiegeln auch ein bislang unbekanntes kulturelles Bewußtsein wider – eines, das nicht nur den bösen Wölfen unserer Märchen verdammt zu schaffen macht.*

Es war einmal ein junges Wesen namens Rotkäppchen; sie lebte mit ihrer Mutter am Rand eines großen Waldes. Eines Tages bat die Mutter sie, einen Korb mit frischem Obst und Mineralwasser zum Haus ihrer Großmutter zu bringen – nicht etwa, weil frau so was tut oder weil es Frauenarbeit wäre, sondern weil solch großmütige Handlungsweise ein Gefühl der Zusammengehörigkeit erzeugt. Überdies war die Großmutter keineswegs krank und schwach, sondern bei bester körperlicher und geistiger Gesundheit und als reife Erwachsene sehr wohl imstande, selber für sich zu sorgen.

So machte sich Rotkäppchen mit ihrem Korb auf den Weg durch den Wald. Viele Leute meinten, der Wald sei gar finster und voller Unbill, und mochten ihn daher nicht betreten. Rotkäppchen jedoch besaß genug Vertrauen in ihre knospende Geschlechtsreife, so daß derart offensichtliche freudianische Symbolik sie nicht abzuschrecken vermochte.

Auf dem Weg zu Großmutters Haus wurde Rotkäppchen von einem Wolf angesprochen, der fragte, was sie denn wohl in ihrem Körbchen trage. Sie erwiderte: »Ein paar gesunde Vollwerthäppchen für meine Großmutter, die als reife Erwachsene durchaus imstande ist, selber für sich zu sorgen.«

Der Wolf sagte: »Weißt du, Liebes, ein kleines Mädchen sollte aber nicht allein durch diesen gefahrvollen Wald gehen.«

Rotkäppchen sagte: »Ich finde deine sexistische Bemerkung äußerst anstößig, bin aber bereit, darüber hinwegzusehen, weil du unter dem Druck deines überkommenen Status als vogelfreier Außenseiter deine eigene und für dich durchaus gültige Weltanschauung entwickelt hast. Wenn du mich jetzt entschuldigen würdest – ich muß weiter.«

Rotkäppchen wanderte den größten Waldweg entlang. Der Wolf aber, den sein Status außerhalb der Gesellschaft von der sklavischen Befolgung linearer abendländischer Denkschemata befreit hatte, kannte einen schnelleren Weg zu Großmutters Haus. Alsbald drang er dort ein und aß die Großmutter – für einen Fleischesser wie ihn eine vollkommen zulässige Handlungsweise. Unbehindert durch starre, traditionalistische Vorstellungen hinsichtlich maskuliner oder femininer Klischees legte er dann Großmutters Nachtgewand an und schlüpfte ins Bett.

Rotkäppchen trat in die Stube und sagte: »Oma, ich hab dir ein paar nicht fetthaltige, natriumfreie Häppchen mitgebracht, um dich in deiner Funktion als weise, nährende Matriarchin zu grüßen.«

Vom Bett her sagte der Wolf sanft: »Komm näher, Kind, daß ich dich besser sehen kann.«

Rotkäppchen sagte: »Ach, ich hatte ganz vergessen, du bist ja optisch so gefordert wie ein Maulwurf. Oma, was hast du für große Augen!«

»Sie haben vieles gesehen und vieles vergeben, mein Liebes.«

»Oma, was hast du für eine große Nase – natürlich nur relativ und auf ihre Art zweifellos sehr anziehend.«

»Sie hat vieles gerochen und vieles vergeben, mein Liebes.«

»Oma, was hast du für große Zähne!«

Der Wolf sagte: »Ich bin zufrieden mit dem, *was* ich bin und *wer* ich bin.« Und er tat einen Satz aus dem Bette. Er packte Rotkäppchen mit den Krallen und wollte sie verschlingen. Rotkäppchen schrie, nicht aus Beunruhigung über seinen offensichtlichen Hang zum Transvestismus, sondern wegen seines willkürlichen Eindringens in ihre Privatsphäre.

Die Schreie hörte ein vorbeikommender Holzfäller (oder Holzbrandingenieur, wie er lieber genannt werden wollte). Als er in die Hütte stürzte, sah er das Gemenge und suchte sich einzumischen. Wie er jedoch die Axt hob, hielten Rotkäppchen und der Wolf inne.

»Was bildest du dir eigentlich ein?« fragte Rotkäppchen.

Der Holzfäller zwinkerte und wollte antworten, allein – er fand keine Worte.

»Einfach hier reinplatzen wie ein Neandertaler und das Denken deiner Waffe überlassen!« rief sie. »Sexist! Gattungschauvinist! Wie kannst du es wagen anzunehmen, Frauen und Wölfe könnten ihre Probleme nicht ohne männliche Hilfe lösen!«

Wie sie nun Rotkäppchens leidenschaftliche Rede vernahm, enthüpfte die Großmutter des Wolfes Rachen, ergriff des Holzfällers Axt und trennte ihm alsbald den Kopf vom Leibe. Nach all dieser Mühsal empfanden Rotkäppchen, die Großmutter und der Wolf, daß ihnen gewisse Zielsetzungen gemein seien. So beschlossen sie, einen auf gegenseitiger Achtung und Kooperation gründenden, alternativen Haushalt aufzumachen, und wenn sie nicht gestorben sind, leben sie noch heute in dem Walde.

Aschputte

PETER STRAUB

Spätestens seit seinem Roman Geisterstunde *(1979) gehört Peter Straub zur ersten Garde der modernen Horrorautoren. Seine Kollaboration mit Stephen King,* Talisman *(1984), bewegt sich elegant auf dem schmalen Grat zwischen Horror und Fantasy und kokettiert dabei ganz bewußt damit, als neuer* Tom Sawyer *gelesen zu werden – allerdings ein Tom Sawyer, der zuviel von Tante Pollys bitterer Medizin getrunken hat und nun mit Alpträumen im Bett liegt. Die folgende Story erinnert atmosphärisch ein wenig an Charlotte Perkins Gilmans Klassiker* Die gelbe Tapete, *eine höchst subtile und psychologisch feinziselierte Tour de Force, die nicht nur von Einsamkeit und einem im wahrsten Sinne mörderischen Selbsthaß handelt. Irgendwie hat man das Gefühl, daß Straub einem nicht alles erzählt – bis man über die Worte zwischen den Zeilen stolpert.*

Die Leute denken, das Unterrichten von kleinen Kindern läge in der Idee begründet, anderen Menschen zu helfen, ihnen einen Dienst zu erweisen. Die Leute denken, wenn man kleine Kinder unterrichtet, muß man sie wohl lieben. Die Leute picken sich aus diesen Vorstellungen genau das heraus, was sie brauchen.

Die Leute denken, wenn du nun sehr fett bist und immerzu einen glücklichen und vergnügten Eindruck machst, spielst du ihnen das wahrscheinlich nur vor, damit sie übersehen, wie fett du bist, und weil du hoffst, daß sie dir dann deine Fettleibigkeit vergeben. Sie gelangen zu dieser Erkenntnis und wundern sich, daß du so dumm bist und meinst, mit dieser Scharade durchkommen zu können. Das bestärkt sie in dem Gefühl, dir an Intelligenz überlegen zu sein, und deshalb bedauern sie dich auch noch.

*

Diese Phantasiegebilde, diese Stiefschwestern, kamen zu mir und sagten: *Weißt du nicht, daß wir dir helfen wollen?* Sie kamen zu mir und fragten: *Kannst du uns erzählen, wie dein Leben ist?*

Immer wieder und wieder stellten sie diese idiotischen Fragen – *Geht es dir gut? Geschieht dir etwas? Kannst du jetzt mit uns sprechen, Liebling? Kannst du uns von deinem Leben erzählen?*

Ich sah geradewegs über sie hinweg, achtete nicht auf ihr hübsches Haar, ihre hübschen Augen oder ihre hübschen Lippen. Ich starrte über ihre Schultern hinweg auf das Muster der Tapete und versuchte, nicht eher mit den Augen zu zwinkern, bis sie aufstanden und fortgingen.

Wie mein Leben *aussah*? Was mir *geschah*?

Nichts geschah mir. Es ging mir *gut*.

Sie lächelten kurz, nur ein leichtes Zucken in ihren Augen und Mundwinkeln. Dann standen sie auf und ließen mich allein. Ich saß still auf meinem Stuhl und achtete auf das Muster der Tapete, während sie mit Zena sprachen.

Es war eine gelbe Tapete mit weißen, von oben nach unten verlaufenden Linien. Die Linien berührten sich niemals – immer dann, wenn sie zusammenzulaufen drohten, brachen sie ab, und das fette, dicke Gelb hielt sie voneinander getrennt.

Es gefiel mir, wie die weißen Linien in dem fetten Gelb hingen, jede für sich allein.

Als die Phantasiegebilde mich *Liebling* nannten, stürmten Eis und Schnee in meinen Mund, zwängten sich, alles gefrierend, meinen Hals hinab und in den Magen hinein. Sie wußten nicht, daß ich nichts war, daß ich niemals wie sie sein würde. Sie wußten nicht, daß der einzige Teil von mir, der nicht nichts war, aus einem kleinen harten Stein direkt in meiner Mitte bestand.

Dieser Stein hat einen Namen. Mutter.

*

Wenn du eine Kindergärtnerin in den Fünfzigern bist und noch dazu sehr fett, nehmen die Leute an, daß du dich ihren Kindern mit Leib und Seele widmest, weil du unmöglich ein eigenes Leben haben kannst. Die Eltern von Kindern aus deiner Gruppe sind dir fast dankbar für deine groteske Erscheinung, bedeutet sie ihnen doch, daß du dich wirklich um ihre Kinder sorgst. Auch wenn du vermutlich gar keinen anderen Job kriegen würdest, kannst du es also unmöglich wegen des Geldes tun. Denn was wissen die Leute schon von deinem Gehalt? Sie wissen, daß die Männer von der Müllabfuhr mehr Geld verdienen als die Kindergärtnerinnen. Also hast du dich sicher nicht entschieden, ihre reizenden, wundervollen, liebenswerten Kinder unter deine Fittiche zu nehmen, weil du erwartet hast, damit reich werden zu können, nein, nein.

Wenn sie dir also auch dein Lächeln und deine nette Art nicht glauben und mit einer Mischung aus Bedauern und Zufriedenheit an dich denken, so ist doch immer ein bißchen Dankbarkeit dabei.

Manchmal, wenn ich solchen Eltern begegne – nehmen wir einmal an, einem jungen Anwalt mit luftigem Haar, der vielleicht Arnold Zoeller heißt, also Arnold und seiner Frau Kathi, Kathi mit i, wohlgemerkt –, manchmal, wenn ich hinter meinem Schreibtisch sitze und sehe, wie diese dünnen, schönen Menschen sich bemühen, ihr Mitleid und ihre Zufriedenheit aus ihren gut gepflegten Gesichtern zu verbannen, erhasche ich die tief in ihren Augen aufflackernde Dankbarkeit.

Arnold und Kathi glauben, ein jämmerlicher Trampel wie ich muß ihr kleines süßes Mädchen einfach lieben – ihr kleines Mädchen, das vielleicht Tori heißt. Und ich denke, ich habe diese kleine Tori Zoeller wirklich lieb, ja ich denke, ich denke wirklich, daß ich dieses Mädchen liebhabe. Auch meine Mutter hätte sie geliebt. Und das ist die Wahrheit Gottes.

*

Ich kann mich selbst in der Welt sehen, in der Mitte der Welt. Ich sehe, daß ich genauso bin wie alle anderen.

*

In unseren Köpfen existiert die Vorstellung von Perfektion, aber nichts auf der Welt, nichts in der gesamten Natur, ist wirklich perfekt. Jede Antwort kommt direkt aus der Person, die antwortet.

Ich habe nicht die Verpflichtung, eure Bedürfnisse anzuregen oder zu befriedigen. Schon vor langer Zeit ist das geregelt worden. Sogar, wenn man eine Person von vermutlich gehobener Stellung ist, wie ein Rechtsanwalt. Sogar, wenn man zum Beispiel Arnold Zoeller heißt.

*

Einst existierte für einen kurzen Moment eine goldene Zeit. Mein Bewußtsein bildete eine Vorstellung von Perfektion, und die gesamte Natur ahmte sie nach und wiederholte diese Vorstellung von Perfektion in meinem Bewußtsein. Meine Eltern waren am Leben, und zusammen mit ihnen lebte ich in der goldenen Zeit. Unser Name war Asch, und tatsächlich kennt man mich nun als Mrs. Asch – das Mrs. ist reine Höflichkeit, da nichts auf einen Ehemann hindeutet, weder auf einen vergangenen noch auf einen zukünftigen. (Für einige Sechstkläßler, die ich nicht als Kindergärtnerin verzaubern und verzücken konnte und vor deren Eltern ich mich nicht tief in meinem Schreibtischstuhl verkrochen habe, um dabei ihre faden, öden Lieblinge als entzückend, wunderbar, liebenswert und vor allem *intelligent* hervorzuheben, bin ich die Mrs. Fett-Asch. Ich schütze Nichtwissen vor.) Mr. und Mrs. Asch lebten in der goldenen Zeit miteinander und liebten ihr kleines Mädchen über alles. Und dann, ups, erhob sich die Mama des kleinen Mädchens und verschied. Der Papa des kleinen Mädchens begrub sie auf dem Friedhof der Stadt, mit Priester und so, im Sarg mit Hymnen und Predigten und Geweine und umherstehenden Tieren und Zena. Zena, das weiß ich noch genau, Zena war bereits dabei, schon damals. So war das also am Anfang gewesen.

Die Phantasiegebilde kamen wegen der Dinge, die ich später tat. Sie kamen von sehr weit her – aus der Stadt, nehme ich an. Man muß nicht religiös sein, um Vorstellungen zu haben.

Dort draußen, wo wir lebten, hatten wir niemals diese Stadtkleider gesehen. Und wir hatten auch niemals derartige Stadtfrisuren gesehen. Und eine von diesen Damen trug einen Schleier!

*

An einem Wintermorgen während meines ersten Jahres hier als Kindergärtnerin setzte ich mich in mein Auto – zwängte ich mich in mein Auto hinein, sollte ich besser sagen, was für mich etwas anderes als für Sie bedeutet; ich rammte mich zwischen Sitz und Lenkrad und fuhr vierzig Meilen nach Osten, durchquerte drei verschiedene Vororte, ehe ich in die Stadt kam, und fuhr daraufhin durch die Stadt bis in das elendigste Viertel, wo schmutzige Menschen in ihren Autos sitzen und sich am hellichten Tag betrinken. Ich ging in das Kaufhaus, in das sonst niemand geht, außer denjenigen, die von der Wohlfahrt leben und fünf oder sechs Kinder mit unterschiedlichen Nachnamen haben. Ich parkte mein Auto in der Straße und rauschte durch die Tür. Leute wie sie tun Leuten wie mir nie etwas.

Die Tapeten wurden unten im Keller verkauft, also schnaufte und keuchte ich die Treppen hinunter, lächelte so süß wie ein Smiley, sobald jemand stehenblieb, um mich anzustarren, und drängte mich durch die Gänge, bis ich an der Rückwand angekommen war, wo die dicken Bücher mit den Mustern standen. Bücher so groß wie das Märchenbuch, das wir zu Hause hatten. Ich grapschte ungefähr vier dieser Bücher von der Wand, hievte sie rüber auf den Tisch in dieser Abteilung und hockte mich auf einen winzigen Stuhl. Dann begann ich, in ihnen herumzublättern.

Ein verängstigt aussehendes schwarzes Kind in einer billigen Arbeitsuniform murmelte etwas davon, mir helfen zu wollen, also setzte ich mein glücklichstes, jämmerlichstes

Lächeln auf sagte, nun ja, ich bin hier, um Tapeten zu kaufen, nicht wahr? Ob ich wüßte, welche Farbe ich bevorzugen würde? Nun ja, ich dächte über Gelb nach, sagte ich. Aha, sagter er, welches Gelb haben Sie denn im Sinn? Gelb mit weißen Linien drin. Aha, sagte er und begann, mir dabei zu helfen, diese Bücher mit all den Mustern durchzusehen. Hier gibt es so ziemlich die merkwürdigsten Tapeten der Welt. Manche erinnern an kaputte Stellen an den Wänden, andere sehen aus, als wären sie in den Regen geraten, bevor man sie nach Hause schaffen konnte. Sogar dieser schwarze Junge wußte, wie häßlich dieser Mist war, aber er bemühte sich verdammt gut, es sich nicht anmerken zu lassen.

Ich verteile überall mein Lächeln. Ich lächle wie eine Königin, die in einem Wagen durch ihr Königreich fährt, wie ein kleines Mädchen, das gerade ein goldenes und ein silbernes Kleid von einer Turteltaube hoch oben in einem magischen Baum erhalten hat. Ich lächle, als blickten Arnold Zoeller höchstpersönlich und natürlich seine schöne Frau quer über den Tisch auf mich herab, während ich ihre *hübsche, intelligente* kleine Tori in goldenen Worten ertränke, ersticke, erdrücke und beerdige.

Ich glaube, wir haben in diesem Buch hier noch mehr gelbe, sagt er und holt einen weiteren dicken Märchenband herunter und knallt ihn zwischen uns auf den Tisch. Und dann passiert genau das, was ich geahnt hatte, von dem ich gewußt hatte, daß es passieren würde, passieren könnte, höchstwahrscheinlich passieren würde, aber nur hier in dieser dreckigen Ecke dieses dreckigen Kaufhauses. Denn da öffnet dieser unwissende aber hilfreiche Junge das Buch, und die aufgeschlagene Seite zeigt das Muster der Tapete meiner Mutter.

Ich sehe dieses fette Gelb und diese weißen Linien, die sich niemals berühren, und ich kann es nicht verhindern; Schweiß bricht aus allen meinen Poren, und ich stöhne so fürchterlich, daß der Junge tatsächlich einen Schritt vor mir zurückweicht. Das ist sein Glück, denn im nächsten Moment beuge ich mich nach vorne und erbreche überall auf den Boden dieses Tapetenkaufhauses interessant aussehende, rötliche Schmiere. O Gott, sagt der Junge, o je, stöhne ich, und der ganze Rest dieser Schmiere bricht aus mir heraus und klatscht auf den Teppich. Ein etwas älterer Junge mit einer angesteckten Fliege eilt in unsere Richtung, hält aber plötzlich inne, den Mund weit geöffnet, als er die Bescherung auf dem Boden sieht. Ich nehme mein Taschentuch aus meiner Handtasche und wische mir den Mund ab. Ich versuche, den Jungen anzulächeln, aber alles verschwimmt vor meinen Augen. Nein, sage ich, es geht mir gut, ich möchte diese Tapete für meine Küche kaufen, genau diese hier. Ich blättere eine Seite um, damit ich den Namen der Tapete meiner Mutter – und auch Zenas – erkenne, und ich stelle fest, daß diese Tapete »Denkendes Schilf« heißt.

*

Man muß nicht religiös sein, um Vorstellungen zu haben.

Ein abenteuerlicher Geisteszustand ist wie ein großes Haus. Um wirklich zu leben, muß man das Leben mit einem abenteuerlichen Geisteszustand angehen. Aber niemand in der Welt kann die Verführungen des Abenteuers erklären.

*

Von Zena lernte ich zwei Tricks, die in meinem Klassenzimmer ihre Wirkung erzielten, und der Grund dafür war, daß es eigentlich gar keine Tricks waren.

Der erste Trick kommt ins Spiel, wenn ein bestimmtes Kind ungehorsam oder unaufmerksam ist. Sie können sich vorstellen, daß so etwas in einem Raum voller Kinder im Kindergartenalter häufig der Fall ist. Derartige Übertretungen behandele ich folgendermaßen: Ich fordere das Kind auf, zu mir nach vorne an meinen Tisch zu kommen. (Manchmal fordere ich auch zwei Kinder auf, an meinen Tisch zu kommen.) Ich starre das Kind an, bis es sich zu winden beginnt. Manchmal wird es rot oder zittert. Ich warte auf die körperlichen Anzeichen für Scham oder Unbehagen. Dann spreche ich den Namen des Kindes aus. »Tori«, sage ich, wenn das Kind Tori heißt. Sofort heften sich seine kleinen Augen unweigerlich auf meine. »Tori«, sage ich. »Du weißt, daß das, was du getan hast, nicht richtig war, nicht?« In neunundneunzig von einhundert Fällen nickt das Kind mit dem Kopf. »Und du wirst das nie wieder machen, nicht?« Meistens ist das Kind in der Lage, nein zu sagen. »Das ist auch besser so«, sage ich. Dann beuge ich mich nach vorne, bis das Kind nichts anderes mehr sehen kann als mein ungeheuer großes, erzürntes Gesicht. Daraufhin stoße ich in einem kehligen, tödlichen, grollenden Flüstern hervor: »SONST.« Wenn ich »SONST« sage, bin ich sehr energisch. Ich bin so energisch, daß ich fühle, wie meine Augen eine andere Gestalt annehmen. Ich denke an Zena und an die Zeit, als sie mir erklärte, wenn ich weine, würde am Grab meiner Mutter kein herrlicher, wunderschöner Baum wachsen, sondern meine Mutter lediglich im Schlamm ertrinken.

Unterrichten ist interessant, weil es abenteuerlich ist, so abenteuerlich wie das Leben.

Meine Mutter ist nicht im Schlamm ertrunken. Sie starb auf andere Weise. Sie stürzte in der Mitte des Salons im Erdgeschoß. Es war der Salon, in dem Zena bei ihren Besuchen zu sitzen pflegte. Zena war damals nur eine weitere Dame unter anderen, und bei ihren Besuchen, ihren »sozialen Kontakten«, saß sie in dem besten Antiksessel und hielt ihre Hände im Schoß wie die bescheidenste, unschuldigste kleine Lady, die je geboren wurde. Zena war Halb-Chinesin, und ich wußte, daß sie innerlich aus scharfem Metall bestand, Metall, das einen ordentlich aufschlitzen könnte. Zena war sehr abenteuerlich, aber nicht so abenteuerlich wie ich. Zena ist niemals aus dieser Stadt herausgekommen. Natürlich war alles, was Zena geschah, daß sie alt und von allen allein gelassen wurde, weil sie nicht mehr hübsch war. Sie war nur noch eine alte, gelbe Frau Witwe, und dann hörte ich, sie sei gestorben, während sie in ihrem Garten Unkraut rupfte. Ich hörte dies von zwei verschiedenen Leuten. Man könnte sagen, daß Zena im Schlamm ertrunken ist, was beweist, daß alles, was auf der Erde gesagt wird, eine Wahrheit in sich trägt, die nicht immer sofort ersichtlich ist.

Der andere Trick, den ich von Zena lernte, zielt darauf ab, eine ganze Klasse zu beherrschen, die sich entschieden hat, verrückt zu spielen. Um das Leben unter Kontrolle zu bekommen, muß man sich einen abenteuerlichen Geisteszustand bewahren. Diese Kinder kommen von Eltern, die glauben, alles zu wissen, in Wirklichkeit jedoch noch weniger als nichts wissen. Diese Kinder werden zu Hause niemals humanistische Umgangsweisen erleben. Man muß ihnen in einer Art und Weise antworten, die die eigene Vorstellung von Perfektion demonstriert. Man muß in einer Weise antworten, die den widerspenstigen Kindern eine solche Vorstellung nahebringt, damit auch sie sie besitzen.

Es kann auf tausend verschiedene Arten beginnen. Nehmen wir an, ich bin gerade in einer Besprechung mit einem einzelnen Schüler – nehmen wir an, ich teile gerade das große »SONST« aus. Nehmen wir an, meine Gedanken schweifen einen Moment ab, und ich sinniere gerade über die unzähligen Dinge, über die ich zu sinnieren pflege, wenn meine Gedanken frei umherschweifen. Das Grab meiner Mutter, von meinen Tränen gewässert. Die Frau mit der Stadtfrisur, die mir helfen wollte, es aber nicht konnte, und daher von anderen ersetzt wurde, die wiederum von noch anderen ersetzt wurden. Wie es sich anfühlt, nackt und mit den eigenen Fäkalien beschmiert im Vorgarten zu stehen, bewegungslos wie eine Statue, wie alle anderen, klassisch. Der schleichende Rückzug meines Vaters, ähnlich einer Figur in einem Cartoon, die zunehmend transparenter wird, bis sie völlig verschwindet. Zena in ihrem Garten, mit dem Gesicht nach unten und durch die Nasenlöcher Dreck schniefend. Die Ähnlichkeit der Stadtfrauen mit bestimmten, bösen Stiefschwestern in alten Geschichten. Und ihre Ähnlichkeit mit den gutaussehenden Prinzen in denselben Geschichten.

Die Geschichte wird von derjenigen gemacht, die sie hört.

Nehmen wir daher an, ich bin mit dem Klassenraum nicht mehr länger verwachsen, sondern schwebe fort in einen, in einige oder alle von diesen Bereichen. Die Leute holen sich aus ihren eigenen Vorstellungen genau das, was sie brauchen. Bestimmte Plätze, wo man hingehen und sich ausruhen kann. Die klassische Vorstellung ist mit Kälte verbunden. Ich schwebe in meinen kalten Bereichen. In diesem Moment zieht eines der Kinder ein anderes an den Haaren. Ein drittes Kind schleudert Papierkügelchen an das Fenster. Wieder eines fällt auf den Boden und stößt jämmerliche und mechanische Schreie aus. Schlagartig ist Ordnung zu Unordnung geworden. Bis ich das Bild meiner grimmigen, weiblichen Engel aufbiete und auf den Beinen bin, noch bevor die kleinen Monster überhaupt mitbekommen haben, daß ich meinen Schreibtisch verlassen habe. Blitzartig bin ich beim Lichtschalter. Die Toris und Tiffanys, die Joshuas und Jeremys wüten weiter. Ich lasse den Schalter nach unten schnellen, und der Raum taucht ins Dunkel.

Ergebnis? Geniale Handlungen sind Schicksal.

Die Kinder erstarren. Ihr Puls rast – die Venen schlagen in

nicht wenigen kleinen, blauen Schläfen. Ich sage vier Wörter. Ich sage: »Überlegt, was das heißt.« Sie wissen, was das heißt. Passend zur Bedeutung dieser Worte schwelle ich auf meine doppelte Größe an. Ich überrage sie und lasse Dunkelheit aus mir herausströmen. Dann schalte ich das Licht wieder an, lächle ihnen entgegen, bis sie sich aus meinem lächelnden Gesicht das herausgeholt haben, was sie brauchen. Diese Kinder werden mich niemals Mrs. Fett-Asch nennen, diese Kinder wissen, daß ich so bin wie alle anderen.

*

Es war einmal vor langer Zeit, da ließ eine sterbende Königin ihre Tochter zu sich rufen. Als die Tochter an ihr Bett trat, sprach die Königin: »Ich verlasse dich, mein Liebling. Sprich deine Gebete und sei gut zu deinem Vater. Denke immer an mich, dann werde ich immer bei dir sein.« Dann starb sie. Jeden Tag wässerte das kleine Mädchen das Grab mit ihren Tränen. Aber ihr Herz war tot. Bei solchen Dingen kann man nicht lügen. Haß ist der innere Teil der Liebe. Also verwandelte sich ihre Mutter in ihrem Herzen in einen harten, kalten Stein. Und diese Vorstellung von der Mutter blieb, solange das kleine Mädchen lebte.

Schon bald nahm der König eine andere Frau zu seinem Weib. Sie war eine sehr schöne Frau, mit einer goldenen Haut und Augen, so schwarz wie Pech. Sie war wie eine Person, die so tat, als wäre sie eine andere in einer anderen Person, die so tat, als könnte sie nicht so tun, als ob. Sie verstand, daß Realität aus Zusammenhängen besteht. Sie verstand die Hintergründe eines Beobachters.

Eines Tages, als der König fort zu seinen Leuten ging, fragte er seine Frau: »Was soll ich dir mitbringen?«

»Einen Diamantring«, sagte die Königin. Und der König wußte nicht, wer gesprochen hatte, die innere Person, die so tat, als wäre sie eine andere, oder die äußere Person, die nicht so tun konnte, als ob.

»Und du, meine Tochter«, sagte der König. »Was hättest du gerne?«

»Einen Diamantring«, sagte die Tochter.

Der König lächelte und schüttelte seinen Kopf.

»Dann nichts«, sagte die Tochter. »Dann gar nichts.«

Als der König wieder nach Hause zurückkehrte, übergab er der Königin in einem kleinen, blauen Kästchen einen Diamantring. Die Königin öffnete das Kästchen, lächelte angesichts des Ringes und sagte: »Es ist ein sehr kleiner Diamant, nicht?« Die Königstochter sah, wie er sich nach vorn neigte und wie sein Gesicht weiß wurde, als hätte er gerade die Hälfte seines Blutes verloren. »Ich mag meinen kleinen Diamanten«, sagte die Königin, und der König, noch immer weiß und zittrig, richtete sich auf. Auf seinem Weg aus dem Zimmer hinaus tätschelte er seiner Tochter den Kopf, aber das Mädchen schaute nur geradeaus und sagte gar nichts, als Antwort auf das Nichts, das er ihr mitgebracht hatte.

Und als in dieser Nacht alle anderen im Palast in tiefem Schlaf lagen, schlich sich die Königstochter in die Küche und aß einen halben Laib Brot und fast einen ganzen Liter selbstgemachter Pfirsicheiskrem. In ihrem ganzen Leben hatte sie noch nie etwas so Köstliches gegessen. Das Brot schmeckte wie die Sonne auf dem Weizenfeld, und in dem Geschmack der Sonne fand sich der Geschmack der berstenden Körner des Weizens und der reichen, dunklen, bröckeligen Erde, die die Wurzeln des Weizens umhüllt; es schmeckte nach dem Leben des Ungeziefers und der Tiere, die durch den Weizen huschten, und es trug den Geruch der Hinterlassenschaften dieser Füchse, Käfer und Mäuse. Die selbstgemachte Pfirsicheiskrem schmeckte zwar vorwiegend nach Zucker, Sahne und Pfirsichen, aber auch nach der Rinde und dem Fleisch des Pfirsichbaumes und den violetten Füßen der Vögel, die sich auf ihm niedergelassen hatten; sie schmeckte nach den scharfen, schrillen Stimmen dieser Vögel und nach der Leistung der Handkurbel, nach ihrem befleckten, spiralförmigen Holz und nach dem Schweiß des Mannes, der so lange daran gearbeitet hatte. Jeder Geschmack muß so kompliziert wie möglich sein, und jeder Geschmack geht gleichzeitig in die Höhe und in die Tiefe: nach oben über die Turteltauben hinaus in die weiten Gefilde des Himmels, so daß man schließlich dessen *Weiße* schmeckt, und nach unten zu der Erde am Grunde des Grabes, zu der Erde unter der Erde, so daß ein weiterer Geschmack zu all dem hinzukommt, der Geschmack der *Schwärze.*

*

Danach geschah es, daß die Königstochter übermäßiges Aufsehen erregte. Seit jener Nacht der Weiße der Turteltauben und der Schwärze des Grabesschlammes vergingen ungefähr sechs Monate, bis sich die Stiefschwestern schließlich auf den Weg machten. In dieser Zeit geschah der Königstochter nichts, und es ging ihr gut, und sie lernte erfahren, was es heißt, in der Mitte der Welt zu leben und so wie alle anderen zu sein.

Mich selbst betrachtete ich als ein Kunstwerk. Ich rief Antworten hervor, für die ich nicht verantwortlich war. Darin liegt die große Freiheit der Kunst.

Sie stellten Fragen, die bereits die Bedingungen für die Antworten in sich trugen. *Weißt du nicht, daß wir dir helfen wollen?* Eine solche Frage läßt nur zwei mögliche Antworten zu, erstens: nein; zweitens: ja. Die Stiefschwestern haben die Königstochter niemals verstanden, deshalb pickten die Turteltauben ihre Augen heraus, erst das eine, dann das andere. Die richtige Antwort, drittens: die Person, an die diese Frage gestellt wird, benötigt keine Hilfe, ist nicht zulässig. Andere richtige Antworten wie viertens: Hilfe sollte aus anderen

Quellen kommen, oder fünftens: weder Wissen noch Hilfe bedeuten das, was ihr glaubt, das sie bedeuten, sind ebenfalls durch die Art der Frage ausgeschlossen.

Die Aufgabe für heute abend: eine Liste aufstellen mit den zugleich richtigen und verbotenen Antworten auf die Frage *Was geschieht dir?* Besondere Beachtung gebührt den Vorstellungen, die in dem Wort *geschieht* liegen.

Die Stiefschwestern kamen in pompöser Aufmachung aus der Stadt. Sie hatten große Ähnlichkeit mit einem Pfau. Die Stiefschwestern tranken Zenas Tee, bewunderten das Haus, die Bilder, die Möbel, den gesamten Besitz, als fiele durch die Bewunderung von Dingen, die alle bewunderten, ein bißchen davon auch für sie ab. Die Stiefschwestern wünschten die Beseitigung der Königstochter aus dieser Szenerie, aber so weit reichte ihre Macht nicht. Zena würde es nicht erlauben, und auch der kränkelnde König nicht. (Nachts preßte Zena ihren feinen Mund auf seinen schlafenden Mund und saugte direkt aus seinem Körper seinen Atem heraus.) Zena sagte, der Zustand der Königstochter würde sich als eine Frage der Zeit und nichts anderes erweisen. Das Kind aß gut. Es wurde geliebt. Mit der Zeit würde sie zu sich selbst zurückkehren. Wenn die Phantasiegebilde fragten, *Was geschieht dir?*, hätte ich auch antworten können, *Zena geschieht mir*. Diese Antwort hätte niemand verstanden. Auch die andere Antwort nicht: *Meine Mutter geschieht mir.*

*

Unmäßiges Aufsehen erregte ich auf folgende Weise: Zena wußte alles über meine mitternächtlichen Schlemmorgien, verhielt sich ihnen gegenüber aber unentschieden. Zena wußte, daß sich jede Person holen muß, was sie braucht. Dies gilt für eine Königstochter ebenso wie für jede andere, normale Person. Aber sie hatte keine Ahnung von dem, was ich im Namen der Kunst vollbrachte. Kummer und Ärger machten aus mir eine große Künstlerin, auch wenn ich nun eine noch viel größere Künstlerin bin. (Das Alter einer Künstlerin ist nicht von Bedeutung.) Sowohl meine Mutter als auch Zena geschahen mir, und ebenso geschah ich ihnen. Genau so ist die Welt der Frauen. Aus der Tiefe ihres Erdengrabes haßte meine Mutter Zena. Und Zena, die zweite Liebe des Königs, haßte meine Mutter. Immer wieder erteilte meine Mutter mir aus dem Zentrum des Steines im Zentrum meines Körpers Ratschläge, wie ich mit Zena umgehen sollte. Und Zena gab mir schweigend und nur mit den Augen Ratschläge, wie ich mit meiner Mutter umgehen sollte. Ich mußte mit allen beiden umgehen und haßte sie beide.

Und ich besaß ein abenteuerliches Bewußtsein.

Die wichtigste Eigenschaft des Abenteuers ist das Eindringen in unbekannte Bereiche. Das Abenteuer ist voller namenloser Freude.

Bei späteren Gelegenheiten, wenn ich nach meiner Rückkehr von der Schule am Samstagnachmittag allein in meinem Zimmer war, zog ich meine Kleider aus und legte sie ordentlich auf mein Bett. Ich hatte keine Empfindungen außer einem gewissen Drang zu den Handlungen, die ich ausführen würde. Vielleicht fühlte ich in diesem Moment eine namenlose Freude. Später, am Höhepunkt meiner Selbstdarbietung, fühlte ich eine namenlose Freude. Und noch später erfuhr ich dieselbe namenlose Freude, wenn ich eines meiner verschiedenen Abenteuer in der Kunst zu einem Ende brachte. In jedem weiteren dieser Abenteuer in der Kunst schuf ich wie beim ersten Antworten, deren Spuren nicht in dem Kunstwerk lagen, sondern den Umständen, den Zuschauern entsprangen. Allein und unbekleidet in meinen Zimmer und bereit, Antworten zu schaffen, hockte ich mich auf meine Fersen und preßte einen langen Zylinder Kotsubstanz auf den Teppich. Es waren die Rückstände von einem ganzen Laib Siebenkornbrot, einer halben Packung Rosinen, einer Dose Erdnüsse und einem Viertelpfund Cervelatwurst – verschlungen, wenn alle anderen im Bett waren und Zena vermutlich über dem Gesicht meines schlafenden Vaters hing und gierig sein Leben einsog. Ich hob den warmen Zylinder vom Boden auf und fühlte, wie er in meinen Händen schmolz. Ich beschleunigte diesen Prozeß, indem ich meine Handflächen aneinander rieb. Dann fuhr ich mit den Händen über meinen Körper. Was von dem stinkenden Zylinder übrigblieb, schmierte ich an die Wände des Schlafzimmers. Dann wischte ich mir die Hände am Teppich ab. (Dem weißen Teppich.) Nachdem ich meine Vorbereitungen abgeschlossen hatte, schritt ich stattlich durch die Gänge, bis ich die Vordertür erreicht hatte und hinaustrat.

Ich habe in drei Staaten als examinierte Grundschullehrerin gearbeitet. Mein Lebenslauf ist makellos. Ich verließ niemals eine Schule aus anderen Gründen als aus meiner eigenen, freien Entscheidung. Wenn meine Schützlinge oder deren Eltern von Tragödien betroffen waren, bekundete ich immer meine Anteilnahme, suchte mit Freiwilligengruppen nach den Körpern, ging zu Beerdigungen und so weiter. Früher oder später wird jede Lehrerin, jeder Lehrer diese traurigen Pflichten ausüben müssen.

Draußen war die gesamte Welt, zumindest der gesamte Besitz, aus dem man auswählen konnte. Meinen damaligen Geisteszustand drücken am besten Aussagen von Edna St. Vincent Millay über die Welt aus, wie sie, nicht größer als das freudvolle Herz, beide Seiten überragt. Ich erinnere mich gut an die hochbewunderte Erscheinung von Dave Garroway, der die schönen Worte der Dichterin am Sonntagnachmittag in seinem Fernsehprogramm zitierte, und ich reiche Miss Millays wunderbare Empfindungen an jede neue Klasse von Kindergärtnerinnen weiter. Irgendwo müssen sie beginnen, und zu anderen Zeiten während ihres Jahres bei mir werden sie lernen können, daß die Natur uns niemals die Möglichkeit zur Ruhe gibt. Jedes Tier auf der Erde ist hungrig.

Ich drehte den Feldern voller weidender Kühe und Schafe meinen Rücken zu, ignorierte die dahinterliegenden Berge, die vor Kojoten, Wildkatzen und Berglöwen wimmelten, und schritt in imposanter Haltung durch die militärischen Reihen von Obstbäumen. Papierähnliche Apfel- und Pfirsichblüten klebten an meinen Füßen, als ich die weitflächige Wiese erreichte, auf der der große Haselnußbaum wuchs. War die Wiese erst kürzlich gemäht worden, sprangen grüne Halme von der Dicke einer Raupe vom Boden empor und wanden sich um meine Füße. (Oft legte ich mich der Länge nach in das frischgemähte Gras und wälzte mich auf der Wiese.) Auf dem Gipfel des Berges, der das Ende der Wiese markierte, hatte ich meinen Bestimmungsort schließlich erreicht. Unter mir erstreckte sich die Straße, die zu all den unbekannten kleinen und großen Städten führte, in denen ich eines Tages mein verschlungenes Schicksal zu finden hoffte. Über mir stand der Haselnußbaum.

Ich habe immer gewußt, daß ich mich retten konnte, indem ich in mein eigenes Bewußtsein schaute.

Ich stand oberhalb der Straße auf dem Gipfel des Berges und hob meine Arme empor. Als ich nach innen schaute, sah ich zwei unterschiedliche und notwendige Zustände. Der eine war eine weiße Linie, der andere weibliche Engel, entsprechend den Turteltauben.

Die weiße Linie war ein stiller Ausbruch von Trennung; sie berührte weder den Himmel noch die Wiese, sondern schwebte in dem Raum dazwischen. Die weiße Linie war Ruhe, Alleinsein, Klassizismus. Dieser Zustand ist die eine Hälfte von dem, was notwendig ist, um die Freiheit der Kunst zu erlangen, und wird »Denkendes Schilf« genannt.

Die Engel und Turteltauben waren ein Ausbruch von Macht, Aktivität und Wut. Da gab es absolute Weiße und absolute Schwärze, Genugtuung und die Dienerin der Genugtuung, die Rache. Die Engel und Turteltauben strömten aus meinem Körper heraus und stiegen von den Spitzen meiner Finger in den Himmel, und wenn sie zurückkehrten, brachten sie goldene und silberne Kleider, Diamantringe und smaragdgrüne Diademe.

Ich sah, wie die Phantasiegebilde sich die Zehen abschnitten, ihre Fersen absägten und mit bereits blutenden Füßen in die Schuhe stiegen. Die Phantasiegebilde bemühten sich zu lächeln, sie bemühten sich um einen aufrechten Stand. Sie sahen aus wie Kinder vor einem ärgerlichen Lehrer, einem vor gerechtfertigtem Ärger sehr erregten Lehrer. Mädchen wie die Phantasiewesen – viel jünger als ich gegenwärtig – verstanden niemals, daß sie sich aus ihrem eigenen Bewußtsein holen mußten, was sie brauchten. Aus Mangel an diesem Verständnis wankten sie dahin und taten so, als wären sie nicht verstümmelt worden, als würde nicht Blut aus ihren Schuhen tropfen, sichtbar bis zurück zu ihren vorgegebenen Häusern und vorgegebenen Prinzen. Die namenlose Freude löschte jeden Teil dieser Entwicklung aus.

*

Kürzlich, innerhalb der letzten vierundzwanzig Stunden, ist ein Kind verschwunden.

Ein verschwundenes Kind liegt tief inmitten der Asche, mit verstümmelten Händen und Füßen und einem durch Feuer zerstörten Gesicht. Sie hat an dem großen Abenteuer teilgenommen, und nun ist sie genau wie alle anderen.

Am Abend sehe ich die gutaussehenden, besorgten, aber immer noch hoffnungsvollen Eltern in unserem lokalen Nachrichtenprogramm. Arnold und Kathi, er so gutaussehend wie ein Prinz, sie so hübsch wie eines der Phantasiegebilde, haben immer noch keine Vorstellung davon, was wirklich mit ihnen geschehen ist. Ihr ganzes Leben lang haben sie in völliger, abgrundtiefer Unwissenheit gelebt; sie denken sich die Hoffnung als eine wesentliche Komponente des Universums. Sie denken, daß andere Leute – die bezahlt werden, um diese Funktion auszuüben – dazu da sind, ihre Bedürfnisse zu erfüllen.

Ein Kind ist verschwunden. Nun erscheint ihr Foto jeden Tag auf der ersten Seite unseres derben Sensationsblattes, prangt mit strahlender Unwissenheit neben den Spalten, die ihr plötzliches Verschwinden nach der wöchentlichen Sonntagsschule in der St. Mary-in-the-Forest Episkopalkirche beschreiben. Zu sehen sind die sich vertiefenden Ängste der betroffenen Eltern, der grenzenlose Charme des Mädchens selbst, das Durchsuchen von nahen Videoläden und Einkaufszentren, das Absuchen von zwei nahe liegenden Seen, das langsame, gewissenhafte Durchkämmen der angrenzenden Wälder, Felder, Farmen und Gebäude, der Schock der besonders wohlhabenden und gesellschaftlich prominenten Verwandten des Mädchens einschließlich ihrer Paten.

Ein bestimmtes Mädchen ist verschwunden. Niemand mehr wird diese einzigartige Verbindung von unterschiedlich blondem Haar mit blauen Augen sehen, die wie ein Frühsommerhimmel hinter einem Schleier von Haufenschichtwolken glänzten. Niemand mehr wird diese reizende, geschwollene Unterlippe sehen, den an Rückstände eines unsauberen Radierers auf Schreibmaschinenpapier erinnernden, wiederkehrenden Fleck an der linken Seite des Mundes, die ungekünstelte Schüchternheit und gelegentlich spröde Arroganz, die bald schon attraktivere Züge überschatten sollte. All dies wird niemals mehr gesehen werden, nicht von den Eltern, Freunden, Lehrern, und nicht von vorbeikommenden Fremden, die der Schönheit des Mädchens spontan huldigten.

Ein Kind seiner Zeit ist verschwunden. Für die lokale Zeitung nicht von Interesse und der Sonntagsschule in St. Mary's-in-the-Forest unbekannt war die Obsession dieses Schätzchens für Exercise Barbie und Malibu Barbie, ihre fanatische Anhänglichkeit an My Pretty Ponies Glory und Applejacks, ihr Beharren darauf, während der Schulstunden Beobachtungen über die Cartoon-Familie Simpson einzubringen, und ihre frühreife Faszination für den Musik-Fernsehkanal, besonders für die Videos der Bands Kriss Kross und Boyz II Men. Einmal war sie beobachtet worden, wie sie mit James Halliwell, einem Erstkläßler, Händchen hielt. Ein anderes Mal, kurz vor ihrer Entführung, griff sie Deborah Monk, ein fettes, unbeliebtes Mädchen voller beginnender sadistischer Neigungen, an und zischte: »Debbie, ich sag es dir nicht gerne, aber du *nervst.*«

Ein auf bestimmte Weise beschränktes Kind ist verschwunden. Sie hatte niemals gelernt, ihre hübschen und doch seltsam plump wirkenden Turnschuhe in Größe eins selber zuzubinden, und mußte schließlich auf jene zurückgreifen, die mit Velcro-Bändern zugezogen werden. Wenn sie ihr blondschattiertes Haar mit ihren Fingern kämmte, vergaß sie stets einen Spinnweben-Flecken einige Zentimeter über ihrem linken Ohr. Ihre Lesefähigkeiten lagen ein bißchen unter dem Durchschnitt, wenngleich dies keinen Anlaß zur Besorgnis bot. Mit narzißtischer Heiterkeit erkannte sie ihren Namen, sofern er in einzelne Buchstaben zerlegt wurde; alle anderen Wörter außer und und der, die, das verwandelten sich unter ihrem ungeduldigen Blick zu zufälligen, sanskrit-ähnlichen Schnörkeln und Strichen. (Dies hätte sich aber bald schon von selbst gegeben.) Sie sagte das Alphabet schnell und etwas mechanisch auf, blieb jedoch eine Antwort schuldig, wenn sie gefragt wurde, ob O vor oder nach S kommt. Ich bezweifle, daß sie in der Lage gewesen wäre, die ungekürzte Division im Laufe der angemessenen Schulzeit zu beherrschen.

Immer wieder huschte über den großen, zarten Blick ihrer Augen ein Nebel von unerklärlicher Verwirrung. Bei einem Kind mit feiner ausgeprägter Sensibilität hätte dieses kurzzeitige Spiel auf ein plötzliches Gefühl von Verlust deuten können, vielleicht sogar auf eine Vorahnung von noch bevorstehendem Verlust. In ihrem Fall war dieser Ausdruck wohl eher mit dem Übergang von einer Welt ohne jedes Bewußtsein (Barbie und My Pretty Ponies) in einen deutlich sozialisierten Zustand (Kriss Kross) zu erklären. Erst spät in ihrem Leben hätte ein selbstbeobachtender Blick in ihr eigenes Inneres eingesetzt, lange Zeit nach dem Genuß genau solcher Erfahrungen, vor denen ihre Eltern sie immer beschützen wollten.

Ein unersetzliches Kind ist verschwunden. Die einmal im Land des Denkenden Schilfs war, wurde für immer in das Reich der Turteltauben fortgeschafft, wie andere zuvor, wie alle anderen zur richtigen Zeit. Jeden Tag wird diese Tatsache zu Hause neu geschaffen. Sollte ein wissender, unbekannter Beobachter berichten, daß es dem Mädchen gutgehe, daß ihr nichts geschehen sei, würde man diese beruhigende Nachricht mißverstehen als das Vorspiel für eine Lösegeldforderung. Sie würden so reagieren, weil kein menschliches Leben wirklich durch ein anderes ersetzt werden kann. Die immer stärker verzweifelnden Eltern können kein lebendes Replik schaffen oder sich sonstwie ein anderes besorgen, auch wenn sie natürlich zu einer weiteren Zeugung in der Lage sind – vorausgesetzt, sie bleiben lange genug verheiratet, um so etwas zu tun. Von den Kindern in der Klasse des verschwundenen Mädchens weiß man, daß sie unter Alpträumen und wiederkehrendem Bettnässen leiden. In den Stunden zeigen sie Trägheit, Mißtrauen und eine neue Unwilligkeit, zu antworten; eine Unwilligkeit ähnlich der von sehr alten Leuten. Während einer Versammlung der gesamten Schule, bei der die Kleinen ganz vorne saßen, äußerte nahezu jedes Kind seinen Wunsch nach der Rückkehr der Vermißten. Briefe und Karten an die Verschwundene bilden im Büro des Direktors mittlerweile zwei große, unordentliche Stapel, und angesichts der allabendlichen Fernsehaufrufe der Eltern an den oder die Entführer geht man davon aus, daß die Schule noch einen dritten Stapel anhäufen wird, ehe man diese Tribute den mitgenommenen Eltern übergibt.

*

Kunstwerke generieren Antworten, die nicht unbedingt in den Werken selbst nachweisbar sind. Hoffnungslosigkeit, Trauer und Leiden können gleichzeitig neben Aggressivität, Feindseligkeit, Ärger und sogar Heiterkeit und Erleichterung bestehen. Je tiefgründiger und feinsinniger das Werk ist, um so intensiver und anhaltender sind die Antworten, die es hervorruft.

*

Tief, tief in ihrem erdigen Grab fühlte die Königin und Mutter die Tränen ihrer verschwundenen Tochter. Alles vergeht. In der Form einer Turteltaube erhob sie sich aus der Dunkelheit des Grabes und stieg in die großen Arme eines Haselnußbaumes empor. Alles verändert sich. Von dem höchsten Ast sang die Turteltaube ihre ewig gültige Botschaft. *Alles gehört ihr, die suchen wird, was wahr ist.* »Was ist wahr?« schrie die Tochter und blickte geblendet nach oben. *Alles vergeht, alles verändert sich, alles gehört dir*, sang die Turteltaube.

*

In einer privaten Besprechung mit dem Direktor habe ich ihm kürzlich meine Entscheidung mitgeteilt, nach dem Ende des Semesters in eine andere Gegend des Landes umzuziehen.

Der Direktor ist ein warmherziger, begrenzter Mann, immer noch loyal, man könnte sagen, unerbittlich loyal gegenüber den Werten, die er mit der gängigen Musik Ende der Sechziger aufgenommen hat. Niemals war er in der Lage gewesen, die Unsicherheit, die ich in ihm erzeugte, ganz zu verbergen. Aber ihm ist durchaus bewußt, welcher Respekt mir in jeder Ecke seiner Schule entgegengebracht wird, und er sah frühere Kindergartenkinder von mir, die mittlerweile unsere Drei-Vororte-Highschool besuchen und in mein Klassenzimmer zurückkehrten, um den ehrfurchtsvoll vor ihnen sitzenden Kindern mitzuteilen, Mrs. Asch habe sie auf den richtigen Pfad geführt, die Stunden bei Mrs. Asch seien verantwortlich dafür, wenn sie erfolgreich die Highschool und später das College meisterten.

Völlig unfähig, den Konflikt zurückzuhalten, den meine Mitteilung in ihm hervorgerufen hatte, versicherte der Direktor mir, er würde an dem gleichen Abend noch ein Empfehlungsschreiben verfassen, wodurch mir mit Sicherheit eine Stelle an einer Grundschule, einer öffentlichen oder privaten, ganz nach meiner Wahl, garantiert wäre.

Nachdem ich ihm gedankt hatte, erwiderte ich: »Ich habe diese Freundlichkeit nicht von Ihnen gefordert, aber ich weise sie auch nicht zurück.«

Der Direktor lehnte sich in seinem Stuhl zurück und blickte

mich, nicht unfreundlich, durch seine altertümlichen Brillengläser an. Seine rechte Hand erhob sich, einer Turteltaube gleich, um seinen ergrauenden Bart zu streicheln, hielt aber auf halbem Wege in ihrem Flug inne und kehrte in seinen Schoß zurück. Dann streckte er beide Hände nach oben, legte sie auf die Schreibtischplatte und verschränkte die Finger ineinander, den Blick immer noch seltsam auf mich geheftet.

»Geht es Ihnen gut?« wollte er wissen.

»Bestimmen Sie den Begriff«, sagte ich. »Wenn Sie meinen, ob ich mich guter Gesundheit erfreue, körperlich und mental stabil bin, mit meiner Arbeit zufrieden bin, dann ist die Antwort: ja, es geht mir gut.«

»Sie haben sich im Zusammenhang mit Toris Verschwinden hervorragend verhalten«, sagte er. »Aber ich kann mir nicht helfen und frage mich, ob dies in Ihrer Entscheidung eine Rolle gespielt hat.«

»Meine Entscheidungen treffen sich von alleine«, sagte ich. »Alles vergeht, alles verändert sich. Ich bin eine heitere Person.«

Er versprach, mir das Empfehlungsschreiben bis um die Mittagszeit des nächsten Tages zukommen zu lassen, und wie ich wußte, hielt er sein Versprechen. Trotz meiner ernsten Vorbehalte gegenüber seinen Methoden, seiner Haltung und Ideologie und trotz meiner absoluten Gewißheit, daß man ihm im nächsten Jahr auf unzeremonielle Weise seine Arbeit nehmen wird, kann ich es nicht unterlassen, dem armen Kerl alles Gute zu wünschen.

Eine Frage der Ehre

Chris Bunch

Chris Bunch, Ex-Ranger in Vietnam und Kriegsreporter für Stars & Stripes, *hat, zusammen mit seinem langjährigen Freund und Ex-Partner Allan Cole, nicht nur Drehbücher für* Detektiv Rockford *und* Magnum *geschrieben; für ihren Roman über die Tet-Offensive,* A Reckoning for Kings, *waren sie gar für den Pulitzerpreis nominiert. Ihre vielgerühmte Antero-Saga, die mit* Die Fernen Königreiche *begann, beschwört den Geist des großen Abenteuers wie wohl kaum eine andere moderne Fantasy. Chris Bunch lebt heute in einem abgeschiedenen Kaff im Staat Washington, ist chronisch klamm, erzählt schlechte Witze und redet seine deutschen Freunde zuweilen mit »Schatzie« an. Mit der folgenden Story erzählt er ein weiteres Antero-Abenteuer in gewohnt gekonnter Weise, inklusive Kannibalen, Riesen, Dämonen und einem mit viel Chuzpe gesegneten Helden – und exklusiv für diesen Band.*

Meine liebste Omerye,
ich schreibe diese Zeilen in der Hoffnung, daß sie Dich irgendwo erreichen mögen. Dangom hat mir versichert, er wolle nach Kräften dafür sorgen, daß dieses Schreiben – mit der Anweisung, es weiterzuschicken – einem der Stämme übergeben wird, die mit jenen Handel treiben, welche er den »gottlosen Abschaum der Städte« nennt.

Zu meinem Unglück muß ich Dich darauf hinweisen, daß ich vielleicht schon nicht mehr lebe, wenn Du diese Zeilen liest. Ich schreibe sie nicht nur, um Dir meinen letzten Liebesschwur zu übermitteln, sondern auch, um mir selbst Mut zu machen.

Ich werde Rali, meiner Schwester, eine Nachricht schicken. Stell eine Strafexpedition zusammen, wenn Dir danach ist, und ich will versuchen, dir Hinweise zu geben, da Dangom der orissanischen Sprache nicht mächtig ist ... zumindest behauptet er das. Ich kann nicht unbedingt leicht verzeihen, wenn es um meine Ermordung geht, doch glaube nicht, daß Hoffnung auf Rettung besteht. Bis zur letzten Minute will ich weiterschreiben, bevor ich diesen Brief Dangom gebe, damit er ihn nach Jeypur schickt.

Doch gib die Hoffnung niemals auf. Ich war schon in verzwickteren Lagen – auch wenn mir im Augenblick keine einfallen wollen – und bin dennoch entkommen.

Tatsächlich magst Du schon jetzt besserer Stimmung sein, da ich mir denke, daß diese unachtsamen Schweinehunde, die zuließen, daß meine Karawane von jenem Volk überfallen wurde, das sich selbst »Adigrat« nennt, wahrscheinlich behauptet haben, ich sei in dem Scharmützel umgekommen.

Das bin ich nicht. Die Adigrat mögen Barbaren der Wüste sein, doch wußten sie genau, was sie wollten, und haben ihr

Ziel reibungslos erreicht, welches darin bestand, sich einen angemessen noblen Gefangenen zu verschaffen.

Anfangs glaubte ich, sie wollten Lösegeld erpressen, da sie genau darauf achteten, daß ich nicht getötet wurde. Es beruhigte mich. Schon oft wurden Anteros gefangen und Lösegeld erpreßt, und es wird sicher noch oft geschehen, was unserem Reichtum für gewöhnlich nicht mehr als eine kleine Delle beschert.

Doch das war nicht ihre Absicht.

Um so bald wie möglich Klarheit zu schaffen: Sie werden mich als Großes Opfer bei ihrem Fest des Lebens verspeisen, welches in etwa einem Monat stattfinden soll.

Doch will ich von vorn beginnen. Offen gesagt, hätte ich umsichtiger sein sollen, als ich die Karawanenhüter in Jeypur anheuerte, doch wollte ich eiligst reisen, da schon bald ein Viertel der Handelssaison verstrichen war. Mehrere Expeditionen waren bereits ausgerüstet worden und von der Stadt der Roßtäuscher aufgebrochen, so daß nur noch wenig Arbeitskräfte zur Verfügung standen. Ich hätte derbe Bauernburschen anstellen und sie auf der Reise ausbilden sollen, doch tat ich es nicht und heuerte statt dessen eine Bande von Drückebergern an, die nicht die rostigen Schwerter wert waren, die sie bei sich trugen.

Wie Du weißt, bestand meine Absicht darin, gen Westen zu ziehen, entlang der Zitronenküste, dann hinauf durch unerforschtes Binnenland, in der Hoffnung, reiche Handelsmöglichkeiten jenseits der uns unbekannten Wüste zu finden.

Meine Karawane war recht beeindruckend: vierzig Kamele und siebenundzwanzig Pferde und Reiter, dazu zwei weitere Dutzend Männer zu Fuß. Das war mein Fehler ... ich sah allzu wohlhabend aus. Die Bündel der Kamele waren prallvoll mit allen nur denkbaren Handelswaren, da ich nicht wußte, ob ich es mit Eingeborenen oder mit Leuten zu tun bekäme, die so zivilisiert waren wie die Menschen von Irayas, drüben in den Fernen Königreichen.

Die Landschaft wurde flacher, die Temperaturen heißer, die Quellen seltener, und nach zwei Wochen befanden wir uns im Herzen des Ödlandes, nachdem wir am Vorgebirge der Zitronenküste, das »Der Kopf der Alten Dame« genannt wird, gen Norden abgebogen waren. Bis dahin hatte ich keinerlei Spuren auf die Erfüllung meines sehnlichsten Händlertraumes gefunden, einer bisher unentdeckten Stadt voll wundersamer Güter, die wir Orissaner noch nicht kannten.

Statt dessen erwartete uns ein Hinterhalt. Die Adigrat wußten genau, was sie taten. Sie griffen am späten Nachmittag an, als wir eben eine grüne Oase entdeckten, die uns wunderbar als Lager gedient hätte. Sie kamen von beiden Seiten, ritten erst aus der sinkenden Sonne heraus, dann, als wir gen Osten ausscherten, schickten sie ihr Fußvolk aus den Gräben hervor.

Pfeile schwirrten, Männer schrien und starben, Pferde wieherten, und ein geschickt geschleuderter Stein warf mich aus dem Sattel. An mehr kann ich mich nicht erinnern.

Gefesselt wie Federvieh kam ich zu mir, an einem knisternden Feuer. Mich amüsiert, wenn ich in manchen Romanen lese, wie der Held einen Knüppel über den Kopf bekommt und munter und fröhlich erwacht, bereit, Scherze oder Schwerthiebe mit dem Bösewicht zu tauschen. Eine Stunde lang habe ich mich nur übergeben und zwei Lagerfeuer und zwei Räuberbanden gesehen, die vor meinen Augen verschwammen, bis die Lage langsam, zögerlich normaler wurde.

Der Anführer dieser Bande heißt Dangom und ist sowohl Häuptling als auch Oberster Zauberer der Adigrat. Er spricht – wenn auch nur schlecht – die Händlersprache, derer man sich in der Gegend um Jeypur bedient. Ich bat darum, meine Fesseln zu lösen, damit ich den Zauber der Zungen sagen konnte. Er lachte.

»Ihr meint, Dangom dumm? Ihr also Zauberer, ja? Ich mach Euch frei … Ihr sprecht Zauber … dann wir Eure Gefangenen. Dann eßt Ihr *uns,* eh, anstatt wie es sein soll? Nein, nein. Das wird nicht geschehen.«

Es war der erste Hinweis auf die Eßgewohnheiten der Adigrat. Ich antwortete, nein, natürlich nicht, ich wolle doch nur die Umstände erleichtern, doch er weigerte sich. Tatsächlich dauerte es einige Tage, bis ich den Zauber wiederholen konnte, den Gamelan an Rali weitergereicht hatte, und dann beherrschte ich ihre Sprache. Allerdings will ich unsere Gespräche nicht weiter in jenem Gestammel niederschreiben, das gesprochen wurde.

Noch zwei weitere aus meiner Karawane wurden gefangen, und man sagte, sie würden mir am Festtag voranschreiten, doch die Ehre … »sehr große Ehre, größte von allen«, werde allein mein sein.

Ich sagte ihnen, ich sei unwürdig, doch Dangom wollte davon nichts hören. Ihre Späher hatten jede Karawane beobachtet, die Jeypur verließ, und nur auf den Richtigen gewartet, einen reichen Mann, einen Edelmann, einen, der in seinem Heimatland ein Lord war. Sie hatten gewußt, daß ich der Richtige für sie war, als sie aus der Ferne mein rotes Haar sahen, und ich schwor, ich würde mir den Kopf rasieren, bevor ich mich ein weiteres Mal in die Wildnis wagte.

Am nächsten Tag zogen wir nordwärts, tiefer ins Ödland, begleitet von Frauen, Kindern und Schafen, die in der Oase versteckt worden waren, bevor man den Hinterhalt einrichtete. In meinem Rücken prasselten mächtige Feuer … die Adigrat hatten von meinen Handelswaren nichts genommen, sondern sie auf einen Haufen geworfen und in Brand gesteckt. Ich zuckte zusammen, als ich sah, wie man Juwelen und Goldmünzen in die Flammen warf, und zwang mich, mir die Sterne einzuprägen, die ich in der Nacht zuvor gesehen hatte, damit ich mit Hilfe eines geschickten Navigators an diesen Ort zurückkehren konnte, vorausgesetzt, daß ich das alles überlebte.

Je weiter wir reisten, desto mehr erfuhr ich über die Adigrat. Sie waren Nomaden und hatten – bis auf ihre Zelte – keine Heimat, abgesehen vom Großen Versammlungsort von Nurri, unserem Ziel, an welchem sie einmal im Jahr mit anderen Zweigen ihres Stammes zusammenkamen, um zu feiern und ihrem Gott Keos zu opfern. Ich fragte, wie er aussähe, und bekam zur Antwort, niemand wisse es, er sei unsichtbar und überall um uns, doch gelegentlich lasse er sich auf einer mächtigen, schwarzen Stele mitten in der Wüste nieder, wo sie ihm inbrünstig huldigten.

»Ihr werdet eine passende Gabe für einen derart großen Gott sein«, erklärte mir einer von Dangoms Männern, ein Krieger namens Pemba. Mich interessierte eher, was geschehen sollte, bevor man mir die Ehre zuteil werden ließ, und fragte, was sonst bei dieser Großen Versammlung vor sich ginge. Laut vermutete ich den Austausch von Neuigkeiten, Handel, und man schlug mir offen ins Gesicht.

»Wir sind Krieger«, knurrte er. »Keine Städter. Wir treiben keinen Handel, dürfen es nicht, damit sich Keos nicht gegen uns wendet. Solltet Ihr je andeuten, daß wir so etwas täten, so schlage ich Euch blutig, auch wenn Dangom mich dafür bestraft.«

Ich bat um Vergebung und sagte, ich hätte ihn nicht beleidigen wollen, doch sei ich nur ein unwissender Fremdling und wolle soviel wie möglich über die Adigrat erfahren, da ich doch immerhin der Mittelpunkt ihrer Zeremonie werden solle. Wie, so fragte ich vorsichtig, bekam jemand etwas, das er wollte? Vielleicht besäßen sie große Zauberkraft und Dangom könne Dinge vervielfältigen?

Pemba betrachtete mich eingehend, um sicherzustellen,

daß ich nicht scherzte, dann sagte er: »Kein Zauberer hat solche Macht, Fremder. Nein. Entweder wir nehmen uns, was wir brauchen, Frauen, Schafe, Speere, oder man gibt sie uns als Geschenk.«

Doch gab es denn nicht Dinge, die der Stamm wollte und die andere besaßen, Dinge, die nicht verschenkt würden und auch nicht mit Gewalt zu nehmen seien? Was zum Beispiel, wollte Pemba wissen. Ich nannte Gewürze, Branntwein, feine Kleider. Er sagte, solche Dinge hätten sie nicht und bräuchten sie nicht. Ihre Kleidung stamme von den Schafen, wie auch ihr Fleisch. Waffen und Pferde nähmen sie von ihren Feinden. Alles andere sei verboten, und wenn es sie danach gelüstete, werde sich Keos von ihnen abwenden.

Während wir an jenem Tag weiterzogen, und auch an den folgenden Tagen, entwickelte ich einen vorläufigen Plan. Wenn ich vielleicht allzu edelmütig klang, mochten sie sich erweichen lassen und beschließen, daß ich zu gut sei, um bei der Opferung als bloße Speise zu dienen. Es war nur eine schwache Hoffnung, doch begann ich, von meinen Ländereien zu erzählen, meinen Herden, den Kriegern, die mir folgten, den Schiffen, die mein eigen waren, und ja, da diese Männer die Vielehe übten, auch von meinen zahlreichen Frauen. Verzeih mir, Omerye, doch es schien mir unumgänglich.

Eines Abends wurde der erste meiner Männer getötet. Die Todesart war gnädig: Man reichte ihm einen Wasserschlauch, und als er zum Trinken den Kopf hob, zuckte ein Messer über seine Kehle, und blutspritzend ging er zu Boden. Doch was dann folgte, war nicht gnädig: Der arme Kameltreiber wurde an einen Dreifuß von Pfählen gehängt, ausgeweidet und geschlachtet wie ein Mutterschaf. Ich zwang mich, hinzusehen. Alles, was ich in Erfahrung brachte, mochte helfen, mir das Leben zu retten. Es tut mir leid, wenn ich allzu genau werden sollte, doch was geschah, mag wichtig werden, und so schreibe ich es nieder, sowohl um es in meine Erinnerung zu brennen, als auch um in Dir Abscheu zu erwecken, meine Liebe.

Ein großer Topf wurde zum Kochen gebracht, und seine Innereien würden hineingeworfen, dazu eine Handvoll Salz. Nach dem Kochen wurden die Innereien weggeworfen, bis auf Herz und Leber, die man auf Pfählen röstete und Dangom und seinen Unterhäuptlingen reichte. Die Innereien gaben dem Eintopf seine Würze, der arme, zerteilte Mann wurde hineingeworfen, gekocht und dann, nach Gebeten und Gesängen, serviert. Dieses Fleisch verleiht den Adigrat angeblich große Macht über ihre Feinde und wird natürlich nicht nur aus Gründen der Ernährung verzehrt.

Das alles war vor nicht einmal zwei Stunden, und noch immer ist mir übel und ich kann nicht schlafen. Ich bin zu dem Schluß gekommen, daß ich nicht zulassen darf, so zu sterben.

Dieses schreibe ich drei Tage später, während wir uns Nurri nähern. Gestern abend wurde der zweite meiner Männer getötet und verspeist wie schon sein Kamerad. Wiederum zwang ich mich hinzusehen, und hatte dabei eine Idee. Ich bedachte sie während der Nacht ausgiebig, und am nächsten Morgen hatte ich einen vorläufigen Plan bereit.

Dangom kam während der Mittagsrast zu mir und sagte, er wolle mir die Ehre zuteil werden lassen, bei mir zu essen. Eilig will ich hinzufügen, daß es Käse von Schafsmilch, Milch und Fladenbrot gab, nicht mehr. Ich sagte, er könne tun, wie es ihm beliebe, doch sei es mir keineswegs eine Ehre.

Finster sah er mich an, und Pemba, der neben ihm stand, wollte schon sein Schwert zücken. Dangom fragte, warum ich so dächte, da er und ich doch in den letzten Tag stets denselben Flecken Sand geteilt hatten. Was war geschehen?

»Ich habe gesehen, wie Ihr meinen Diener beschämt habt.«

»Wann? Als wir ihn Keos opferten? Aber das ist bei uns so

Sitte. Ihr habt es schon einmal gesehen. Wie könnt Ihr es wagen, unsere Sitten zu kritisieren?« Pembas Schwert war nun gezogen.

Ich zuckte die Schultern, obwohl ich unter meiner Tunika schwitzte, und überlegte, ob mich ein falsches Wort zwar zu einem unwerten Opfer für Keos machen würde ... aber wert genug für Pembas Klinge ...

»Wenn mein Volk opfert, bedenkt es die Sitten desjenigen, den es den Göttern gibt«, log ich, denn er mußte nicht wissen, daß in Orissa nur Verbrecher den Gang zu Te-Date antreten, und auch das nur selten, beim Kuß der Steine.

»Was?« herrschte mich Dangom an. »Ihr erwartet, daß ein Opfer freiwillig geht?«

»Nicht notwendigerweise, obwohl sich unsere Götter eher geehrt fühlen, wenn das der Fall ist. Wenigstens aber versuchen wir dafür zu sorgen, daß – wenn wir den Göttern Fremde übereignen – man deren Bräuchen folgt.«

»Wollt Ihr damit sagen, daß auch Ihr Orissaner Menschenfleisch verzehrt?«

»Nein, seit Generationen nicht mehr. Doch als wir es taten, hatten unsere Opfer das Recht, ihre Todesart selbst zu wählen ... und auch den Opfergang«, hob ich hervor.

»Ich verstehe nicht.«

»Findet Ihr nicht, daß ein Mensch mehr sein sollte als ein Schaf?«

»Natürlich.«

»Wie könnt Ihr ihn dann kochen, als stünde er auf vier Beinen und Ihr hättet ihn eben erst um seiner Wolle willen geschoren, ohne seinen Geist zu ehren?«

Angestrengt dachte Dangom nach.

»Ich verstehe«, sagte er widerwillig. »Da habt Ihr recht, Amalric Antero.«

»Ihr versteht, warum ich mich durch Eure Gegenwart nicht

eben geehrt fühle. Bin ich nicht der größte Mann, den Ihr je gefangen habt?«

»Ich kann Euch versichern, daß Ihr es seid, und nicht nur nach Euren Geschichten zu urteilen, denn alle Menschen prahlen gern, sondern nach der Art und Weise, wie Ihr Euch betragt, und der Art und Weise, wie Ihr unsere Sprache so schnell erlernt habt«, sagte Dangom.

»Also«, sagte ich, »wenn Ihr einen armen Kameltreiber beschämt, wie Ihr es getan habt, um wie vieles mehr werdet Ihr mich durch diese Art des Opfers beschämen?«

Dangom machte ein finsteres Gesicht, dann stand er auf.

»Ich muß darüber nachdenken«, sagte er, ließ seine Mahlzeit unangetastet stehen und stapfte grußlos in die Wüste hinaus.

Am nächsten Morgen trat mich Pemba schon im Morgengrauen wach und brachte mich vor den Zauberer.

Dieser hatte Zeichen in den Sand gemalt und murmelte vor sich hin. Gelegentlich berührte er sie mit einer Rute, die aus einer Art Baumwedel gefertigt schien.

»Amalric Antero«, sagte er. »Ich habe lange über Eure Worte nachgedacht und beschlossen, unser Schicksal in Keos' Hand zu geben, um zu erfahren, was wir tun sollen. Keos wird antworten. Seht, wie diese Zeichen sich verändern. Wenn ich fertig bin, werde ich sie lesen und entscheiden, was zu tun ist.«

Er begann zu singen, tanzte vor den Zeichen auf und ab. Ich spürte einen Windhauch um mich, obwohl es den ganzen Morgen über still gewesen war.

Ich weiß, Du und Rali, ihr behauptet, ich hätte etwas von der Gabe in mir, was ich strikt von mir weise, und wir haben oft darum gestritten. Doch in diesem Augenblick wünschte ich, Ihr hättet recht, und ich versuchte, mich einiger Zaubersprüche zu erinnern, die ich gelernt hatte. Nichts geschah, und so erfand ich selbst etwas. Ich kniete hinter Dangom nieder, nahm etwas Sand in meine Hand, ließ ihn mir durch die Finger rinnen. Ich flüsterte leise, damit mich keiner hören konnte:

Da ist nichts
Sand wird zu Sand
Wind wird sterben
Götter wenden sich ab
Sand bleibt Sand
Götter bleiben Götter
Unsichtbar
Ungehört

Der Wind erstarb. Janos Greycloak hätte leise gelacht, da er nicht an Götter glaubte, und auch ich bin mir ihrer Existenz nicht sicher. Wenn nichts geschieht, ist das kaum ein Beweis für magisches Talent. Dangom sang und sang, lauter und immer lauter, doch die Zeichen im Sand blieben unverändert.

Plötzlich brach Dangom seinen Singsang ab und wandte sich mir zu. Er wirkte besorgt.

»Keos will nicht antworten«, sagte er.

»Vielleicht bedeutet es, daß er Euch für einen großen Zauberer hält, der seine Entscheidungen auch ohne fremde Hilfe treffen kann.«

»Ah! Das könnte wahr sein.«

Er half mir auf die Beine, und wir kehrten zum Lager zurück. Die Kolonne war bereit weiterzumarschieren.

»Wenn Ihr an meiner Stelle wäret, was würdet Ihr dann tun? Nur macht keine Scherze und sagt, ich solle Euch freilassen.«

»Was ich tun würde? Ich würde nach meinen Wünschen fragen, sie – sofern sie nicht absurd sind – erfüllen und mir damit wahre Ehre machen, wenn ich einst vor Keos trete.«

»Das war gut gesagt. Fahrt fort.«

Ich erklärte ihm, was ich mir wünschte, und er wurde puterrot vor Wut und Schrecken. Einmal schrie er, ich solle ruhig sein, und ich fügte mich. Dann schmollte er einige Zeit und murmelte schließlich, ich solle fortfahren. Als ich das Gold ansprach, bebte er, als hätte ich seinem Gott gelästert, sagte jedoch nichts. Als ich fertig war, atmete er schwer.

»Was Ihr von mir verlangt, ist grauenvoll.«

»Die Ehre der Götter verlangt immer wieder grauenvolle Dinge. Je größer der Gott, desto grauenvoller die Pflicht. In meiner Stadt haben wir sogar einen Gott, der nur von jenen verehrt werden darf, die es über sich gebracht haben, ihre gesamte Familie zu töten, bevor sie zu ihm kommen dürfen.« Ich beobachtete ihn genau, als ich das sagte, doch er nickte nur.

»Von dieser Sitte habe ich gehört«, sagte der Mann, und in mir wuchs der Respekt vor einem noch größeren Lügner, als ich selbst einer war.

»Also gut. Wenn wir Euch ehren müssen, dann werden wir Euch eben ehren.« Er rief seinen Kriegern zu, sie sollten sich um ihn versammeln, und erklärte den Frauen, wir würden an diesem Tag nicht mehr weiterziehen. Statt dessen seien verschiedene Aufgaben zu erfüllen. Kaum eine Stunde später ritten Männer gen Süden. Der Fisch hatte nach meinem Köder geschnappt, und die Ehre Dangoms und die seines Gottes Keos waren gerettet, indem man der meinen entsprach.

Widerstrebend willigte er ein, diesen Brief bei jemandem zu hinterlegen, der dafür sorgt, daß er »in die richtigen Hände« fällt, und so wird deutlich, daß die Nomaden von der Zivilisation nicht gänzlich unbeleckt sind.

Wir werden sehen ... nur fürchte ich den Kochtopf nicht mehr so sehr wie zuvor. Sobald ich kann, werde ich den nächsten Brief an Dich senden.

Ich liebe Dich und wünschte, ich wäre bei Dir.

Amalric

Meine liebste Omerye,
zwei Wochen sind vergangen, seit ich meinen ersten Brief an dich geschickt habe, und nun sind wir in Nurri, am Großen Versammlungsort der Adigrat-Nation, wenn man ein gutes Dutzend wandernder Stämme denn so nennen kann.

Meine Falle ist bereit.

Ich weiß, daß die Art und Weise, wie sie aufgestellt ist, schon jetzt ihre Wirkung auf Dangoms Volk zeigt. Man gibt sich nicht mehr so stolz wie zuvor, und immer wieder brandet Streit auf, nicht nur unter Kriegern, sondern auch zwischen Mann und Frau. Ein weiterer Beweis war, daß ich ein goldenes Medaillon um den Hals einer Frau hängen sah, die noch keinen solchen Schmuck getragen hatte, bevor Dangoms Reiter auf meinen Wunsch hin gen Süden gezogen waren.

Morgen werde ich die Geschichte erzählen, so hoffe ich. Solltest du noch mehr in diesem Sendbrief finden, dann habe ich überlebt.

Wenn nicht, bin ich mit meinem letzten Gedanken an Dich, meine Liebste, und all die glücklichen Zeiten, die wir hatten, zum Dunklen Sucher gegangen.

Die Lage hat sich verändert.

Ich bin keine Mahlzeit mehr.

Nun allerdings bin ich ein Sklave, doch solltest Du diesen Umstand als erheblichen Fortschritt betrachten.

Fast drei Wochen sind vergangen, seit ich Dir zuletzt schreiben konnte, und so lange hat es auch gedauert, bis ich von meinem Herrn Erlaubnis bekam, Worte auf Papier zu kritzeln. Er kann sie ebenso wenig lesen, wie Dangom es konnte, doch scheint er von meinem Wissen beeindruckt. Zurück aber zu dem, was im Lager von Nurri geschah.

Jeder Stamm bringt sein eigenes Fleischopfer für das Fest, doch war ich das größte von allen, und Dangom wurde allgemein beneidet.

Die Stämme versammelten sich um die Stele, und nach einigen Gebeten brachte man mich vor die Menge und entkleidete mich. Mein rotes Haar rief Schreie der Verwunderung hervor, und ich hörte Stammesbrüder rufen, daß ihnen dieser Tag große Ehre vor Keos bringen werde.

Dann wurden die restlichen Dinge gebracht, die für meine Opferung nötig waren, und das war genau der Zeitpunkt, an dem meine Falle zuschnappen sollte. Ich schwitzte schrecklich und war fast sicher, daß mein kleiner Plan nicht funktionieren würde.

Hinter mir standen ein gewöhnlicher Kochtopf, eine messingbeschlagene Holzkiste, der Schlachtblock und ein Feuer, das eben im Entstehen begriffen war.

Pemba sollte die Ehre zuteil werden, mich zu töten, und Dangam wollte das Kochen übernehmen. Meinem Wunsch entsprechend wurde die Kiste geöffnet, alle Gegenstände wurden herausgenommen und mir für meine »Segnung« gegeben. Tatsächlich hielt ich sie hoch, um sicherzustellen, daß alle Stammesbrüder die Gegenstände erkannten und beim Namen nannten. Der erste ging kommentarlos vorüber, doch beim zweiten hörte ich ein Murmeln, und als ich dann den dritten und vierten anhob, waren wütende Schreie aus der Versammlung zu hören.

Genau das war meine Absicht gewesen. Dangom fuhr herum und wirkte besorgt, als vier weitere Häuptlinge herangelaufen kamen, die Schwerter in Händen.

»Was hat das zu bedeuten?« wollte der mit dem längsten Bart und dem längsten Schwert wissen.

»Mein Opfer hat gefordert, ehrenvoll behandelt zu werden«, sagte Dangom. »Es ist sein Werk.«

»Du hast dich versündigt, Dangom!« platzte ein weiterer Häuptling mit einem Blick auf die Kiste heraus. »Du bist in den Städten gewesen!«

»Nur in einem Außenbezirk, und es war kaum mehr als ein Dorf. Was sollte ich denn tun?«

An diesem Punkt wurde das Geschrei lauter, und weitere Stammesbrüder traten vor, um ihre Ansichten zu äußern, während Dangom sich zu erklären versuchte.

Was ich verlangt hatte, war ganz einfach. Wenn ich in Ehren getötet und verspeist werden sollte, dann beanspruchte ich das Recht, genau zu sagen, wie es vor sich zu gehen hatte.

Ich hatte Dangom erklärt, man solle mich würzen und dann in verschiedenen Saucen grillen. Kurz gesagt, solle man mich zubereiten wie eines der Festtagsgerichte meiner Heimat.

Er wußte nicht, was »würzen« hieß, also erklärte ich es ihm. Ich erzählte ihm von wilden Zwiebeln und Knoblauch, die er in jeder Oase finden und womit er mich fester an Keos binden könne. Doch wären noch weitere Gewürze nötig, die nur auf dem Markt zu bekommen seien.

Für diese bräuchte er Gold, welches die Adigrat verschmähten. Als die Reiter nun gen Süden ritten, mußten sie die Asche meiner Waren nach Münzen und Edelsteinen durchwühlen. Dann ritten sie weiter und fanden ein Dorf.

Sie kehrten mit allem zurück, was sie bringen sollten ... eben jenen Gegenständen in der Kiste. Es waren Tomaten, Kohlköpfe, Bohnen, von einem Konservierungszauber frisch gehalten, dazu die Grundsubstanzen verschiedener Saucen, von Fischöl und Peperoni über Ingwer und gegorene Bohnen bis hin zu Paprika und Essig, allesamt dazu gedacht, mich vor dem Verzehr darin einzulegen. Außerdem war es nötig gewesen, einige besonders scharfe Filetiermesser zu erwerben.

Doch war es offensichtlich, daß die Reiter noch weitere Verwendung für mein Gold gefunden hatten, was mir bereits aufgefallen war, als ich Schmuck um den Hals einer der Adigratfrauen sah. Ich hatte tatsächlich die Sünden der Großstadt über sie gebracht.

Sie wußten es selbst. Ich mochte Dangom überredet haben, und seine Männer folgten ihm willig, doch in ihren Herzen wußten sie, daß sie sich versündigten.

Nun, als ihre Kameraden sie wütend schmähten, wurde sich der ganze Stamm der Schande bewußt, und Männer weinten, heulten und rauften sich die Haare.

Noch immer protestierte Dangom mit lauter Stimme.

Plötzlich schrie er, riß die Arme hoch, und Blut spritzte. Er taumelte nach vorn und fiel, und der Stammesbruder, der ihm das Messer in den Rücken getrieben hatte, nahm sein Schwert an sich.

Der Langbärtige bekundete seine Anerkennung, und der Mörder kam in meine Richtung. Doch war ich bereit.

»Halt!« bellte ich. »Wie könnt Ihr es wagen, Keos zu beschämen?«

Das hielt den Mann mit dem Schwert auf, und auch der Ältere glotzte mich an.

»Dangom hat mich als Opfer erwählt, und nun verweigert Ihr Keos das Geschenk meines Lebens?«

Darauf folgte einiges Geschrei. »Du Heide«, rief der bärtige Alte, »wie kannst du es wagen, uns zu sagen, was unsere Götter wünschen? Du bist es, der Schande über die Adigrat gebracht hat, und für diese Sünde mußt du mit dem Leben zahlen.«

»Warum? Weil ich – wie ein Ehrenmann – darauf bestanden habe, auf angemessene Weise getötet zu werden? Wie kann das eine Sünde sein?«

»Weil du uns gezwungen hast, Verbotenes zu tun, und nun wird sich Keos wohl von uns abwenden.«

»Das weiß ich nicht«, gab ich zurück. »Nur weiß ich, daß

er Euch strafen wird, wenn Ihr mich, seinen Auserwählten, tötet.«

Damit begann der Streit. Er wütete lange, und während ich wartete, ob ich nun leben sollte oder nicht, schlenderte ich zu der Kiste hinüber, salzte eine der Tomaten und begann, diese zu essen. Ich mochte nur wenige Augenblicke vom Tod entfernt sein, doch wollte ich nicht mit nur Hammelfleisch, Käse und ungesäuertem Brot im Magen zum Dunklen Sucher gehen.

Ich ließ mich unweit von Dangoms Leiche nieder und versuchte zuzuhören, doch gab ich gelangweilt auf. Diese Barbaren bewegten sich mit ihrem banalen Streit im Kreise, ganz wie ich es von orissanischen Priestern aus meiner Kindheit kannte, wenn auch ohne deren Scharfsinn und Bildung.

Schließlich schien der Alte, den man Hasa nannte, einen Entschluß zu fassen. Mißtrauisch sah er mich an, rief die anderen alten Männer zusammen, und sie flüsterten untereinander. Das bereitete mir Sorgen. Dann wurde die geheime Sitzung abgebrochen, und Hasa schlenderte zu mir herüber.

»Wir haben eine Entscheidung gefällt.«

Ich erhob mich.

»Du hattest recht«, sagte Hasa. »Keos hält seine schützende Hand über dich, und auch aus anderen Gründen können wir dich nicht töten. Dein Verhalten hat uns nicht nur Schande gemacht, sondern dich darüber hinaus entweiht, so daß du nicht länger für das Große Mahl der Götter in Frage kommst.«

»So bleibt Euch also nur, mich freizulassen«, vermutete ich.

»Nein«, sagte Hasa. »Hältst du uns für noch größere Narren als diesen toten Hund Dangom?« Er spuckte auf die Leiche. »Nein. Du hast uns dazu verführt, Gold anzurühren, und das soll nun dein Schicksal sein.«

Ein Schauer lief mir über den Rücken, als mir die Geschichte von jenem reichen Kaufmann einfiel, dessen Münzen von Eingeborenen geschmolzen und ihm als letzter Trunk gereicht worden waren.

»Wir werden dich nicht töten, uns nicht von deinem Blut noch mehr beflecken lassen. Wir werden dich *verkaufen*«, und Hasas Lippen kräuselten sich, als er das ungewohnte Wort benutzte. »Du sollst den Tag verfluchen, an dem dir nicht gestattet war, Keos in freudiger Umarmung zu empfangen!

Wir haben viel von unserer Ehre eingebüßt und dürfen nicht noch mehr verlieren. Daher müssen wir uns deiner entledigen, bevor deine honigsüßen Worte uns zu noch größeren Sünden verleiten!«

Noch am selben Tag wurde ich auf ein schnelles Pferd gebunden, und vier Reiter brachten mich weit in die Wüste hinein, drei Tage in Richtung Nordnordost, wie ich vermutete.

Eine braune, trockene Bergkette erhob sich aus dem Wüstennebel, und wir ritten, bis wir an deren Vorgebirge kamen.

Zwischen den Ruinen eines Dorfes machten wir halt.

»Hier wohnten einmal Leute«, sagte der Anführer des Trupps. »Sie sind den Bergmenschen zu nah gekommen und mußten sterben.

Nun werden wir ihnen gestatten, auch dich zu bekommen.«

Ich fragte, wer diese Bergmenschen seien, als mich die Adigrat vom Pferd zerrten und fest an eine geborstene Säule fesselten, doch bekam ich keine Antwort. Meine Arme ließ man frei, doch die Stricke um Beine und Leib waren so geschickt gebunden, daß ich mich nicht weit genug bücken konnte, um heranzureichen.

Einen Laib Brot und einen Schlauch mit Wasser ließ man neben mir zurück.

»Wir jenseits des Dorfes warten. Es mag einen Tag dauern oder zwei, doch dein Schicksal ist besiegelt.«

»Was werdet Ihr für mich bekommen?« fragte ich. »Weiteres Gold, das Euch Schande macht?«

Ich war allzu keck gewesen und mußte für meinen Stolz bezahlen ... der Mann spie mir offen ins Gesicht.

»Wir werden guten, harten Stahl bekommen, Speerspitzen, Klingen, aus denen wir Schwerter und Dolche fertigen, und noch mehr Dinge in der Art, du Hund.«

Ich wischte mir übers Gesicht.

»Wißt Ihr, was die Bergmenschen mit denen machen, die man ihnen ... mh ... verkauft?«

»Ich weiß es nicht. Aber ich hoffe, es ist etwas so Grausames, daß du tagelang schreist und mit Freuden daran denkst, wie du dich versündigt hast und nicht von Keos gesegnet wurdest.«

Sie ritten davon, und ich versuchte, mich aus den Seilen zu winden, wenn auch ohne Erfolg. In der Abenddämmerung trank ich etwas Wasser und biß nur zweimal von dem Brot ab, denn ich war entschlossen, es mir so gut wie möglich einzuteilen. Ich muß wohl eingedämmert sein, denn ruckartig schreckte ich auf, als ich Sandalen auf den Felsen knirschen hörte. Ich sah Gestalten in der Dunkelheit aufragen und roch den Gestank ungewaschener Leiber.

Kehliges Knurren ertönte, und ich hörte ein Rasseln, als hätte jemand in der Nähe einige Metallstücke fallen lassen. Etwas Mächtiges kam zu mir, und ich hob die Hände, bereit, um mein Leben zu kämpfen.

Die Gestalt trat hinter mich, und ich hörte das Flüstern eines Messers, das aus seiner Scheide kam, dann waren meine Fesseln fort, und ich taumelte und fiel.

Bevor ich aufstehen konnte, hob die Gestalt mich an, warf mich über seine Schulter und lief davon, in die Finsternis, in die Berge, seine Kumpane ihm auf den Fersen.

Ich war in Händen der Bergmenschen.

Riesen.

Wie Du weißt, bin ich schon früher Riesen begegnet, als Janos Greycloak und ich die Fernen Königreiche suchten, und der eine, den ich dort gesehen hatte, war eine äußerst primitive, dumme und friedliche Kreatur gewesen, die mit Zuckerwerk und Kindertand leicht zu betören war.

Diese Riesen waren etwas zivilisierter und klüger, wie ich glaube.

Wie ich schon sagte, bin ich nun ein Sklave, Eigentum eines Riesen namens Lombok, seines Bruders Morea und deren gemeinsamer Frau Jehoi. Lombok ist in gewisser Weise der Häuptling dieser Kreaturen, aber noch weiß ich nicht, ob er nun Häuptling oder nur ein Unterführer ist.

Die Riesen leben hoch oben in diesen kahlen Bergen, in Höhlen, die in den Stein gehauen sind und ihnen schon seit Tausenden von Jahren gehören. Erneut hat der Zauber der Zungen seinen Wert bewiesen, denn schon nach einem Tag konnte ich ihn aufsagen und mich dann problemlos mit diesen hünenhaften Wesen auseinandersetzen.

Ihr ganzer Stolz ist es, in den Minen zu arbeiten, die tief unter ihren Höhlen gegraben sind, dann das Erz zu Metall zu schmelzen und Waffen daraus zu schmieden. Mit diesen Waffen treiben sie Handel, meist mit den Völkern im Osten und Westen, indem sie sich derselben verschwiegenen Methoden bedienen, die sie bei mir anwandten. Sie fürchten und verabscheuen Menschen von normaler Größe und wollen sie nur um sich haben, wenn sie ihre Sklaven sind.

In den Bergen gibt es überraschend viel Wild, und dieses wird gekocht oder gepökelt, doch das Hauptnahrungsmittel ist die Gerste, die sie auf Feldern anbauen, welche mühevoll terrassenförmig entlang der Hügel angelegt wurden. Die Gerste wird gekocht, gesalzen, gezuckert und sonstwie gewürzt. Die Landwirtschaft ist der Grund für die Sklaven, denn diese Riesen haben eine seltsame Angewohnheit:

Sie fürchten den Tag und sind Nachtwesen. Wir Sklaven werden also hinaus auf die Felder getrieben, und Posten bewachen sie mit Speeren, nicht um unsere Flucht zu verhindern, sondern um uns zu schützen. Wovor, so fragte ich, und wurde für diese Frage geschlagen und belehrt: vor dem, was im Himmel lebt. Dann befahl man mir, nie mehr davon zu sprechen, damit meine Worte sie nicht zu uns herablockten.

Ihre dritte große Sorge gilt der Magie und Zauberern, und nach ihren entsetzten Blicken, als ich das bloße Wort erwähnte, war ich klug genug, nicht zu fragen, woher diese Furcht denn rühre.

Ich war nun Teil des »Brauches«, den es schon gab, seit die Götter uns erschaffen hatten, und der bleiben würde, bis die Sonne nicht mehr schiene, so erklärte mir einer der anderen Arbeiter.

Ich vermute, daß die Länder westlich und östlich dieser Berge arm sind, denn bei den anderen Sklaven handelt es sich um einen eher schmutzigen Haufen.

Ich empfinde es als Ironie des Schicksals, nun Sklave zu sein, da ich der Mann war, der den Erdrutsch in Bewegung setzte, die Sklaven von Orissa zu befreien. Vielleicht straft mich Te-Date, weil ich einige Zeit brauchte, mir des schrecklichen Vergehens bewußt zu werden, einen Mann in Fesseln zu legen, und als junger Mann selbst Sklaven hielt.

Doch bin ich besser dran als vorher, nicht nur, weil ich nicht mehr auf der Speisekarte stehe, sondern weil uns diese Riesen mit einer gewissen groben Freundlichkeit begegnen. Zweimal täglich essen wir Gerste und Gemüse, das wir auf unseren Äckern finden. Nur Fleisch ist uns verboten.

Man sagte mir, die einzigen Regeln bestünden darin, hart zu arbeiten und alle Befehle zu befolgen, dann werde man mir zu essen geben und beizeiten – wenn ich besonders folgsam sei – erlauben, mich mit einer der Sklavinnen zu paaren.

Ich betrachtete die Frauen in den Verschlägen um mich herum, verzog das Gesicht und beschloß, mir keine allzu große Mühe zu geben. Ich werde wissen, daß ich zu lange in Gefangenschaft war, wenn mir diese Schlampen langsam ansehnlich vorkommen.

Sie haben gesehen, wie ich schreibe, was keiner von ihnen beherrscht, und sie sind beeindruckt und haben mir Papierfetzen gegeben, damit ich diesen Brief fortsetzen kann. Ich habe sie gefragt, ob er irgendwie nach außerhalb gebracht werden könne, damit er meine Frau erreicht und sie nicht annehmen muß, daß ich von den Barbaren der Wüste getötet wurde. Sie haben nur geknurrt, mögen die Adigrat offenbar ebensowenig wie ich, doch keiner sagte, es sei oder es sei nicht möglich.

Allerdings habe ich lange darüber nachgedacht, was geschehen ist, als ich Gefangener der Adigrat war. Unter Ausnutzung ihres falschen Ehrgefühls war ich in der Lage, mein Leben zu retten. Wenn die Riesen so fest an den »Brauch« glauben, könnte eine kleine Änderung vielleicht Gutes bewirken. Zumindest für mich.

Wenn ich meine Herren genau beobachte, ließe sich vielleicht ein ähnlicher Ansatz finden.

Ich glaube, die Lage ändert sich zu meinem Vorteil. Mir blieben zwei Möglichkeiten. Hätte ich nur die geringste Möglichkeit zu einer Flucht gesehen, hätte ich mich unter die anderen Sklaven gemischt und wäre ein Gesicht in der Menge geworden. Doch gibt es keine Möglichkeit, es über diese Berge bis in sichere Gefilde zu schaffen. Wenn die Riesen mich nicht wieder einfingen, hätten mich die wilden Tiere schon nach Stunden zerfetzt.

Die andere Möglichkeit bestand darin, wie ein Sahnehäubchen nach oben aufzusteigen. Also entkleidete ich mich trotz der Kälte jeden Abend und wusch mich im Quellwasser, das in einem steinernen Bottich durch meinen Verschlag fließt, dann wusch ich meine Kleider und hängte sie zum Trocknen auf. Ich fertigte einen groben Kamm aus einem Dornenzweig und kämmte mir damit Bart und Kopfhaar.

Mein gepflegtes Äußeres brachte mir drei Angebote von Mitgefangenen ein, von zwei Frauen und einem Mann. Ich dankte ihnen, doch sagte ich, ich könne ihren Wünschen nicht entsprechen, so sehr ich auch wollte, denn ich hätte ein Keuschheitsgelübde abgelegt.

Da ich der neueste Sklave war, hatte mich Lombok ohnehin im Blick, und meine demonstrative Reinlichkeit machte mich nur noch auffälliger. Eben nahm ich meine Hacke vom Stapel der Gerätschaften, als er mich zu sich rief.

Als guter Sklave kniete ich nieder und preßte die Knöchel an meine Stirn.

»Das ist gut so«, sagte er. »Ich sollte dafür sorgen, daß mir all meine Sklaven solchen Respekt zollen. Wo hast du das gelernt?«

»So ist es Sitte unter den Sklaven in meinem Land«, sagte ich.

»Aber du kannst kein Sklave gewesen sein. Ich sehe es an der Pracht deiner Kleider und daran, wie schnell du unsere Sprache erlernt hast.«

»Ich war keiner, doch hatte ich selbst viele.«

Der Riese dröhnte vor Heiterkeit.

»So hat sich das Rad im vollen Kreis gedreht? Nun bist du mein Sklave. Wie gefällt es dir, dem großen Lombok zu gehören, dem Häuptling über alles, was er sieht?«

Ich zuckte die Achseln. Lombok knurrte zornig.

»Du glaubst, es gäbe Mächtigere?«

»Das habe ich nicht gesagt, Lombok«, erwiderte ich vorsichtig. »Ich frage mich nur, warum Ihr Eure Größe nicht besser darstellt.«

»Ich verstehe nicht.«

»Eure Sklaven arbeiten ausschließlich auf dem Feld. Ihr selbst, Eure Frau, Euer Bruder ... Ihr macht den Rest der Arbeit.«

»Natürlich. Das ist der Brauch. Wie sollte es sonst sein?«

»Dort, woher ich komme, gab es Ackersklaven und Haussklaven«, sagte ich.

»Haussklaven? Was waren deren Aufgaben?«

»Alles, was ein Herr nicht tun mag, vom Ausleeren der Nachttöpfe über das Kochen und die Wäsche bis hin zum Hausputz.«

»Hmmpf«, sagte Lombok. »Und was blieb dann für die Herren übrig?«

»Die Herren suchen sich ihre eigenen Aufgaben und können mehr Zeit und Gedanken den Dingen widmen, die sie am meisten interessieren.«

Der Riese dachte nach.

»Wenn ich also einen Haussklaven hätte, könnte ich mehr Zeit in den Minen verbringen?«

»Entweder das, oder Ihr könntet bessere Griffe für die Schwerter erfinden, oder vielleicht überlegen, wie eine neue Waffe aussehen mag.«

»Keine neuen Waffen. Der Brauch legt fest, was gestattet ist.«

»Dann könntet Ihr mehr jagen.«

»Die meisten Aufgaben, die du genannt hast, waren die von Frauen. Haben auch Frauen Haussklaven?«

»Mehr noch als Männer.«

Darüber dachte Lombok nach. »Wenn Jehoi einen Sklaven hätte«, sagte er und dachte laut, »wäre sie glücklicher. Was bedeutet, daß auch ich glücklicher wäre. Hör mal ... hast du einen Namen?«

»Amalric Antero.«

»Zwei Namen, ja? Ich verstehe, warum du so viel von dir hältst. Der Brauch gab uns nur einen. Warum sollte jemand Haussklave werden wollen?«

»Aus vielerlei Gründen, o Häuptling«, sagte ich. »Es ist ihnen gestattet, im Haus zu bleiben, wenn es regnet oder kalt ist. Sie üben verschiedenartige Tätigkeiten aus, so daß ihr Verstand nicht verkümmert, weil sie Tag für Tag dasselbe tun. Für gewöhnlich bekommen sie bessere Kleider als die Ackersklaven, was auch ihren Herren Ehre macht. Sie essen seine Speisereste und nicht das, was man ihnen in den Ställen gibt.

Aber es gibt noch weitere Vergünstigungen. Manchmal bekommen sie Tage für sich allein oder Geschenke von Gold und Silber. Leisten sie große Dienste, läßt man sie frei.«

»Frei? Das darf nicht sein. Hier sind Sklaven, da sind Riesen. Der eine dient dem anderen. Einen anderen Brauch darf es nicht geben. Ihn zu befolgen ist unsere größte Ehre. Jeder, der anders denkt, muß auf der Stelle getötet werden!«

Augenblicklich ließ ich *diese* Idee fallen.

»Verzeiht mir, Lombok. Doch muß ich an meine Arbeit zurück ... alle anderen Arbeiter sind mir weit voraus, und ich werde auf mein Mittagsmahl verzichten müssen, um mit ihnen gleichzuziehen.«

Riesen mögen in gewisser Hinsicht langsam sein, doch sicher nicht in jeder.

»Bist du ein Zauberer, Amalricantero?«

»Das bin ich nicht, o Häuptling. Das verspreche ich.«

»Dann vergiß deine Hacke«, sagte Lombok. »Du bist nun mein erster Haussklave. Geh zu meiner Frau und berichte ihr von meinem Entschluß. Tu, was immer sie von dir verlangt.«

Das war der erste Schritt. Meinen Mitsklaven gefiel es nur wenig, daß ich mich über sie erhoben hatte, doch das dauerte nur zwei Tage, bis Jehoi entschied, ich hätte zuviel Arbeit und sie bräuchte mehr helfende Hände. Ich nannte ihr eine Sklavin namens Cerigo, die etwas klüger als die anderen zu sein schien. Die Sklaven merkten, daß ich die Macht besaß, ihr Schicksal zu verbessern, und so wurde ich zum Liebling im Stall.

Es dauerte nicht lange, bis ich herausfand, daß es noch einen weiteren Grund gab, warum Lombok neue Gesichter um sich haben wollte. Sein Familienleben war ausgesprochen unglücklich.

Jehoi fürchtete Lombok aus Gründen, die ich anfangs nicht ausmachen konnte. Sie fühlte sich sehr zu seinem Bruder hingezogen, doch obwohl sie verheiratet waren, schlief Morea stets allein.

Cerigo kannte einen Teil der Geschichte und fand den Rest schon bald heraus. Jehoi war Lomboks vierte Frau. Die anderen drei waren verstoßen worden, weil sie ihm keinen Erben gebären konnten. Ich fragte, ob das der Grund sei, warum auch Morea mit ihr verheiratet war. Cerigo verneinte und sagte, das sei so Sitte. Doch Morea und sein Bruder mochten einander nicht sonderlich, und daher schlief Morea nie mit seiner Braut, sondern tat sich gelegentlich mit einer Witwe aus einem anderen Stamm zusammen.

Riesen mochten schlicht gestrickt sein, dachte ich, doch ihr Liebesleben war es sicher nicht.

Ich mußte also Lomboks Leben ändern, und ich hatte auch schon eine Idee, wie es zu schaffen wäre ... indem ich nämlich dafür sorgte, daß Jehoi schwanger wurde. Keine Sorge, Omerye, ich hatte nicht vor, es selbst zu tun. Ich glaube nicht einmal, daß es Riesen möglich wäre, sich mit Menschen zu paaren. Ich hoffe es zumindest nicht. Da Moreas Widerwille nicht darauf beruhte, daß er Männer bevorzugte, schien es mir machbar, etwas Romantik zwischen diesen beiden mächtigen Wesen zu erwecken.

Für mich war Jehoi in etwa so unattraktiv wie eine Kreatur nur sein kann, die neun Fuß hoch aufragt, mit Haaren, die strähnig bis zu ihrer Hüfte hängen, mit grober Haut und einem sichtbaren Bart auf der Oberlippe. Ich fragte Cerigo, ob Jehoi in den Augen anderer häßlich sei, und sie schüttelte den Kopf. »Sie sieht aus wie alle Riesen«, sagte sie.

Ich begann meinen Plan damit, daß ich sehr freundlich zu der Riesin war, Blumen in ihre Schlafkammer stellte, stets ein offenes Ohr für sie hatte, wenn sie sich unterhalten wollte, ihre Kleider mit besonderer Sorgfalt im Bach wusch und so weiter. Ich erinnerte mich, wie man eine Süßigkeit herstellte, die ich als Kind geliebt hatte – nicht mehr als mit Zucker bestreuter Brotteig, der dann auf einer Platte gebacken wurde. Als Jehoi wieder einmal backen wollte, suchte ich mir einen flachen Teller, entlieh mir etwas Teig, rollte ihn aus, schnitt ihn in Streifen und streute Zucker und ein Gewürz darüber, das ich in ihrer Speisekammer gefunden hatte und das dem Zimt ganz ähnlich war. Das alles schob ich in den Ofen, bis es braun wurde, und gab es dann Jehoi.

Selten habe ich größere Freude gesehen … sie verschlang es jauchzend wie ein kleines Mädchen. Natürlich erschütterte ihr Jauchzen meine Trommelfelle, doch gab ich mir alle Mühe, nicht zurückzuschrecken.

Stück für Stück wurde ich Jehois Vertrauter und erfuhr all ihre Geheimnisse, von denen ich die meisten natürlich bereits kannte, doch nun fand ich die Einzelheiten heraus. Sie fürchtete Lombok nur, weil er ihr gesagt hatte, er werde sich von ihr scheiden lassen und sie zu ihrem Volk zurückschicken, falls sie ihm nicht innerhalb eines Jahres ein Kind gebären sollte. Davon abgesehen, so sagte sie, liebte sie ihn und wolle für immer bei ihm sein. Außerdem schämte sie sich, weil Morea niemals nachts zu ihr kam.

Ich sagte, vielleicht könne ich ihr helfen, und sie sah mich mit großen Augen an und sagte, ich müsse wohl ein Zauberer sein, wenn ich dazu in der Lage wäre.

Das Problem bestand darin, daß Lombok offenbar nicht fähig war, ein Kind zu zeugen, und Morea nicht bereit, zu helfen. Die Lösung schien mir eindeutig.

Ich wartete drei Tage, bis Lombok erklärte, er gehe auf Handelsreise. Traurig lächelte ich vor mich hin, wünschte, es gäbe diesen gottverdammten Brauch nicht, denn ich hätte den Riesen in die Lehre nehmen können, ihm manche Taktik der städtischen Händler zeigen, seine Situation und seinen Ruf verbessern und ihn dann um die Gunst meiner Freiheit bitten können. Doch das war nicht ehrenhaft, das war nicht der Brauch und durfte somit auch nicht sein.

Ich fragte Cerigo, ob sie ein besonderes Mahl für Morea und Jehoi bereiten könne, ohne eine bestimmte Idee zu haben, wie so etwas aussehen mochte. Cerigo sagte, das könne sie ganz sicher. Ich wünschte, ich hätte Wein beschaffen können, da solcherart Ölung meinen Plan immens gefördert hätte. Doch das war ebensowenig in Sicht wie meine Freiheit.

Jehoi und ich begannen unseren großen Tag, indem wir einen Spaziergang fort von den Höhlen unternahmen, bis wir an eine heiße Quelle kamen, von der mir ein anderer Sklave erzählt hatte. Ich trug ein Bündel mit einem Handtuch, frischen Kleidern für die Frau und noch einigen anderen Dingen bei mir. Ich bat Jehoi, sich zu entkleiden, ins Wasser zu steigen und sich mit dem zu schrubben, was ich ihr reichte.

Sie glotzte mich an. »Riesen schwimmen nicht«, sagte sie.

»Ihr schwimmt auch nicht«, sagte ich. »Ihr badet. Das ist etwas Unumgängliches, und Ihr sagtet doch, Ihr würdet alles tun, um glücklich zu werden, oder?« Sie machte ein besorgtes Gesicht, als würde derjenige, der den Brauch erschaffen hatte, sie gleich mit einem Blitz erschlagen, doch fügte sie sich und schrubbte sich fest mit meinem Geschenk.

Es war nicht mehr als ein Stück Seife, das ich aus Lauge, Antilopenfett und dem Öl zerriebener Bergblüten hergestellt hatte. Ich war dankbar, daß ich als Junge zugesehen hatte, wie unsere Hausdiener Seife machten, und hatte im Laufe der Jahre schon verschiedene angefertigt, so daß ich damit gut vertraut war.

Ich wies Jehoi an, sich zu schrubben, bis sie rosig sei, und sich dann abzutrocknen. Ich reichte ihr ein Fläschchen, das ein weiteres Gebräu aus meiner Herstellung enthielt, und hieß sie, es gut auf ihrer Haut zu verreiben.

Die Riesen verwendeten ein geruchloses Mineralöl, das aus einer Quelle hoch in den Bergen stammte, um damit den Rost von ihren Waffen fernzuhalten, und dieses hatte ich mit jenem nach Zimt duftenden Gewürz und dem natürlichen Öl aus fein zerriebenen Blütenblättern gemischt.

Sie zog ein frisches Kleid an, das ich geschrubbt hatte, bis vom normalen Gestank der Riesen nichts mehr übrig war. Ich schnupperte. Erwartungsgemäß roch Jehoi ganz angenehm, was bewies, was ich vermutet hatte ... der schreckliche Gestank, für den die Riesen bekannt waren, war nur enormer Dreck. Ich sagte ihr, wie wundervoll sie duftete, dann fragte ich, ob ihr gefiele, wie sie roch.

»Ich weiß nicht«, sagte Jehoi. »Es ist so anders. Ich rieche wie ... wie eine Wiese im Frühling.«

»Gut. Nun setzt Euch. Ich will Euer Haar kämmen.«

Das war eine schwere Aufgabe, und es kostete mich drei meiner behelfsmäßigen Bürsten, bis ich die verfitzten Stellen entfernt hatte und ihr das Haar glatt über den Rücken fiel. Ich stutzte die Enden mit einem Messer, dann waren wir fertig.

Auf dem Rückweg blieb ich stehen, pflückte Edelweiß aus einem Felsspalt und sagte, sie solle es sich ins Haar stecken.

Als Morea vom Feld heimkehrte, machte er ein verdutztes Gesicht. Er fragte, woher der seltsame Geruch komme, und Jehoi sagte: »Von mir.« Er runzelte die Stirn, schnupperte noch einmal, dann sah er sie nachdenklich an.

Cerigo und ich servierten ihnen ihr Mahl, dann machten wir uns rar.

Von draußen hörten wir das Dröhnen ihrer Stimmen, dann – hoffentlich – Gelächter. Jehoi hatte ein interessantes Kichern, sofern man etwas, das Türen klappern läßt, als Kichern bezeichnen kann.

Einige Lampen in der Höhle waren schon ausgeblasen. Ich preßte meine Hände aneinander und betete. Dann ging das Licht im Wohnzimmer aus, und in Moreas Schlafkammer wurde eines entzündet. Bald wurde auch dieses ausgeblasen, und eine Weile war alles still.

Dann hörte ich ein Stöhnen, ein Hecheln, und Morea quiekte laut vor Leidenschaft.

Einmal. Ich betete noch dringlicher um mehr, als Cerigo und ich in unsere Verschläge gingen.

Als wir nach Sonnenaufgang unsere Pflichten angehen wollten, rief uns Morea von seiner Schlafkammer aus zu, wir würden für eine Weile nicht gebraucht und könnten wieder in unsere Verschläge gehen. Man wolle allein sein. Meine Gebete waren erhört worden.

So ging es zwei Tage lang.

Am dritten wartete ich vor ihrer Höhle, bis eine benommene, glückliche Jehoi herauskam, um den Donnerbalken aufzusuchen, und ich erklärte ihr, es sei an der Zeit, den Zauber zu erneuern.

Ich hätte mir die Zunge herausschneiden sollen, bevor ich dieses Wort benutzte.

Doch schien sie es nicht zu bemerken und willigte nur allzu gern ein. Noch einmal also wuschen und parfümierten wir sie, und Jehoi kehrte zu ihrem Geliebten zurück.

Etwa einen Tag später kam Lombok heim. Mißtrauisch schnupperte er an seiner Frau herum und wollte eben etwas Kritisches bemerken, doch sah er ihr glückseliges Lächeln und hatte – im Gegensatz zu den meisten Ehemännern – Verstand genug, den Mund zu halten.

Die folgende Nacht hallte von *seiner* Leidenschaft wider. Ich fragte mich – sollte ich meine Freiheit je zurückgewinnen –, ob nicht ein sauberer Handel hinsichtlich Seifen und Parfums mit diesen Riesen möglich sei, denn für fein gearbeitetes Eisen und Stahl gibt es immer einen Markt.

Eine Woche später sammelte ich Holz für unsere Feuerstelle, als Cerigo gelaufen kam.

»Amalricantero!« rief sie. »Du bist ein weiser Mann!«

»Das weiß ich«, sagte ich. »Aber wie bist du darauf gekommen?«

»Jehoi ist schwanger!«

»Wie kann man das wissen? Frauen wissen oft monatelang nicht, warum ihre Blutung ausbleibt.«

»Riesen sind anders, und Jehoi sagt, sie kann es *spüren*. Sie *weiß* es.«

Ich hörte Freudenschreie aus der Höhle und vermutete, daß Lombok und Morea es gleichzeitig erfahren hatten.

Ich hatte diesem Riesen einen großen Gefallen getan, und nun wollte ich ihn im Gegenzug um einen noch größeren bitten.

Lombok rief mich früh am nächsten Morgen aus meinem Verschlag. Ich hatte mir die honigsüßesten Worte bereitgelegt, ihn davon zu überzeugen, daß die Götter – oder wer auch immer – nichts dagegen einzuwenden hätten, wenn der Brauch für einen einzigen Sklaven ein wenig abgewandelt würde.

Ich erwartete, ihn bester Laune vorzufinden. Statt dessen war der Riese trüber Stimmung, und sein Schwert lag nackt auf seinen Knien. Ich wußte, es wird Ärger geben.

»Amalricantero«, sagte er. »Nie habe ich einen Mann gekannt, der mich froh und traurig machen konnte, und ganz sicher keinen wie dich.«

»Ich danke Euch für ersteres, doch was könnte ich getan haben, was Euch unglücklich gemacht hätte?«

»Du hast mir einmal geschworen, daß du kein Zauberer bist.«

»Ich habe die Wahrheit gesagt.«

»Warum dann hast du zu meiner Frau – als du ihr halfst, ein Kind zu empfangen – etwas davon gesagt, daß du einen Zauber sprechen müßtest?«

Allzu spät erinnerte ich mich meiner beiläufigen Bemerkung und verfluchte mich dafür. Ich versuchte, dem Riesen zu erklären, daß es sich um einen Scherz gehandelt habe.

»Nein, nein«, sagte er. »Ich weiß, daß du die Wahrheit sagtest, denn immer wieder habe ich versucht, ein Kind zu zeugen, und hatte den Glauben schon aufgegeben, daß Frauen meinen mächtigen Samen empfangen könnten. Und dann kamst du, und Jehoi wurde schwanger.

Ich bin kein Narr, Amalricantero. Und es macht mich sehr traurig, wenn ich daran denke, was ich tun muß.«

Er nahm sein Schwert und fuhr mit einem Finger über dessen scharfe Kante.

»Der Brauch sagt, daß ich dich erschlagen muß, da du ein Zauberer bist. Nur hast du mir den allergrößten Gefallen getan und dafür gesorgt, daß der Name Lombok über Generationen weitergetragen wird.

Schon immer habe ich meine Schuld beglichen. Ich bin ein Ehrenmann, doch sehe ich keine ehrenhafte Lösung.« Er hielt kurz inne und sah mich an. »Keine ehrenhafte Lösung bis auf eine. Komm mit mir, Amalricantero.«

Er winkte mich zur Tür hinaus und hin zu einem Pfad, der sich bis auf den höchsten Gipfel wand. Ich fragte ihn, was er vorhabe, doch er sagte mir, ich solle schweigen. Während wir höher und immer höher stiegen, wandte ich mich um und sah Jehoi und Cerigo, die dort zu mir aufblickten. Ich winkte ihnen zum Abschied, in der Hoffnung, daß meine Sentimentalität den Riesen dazu überreden könne, von dem blutigen Schicksal abzusehen, das er für mich im Auge haben mochte.

Der Pfad endete auf einem Plateau, nicht weit unterhalb des Gipfels.

»Nun höre dein Schicksal, Amalricantero. Ich dachte daran, wie man dich an einem unserer Handelsorte zurückgelassen hat, so wie wir all unsere Sklaven bekommen, da fiel mir dieser alte Ort ein. Hier strafen wir Hexen und andere, die das Übel der Magie ausüben. Jene, die im Himmel leben, wissen davon und werden zu dir kommen.

Ich befehle dir, hierzubleiben. Ich steige wieder den Berg hinab. Ich werde warten, im Verborgenen, nicht weit von hier, zwei Tage lang. Kommst du in dieser Zeit den Pfad hinab, so werde ich dich töten.

Nach zwei Tagen will ich heimkehren. Hast du bis dahin überlebt, steht es dir frei, den Weg in deine Heimat zu suchen.

Ich verurteile dich zum Tode, Amalricantero, denn niemand, der mit diesen Bergen nicht vertraut ist, kann in ihnen überleben. Doch solltest du dir darum keine Sorgen machen, denn du wirst diesen Pfad nie mehr hinabsteigen. Statt dessen wird man dich *holen.*« Sorgenvoll blickte er zum Himmel auf.

»Wer?«

»Es tut mir leid, Amalricantero«, sagte der Riese und wich meiner Frage aus. »Du warst ein guter Sklave, und bevor Jehoi mir von deinem Verrat und deinem wahren Gewerbe erzählt hat – was ich schon viel früher hätte erahnen sollen –, habe ich versucht, mir etwas einfallen zu lassen, wie ich das Gesetz des Brauches ändern könnte, um dir die Freiheit zu schenken.

Leb wohl, Amalricantero. Sei getrost, daß man deine Geschichte meinem Sohn erzählen wird, wenn dieser erst geboren ist. Wir werden die Erinnerung an dich wachhalten. Ich hoffe, dein Tod wird ein leichter sein.«

Schon wollte Lombok den Pfad hinabsteigen.

»Wartet«, sagte ich. Ich zog diese Seiten aus meiner Tasche. »Wenn ich sterben sollte und Ihr mir nur die kleinste Gunst erweisen wollt, laßt mich noch diesen Brief an meine Frau vollenden und versprecht, daß Ihr ihn mitnehmt und dafür sorgt, daß sie ihn bekommt.«

Noch einmal blickte Lombok zum Himmel auf und war ganz offenbar vor Angst ganz starr.

»Das könnt Ihr mir nicht verweigern, o Häuptling«, drängte ich. »Als Euer Sklave verlange ich diesen letzten Gefallen!«

Lombok hieß mich, schnell zu schreiben, was ich tat.

Ich weiß nicht, welches Los er für mich vorgesehen hat, doch habe ich schon zwei ausweglose Lagen überlebt und bin zuversichtlich, daß ich eine Möglichkeit finden werde, auch diese dritte zu überstehen.

Oh, Omerye, ich hoffe, daß ich schon bald in Sicherheit sein werde und wieder zu Dir heimkehren kann.

Bete zu Te-Date und hab Vertrauen in Deinen Dich liebenden

Amalric

* * *

Jeypur

Mein größter Schatz Omerye,
wie Du siehst, bin ich in Sicherheit, obwohl Du die kurze Nachricht sicher schon bekommen hast, die ich Dir durch einen schnellen Boten habe zukommen lassen, als die Zivilisation mich wiederhatte.

Ich bin nicht nur in Sicherheit, sondern außerdem mit einer halben Tonne Gold in verschiedenster Form zurückgekehrt und ziemlich sicher, daß ich zwei neue Handelsgebiete entdeckt habe, auch wenn die Art und Weise, das zu erreichen, keineswegs bequemer Art war.

Mir bleibt nur eine Stunde, diesen Brief zu beenden und zum Depeschenboot nach Orissa zu bringen. Mein Verwalter hat versucht, den Kapitän zu bestechen, damit er mich an Bord nimmt, aber leider ist er ein allzu ehrlicher Mann. So werde ich also in den kommenden Tagen im Kielwasser des Kuriers auf dem schnellsten und verläßlichsten Schiff reisen, das mein Verwalter mir beschaffen kann.

Möglicherweise findest Du das, was geschehen ist, amüsant, da ich meine Reise als meisterlicher Kaufmann begonnen habe, dann zum Braten wurde, bald Sklave, dann Zauberer, und schließlich als König endete.

Ich werde dort beginnen, wo ich aufgehört habe, als ich auf jenem Bergplateau stand, fühlte, wie die Abenddämmerung mich umfing, und spürte, wie mir ein Schauer über den Rücken lief, der nichts mit dem Wetter zu tun hatte.

Ich hörte das Rascheln von Flügeln und blickte auf. In der aufkommenden Dunkelheit war schwerlich etwas zu erkennen, doch dann sah ich, was mir dort entgegenflog.

Anfangs dachte ich, es seien riesenhafte Fledermäuse, doch dann sah ich ihre dunkel gefleckten, nackten Leiber, Arme, Beine, gekrümmte Dolche an den Gürteln, und ich wußte, daß mich die Dämonen holten!

Sie landeten überall um mich herum und zückten ihre Messer, plapperten etwas, das ich nicht verstand. Einer kam auf mich zu, die Waffe bereit. Ich dachte, er wollte mich erdolchen, und wich unter seinem Messer zurück, packte ihn beim Handgelenk und drehte es herum. Sein Knochen brach wie trockenes Holz, und ich trat ihm fest an die Brust, hörte seine Rippen bersten.

Er kreischte auf und ging zu Boden. Große, lederne Flügel sanken aufs Plateau, und seine Kameraden stolperten um ihn herum auf mich zu. Doch hatte ich nun seinen Dolch in der Hand und stand mit dem Rücken zur Wand.

Einer von ihnen stürzte sich von der Seite her auf mich, und ich packte seinen Arm und riß ihn in die wartende Klinge. Es war, als wirbelte ich ein Kind herum, dann wurde mir klar, daß diese Wesen, wenn sie flogen und dies ohne Zauberkräfte taten, nicht schwerer als ein Vogel sein durften, da ihre Flügel sie sonst nicht tragen konnten.

Ich stach dem zweiten in die Brust, doch er hatte seine sterbenden Hände am Heft meiner Klinge und riß sie mir im Fallen aus der Hand ... dann machten sie sich über mich her.

Sie versuchten nicht, mich zu töten, sondern zogen Riemen aus den Taschen um ihre Hüften und fesselten mich. Dann schüttelte einer von ihnen – vielleicht ihr Anführer – ein Netz aus seiner Tasche, und in dessen Mitte wurde ich festgeschnallt.

Acht von ihnen hielten mich, trugen mich an den Rand des Plateaus und sprangen auf ein Zeichen hin ab. Ich hoffe, ich habe nicht geschrien, sondern meinen Stolz bewahrt, doch habe ich da meine Zweifel.

Die Erde kam näher, und ihre Flügel bogen sich in dem Versuch, mein Gewicht zu heben. Ein Aufwind schickte uns in die Höhe, andere geflügelte Dämonen halfen, und wir stiegen auf, weit über die Berge, und flogen gen Norden. Meine Häscher schnatterten untereinander wie große Fledermäuse, doch fehlte mir der Mut, den Zauber der Zungen zu sprechen.

Ich spürte nur Übelkeit und Furcht und dann eine gewisse Faszination, und mir wurde klar, daß ich der erste Orissaner war, der flog, es sei denn, einige unserer Geisterseher hätten diese Kunst heimlich erlernt.

Stunde um Stunde flogen wir so voran. Unter uns war nur die Dunkelheit der Steppe ohne jede Spur eines Lagerfeuers oder des Lichterscheins einer Bauernhütte. Einige Male flogen wir über dunkle Flecken, die ich für Ruinen von Städten hielt, dann kamen wir an einen großen Fluß und folgten dessen Lauf.

Wir waren fernab aller Regionen, von denen ich je gelesen hatte oder von denen selbst Legenden anderer Völker berichteten, die wir Orissaner auf unseren Reisen getroffen hatten.

Ein gigantischer Felsen ragte jenseits des Flusses auf, und wir schwenkten darauf zu. Ich dachte mir, daß diese Dämonen ihr Nest auf dessen Gipfel haben würden, dann sah ich unser Ziel ganz klar: Eine mächtige, halb zerstörte Burg ragte dort auf, eine Burg mit Türmen, Balkonen, Balustraden war in den Fels gehauen. Einen Augenblick später landeten wir auf einem der Balkone, und so kam ich zu der Burg, die als Üuga bekannt ist, und wurde als großer Zauberer empfangen. Mir blieb entweder das oder der sofortige Tod.

Am nächsten Morgen fand ich meinen Verstand zum Teil wieder, und zwar durch einen seltsamen Umstand. Ich wurde von zwei Wachen aus meiner Kammer gezerrt, welche – wenn sie auch hohe Wände hatte und durchaus sauber und komfortabel zu nennen war – doch Gitter und eine verriegelte Tür besaß, die sie zu einer Zelle machten. Ich hatte Zeit gehabt, den Zauber der Zungen zu sprechen, und nun konnte ich das hohe Quieken meiner Häscher verstehen. Was meinen Mut zu neuem Leben erweckte, war der Umstand, daß ich sah, wie ein geflügelter Dämon, dessen rotgestreifter Gürtel offensichtlich zeigte, daß er einige Autorität besaß, vor einem kleineren, vielleicht jüngeren Wesen große Reden schwang wie ein orissanischer Sergeant vor einem Rekruten. Irgendwie glaube ich einfach nicht, daß Dämonen voreinander prahlen müssen, denn das ist wohl eine Freude, die irdischen Kreaturen vorbehalten bleibt.

Davon einmal abgesehen, sind diese Wesen, so grauenerregend sie sein mögen, sehr wohl von dieser Welt. Sie nennen sich selbst Y'agha und halten sich für eine höhere Lebensform als jedes ungeflügelte, zweibeinige Wesen.

Doch ihr König ist – oder besser gesagt: war – so menschlich wie ich. Zumindest von Geburt her.

Meine Wachen zerrten mich in den Thronsaal, welcher höchst seltsam war, ein mächtiger, dreieckiger Raum mit hohen Wänden, und zum Himmel hin offen. Doch ein kurzer Augenblick der Überlegung sagte mir, daß dieses für geflügelte Wesen nur logisch war.

Auf dem Thron saß ihr König, ein enorm fetter, ziemlich alter Mann mit Namen Uzau Carn, ein Name, den – wie er sagte – jeder König von Y'agha führte, seit der erste Carn den Thron bestiegen hatte.

Ich weiß, daß es Königen gestattet ist zu übertreiben und zu behaupten, sie stammten von den Göttern oder vom ersten Mann oder der ersten Frau oder sonstwem ab. Doch Carn war bei weitem der schlimmste von allen, über die ich je Geschichten gehört hatte. Er sagte, sein ältester Vorfahr sei aus einer anderen Welt gekommen, einer Welt, in der Maschinen von allein liefen und fliegen könnten und Menschen riesige Städte aus Stein, Mörtel und Stahl erbaut hätten, viel höher noch als die lang schon vergangenen Türme von Lycanth. Das mag ja noch annehmbar sein, doch sagte er außerdem, sie hätten Waffen, die Stahl spuckten, ohne daß jemand einen Zauber sprechen müßte, manchmal ein Stück zur Zeit, manchmal viele solcher Kügelchen. Ich täuschte Staunen vor – natürlich gläubiges Staunen. Jemand, der einen König Lügner nennt, gilt für gewöhnlich nicht als einer der klügsten Sterblichen.

Carn sagte, der erste Carn sei ursprünglich ein Feind der Y'agha gewesen und habe die große Katastrophe ausgelöst, die einen Teil der Burg zur Ruine gemacht hatte. Doch aus irgendeinem Grunde – in dieser Frage blieb Carn bewußt vage – sei er im Alter auf diese Burg zurückgekehrt und habe verkündet, die Menschen widerten ihn an und er wolle über die Y'agha herrschen.

Sie akzeptierten ihn und brachten ihm Sklaven aus anderen Ländern, um seine Nachfolge zu sichern, und viele Jahrhunderte waren die Y'agha mit ihrem König zufrieden.

Doch mit diesem letzten Uzau hatten die Probleme begonnen. Er war nicht in der Lage gewesen, einen Erben zu zeugen, sosehr er sich auch mühte. Er erklärte mir, ein Fluch liege auf allen Frauen, die man an seine Bettstatt brachte, und sie alle seien unfruchtbar.

Wie ich schon sagte, war der Mann ein ungeheurer Gernegroß, sogar sich selbst gegenüber.

Er wußte, daß es für ihn zu spät war, einen Prinzen zu zeugen, und so bestand seine einzige Chance, mythische Unsterblichkeit zu erlangen, darin, einen neuen König zu finden. Er hatte Seher befragt, und sie hatten behauptet, er müsse den Mann selbst in Gewahrsam nehmen, im Kampfe, und es werde ein Mann aus dem Süden sein.

Ich lauschte höflich, und als Carn fertig war, erkundigte ich mich danach, was das alles mit mir zu tun habe.

»Weil Ihr ein Zauberer seid und die andere Voraussetzung erfüllt, die mir die Seher auferlegt haben. Sie sagen, eine Sache müsse geschehen, bevor ein neuer Mann auf diesem Thron sitzen kann.

Und diese Sache ist ... ich muß fliegen wie mein Volk.«

Ich fürchte, ich habe ihn mit offenem Mund angeglotzt, und mir schoß der Gedanke durch den Kopf, daß dieser fette Kerl erst fliegen würde, wenn Schweine diese Kunst beherrschten.

»Nun, Zauberer, als meine Y'agha zu mir kamen und sagten, sie hätten einen Gefangenen vom Altar von Mages, auf dem die Riesen jene opfern, welche die Magie ausüben – einem Ort, an welchem wir in letzter Zeit nur wenig finden konnten –, war ich hoch erfreut.

Und jetzt, da ich Euch sehe, so zerschlissen Euer Kostüm auch sein mag, spürte ich Hoffnung keimen, denn ganz sicher seid Ihr besser gekleidet als alle Männer, die ich seit Jahren gefangen habe, fast als wäret Ihr ein Edelmann. Wart Ihr ein solcher?«

Ich gestand meine Stellung ein.

»Ein edler Zauberer, ja? Dann sollt Ihr vielleicht leben.«

Ich mochte kurz davor gestanden haben, ihn zu berichtigen, was meine Fähigkeiten anging, doch dieser letzte Satz ließ mich nun zögern.

»Leben, Herr?«

»Ja. Kommt her.« Er führte mich zum Rand der Kammer. »Solltet Ihr mit Eurem Zauber erfolgreich sein, werde ich Euch die Hälfte allen Goldes in meiner Schatzkammer geben, und Ihr sollt große Macht als mein Hofzauberer bekommen. Wenn es Euch nicht gelingt ...«, und er deutete hinaus. Ich blickte dorthin und schluckte. Eine steinerne Mauer fiel senkrecht mehr als fünfhundert Fuß tief zum Ufer des Flusses hinab, an dem ein winziges Dorf lag. »Sollte es Euch nicht gelingen«, fuhr Carn fort, »werde ich Euch persönlich dort hinunterstürzen, wie ich es schon mit einer halben Hundertschaft von Scharlatanen getan habe.

Also, könnt Ihr mich fliegen lassen?«

Nach einer solchen Drohung hätte ich einen Elefanten das Fliegen lehren können.

Ich beschloß, daß ich – sollte ich sterben müssen – nicht allein zum Dunklen Sucher gehen würde.

Ich sagte, das Fliegen sei sicher im Rahmen des Möglichen, doch werde es einige Zeit in Anspruch nehmen. Er meinte, ich könne alles Material und jeden Beistand bekommen, den ich verlangte, doch müsse ich meine Aufgabe vor dem nächsten abnehmenden Mond erfüllt haben, in etwa einem Monat. Dann rief er meine Wachen.

Meine neue Unterkunft war auf der Spitze der Burg gelegen und blickte über die Steppe hinaus. Ich hatte mehrere Räume für mich, allesamt luxuriös möbliert. Man gab mir einen Gehilfen, einen Y'agha-Prinzen namens Tograh.

Ich gab mir alle Mühe, nicht in Panik zu verfallen, verdrängte das Problem, einen Eber in eine Schwalbe verwandeln zu müssen, aus meinen Gedanken, und befragte Tograh nach seinem Volk.

Ich erfuhr, daß sie den König hatten, den sie verdienten, da sie eine der schrecklichsten Sünden begingen, die man sich denken kann. Das Dorf am Fuße des Kliffs war von Wesen bewohnt, die einst Menschen gewesen waren, inzwischen jedoch kaum mehr als zweibeinige Tiere. Von diesen ernährten sich die Y'agha. Waren die Adigrat Kannibalen aus religiösen Gründen, aßen die Y'agha Menschen als festen Bestandteil ihrer Ernährung. Sie erfreuen sich sexueller Perversionen, wie man sie aus den übelsten Bordellen kennt, und lieben es, wenn Blut fließt und gefoltert wird. Es gilt unter ihnen als Statussymbol, ein schreiendes Wrack von etwas, das einmal ein Mensch gewesen ist, möglichst lange am Leben zu erhalten. Sie üben noch weitere, unaussprechliche Praktiken aus, die ich lieber nicht beschreiben möchte, bis auf eine: Bei der Geburt stutzen sie die Flügel ihrer Frauen, damit diese weniger Kraft besitzen als die Männer. Unnötig zu sagen, daß solches die Frauen nicht gnädiger oder warmherziger macht als ihre Männer.

Alles in allem ein liebenswertes Volk.

Meine wachsende Verachtung brachte mich nicht weiter, und so wandte ich mich der Aufgabe zu, der ich ohnehin nicht entrinnen konnte. Zum Schein wies ich Tograh an, meine Unterkunft mit allerlei Dingen anzufüllen, die mit dem Fliegen zu tun hatten, von Vögeln in Käfigen über Federn bis hin zu Samen von Pflanzen, die sich mit Hilfe des Windes vermehren.

Eine Zeitlang dachte ich sogar daran, eine Art Zauberspruch zu ersinnen, doch gab ich es auf. Wenn selbst Janos Greycloak niemals die Möglichkeit eines solchen Zaubers erwähnt hatte und auch die Magie der Fernen Königreiche keine derartigen Fähigkeiten gezeigt hatten, welche Chance hatte dann ich?

Eine Flucht war gleichermaßen sinnlos. Es gab keine Möglichkeit, aus meiner Zelle auszubrechen und mir einen Weg durch Carns Palast zu suchen, in der Hoffnung, eine Treppe oder etwas in der Art zu finden, was mich hinunter in die Ebene führen würde, selbst wenn etwas Derartiges existiert hätte, was Tograh bestritt.

Mir blieben nur zwei Möglichkeiten: Entweder Uzau Carn würde fliegen ... oder ich, und mein Flug würde ausgesprochen kurz ausfallen.

Stundenlang saß ich da, beobachtete die Y'agha, wie sie durch die Lüfte um die Burg herumflatterten, und solange ich nicht daran dachte, welche Ungeheuer unter diesen wohlgeformten Fledermausflügeln segelten, konnte ich ihre Anmut sehr wohl bewundern.

Dann kam mir eine Idee, als ich die Y'agha pirouettieren sah, und erinnerte mich daran, wie zerbrechlich sie gewesen waren, als ich gegen sie gekämpft hatte. Sie waren wirklich leicht. Ich rief Tograh und stellte fest, daß ich in der Lage war, ihn mit einem Arm um seine Hüften anzuheben ... er wog nicht mehr als sechzig Pfund. Ich überlegte, ob seine Knochen wie die der Vögel hohl seien, doch fragte ich ihn nicht danach. Dann dachte ich an die fliegenden Wesen aus Legenden und daß deren Flügel für gewöhnlich als klein beschrieben wurden. Die Flugorgane der Y'agha waren riesig, jedes davon streckte sich fünfzehn Fuß weit und ließ sich sogar einklappen, wenn es das Manövrieren in den Gängen der Burg erforderte. Daher, so folgerte ich, müßten die Flügel für einen Menschen noch weit größer sein. Ich betastete Tograhs und stellte fest, daß sie aus einer dünnen Haut bestanden, gelegentlich mit Knorpelstreifen durchzogen. Ich schätze, sie wogen nicht mehr als höchstens zwei oder drei Pfund.

Weiterhin fiel mir auf, daß die Y'agha im Fluge segeln wie Möwen oder Adler und nicht aufgeregt flattern wie Enten oder Schwalben, sondern gleiten, indem sie den Wind nutzen, um in der Luft zu bleiben.

Als nächstes bedachte ich das Verhältnis zwischen der Fläche dieser Flügel und dem Gewicht eines Y'agha. Dann suchte ich König Carn auf und fragte ihn nach seinem Gewicht. Finster blickte er mich an und errötete, wie die meisten dicken Menschen beschämt von seinem Wanst, doch nannte er es mir. Es war noch mehr, als ich gedacht hatte, doch langsam und stetig entwickelte mein Hirn einen Plan.

Ich erklärte ihm, ich käme einem Zauberspruch immer näher, doch würde es nötig sein, daß er mich dabei unterstützte. Er schwor, er wolle alles tun.

Ich sagte, er müsse abnehmen, sehr viel abnehmen. Lauthals protestierte er, doch erinnerte ich ihn an seinen Schwur, und zähneknirschend willigte er ein. Ich dachte, selbst wenn ich versagen sollte, bliebe mir in meinem Todessturz zumindest doch die leise Freude, daß ich seine letzten Tage so unangenehm wie möglich gestaltet hatte.

Als nächstes bestellte ich große Mengen allerfeinster Seide und die begabtesten Näherinnen der ganzen Burg. Ich erwartete, daß es sich um Sklavinnen aus den vielen Völkern handelte, mit denen die Y'agha Krieg führten, doch stellte ich zu meinem Erstaunen fest, daß sie allesamt Y'agha-Frauen waren, darunter Tograhs hochschwangere Frau. Bald schon fand ich den Grund dafür heraus: Jedermann wußte um meine Aufgabe und betrachtete es als eine Ehre, dabei zu helfen, daß den Wünschen des Königs entsprochen wurde, selbst wenn ich scheitern sollte.

Ich erklärte Tograh, ich wolle, daß seine Männer das härteste, leichteste Holz suchten, das sie finden konnten, und daß die Sklaven es zu möglichst dünnen, möglichst langen Stangen schnitzen sollten. Dann ließ ich einen Sklaven rufen, damit er mir Proben des Leims brachte, den ihre Arbeiter verwendeten. Ich wählte einen, der seine Wirkung tun mochte, und war das Holz erst zu Stangen geschnitzt, ließ ich von meiner Mannschaft mehrere zusammenkleben, was dem Holz weit größere Stabilität verlieh, als eine einzelne, dickere Stange gehabt hätte.

Inzwischen quoll meine Unterkunft über, und so waren die beiden Edelmänner der Y'agha, welche die Nachbarräume bewohnten, gezwungen, diese zähneknirschend aufzugeben. Doch brauchte ich dennoch mehr Platz, und so überließ man mir für meine Arbeit den ungenutzten Audienzsaal des Königs.

Ich zeichnete meine Pläne mit Kreide auf den Steinfußboden, bedeckte mit ihnen eine beachtliche Fläche, dann wurden Holzstangen auf die Striche gelegt, mit einem Tropfen Leim, damit sie liegenblieben, während daran gearbeitet wurde. Über diese Stangen wurde Seide gespannt, welche man fest um die Stangen nähte.

Ich benutzte härteres Holz, um zwei U-förmige Träger zu fertigen, und ließ zwischen diesen feste Lederriemen befestigen.

Dann wurden meine seidenen Häute an den Trägern befestigt, eine vorn, die andere hinten. Ich betrachtete mein Ungetüm und befand es für gut. Dann fiel mir ein, daß fast alle Vögel Schwänze haben, und fügte eine weitere Spanne von Stangen und Seide hinzu, die ich mit schwereren Leisten an meiner Apparatur befestigte. Dann war diese fertig, und obwohl ich bezweifelte, daß sie auf die vorgesehene Art und Weise arbeiten würde, nahm ich doch an, daß sie mir auf gänzlich andere Weise zur Freiheit verhelfen mochte.

Ich rief ein Dutzend Y'agha, damit sie mir halfen, meine am Boden klebende Erfindung zu lösen und anzuheben. Sie hielt zusammen, selbst als ich mich auf ihre Mitte setzte und sie energisch wippte.

König Carn hatte kaum erwarten können, mein Werk zu Gesicht zu bekommen, doch hatte ich mich geweigert, es ihm zu zeigen, da ich mich der Worte meines Schneiders erinnerte, daß ein Mann, der von Kleidung nichts versteht, höhnisch die Stoffetzen verlacht, doch staunt, wenn die Tunika erst genäht ist.

So war es auch mit dem König, als ich endlich verkündete, daß meine Aufgabe beendet sei. Wir manövrierten meinen Apparat durch die Gänge in den Thronsaal. Ich schwitzte furchtbar, da ich den Transport des Vehikels nicht bedacht hatte, und fürchtete, ich hätte die größte Dummheit begangen, die einem Handwerker unterlaufen konnte, der auf seiner Werft ein so großes Boot baut, daß er es nicht zum Fluß hin transportieren kann. Doch schaffte ich es, wenn auch nur knapp.

König Carn betrachtete die Masse aus hübsch gefärbter Seide und Holz mit einiger Enttäuschung.

»Ich dachte, Ihr wäret ein Zauberer«, verkündete er.

»Das bin ich auch«, sagte ich.

»Und was ist dann das hier? Hätte ich einen Zimmermann gewollt, hätte ich meine Männer ausgesandt, mir einen solchen zu stehlen.«

»Vorsicht, o König«, sagte ich mit meiner drohendsten Stimme. »Verleumdet Ihr den Zauberer für sein Feuerschale, den Zauberstab und die Symbole? Ihr habt um eine mächtige Zaubertat gebeten, wie sie die Welt noch nicht gesehen hat, und eine solche biete ich Euch hier. Zweifelt nicht an mir und meiner Findigkeit, o König, damit Ihr nicht die Rache der Götter auf Euch zieht und sie Euch die letzte Hoffnung verweigern, die man Euch geboten hat.«

Carn wurde ein wenig blaß und nickte.

»Ich wollte Eure Ehre nicht verletzen, o Amalric, großer Zauberer.«

»Ich vergebe Euch«, sagte ich. »Außerdem bleibt an meinem Werk noch einiges an Zauberkunst zu üben, damit Ihr im Morgengrauen gen Norden fliegen könnt und Euer Schicksal erfüllt, wie es Eure Ehre verlangt.«

Ich erklärte dem König, ich wünschte, der gesamte Hof solle sehen, wie die Beschwörung gesprochen wurde, und ich wolle in der Abenddämmerung beginnen.

Als die Sonnenstrahlen vergingen, setzte ich um meinen Apparat herum Feuerschalen in Brand, nachdem ich in einer der Küchen ein Pulver gefunden hatte, das roten Rauch erzeugte. Ich zeichnete Symbole auf den Stein, grobe Bilder verschiedenster Vögel, die ich erinnerte.

In einer Feuerschale in der Mitte verbrannte ich Gewürze, von denen ich glaubte, daß sie tatsächlich eine Wirkung zeigen mochten, wie etwa Anis, Löwenzahn , Eukalyptus, Eisenkraut, Lobelie und andere. Dazu verbrannte ich zermahlene Knochen von Vögeln, die ich von den Y'agha hatte fangen lassen. Immer wieder sang ich den Zauberspruch, den ich ersonnen hatte:

Herren der Lüfte
Hört dieses Flehen
Gewährt diesen Wunsch
Der König soll herrschen
Sein Volk soll leben
Der Wunsch ist bescheiden
Er schadet nicht
Er greift nach dem Himmel
Er schwebt wie die Vögel
Er nutzt den Wind
Und berührt die Wolken

Diese Worte mischte ich mit verschiedenen, unsinnigen Silben, die ich erfunden hatte und die wie Namen von Göttern oder Dämonen klangen.

Ich sang, während die Stunden verstrichen. Ich bemerkte, daß König Carn verstohlen an einem Bocksbeutel mit Wein oder Branntwein nippte, und lächelte in mich hinein. Ein wenig Trunkenheit konnte nicht schaden.

Endlich kam das trügerische Morgengrauen, und ich verkündete, wir seien bereit.

Ich rief den König zu mir und ließ ihn von den nobelsten Edelmännern der Y'agha in meinem Apparat festschnallen und ihm dabei helfen, an den Rand des Abgrundes zu treten.

»O König, ich habe meinen größten Zauber angewandt.«

»Da bin ich sicher«, sagte er. »Ich kann ihn in mir *spüren.*«

Ich verbarg ein Lächeln der Zufriedenheit. Niemand ist leichter zu narren als der Vermummte selbst.

»Nun, König, wenn ich das Zeichen gebe, sobald die Sonnenstrahlen die Burg erreichen, will ich, daß Ihr springt und fliegt. Hört Ihr mich, König Uzau Carn?«

»Ich höre Euch.«

»Fürchtet Ihr Euch? Ein Mann, der sich fürchtet, kann nicht fliegen.«

»Ich fürchte mich nicht«, bellte er. »Ich kenne keine Furcht.«

Der Himmel wurde hell und immer heller, dann berührte ein Gelb das Land, und ich rief:

»Jetzt, König Carn! Fliegt jetzt!«

Carn schrie auf und sprang ins fünfhundert Fuß tiefe Nichts.

Einen Augenblick später flog der Schweinehund tatsächlich!

Das war nicht meine Absicht gewesen.

Ich hatte geglaubt, daß ich verloren sei, und wollte den Urheber meines Unglücks mit mir nehmen. Nachdem er zu Tode gestürzt war, wollte ich ihm entweder in die Tiefe folgen oder im Kampf gegen die Y'agha sterben, was beides ein leichteres Schicksal gewesen wäre, als es mich anderenfalls erwartete.

Ich hatte diesen ausgeklügelten Apparat aus Seide und Holz so gebaut, daß er einem Vogel ähnelte, mit zwei Flügeln und einem Schwanz. Meine Berechnungen hatte ich so gewissenhaft wie möglich ausgeführt, obwohl ich wußte, daß es einem Menschen unmöglich war, tatsächlich zu fliegen. Vielleicht war es meine »Kaufmannsehre«, daran zu glauben, daß ein Kunde stets reell bedient werden sollte.

Beachte, daß ich das Wort *war* verwende.

Ich weiß nicht, was geschehen ist, ob meine Erfindung in der Lage war, das Gewicht eines Menschen zu tragen, oder ob ich mit diesen unsinnigen Worten, die ich gemurmelt hatte, auf einen echten Zauberspruch gestoßen war, der die Hilfe eines Dämons oder Gottes wachrief.

Carn fiel ab, dann fing ihn ein Aufwind an der Burgmauer und hob ihn an, als zöge ihn ein Seil in die Höhe, und er stieg zum Himmel auf.

Sein Volk jubelte um mich herum und warf sich seinem König hinterher.

König Carn schwenkte seitlich ab und wendete, kehrte zur Burg zurück, dann stieß er hinab. Ich hörte ihn vor Freude heulen, und er wendete erneut, eine Flügelspitze zur Erde gerichtet. Es war der Augenblick seines größten Triumphes.

Dann war es, als hätte ihn die Zauberkraft verlassen, denn plötzlich glitt er seitlich ab, fiel, und er schrie, drosch auf die Luft ein, wollte sie zwingen, ihn zu halten.

In diesem Augenblick hörte ich deutlich das Knacken von Holz, und einer der Flügel über ihm faltete sich zusammen. Er trudelte, kreiselte, dann stürzte er ab. Zwei oder drei Y'agha tauchten ihm nach, doch stürzte er zu schnell für sie.

Sein Wanst wurde ein schwarzer Fleck vor dem Fluß in der

Tiefe, und ich sah ein kleines, weißes Platschen, als er aufschlug.

Andere Y'agha versuchten, ihn zu retten oder zumindest die Leiche zu bergen, doch ohne Erfolg. Die Strömung war zu stark, und er war zu schwer, und so starb der letzte menschliche König der Y'agha unterhalb seiner finsteren Burg von Üuga.

Natürlich wollten mich die Y'agha, als sie sich erst ein wenig erholt hatten, töten. Doch war ich bereit ... ich hatte plötzlich einen Einfall gehabt.

»Wie könnt Ihr es wagen?« rief ich mit meiner herrschaftlichsten Stimme. »Auf den Knien solltet Ihr vor mir, Eurem neuen König, liegen und nicht mein Leben bedrohen.«

Das rief entsetztes Geschnatter hervor.

»Hört! Besagte die Prophezeiung nicht, Euer neuer König werde kommen, wenn König Carn geflogen sei?«

Zustimmendes Gemurmel.

»Besagte die Prophezeiung nicht, er werde aus dem Süden kommen? Ich komme aus dem Süden. Und wurde ich nicht von König Uzau Carn gefangen, von Euch als seinen Helfern?«

»Aber Ihr habt unseren König getötet«, protestierte Tograh.

»So? Habe ich ihn nicht gewarnt, er dürfe sich nicht fürchten? Und habt Ihr nicht alle gehört, wie er aus Furcht schrie, als er ein einfaches Manöver versuchte, das ich schon von den allerjüngsten Y'agha gesehen habe?«

»Das ist wahr«, sagten einige in der Menge. »Aber ...«

»Es kann kein Aber geben«, rief ich. »Y'agha, kniet vor Eurem König!«

Die Geflügelten sahen einander an, und ich wußte, daß sie noch eine weitere Gemeinsamkeit mit den Vögeln hatten: Sie waren nicht übermäßig mit der Kraft der Logik gesegnet. Tograh fiel als erster auf die Knie.

Ich sah, daß meine Zeit knapp wurde und ich diese Sache zum Ende bringen mußte.

Es war einfach, nach ein, zwei Tagen etwa eine weitere magische Vision zu bekommen, die besagte, daß die Y'agha sich selbst beherrschen sollten, wie sie es getan hatten, bevor der erste Carn erschien, und ihr neuer Herrscher sei noch ungeboren.

Ich wählte Tograhs Tochter als Königin und verkündete, man solle ihre Flügel unangetastet lassen, wie auch die Flügel aller anderen weiblichen Kinder von diesem Tage an.

Anderenfalls, so sagte ich, würde ich einen noch mächtigeren Zauber sprechen. Wenn ich Uzau Carn fliegen lassen konnte, so konnte ich es sicher allen Y'agha verweigern, und dann wären sie nicht mehr als die Tiere des Dorfes unterhalb der Burg ... dem Tode geweiht.

Eine Woche später sammelte ich mit Hilfe von Netzen eine tragbare Menge ihrer Schätze zusammen und ließ mich gen Süden fliegen.

Wir überflogen die Gipfel der Berge, dann die Wüste, und mir schien, als könne ich kleine Punkte ausmachen, die wohl ein Stamm der Adigrat weit unter mir sein mochten.

Meine Y'agha setzten mich kurz vor der ersten Siedlung ab, an die wir kamen, und halfen mir, meinen Schatz zu verbergen.

Ich sagte ihnen Lebwohl, verkündete meine Überzeugung, daß sie neue Wege zum Frieden finden würden, und wenn sie es nicht täten, würde ich sie aus der Ferne verfluchen. Doch wenn sie sich an das Gute hielten, wie ihre neue Königin es ihnen zeigen würde, könnten sie mich in Stunden der Not stets rufen und ich würde wiederkehren.

Sie erhoben sich zum Himmel wie eine Wolke von Fledermäusen, die nach Sonnenaufgang in ihre dunklen Höhlen heimkehrten, und ich sah sie gen Norden verschwinden.

Ich seufzte und machte mich zu jener Siedlung auf, um Träger und Wächter für meine Rückkehr nach Jeypur anzuheuern.

Diese Reise war interessant. Nun kann ich einen Plan schmieden, die Nomaden der Wüste auf all die feinen Dinge versessen zu machen, denen sie so schnell ergeben waren, was bedeutet, daß sie ihre Plünderungen und den Kannibalismus aufgeben müssen. Und ist diese Region erst befriedet, werde ich eine Expedition ins Land der Riesen zusammenstellen. In solchen Zeiten gibt es immer einen Markt für feine Waffen, und die Riesen sind absolut neues Handelsterrain.

Nun also, meine Omerye, kehrt Dein Gatte zu Dir heim, ein Ex-Braten, Ex-Sklave, Ex-Zauberer, Ex-König, dessen »Ehre« trotz allem noch intakt ist.

Was immer das bedeuten mag.

Ich zähle die Stunden, bis ich Dich in meinen Armen halte

Dein Amalric

Ein Junge aus Hameln

Harlan Ellison

Er hat mehr Preise gewonnen als jeder andere lebende Autor und über sechzig Bücher und über tausend Short Stories geschrieben – Harlan Ellison, das letzte Enfant terrible der amerikanischen Literatur, ein streitbarer Moralist, der vor allem in der Kurzform unschlagbar ist: »Der Erfolg hat ihn nicht verändert. Auch großes Geld und Kritikerhymnen haben ihn nicht zum Jasager werden lassen. Er ist der rückhaltlos ehrliche Zyniker geblieben, der er immer gewesen ist«, so der Klappentext seines letzten Romans Mephisto in Onyx. *Auch die folgende Story aus den siebziger Jahren ist Ellison vom Allerfeinsten: eine gekonnte Variation des Rattenfänger-Mythos, eine hochmoralische Fabel über den Zustand der Zivilisation und nicht zuletzt ein bitterer Schwanengesang auf die letzten Tage der Menschheit.*

22. Juli 2076
Exklusiv für den Geht-ins-Nichts-Pressedienst
Mike Strathearn berichtet

Meine zweite Frau hat mir einmal gesagt, ich würde selbst dann noch schreiben, wenn man mich im tiefsten, modrigsten Kerkerverlies im abgelegensten Irrenhaus der Welt in eine Zwangsjacke steckte. Sie meinte, ich schriebe dann wohl mit meiner feuchten Zungenspitze Pressemeldungen auf die Innenseite meiner Wangen. Vermutlich hat sie recht, wo immer sie sein mag. Das ist bei mir zwanghaft. Gestrandet auf dem entlegensten Gipfel des K 2 (Mt. Godwin-Austen oder Dapsang; mit 8.611 Metern zweithöchster Berg der Welt; im Himalaja; Berggruppe der Karakorams), würde ich die Berichte zur Form eines Fliegers falten und sie vom Gipfel gleiten lassen, in der Hoffnung, daß ein Sherpa-Hirte oder ein *Yeti* oder *irgendwer* sie fände. Gestrandet auf einer einsamen Insel, würde ich Flaschenpost aussetzen. Keiner ist je dahintergekommen, wo jemand, der auf einer einsamen Insel festsitzt, eigentlich die Flaschen hernehmen soll, um sie ins Meer zu werfen, aber gäbe es dort nicht schon eine handliche Kiste mit leeren Schnapsflaschen, würde ich die Mitteilungen Delphinen in die Mäuler stecken und hoffen, daß sie einen guten Orientierungssinn haben.

Geboren wurde ich 2014, kaum mehr als ein Jahrzehnt nach der Jahrhundertwende, was mich jetzt zweiundsechzig sein läßt. Meine Mutter erzählte mir einmal, die Probleme, die sie mit meiner Geburt hatte, hätten wohl daran gelegen, daß ich alle Gebärmutterwände vollgekritzelt hätte. Meine Kindheit war ziemlich glücklich, und als ich …

Ich gerate ins Schwafeln.

Das ist lausige Berichterstattung.

Privaten Journalismus habe ich immer verabscheut. Ich versuche, streng sachbezogen zu schreiben. Aber hier gibt's nicht viel zu tun, und ich verspüre dieses teuflische Verlangen zu *kommunizieren.*

Ich will versuchen, beim Thema zu bleiben.

Das Kind. Dieser Junge. Der Botschafter aus Hameln.

Ich erhielt die Nachricht, daß er mich treffen wolle, von der Nachtschicht. Sie riefen mich zu Hause an und meinten: »Da ist ein Kind, das behauptet, die größte Story in der Geschichte der Welt zu haben. Er sagt, daß er sie nur Ihnen geben wird.«

Ich starrte auf das Gesicht des Typen im Bildfon. Der Typ war neu und kam vom Büro in Bombay, trug jede Menge festes Puder-Make-up und Glitter auf den Augenlidern. Ich schätze, daß mir die neue Reportergeneration nicht sonderlich lag. Damals, als ich noch ein Kind war, so um siebenundzwanzig, achtundzwanzig herum, war ich tief beeindruckt von all den schrägen Filmkomödien der Neunzehn-Dreißiger-Jahre, die in altmodischen Zeitungsbüros spielten. Neunmalkluge Typen und Mädels, die mit all den anderen Blättern wetteiferten und ihre Aufmacher über Fone durchgaben, die bloß Sprache beförderten, kein Holo oder auch nur ein Vid-Bild. O Mann, das müssen Zeiten gewesen sein! »Hallo, Sharkey? Hier spricht Smoke Farnum, halt die Pressen an! Bin 'ner Ente aufgesessen! Ich muß umschreiben. Hallo, alles umschreiben, hörst du? Mach einen Aufmacher aus dieser Sache beim Hunderennen ...«

Ich gerate wieder ins Schwafeln.

Dieser Junge. Ja, ich muß weiter von dem Jungen erzählen.

Tja, ich schaute also diesen Schwachkopf aus Bombay an und sagte: »Wovon zum Teufel reden Sie?«

Glitzerauge starrte mich bloß abschätzig an und sagte schließlich: »Die Cops haben 'nen Jungen oben auf einem Energieruten-Turm draußen in Westwood gestellt. Sie wissen nicht, wie er da raufgekommen ist, und das ist ihnen auch scheißegal; aber sie kriegen ihn nicht mehr von dort runter.«

»Wieso nicht?«

»Sagt, er will mit Strathearn vom Newsservice reden.«

»Ich habe Sie gefragt, wieso nicht?«

»Weil jedesmal, wenn sie einen Cop mit Flitter-Tornister raufschicken, die Einheit am Alarmgeber vorbeikommt und der Cop auf den Arsch fällt, darum nicht!«

»Und was hat es mit seiner Story auf sich?«

»Also echt, Strathearn«, sagte er, »was zum Henker bin ich, Ihre Gerüchteküche? Ich habe anderes zu tun. Hören Sie auf, mich zu ärgern. Entweder nehmen Sie den Anruf entgegen oder nicht. Was mich betrifft, können Sie Schlamm kauen!« Und dann schaltete er ab, ehe ich ihn noch fragen konnte, wieso der Junge mit mir und keinem anderen reden wollte.

Eine Weile schwebte ich so vor mich hin, drehte mich sachte im Kreis und dachte an nichts Besonderes, ruhte mich einfach aus. Zu allem Überfluß war ich halb betrunken und nicht sonderlich daran interessiert, das Haus zu verlassen und über irgendein dummes Gör auf einer Rute zu berichten. Aber je mehr ich darüber nachdachte, desto neugieriger wurde ich auf ihn, und ich muß gestehen, daß der Gedanke, daß der Junge ausschließlich mit mir reden wollte, meinem Ego schmeichelte. Das erinnerte mich an die Neunzehn-Zwanziger, als Haldeman oder Manson oder Pretty Boy Floyd, einer dieser Mobster, sich Walter Winchell ergab. Halt alles an, Sharkey, dachte ich. Halt die Pressen an! Ich habe eine Fünf-Sterne-Meldung für dich. Schmeiß den Aufmacher raus! Achtzig Punkt, Railroad Gothic! Irrer Killer-Knabe auf Rute liefert größte Story der Welt!

Ich mußte über mich selber lachen, aber ehe ich noch wußte, wie mir geschah, schälte ich schon einen sauberen Anzug aus der Verpackung, blies ihn auf, legte ihn an und jettete nach Westwood.

Zum Teufel, vielleicht *war* es ja die größte Story der Welt. Wie *oft* passiert einem so was schon?

Das kann ich jetzt beantworten. Ich wünschte, ich könnte es nicht, aber ich kann. Es passiert einem nur einmal. Verdammt.

Sie statteten mich mit einem Flitter-Tornister aus. Ich konnte es gar nicht fassen, als die Cops sagten, daß sie dem Jungen da oben auf dem Energieruten-Turm die Schuld am Versagen ihrer Einheiten gaben. Ich hatte vor, aus diesem selbstgestrickten Alibi etwas zu machen, wenn ich meine Story zusammenbastelte. *Falls* es eine Story gab.

Ich kickstartete die Einheit, sie summte anmutig, und ich hob ab. Aufwärts ging's, ohne jede Schwierigkeit. Was für Tranköpfe, diese Cops, dachte ich.

Ich flog hinauf, zweihundertzehn Meter. Gott sei Dank leide ich nicht an Höhenangst. Und da war er.

Es war kein ausgeflippter Teenager. Es war ein kleiner Junge, ungefähr zehn Jahre alt. Er spazierte auf der Wartungsplattform umher und hinkte dabei. Er hatte ein weiches Pelzjackett und entsprechende Hosen an und trug eine Spitzkappe aus dem gleichen Fell mit einer Feder dran. Um den Hals hatte er sich einen rot-gelb gestreiften Schal geschlungen. Am Ende des Schals war mit einer Lederschnur eine Flöte aus fein gearbeitetem Holz befestigt. Wissen Sie, wie lange es her ist, seit es bei uns Holz oder Leder gab? Haben Sie eine blasse Ahnung, wann zuletzt jemand Pelz getragen hat? Oh, dort gab's eine Story, ganz klar.

Der Junge sah mir dabei zu, wie ich über den Handlauf schwebte und auf der Plattform aufsetzte. Mit einem Tritt schaltete ich die Einheit aus, nahm sie aber nicht ab. Er war zwar nur ungefähr eins zwanzig groß, aber ich wollte kein Risiko eingehen, falls er plötzlich ausrastete und etwas Unerwartetes tat. Immerhin trennten mich mehr als zweihundert Meter von einem blutigen Ende.

Er sah mich an. Ich sah ihn an. Keiner von uns sagte etwas. Schließlich sagte ich: »Ganz schön kalt hier oben, mein Sohn. Willst du nicht runterkommen?«

Er sprach ganz ruhig, und es war *nicht* etwa seine Art zu reden, die so erwachsen und so vernünftig klang; seine Stimme war die eines kleinen Mannes. Ich meine damit nicht *kleiner Mann*; ich meine, wie man einen jungen Burschen nennt, wenn er tapfer und beherzt ist wie ein Erwachsener. *Du bist ein tapferer kleiner Mann.* Das meine ich.

»Nein, vielen Dank, Sir. Ich kann hinunter, wann immer ich will. Tut mir leid, daß Sie hier heraufkommen mußten, um mich zu sehen, aber ich bin noch ein Kind und weiß, wenn ich auf dem Boden darum gebeten hätte, Sie zu sehen, hätte irgendeiner, der stärker ist als ich, mich aufgehalten. Oder einfach nur ausgelacht.«

Mein Gott, dachte ich, das ist der Kleine Prinz. Dieser Junge war einen Meter zwanzig klein und fünfzig Jahre alt. Was für ein süßer kleiner Fratz, und überaus ernst. Und er sah mich mit dem festesten Blick an, der mir jemals untergekommen war. Mir schoß durch den Kopf, daß ein Politiker, bekäme er diesen Blick richtig hin, ein sicherer Kandidat für die Kommissarische Präsidentschaft des ganzen verdammten Planeten wäre.

»Also, äh, wie heißt du denn?«

»Mein Name ist Willy, Sir. Und ich bin von weit her gekommen, um mit Ihnen zu reden.«

»Wieso ich, Willy?«

»Weil Sie Kinder mögen und sich an vieles erinnern, was vor langer Zeit geschehen ist – und weil Sie das Gedicht kennen.«

»Das Gedicht?«

»Ja, Sir, das Gedicht über den Rattenfänger, der die Kinder mitnahm, als der Bürgermeister von Hameln sich weigerte, ihm den vereinbarten Preis dafür zu zahlen, daß er die Stadt von den Ratten befreit hatte.«

Ich hatte nicht den geringsten Schimmer, wovon der Junge sprach. Ja, als ich noch klein war, hatte ich per Obskur-Suchlauf auf einem Scanner-Fiche Brownings »Der Rattenfänger von Hameln« entdeckt und auswendig gelernt, aber das war viele, viele Jahre her. Was hatte Brownings Gedicht mit diesem Kind zu tun? Wie war es ihm gelungen, eine zweihundert Meter hohe Rute zu erklimmen? Und wenn er in der Lage war, die Flitter-Tornister der Cops außer Gefecht zu setzen, wie sie behauptet hatten, wieso hatte er dann zugelassen, daß *ich* hier heraufgeflogen kam? Und was war das für eine Mordsstory, die er angeblich für mich hatte? Und wie war er an Pelz, Holz und Leder herangekommen?

Und dann ging mir Browning durch den Kopf.

Doch als sie das Bestreben verloren sah'n,
Flötist und Tänzer für immer gegangen war'n,
da erließen sie, daß kein Anwalt sein Garn
  je richtig aufgesetzt habe, als wenn
nicht nach Jahr und des Monats Tag
auch dieser Satz noch darniederlag:
»Und so lange ist's her seit unserer Klag',
  an des Juli zweiundzwanzigstem,
dreizehnhundertsechsundsiebzig nach dem Herrn.«
Und um sich nur ja nicht des Gedenkens zu erwehr'n,
nannten sie die letzte Zuflucht der Kinder
die Gasse des Rattenfängers …

»In einer Woche ist es auf den Tag genau siebenhundert Jahre her«, sagte ich zu dem Kind. Er wirkte gar nicht glücklich, als ich das sagte. Er seufzte und sah über den Rand der Plattform hinaus über die endlose Weite von San Frangeles, die sich von dort, wo einmal Vancouver gewesen war, bis weit ins ehemalige Gebiet von Baja California erstreckte. Und ich glaubte, ihn weinen zu sehen. Doch als er sich wieder umdrehte, waren seine Augen nur etwas feucht.

»Ja, Sir, das ist richtig. Wir haben den Eindruck, daß Ihnen mehr als genug Zeit gewährt wurde. Und darum hat man mich ausgesandt. Aber ich versuche, gerechter als mein Vorgänger zu sein, und darum habe ich nach Ihnen gefragt. Sie können es verstehen; Sie sind in der Lage, es ihnen zu sagen, sie zu warnen, so daß ich nicht ...«

Er beendete den Satz nicht. Er ließ ihn einfach in der Schwebe, und da oben auf der Rute spürte ich, so kalt es auch war, wie mich ein noch tieferes Frösteln durchzog, als wäre jemand über mein Grab gelaufen.

Ich fragte ihn, was er vorhabe.

Und er sagte es mir. Es war die größte Story in der Geschichte der Welt – sofern sie stimmte.

Ich sagte, die Menschen bräuchten einen Beweis.

Er sagte, er sei bereit, diesen Beweis zu liefern. Eine kleine Demonstration.

Also zog ich meine Kom-Card aus der Brusttasche, klinkte mich in den Newsservice ein und sagte ihnen, daß ich was Heißes hätte. Ich bat die Zentrale in Boise, mich auf Aufzeichnung zu schalten, und spürte augenblicklich den Sensordruck, als die Einheiten, die man mir in Hals, Ohren und Augen implantiert hatte, aktiviert wurden.

»15. Juli 2076«, sagte ich. »Exklusiv für den World Newsservice. Mike Strathearn berichtet. Ich stehe auf dem Dach des Energieruten-Turms in Westwood, Greater San Frangeles. Bei mir ist ein kleiner Junge mit der absonderlichsten Geschichte, die ich jemals gehört habe ...«

Und ich gab einen kurzen Abriß, den sie bei der Ausstrahlung kürzen konnten.

»Willy hat sich einverstanden erklärt, uns eine Demonstration zu geben, und für diese Live-Meldung schalte ich jetzt um zu unserer Außenstelle am Times Square im Staat Manhattan.«

Ich sah auf die Kom-Card in meiner Handfläche. Der Bildschirm flackerte, und ich starrte auf die Kreuzung 42nd und Broadway hinunter. Neben mir setzte das Kind die Flöte an seine Lippen und fing an zu spielen.

Für mich ergab das Lied keinen Sinn, aber allem Anschein nach für die Schaben. Wenn es eine wissenschaftliche Erklärung dafür gibt, wie eine leise auf einer Flöte gespielte Melodie einen Kontinent entfernt von Schaben gehört werden kann, dann existiert diese Erklärung in den Grenzen einer Wissenschaft, die uns noch nicht begreiflich ist. Einer Wissenschaft, die wir wohl *niemals* begreifen werden.

Aber noch während ich hinschaute, begannen Manhattans Schaben hervorzukriechen. *Und das Murmeln wuchs zu einem Grollen an und das Grollen zu einem mächtigen Rollen, und die Ratten wogten aus den Häusern hervor.* Browning hätte es ganz anders ausgedrückt, wenn der Rattenfänger die Schaben hervorgelockt hätte. Zunächst erklang ein leiser zirpender Laut, aus dem Zirpen wurde ein Rascheln, und das Rascheln schwoll zu einem mächtigen Rasseln an, als ihre Klauen über die Straßen und Gehwege aus Plastik huschten. Sie kamen erst grüppchenweise, dann in Massen, als Woge und schließlich als Flut. Sie kamen aus der U-Bahn und sie kamen aus den Wänden, sie kamen aus den verrostenden Stahlträgern und den müllübersäten Fluren, sie kamen heraus und bedeckten die Straßen wie ein einziger Schalenteppich, ein schwarzer Teppich aus bösen kleinen Gestalten.

Der Bildschirm zeigte, wie sie dem East River zustrebten, und während ich noch hinsah, wuselten sie alle über die Insel, die zum Staat Manhattan erklärt worden war, stürzten in den East River und ertranken.

Dann schaltete die Außenstelle wieder zu mir um.
Ich wandte mich an das Kind.

»Willy, sag dem Publikum, das uns zusieht, was du von ihnen verlangst.«

Er wandte sich mir zu und schaute mich an; meine Sensoren hielten ihn fest. »Wir wollen, daß jeder einzelne damit aufhört, Dinge zu tun, die aus der Welt einen schlimmen Ort machen, oder wir nehmen euch die Welt weg.«

Das war alles.

Er erklärte es nicht. Er hatte sichtlich nicht den Eindruck, ein Verfahren vorschlagen zu müssen. Aber seine Absichten waren klar. Hört auf, das grüne Land mit Plastik zu pflastern, hört auf zu kämpfen, hört auf, Freundschaften zu zerstören, habt Mut, lügt nicht, hört auf, einander brutal zu behandeln, schätzt Kunst und Weisheit ... kurz und gut, erneuert die Welt oder verliert sie.

Ich begleitete ihn die ganze nächste Woche über, als er von Ortschaft zu Ortschaft, von Stadt zu Stadt flog. Natürlich lachten sie ihn aus. Sie lachten und ignorierten ihn, und mehrmals versuchten sie, ihn ins Gefängnis zu werfen, aber der Junge hielt sie auf.

Und gestern, als die Zeit beinahe um war, saßen wir am Ufer eines schmutzbedeckten Stroms, und Willy spielte mit der Flöte herum, als wünschte er, es gäbe sie nicht, und er sagte zu mir: »Tut mir leid um dich.«

»Du wirst es tun, nicht wahr?«

»Ja«, sagte er. »Wir haben euch siebenhundert Jahre gegeben. Das ist genug Zeit. Aber es tut mir leid, daß du mit ihnen gehen wirst. Ich mag dich, du bist ein netter Kerl.«

»Aber nicht nett genug, daß du mich verschonst.«

»Du bist eins mit all den anderen. Sie haben nichts getan. Du hast nichts getan. Du bist kein böser Mensch. Du hast dir nur nicht genug Mühe gegeben.«

»Ich war nicht stark genug, Willy. Ich bin mir nicht sicher, ob irgend jemand stark genug ist.«

»Sie hätten stark genug sein sollen. Sie sind nicht dumm.«

So ging Willy heute los, und beim Gehen spielte er. Und diesmal hörte ich das Lied. Es handelte von schöneren Zeiten und einem sauberen Land, und ich folgte ihm. Und alle anderen folgten ihm auch. Sie kamen aus den Häusern und den Eigentumswohnungen, den Türmen und den U-Bahn-Schächten. Sie kamen von weit her und aus der Nähe. Und sie folgten ihm auf ein leeres Feld, wo er die Luft aufflötete, und darin war es schwarz; so schwarz wie ein kollabierter Stern, ein Schwarzes Loch. Und sie marschierten hinein, einer nach dem anderen, alle Erwachsenen dieser Welt. Und als ich über die Schwelle trat, sah ich Willy an, und er starrte mich an, auch wenn er nicht aufhörte, die Flöte zu spielen. Seine Augen waren wieder feucht.

Und hier sind wir nun. Hier gibt es nichts, aber das scheint gleichgültig zu sein. Willy und die Kinder aus Hameln wollten uns nichts antun, sie konnten uns nur einfach nicht länger hinnehmen. Wir werden hier bis in alle Ewigkeit bleiben, dessen bin ich sicher. Und vielleicht werden wir sterben, und vielleicht wird uns dieser Ort so bewahren, wie wir jetzt sind. Aber wir sind hier, bis in alle Ewigkeit.

Ich würde Ihnen ja sagen, wie die Welt heute am 22. Juli 2076 aussieht, aber ich weiß es nicht. Sie ist irgendwo dort draußen. Von Kindern bevölkert.

Ich hoffe, Willy hat recht. Ich hoffe, sie werden es besser machen als wir. Gott weiß, daß wir lange genug Zeit hatten, es zu versuchen.

Die Kobolde

Cliff Burns

Cliff Burns lebt dort, wo es am kältesten ist – am Rande der Zivilisation in der kanadischen Arktis. Nicht gerade die optimale Ausgangsbasis, berühmt zu werden. Aber Cliff Burns geht es um etwas anderes: ums Schreiben. Er hat weit mehr als hundert Short Stories geschrieben, die in Magazinen von The Spider Web *bis* Chelsea Hotel *erschienen sind, zeigt seinen Zuhörern bei Lesungen, was echte Intensität bedeutet, und bleibt hart am Ball, was seinen ersten Roman angeht, den er seit Jahren fertigstellen will.* Die Kobolde *– für diese Anthologie drastisch umgeschrieben – gehört zu seinen frühesten Geschichten, ein rares Kleinod mit leichtem Fantasy-Touch, das nur allzu offensichtlich in der realen Welt verankert ist. Die Kindheit ist nicht nur eine Zeit der Wunder, sondern auch von Nachtmahren, deren Würgeschlangengriff manchmal ein ganzes Leben nicht mehr losläßt. »Knallhart, unbarmherzig, hautnah«, hat Andrew Vachss diese Story genannt – dem wir nichts hinzuzufügen haben.*

Die Augen zu schließen brachte überhaupt nichts. Er konnte die Kobolde immer noch *hören,* wie sie in seinem Zimmer herumrannten, im Wandschrank rumorten und mit seinen Lieblingsspielsachen herumtollten, während ihr Gelächter, ein unangenehmes Gemisch aus kehligen Grunzern und scharfem Zischeln, an seine Ohren drang.

Robbie versuchte sich damit zu beruhigen, daß er sich wieder und wieder sagte: *So etwas wie Kobolde gibt es gar nicht.* Wenigstens sagte das Mommy, und normalerweise wußten Mommies ja über solche Dinge Bescheid.

Er spürte ein Zupfen an der Bettdecke, als einer der Kobolde sich aufs Bett zog und auf seine Brust setzte. Er öffnete die Augen und erkannte denjenigen von ihnen, der sich zum Herrscher-über-alle-Länder-soweit-das-Auge-unter-dem-Bett-reicht ausgerufen hatte. Der König der Kobolde starrte ihn an, wobei sich sein bereits grotesk verzogenes, kleines Gesicht zu einer übertrieben finsteren Grimasse verzerrte.

»Er wird dich holen, Junge.« Der König der Kobolde sprach so leise, daß er krächzte. »Hörst du mich?«

Robbie dachte, daß Kobolde die gräßlichsten Kreaturen im gesamten Universum waren. Ihre Haut war rötlich grau, voller Falten und von oben bis unten mit warzenähnlichen Pusteln bedeckt. Dazu kamen diese gemeinen, kleinen gelben Augen. Er erinnerte sich an das erste Mal, als er diese Augen gesehen hatte, wie sie ihn aus den staubigen Ruinen vernachlässigter und vergessener Spielzeuge unter dem Bett angestarrt hatten. Als er die Geräusche unter dem Bett gehört hatte, war sein erster Gedanke gewesen, daß es sich um eine Maus handeln mußte. So leise er konnte, war er zum Bettrand gerutscht und hatte sich millimeterweise vorgearbeitet, bis er einen Blick auf seine neuen Zimmergefährten erhaschen konnte.

Natürlich hatte er sich die Seele aus dem Leib geschrien, als er statt einer niedlichen pelzigen Maus ausgerechnet *Kobolde* erblickt hatte.

An diesem Abend hatte er seine Mommy angebettelt, daß er bei ihr bleiben dürfe, aber sie hatte NEIN NEIN NEIN gesagt, ihn in sein Zimmer zurückgebracht und ins Bett gesteckt. Und dann hatte Mommy, die dumme Mommy, mit so lauter Stimme losgeplärrt, daß es jeder Kobold auf der ganzen Welt hören konnte:

»Und du bleibst hier drin und denkst daran, daß hier nichts ist, wovor du Angst haben mußt, ist das klar? Wenn du noch einmal ohne Grund ins Schlafzimmer kommst – noch *ein mal* –, dann setzt es was, verstanden?«

Er hatte verstanden.

Und die Kobolde auch. Ein paar Augenblicke nachdem sie die Tür hinter sich geschlossen hatte, kamen sie unter dem Bett hervor. Sie mußten sich keine Sorgen mehr darum machen, daß er sie verpetzte. Sie wußten, daß kleine Jungs mehr Angst vor ihren Mommies als vor Goblins haben.

Seitdem waren sie jede Nacht wiedergekommen. Sie machten seine Spielzeuge kaputt, stellten alles auf den Kopf, beschimpften und kniffen ihn und machten ihre Späße auf seine Kosten – und natürlich mußte er nachher immer alles ausbaden. Immer war er derjenige, der die Prügel dafür bekam.

Als die Kobolde Mommy kommen hörten, flitzten sie unter das Bett, einen Sekundenbruchteil bevor sie die Tür öffnete. Sie vergaß wie üblich anzuklopfen und steckte ihren Kopf herein.

»Jetzt aber Licht aus«, sagte sie.

»Mmh.« Die Kobolde rumorten unter ihm, knurrten und flüsterten mit rauhen Stimmen.

Anstatt das Licht auszumachen und so schnell wie möglich zum Fernsehprogramm zurückzukehren, wie es das Ritual verlangte, kam Mommy herein und setzte sich ans Fußende. Er hoffte, daß den Kobolden dabei die Köpfe zerquetscht wurden.

»Rob, ich muß etwas von dir wissen.« Sofort begann er, sich unwohl zu fühlen. Er wußte, daß sie ihm Fragen stellen würde, und er mochte keine Fragen. »Bist du … bist du aufgeregt, daß Daddy morgen zu Besuch kommt? Du weißt doch, daß er morgen kommt, oder?« Diese Frage war okay. Sie zwang ihn nicht zu lügen.

»Ja«, sagte er, während er die Bettdecke festhielt und zurechtzog und spürte, wie sein Gesicht heiß wurde.

»Hast du Angst?«

Wieder sagte er die Wahrheit.

»Und … *freust* du dich?«

Jetzt glühte sein ganzer Körper, als befände er sich bereits in der Hölle. Er öffnete den Mund und preßte die Worte heraus. »Ja … ich … ich glaub schon.«

Aber es war eine *Lüge*. Er hatte es gesagt, weil er wußte, daß es das war, was sie hören wollte. Denn wenn *er* Daddy vergeben konnte, dann konnte *sie* es auch, und das hieß, daß sie wieder zusammenkommen und eine große, glückliche Familie sein konnten. Er wußte, daß das ihr Plan war, weil er es daran hören konnte, wie sie am Telefon miteinander sprachen. Sie versicherte ihm immer wieder, wie gut er sich anhörte, und versuchte, Robbie dazu zu bewegen, ebenfalls ans Telefon zu kommen, überhaupt irgend etwas zu Daddy zu sagen. *Es ist Daddy, Liebling,* aber er wollte nicht. Selbst wenn er nachher Senge dafür bekam.

Urplötzlich machte Mommy etwas, was sie seit langer Zeit nicht mehr getan hatte: Sie legte die Arme um ihn und zog ihn an sich. Es war seltsam, daß sie das tat, und er spürte, wie ihre Hände über seinen Nacken strichen.

»Es wird alles gut, du wirst schon sehen …«

Sobald sie gegangen war, waren der Koboldkönig und seine mutierten Lakaien wieder da, sprangen auf seinem Bett herum und trieben sehr, sehr unanständige Dinge (sogar für Kobolde).

Er zog die Decke über den Kopf.

So. Nun mußte er nicht mehr ...

Er spürte, wie einer von ihnen – wahrscheinlich war es wieder der König – über seinen Körper kroch, bis er direkt vor seinem Kopf hockte. Die Stimme klang so nah, als wäre der Kobold unter der Decke und würde zusammen mit ihm schwitzen.

»Erinnerst du dich an sein Lieblingsspiel? Erinnerst du dich?« Der Kobold stampfte mit seinem winzigen, knorrigen Fuß auf. *»Erinnerst du dich, Junge?«*

Robbie hörte sich stöhnen. »Hör auf! Hör auf!«

Weil er sich erinnerte. Und weil diese Erinnerungen solche Scham, solchen Ekel und solchen Schrecken in ihm aufsteigen ließen, daß er tief in sich tatsächlich *fühlen* konnte, wie sich etwas in ihm regte und anspannte – bis plötzlich etwas *nachgab,* begleitet von einem Reißen und Bersten, das so weh tat, daß er es kaum fassen konnte.

Und dann ...

... brach ein weiterer häßlicher, abscheulicher, bösartiger Kobold aus Robbys weichem runden Bauch, um sich mit neugeborenen, tückischen Augen umzusehen.

Devil's Glen

Anne McCaffrey &
Georgeanne Kennedy

Es gibt drei Grande Dames der Fantasy, und alle drei sind hauptsächlich durch Serien bekannt geworden, die eigentlich eher der Science-fiction zuzuordnen sind: Marion Zimmer Bradley mit ihrem Darkover-*Zyklus, Andre Norton mit ihrer* Hexenwelt *und schließlich Anne McCaffrey, deren Serie über die* Drachenreiter von Pern *ebenfalls zur sogenannten* Science Fantasy *gehört. Die auf einem schottischen Landsitz namens »Dragonhold« residierende Amerikanerin studierte unter anderem Gesang und Opernregie, bevor 1968 mit* Die Welt der Drachen *der erste Band ihrer losen Serie über die Welt Pern erschien, auf der Menschen in symbiotischer Verbindung mit Drachen leben. Die folgende, mit Unterstützung ihrer Tochter Georgeanne entstandene Story ist eher untypisch für ihr Schaffen, aber nichtsdestoweniger ein höchst reizvolles Beispiel aus der Rubrik »Sagen und Legenden«.*

Die Zugfahrt nach Wicklow wäre recht angenehm gewesen, hätte ich nicht die ständigen Belehrungen meines älteren Bruders Eric über mich ergehen lassen müssen. Er bestimmte meinen Sitzplatz, erzählte mir die ganze Fahrt über, was ich zu tun und zu lassen hatte, und meinte irgendwann sogar, ich solle gefälligst nicht so herumzappeln. Die ganze Zeit zankten wir wie üblich herum, bis er – welch gnädige Geste – beschloß, mich zu ignorieren. Ich verstand den Wink, und wir starrten feindselig und ohne ein weiteres Wort zu wechseln aus dem Fenster, bis der Zug endlich in den Bahnhof einrollte. Schweigend nahmen wir unser Gepäck und traten hinaus auf den Bahnsteig, wo wir in dem Gewimmel nach unserer Tante Ausschau hielten.

Ohne es zu wollen, wurden wir von den anderen Reisenden Richtung Ausgang geschoben. Eric griff nach meinem Arm und versuchte zu verhindern, daß wir auseinandergerissen wurden – vergeblich.

»Nicht bewegen, Lou!« rief er in dem herrischen Ton, den ich so verabscheue. »Tante Annie wird uns nie finden, wenn wir nicht stehenbleiben.«

»Ich kann aber nicht anders, Meister und Gebieter!« rief ich genervt zurück und schickte meinen finstersten Blick in seine Richtung. Unfähig, mich oder die Situation zu kontrollieren, verlegte mein Bruder sich auf die einzige ihm bekannte Taktik: Beschimpfungen.

»Du Hirnamputierte!« klaubte er aus seinem Miniwortschatz hervor.

»Du Nullmensch«, rief ich kühl, mein Beleidigungs-Arsenal lange nicht ausschöpfend. Brüder können einen schneller als jeder andere Verwandte auf die Palme bringen.

Unnachgiebig strömte die Masse der Reisenden zum Ausgang und spülte mich schließlich hinaus auf die Straße vor dem Bahnhof. Es schien, als wäre ganz Wicklow auf den Beinen, um Freunde, Verwandte oder Geschäftspartner zu begrüßen. Ich kämpfte gegen die aufsteigende Panik an, die einen in einer scheinbar ausweglosen Situation überkommt. Gerade als ich endgültig die Hoffnung aufgeben wollte, Tante Annie doch noch zu finden, tauchte sie wie aus dem Nichts mit einem breiten Grinsen vor mir auf.

»Hallo, meine süße Erbse! Wie geht's dir? Gott, siehst du gut aus, und wie groß du geworden bist. Wo ist Eric? Wie war die Fahrt? Gab's irgendwelche Schwierigkeiten? Nein? Gut.« Annie war noch immer dieselbe: Sie stellte eine Million Fragen; die Antworten schienen sie nicht zu interessieren.

Plötzlich war Eric da, bereit für die nächste Schimpftirade. Als er aber Tante Annie erblickte – unsere absolute Lieblingsverwandte –, legte sich ein strahlendes Lächeln über seine eben noch grollenden Züge. Sehr zu meinem Verdruß wurde mir in diesem Moment klar, daß mein älterer Bruder ganz schön unter der Last gelitten haben mußte, während der Reise für mich verantwortlich zu sein. Ihm war die Erleichterung förmlich anzusehen, daß ihm nun eine Erwachsene diese Sorge wieder abnahm, und ich begann, mein Verhalten im Zug ein wenig zu bedauern. Immerhin hatte unsere Mutter ihm eingebleut, auf seine kleine Schwester gut aufzupassen, und genau das hatte er getan.

Nach den üblichen Küssen und Umarmungen folgten Eric und ich unserer Tante zum Parkplatz. Auf dem Weg dorthin schnatterte sie ununterbrochen darüber, wie groß wir doch geworden seien und wie schön es doch sei, daß wir endlich da wären und uns ihr neues Haus ansähen. Seitdem sie dort eingezogen war, hatte sie unserer Mutter damit in den Ohren gelegen, uns endlich mal ein Wochenende bei ihr verbringen zu lassen. Es gab noch einen weiteren Grund, weshalb wir nach

Wicklow gekommen waren, doch darüber redete niemand. Wir stiegen in Annies Wagen, und wie üblich mußte ich mit dem Rücksitz vorliebnehmen. Es schien, als wäre dies das Schicksal meines Lebens – immer der Rücksitz, nie die bessere Sicht vorne. Andererseits waren wir dazu angehalten, uns so wie immer zu benehmen. Also hatte ich sowieso nicht erwarten können, daß Eric mir einen Gefallen tun würde.

Während Annie uns zu ihrem neuen Haus chauffierte, ließ ich die herrlich leuchtende Herbstlandschaft an mir vorüberziehen. Unsere Tante hatte ursprünglich in der Stadt gelebt und war erst aufs Land gezogen, als sie sich entschloß, ihren Lebensunterhalt als Schriftstellerin zu bestreiten. Meiner Mutter zufolge hatte Tante Annie anfangs schwer zu kämpfen gehabt, doch dann wurden ihre Bücher mit einem Mal ziemlich populär. Als ihr der endgültige Durchbruch gelang, konnte sie es sich leisten, aus dem Mehrfamilienhaus auszuziehen (und den lauten Nachbarn zu entfliehen, die Annies »Herumgekritzel« stets verspottet hatten) und das Haus ihrer Träume zu kaufen: ein völlig von der Außenwelt abgeschlossenes, uriges Landhaus ohne unmittelbare Nachbarn, fernab der Straße, tief im Herzen von Devil's Glen.

Man erreichte das Haus nur über einen schmalen Serpentinenweg, der sich endlos durch den Wald schlängelte, bis er schließlich am »Mystago Wood« endete; auf diesen Namen hatte meine Tante das Anwesen getauft. Ich hockte mit angezogenen Knien auf dem Rücksitz, und aus dieser Perspektive ragte Annies Haus riesig und ehrfurchtgebietend empor, ein Eindruck, den das Holland-Dach noch verstärkte.

»Und, wie findet ihr's?« fragte Annie, während sie sich streckte und dann aus dem Wagen kletterte.

»Es ist fantastisch«, sagte Eric. »Ich hätte nie gedacht, daß es so groß ist. Und wir sind mitten im Wald!« Mein Bruder ist der geborene Frischluftfanatiker.

»Und zwar in einem sehr alten Wald«, sagte Annie. »Das Haus ist längst nicht so alt, aber es war früher Teil eines riesigen Grundbesitzes, der einem englischen Grafen gehörte. Die frühesten Aufzeichnungen darüber reichen bis zum Beginn des achtzehnten Jahrhunderts zurück.«

»Wow«, begeisterte sich Eric, der ebenso ein Geschichtsfanatiker war. »Erzähl weiter.«

»Nun, allzu viel weiß ich nicht über die Gegend ... noch nicht. Da mußt du schon den hiesigen Förster fragen, John Greene. Er weiß alles über diesen Ort, über die Stadt und ihre Geschichte. Eigentlich müßte er in Kürze vorbeischauen. Er schneit fast jeden Tag auf eine Tasse Kaffee und ein Schwätzchen herein. Ihr werdet ihn mögen«, sagte Annie, während sie mit den Schlüsseln klimpernd auf das Haus zu marschierte. Eric und ich nahmen unsere Sachen aus dem Kofferraum. Annie schloß die Haustür auf und wurde von den drei Katzen und einem herausstürmenden braunen Hund beinahe über den Haufen gerannt.

»Eric, Louisa, ich möchte euch Merlin vorstellen, meinen multinationalen Kläffer. Die getigerte Katze heißt Lucy, ihre Brüder sind Deek und Digit – Digit ist der fette graue.« Merlin wedelte mit dem Schwanz, beschnüffelte Annie in der Hunden eigenen Art, während die Katzen um ihre Beine schlichen und Eric und mich unauffällig in Augenschein nahmen, wahrscheinlich abwägend, ob wir vielleicht ein wenig Abwechslung in ihr eintöniges Katzenleben bringen würden.

Wir betraten Annies Haus durch die massiven Doppeltüren, hinter denen ein kleines Foyer lag. Zwei identische Türen standen weit offen und gewährten Einblick in das Herz des Hauses, den beeindruckendsten Raum, den ich je gesehen habe. Er war höher als drei große, übereinander stehende Männer. Die getäfelte Decke wurde von vier stämmigen Holzbalken getragen, die sich in jeder Ecke des Raumes wie antike Säulen aus dem Boden erhoben. Vier großzügige Panoramafenster boten Aussicht auf den das Haus umgebenden Garten. Doch alles, was durch die Fenster zu sehen war, waren Bäume! Fichten, Kiefern, Ahorn, Eichen, Rothölzer, Eschen und sogar ein japanischer Ginkgo-Baum scharten sich um das Haus wie Berge um ein Tal.

»Nun, was sagst du dazu?« Annie drehte sich zu mir um und erwartete tatsächlich eine Antwort!

»Es ist unglaublich! Wie bist du bloß an ein solches Haus gekommen?« fragte ich und ließ meinen Blick über die langgeschwungene Holztreppe schweifen. Das solide, hochglanzpolierte Geländer lud förmlich dazu ein, darauf herunterzurutschen – mindestens eine Zillion Mal, bis ans Ende aller Zeit. Eric und ich tauschten vielsagende Blicke aus, bevor wir Annie nach oben zu unseren Zimmern folgten.

Erics Zimmer war im ersten Stock, gleich neben Annies. Er ging hinein und stieß vor Begeisterung über das gutgefüllte Bücherregal einen Freudenschrei aus, so daß Annie mich am Ärmel zupfte und mir wortlos bedeutete, ihr weiter nach oben zu folgen.

Dort oben, direkt unterm Dach, lag das schönste und verträumteste Zimmer, das man sich vorstellen kann. Außer den beiden Fenstern hatte es noch zwei romantische Dachluken, durch die zusätzliches Sonnenlicht in den Raum strömte. Mit einem Blick nach draußen wurde mir bewußt, wie hoch die Bäume des uns umgebenden Waldes wirklich waren. Sie leuchteten in goldtrunkenen Herbstfarben, schimmerten wie ein prachtvolles Gemälde; es war ein atemberaubender Anblick.

»Ich habe dir ganz bewußt dieses Zimmer gegeben. Es ist das schönste«, sagte Annie und entschädigte mich damit für all den Ärger mit meinem Bruder. »Es ist voller fantastischer Träume. Immer, wenn ich mit einem Buch nicht weiterkomme, schlafe ich ein, zwei Nächte hier oben, und zack! Plötzlich ist die Idee da, und ich schreibe wie eine Verrückte. Faszinierend, oder?«

»Weshalb schläfst du dann nicht immer hier oben? Ich meine, wegen mir hättest du das Zimmer doch nicht wechseln müssen.«

»Ich habe mein Zimmer nicht gewechselt, Louisa. Ich wollte einfach nur, daß du hier oben schläfst. Ich dachte, ein paar schöne Träume würden dir guttun. Mädchen träumen sowieso viel mehr als Jungen, meinst du nicht auch?«

»Du sagst es«, erwiderte ich. »Eric steckt seinen Kopf eh bloß in irgendwelche blöden Bücher über Geschichte oder Kriege oder anderes langweiliges Zeug.«

Unten waren Stimmen zu hören, und wir gingen ins Erdgeschoß zurück, wo wir Eric im Gespräch mit einem großen, kräftigen Mann fanden, der eine dunkelgrüne Hose und einen moosgrünen Wollpullover trug. Annie stellte uns John Greene vor, den Förster.

Zu dritt setzten wir uns an den Küchentisch; Annie machte Kaffee. Auf Erics Drängen begann John uns zu erzählen, woher Devil's Glen seinen Namen hatte, doch ich hörte kaum hin, da ich gerade dabei war, mit Merlin Freundschaft zu schließen.

»Es gibt zwei Theorien darüber, woher diese Gegend ihren Namen hat. Aber die eine ist nur ein Hirngespinst, glaube ich. Die Einheimischen saßen gerade in der Sonntagsandacht, als der Teufel versuchte, in die Kirche einzudringen. Da die Kräfte des Guten zu mächtig waren, gelangte der Teufel nicht hinein, und so versuchte er, die Kirche in Brand zu stecken. Als ihm auch das nicht gelang, flog er zornentbrannt davon, und zwar mit solch rasender Geschwindigkeit, daß er die ganze Umgebung aufwühlte und die Schlucht – die Teufelsschlucht – hinterließ.«

»Und wie lautet die zweite Theorie?« fragte Eric. »Ist sie auch nur ein Hirngespinst, oder steckt mehr dahinter?«

John Greene hätte ohne weiteres geantwortet, glaube ich, doch Tante Annie warf ihm einen bedeutungsvollen Blick zu, einen dieser Blicke, den nur Erwachsene austauschen. John räusperte sich hastig und meinte, mit der Geschichte habe es noch etwas Zeit. Er verabschiedete sich – ein wenig übereilt – mit dem Versprechen, am nächsten Tag wiederzukommen.

Annie kochte uns ein fantastisches Abendessen, eine Zusammenstellung all unserer Lieblingsgerichte. Ich muß zugeben, daß die Kombination aus gegrilltem Hühnchen, Mais (Eric ist der Mais-Freak), frischen Gartenerbsen (die waren für mich bestimmt), Reis, Mixed Pickles (wieder Eric), mit Käse überbackenem Broccoli (für mich) und ihrer ganz speziellen Bratensauce (für uns beide) hervorragend schmeckte. Niemand konnte jugendliche Gaumengelüste besser befriedigen als Tante Annie. Als wir mit dem Essen fertig waren und den Tisch abgeräumt hatten, war es schon ziemlich spät.

Eric beschloß, Annie eines seiner blöden Kriegsspiele beizubringen, doch ich ersparte mir diese Tortur und schlurfte in mein Zimmer hoch. Ich war zu müde, um mehr zu tun als meine Zähne zu putzen, mir das Gesicht zu waschen und ins Bett zu fallen. Eigentlich hätten mir sofort die Augen zufallen müssen, denn ich hatte in den letzten Wochen nicht gut geschlafen, doch sobald mein Kopf ins Kissen fiel, schalteten meine Gedanken wieder auf Hochbetrieb. Ich dachte an die Umstände, die meinen Bruder und mich dazu gebracht hatten, unsere Herbstferien bei unserer Tante auf dem Land zu verbringen, anstatt zu Hause bei unseren Eltern zu bleiben. Unsere Eltern glaubten, dieser Tapetenwechsel würde mir helfen, die *Tragödie* zu vergessen. Als könnte ich Mark jemals vergessen, war er doch vor meinen Augen von einem Auto überfahren worden!

Direkt unter dem Dachgiebel liegend, konnte ich die Bäume

des nahen Waldes seufzen und stöhnen hören, beinahe menschlich im Klang. Ein sanfter Wind umwehte das Haus, und das Rascheln des Laubes klang wie ein kaum hörbares Flüstern. Ich hätte schwören können, daß die Bäume meinen Namen riefen, als ich endlich in einen unruhigen Schlaf versank.

Ich hatte recht. Mein Name wurde gerufen. Annie schüttelte meinen Arm und holte mich behutsam aber bestimmt aus dem Reich der Träume zurück.

»Wach auf, Louisa, die Nacht ist vorbei«, sagte Annie und zog die Bettdecke weg. Ich versuchte sie festzuhalten, doch Annie war schneller; ich fröstelte (nicht wegen der plötzlichen Kälte) und rieb mir den Schlaf aus den Augen. Wir gingen nach unten und verließen das Haus, um uns die uralten Wälder von Devil's Glen anzusehen. Wir schlenderten einen schmalen Pfad entlang, der von den tiefhängenden Ästen der neben uns aufragenden Baumriesen überdacht wurde. Eric war nirgends zu entdecken. Als Annie und ich immer tiefer in den Wald hineingingen, blickte ich über meine Schulter zurück und sah, daß uns Deek, Digit, Lucy und Merlin gefolgt waren. Das Haus war längst außer Sichtweite, und das dämmrige Licht wurde zwischen den dichten Bäumen immer spärlicher.

Plötzlich machte der Pfad eine scharfe Biegung, und Merlin stupste vehement gegen mein linkes Bein. Ich schaute zu ihm herunter, um zu sehen, was sein Problem war. Genau in diesem Moment sprang Eric hinter einem Baum hervor und äffte dieses schreckliche Geräusch nach – den Klang kreischender Bremsen! Auf etwas Derartiges nicht gefaßt, stieß ich einen gellenden Angstschrei aus und verjagte damit die Katzen ins Unterholz. Wutentbrannt und zitternd vor Entsetzen fuhr ich herum und schrie Eric an.

»Eric Johnson, du hast mich zu Tode erschreckt! Du hast Mom versprochen, nie wieder dieses furchtbare Geräusch zu machen!«

Eric lachte bloß. Er lehnte an einem Baum und weidete sich mit sichtlichem Vergnügen daran, mich völlig unvorbereitet erwischt zu haben. Weiter vorn hörte ich Annie rufen und blickte in ihre Richtung, konnte sie aber nirgends entdecken.

»Das bringt Ärger, Eric. Annie wird deine gemeinen Tricks bestimmt nicht witzig finden«, sagte ich, mich wieder zu meinem Bruder umdrehend, doch ich sprach nur zu Luft.

Ich lief den Pfad weiter, den meine Tante genommen hatte, und geriet immer tiefer in den Wald hinein. Ich fragte mich, wie Eric sich so schnell und geräuschlos hatte aus dem Staub machen können. Typisch! Und mich so bösartig an Mark zu erinnern. Chaotische Gedankenfetzen wirbelten durch meinen Kopf, und plötzlich nahm Marks Gesicht vor meinen Augen Gestalt an. Ich würde es niemals aus dem Gedächtnis drängen können, glaubte ich; ich wollte ihn vergessen, und ich wollte ihn nicht vergessen. Man konnte sagen, was man wollte – daß er zur falschen Zeit am falschen Ort gewesen war oder was auch immer –, er war schlichtweg tot. Und daran hatte allein dieser betrunkene Fahrer Schuld. Nachdem ich bei dem Versuch, Tante Annie einzuholen, immer weiter ins Halbdunkel des Waldes eingedrungen war, stieß ich unvermittelt auf eine weite Lichtung, die von einem ätherischen Leuchten erhellt wurde wie von einer Art Scheinwerfer, der aufs kühle Grün hinabstrahlte. Glockenblumen und wilde Knoblauchblüten bedeckten den Boden, der Duft war schwer und berauschend. Ich betrat die Lichtung, blieb in der Mitte stehen und betrachtete die hohen, fast blattlosen Bäume, die die Lichtung wie stumme Wächter umsäumten.

Leises Stimmgemurmel drang an mein Ohr, und zuerst dachte ich, mein Bruder würde mir wieder einen Streich spielen, doch dann wurde mir klar, daß es junge Stimmen waren, mehrere, und nicht bloß Erics Bariton, den er seit neuestem hatte. Ich stand im fahlen Licht und versuchte, die zu den

Stimmen gehörenden Körper auszumachen. Allmählich paßten sich meine Augen dem merkwürdigen Leuchten an, und ich erkannte im Boden zwei längliche, tiefe Gruben. Die Erde, die einstmals in ihnen gesteckt hatte, war nirgends zu sehen. Direkt neben den Gruben waren zwei Kinder emsig damit beschäftigt, Äste und Zweige und alte Baumstümpfe übereinander aufzutürmen und Zündhölzer dazwischen zu schieben.

»Hallo!« rief ich ihnen zu. »Was teibt ihr hier? Wieso wollt ihr mitten im Herbst ein Freudenfeuer entfachen?«

»Damit ER kommt«, antwortete eines der Kinder, ein Junge mit düsterer Miene – als würde dies alles erklären.

»SIE kommen nie wieder«, ergänzte das andere Kind, ein Mädchen, »außer, wir tun es.«

»Was tun?« fragte ich. »Was in Gottes Namen habt ihr vor?«

»Sshh«, zischte das Mädchen. »Sag das nicht. ER hört so etwas nicht gern, und wir müssen sicher sein, daß ER kommt.«

»Aber ich verstehe das alles nicht«, entgegnete ich.

»Ist eigentlich ganz einfach«, sagte der Junge. »Wir wollen unsere Eltern wiederhaben. Unsere einzige Möglichkeit ist, ein solches Feuer zu entzünden ... und es brennen zu lassen.«

»Nur dann wird ER sie zurückbringen«, sagte das Mädchen, das jetzt vor dem Holzhaufen hockte und einen kahlen Ast zurückschob, der unten hervorlugte. Auch der Junge kniete nieder und steckte weitere Zweige in das braungraue Geäst. Allerdings ging er dabei etwas ungestüm vor und brachte das aufgetürmte Holz ins Wanken, so daß von oben einige Äste zu Boden fielen – ebenso ein etwa faustgroßer Klumpen, den der Junge sofort aufhob. Was ich anfangs für ein merkwürdig geformtes Stück Holz gehalten hatte, war ein ovales Etwas mit seltsamen Vertiefungen und erinnerte allzu sehr an einen menschlichen Schädel. Mir stockte der Atem, als ich erkannte, daß es genau das war: der Schädel eines Menschen.

»Das ist ja ein Schädel!« rief ich und wich hastig einen

Schritt zurück. »Sind das alles Menschenknochen unter dem Holz?« fragte ich fassungslos.

»Natürlich«, antwortete der Junge beinahe verächtlich, als hätte ich es wissen müssen. »Wir müssen ihre Knochen verbrennen, sonst bringt ER unsere Eltern nicht zurück.«

»Wer ist ER?« fragte ich mit wachsendem Unbehagen wegen ihrem mysteriösen Gerede.

»Du Dummchen«, sagte das Mädchen und deutete über meine Schulter hinweg. »Der Teufel.«

Ich blickte in die Richtung, in die sie wies, und sah einen hochaufgeschossenen, in Schatten gehüllten Mann. Er schien schwerelos über dem Boden zu schweben; die Blätter unter seinen Füßen flimmerten rötlich, als würden seine Sohlen extreme Hitze abstrahlen. Sofort schoß mir das Bild eines heißen Sommertages durch den Kopf, und mir fiel ein, wie die Hitze der Sonne einen entfernten Horizont flimmern lassen konnte, als würde er langsam verglühen.

Der Kerl muß kochend heiß sein, dachte ich bestürzt. Ich blickte von dem Mann zu den Kindern hinüber, nicht sicher, was ich als nächstes tun oder sagen sollte. Der Junge schob den Schädel tief in den Scheiterhaufen hinein und wich schnell zurück, als seine Schwester ein brennendes Streichholz darauf warf. Mein laut rasselnder Atem wurde vom Aufbrüllen des Feuers übertönt; die Flammen leckten über das Holz, als wäre es eine köstliche Delikatesse.

»Nein, aufhören, das könnt ihr nicht tun!« rief ich den Kindern zu, doch meine Worte verhallten ungehört in der knisternden Feuersbrunst. Gebannt starrten die beiden ins Flammenmeer, vollkommen sicher, bald mit ihren Eltern wiedervereint zu sein. Während ich wie angewurzelt zusah, schwebte die hünenhafte Gestalt näher und näher zu ihnen heran.

Die Flammen schossen immer höher in die Luft, und die Kinder schienen zu wanken, ja einzuschrumpfen, als wären sie im Zentrum der Hitzewelle gefangen. Unterdessen wurde die dunkle Gestalt größer, und in der Mitte ihres Körpers begann ein rotpulsierendes Glühen aufzublinken. Das Feuer fraß sich in rasendem Tempo durch Holz und Knochen, Funken und schwarzgraue Asche in die Luft speiend. Flüsternd wandte sich die riesige Gestalt an mich.

»Auch du kannst ihn zurückbekommen, jederzeit. Du mußt dich mir nur hingeben, und er wird wieder leben.«

»Wer wird leben?« fragte ich, besänftigt von seiner wohlklingenden Stimme, verwirrt von dem unerwarteten Angebot.

»Der, den du verloren hast.« Der Mann stieg über mir empor, und ich fühlte mich wie gefangen in dem Umhang, der sein Schatten war. Mühsam schüttelte ich die Kraft seiner schmeichelnden Stimme ab und sah zu den Kindern hinüber, die sich Schritt für Schritt dem Feuer näherten. Aus Angst, sie würden sich auf den Scheiterhaufen werfen, wollte ich ihnen eine Warnung zurufen, als die Flammen plötzlich emporschossen und zwei menschliche Gestalten ausspuckten. Die Gestalten erhoben sich langsam – wie träge aufsteigender Rauch – und umarmten die Kinder ... ihre Kinder.

Ich konnte es nicht fassen! Was noch wenige Minuten zuvor ein Haufen aus modrigem Holz und halbverwesten Knochen gewesen war, hatte einen Alptraum hervorgebracht. Vor meinen Augen hatten sich diffuse Rauchschwaden in die Gestalten eines Mannes und einer Frau verwandelt.

Hand in Hand mit ihren schon verloren geglaubten Eltern verließen die Kinder die Lichtung, fort von mir, hinein ins Dunkel der Wälder.

Mich von ihrem Anblick lösend, sah ich bestürzt zu dem Schatten hoch.

»Weshalb tust du das? Was hast du davon? Was bekommst du dafür, daß du diesen Kindern ihre Eltern zurückgegeben hast?«

Der Schatten des Teufels fing an zu pulsieren, und ich sah, daß das rote Glühen in der Mitte seines Körpers dunkler geworden war und wie dort ein Herz pochte. Er beantwortete meine Frage nicht, schillerte plötzlich metallen, stieg in die Luft auf und folgte den Kindern in den Wald.

Meine Beine gaben nach, und mit einem dumpfen Schlag sackte ich zu Boden. Aufgewühlt von den Ereignissen der letzten Minuten und benommen von der Nähe des Feuers, überkam mich ein heftiges Zittern. Ich merkte, daß meine Schultern vor Anspannung völlig verkrampft waren. Plötzlich war mir eiskalt.

Kälte durchkroch meinen Körper, alsbald gefolgt von tiefer Trauer, einer Trauer, die mich genauso umhüllte, wie die Dunkelheit die schwarze Gestalt umhüllt hatte. Etwas Schweres lastete auf meinen Beinen, mein Brustkorb war wie zugeschnürt. Ich bekam keine Luft! Die Last wurde immer schwerer und breitete ihre wohlige Wärme in mir aus. Ich versuchte mich umzudrehen, konnte mich aber nicht bewegen. Eine Hand berührte meine noch immer kalte Schulter, und ich öffnete meinen Mund, um zu schreien, brachte aber keinen Ton hervor, nicht einmal ein heiseres Krächzen.

»Louisa! Wach auf, Mädchen! Mein Gott, du hast vielleicht einen Schlaf! Selbst mit all den Katzen im Bett. Merlin lag die ganze Zeit auf deinem Rücken – als wollte er dich vor irgend etwas beschützen. Gott allein weiß, wie die hier reingekommen sind. Ich könnte schwören, daß ich deine Tür zugemacht habe, bevor ich zu Bett ging«, sagte Annie.

»Ich hatte vielleicht einen komischen Traum, Annie. Nein, eigentlich war es ein Alptraum. Und er war so real.«

»Erzähl ihn mir«, sagte meine Tante, während sie die Bettdecke glattstrich.

»Wir gingen im Wald spazieren, und plötzlich sprang Eric

hinter einem Baum hervor und erschreckte mich fürchterlich. Du warst dabei, doch dann ...« Während der Traum an meinem inneren Auge vorbeijagte, rang ich nach passenden Worten, doch je mehr ich mich an Details zu erinnern versuchte, desto weniger fiel mir ein.

»Mist! Es ist weg. Ich hab's vergessen.«

»Macht nichts«, sagte Annie. »Komm nach unten. Wir brutzeln uns ein leckeres Frühstück und gehen dann mit dem Hund und den Katzen spazieren.«

»Die Katzen kommen auch mit?« fragte ich ungläubig.

»Natürlich«, gab Annie zurück, als wäre dies völlig normal. »Sie lassen sich nichts von dem entgehen, was Merlin und ich gemeinsam unternehmen. So, jetzt beeil dich und komm runter frühstücken.«

Bei heißen Waffeln und knusprigem Speck quasselten Annie und Eric munter drauflos, während ich schweigsam und nachdenklich dasaß, noch immer von dem seltsamen Traum gefangen, dessen Details – noch vor einer halben Stunde völlig real – mir vollkommen entfallen zu sein schienen. Annie hatte sich und Eric gerade Kaffee nachgeschenkt (ich saß noch bei meiner ersten Tasse Tee), als von der Haustür John Greenes »Hallo« an unsere Ohren drang.

Annie rief John in die Küche. Er setzte sich mir gegenüber an den Tisch und nahm den Kaffee, den Annie ihm anbot, dankend entgegen.

»Wie geht's euch heute morgen?« fragte er mit hochgezogenen Augenbrauen, während er Milch und Zucker in seine Tasse schüttete.

»Danke, prima«, erwiderte Annie. »Eric versuchte gestern abend, mir eines seiner Kriegsspiele beizubringen, und Louisa ging zeitig zu Bett und schlief den Schlaf der Toten, jedenfalls sah es so aus. Sie war heute morgen kaum wach zu kriegen.« Liebevoll strich mir meine Tante übers Haar.

»Wurde auch Zeit, daß sie mal wieder eine Nacht durchschläft«, sagte Eric und warf mir einen freundlichen Blick zu – welch eine Rarität.

John musterte mich wissend. »Annie hat mir erzählt, daß es dir in letzter Zeit nicht sonderlich gutging. Das mit deinem Freund tut mir wirklich leid. Es ist immer schlimm, wenn ein junger Mensch so tragisch und unerwartet stirbt.«

Es folgte eine jener unangenehmen, peinlichen Pausen, und die drei rutschten nervös auf ihren Stühlen herum, unsicher, was sie als nächstes sagen sollten. Es war Eric, der das Schweigen brach.

»John, wie wär's, wenn Sie uns die wahre Geschichte darüber erzählen, woher diese Gegend ihren Namen hat.«

John und Annie tauschten erneut einen dieser speziellen Erwachsenenblicke aus, bevor Annie zustimmend nickte.

»Nun, der Graf, dem im achtzehnten Jahrhundert das ganze Land hier gehörte, verlor seinen einzigen Sohn bei einem tragischen Jagdunfall – so die Legende. Noch ein Jahr, nachdem sein Sohn begraben worden war, lag der Graf in tiefster Trauer; er konnte über den Verlust einfach nicht hinwegkommen. Aber es gab in der Gegend einen Brauch, nach dem man die Gebeine geliebter Menschen wieder ausgrub und sie in einem riesigen Feuer einäscherte. Durch dieses Ritual wurde der Teufel herbeigerufen, der im Austausch für die Seelen der Hinterbliebenen die Toten ins Leben zurückholte. Der Graf gesellte sich also in einer jener Nächte zu den Einheimischen, verkaufte seine Seele an den Teufel und bekam seinen Sohn zurück.«

»Wow! Was für eine Geschichte!« rief Eric.

»Warte, es geht noch weiter. Seitdem lebten und starben in dieser Gegend drei Generationen von Menschen, doch es gibt keine Hinweise darauf, daß das Ritual jemals wiederholt wurde – bis Ende des letzten Jahrhunderts. Auf dem Grundbesitz arbeitete ein junger Aufseher. Eines Tages ging er angeln – in dem Fluß dort drüben, gleich hinterm Haus.« John zeigte auf das Küchenfenster, hinter dem man den schmalen Pfad sehen konnte, der am Flußufer entlang tief in den Wald hineinführte.

»Seine Frau und die beiden Kinder saßen am Ufer beim Picknick, während er angelte. Der Fluß hatte schon seit Monaten Hochwasser geführt, und der Mann wurde urplötzlich von einem vorbeischwimmenden, entwurzelten Baumstamm umgerissen und binnen Sekunden an die tiefste Stelle des Flusses gespült. Seine Frau wollte ihm zu Hilfe eilen und sprang ins Wasser, doch es war vergeblich. Beide ertranken vor den Augen ihrer entsetzten Kinder.« John nahm einen Schluck Kaffee und sprach dann mit ruhiger Stimme weiter.

»Nun, der Graf jener Zeit war verpflichtet, sich um die verwaisten Kinder zu kümmern, und brachte sie bei einem Förster und seiner Frau unter. Aber die beiden Jungen waren völlig in sich gekehrt und verhielten sich noch lange nach dem Tod ihrer Eltern sehr geheimnisvoll. Dann verschwanden sie eines Abends spurlos. Die Bediensteten des Grafen durchkämmten jeden Zentimeter des Besitzes, konnten aber nichts finden, keine Spuren, keinen Hinweis, nichts. Das einzige, was sie entdeckten, waren die Überreste einer großen Feuerstelle. Sie befand sich auf einer abgeschiedenen Waldlichtung, ganz in der Nähe, wo der Aufseher und seine Frau umgekommen waren.«

Gebannt lauschten meine Tante und mein Bruder dem Ende von Johns Geschichte. Leise, kaum hörbar, sprach ich in die danach einsetzende Stille.

»Die Kinder«, sagte ich, Johns Version der Geschichte korrigierend, »die Kinder waren nicht beide Jungen.«

Das Lied des weißen Wolfes

Michael Moorcock

Elric, der Prinz von Melniboné, der Albinokönig, der weiße Wolf. Seit Robert E. Howards Conan *hat keine Gestalt einen so großen Einfluß auf das Sword-&-Sorcery-Genre gehabt wie diese Schöpfung Michael Moorcocks. Der tragische Held, der dazu verdammt ist, ein Schicksal zu erfüllen, das ihm zutiefst widerstrebt, und der nur in Symbiose mit seinem seelenfressenden Schwert Stormbringer leben kann, stellte ein Novum unter all den muskelstrotzenden Barbaren dar, die die literarischen Schlachtfelder bevölkerten. Doch was diese Figur noch bedeutender macht, ist das Konzept des Ewigen Helden, das sich als Leitmotiv durch einen Großteil des Moorcockschen Werks zieht. Elric steht zwischen Chaos und Ordnung, und ihm bleibt nur der Kampf – mal auf der einen Seite, mal auf der anderen, doch niemals Herr seines Schicksals.*

Auf, Mephistopheles, laß uns trefflich
streiten über göttliche Astrologie.
Sag, gibt es viele Himmel dort über dem Mond?
Sind alle Himmelkörper oder nur ein Leib,
vom Stoffe unserer Erde gleich?

Christopher Marlowe,
The Tragical History of Doctor Faustus

Auf dem Weg nach Xanardwys

Der feingliedrige Körper des Reiters war beinahe krankhaft gebeugt. Seine asketischen Gesichtszüge waren empfindsam, die Haut milchweiß. In seinem halb verhungerten Gesicht brannten blutrote, mißtrauische Augen wie Höllenfeuer aus tiefen Höhlen. Ein oder zweimal drehte er sich in seinem Sattel um und blickte zurück.

Eine Horde Alofianischer Hermaphroditen auf den Fersen, ritt der Mann durch die Dakwinsi-Steppe nach Osten und hoffte, das berühmte Xanardwys zu erreichen, bevor der Paß im Gebirge zugeschneit sein würde.

Seine hell silberfarbene Stute war ein widerstandsfähiger Bastan, geschaffen für dieses Gelände und genauso entschlossen zu überleben wie der kränkelnde Albino, der sich durch Drogen oder Lebensenergie, die er seinen Begleitern stahl, am Leben erhielt.

Der Mann zog den Schneeanzug aus schwarzem Robbenfell über und ritt weiter gegen den eiskalten Wind. Sein Name war Elric, in seinem eigenen Land war er ein Prinz, der letzte aus einem alten Geschlecht, selbst noch ohne legitime Nachkommen. Er war ein Ausgestoßener in dieser Welt, denn seit die Macht von Melniboné dem neuen Königreich weichen mußte, wurde sein Volk gehaßt und verfolgt. Seine eigene Sicherheit war ihm nicht mehr sehr wichtig, aber er war entschlossen, auf sein Inselkönigreich zurückzukehren, wieder mit seiner reizenden Kusine Cymoril zusammenzuleben und sie eines Tages zu heiraten. Einzig und allein dieser Wunsch trug ihn durch den Sturm.

Als sich das robuste Tier mühsam durch die tiefer werdenden Schneeverwehungen arbeitete, mußte sich Elric an der Mähne festhalten, denn nach und nach betäubte die Eintönigkeit der eisigen Landschaft sein Bewußtsein und die Kälte seinen Körper. Die Stute bewegte sich tagelang über Hochtäler und Berggrate, die Sonne immer im Rücken. Nachts grub Elric ein Loch in den Schnee und schützte sich und das Tier durch gefüttertes Segeltuch vor dem Erfrieren. Er befand sich noch immer im Jagdrevier der Kardik und besaß die gleiche Ausrüstung wie sie.

Irgendwann konnte Elric keinen einzigen bewußten Gedanken mehr fassen, und schließlich schwanden ihm sogar die Träume. Sein Pferd bewegte sich von allein Richtung Xanardwys, wo heiße Quellen den ewigen Sommer brachten und scharlachrote Rosen blühten.

Gegen Abend des fünften Reisetages, als die große purpurrote Scheibe der Sonne schon lange Schatten über die weiße Landschaft warf, bemerkte Elric plötzlich einen schneidend kalten Luftzug. Eine riesige Eiswand tauchte vor ihm auf, die Teil einer gigantischen, imaginären Festung zu sein schien. Vielleicht hatte es Elric hier mit einer jener monumentalen Luftspiegelungen zu tun, von denen die Kardik glaubten, sie würden eine unabwendbare Katastrophe ankündigen.

Da Elric schon mehr als einen harten Schicksalsschlag erlitten hatte, fühlte er sich durch die Ankündigung eines weiteren nicht erschreckt. Im Gegenteil, seine Neugier erwachte und holte ihn aus seinem Dämmerzustand. Als er sich dem aufgetürmten Eis näherte, konnte er sein Spiegelbild darin sehen. Von dem Bild seiner Auszehrung schockiert, verzog er das Gesicht zu einem grimmigen Lächeln. Er sah aus, als wäre er doppelt so alt, und er fühlte sich sogar um hundert Jahre gealtert. Begegnungen mit dem Übernatürlichen laugen den Geist aus, wie er von anderen, die ihm begegnet waren, erfahren hatte ...

Sein Spiegelbild wurde nach und nach größer und verschlang ihn ohne Vorwarnung – plötzlich war er vereint mit seinem eigenen Bild! Dann ritt er durch ein idyllisch grünes Tal, das, wie er sehnlichst hoffte, daß Tal von Xanardwys war. Er blickte über seine Schulter zurück und sah eine blaue Wolke den Hang hinunterwogen und verschwinden. Vielleicht lag der Spiegeleffekt in dem bizzaren Wetter dieser Region begründet. Er war zutiefst erleichtert, daß Xanardwys – oder letztlich dieses Tal – seinen Ruf als Legende bestätigt hatte. Er verdrängte alle Fragen nach den Ursachen des gerade erlebten Phänomens und ritt guten Mutes voran. Überall spürte er die Zeichen des Frühlings – warme, duftende Luft, blühende Wildblumen, knospende Bäume und Sträucher, saftiges Gras – und bestaunte diese wundervolle geographische Widersinnigkeit, von der er schon oft gehört hatte, daß sie Flüchtlinge und Reisende retten konnte. Bald würde er die Elfenbeintürme und Ebenholzdächer der Stadt sehen, in der er sich ausruhen, Proviant und Söldner einkaufen würde, um dann seine Reise nach Elwher fortzusetzen, das hinter der bekannten Welt lag.

Das Tal war eng wie ein Tunnel mit steil hochgezogenen Wänden. Hoch oben in der sanften Luft flochten die Wurzeln und Zweige dunkelgrüner Bäume ein Dach. Elric hatte das willkommene Gefühl, in Sicherheit zu sein, und atmete genußvoll in tiefen Zügen diese Atmosphäre üppigen Wachstums ein. Die großzügige Natur gab ihm Lebenskraft und die

Hoffnung zurück, die er in der gepeinigten Eiswüste fast verloren hatte. Auch seine Stute schritt viel lebendiger aus.

Doch als nach ein oder zwei Stunden Ritt die Wände immer steiler und enger wurden, begann der Albinoprinz nachzudenken. Ihm war noch nie zuvor ein solches Naturwunder begegnet, und allmählich wurde ihm klar, daß dieser enorm reiche Frühling wirklich nur übersinnlichen Ursprungs sein konnte. Aber gerade als er sich entschlossen hatte, zurückzukehren und damit zum ersten Mal in seinem Leben Besonnenheit statt Mut zu beweisen, senkten sich die Wände des Tunnels zu sanft auslaufenden Hügeln und gaben den Blick auf ein weites Tal frei, an dessen anderem Ende die dunstverhangene Silhouette einer Stadt aufragte, die Xanardwys sein mußte.

Nach einer kurzen Rast, um aus einem sprudelnden Bach zu trinken, setzten Elric und seine Stute die Reise fort. Sie kamen nun durch eine ausgedehnte Grünfläche mit vereinzelten kleinen Hainen, Blumenwiesen, Teichen und Bächen, eingebettet in ein Bergmassiv. Langsam näherten sie sich der häuslichen Sicherheit von Xanardwys' ländlichen Dächern.

Elric stieß einen Seufzer tiefer Zufriedenheit aus.

Plötzlich erschütterte lautes Gebrüll seine Ohren, und er wurde von einer neuen Sonne geblendet, die, schreiend und heulend wie eine der Hölle entkommene Seele, in den westlichen Himmel aufschoß. Grellbunte Flammen bildeten eine pulsierende Aura um sie. Dann schmolz der Lärm zu einem einzelnen tiefen Akkord zusammen und verklang langsam.

Elrics Pferd erstarrte, als wäre es zu Eis gefroren. Der Albino stieg ab, fluchte und hob die Arme, um seine Augen zu schützen. Breite Strahlen brachen aus dem pulsierenden Globus heraus, erstreckten sich kilometerweit über die Landschaft und spieen riesige Formen aus, dunkel und gewunden, als würden sie während des Fallens ringen und kämpfen. Nun war die Luft wieder mit einem schrecklich tosenden Lärm erfüllt, als würden eine Million monströse Flügelpaare schlagen. Trompeten, die metallischen Stimmen des Krieges, schmetterten los, Vorboten eines noch schrecklicheren Lautes – dem verzweifelten Raunen aller Seelen dieser Welt im furchtbaren Todeskampf. Es waren die ersterbenden Rufe und Schreie von Kriegern im letzten, grauenerregenden Stadium des Kampfes.

Elric beobachtete angestrengt die Agonie dieses mächtigen Lichts und fühlte, wie schwere, gigantische Formen mit dumpfen Schlägen zu Boden stürzten, die das Tal mit solcher Kraft erschütterten, daß es zusammenzubrechen drohte. Ein extrem süßlicher Gestank, wie von rachdurstigen Tieren, ging von den fallenden Kreaturen aus. Sie schienen förmlich vom Himmel zu regnen. Es war nur dem Glück zu verdanken, daß Elric nicht von einem der fallenden Körper zermalmt wurde. Er hörte Metall klirren und scheppern, Stimmen schrieen und ächzten, Flügel schlugen und schlugen immer wieder in wahnsinniger Hoffnungslosigkeit, so wie Mottenflügel gegen ein Fenster schlagen. Und immer noch fielen Monster vom Himmel, dessen Licht sich nun in kleinen Nuancen veränderte, dunkler wurde und beständiger, bis die ganze Welt von einem gleichmäßigen scharlachroten Glanz überzogen war, gegen den sich die fliegenden und fallenden Körper als schwarze Umrisse abhoben – Flügel, Helme, Panzer und Schwerter: grausame Schattenspiele eines verlorenen Kampfes. Der starke Gestank erinnerte Elric an den Herbst und den süßlichen Geruch der Verwesung. Es war, als müßte der Reichtum des Sommers wieder zu seinem Ursprung zurückkehren und sich auch noch mit dem üblen Gestank dieser wütenden Bestien vermischen.

Als das Licht weicher wurde und die große Scheibe langsam verschwand, erkannte Elric noch andere Farben und mehr Details. Der Gestank drohte ihm die Sinne zu rauben – der schnarrende, beißende Atem der gigantischen Bestien verkündete einen schnellen Tod und alarmierte jede lebenserhaltende Faser seines Leibes. Elric konnte sehen, wie metallisch diese Wesen gerüstet waren, mit großen silbrigen Flügeln, grauenhaft schönen Insektenaugen und -mäulern, wundersam verzerrt. Halb kristallene Körper und Gesichter, wie Leviathan und sein ganzes Geschlecht, aufgetaucht nach Millionen von Jahren aus einem Meer, das sie mit Myriaden Farben und asymmetrischen Formen überkrustet, zu wandelnden Monumenten aus Korall gemacht und ihnen Facettenaugen verliehen hatte, die nun in wildem Zorn in den Himmel starrten, aus dem immer noch die göttergleichen Gestalten dieser übernatürlichen Rasse stürzten. Manche konnten noch mit ihren Flügeln schlagen und flattern, andere fielen einfach nur herab, weil die Flügel schon zu zerstört waren, um ihr Gewicht zu tragen. Zwischen grauenhaften Reihen massiver Fangzähne donnerten Laute hervor, deren Tiefe und Kraft ausreichten, das ganze Tal zu erschüttern, Xanardwys Türme zum Einsturz zu bringen, seine Mauern zu zertrümmern und schwarzes Blut aus den Körpern des fliehenden Stadtvolkes zu pressen. Und immer weiter fielen sie vom Himmel.

Doch Elric, berührt durch das Übernatürliche, seine Sinne und seinen Körper völlig auf das seltsame Schauspiel konzentrierend, wollte um keinen Preis das Schicksal dieser armen, unglücklichen Kreaturen teilen.

Soweit er sehen konnte, war die Landschaft mit gefallenen Titanen bedeckt, die das blutig rosige Licht wie ein messingfarbener und kupferner Flecken beschmutzten. Einige lagen auf den Knien, einige stützten sich auf ihre Schwerter, Speere oder Schilde, andere stolperten blindlings umher, bis sie über den Körpern ihrer Kameraden zusammenbrachen. Einige lagen nur reglos da, atmeten langsam, ruhten in wachsamer Erleichterung, während ihre Augen den Himmel absuchten. Und immer noch fielen die mächtigen Engel.

Trotz all seiner Erfahrungen und jahrelangen Studien der

Mystik, konnte Elric die Wucht des Kampfes, vor dem sie flohen, nicht ermessen. Er, dessen Schutzherr einer der Fürsten des Chaos war, der die Kraft besaß, alle sterblichen Feinde zu zerstören, versuchte sich die Kraft dieser riesigen Armee vorzustellen, deren Soldaten dem Höllenadel entstammten. Denn das hier waren die Fürsten des Chaos mit ihrem vielartigen Gefolge. Da war sich Elric sicher.

Er bemerkte, daß sein Herz schneller schlug und sein Atem nur noch ein flaches Luftschnappen war. Er versuchte, sich zu beherrschen, weil er davon überzeugt war, daß die Gegenwart dieser zermürbten Armee ihn umbringen würde. Entschlossen, dieses Rätsel zu lösen, bevor er von der Gewalt dieser Bestien verschlungen wurde, wollte Elric gerade losgehen, als er hinter sich eine Stimme hörte. Es war eine menschliche Stimme. Sie klang höhnisch, mit einem leicht verschrobenen Akzent, aber es war die Hochsprache von Alt-Melniboné.

»Ich habe auf meinen Reisen ja schon viele Wunder gesehen, mein Herr, aber, beim Himmel, ich sehe zum ersten Mal Engel regnen. Können Sie mir das erklären? Oder sind Sie genauso verwirrt wie ich?«

Das Verhängnis von Xanardwys

Der Fremde hatte ungefähr die gleiche Statur wie Elric, mit zarten, gebräunten Gesichtszügen und blaßblauen Augen, scharf wie Stahl. Er trug die weite, ausgebeulte cremefarbene Kleidung der Barbaren, zusammengehalten durch einen braunen Ledergurt, an dem eine Tasche befestigt war, in der sich zweifellos Waffen und Zaubermittel befanden. Außerdem trug er einen Hut in der Farbe seiner Kleider und schulterte eine eigenartig aussehende Waffe, vielleicht war es auch ein Musikinstrument, ganz aus Walnußholz, Messing und Stahl.

»Wohnen Sie in diesem Land, oder sind Sie auch gegen Ihren Willen von einem verdammt chaotischen Wirbel hier reingezogen worden? Ich bin Graf Renark von Bek, ehemals wohnhaft in Rim. Und Sie, mein Herr?«

»Prinz Elric von Melniboné. Ich glaubte, in Xanardwys zu sein, aber nun zweifle ich daran. Ich habe mich verirrt. Was halten Sie von dem Ganzen hier?«

»Wenn ich mich recht an die Mythologie und Religion meiner Vorfahren erinnere, würde ich sagen, wir haben gerade die geschlagene Armee des Chaos gesehen, die Erzengel, die sich mit Luzifer gegen die Macht Gottes verbündet haben. Alle Völker erzählen ihre eigenen Geschichten von solch einem Krieg zwischen Engeln, der zweifellos das Echo eines tatsächlichen Ereignisses sein könnte. So sagt man jedenfalls, mein Herr. Bereisen Sie auch die Mondstrahlen?«

»Was ist denn das?« Elrics ganze Aufmerksamkeit konzentrierte sich auf einen der tausend Fürsten des Chaos. Sie lagen überall, verdunkelten die Hügel und Ebenen bis zum Horizont, aber eine dieser Kreaturen kannte er. Dieser Gigant war Arioch, sein ehemaliger Schutzherr, der Höllenbaron.

Graf von Bek wurde neugierig: »Was sehen Sie, Prinz Elric?«

Der Albino stutzte, sein Geist war verwirrt. Über all diesem lag ein Geheimnis, das er nicht verstand und das ihn zu sehr verängstigte, als daß er es hätte verstehen wollen. Er sehnte sich mit aller Kraft danach, woanders zu sein. Überall, nur nicht hier! Aber seine Beine begannen schon zu laufen, trugen ihn durch den ätzenden Gestank, mit dem ihn diese Körper umschlossen, und suchten nach seinem Beschützer:

»Baron Arioch! Baron Arioch!«

Eine zarte, entfernte Stimme erklang: »Ah, süßester meiner Sklaven! Ich glaubte dich tot. Hast du mir Nahrung mitgebracht? Süßfleisch für den Fürsten?«

Das war unverwechselbar Baron Ariochs Stimme, aber sie

hatte noch nie so schwach geklungen. Dachte Baron Arioch bereits an seinen eigenen, widersinnigen Tod?

»Ich habe heute weder Blut noch Seelen für Sie, großer Fürst.« Elric stieg über einen massigen Körper hinweg, der stöhnend auf dem Hügel lag. »Ich bin so schwach wie Sie.«

»Dann liebe ich dich auch nicht. Geh weg ...«

Die Stimme wurde zu einem verhallenden Echo, obwohl Elric ihn fast erreicht hatte.

»Geh zurück, Elric. Geh dahin, wo du hergekommen bist ... Das ist nichts für dich ... Du solltest nicht hier sein ... Paß auf ... Gehorche mir, oder ich werde ...«

Aber die Drohung war leer, und beide wußten das. Arioch hatte all seine Kräfte verbraucht.

»Ich wäre glücklich, dir zu folgen, Baron Arioch«, sagte Elric gefühlvoll. »Denn ich weiß, daß sogar ein Meister nicht lange in einer Welt überleben kann, in der so viel Chaos herrscht. Aber das weiß ich erst jetzt. Ich kam durch einen Zufall hierher. Ich dachte, ich wäre in Xanardwys.«

Nach einer Weile begann der Höllenfürst wie unter starken Schmerzen Worte zu stammeln: »Das ... ist ... Xanardwys ... aber nicht das Königreich. Es gibt keine ... Hoffnung mehr ... hier. Geh ... geh ... zurück! Keine ... Hoffnung ... Das ist das Ende der Zeit ... Mir ist kalt ... so ... kalt. Dein Schicksal ... wird sich ... nicht ... hier ... erfüllen ...«

»Baron Arioch?« Elrics Stimme überschlug sich. »Was soll ich tun? Ich kenne den Weg zurück nicht.«

Der massige Kopf senkte sich, musterte ihn aus seinen komplexen Fliegenaugen, aber von seinen süßen roten Lippen der Jugend kam kein Laut. Baron Ariochs Haut war wie Quecksilber, das sich in fließenden Bewegungen ständig über seinen Körper zu ergießen schien und dabei plötzlich Funken und vielfarbigen Diamantstaub ausstieß, als wollte die in ihm wohnende Kraft des Höllenfeuers nach außen dringen. Elric wußte, wäre dieser gewaltige Dämon noch im Vollbesitz seiner ursprünglichen Kräfte, würde allein seine Gegenwart ausreichen, Elrics Seele zu zerstören. Aber Arioch war nur noch ein Schatten, der jetzt seine restliche Kraft zusammennahm, um ein paar Worte zu formen:

»Dein Schwert ... hat ... die ... Kraft ... ein Tor zu schlagen ... zu ... zu der Straße nach Hause ...«

Das riesige Maul öffnete sich, um röchelnd die Atmosphäre einzusaugen. Silberne Zähne rasselten wie hunderttausend spitze Pfeile, aus dem roten Inneren des Maules brachen Hitze und Gestank hervor, die den Albino zurückweichen ließen. Seltsam gefärbte Flammen peitschten aus seinen Nüstern. Die Stimme war voll beißender Ironie:

»Sogar deine Kunst ... ist wertvoll für mich, süßer Elric ... Jetzt brauche ich alle meine Verbündeten, sogar die sterblichen ... Dieser Kampf ... muß unser ... letzter sein ... gegen die Kraft ... des Gleichgewichts ... und die, die sich mit ihr verbündet haben ... diese abscheulichen Diener der Einzigheit ... die die Elemente der ... Vielheit verschmelzen wollen ... zu einer einzigen beschränkten tödlichen Langeweile ...«

Die Rede hatte ihm die letzte Kraft geraubt. Ein letztes Seufzen, eine letzte schmerzvolle Geste.

»Singt das Lied ... das Lied des Schwertes ... singt es alle zusammen ... die Kraft wird dich auf den Weg ... führen ...«

»Baron Arioch, ich verstehe Sie nicht. Ich muß noch mehr wissen.«

Aber die großen Augen waren schon stumpf, und so etwas wie ein Lid senkte sich darüber. Baron Arioch war eingeschlafen oder glitt in den Tod. Und Elric fragte sich wieder, welche Macht die große Kraft der Chaosfürsten so gering hatte werden lassen. Welche Macht konnte diesen unverwundbaren Unsterblichen die Lebenskraft nehmen? War das die Kraft des Gleichgewichts? Oder vielmehr die Macht ihrer Ordnung, die der Fürst der Entropie »die Einzigheit« nannte? Elric hatte nur eine vage Vorstellung von den Motiven und Bestrebungen dieser mächtigen Kraft.

Als er sich herumdrehte, stand von Bek hinter ihm. Er machte ein grimmiges Gesicht und hielt seine eigenartige Waffe in beiden Händen, als wollte er sich damit verteidigen.

»Was hat Ihnen dieses Biest erzählt, Prinz Elric?«

Elric hatte in der melnibonischen Hochsprache gesprochen, die sich in Abermillionen Jahren als Verständigungsform zwischen Sterblichen und Dämonen entwickelt hatte.

»Er hat nur wenig Brauchbares von sich gegeben. Ich glaube, wir sollten uns auf den Weg machen. Diese verängstigten Fürsten der Hölle scheinen kein Interesse an ihr zu haben.«

Graf Renark stimmte zu. Die Landschaft war immer noch erfüllt vom Klingen der Schwerter und Schilde, dem donnernden Fall gepanzerter Körper, dem Schlagen ihrer großen Flügel und dem Gestank ihres Atems. Bei allem, was der Atem enthielt – Dreck, Dampf, flackernde Flammen und alle möglichen Sorten giftiger Gase –, war der Gestank unvermeidbar, und er überzog die ganze Welt mit einem Leichentuch. Wie Mäuse in einer Elefantenherde rannten die beiden Männer zwischen den Schatten der Giganten hindurch und wichen dabei den langsamen, ängstlichen Bewegungen der geschlagenen Armee aus. Um sie herum manifestierte sich bereits das Chaos. Ganz gewöhnliche Felsen und Bäume verbogen und veränderten sich. Am Himmel entwickelte sich eine Kakophonie aus Lichtblitzen, Gebrüll und aufgewühlten, grell getönten Wolken. Die beiden Männer erreichten die gefallenen Mauern von Xanardwys. Hier begannen die Körper schon mit der Transformation und nahmen Teile der Gestalt von jenen an, die diese Katastrophe über sie gebracht hatten, als sie zerstört und geschlagen durch die Vielheit in das Gebilde der Realität gefallen waren und es niederrissen.

Elric wußte, daß diese Körper schon bald von der ziellosen Energie des Chaos reanimiert würden, die den Fürsten des Chaos zwar nicht mehr helfen konnte, aber groß genug war, um dem, was einmal sterblich war, den Anschein des Lebens zu geben.

Von Bek und Elric beobachteten, wie sich der Körper einer jungen Frau verflüssigte und sich neu zusammensetzte, wobei er etwas Menschliches behielt, jetzt aber hauptsächlich eine Mischung aus Vogel und Affe war.

»Das Chaos ist überall«, erklärte Elric seinem Gefährten. »Es ist immer dasselbe. Diese Menschen starben in einem schrecklichen Todeskampf, und nun dürfen sie nicht einmal in Würde tot sein ...«

»Sind Sie da nicht etwas zu sentimental, mein Herr«, meinte Graf von Bek ironisch.

»Ich hege keine großen Gefühle für diese Leute«, versicherte Elric etwas zu hastig. »Ich halte es nur für eine totale Verschwendung.«

Nachdem sie eine Weile über sich verwandelnde Körper und Gebäudetrümmer, die ebenfalls ihre Form veränderten, gestiegen waren, erreichten sie eine kleine gewölbte Struktur aus Marmor und Kupfer, die das Chaos scheinbar noch nicht berührt hatte.

»Scheint ein Tempel zu sein«, bemerkte der Graf.

»Und bestimmt durch einen Zauber geschützt«, ergänzte der Albino. »Denn kein anderes Gebäude ist an seinem Platz geblieben. Wir sollten uns besser vorsichtig nähern.«

Er legte eine Hand auf sein Runenschwert, das zuckend und murmelnd nach Blut zu lechzen schien. Von Bek blickte auf das Schwert, und ein kleiner Schauer lief durch seinen Körper. Dann näherte er sich dem Tempel. Elric fragte sich, ob das irgendwie der Eingang zurück zu seiner eigenen Welt sein könnte. War es das, was Arioch gemeint hatte?

»Das sind die besonders unschönen Auswirkungen des Chaos«, sagte Graf von Bek. »Es ist die bittere Seite des Chaos – alles, was gut war, verkehrt sich ins Schlechte. Ich habe das mehr als einmal miterlebt – bei einzelnen Personen und in ganzen Zivilisationen.«

»Sie sind wohl weit gereist, Graf von Bek?«

»Ich wandere schon seit vielen Jahren zwischen den Welten. Ich spiele das Spiel der Zeit, Prinz. Das spielen Sie doch auch, oder?«

»Ich spiele nicht, Graf. Aber vielleicht können Sie mir aufgrund Ihrer reichen Erfahrungen sagen, ob von dem Gebäude ein Weg aus diesem Reich zurück in mein eigenes führt?«

»Das ist nicht leicht zu sagen. Ich weiß ja nicht, welches Ihr Reich ist.«

»Zauberei schützt diesen Ort«, sagte der Albino und griff an das Heft seines Runenschwerts. Aber Stormbringer gab nur einen kleinen Warnlaut von sich, als wollte er Elric mitteilen, daß er nichts gegen diese alte Magie ausrichten könnte. Graf von Bek war inzwischen näher an das Gebäude herangetreten und untersuchte die Mauern.

»Sehen Sie, Prinz. Da wirkt eine Wissenschaft für sich. Vielleicht eine Materie, die das Chaos nicht kennt.«

Er entdeckte feine Risse in der Oberfläche des Gebäudes und holte ein kleines, zusammengeklapptes Messer hervor, mit dem er einzelne Metallsplitter abhob.

»Dieser Ort hat schon immer übernatürlichen Zwecken gedient.«

Als hätte der Wanderer einen Mechanismus in Gang gesetzt, begann sich die Kuppel über ihnen zu drehen. Eine blaßblaue Aura löste sich und umhüllte sie. Sie rührten sich nicht, als sich eine Tür an der Basis öffnete und eine menschliche Gestalt hervortrat. Dieses Wesen war so bizarr wie die meisten, die Elric gesehen hatte. Es trug ähnliche Kleider wie der Graf von Bek, jedoch mit einer spitzen, schmuddeligen weißen Mütze auf ungebärdigem Haar. Sein Kinn war voller Bartstoppeln, die blutunterlaufenen Augen hatten einen zynischen und intelligenten Ausdruck. In einem Mundwinkel schmurgelte eine verkohlte Wurzel – ohne Zweifel irgendein Stammestalisman – vor sich hin.

»Beste Grüße, meine Herren. Ihr seht aus, als säßet ihr genauso in der Klemme wie ich. Erinnert einen irgendwie an Milton, nicht wahr? ›Cherub und Seraphim schwammen durch die Flut, mit verstreuten Waffen und Flaggen‹? Das Paradies ist verloren, meine lieben Kameraden in der Not. Und ich vermute, es wird nicht das einzige sein, was wir verlieren werden ... Aber, tretet doch näher.«

Der exzentrische Fremde stellte sich als Kapitän Quelch, Ritter des Glücks, vor, der sich gerade mitten in einem lukrativen Waffengeschäft befunden hatte, als er durch den Raum fiel und in diesem Gebäude landete. »Ich habe das Gefühl, es ist wieder diese alte, wohlbekannte Fehlfunktion, meine Herren.«

Das Gebäude bestand aus einem einfach eingerichteten Raum, der in ein schwaches, bläuliches Licht getaucht war. Es gab hier weder Möbel noch andere Gegenstände, die kultischen Zwecken hätten dienen können. Ein einfaches geometrisches Muster überzog den Boden, und einige bunte Fenster befanden sich unterhalb des Daches.

Aber der Raum war angefüllt mit Kindern jeden Alters. In der Mitte des Tempels lag ein alter Mann auf den Fliesen. Er war offensichtlich dem Tode nah. Er winkte Elric zu sich. Es war wie beim Fürsten des Chaos, er sah aus, als hätte er all seine Lebenskraft aufgebraucht. Elric kniete nieder und fragte den Alten, ob er irgend etwas benötige, aber der Alte schüttelte seinen Kopf.

»Nur ein Versprechen, Herr. Ich bin Patrius, Hohepriester

des Donblas, dem Schöpfer der Gerechtigkeit. Von der ganzen Bevölkerung Xanardwys konnte ich nur diese hier retten, weil sie gerade Unterricht bei mir hatten. Ich benutzte die Masse des Tempels, um einen Schutzmantel um uns zu errichten. Aber ich fürchte, die Anstrengung, diesen mächtigen Zauber aufzubauen, wird mein Tod sein. Alles, was ich will, ist, daß Sie die Kinder in Sicherheit bringen. Finden Sie einen Weg aus dieser Welt, denn sie wird bald in Formlosigkeit übergehen, in das Grundelement des Chaos. Es läßt sich nicht mehr rückgängig machen. Es gibt keine Hoffnung für dieses Reich, Herr. Das Chaos verschlingt uns.«

Ein dunkelhäutiges Mädchen begann zu weinen, und der alte Mann streckte seine Hand aus, um sie zu beruhigen.

»Sie weint um ihre Eltern«, sagte der Alte. »Sie weint um das, was ihnen geschehen ist und was aus ihnen werden wird. Alle diese Kinder haben das Zweite Gesicht. Ich habe sie gelehrt, das Wesen der Vielheit zu erkennen. Führen Sie sie zu den Wegen, Herr. Sie werden überleben, da bin ich sicher. Sie müssen sie nur zu den Wegen bringen!«

Dann wurde es still. Der alte Mann war tot. Elric wandte sich an von Bek und flüsterte: »Was? Er vertraut mir eine Aufgabe an, die für mich komplett bedeutungslos ist?«

»Aber nicht für mich, Prinz Elric.« Von Bek blickte vorsichtig in Kapitän Quelchs Richtung. Der Mann war auf eine steinerne Treppe gestiegen und sah aus dem Fenster. Er beobachtete die geschlagene Armee der Hölle und murmelte in einer fremden Sprache vor sich hin.

»Haben Sie den Alten verstanden? Kennen Sie den Weg aus diesem verdammten Reich?«

»Ja, Prinz Elric. Ich sagte Ihnen doch, daß ich ein Meister bin, ein *Jugadero*. Ich spiele das Spiel der Zeit und der Reiche zwischen den Welten. Ich denke, Sie sind mein Gefährte – möglicherweise sogar mehr als das –, aber Sie kennen Ihr

Schicksal nicht. Ich werde Ihnen daher nichts von meinem Wissen vorenthalten und biete Ihnen an, mit mir das Spiel der Zeit zu spielen. Wenn Sie ein *Muckhamir* werden möchten, brauchen Sie es nur zu sagen.«

»Mein einziger Wunsch ist, in mein Reich und zu der Frau, die ich liebe, zurückzukehren«, gestand Elric. Er streckte seine langgliedrige knochenweiße Hand aus, auf der eine einzige Ader pulsierte, und berührte das Haar eines schluchzenden Kindes. Diese Geste erlaubte von Bek einen tiefen Einblick in den Charakter dieses mißmutigen Fürsten. Das Mädchen blickte zu ihm hoch, ihre Augen flehten nach Sicherheit, aber sie fand wenig Hoffnung in den rubinroten Augen der eigenartigen Kreatur, die da auf sie herabsah; ein einziger Ausdruck an Verlorenheit und Sehnsucht nach unerreichbaren Zielen. Sie fragte: »Wirst du uns retten, Herr?«

»Meine Dame«, sagte der Prinz des Verfalls mit einem feinen Lächeln und einer Verbeugung. »Ich bedaure, ich bin in der armseligen Lage, mich selbst retten zu müssen, ohne noch eine erlesene Anfängerklasse von Sehern mitnehmen zu können. Andererseits liegt mir aber auch daran, uns alle von diesem Schrecken zu befreien. Das kannst du mir glauben ...«

Kapitän Quelch kam die Stufen herab und nickte ermutigend mit dem Kopf: »Wir werden schneller hier raus sein, als du dir vorstellen kannst, Kleine.«

Aber das Mädchen sah immer noch Elric an und sprach zu ihm: »Ich werde Weitsicht und Erste-ihrer-Art genannt. Der erste Name erklärt meine Fähigkeit, der zweite meine Zukunft und ist mir selbst noch rätselhaft. Aber du besitzt das Mittel, das uns retten kann, Herr. Das sehe ich.«

»Eine kleine Hexe!« Kapitän Quelch schüttelte wieder den Kopf, diesmal mit einer komischen, etwas selbstgefälligen Geste. »Nun gut, meine Liebe. Mit einer Ansammlung derartig großer Zauberer kann uns sicher nichts geschehen.«

Elric blickte Weitsicht in die Augen und war beinahe schockiert über die Schönheit, die er darin entdeckte. Sie war, das erkannte er nun, ein Teil seines Schicksals. Vielleicht noch nicht zu diesem Zeitpunkt, vielleicht auch niemals, wenn er es nicht schaffen würde, sie alle vor dem sicheren Untergang Xanardwys zu retten. Von den Fürsten des Chaos ging zwar keine unmittelbare Gefahr aus, aber der unbesiegte Einfluß ihrer dämonischen Kraft, die denen eine schreckliche Lebendigkeit verlieh, die sie getötet hatten, würde auch sie in Karikaturen verwandeln. Fast gemächlich, und ohne es selbst zu wissen, zerstörte der Adel der Hölle sein eigenes Heiligtum, weil er die Sterblichen mit dem Atem der eigenen Verwesung vergiftete. Diese bestialische Auswirkung erschreckte und verzweifelte Elric. Vielleicht waren sie nur Spielzeuge in den Händen von verrückten, unsterblichen Bestien. Bestien ohne Bewußtsein oder Plan.

Aber jetzt blieb keine Zeit für abstrakte Überlegungen. Als Elric sich umsah, bemerkte er, daß die Wände des Tempels zu zittern begannen, ihre Festigkeit verloren und sich verformten. Und die Wesen in dem Tempel hatten immer noch keinen Fluchtweg gefunden. Von draußen hörten sie knurrende und heulende Laute.

Die Geschöpfe des Chaos schlurften auf den Tempel zu. Kreaturen, deren Gefühle zu abgestumpft waren, um noch zugänglich für Argumente, Wissenschaft oder Zauberei zu sein. Die überlebenden Einwohner von Xanardwys waren für sie nur noch blinder Nutzen, um einen grausamen Hunger zu stillen, der jede Art an Fleisch aufsaugen würde. Was immer sie in ihrem Leben gewesen waren, nun wurden sie nur noch von dem Wissen der vollkommenen und ewigen Vernichtung getrieben, ihre Seelen zu Unrecht verdammt, reines Futter für die Fürsten der Hölle.

Einst, als Elrics Volk den Pakt mit dem Chaos und seinem

Ruhm als kreative Größe schloß, hatten sie nur auf die goldenen Versprechen gehört und verdrängt, daß das Chaos Gier und blinde Herrschsucht in Schrecken und Zerstörung verwandeln würde. Dann aber, als das Böse sie entdeckte und sich mit dem Chaos vereinte, wurde der wahre, unmoralische Hintergrund der Fürsten des Chaos offenbar. Aber da konnten sie nicht einmal mehr sich selbst retten. Der Wille, die eigene Kultur und Tradition zu erhalten, war genauso verloren wie ihr Bedürfnis nach Leben. Das Neue Königreich hatte ihre innere Unsicherheit erkannt und ausgenutzt. Und nur Elric, der Erbe des Rubinthrones, war ausgezogen, um herauszufinden, was sein großartiges Volk in diesen grausamen und melancholischen Inzest getrieben hatte. Sein Erbe ließ er in den Händen seiner Kusine zurück. So hatte er die Frau, die er mehr als sein Leben liebte, verlassen, um die Antworten auf seine Fragen zu finden ... Aber, so dachte Elric, war er nur nach Xanardwys gekommen, um zu sterben?

Renark von Bek rannte die Stufen hoch, die Waffe in den Händen. Gerade als er die oberste Stufe erreicht hatte, brach eine dieser Kreaturen durch das Fenster. Mit ihren Lederflügeln sah sie aus wie eine billige Parodie der Fürsten des Chaos. Von Bek stemmte die Waffe gegen seine Schulter. Es gab ein scharfes Zischen, und die Kreatur schrie und fiel um. In ihrem Schädel bildete eine klaffende Wunde ein zackiges Loch.

»Der Elefantenschuß!« schrie von Bek. »Mehr habe ich heute nicht zu bieten.« Quelch schien ihn zu verstehen und lobte ihn.

Obwohl er immer noch nicht wußte, wie diese Waffe eigentlich wirkte, war Elric ihr doch dankbar, denn nun wurde auch die Tür des Tempels von den Kreaturen eingedrückt.

Er fühlte eine weiche Hand auf seinem Handgelenk. Das Mädchen blickte ihn ernst an:

»Dein Schwert muß sein Lied singen«, sagte sie. »Das weiß

ich. Dein Schwert muß sein Lied singen, und du mußt es mit ihm singen. Ihr müßt es zusammen singen. Das wird uns den Weg weisen.«

Ihre Augen blickten auf keinen bestimmten Punkt. Sie sah in die Zukunft, wie Arioch es getan hatte. Oder war es vielleicht die Vergangenheit? Sie sprach, als wäre sie weit weg. Elric wurde klar, daß er sich in der Gegenwart eines großen Geistes befand, aber ihre Worte ergaben trotzdem keinen Sinn für ihn.

»Ja, das Schwert wird singen, kleine Dame, schon sehr bald«, sagte er und fuhr ihr über das Haar. Er sehnte sich nach seiner Jugend und seinem Glück mit Cymoril.

»Aber ich fürchte, dir wird der Klang von Stormbringer nicht gefallen.«

Er überredete sie sanft, zu den anderen Kindern zu gehen und sie zu beruhigen. Dann schwang er seinen rechten Arm wie ein schweres Pendel, und sein Fehdehandschuh griff nach dem schwarzen Heft des Runenschwertes, und plötzlich, mit einer einzigen, kleinen Bewegung, zog er die Klinge aus der Scheide, und Stormbringer heulte vor Freude auf wie ein durstiger Bluthund.

»Diese Seelen gehören mir, Fürst Arioch!«

Ironischerweise würde er jetzt ein wenig von der Lebenskraft seines Schutzherrn stehlen, denn die war auch für die Schöpfung dieser Kreaturen verantwortlich, die sich nun zu einem obszönen Fleischgewirr deformierten, als sie sich durch die Tür des Tempels preßten. Die Energie, die schon dieses Reich zerstört hatte, gab den kriechenden Halbwesen, die auf Elric und von Bek zuschlichen, nur den Schein des Lebens. Kapitän Quelch, der herumzeterte, weil er keine Waffe hatte, blieb bei den Kindern, seine Arme in der Geste eines reichlich kümmerlichen Beschützers erhoben.

»Viel Glück mit Ihrer Elefantenkanone, alter Mann!« rief er

Graf von Bek zu, der seine Waffe über die Schulter gelegt hatte und sorgfältig zielte, den Abzug drückte und, wie er es nannte, »ein paar Pfund von Mamis Lieblingen in Blasen verwandelte«. Es gab ein scheußlich platschendes Geräusch von zerberstenden Panzern und Fleisch. Elric machte schleunigst einen Schritt zur Seite, als sein Gefährte die Waffe nachlud, noch mal zielte und erneut die Brut von der Tür wegblies.

»Ich denke, es ist fair, Ihnen zu sagen, daß ich nur noch wenig Munition habe, Prinz. Und vermutlich ist dann auch für immer Schluß mit der alten Smith & Wesson. Ich fürchte, die werden heute nicht mehr hergestellt.« Er griff noch mal in die Patronentasche.

Es dauerte nicht lange, bis er die Waffe wieder benutzen mußte, denn die Geschöpfe des Chaos quollen nun durch die hoch angebrachten Fenster. Das Schaben von Schuppen und Kratzen von Krallen war überall zu hören, und von Bek zog sich ins Zentrum des Gebäudes zurück, während Elric vortrat, das schwarze Schwert in der Hand, das vor Haß rumorte und von dunklem Feuer durchzuckt wurde. Seine unheiligen Runen krochen und hüpften in dem unheiligen Metall. Die schreckliche Waffe, geführt von einem dunklen Eigenleben, hob und senkte sich, als der weiße Prinz den Kreaturen des Chaos entgegentrat, um deren Lebenskraft zu trinken. Was von ihren Seelen übriggeblieben war, floß direkt in den unterernährten Körper des Melnibonéers, dessen Augen nun wieder vor Gesundheit glänzten und dessen Lippen ein wölfisches Knurren hören ließen, während er seinen Körper an der dreckigen Flüssigkeit aus diesen nicht mehr menschlichen Gegnern sättigte.

Als sein Durst gestillt war, beendete das Schwert seinen triumphalen Zug, und Elric heulte auf. Das war der alte Kampfruf seiner Leute, der Ruf nach dem Adel der Hölle, nach den Dämonen seines Schutzherrn, nach dem Fürsten Arioch. Die deformierten Körper der untoten Xanardwyer füllten inzwischen den Türrahmen aus, und von Beks Waffe donnerte und krachte, um die Fenster zu verteidigen.

»Diese Dinger werden nie aufhören, uns anzugreifen«, rief von Bek. »Es sind zu viele. Wir müssen fliehen. Das ist unsere einzige Hoffnung, sonst überwältigen sie uns.«

Elric stimmte ihm zu. Er stützte sich auf sein Schwert und betrachtete sein schreckliches Werk, seine Augen weiß wie ein Totenlicht, sein Gesicht eine Kampfmaske.

»Ich empfinde Ekel vor dieser Art Metzelei«, sagte er. »Aber ich weiß auch nicht, was wir sonst tun sollten.«

»Du mußt mit deinem Schwert ins Zentrum gehen«, sprach eine klare, flüssige Stimme. Es war das Mädchen Weitsicht.

Sie verließ die Gruppe und griff furchtlos nach dem pulsierenden Schwert, dessen unheimliches Metall mit verräterischem Blut getränkt war.

»Hier, in die Mitte.«

Von Bek, Kapitän Quelch und die Kinder verharrten in verwundertem Schweigen, als das Mädchen die häßliche Klinge ergriff und sie mit ihrem Führer dorthin zog, wo der Körper des alten Mannes lag.

»Das Zentrum liegt unter seinem Herzen«, erklärte Weitsicht. »Du mußt das Schwert durch sein Herz stoßen, dann wird es singen und du auch.«

»Ich weiß aber nichts von einem Schwertlied«, sagte Elric, aber sein Protest war gegenstandslos. Er vertraute der ruhigen Sicherheit des Mädchens, ihren gezielten Bewegungen und der Art, in der sie ihn führte, bis er rittlings auf dem friedlichen Körper des alten Meisters saß.

»Er ist erfüllt von dem Stärksten der Gerechtigkeit«, sagte Weitsicht. »Und dieses Element wird für eine Weile dein Schwert erfüllen und es für uns wirken lassen, vielleicht sogar gegen unsere eigenen Interessen.«

»Du weißt aber viel über mein Schwert, kleine Dame«, wunderte sich Elric.

Das Mädchen schloß die Augen. »Ich bin gegen das Schwert und bin im Schwert und mein Name ist Flinker Dorn.« Ihre Stimme klang, als hielte jemand anders ihren Körper besetzt. »Ich bin im Schwert, und ich ersetze das Schwert. Ich bin eine von den Schwestern. Ich bin das Recht. Es ist unser Schicksal, Elfenbein in Silber zu verwandeln, um das Licht zu finden und Gerechtigkeit zu schaffen.«

Von Bek beugte sich nach vorne. Weitsichts Worte schienen eine große Bedeutung für ihn zu haben, und er war sichtlich erstaunt, sie zu hören. Er fuhr mit einer Hand über ihre Augen.

Alle achteten auf sie. Selbst Quelch machte einen ernsten Eindruck, während sich die Kreaturen des Chaos draußen auf einen neuen Angriff vorbereiteten.

Dann war ihre Verwandlung abgeschlossen. Ihr Gesicht glühte in rosa und goldenen Strahlen, Streifen silbernen Lichts flossen von ihren Haaren, die zu brennen schienen. Ihre dunkle Haut vibrierte vor übernatürlichem Leben.

»Schlag zu!« schrie sie. »Schlag zu, Prinz Elric! Durchstoße das Herz bis zum Zentrum! Schlag zu, oder uns wird für immer die Zukunft verboten sein!«

Vor der Tür war ein gurgelndes Husten zu hören. Sie sahen Facettenaugen, ein zuckendes Maul, und sie wußten, daß einer der bösartigen Fürsten des Chaos nach Seelen und Blut suchte und beschlossen hatte, sie zu verzehren.

Wanderer zwischen den Welten

»SCHLAG ZU, MEIN GOTT! SCHLAG ZU!«

Die Stimme des Mädchens ertönte, ein reiner, goldener Akkord gegen die Mißklänge des Chaos, und sie führte das Fleisch gewordene Eisen des schwarzen Schwertes auf das Herz des alten Mannes zu.

»Schlag zu, Fürst! Und sing das Lied!«

Dann machte sie eine Bewegung mit ihrer Handfläche, und das Runenschwert stürzte nach unten, stürzte in das Herz, stürzte durch Sehnen, Knochen und Fleisch in den Stein darunter, und plötzlich, durch diese weiße Zauberei, erglühte eine blaßblaue Flamme in der Klinge, die erst zu Zinn und Bronze wurde, dann zu festem, hartem Silber.

Von Bek schrie auf: »Das Schwert des Erzengels!«

Aber Elric hatte keine Zeit mehr zu fragen, was er damit meinte, denn das Runenschwert leuchtete immer greller und blendete die Kinder, die anfingen zu wimmern und zurückwichen. Das Mädchen aber war plötzlich verschwunden, nur noch ihre Stimme erhob sich in einem unvorstellbar schönen, geistig reinen Gesang, einem Gesang, der von dem Stahl selbst auszugehen schien. Es war ein wundervolles Lied, das von Glück und Erfüllung erzählte, so daß Elric sein Herz selbst dann noch höher schlagen fühlte, als sich die lange, graue Zunge des Chaosfürsten um seine Fersen wickelte. Aus dem Inneren seiner Brust, als wäre dort sein ganzes Wesen konzentriert, erklang ein Lied. Der harmonische Gesang, geschaffen aus allen Wünschen, die er jemals gehabt hatte, seiner ganzen Trauer, dem Kummer und der Einsamkeit, seinem ganzen Streben und den Träumen aus den Zeiten intensiver Freude, aus Liebe und Haß, aus seinen Vorlieben und seinen Abneigungen. Es war ein Sieg und eine Erklärung. Es war ein Fest und eine Agonie. Es war nichts anderes als Elrics Lied. Das Lied eines einzelnen, einsamen Individuums in einer unsicheren Welt, das Lied des gemarterten Verstandes und des großzügigen Herzens des letzten Fürsten seines Volkes, des grüblerischen Prinzen des Ruins, des Weißen Wolfes von Melniboné.

Aber vor allem war es ein Lied der Liebe, voll sehnsüchtigem Idealismus und verzweifelter Trauer um das Schicksal der Welt.

Das silberne Licht wurde immer greller, und in seinem Zentrum, wo der Körper des alten Mannes gelegen hatte, stand immer noch die Klinge. Und da, an dieser Stelle, erschien nun ein Kelch aus fein gewirkten Silber- und Goldfäden, dessen Rand und Fuß mit kostbaren Steinen verziert war, die machtvolle Strahlen aussandten. Elric, dem es nicht möglich gewesen war, das Schwert anzufassen, als die weiße Energie durch es hindurchschoß, hörte den Grafen von Bek in Erkenntnis aufschreien. Dann war die Vision vorbei. Feine, seidige Schwärze sprühte in alle Richtungen, als wären sie am Anfang aller Zeiten, noch bevor das Licht in die Welt kam.

Als sie genau hinsahen, schien es ihnen, als würden Spinnen das schwarze Nichts Stück für Stück mit ihren seidenen Fäden ausspinnen.

Durch die Spinnweben sahen sie verbundene Formen auftauchen, die das Vakuum ausfüllten, es bevölkerten, es mit Wundern und Farben anreicherten, die unzählige mächtige Sphären, kurvenreiche Wege und eine unendliche Fülle an möglichen Erfahrungen bildeten.

»Das ist es, was wir aus dem Chaos machen können. Hier ist die Vielheit. Diese Weben sind die weiten Wege zwischen den Reichen. Wir nennen sie ›Mondstrahlen‹, hier treiben die Wesen zwischen den Welten ihren Handel, und hier kommen die Schiffe aus dem zweiten Äther an. Sie sind beladen mit einer Fracht aus sehr besonderem Stoff, der nicht für sterbliche Augen gemacht ist. Hier sind die unendlichen Reiche, alle Möglichkeiten, das Beste und das Schlechteste, das Gott geschaffen hat …«, flüsterte Renark von Bek.

»Sie haben ihrem Gott gehuldigt, Graf«, sagte Elric. »Das ist zuviel für mich. Ich bezweifele, daß mein Hirn ausreichend gebildet ist, um all das zu verstehen.«

Von Bek vollführte eine graziöse Geste mit einer Hand, als wäre er ein eleganter Lebemann.

Formen jeglicher Art blühten vor ihnen auf, erstreckten sich bis zur Unendlichkeit – hier schimmerten, flammten und glühten namenlose Farben, dort gab es nur ein entferntes, kaltes Grau. Kompliziert gewobene Spinnweben reichten in alle Dimensionen, eine verbunden mit der anderen. Schimmernd, zitternd und zart, trugen sie die Frachten und den Verkehr von unzähligen Millionen Reichen.

»Da sind Ihre Mondstrahlen, mein Herr.«

Von Bek grinste und genoß die riesige, variierende, jetzt geregelte Vielheit, die ewig fruchtbar und reproduzierend für immer ihr Material aussandte, um sich von dem rohen, unsinnigen, unvorhersehbaren Element des Chaos zu entfernen und die mächtige Alchimie zu erschaffen und zu erhalten. Das war die endgültige Gegenwart, die grundsätzliche Wirklichkeit, auf der alle anderen Wirklichkeiten basierten, die aber die meisten Sterblichen nur in Visionen, Träumen oder als Echo tief in ihrem Inneren wahrnehmen konnten.

»Die Weben zwischen den Welten sind die großen Straßen, auf denen wir von einem Reich der Vielheit in das andere gehen können.«

Sphären erblühten und brachen aus, formten sich neu und erblühten wieder. Schwirrende, halb bekannte Bilder reproduzierten sich selbst in jeder erdenklichen Variation. Elric sah Welten in der Gestalt von Bäumen, Galaxien wie Blumen, Sternensysteme, die zusammengewachsen waren, Wurzeln und Zweige, die sich so verheddert hatten, daß sie einen einzigen riesigen Planeten bildeten. Er sah Universen, die zu stählernen Ozeanen geworden waren oder zu flackerndem Feuer. Manche waren verwüstet und von boshafter Kälte. Andere bestanden aus pulsierenden Farben, bevölkert von Wesen, die durch Flammen gingen, um sich zu gütigen und heiligen

Arten zu läutern. Dann gab es Universen von Göttern, Engeln und Teufeln, Universen lebendiger Ruhe, Universen von ständig rasendem Chaos oder steriler Ordnung. Sie alle schienen beherrscht von der Wissenschaft, die sie selbst hervorgebracht hatten. Die Vielheit war auf immer abhängig von der Verbindung zur logischen Kraft, den Wünschen und Schrecken, dem Mut und der Moral ihrer Bewohner. Eins konnte nicht ohne das andere existieren.

Und immer war eine Kraft hinter all dem zu spüren. Eine Kraft der Gerechtigkeit, die die kosmische Balance zwischen Ordnung und Chaos austarierte und dabei die Kämpfe der Sterblichen und ihrer übernatürlichen Gegner ausglich, diesen füreinander unsichtbaren, unbekannten Schwestern und Brüdern in all den mysteriösen Reichen der Vielheit.

»Haben Sie schon mal von der Gilde der Meister gehört, die sich ›Das Recht‹ nennt?« fragte von Bek. Als sein Gefährte nicht antwortete, fuhr er fort:

»Nun, mein Freund, ich gehöre zu ihnen. Ich lernte in Alexandria und Marrakesch. Ich habe gelernt, zwischen den Reichen zu wandern. Ich habe gelernt, das *Zaitjugo* zu spielen, das Spiel der Zeit. Ich bin Ihnen wirklich dankbar für Ihre Zauberei, mein Prinz, aber Sie sollten wissen, daß Ihr Können das alles unbewußt herangezogen hat. Sie sind in der Lage, Rituale abzuhalten und einige Formeln zu sprechen, durch die Sie Hilfe aus anderen Reichen rufen können. Aber schon Ihr Volk definierte seine übernatürlichen Verbündeten mit schlecht durchdachten Begriffen, wenn nicht gar mit primitivem Aberglauben. Sie, mein Herr, haben trotz all Ihres angelernten Wissen und Ihrer Erfahrungen nicht verstanden, was Sie eigentlich getan haben. Aber wenn Sie mit mir kommen und das große Spiel der Zeit spielen, werde ich Ihnen die Wunder der Vielheit zeigen. Ich werde Sie lehren, sie zu erforschen, zu verändern und sich daran zu erinnern – denn ohne Training, ohne lange Jahre der Ausbildung in der Kunst des *Muckhamir* ist es einem sterblichen Geist nicht vergönnt, sich an irgend etwas zu erinnern, sobald er in einem der Reiche angekommen ist.«

»Ich habe in meinem eigenen Reich einiges zu tun«, antwortete Elric. »Ich habe Verantwortung und Verpflichtungen.«

»Ich respektiere Ihre Entscheidung, Prinz«, sagte von Bek mit einer Verbeugung, »aber ich bedaure sie. Sie hätten einen noblen Spieler abgegeben. Vor allem, weil ich überzeugt bin, daß Sie dieses Spiel schon immer gespielt haben und es auch weiterhin spielen werden, ob Sie sich dessen bewußt sind oder nicht.«

»Nun, Herr Graf«, entgegnete Elric, »vermutlich wollen Sie mir damit eine Ehre erweisen, und dafür danke ich Ihnen. Nun aber wüßte ich es vor allem zu schätzen, wenn Sie mir den Weg zu meinem Reich zeigen könnten.«

»Ich werde Sie selbst dorthin bringen, Prinz. Es ist das mindeste, was ich tun kann.«

Wenn es stimmte, was von Bek vorausgesagt hatte, würde diese Reise zwischen den Reichen für Elric später nur ein undeutlicher Traum sein. Elric bedauerte das schon jetzt, denn er begann allmählich mehr zu sehen und zu verstehen. Er hatte begriffen, daß sich Natürliches und Übernatürliches ständig vermischten und zu einem Ganzen wurden. Monströse Wesen durchstreiften den leeren Raum ihrer eigenen Entstehung. Ganze Völker, Rassen und Welten durchliefen ihre Geschichte in der Zeitspanne, die Elric benötigte, um auf den Mondstrahlen, diesem zarten, komplexen Schnürwerk aus Wegen, einen Fuß vor den anderen zu setzen.

Formen wuchsen und verfielen, übertrugen und verwandelten sich. Einmal waren sie ihm sehr vertraut, dann wieder absolut fremd. Er bemerkte, daß andere Reisende auf Mondstrahlen vorbeizogen, er sah komplexe Gesellschaften in regem Austausch mit Kreaturen, die ihnen selbst völlig unähnlich waren. Von Bek führte Elric in einem gleichbleibenden, entschlossenen Tempo vorwärts.

»Die Zeit hat ein anderes Maß als das, mit dem Ihr sie meßt«, erklärte er. »Eigentlich kann man sie überhaupt nicht messen, vor allem nicht, wenn man zwischen den Reichen wandert.«

»Aber was ist diese ... diese Vielheit?« Elric schüttelte seinen Kopf. »Es ist zuviel für mich. Mein Verstand scheint sich zu weigern, es verstehen zu wollen.«

»Ich kann Ihnen helfen. Ich kann Sie zu dem *Medersinn* von Alexandria oder Kairo bringen, nach Marrakesch oder Malador, dort können Sie die Kunst der Meister erlernen, alle Bewegungen des Spiels der Zeit zu beherrschen.«

Der Albino schüttelte wieder seinen Kopf.

Mit einem Achselzucken drehte sich von Bek zu den Kindern um: »Aber was sollen wir mit ihnen machen?«

»Die sind bei mir sicher genug aufgehoben, alter Knabe.« Kapitän Quelch stand hinter ihnen. Nur der Boden des Tempels war übriggeblieben und trug die Kinder hinter den Gefährten her durch den Raum. In ihrer Mitte stand Weitsicht. Sie lächelte und hatte ihre Arme wie zum Schutz ausgestreckt.

»Wir werden einen sicheren Hafen finden, meine Kleinen.«

»Können Sie das alles hier beherrschen, Graf Renark?« fragte Elric.

»Es liegt in der Macht aller Sterblichen, die Vielheit zu beeinflussen, Wirklichkeit zu gestalten, Gerechtigkeit aufzubauen und den rohen Stoff des Chaos auszuweisen. Aber ohne Chaos gäbe es keine Schöpfung. Das ist die einfache Wahrheit aller Existenz, Fürst Elric. Das Versprechen der Unsterblichkeit. Es ist möglich, auf sein eigenes Schicksal einzuwirken. Das ist die Hoffnung, die uns das Chaos gibt.«

Von Bek beobachtete vorsichtig Kapitän Quelch, der irgendwie verärgert zu sein schien.

»Entschuldige bitte, wenn ich mal kurz diese philosophische Debatte unterbreche, Sportsfreund, aber ich bin etwas um mich und die Sicherheit und Zukunft der Kleinen besorgt. Schließlich trage ich die Verantwortung für sie. Ihr Herren könnt euch ja von mir aus mit der Großartigkeit der Vielheit beschäftigen, aber ich bin nur der Begleiter dieser kleinen Seher hier. Was sollen wir machen? Wohin gehen wir?«

Tränen standen in Quelchs Augen, so tief hatte ihn seine eigene Rede berührt.

Das Mädchen Weitsicht lachte ausgelassen über Quelchs Protest. »Mein Fürst, wir brauchen keinen Führer wie dich.«

Kapitän Quelch grinste schief und griff nach ihr.

In diesem Moment verschwand der Tempelboden, und alle standen auf einer breiten, hellen Straße, die sich durch die bunte Vielzahl von Sphären und Flächen erstreckte. Es sah aus, als würde das ganze große Spektrum unvermuteter Dimensionen Quelch anstarren.

»Ich nehme die Kinder, Herr«, bestimmte der Graf von Bek fest. »Ich habe bereits eine Idee, wo sie in Sicherheit sind und ungestört ihre Studien fortsetzen können.«

»Was reden Sie da, mein Herr?« Kapitän Quelch war sichtlich empört. »Sie halten mich wohl nicht für gut genug ...!«

»Deine Ziele sind mir nicht ganz klar, mein Fürst«, sprach Weitsicht. Ihre klare Stimme schien die ganze Vielheit auszufüllen. »Ich vermute, du willst uns retten, um uns zu fressen.«

Elric, verwundert über die Worte des Mädchens, sah von Bek an, der etwas hilflos mit den Achseln zuckte. Es war eine Konfrontation zwischen dem Kind und dem Mann.

»Dich aufessen, meine Kleine? Hahaha! Ich bin der alte Quelch und nicht irgendein Kannibalentroll.«

Die weiße Straße glühte an den Rändern auf.

Elric fühlte sich zerbrechlich und verwundbar angesichts der Vielfältigkeit von Sphären und Reichen. Er war kurz davor, seinen Augen nicht mehr zu trauen, so viele plötzliche Veränderungen hatte er gesehen und so viel neues Wissen erfahren. Nun sah er, wie Kapitän Quelchs Gestalt sich verbog, ein wenig verblaßte und eine andere Form annahm, mit Augen, die ihn an Ariochs erinnerten. Da wußte Elric, das sie hereingelegt worden waren. Diese Kreatur konnte immer noch ihre Form verändern.

Zweifellos ein Fürst des Chaos, der nicht so stark verwundet worden war wie die anderen und der im Tempel die Lebensenergie gespürt und einen Weg gefunden hatte, sich einzuschleichen. Vielleicht hatte Quelch dem alten Mann das Leben genommen und war nur deshalb so fürsorglich um die Kinder bemüht, weil er den unbewußten Widerstand des Mädchens fühlte. Die Kinder bildeten einen fest geschlossenen Kreis um das Mädchen. Ihre Augen blickten in die eines Insekts, in das Gesicht einer Fliege. Quelchs Körper verschob sich, bebte, schüttelte sich, krachte und nahm seine wahre bizarre, barocke Form an: die asymmetrischen Panzerungen und funkelnden Schuppen, die Flügel aus Messing, den gleichen obszönen Gestank, der auch das Tal von Xanardwys vergiftet hatte. Die Verwandlung ging so schnell vor sich, als könnte er seine menschliche Gestalt nicht länger ertragen und müßte eiligst in seinen wahren Körper zurückkehren, ausgehungert nach Seelen und jedem einzelnen Fetzen menschlichen Lebens, den er begierig in seine ausgelaugten Venen saugen würde.

»Wenn du glaubst, du könntest der Rache des Eroberers entgehen, Fürst, bist du im Irrtum«, sagte das Mädchen. »Ihr seid bereits verdammt. Sieh, was aus dir geworden ist. Sieh, was du auffressen willst, um selbst am Leben zu bleiben. Sieh, was du zerstören würdest und was du einst selbst sein wolltest. Beachte all das und erinnere dich, Fürst Dämon, es ist das, von dem du dich abgewandt hast. Es gehört dir nicht. Wir gehören dir nicht. Du kannst uns nicht fressen. Wir sind so frei und mächtig wie du. Du kannst mich nicht täuschen, denn ich bin Weitsicht und Erste-ihrer-Art, die jetzt ihre Bestimmung erkannt hat, ihre eigene Geschichte zu leben. Unsere Geschichten haben die Wirklichkeit und die Vielheit geschaffen, und es ist unser Glaube, der sie erhält. Deine Geschichte ist fast zu Ende erzählt, großer Fürst des Chaos …«

Aber sie war sehr überrascht, als die riesige Bestie ihr nur mit beißendem Hohn, seiner einzigen Waffe gegen sie, antwortete. Es schüttelte sich in teuflischem Frohsinn, seine Schuppen klapperten und rasselten. Es erfreute sich eines großen Triumphes.

»Du irrst dich, Weitsicht. Ich bin nicht das Chaos. Ich bin ein Feind des Chaos. Ich schlug mich tapfer, aber ich wurde von ihnen mitgerissen, als sie fielen. Ihr Herr ist nicht mein Herr. Ich diene der großen Einzigheit, dem Vorboten der Letzten Ordnung, dem ersten Insekt. Ich bin Quelch, und ich bin, dummes Gör, ein Fürst der Ordnung! Wir sind es, die das Chaos *abschaffen* werden! Wir kämpfen für die totale Kontrolle des kosmischen Gleichgewichts. Für nichts anderes. Ich bin die strafende Gerechtigkeit für die Erbauer des Chaos, diese rebellischen Zerstörer und Korsaren, die den Zweiten Äther verpestet haben!«

Der gewaltige Kopf drehte sich fast listig.

»Kannst du nicht sehen, wie anders ich bin?«

Elric und von Bek konnten allerdings nur Ähnlichkeiten feststellen. Dieser Quelch der Ordnung war identisch mit dem Arioch des Chaos. Selbst ihre Ziele und ihr Haß waren gleich.

»Manchmal ist es eben unmöglich, die Unterschiede zwischen zwei Parteien zu erkennen«, sagte von Bek murmelnd zu Elric. »Sie haben so lange miteinander gekämpft, daß sie sich beinahe gleich geworden sind. Das ist der Zerfall. Ich denke, es wird Zeit, sie wieder zu vereinen.«

Er führte es nicht weiter aus, und Elric war ihm auch ganz dankbar dafür. Er wollte eigentlich gar nichts mehr wissen.

Fürst Quelch türmte sich vor ihnen auf, fuhr sich mit der Zunge über die Lefzen, die vor feurigem Speichel troffen, kratzte an seinem kristallinen Panzer und suchte mit verdrossenen Insektenaugen die Weite der Vielheit nach eventuellen Verbündeten ab.

»Ich könnte die Macht der großen Einzigheit herbeirufen«, stieß Fürst Quelch hervor. »Ihr seid machtlos. Ich muß essen. Ich muß mein Werk fortsetzen. Nun werde ich euch fressen.«

Ein Reptilienfuß trat vorwärts, dann ein anderer. Als er sich zu den zusammengedrängten Kindern herunterbeugte, trat Weitsicht ihm in einer herausfordernden Haltung entgegen. Von Bek und Elric stellten sich zwischen das Monster und seine möglichen Opfer. Stormbringer leuchtete noch immer in dem graugrünen Licht der weißen Magie. Er murmelte und flüsterte in Elrics Hand.

Fürst Quelch wandte seine Aufmerksamkeit dem Albinoprinzen zu.

»Du hast dir genommen, was mein war. Ich bin der Fürst der Ordnung. Der alte Mann hat bekommen, was ihm zustand. Ich muß überleben. Ich muß weiter existieren. Das Schicksal der Vielheit ist davon abhängig. Was macht es schon, wenn dafür ein paar junge Geheimwissenschaftler sterben müssen? Die Ordnung glaubt an die Macht der Vernunft, die Meßbarkeit und Kontrolle aller natürlichen Kräfte und die Bewirtschaftung aller unserer Güter. Ich muß den Kampf gegen das Chaos fortsetzen. Schon früher sind Millionen in tödliche Ekstase verfallen, nur um meinem Kampf zu dienen.«

»Früher vielleicht, da haben sie auch noch an deinen Kampf geglaubt«, sagte von Bek ruhig. »Aber in diesem schrecklichen Krieg wurde zu viel Blut vergossen. Diejenigen von euch, die immer noch von Versöhnung reden, sind nichts anderes als Bestien und haben von uns auch nur noch Mitleid und Verachtung zu erwarten.«

Elric konnte kaum glauben, was er hier erlebte. Auch wenn er schon in den Annalen der Magie seines Volkes von den unmöglichsten Dingen gelesen hatte, konnte er sich nicht daran erinnern, daß schon einmal jemand Zeuge einer Auseinandersetzung zwischen einem Sterblichen und einem Halbgott gewesen war.

Fürst Quelch zögerte etwas. Dann wandte er seine hungrigen Insektenaugen wieder den Kindern zu: »Und wenn ich nur ein oder zwei ...«

Weder Elric noch von Bek mußten die Kinder verteidigen. Quelch versuchte nur noch, sich vor Weitsichts Blicken zu schützen, als hätte er nun verstanden, welche Kraft sich ihm entgegenstellte.

»Ich bin aber hungrig!«

»Dann mußt du eben woanders Nahrung suchen, Fürst.« Weitsicht und die Kinder blickten ihm direkt ins Gesicht, als wollten sie ihn herausfordern, sie anzugreifen.

Aber der Fürst der Ordnung hatte sich schon ergeben und trat schleichend seinen Rückzug über den Mondstrahl an.

»Ich werde wieder sterblich sein«, sagte er. »Was ihr gesehen habt, war mein sterbliches Ich. Es existiert noch. Kennst du ihn? Las Cascadas?«

Es klang, als wollte er jetzt mit etwas zuviel Pathos und Vertraulichkeit ihr Herz erweichen, damit sie ihn wenigstens aus Mitleid um seine Sache kämpfen ließ, aber insgeheim wußte er, daß er verloren hatte.

»Wir sollten das Chaos und alle, die ihm dienen, zerstören.« Er sah Elric an. »Die Einzigheit wird über die Entropie triumphieren. Noch herrscht der Tod. Wir sollten aber jede Art des Todes abschaffen. Ich bin Quelch, der große Fürst der Ordnung. Ihr müßt mir dienen. Es ist für den Kampf ...«

Als Elric sah, wie er den langen gebogenen Mondstrahl durch die Vielheit davonlief, fühlte er Mitleid für diese Kreatur, die jedes ihrer Ideale verloren, jedes Vertrauen und jedes moralische Prinzip verraten hatte, nur um ein paar Jahrhunderte länger zu leben. Dafür würde der Fürst der Ordnung sogar die Seelen vernichten, die er zu schützen vorgab.

»Was ist mit diesem Wesen los, von Bek?«

»Sie sind nur fast unsterblich«, erklärte von Bek. »Die Vielheit existiert nicht in der Endlosigkeit, nur in der Fast-Endlosigkeit. Das klingt vielleicht etwas widersinnig, ist es aber nicht. Unsere großen Erzengel kämpfen für die Kontrolle über das Gleichgewicht. Dabei geht es in erster Linie bloß um zwei, in sich sehr vernünftige, logische Lehren, die sich im Grunde genommen kaum voneinander unterscheiden. Obwohl sie tatsächlich fast gleich sind in Aussehen und Glauben, kämpfen sie gegeneinander – Chaos gegen Gesetzmäßigkeit, Entropie gegen Statik. Diese Streitigkeiten spiegelten sich immer schon in der Geschichte der Sterblichen und ihrem täglichen Leben wider. Sie sind in einer sehr tiefen und komplexen Art miteinander verbunden. Über all dem steht nun das kosmische Gleichgewicht, das zwar immer wieder auf die eine oder andere Art attackiert wird, sich aber jedesmal selbst wiederherstellt. Jetzt würdet ihr vielleicht sagen, das sei doch eine ziemlich verschwenderische und überflüssige Methode, die Vielheit zu erhalten. Damit hättet ihr auch recht. Ich glaube ohnehin, daß es unsere Rolle ist, weniger verschwenderische Wege zu finden, um Ordnung zu schaffen, ohne die Kreativität und die Fruchtbarkeit des Chaos zu verlieren. Bald, da bin ich mit anderen Zaubermeistern einer Meinung, wird es eine Zusammenführung der großen Reiche der Vielheit geben. Das ist der Moment maximaler Stabilität, und genau zu diesem Zeitpunkt kann die Natur der Wirklichkeit verändert werden.«

Elric schlug sich mit der Hand an die Stirn: »Herr Graf,

hören Sie auf! Ich stehe hier, mitten zwischen irgendwelchen Sternenreichen auf einem Mondstrahl, der in das nahezu Unendliche reicht, und jeder Teil meines Körpers und meines Geistes sagt mir, daß das mit Sicherheit total krankhaft ist.«

»Nein«, konterte von Bek. »Was Sie hier erfahren, ist die letztendliche Gesundheit, die letztendliche Vielfältigkeit und vielleicht die einzig wirkliche Ordnung. Kommen Sie, ich bringe Sie nach Hause.«

Von Bek wandte sich an die Kinder und sprach Weitsicht an: »Würdest du dich um den militärischen Schutz kümmern, meine Liebe?«

Ihr Lächeln war fein: »Ich denke, ich brauche nun kein Schwert mehr. Jedenfalls nicht im Moment. Aber trotzdem vielen Dank, Graf.«

Sie hatte ihre Herde bereits von ihnen fortgeführt, die gebogenen Stufen des Mondstrahls hoch, hinein in einen Schleier aus bläulichem Licht.

»Ich danke dir für das Lied, Prinz Elric. Irgendwann wirst du für deinen Gesang hundertfach belohnt werden. Aber ich glaube, du wirst dich nicht an das Lied erinnern, das der Gral uns gebracht hat. Das Schwert fand den Gral, und der Gral war unser Beschützer, der uns zu den Wegen zwischen den Reichen führte. Danke, mein Prinz. Du sagst, du bist keiner vom Recht, aber ich glaube, du weißt nur noch nicht, daß du schon immer dazugehörtest. Lebe wohl.«

»Wohin gehst du, Weitsicht?« fragte der Fürst von Melniboné.

»Ich suche eine Galaxie, die Rose heißt. Ihre Planeten sollen einen großen Garten geformt haben. Ich sah sie in einer Vision. Wenn uns die Planeten aufnehmen, werden wir die ersten menschlichen Wesen sein, die sie besiedeln.«

»Ich wünsche dir viel Glück, Weitsicht«, sagte von Renark mit einer tiefen Verbeugung.

»Und ich dir, für dein großes Spiel der Zeit.«

Dann drehte ihnen das Kind den Rücken zu und führte die ängstliche Herde ihrem Schicksal entgegen.

»Können Sie immer noch nicht die vielen Möglichkeiten sehen?« versuchte der Graf Elric von seiner Sache zu überzeugen. »Die Vielfältigkeit – jede alte Neugier wird befriedigt und neue wird wach. Freund Elric, ich biete Ihnen die Quasi-Unendlichkeit der Vielheit des Ersten und Zweiten Äthers an sowie das aufregende Leben eines geübten *Muckhamirs,* eines Spielers des großen Spiels.«

»Ich bin ein schlechter Spieler, Graf«, entgegnete Elric. Da er fürchtete, er würde das alles vergessen, sog er geradezu die Wunder ein, die um ihn herum geschahen. Dieses dichte, ständige Wirbeln, diese sich ständig verändernde Vielheit, Reich auf Reich der Realität, die meisten nur ein kleiner Hinweis auf die große Ordnung, in der sie eine winzige, aber gleichwohl sehr bedeutende Rolle spielten. Er sah auf den nebligen Stoff zu seinen Füßen herab, der sich genauso fest anfühlte wie zweimal gehärteter imryrianischer Stahl, und er wunderte sich über diesen Widersinn, diesen logischen Konflikt. Seinem Geist war es nicht möglich, mehr als nur eine Ahnung davon zu bekommen, was es bedeutete. Soviel er verstand, wirkte sich jede noch so kleine Handlung, die im Reich der Sterblichen vollzogen wurde, auf das Übernatürliche aus, wirkte dort, wurde reproduziert und wiederholt und wirkte dann wieder auf das Sterbliche. Und so wirkte auch das Übernatürliche in gleicher Weise auf das Reich der Sterblichen. Jede Handlung eines jeden Wesens hatte Bedeutung, Wichtigkeit und Konsequenz.

»Ich habe mal einen Kampf zwischen einem Erzengel und einem Drachen beobachtet«, sagte von Bek, während er den Albino sanft auf einen anderen Mondstrahl, der den ihren kreuzte, schob. »Wir gehen hier entlang.«

»Woher wissen Sie eigentlich, wo wir sind? Wie werden hier Zeit und Raum gemessen?«

Elrics Denken war auf solche, eher kindliche Fragen reduziert. Er hatte nun verstanden, wovon die Sagen nur in Rätseln sprachen, vielleicht aus Unvermögen oder weil sie das Übernatürliche nicht beschreiben wollten. Aber er konnte seinen Vorgängern diese Fehler nicht verübeln. Die Vielheit war nicht zu beschreiben. Man konnte tatsächlich nur darauf hinweisen. Es gab keine Sprache, keine Logik, keine Erfahrung, in die diese schreckliche und verzückende Realität Eingang fand.

»Wir reisen hier mit anderen Mitteln und anderen Instinkten«, versicherte von Bek. »Wenn Sie einer von uns werden wollen, werden wir Ihnen beibringen, durch den Ersten und Zweiten Äther zu navigieren.«

»Graf von Bek, Sie haben mir versichert, daß Sie mich nach Hause bringen.« Elric wurde allmählich ungeduldig, weil von Bek ihn derart hartnäckig anwerben wollte.

Von Bek klopfte seinem Gefährten auf den Rücken. »Versuchen kann man's doch, oder?«

Sie sprangen von einem Mondstrahl zum anderen. Elric erhaschte kurze Blicke auf Welten, Landschaften, einzelne Szenen, vertraute Düfte und Klänge, dann wieder total fremde Zeichen, die ihm ziellos erschienen. Für einen Moment fühlte er das schwächende Ende seiner Gesundheit, und als er weiterging, flossen Tränen über sein Gesicht. Er beweinte den Verlust von etwas, an das er sich nicht erinnern konnte. Er weinte um die Mutter, die er nie gekannt, und den Vater, der ihn verleugnet hatte. Er weinte um all jene, die litten und noch leiden würden in diesem unsinnigen Kampf, der über diese und viele andere Welten hereingebrochen war. Er weinte halb aus Selbstmitleid, halb aus Erbarmen. Doch dann trocknete ein Gefühl des Friedens seine Tränen.

Stormbringer lag noch immer in seiner Hand, weil er ihn

nicht verdecken wollte, solange noch etwas von dem eigenartigen Licht der Gerechtigkeit in ihm war. Und da begriff er, daß sein innerer Konflikt zwischen seiner Loyalität dem Chaos gegenüber und seiner Sehnsucht nach der Ordnung sehr vielschichtig war und vermutlich nie gelöst werden würde. Aber vielleicht gab es eine Möglichkeit der Versöhnung.

Sie wanderten zwischen den Welten.

Sie wanderten zeitlose Meilen, gingen mal auf diesem Weg, mal auf einem anderen über das silberne Gitter der Mondstrahlenstraßen, während überall die Vielheit blühte, verging, aufbrach, verglühte. Sie sahen eine Million Welten entstehen, eine Million Reiche verrotten und erblickten unzählige Billionen sterblicher Seelen, voller Hoffnung und Verzweiflung. Die beiden Gefährten sprachen sehr vertraut miteinander. Sie flüsterten fast und genossen ein Gespräch, an das sich später nur noch einer erinnern würde. Manchmal schien es Elric, als wären er und der Graf ein und dasselbe Wesen, beide Echos eines verlorenen Originals.

Und manchmal war es so, als wären sie für immer frei von den Fesseln aus Zeit und Raum, frei von eiligen menschlichen Sorgen, frei, die wundervolle Abstraktion von all diesem zu erforschen und das unvorstellbar Körperliche dieser Suprarealität mit Sinnen zu erfahren, die sich von selbst veränderten und auf die neuen Reize abstimmten. Sie gewöhnten sich nach und nach daran, daß ihre Körper verschwanden und ihr Geist sich mit dem Stoff der Vielheit vermischte, um die wahre Unsterblichkeit in einem Teil der Legende zu entdecken, in einem Wink des Mythos, als eine kleine Notiz am Rande unserer ewig währenden kosmischen Geschichte – vielleicht die beste, die wir kennen –, um eine Rolle zu spielen, wie groß oder klein auch immer, in diesem großen Spiel, dem Spiel der Zeit …

Die Königin von Quok

L. Frank Baum

Zumindest im englischsprachigen Raum ist er unsterblich: L. Frank Baum (1856–1919), der Schöpfer der Abenteuer von Dorothy, dem Blechmann, der Vogelscheuche und dem ängstlichen Löwen. Der Zauberer von Oz *(1900) bleibt sein Meisterwerk, ein Märchen zwischen Jonathan Swift, Lewis Carroll und Sir James Barrie, dessen Erfolg Baum nicht wiederholen konnte.* Die Königin von Quok, *ein ironisch-satirisches, mit Charme und Chuzpe erzähltes Märchen, ist durchaus typisch für die Jahrhundertwende: Auch wenn es sich beim Setting um das archetypische Königreich mit allen bekannten Versatzstücken handelt, geht es doch um nur allzu amerikanische Werte, Geschäftsmentalität und Pragmatismus. Der Geschäftsmann Baum selbst ging allerdings baden: Sein Projekt eines Oz-Amusement-Parks blieb eine Idee, die erst Jahrzehnte später von Merchandising-Experten wie Walt Disney realisiert werden sollte.*

Es starb einmal ein König, weil auch Könige sterblich sind und wie alle anderen Sterblichen eines schönen Tages ihren letzten Atemzug tun müssen.

Es war allerhöchste Zeit, daß dieser König sein irdisches Dasein hinter sich ließ, denn er hatte leider ein dermaßen extravagantes Leben geführt, daß seine Untertanen ohne weiteres ohne ihn auskommen konnten.

Sein Vater hatte ihm einst eine volle Schatzkammer hinterlassen, Gold und Juwelen in Hülle und Fülle. Doch der närrische, soeben verstorbene König hatte hemmungslos in Saus und Braus gelebt und alles bis auf den letzten Pfennig verpraßt. Dann hatte er seinen Untertanen neue Steuern auferlegt, bis fast alle am Bettelstab gingen; auch dieses Geld verschleuderte er für noch mehr Saus und Braus. Als nächstes verkaufte er die wunderschönen Möbel des Palastes: all die silbernen und goldenen Teller und die anderen Antiquitäten; die prächtigen Teppiche und die kostbaren Möbel und sogar seine eigenen königlichen Kleider. Nur einen fleckigen und mottenzerfressenen Hermelinmantel behielt er, mit dem er den schäbigen Anzug verhüllte, den er auf dem Leibe trug. Das Geld jedoch warf er für noch mehr Saus und Braus raus.

Fragt mich nicht, wie ein Leben in Saus und Braus im einzelnen aussieht. Ich weiß auch nur vom Hörensagen, daß es eine hervorragende Methode ist, sein Geld rasch loszuwerden. Das fand auch dieser verschwenderische König alsbald heraus.

Also brach er all die herrlichen Juwelen aus seiner Königskrone und aus der runden Kugel auf seinem Szepter, verkaufte sie und verschleuderte das Geld. In Saus und Braus, versteht sich. Schließlich hatte er alles ausgegeben. Die Krone selbst konnte er nicht verkaufen, denn niemand außer dem König hatte das Recht, sie zu tragen. Auch das Königsschloß konnte er nicht verkaufen, denn niemand außer dem König hatte das Recht, darin zu wohnen.

Am Ende blieb ihm nicht mehr als sein leeres Schloß, in dem nur noch ein großes Bett aus Mahagoni stand, worin er schlief, sowie ein kleiner Hocker, auf den er sich setzte, um sich die Schuhe auszuziehen, und sein mottenzerfressener Hermelinmantel.

Er saß also in der Klemme und mußte sich notgedrungen hin und wieder einen Vierteldollar von seinem Obersten Ratgeber leihen, wenn er sich ein belegtes Brot mit Schinken kaufen wollte. Doch der Oberste Ratgeber besaß nicht allzu viele Vierteldollar. Einer, der seinen König so schlecht berät, bringt auch die eigenen Ersparnisse recht schnell durch.

Als der König nichts mehr zum Leben übrig hatte, starb er ganz plötzlich und hinterließ einen zehnjährigen Sohn, der das abgewirtschaftete Königreich, den mottenzerfressenen Mantel und die aller Edelsteine beraubte Krone erbte.

Niemand beneidete den Jungen, um den sich, bevor er jetzt selbst König wurde, kaum jemand gekümmert hatte. Plötzlich war er jedoch eine Persönlichkeit von gewisser Wichtigkeit, und die Politiker und alle Schmarotzer kamen unter dem Vorsitz des Obersten Ratgebers zusammen, um darüber zu beraten, was sie für den neuen König tun konnten.

Diese Leute hatten dem alten König nach Kräften geholfen, in Saus und Braus zu leben, solange sein Geld gereicht hatte, und jetzt waren sie arm und zu stolz zum Arbeiten. Also überlegten sie, wie man die Schatzkammer des kleinen Königs auffüllen könnte, damit sie sich hernach wieder daraus bedienen könnten.

Nachdem die Sitzung vorüber war, kam der Oberste Ratgeber zum jungen König, der im Schloßhof gerade mit Kreiseln spielte, und sagte:

»Eure Majestät, wir wissen jetzt, wie man Eurem Königreich

wieder zu seiner ehemaligen Macht und Herrlichkeit verhelfen kann.«

»Schön«, antwortete Seine Majestät unaufmerksam. »Und wie wollt Ihr das anstellen?«

»Indem wir Euch mit einer Dame von außerordentlichem Reichtum vermählen«, entgegnete der Ratgeber.

»Mich verheiraten!« rief der König. »Aber ich bin doch erst zehn Jahre alt!«

»Das weiß ich; bedauerlicherweise. Doch Eure Majestät werden älter, und die Angelegenheiten des Königreichs verlangen, daß Ihr Euch vermählt.«

»Kann ich nicht statt dessen eine Mutter heiraten?« wollte der arme kleine König wissen, der seine Mutter schon als Säugling verloren hatte.

»Natürlich nicht«, beschied ihn der Ratgeber. »Eine Mutter zu heiraten wäre gegen das Gesetz; eine Ehefrau hingegen ist rechtens und völlig in Ordnung.«

»Könnt nicht Ihr sie heiraten?« quengelte seine Majestät, zielte mit dem Kreisel auf die große Zehe des Ratgebers und lachte, als der daraufhin rasch zur Seite hüpfte.

»Ich werde es Euch erklären«, sagte der Ratgeber dann. »Ihr besitzt zwar keinen einzigen Pfennig mehr, aber immerhin noch ein Königreich. Es gibt viele reiche Frauen, die nur darauf warten, ihren Reichtum für die Krone einer Königin hinzugeben – selbst wenn der König nur ein kleines Kind ist. Also haben wir beschlossen, überall zu verkünden, daß diejenige, die am meisten dafür bietet, Königin von Quok werden soll.«

»Wenn ich schon heiraten muß«, sagte der König, nachdem er einen Augenblick überlegt hatte, »dann heirate ich lieber Nyana, die Tochter des Waffenschmieds.«

»Sie ist zu arm«, entgegnete der Ratgeber.

»Sie hat Zähne wie Perlen, Augen wie Amethyste und leuchtend goldenes Haar«, schwärmte der kleine König.

»Das ist richtig, Eure Majestät. Aber bedenkt, daß der Reichtum Eurer Gattin dringend gebraucht wird. Wie würde Nyana wohl aussehen, nachdem Ihr ihr die Perlenzähne gezogen, die Amethystaugen herausgerissen und das goldene Haar abrasiert habt?«

Der Junge erschauerte.

»Dann tut, was Ihr für richtig haltet«, sagte er verzweifelt. »Aber achtet darauf, daß die Dame so hübsch wie möglich und ein guter Spielkamerad ist.«

»Wir tun, was in unseren Kräften steht«, gab der Oberste Ratgeber zurück. Dann zog er los, um in allen angrenzenden Königreichen nach einer Ehefrau für den Kinderkönig von Quok Ausschau zu halten.

Es gab so viele Bewerberinnen, die den König heiraten wollten, daß man sich entschloß, ihn zu versteigern, damit auf diese Weise die größtmögliche Summe dem Königreich zugute kommen konnte. Am fraglichen Tag versammelten sich alle Damen aus den umliegenden Königreichen im Palast; sie kamen aus Bilkon, Mulgrawien, Junkum und einige sogar aus der weit entfernten Republik Macvelt.

Schon früh am Morgen eilte der Oberste Ratgeber in den Palast und ließ dem König das Gesicht waschen und die Haare kämmen. Dann stopfte er die Innenseite der Krone mit alten Zeitungen aus, damit sie dem Jungen auf den Kopf paßte. Mit ihren vielen großen und kleinen Löchern anstelle der Edelsteine wirkte die Krone ziemlich erbärmlich, und da sie schon lange nicht getragen und ziemlich vernachlässigt worden war, sah sie arg mitgenommen und fleckig aus. Trotz allem war es die Königskrone, wie der Ratgeber sagte, und es gehörte sich, daß der König sie zu einem so feierlichen Anlaß wie diese Auktion trug.

Wie alle Jungs, egal ob Könige oder Bettelknaben, hatte Seine Majestät seinen einzigen Satz Kleider beim Spielen zerrissen und schmutzig gemacht, so daß sie kaum präsentabel waren. Geld, um neue zu kaufen, gab es nicht. Also wickelte der Ratgeber den alten Hermelinmantel um den König und setzte ihn auf den Hocker in der Mitte des sonst leeren Audienzsaales.

Um ihn herum standen alle anderen Höflinge und Politiker und Schmarotzer des Königreiches, allesamt Leute, die zu stolz oder zu faul waren, um für ihren Lebensunterhalt zu arbeiten. Von diesen gab es eine große Anzahl, das dürft ihr mir glauben, und alle waren sie in vollem Prunk angetreten.

Dann wurden die Türen zum Audienzsaal geöffnet, und die wohlhabenden Damen, die darauf hofften, Königin von Quok zu werden, strömten scharenweise herein. Der König betrachtete sie ängstlich und befand, sie seien eine wie die andere alt genug, seine Großmutter zu sein, und obendrein häßlich genug, die Krähen von den königlichen Kornfeldern zu verscheuchen. Daraufhin ließ sein Interesse beträchtlich nach.

Die reichen Damen jedoch würdigten den armen kleinen König, der dort auf seinem Hocker saß, keines Blickes. Statt dessen umringten sie den Obersten Ratgeber, der als Auktionator auftrat.

»Wieviel wird für die Krone der Königin von Quok geboten?« fragte der Ratgeber mit lauter Stimme.

»Wo ist die Krone denn?« erkundigte sich eine sehr gestelzte alte Dame, die gerade ihren neunten Ehemann zu Grabe getragen hatte und mehrere Millionen wert war.

»Momentan gibt es keine Königinnenkrone«, erklärte der Oberste Ratgeber. »Doch welche von den Damen das höchste Angebot abgibt, erwirbt damit das Recht, sie zu tragen, und darf sich sofort eine kaufen.«

»Oh«, sagte die alte Dame geziert, »verstehe.« Dann fügte sie hinzu: »Ich biete vierzehn Dollar.«

»Vierzehntausend Dollar!« schrie eine säuerlich aussehende Frau, lang und dünn mit faltiger Haut – »wie ein Bratapfel«, dachte der König.

Jetzt kam die Auktion so richtig in Schwung, und die verarmten Höflinge strahlten, als die Summe die Höhe von mehreren Millionen erreichte.

»Er bringt uns ein schönes Vermögen ein«, flüsterte einer seinem Kollegen zu, »und dann haben wir das Vergnügen, ihm dabei zu helfen, alles wieder auszugeben.«

Der König bekam es mit der Angst zu tun. Alle diejenigen Frauen, die noch ganz nett und freundlich aussahen, hatten nicht mehr genug Geld, um weiter mitzubieten; und die dürre alte Dame mit den Falten schien darauf versessen, die Krone um jeden Preis zu ergattern – und den jungen Ehemann mit dazu. Die alte Vettel ereiferte sich derart, daß ihr die Perücke bald quer auf dem Kopf saß und die falschen Zähne immer wieder aus dem Mund rutschten, was den kleinen König in Angst und Schrecken versetzte. Sie gab nicht auf.

Schließlich beendete der Oberste Ratgeber die Auktion, indem er laut verkündete:

»Verkauft an Mary Ann Brodjinski de la Porkus, für drei Millionenneunhunderttausendsechshundertundvierundzwanzig Dollar und sechzehn Cents!« Und die säuerlich aussehende, alte Frau zahlte das Geld bar und auf der Stelle, womit bewiesen wäre, daß es sich hier um ein Märchen handelt.

Bei der Vorstellung, daß er dieses abscheuliche Wesen nun heiraten mußte, wurde dem König ganz mulmig zumute, und er fing an zu heulen und zu schluchzen. Daraufhin schlug ihn die Dame kräftig auf die Ohren. Der Ratgeber ermahnte sie, ihren zukünftigen Gemahl nicht in der Öffentlichkeit zu maßregeln, und sagte:

»Ihr seid noch nicht verheiratet. Wartet bis morgen, nach der Hochzeit. Dann dürft Ihr ihn soviel schlagen, wie Ihr wollt.

Im Augenblick ziehen wir es vor, daß die Leute die ganze Angelegenheit für eine Liebesheirat halten.«

In dieser Nacht schlief der arme König nur wenig, so sehr bedrückte ihn die Angst vor seiner zukünftigen Frau. Außerdem wollte ihm die Idee nicht aus dem Kopf, daß er viel lieber die Tochter des Waffenschmieds geheiratet hätte, die ungefähr in seinem Alter war. Er warf sich ruhelos auf seinem harten Bett hin und her, bis das Mondlicht durch das große Fenster hereinfiel und den nackten Fußboden mit einem großen, weißen Laken bedeckte. Als er sich endlich zum hundertsten Male auf die andere Seite wälzte, stieß er mit der Hand gegen einen geheimen Federmechanismus im Kopfbrett der großen Bettstatt aus Mahagoni, und sofort sprang mit einem scharfen Klicken ein Stück der Vertäfelung auf.

Der König drehte sich nach dem Geräusch um, sah die offene Holzklappe, stellte sich auf die Zehenspitzen und zog, nachdem er in das Geheimfach hineingefaßt hatte, ein gefaltetes Papier heraus. Es bestand aus mehreren Blättern, die wie ein Buch aneinandergeheftet waren, und auf der ersten Seite stand geschrieben:

Wenn der König Sorgen hat
Soll er falten dieses Blatt
Es sodann verbrennen
Und seine Wünsche nennen.

Obwohl dies keine große Dichtkunst war, erfüllte die Botschaft den König, nachdem er sie im Mondlicht entziffert hatte, mit großer Freude.

»Es besteht kein Zweifel daran, daß ich Sorgen habe«, rief er aus. »Also werde ich das Blatt sogleich verbrennen und abwarten, was geschieht.«

Er riß das oberste Blatt ab und legte den Rest des Büchleins zurück in sein Versteck. Dann faltete er das Stück Papier in der Mitte, legte es auf den Hocker, zündete ein Streichholz an und setzte das Blatt in Brand.

Für so ein kleines Stück Papier machte es eine Menge dicken Qualm. Der König saß auf der Bettkante und schaute gespannt zu.

Als sich der Rauch verzogen hatte, entdeckte er zu seinem Erstaunen einen kleinen, rundlichen Mann auf dem Stuhl, der ihn mit verschränkten Armen und übereinandergeschlagenen Beinen ruhig ansah und eine schwarze Tabakspfeife aus Wurzelholz schmauchte.

»Da bin ich also«, sagte er.

»Das sehe ich wohl«, wunderte sich der kleine König. »Aber wie bist du dorthin gekommen?«

»Hast du nicht das Papier verbrannt?« entgegnete der rundliche Mann anstelle einer Antwort.

»Doch, das schon«, räumte der König ein.

»Dann hast du Sorgen, und ich bin gekommen, um dir zu helfen. Ich bin der Diener der Königlichen Bettstatt.«

»Oh!« sagte der König. »Ich wußte nicht, daß es so etwas gibt.«

»Dein Vater auch nicht, sonst wäre er nicht so närrisch gewesen, seinen ganzen Besitz zu Geld zu machen. Nebenbei gesagt: Du hast Glück, daß er nicht auch noch dieses Bett verkauft hat. Nun denn, was willst du?«

»Ich bin mir nicht ganz sicher, was ich will«, antwortete der König. »Aber ich weiß, was ich nicht will, und zwar diese alte Dame, die mich heiraten möchte!«

»Das ist doch einfach«, meinte der Diener der Königlichen Bettstatt. »Du mußt ihr nur das Geld, das sie dem Obersten Ratgeber gezahlt hat, wieder zurückgeben und somit die Verlobung für aufgelöst erklären. Hab keine Angst. Du bist der König, dein Wort ist Gesetz.«

»Das stimmt«, sagte Seine Majestät. »Ich bin allerdings sehr knapp bei Kasse. Wovon soll ich leben, wenn der Oberste Ratgeber Mary Ann Brodjinski ihre Millionen zurückzahlt?«

»Puh! Das ist doch einfach«, erwiderte der Mann erneut, fuhr mit der Hand in seine Hosentasche, zog eine altmodische, lederne Geldbörse heraus und warf sie dem König zu. »Die ist für dich«, sagte er, »damit wirst du immer reich sein, denn aus der Geldbörse kannst du so viele Vierteldollarstücke herausholen, wie du willst, aber immer nur eins nach dem anderen. Ganz egal, wie oft du eins herausnimmst, es wird in der Börse sofort durch ein neues ersetzt.«

»Danke schön«, sagte der König artig. »Du hast mir einen großen Dienst erwiesen, denn jetzt habe ich genug Geld für alles, was ich so brauche, und muß niemanden mehr heiraten. Tausend Dank!«

»Keine Ursache«, antwortete der kleine Mann, zog an seiner Pfeife und betrachtete den Rauch, der sich hinauf ins Mondlicht kräuselte. »Solche Sachen mache ich mit links. Brauchst du sonst noch etwas?«

»Momentan fällt mir nichts mehr ein«, antwortete der König.

»Dann schließe bitte das Geheimfach in der Bettstatt«, sagte der Mann. »Vielleicht sind dir die anderen Blätter des Buches eines Tages ebenfalls von Nutzen.«

Der Junge stellte sich wie zuvor aufs Bett, streckte die Hand aus und verschloß die Klappe, damit kein anderer sie entdecken konnte. Dann drehte er sich wieder nach seinem Besucher um, doch der Diener der Königlichen Bettstatt war verschwunden.

»Hab ich mir gedacht«, sagte Seine Majestät. »Trotzdem tut es mir leid, daß er nicht noch gewartet hat, um sich zu verabschieden.«

Mit frohem Herzen und dem Gefühl großer Erleichterung

schob der kleine König die lederne Geldbörse unter sein Kopfkissen, stieg wieder ins Bett und schlief tief und fest bis zum Morgen.

Als die Sonne aufging, stieg auch Seine Majestät erfrischt und ausgeruht aus den Federn, und als allererstes ließ er den Obersten Ratgeber zu sich rufen.

Diese mächtige Persönlichkeit erschien mit einem verdrießlichen und unglücklichen Gesicht, doch der Junge war so erfüllt von seinem eigenen Glück, daß er es gar nicht bemerkte.

»Ich habe mich entschlossen, niemanden zu heiraten«, sagte er, »denn ich habe selbst ein kleines Vermögen gemacht. Aus diesem Grund möchte ich, daß Ihr der alten Dame das Geld zurückgebt, das sie für das Recht, die Krone der Königin von Quok zu tragen, bezahlt hat. Und verkündet im ganzen Lande, daß die Hochzeit nicht stattfindet.«

Als er das hörte, fing der Ratgeber an zu zittern, denn er sah, daß sich der junge König tatsächlich entschlossen hatte, selbst zu regieren. Er sah plötzlich so schuldbewußt aus, daß Seine Majestät ihn fragte:

»Aber, was ist denn nun schon wieder los?«

»Sire«, erwiderte der Schuft mit zitternder Stimme, »ich kann der Frau ihr Geld nicht zurückgeben, weil ich es verloren habe.«

»Verloren!« schrie da der König voll Zorn und Erstaunen.

»Ganz richtig, Eure Majestät. Als ich gestern abend von der Auktion nach Hause ging, hielt ich noch kurz bei der Apotheke, um mir Hustenpastillen zu besorgen, weil mein Hals vom lauten Sprechen ganz trocken und wund war – und Eure Majestät werden anerkennen, daß die Dame allein durch meine Anstrengungen zu einem so hohen Gebot verleitet wurde. Als ich also die Apotheke betrat, ließ ich den Geldpacken auf dem Sitz meiner Kutsche liegen, und als ich zurückkam, war er verschwunden und von einem Dieb weit und breit nichts zu sehen.«

»Habt Ihr die Polizei gerufen?« fragte der König.

»Ja, gewiß, doch die war einige Straßen weit entfernt, und obwohl sie mir versprochen haben, den Räuber zu suchen, habe ich nicht viel Hoffnung, daß sie ihn finden werden.«

Der König seufzte.

»Was sollen wir jetzt tun?« fragte er.

»Ich fürchte, Ihr müßt Mary Ann Brodjinski heiraten«, antwortete der Oberste Ratgeber, »es sei denn, Ihr befehlt dem Henker, ihr den Kopf abzuschlagen.«

»Das wäre nicht richtig«, befand der König. »Der Frau wird kein Leid geschehen. Außerdem ist es nicht mehr als recht, das Geld zurückzuzahlen, denn ich werde sie unter keinen Umständen heiraten.«

»Ist denn dieses private Vermögen, von dem Ihr spracht, groß genug, um sie auszuzahlen?« erkundigte sich der Ratgeber.

»Ja, allerdings«, entgegnete der König nachdenklich, »doch es wird einige Zeit dauern, bis alles erledigt ist. Das wird Eure Aufgabe sein, Ratgeber. Holt mir jetzt die Frau.«

Der Ratgeber suchte Mary Ann, die, als sie hörte, daß sie doch nicht Königin werden und statt dessen ihr Geld zurückerhalten würde, einen Wutanfall bekam und den Obersten Ratgeber so heftig auf die Ohren schlug, daß sie noch eine Stunde später brannten. Doch sie folgte ihm in den Audienzsaal des Königs, wo sie mit lauter Stimme ihr Geld verlangte, und zwar inklusive der über Nacht angefallenen Zinsen.

»Der Ratgeber hat Euer Geld verloren«, sagte der junge König, »doch er wird Euch jeden Pfennig aus meiner privaten Geldbörse zurückzahlen. Ich fürchte allerdings, daß ich Euch nur Kleingeld anbieten kann.«

»Das spielt keine Rolle«, sagte sie und schaute den Ratgeber so finster an, als wollte sie gleich noch einmal auf seine Ohren losgehen. »Mir ist es egal, in welcher Münze ich mein Geld bekomme, solange alles bis auf den allerletzten Pfennig zurückgezahlt wird, plus Zinsen. Wo ist es?«

»Hier«, antwortete der König und reichte dem Ratgeber die lederne Börse. »Alles in silbernen Vierteldollarstücken, die nur einer nach dem anderen aus der Börse geholt werden dürfen. Es ist genug Geld darin, um Eure Forderungen zu erfüllen, und es wird noch genug übrigbleiben.«

Da der Raum keine Stühle zu bieten hatte, setzte sich der Ratgeber in einer Ecke auf den Fußboden und fing an, Fünfundzwanzig-Cent-Stücke aus der Geldbörse zu ziehen, immer eins nach dem anderen. Ihm gegenüber saß die alte Frau und nahm jedes einzelne aus seiner Hand entgegen.

Es war schon eine beträchtliche Summe: drei Millionen neunhunderttausendsechshundertundvierundzwanzig Dollar und sechzehn Cents. Und für jeden Dollar brauchte es vier Fünfundzwanzig-Cent-Stücke.

Der König ließ sie dort sitzen und ging zur Schule. Danach kam er oft vorbei und unterbrach den Ratgeber so lange, bis er ihm ausreichend Geld in die Hand gezählt hatte, daß er damit das Königreich ordentlich und würdig regieren konnte. Dadurch verzögerte sich die Auszahlung zwar, doch es war ohnehin eine längerfristige Aufgabe, und so fiel es kaum ins Gewicht.

Aus dem kleinen König wurde ein junger Mann, der junge Mann heiratete die schöne Tochter des Waffenschmieds, und jetzt haben sie selbst zwei reizende Kinder. Hin und wieder gehen sie in den großen Audienzsaal des Palastes und zeigen den Kleinen, wie der gealterte, weißhäuptige Ratgeber silberne Fünfundzwanzig-Cent-Stücke in die Hand einer verschrumpelten, alten Frau zählt, die jede seiner Bewegungen überwacht, damit er sie ja nicht betrügt.

Es ist schon eine beträchtliche Summe: drei Millionen neunhunderttausendsechshundertundvierundzwanzig Dollar und sechzehn Cents in Fünfundzwanzig-Cent-Stücken.

Doch auf diese Weise wurde der Ratgeber dafür bestraft, daß er so schlecht auf das Geld der Frau aufgepaßt hatte. Und auf diese Weise wurde auch Mary Ann Brodjinski de la Porkus dafür bestraft, daß sie einen zehnjährigen Jungen hatte heiraten wollen, nur um die Krone der Königin von Quok zu tragen.

Die Geschichte vom Knochenschnitzer

JEFF VANDERMEER

Der Youngster dieser Anthologie: Jeff VanderMeer aus Tallahassee, Florida, der, obgleich erst 26 Jahre alt, in über 140 Magazinen und Sammlungen, darunter Isaac Asimov's SF Magazine, The Silver Web, Weird Tales, Pulphouse *(USA),* Nova SF *(Italien),* Koekrand *(Holland),* Ikarie B *(Tschechien) und* 2001 *(Indien), veröffentlicht worden ist – eine beeindruckende Leistung. Zu seinen Vorbildern zählen Angela Carter, über deren Werk er sich in einer Reihe von hochgelobten Essays geäußert hat, Paul Auster, Alasdair Gray und Mark Helprin; nur folgerichtig, daß sich seine Prosa denn auch weniger an zeitgenössischer Fantasy als vielmehr am magischen Realismus orientiert.* Die Geschichte vom Knochenschnitzer *macht da keine Ausnahme, eine höchst evokative, eigenwillig poetische und dunkel getönte Ausnahmestory, die nur zu deutlich macht, daß Jeff VanderMeer mit ziemlicher Sicherheit zu den Giganten von morgen zählt – ein Meister der Bilder, und an Eleganz schwer zu schlagen.*

Eines Nachts, einige Monate vor Einsetzen des Monsuns, verließ der Knochenschnitzer Sajit Xuan-Ti sein Haus, welches aus dem Brustkorb eines Wals geschnitzt war, und ging hinunter zum schwarzen Sandstrand, der seit sechs Jahren ihm und nur ihm ganz allein gehörte. Er war aufgewacht, nachdem er von Angkor Thom geträumt hatte, der großen heiligen Stadt im Norden. Er hatte die Antlitze seiner Herrscher gesehen, die die Grenzen des Landes Kamputschea, wo der Mekong in das Chinesische Meer fließt, überschritten hatten.

Das Wetter war heiß und trocken, und selbst im kühlen Schein des Mondes konnte er keine Ruhe finden. Tagsüber hatten die Dschunken ihre Segel hängen lassen. Jetzt klebte ihm sein Sarong auf der Haut, während er über den Strand schritt, wo er zwischen den Muscheln und dem Tang ein Stück Knochen aufblitzen zu sehen hoffte. Oft fand er Krokodilschädel oder die stromlinienförmigen Wirbelsäulen von Delphinen. Diese sammelte er, brachte sie zu seinem Haus und behandelte sie mit einem Destillat aus Ginsengwurzel, Kampfer und getrockneter Kopra.

Immer häufiger empfing er Adlige und heilige Männer, die seine Schnitzereien bewunderten. Es hieß, in einer Schnitzerei von Xuan-Ti könne man die Seelen seiner Ahnen finden, und in den Augen einer Figur von Xuan-Ti läge das Geheimnis des Todes. Doch Sajit beachtete solche Äußerungen nicht. Er sah nur den Knochen in seiner reinsten Form, der sich glatt anfühlte und wie Wasser oder Luft roch.

»Namo kuanshiyihian Bodhissattiva mahasattva«, sang er über das Brausen der Brandung hinweg und erinnerte sich an das *Klick-Klack* des Knochens, wenn er an ihm arbeitete, das ihm besser gefiel als das Lachen der Frauen oder das Klicken von Würfeln auf einem Spieltisch. Manchmal schloß er (wie

auch jetzt) bei der Arbeit die Augen, weil seine Hände allein den Weg bereitwilliger fanden, und hörte nur auf den Rhythmus, auf das Gleichmaß des *Klick* (dem Strich mit der Schneide der Klinge) und des *Klack* (dem Strich mit der Flachseite der Klinge), und dann wußte er, ob seine Arbeit gut oder schlecht voranging.

Er entdeckte die feinen Knochen eines Skorpionfisches, die ausgebreitet im Sand lagen. Daraus könnte eine Maske werden, wenn er Federn zwischen die Knochen einarbeitete.

Während er sich über den Fisch bückte, erhob sich das fließende Trillern einer *Sarunai* über das Rauschen der Wellen, und er zog die Finger durch den Sand. Noch nie hatte er gehört, daß jemand dieses Instrument mit solcher Vollendung spielte. Die Melodie erzählte davon, wie die Berge zum Meer kommen: ein wallender Klang, der die Kraft der Wellen und der Brecher in sich barg. Als Kind hatte er im Fleischerladen seines Vaters eine *Sarunai* aus einem Schweineknochen gemacht, doch die Klänge, die er aus dem langen Rohr mit den fünf Löchern herausgezwungen hatte, waren eher dem spöttischen Krächzen von Krähen gleichgekommen.

Sajit stand auf, der Skorpionfisch war vergessen. Im Klang der *Sarunai* hörte er die vertraute Blindheit, die ihn so oft überkam – das Tasten in der Dunkelheit nach Form und Inhalt und Stil. Bei diesem Herumtasten fand seine Hand den festen Griff, und sein Messer schnitt scharf und zielstrebig. Das Gefühl, welches bei solchen Entdeckungen in ihm aufwallte, ließ ihn schaudern, als hätte ihn die Kraft der Götter erfüllt.

Die Melodie kam aus der Richtung des Dorfes Go Oc Eo, und er wandte sich dorthin, hob den Kopf in die Höhe, als würde er einen neuen und unbekannten Geruch wittern. Der Wind war nicht mehr heiß. Der Geruch von Knochen, vermischt mit dem Salz der See und der beißenden Säure der Tinkturen, die er zum Haltbarmachen seiner Knochen benutzte, stieg ihm in die Nase. Die Melodie hörte nicht auf, wurde mal bewegter und mal langsamer, zog ihn an und ließ ihn wieder frei, bevor sie ihn aufs neue gefangennahm.

Der Geruch der Knochen erinnerte ihn daran, wie sich Knochen anfühlen: an die Rauheit der Bruchstellen, dort, wo sie sich einem größeren Willen als dem eigenen hatten beugen müssen, und an die Glätte, nachdem er sie mit einem Extrakt aus Mango und Wasserkastanien poliert hatte, jene Glätte, die seine Nerven reizte und seine Finger zu noch erhabeneren, gewagteren Schöpfungen inspirierte.

Die *Sarunai* setzte solche Gefühle in ihm frei, und er fragte sich flüchtig, ob er sich verliebt hatte. Er konnte es nicht sagen. Er war noch nie verliebt gewesen.

»Wer hat heute nacht die *Sarunai* im Dorfe Go Oc Eo gespielt?« fragte er am nächsten Morgen Jen Jen. Jen Jen war seine Haushälterin, eine ältere Frau aus Go Oc Eo, die wenigstens fünfzig Jahre alt war und feines schwarzes Haar, eine kleine Nase und einen schelmischen Blick hatte. Er dachte oft, sie müsse die Inkarnation der Nagakönigin sein oder etwas noch Bedrohlicheres. Dennoch hätte er ohne sie bald vergessen, zu essen oder sich anzuziehen, so sehr war er in seine Arbeit vertieft. Die Teller vom Frühstück – Reis und Curry – standen so lange auf seinem Arbeitstisch, bis sie sie abräumte.

»Prei Chen hat die *Sarunai* gespielt«, antwortete Jen Jen, während sie einen tigerorangefarbenen Sarong auf ihrem Webstuhl webte. »Die Vier Fischer des Klatsches haben mir erzählt, sie sei die vollendetste Meisterin seit Tow Som. Sie hat am Hof der Khmer in Angkor Thom gespielt.«

»Hm-hm«, sagte Sajit. »Ich denke, ich sollte den Kiefer des Wasserbüffels nehmen, um Hanuman, den Affengott, darzustellen – er ähnelt seinem Körper. Ich brauche nur die Umrisse noch ein wenig herauszuarbeiten.«

Es machte ihm nichts aus, daß er ohne lebendes Modell arbeiten mußte. Als er am Hof der Khmer gelebt hatte, hatte er sich selten zu den Huren in der Straße der Tausend Vergnügungen gelegt und den Frauen keinen Blick hinterhergeworfen, und trotzdem hatte er aus dem Schenkelknochen eines Schneeleoparden eine sinnliche Szene geschaffen, die eine Kurtisane, ihren Liebhaber und den Verwandten, welchem sie versprochen war, darstellte.

Jen Jen schlug sich auf den Oberschenkel, und ihre Hand hinterließ einen weißen Abdruck auf dem sanften Braun ihrer Haut. »Du arbeitest zuviel, Sajit Xuan-Ti! Du arbeitest so hart, daß du Affengötter in Kiefern von Wasserbüffeln siehst. Würden deine Eltern noch leben, Sajit, würden sie in dir immer noch ein Kind sehen, das in solcher Glückseligkeit lebt.«

»Hm-hm«, machte Sajit. »Warum ist sie in Go Oc Eo?«

Jen Jen nahm ihr Schiffchen. »Warum möchtest du das wissen?« schnaubte sie. »Vielleicht ist sie wegen dir gekommen.«

Knochen, gehärtet und zu einem unerträglichen Weiß ausgeblichen, warteten zwei Tage später auf Sajits Messer; an einem Morgen, als der Himmel wie mit Reispapier überzogen war und der Wind sich stotternd gegen die Brandung drehte.

Am Hofe der Khmer, an der Universität von Yasoharapura, hatte Sajit die Anatomie und Physiologie der Säugetiere, Fische und Vögel studiert – und unter seiner Zuwendung waren einige Knochen zu neuem Leben erwacht: Affenschädel wurden zu Flaschen für Pflaumenwein, denn die Affen des Dschungels im nördlichen Sukhothai-Reich stritten sich oft mit den Menschen vom Stamme der An um die Pflaumen; Schenkelknochen von gestreiften Tapiren wurden zu einem Paar Ruder, in die Szenen aus dem Sanskritepos *Ramayama* eingeschnitzt waren.

Er schnitzte gerade die Augen der Göttin Kali in den Flügel

eines Flughundes, als die Musik wie ein Sommersturm über ihn kam, heimtückisch, doch mit einer Frische und Lebenskraft, die den Moschusgeruch der toten Fische und die Bitterkeit des Meersalzes überdeckte. Sie erhob sich über den Wind, der die Palmen am Strand bog, Sand aufwirbelte und Winkerkrabben auseinandertrieb.

Eine *Sarunai,* von einem Meister gespielt.

Er bewegte sich nicht. Er blinzelte nicht. Es konnte doch nicht Prei Chen sein, die hierhergekommen war?

Jen Jen rannte durch die offene Tür und hockte sich vor ihn hin. Die Worte sprudelten aus ihrem Mund und fielen wie trockener Reis vor ihm auf den Boden, so daß er sie kaum verstehen konnte: »Prei Chen bittet um ein Gespräch mit dir. Sie hat deine Kunst am Hofe der Khmer und der Thai gesehen. Sie möchte die berühmte Person kennenlernen, die dahintersteckt.«

Er bewegte sich nicht. Er blinzelte nicht.

»Nun komm schon! Steh auf! Geh nach draußen!« Jen Jen zog ihn am Arm, bis er sich endlich auf die Beine erhob. Sie strich seinen Sarong glatt, und leise vor sich hin lachend, schob sie ihn zur Tür hinaus.

Im Vorzimmer wartete eine Frau mit gekreuzten Beinen auf dem Gebetsteppich. Sie wiegte eine *Sarunai* in ihren Armen.

Als sie Sajit erblickte, verneigte sie sich; ein Lächeln legte ihr Gesicht in Falten, während sie ihn ansah.

»Ich fühle mich geehrt«, sagte sie, »in der Gegenwart eines solchen Mannes.«

Er verneigte sich. »Und ich in der Gegenwart einer solchen Frau.«

Doch die Frau, die er da mit den Augen eines Knochenschnitzers vor sich sah, war bestenfalls hübsch. Ihre Beine ähnelten den stämmigen Beinen eines Wasserbüffels – muskulös, doch nicht graziös. Ein Leberfleck entstellte ihre rechte Wange, und ihr Sarong war plump verknotet. Ihr Lächeln umspielte einen Mund, der viel zu breit war, um verführerisch zu wirken. Die Glöckchen um ihre Knöchel klingelten grell. Das Antimonpulver um ihre Augen war einen Hauch zu dunkel aufgetragen.

Nichtsdestotrotz ging sein Puls plötzlich schneller, und die Bewegung, mit der er sich niederließ, die Art, wie er die Beine kreuzte, kam ihm selbst unbeholfen und häßlich vor. Jen Jen war verschwunden.

»Was hat dich hierhergeführt?« fragte er und beachtete die Spannung in seinem Körper nicht, als Prei Chen ihre *Sarunai* streichelte.

Ihr starrender Blick brach ihn auf wie eine reife Lychee. »Ich bin gekommen, um dich kennenzulernen. Ich habe deine Werke an vielen Höfen bewundert.«

Er dachte, er hörte das Klappern von Knochen in seinem Arbeitszimmer, doch es war nur sein Herz. Sie hatte sich mit Jasminblütenöl eingerieben und duftete süß. Dieser Duft verkündete ihre Bereitschaft zur Heirat. Wörter aus dem Arabischen und aus dem Sanskrit waren in ihren Sarong eingewoben, und alle sprachen von Vereinigung und Bindung.

Ihre Augen waren von einem nichtspiegelnden Schwarz, und ihr Haar so fließend und schimmernd wie ein Bergbach.

Als er nicht antwortete, sagte sie: »Ich bin den Spuren deiner Werke hierher gefolgt, um zu sehen, ob der Künstler genauso schön und wertvoll ist.« Sie langte zu ihm hinüber und legte ihm die Hand auf die Schulter. Die Berührung verbrannte seine Nervenenden. Angst, sagte er zu sich selbst. Es war Angst, und die Verführung der Frau vor ihm.

Er befingerte eine Knochenfigur auf dem Tisch neben ihnen.

»Ich werde für dich spielen«, sagte sie und hob die *Sarunai* an ihre perfekten Lippen. (Nein, nicht perfekt, sagte er zu sich selbst, fehlerhaft, so wie diese Frau in jeder Hinsicht fehlerhaft war.)

Sie spielte die sinnliche Musik des Mekong, Musik, die den sich schlängelnden Windungen des Stroms folgte, die das Ufer mit hohen Tönen und tiefen Sprüngen malte. Musik, die vom Fischervolk und vom Lehm, der die Felder der Bauern fruchtbar machte, erzählte. Von den Mungos und Tigern, die zum Trinken ans Wasser kamen. Dann veränderte sich die Musik, wurde langsamer, nachdenklicher; sanfte, nach innen gerichtete Noten erzählten Sajit Xuan-Ti: *Ich habe deine Werke an den Höfen gesehen, und ich bin ihrer Spur gefolgt – den Szenen von Liebe und Haß, der Perfektion und den künstlerischen Linien –, bis ich erkannte, daß der Mann, der dies geschaffen hat, ein großer Liebhaber sein muß, ein weiser Mann, ein Mann, mit dem ich mich vereinigen könnte.*

Die *Sarunai* erzählte von der Einsamkeit der Kunst, und wie sie, um ihrer Kunst einen Sinn zu geben, die Einheit mit einer anderen brauchte. Sie sang von dem Wunder der Verbindung der beiden Künste, der *Sarunai* und dem Knochenschnitzen. Wie sie gemeinsam die Künste noch mächtiger und noch graziöser als jemals zuvor machen könnten.

Sajit lauschte all dem, was der sanfte Druck ihres Mundes aus der *Sarunai* zauberte. In seinen Ohren brummte es, und sein Mund fühlte sich trocken an. Sajit starrte in die Augen seiner Knochenfigur, einer eleganten Frau mit gertenschlanken Beinen, und wich Prei Chens Blick aus.

»Sajit Xuan-Ti?« Prei Chens Stimme zitterte. »Sajit Xuan-Ti, sieh mich an.«

Sie sprach seinen Namen mit solcher Hoffnung und solcher Sehnsucht aus. Angst bemächtigte sich seiner.

»Du bist nicht schön«, sagte er und starrte seine Knochenfrau an. »Du bist nicht so schön wie diese Figur. Du bist nicht so schön wie die Knochen.« Sein Herz klopfte, seine Hände fühlten sich eiskalt an, sein Atem ging flach und schnell, als würde er auf der Stelle sterben.

Er sah ihr ins Gesicht, weil ihn seine eigene Neugier dazu verlockte, und entdeckte, daß ihre Augen wie tote Sterne waren, alle Kraft staute sich in ihnen, und nicht das kleinste bißchen Helligkeit entwich. Sie saß steif da und hielt die bebenden Lippen aufeinandergepreßt.

»Du bist auch nicht so schön wie deine Kunst, Sajit Xuan-Ti«, sagte sie, stand auf und rannte zur Tür. »Du bist häßlich.«

Der Monsun kam, und mit ihm der orangefarbene, dunstige Himmel. Der Mekong trat über seine Ufer und spuckte gelben Schlamm aus. Wer von seinem Wasser trank, litt bald unter der Schlafkrankheit. Die Kaiser der Khmer kämpften noch verzweifelter gegen die Könige von Siam und warteten das Ende des Regens nicht ab. Die Schlachten wüteten auf Boden, der sich in Schlamm verwandelt hatte.

Doch Sajit Xuan-Ti fuhr mit seiner Arbeit fort. Er liebte den Monsun, denn dann konnte er viele Stunden in seinem Arbeitszimmer verbringen. Die Luft war kühl, und der Regen erinnerte ihn an die Fruchtbarkeit und Schöpferkraft, die seine Anstrengungen antrieb. Regentropfen prasselten auf sein Dach, fielen auf die kleinen Knochen von Ottern und Dik Diks, die die Lücken zwischen den Rippen des Wals ausfüllten.

Seine Knochen waren jetzt so schön, daß sie nicht länger der Gestalten von Menschen oder Tieren bedurften und nur noch deren Umrisse andeuteten. Die Käufer mußten die Bedeutung jeder Figur erraten.

Jen Jen neckte ihn (oder verspottete ihn – er konnte es kaum auseinanderhalten) mit den neuesten Nachrichten von Prei Chen, die sie von den Vier Fischern des Klatsches bekam, doch nur, wenn sie wütend auf ihn war – falls er nichts über den Sarong sagte, den sie gerade gewebt hatte, oder über das herrliche Garnelengericht, das sie zubereitet hatte.

»Am Hofe der Thaivasallen spielt Prei Chen das Lied einer jungen Frau, die von dem Mann, den sie liebte, zurückgewiesen wurde.«

»Hm-hm«, antwortete er dann und gab vor, sie nicht verstanden zu haben. »Die Garnelen waren köstlich, Jen Jen.«

»Danke, Sajit«, gab sie zurück, und er hörte die Enttäuschung in ihrer Stimme, als hätte er etwas nicht mitbekommen – eine unterschwellige Schlußfolgerung vielleicht, eine Nuance ihres Tonfalls, die ihm entgangen war.

Dieses Spiel ging weiter bis zu dem Tag zwei Monate nach Anfang der Regenzeit, an dem Jen Jen weinend und im grellen Weiß der Trauer zu ihm kam. Das grelle Weiß der Knochen, mußte er unwillkürlich denken.

»Was ist passiert?« Er nahm Jen Jen am Arm und führte sie zu einem Stuhl. »Was ist denn los?«

»Prei Chen ist tot.«

»Tot?«

Er setzte sich auf seinen Stuhl, legte die Hände nach oben offen in den Schoß und starrte auf den Boden. Er fühlte sich, als hätte man ihm die Knochen aus dem Leib gerissen, als hätte sein Körper kein Skelett mehr.

»Wie?« fragte er und wagte es nicht, ihr in die Augen zu sehen, weil er Angst hatte, er könnte die Beherrschung verlieren und sein starres Gesicht würde zusammenfallen.

»Es gab eine Schlacht bei Angkor Thom, in der Nähe von –«

»Ich weiß, was in der Nähe ist.«

»– eine Schlacht bei Angkor Thom. Die Khmer und die Thais fochten drei Tage und drei Nächte, bis endlich, endlich ...«

Ihm verschwamm alles vor Augen.

»Jen Jen«, sagte er und nahm ihre Hand. »Erzähl es mir. Einfach und geradeheraus.«

»Endlich töteten die Khmer den König der Thai, und die Thai flohen vom Schlachtfeld. Prei Chen und einige andere Künstler wurden unter den Leichen der Hingemetzelten gefunden. Sie hatten den Hof der Thais unterhalten. Alle in Go Oc Eo trauern um sie.«

Seine Hände und Beine zitterten, und sein Mund wollte sich vor Gram weit öffnen, doch Sajit ließ es nicht zu. Er spürte Jen Jens Blick auf sich liegen, biß die Zähne zusammen und ballte die Fäuste, um das, was er im Innern fühlte, zu unterdrücken.

»Hast du denn nichts dazu zu sagen, Sajit? Hast du überhaupt nichts zu sagen? Fühlst du denn für nichts etwas, außer für deine kostbaren Knochen?«

Seine Beklemmung war nicht mehr auszuhalten, und mit einer wütenden, verzweifelten Bewegung erhob er sich und schrie sie an: »Verschwinde! Verschwinde! Laß mich in Ruhe! Ich muß mit meiner Arbeit fertig werden ...«

Jen Jens Lippen bebten. Sie sah ihn seltsam an, zögerte, verbeugte sich schließlich und sagte: »Ich bin schon fort, Sajit Xuan-Ti. Ich gehe schon.«

Der Regen klopfte heftiger denn je auf sein Dach und drang in seinen Schlaf ein. Er hörte das Flüstern der *Sarunai,* hörte die Geister der Knochen. Wach auf. *Nein.* Wach auf, beharrten sie. *Nein.* Doch endlich, als sie mit Prei Chens Stimme sagten: »Du bist häßlich«, wachte er schweißgebadet auf und schlug nach den Moskitos. »Jen Jen?« Seine Stimme klang in der Dunkelheit zerbrechlich. »Jen Jen, bist du da?«

Jede Nacht ging Sajit am schwarzen Sandstrand spazieren. Die Musik aus Prei Chens *Sarunai* klang in seinen Ohren, so daß er das Rauschen der Wellen, die gegen das Ufer schlugen, nicht hörte. Er stellte sich ihre Knochen vor, wie sie in der heiligen Stadt Angkor Thom begraben waren, und er mußte sich von dem Gedanken losreißen, sich in die Brandung zu stürzen. Dann klebte Speichel auf seinen Lippen.

Die Knochen, an denen er arbeitete, wurden ihm fremd – fast bedrohlich: die Schädel von plappernden Tieren, die Klauen und Fänge einer grauenhaften Hindu-Dämonologie.

Oft dachte er, und das hatte er seit Jahren nicht getan, an den Fleischerladen seines Vaters, in dem er seine Jugend mit schwerer Arbeit hinter dem Tresen verbracht hatte, mitten zwischen Blut und Innereien und Knochenstücken. Er dachte daran, wie das Blut vom Fleisch an den Balken der Decke auf den Boden tropfte. Das Gesicht seines Vaters strahlte Ruhe aus, während er langsam und methodisch die Innereien herausschnitt. Nachts glänzte das Blut im grünen Licht der Lampe dunkel, fast purpurn wie die Knie seines Vaters.

Der hochaufragende Tresen, das Licht dahinter, und die Gesichter, die darüber auftauchten. Das *Klick-Klack* einer anderen Zeit und eines anderen Ortes.

Dann, eines Nachts, sprach der Mond zu ihm. Sajit sah zu seinem glänzenden Gesicht auf, und sein Vater blickte zu ihm hinunter.

Der Mond sagte: *Sajit Xuan-Ti, denk an die Knochen, die in Angkor Thom liegen. Denk an die Knochen der besten* Sarunai*spielerin des Landes. Denk an ihre Kostbarkeit, ihre Leichtigkeit. Wären sie nicht noch perfekter, noch reiner, noch schöner als alles, was du bisher geschnitzt hast? Verlocken sie dich nicht mehr, als dich die Frau zu Lebzeiten verlockt hat? Sehnst du dich nicht nach den Knochen von Prei Chen, die unter den Augen der Götter in Angkor Thom vergraben sind?* Die Frage bohrte in seinem Kopf, rief ihn mitten ins Land des Krieges.

Die Wellen schlugen an den Strand, und der Himmel, bereits dunkel, wurde schwarz; eine Bö wehte über die Halbinsel.

»Ja«, sagte Sajit, »ja.«

Er bekam keine Antwort.

Nur die Wellen schlugen an den Strand. Nur der Mond schien, hell und rund wie polierte Knochen.

»Die Knochen«, murmelte er vor sich hin und betrachtete seine Hände wie zum ersten Mal. Seine Finger waren lang und dünn, aber rauh und schwielig: die Hände eines Knochenschnitzers und nichts anderes.

Unerbittlich sprach der Mond Nacht für Nacht zu ihm: im Flüstern eines Netzes der Gonchaispinne, gewebt, um Beute zu fangen; im Chor der quakenden Baumfrösche, durch das Gerippe seines Hauses; im Blitzen und Funkeln des Meeres, welches Worte in Sanskrit vor seinen Augen formte. *»Die Knochen«*, sagte der Mond, *»denk an die Knochen ...«*

Als der Regen am schlimmsten war, bildete der Dschungel eine grüne Mauer, die kein Ende zu haben schien. Sajit schlüpfte zwischen den Rippen des Seeungeheuers hindurch, nahm nur einen Sack voller Schnitzereien mit und verschwand für immer aus Go Oc Eo.

Sajit Xuan-Ti wanderte bei Nacht und versteckte sich am Tag. In der Dunkelheit konnte er sehen, wo sich die kämpfenden Armeen befanden und wie weit sie noch entfernt waren: Dort, wo sie fochten, loderten Feuer in den Himmel, und Wachttürme standen in Flammen. Der Horizont war eine rote Wunde, aus der es in die Dunkelheit blutete. Er konnte die Schreie der Kriegselefanten hören, und er dachte an die Hunderte von Buddhas, die er aus ihren Knochen schnitzen könnte.

Vertriebene flohen vor den Lichtern. Wie Motten schwärmten sie an ihm vorbei, ihre bloßen Füße stapften durch den

Schlamm, und sie kamen jämmerlich langsam voran. Wenn sie ihn sahen, wie er in Richtung Angkor Thom ging, starrten sie ihn verdutzt an. Der Scherz brauchte Zeit, um sich im Schlamm zu setzen und von dort in ihre Seelen vorzudringen. Dann: Gelächter. Als wäre er ein Narr. Oder verrückt.

»Seht! Seht!« rief ein alter Mann. Und noch einmal: »Seht!« Als würde er wegen des Widersinns von Sajits Ziel kein anderes Wort hervorbringen können, als müßte er die Gegenwart des Knochenschnitzers mit der Beharrlichkeit eines Hirtenstars verkünden.

Sajit reagierte nicht auf solchen Spott und trottete einfach weiter nach Angkor Thom. Sicherlich, redete er sich ein, war es dort nicht so schlimm. Sicherlich nicht. Er ignorierte die verdrehten Glieder der Leichen, ihre Münder, die von Schatten wie von Holzkohle gezeichnet waren.

Aber den Boden unter seinen Füßen konnte er nicht ignorieren. Seine linke Sandale hatte ein Loch bekommen, und durch dieses Loch bahnten sich der Schlamm, das Wasser, das Blut, die Exkremente, auf denen er ging, einen Weg herein. Langsam wurde sein linker Fuß für das Loch sensibel, bis er bei jedem Schritt zitterte, denn jeder Schritt ließ ihn den Schmerz des Landes ahnen. Der Schmerz breitete sich in seinen Knochen aus, bis in jedem einzelnen die Todesqualen zum Leben erwacht zu sein schienen. Er fühlte, wie sich sein Gesicht verzerrte, bis sein Grinsen einer verzerrten Spiegelung des Mondes im Meer ähnelte. Die Flüchtlinge rannten vor ihm davon: Er war ausgemergelt und zerlumpt, und auf sein Gesicht trat jedes Mal, wenn er den Boden mit seinem zuckenden Hinken überwand, ein spöttischer Blick. Seine Hände hingen aus den vollgesaugten Ärmeln seines Sarongs wie die Wurzeln einer toten Ingwerpflanze.

An jenen Stellen, wo die Armeen nicht gemordet und gebrandschatzt hatten, war die Straße wieder zu Dschungel geworden, die Bäume breiteten sich aus, wie sie wollten, und ihre Wurzeln hielten sich selbst im Schlamm fest. Der dauernde Regen – der ihm, gleich einem Klingeln in den Ohren, erst eine Plage war, dann von ihm ignoriert wurde, bis er schließlich nur noch eine triste Tatsache war, der man sich nicht entziehen konnte und deshalb nachgeben mußte –, dieser Regen tränkte die Wurzeln, die Zweige, das Laub, bis er am siebten Tag eine Wand aus Bäumen vor sich hatte, die nur noch von wenigen verstreuten Ziegeln unterbrochen wurde.

Am neunten Tag wurde der Himmel klar, und früh am Morgen starrte ein riesiges Gesicht durch die grüne Wand auf Sajit hinunter: das Antlitz des Kaisers Jayavarman, das in die streng dreieckigen Tempelspitzen von Angkor Thom gemeißelt war. Unter den melancholischen Augen von Jayavarman und seinem entschlossenen, aber fürsorglichen Mund, hätte sich Sajit erleichtert und geschützt fühlen sollen, doch der süße Geruch des verfaulenden Fleisches und die scharfe, erstickende Säuerlichkeit der brennenden Knochen vertrieben solche Illusionen. Er kam aus dem Wald auf eine weite Ebene, auf der die Tempelstadt Angkor Thom stand. Zwei Reihen von Statuen, aus hartem Stein gemeißelt und an Armen und Beinen miteinander verbunden, bildeten eine lange Straße zum Tor, das sich hundertfünfzig Meter in die Luft erhob. Von allen Türmen blickte Jayavarman herunter, bis es Sajit schien, ein Publikum von Riesen sähe ihm zu.

Er schauderte und flüsterte: *»Namo kuanshiyihuan Bodhissattiva mahasattva.«* Jen Jen hatte gesagt, er würde nichts außer seiner Kunst kennen, und genau das half ihm jetzt, denn die Leichen berührten ihn nicht, solange er sie als Knochen betrachten konnte.

Erst als er die Reihen der vom Feuer geschwärzten Statuen fast hinter sich hatte, spürte er, daß ihm jemandes Blick folgte.

Sajit blieb stehen. Die Stille der Stadt traf ihn mit voller Wucht, und Angst rumorte in seinem Bauch. Er hielt es nicht für abwegig, daß ihn eine Statue beobachten könnte; hatte nicht auch der Mond mit dem Gesicht seines Vaters zu ihm gesprochen?

Er mied den Blick der Statue nur, weil er fürchtete, in ihren Augen die gleiche Ungläubigkeit und den gleichen Spott wie bei den Flüchtlingen zu entdecken. Anstelle dessen betrachtete er die Leichen, die überall vor dem Eingang herumlagen. Die meisten waren Soldaten, in den Uniformen eines halben Dutzend verschiedener Armeen. Zur Linken hatte jemand sie in Form einer Lotusblüte aufgestapelt. Von den schwelenden Leichen stiegen Rauchwolken auf; der Rauch verhüllte die Front des Südturmes und verzerrte Jayavarmans Gesichtsausdruck zu einem Stirnrunzeln. Der Geruch zog in Sajits Nase, und er verspürte eine Leere in seinem Bauch. Mit Abscheu stellte er fest, wie hungrig er war.

Er wandte sich der Statue zu. Ein Zwerg hatte ihren Platz eingenommen; irgendeine Kriegsmaschine hatte die Statue umgeworfen und nur den Sockel stehen lassen, auf dem jetzt der Zwerg saß und stur geradeaus sah. Sein linkes Auge hatte Sajit das Gefühl gegeben, beobachtet zu werden: aus Glas gemacht, schien es ihn unmittelbar anzustarren, wohin er auch ging. Er hatte den Zwerg für eine Statue gehalten, denn seine Haut glich dem feuergeschwärzten Stein: Ein reiner schwarzer Glanz kennzeichnete den Mann als Südinder.

Sajit lächelte, nickte und verneigte sich, doch der Zwerg starrte nur geradeaus. Er legte seinen Sack mit den Schnitzereien ab, ging zu ihm hin und berührte seine Schulter. Der Mann starrte immer noch geradeaus.

Der Zwerg trug ein graues Hemd und ein dazu passendes Dhoti. Eine Karta, seine einzige Waffe, steckte in seiner Schärpe. Neben dem Stein lagen eine Halskette aus silbernen

Glöckchen, eine Maske des Affengottes Hanuman und ein aus Sandelholz geschnitzter Stab, dessen Moschusgeruch vom ranzigen Gestank des Fleisches überdeckt wurde.

»Ein Hofnarr!« rief Sajit.

Die Gesichtszüge des Zwergen schrien danach, in Knochen geschnitzt zu werden; er ähnelte einer knorrigen Wurzel des Banyanbaumes mit vor Moder dunkel gewordenen Stellen. Er hatte ein Doppelkinn, und Hautfalten hingen über seine Augen. Tiefe Furchen, nun von derselben Schwärze verhüllt, die den Mann unter den wirklichen Statuen verborgen hatte, zeichneten die Stirn.

Blut begann aus seinem rechten Auge zu rinnen, folgte dem Weg, den die Furchen ihm wiesen, dem Weg, der schon von einer dunklen Linie gezeichnet war, wo Tage zuvor Blut getrocknet war.

Sajit wischte das Blut mit dem Saum seines Sarongs ab.

»Wie lange sitzt du hier schon?« fragte er, ohne eine Antwort zu erwarten.

»Vier Tage«, sagte der Zwerg, und blickte Sajit mit seinem heilen Auge so unvermittelt an, daß der Knochenschnitzer die Hand von den Tränen aus Blut zurückzog und eine unzusammenhängende Erwiderung stotterte.

»Vier Tage«, wiederholte der Zwerg und lächelte. Gelbe Zähne hoben sich von der Dunkelheit seines Gesicht ab. »Drei Nächte. Seitdem ist niemand mehr zu mir gekommen, noch konnte ich mich in dieser Zeit bewegen. Bis du das Blut auf meinem Gesicht berührt hast.«

»Du hast dich vor den Soldaten versteckt?«

Der Zwerg zuckte mit den Schultern. »Ich habe hier gesessen und mich nicht um ihre Schlachten gekümmert. Vorher, als ich davonlief, verfolgten sie mich scheinbar nur aus dem Grund, weil ich vor ihnen floh. Also habe ich mich hier hingesetzt, wie ein Buddha, und habe die blutigen Wettkämpfe der Khmer mit den Thai und ihren Verbündeten beobachtet, wie sie immer und immer wieder über den gleichen Boden stolzierten. Ich habe meinen Mund himmelwärts geöffnet und vom Regenwasser gelebt ... Wer bist du, daß du unter den Schatten dieser Tore hindurchgehen willst?«

»Ich bin Sajit Xuan-Ti, der Knochenschnitzer.«

Der Zwerg fing an zu lachen. »Das bist du nicht. Ich kenne Sajit Xuan-Ti gut. Ich habe einige seiner Schnitzereien gekauft und noch mehr vom Hof der Khmer gestohlen, und du bist nicht er. Jeder weiß, er lebt im Dorfe Go Oc Eo am Meer, wo er seine Kunstwerke schafft und nichts von der Welt weiß.«

»Und trotzdem bin ich Sajit.«

Der Zwerg grunzte und sah zur Seite. »Ich wünschte, du wärst daheim geblieben und hättest für den Rest von uns geschnitzt, denn wir sind der Welt müder, als du es jemals sein wirst – falls du tatsächlich Sajit bist. Mein Name ist Tien Tievar – ein Hofnarr, ein Spaßmacher am Hofe der Khmer.«

»Hast du die *Sarunai*spielerin Prei Chen gekannt? Weißt du, wie sie gestorben ist?«

Die Worte platzten heraus, polterten eins auf das andere, und Sajit senkte niedergeschlagen den Kopf und verbarg das Gesicht in den Händen.

»Vergib mir, Tievar. Ich habe seit drei Tagen nichts gegessen. Meine Hände zittern. Ich kann mich nicht mehr an die einfachsten Regeln des Knochenschnitzens erinnern. Der Mond hat mir gesagt, ich solle die Knochen von Prei Chen suchen und daraus etwas Wundersames schnitzen, etwas, das so schön ist wie ihre Musik.«

»Der Mond ist ein hinterlistiger Kerl, Sajit«, sagte der Zwerg, und seine blinden Augen blickten zum Horizont. Er schwieg eine Weile. Es schien, als wollte er nie wieder sprechen, dann sagte er endlich: »Ich habe Prei Chen gekannt. Ich habe sie viele Male am Hofe spielen hören. Wie sie gestorben ist, kann ich dir nicht sagen. Ich weiß es nicht. Das weiß keiner, der noch lebt.«

»Wo ist sie begraben?«

Tievar zuckte mit den Schultern. »In Angkor Thom. Unter dem Schatten der Nagakönigin. Doch wo nur, inmitten dieses Gewirrs von Leichen? Niemand weiß es.«

»Würdest du es mir zeigen?«

Tievar lächelte. »Ich fürchte, mein Platz hier ist zu bequem. Wenn ich meine Hände weiterhin nach oben, gen Himmel offen halten kann, dann werde ich, wie Buddha, auch dorthin gehen, wenn ich sterbe.«

Sajit nickte und wandte sich den Toren von Angkor Thom zu.

»... aber wenn du mir eine Gefälligkeit erweisen könntest. Ich kann meine Arme nicht bewegen. Könntest du mir die Maske von Hanuman aufs Gesicht setzen? Dann hätte ich, sollte ich einschlafen, immer noch den Anschein der Wachsamkeit, sollten die Armeen zurückkehren.«

»Natürlich.«

Als Sajit sich zu dem Zwerg vorbeugte und ihm die Maske aufsetzte, sah er das Blut, das sich in einer Lache hinter Tievar gesammelt hatte. Es rührte von einem Hieb in den Rücken, der den Zwerg gelähmt hatte. Maden krabbelten über Tievars Wirbelsäule.

»Ich sollte einen Buddha, den ich geschnitzt habe, neben dir stehen lassen, für deine Sicherheit und dein Glück«, sagte Sajit und hoffte, Tievar würde nicht sehen, wie sehr seine Hände zitterten, als er sich den Sack mit den Knochen wieder über die Schulter warf.

Der Zwerg lächelte nur.

Sajit Xuan-Ti betrat Angkor Thom. Die Augen von Königen blickten auf ihn, hinter ihm weinte ein Mann Tränen von Blut, und die Sonne war nur ein weiteres Auge – ein neidvolles Gelb. Und in ihrer Korona schien der Geist des Bösen, bei dessen Anblick er am liebsten den Sack mit den Schnitzereien abgelegt, sich auf den Boden geworfen, die lehmige Erde umarmt und geweint hätte.

Doch die Knochen seiner Beine hielten ihn aufrecht. Die Knochen in seinen Füßen hoben die Beine und ließen sie wieder fallen.

Sie fielen jetzt auf Leichen, und das Loch in seinen Sandalen trieb ihn in den Wahnsinn, wenn er das Fleisch unter seinem eigenen Fleisch fühlte. Zu Hunderten lagen Soldaten herum, hingen über Mauern, Zinnen und übereinander. Die Kämpfe hatten monatelang gewütet, und die Toten lagen drei Schichten hoch. Hellgrünes Moos überdeckte die zuletzt Gefallenen, und aus der Erde aufragende Knochen waren das einzige Anzeichen jener, die schon vor Monaten gestorben waren. Der Geruch traf Sajit am Tor: Blut vermischte sich mit Fäulnis und Erde und Fleisch. Er zog in seine Kleider, stieg ihm in die Nase, ließ ihn schwindelig werden. Sajit fiel fast, streckte die Hand aus, um das Gleichgewicht wiederzufinden, und stieß mit dem Daumen in eine wassergefüllte Augenhöhle, wobei er Moskitolarven auseinandertrieb.

Am seltsamsten erschienen Sajit die frischen Wunden, von denen er zuerst die Augen nicht abwenden konnte, während er zum mittleren Hof unterwegs war. Diese Leichen hatten – wie die Tiere im Fleischerladen seines Vaters – noch feuchtes Fleisch an sich, einige waren vom Regen aufgedunsen. Neben dem bleichen Fleisch und dem Rot der unsauberen Wunden konnte er das erschreckende Weiß der Knochen sehen, eine Reinheit, die sich nicht mit den Innereien um sie herum vertrug. Das Fleisch störte ihn. Es machte ihm angst, und er eilte an den Leichen vorbei. Aus dieser Substanz konnte er nichts Schönes machen, sie nicht nach seinen Wünschen schnitzen.

Der blaue Himmel war bernsteinfarben durchsetzt. Kein Geräusch war zu hören. Selbst die Vögel waren still: Riesige malaiische Aasgeier bewegten sich langsam aus Respekt vor den Toten, mit einer Anmut, die eher an Leichenbestatter als an Grabräuber erinnerte.

Er fand Prei Chen an der Stelle, die Tievar ihm genannt hatte – unter dem Schatten der Nagakönigin, deren neun Steinköpfe in den Himmel ragten, als wollte sie den Tod unter sich verleugnen.

Neben dem Grab war ein Elefant gestorben und auf die Seite gefallen. Vier Männer lagen in dem eingesunkenen Körper, und das verwunderte Sajit, bis er darauf kam, daß die Männer auf dem Elefanten gestorben waren und in seinen Leib hineingefallen waren, als das Fleisch nicht mehr fest genug war, um sie zu tragen.

Der Anblick des Elefanten beruhigte ihn. Vielleicht war es die Friedlichkeit, mit der die vier Männer in seinem Leib zu schlafen schienen, oder es waren die weißen Stoßzähne, die ihn an den Elefantengott Ganescha erinnerten.

Doch das war vergessen, als er Prei Chen sah, die halb in, halb außerhalb eines schmalen Grabes lag. Obwohl sie seit drei Monaten in der Erde war, hing immer noch Fleisch an ihren Knochen. Ihr Gesicht war verfallen und kaum noch zu erkennen. Ihre Schönheit war dahin. Jemand hatte ihr die *Sarunai* in die Arme gelegt. Er kroch auf Händen und Knien zu ihr hin. Die Erde bedeckte ihren Torso, doch die Arme lagen frei. Er stellte seinen Sack ab und nahm ihre Hand. Das Fleisch war ausgetrocknet, er konnte ihre Knochen fühlen. Die Haut war warm, und die Erde unter ihr war ebenfalls warm.

Er zog an ihrem Arm, doch sie bewegte sich nicht; zuviel Erde lag auf ihr, und er war schwach. Die malaiischen Aasgeier beobachteten ihn träge von dem Elefantenschädel aus.

Er zog noch einmal.

»Prei Chen«, sagte er und zog ein drittes Mal. »Prei Chen.«

Doch sie bewegte sich nicht unter der Nagakönigin fort.

Als er es verzweifelt ein letztes Mal versuchte, löste sich der Arm, und er fiel keuchend der Länge nach auf den Elefanten und sah in die Gesichter der vier Männer, die das Tier nach seinem Tode verschluckt hatte. Die Erde des Grabes hing an seinem Kinn. Der Geschmack des Grabes lag auf seiner Zunge. Er betrachtete den Arm, den er immer noch in der linken Hand hielt; gelber Knochen, doch er verspürte kein Verlangen, ihn zu schnitzen. Anstelle dessen schauderte er, und Tränen traten ihm in die Augen, obwohl er keinen Grund dafür wußte. Er konnte sich nicht mehr an das Gesicht von Jen Jen erinnern. Er konnte sich nicht einmal an die erste Regel des Knochenschnitzens erinnern. Seine Kunst erschien ihm nicht mehr als Kunst, sondern als Lug und Trug. Es gab nichts außer Fleisch, und es hatte nie etwas anderes gegeben, und er hatte mehr vergessen, als er jemals gelernt hatte, während er Knochen schnitzte.

Er kroch von dem Elefanten fort, bis er wieder bei Prei Chens Grab war. Er sah in ihr verfaulendes Gesicht und bedeckte ihren Körper mit dem seinen, streichelte ihr Haar mit seinen schwieligen Knochenschnitzerhänden und sagte: »Prei Chen, Prei Chen«, bis es nur noch ein bedeutungsloser Singsang war, ein Ritual, um die Verzweiflung fernzuhalten, und vielleicht hörte diesen Gesang sogar Tievar, der dasaß und Tränen aus Blut weinte, dort, unter den Antlitzen der Könige von Angkor Thom, im Lande Kamputschea, wo der Mekong in das Chinesische Meer fließt.

Die Gefahr aus dem Jenseits

C. L. Moore, Abraham Merritt,
H. P. Lovecraft, Robert E. Howard &
Frank Belknap Long, jr.

Die Autorenriege des folgenden literarischen Kuriosums liest sich wie ein Who's Who *der* Weird-Tales-*Zeit. Es handelt sich dabei um eine sogenannte* Round-Robin-Story, *was heißt, daß der erste der Autoren den Anfang einer Geschichte schrieb und diesen dann zwecks Fortsetzung an den nächsten weitersandte, bis der letzte Teilnehmer an diesem Spiel versuchen mußte, die verzwickten Handlungsfäden zu einem befriedigenden Abschluß zu bringen. Das Ergebnis kann unter solchen Umständen zwar kaum hohe Literatur genannt werden, bietet aber auf jeden Fall amüsanten und spannenden Lesestoff, der nebenbei interessante Einblicke in die unterschiedlichen Schreibstile der beteiligten Autoren gewährt. Achten Sie doch insbesondere einmal darauf, was aus H. P. Lovecrafts Helden wird, sobald er dem* Conan-*Erfinder Robert E. Howard in die Finger gerät.*

1. [C. L. Moore]

George Campbell schlug vom Schlaf umwölkte Augen auf, blieb ein paar Minuten in der Dunkelheit liegen und sah dann zur Zeltklappe hinaus in die fahle Augustnacht, bis er soweit zu sich gekommen war, um sich zu fragen, was ihn geweckt hatte. Die frische, klare Luft dieser kanadischen Wälder machte so schläfrig wie die besten Schlafmittel. Campbell blieb einen Moment liegen, sank langsam ins wohlige Grenzland des Schlafs zurück und spürte nichts als eine ausgeprägte Erschöpfung, das ungewohnte Gefühl durch Anstrengung belasteter Muskeln, die sich nun wieder in einem Zustand völliger Entspannung befanden. Das waren die köstlichsten Momente eines Urlaubs: nach der harten Arbeit im Wald in der klaren, lieblichen Atmosphäre auszuruhen.

Während sein Verstand langsam wieder ins Vergessen hinüberdöste, versicherte er sich selbst noch einmal nachdrücklich, daß drei lange Monate der Freiheit und Ruhe vor ihm lagen – Ruhe vor den Städten und der Einförmigkeit, Ruhe vor dem Unterricht und der Universität und den Studenten, die nicht einmal ansatzweise Interesse für die Geologie aufbrachten, mit der er sie, um seinen Lebensunterhalt zu verdienen, Tag für Tag aller Gleichgültigkeit zum Trotz berieselte. Ruhe vor –

Unvermittelt fiel die einlullende Schläfrigkeit von ihm ab. Von irgendwo draußen störte das Kreischen von Metall auf Metall seinen Frieden. Mit einem Ruck richtete sich George Campbell auf und griff nach seiner Taschenlampe. Dann lachte er, legte sie wieder weg und sah mit verkniffenen Augen in die mitternächtliche Dunkelheit hinaus, wo sich zwischen dem Durcheinander seiner Vorräte ein schemenhaftes, kleines Nachtlebewesen herumtrieb. Er streckte einen seiner langen Arme aus und tastete zwischen den Steinen vor der Zeltklappe nach einem Wurfgeschoß. Er schloß die Finger um einen großen Stein und holte mit dem Arm zum Wurf aus.

Aber er hielt inne. Es war ein zu seltsamer Gegenstand, den er da in der Dunkelheit gegriffen hatte. Würfelförmig, glatt wie Kristall, eindeutig künstlichen Ursprungs, mit stumpfen, gerundeten Kanten. So bemerkenswert fühlte sich die Steinoberfläche an, daß Campbell erneut nach seiner Taschenlampe griff und den Lichtstrahl auf das Ding richtete, das er in der Hand hielt.

Jeder Rest von Müdigkeit fiel von ihm ab, als er sah, was ihm bei seinem ziellosen Herumtasten in die Finger geraten war. Dieser merkwürdige, glatte Würfel war klar wie Bergkristall. Ohne jeden Zweifel Quarz, aber nicht in der üblichen hexagonalen Kristallstruktur. Irgendwie – über die Methode konnte Campbell nicht einmal Mutmaßungen anstellen – war er zu diesem perfekten Würfel mit einer Seitenlänge von rund zehn Zentimetern geformt worden. Und er war über die Maßen abgenutzt. Der harte Kristall war so abgeschmirgelt, daß die Kanten fast rund geschliffen waren und das Ding die Umrisse einer Kugel annahm. Unmeßbare Jahre der Abnutzung mußte dieser seltsame, durchsichtige Gegenstand hinter sich haben.

Das Eigentümlichste aber war der Umriß, den er undeutlich im Herzen des Kristalls erkennen konnte. In dessen Mitte eingebettet lag eine kleine Scheibe aus einem hellen, namenlosen Material, in deren quarzumhüllte Oberfläche tiefe Zeichen eingeschnitzt waren. Keilförmige Buchstaben, die vage an Runenschrift erinnerten.

George Campbell runzelte die Stirn, beugte sich über den kleinen, rätselhaften Gegenstand in seiner Hand und dachte verwirrt nach. Wie konnte so etwas in reinen Bergkristall eingehüllt sein? Eine uralte Legende kam ihm ins Gedächtnis, wonach Quarzkristalle aus Eis bestanden, das so fest gefroren war, daß es nicht mehr schmelzen konnte. Eis und keilförmige Runen – stammte diese Art Schrift nicht von den Sumerern, die am Anbeginn der Menschheitsgeschichte von Norden gekommen waren und sich in den primitiven Niederungen Mesopotamiens angesiedelt hatten? Dann obsiegte die Vernunft, und er lachte. Quarz war selbstverständlich in den frühesten geologischen Abschnitten der Erdgeschichte entstanden, als außer Hitze und Felsgestein nichts existierte. Das Eis kam erst Jahrmillionen, nachdem dieses Ding geformt worden war.

Und doch – diese Schrift; ganz gewiß von Menschen geschaffen, aber die Buchstaben waren unbekannt, davon abgesehen, daß sie diese vage Ähnlichkeit mit Runenzeichen hatten. Oder könnte es in der Welt des Paläozoikums Wesen mit einer Schriftsprache gegeben haben, welche diese rätselhafte Keilschrift in die in Quarz eingeschlossene Scheibe geschnitzt hatten, die er in Händen hielt? Oder könnte es sein, daß etwas Derartiges, einem Meteor gleich, aus dem Weltall in das noch geschmolzene Gestein einer im Entstehen begriffenen Welt gestürzt war? Könnte es sein –

Dann wies er sich streng zurecht und spürte, wie seine Ohren heiß wurden, so lächerlich war seine zügellose Phantasie. Die Stille, die Einsamkeit und der merkwürdige Gegenstand in seiner Hand hatten sich verschworen und spielten seinem gesunden Menschenverstand Streiche. Er zuckte die Achseln, legte den Kristall an den Rand seiner Pritsche und machte die Taschenlampe wieder aus. Vielleicht würden ihm morgen, mit klarem Kopf, Antworten auf die Fragen einfallen, die ihm jetzt so unlösbar vorkamen.

Aber der Schlaf floh ihn zunächst. Zum einen kam es ihm, als er das Licht ausschaltete, so vor, als hätte der kleine Würfel das Licht gespeichert und noch einen Moment geleuchtet, bevor er mit der umliegenden Dunkelheit verschmolz. Möglicherweise irrte sich Campbell auch. Vielleicht hatten ihm seine überanstrengten Augen nur vorgegaukelt, daß der Würfel das Licht, das unheimlich beharrlich in seinen rätselhaften Tiefen leuchtete, nur widerwillig abgab.

Er blieb eine ganze Weile reglos liegen, während ihm die unbeantworteten Fragen durch den Kopf gingen. An diesem Kristallwürfel war etwas aus der Zeit der ungeschriebenen Vergangenheit, möglicherweise aus der Dämmerung der Geschichte, das eine Herausforderung darstellte, die Campbell um den Schlaf brachte.

2. [Abraham Merritt]

Ihm schien es, als hätte er Stunden so gelegen. Das schwelende Licht, das Leuchten, das nicht erlöschen wollte, hielt seine Phantasie in Bann. Etwas, so schien es, war im Herzen des Würfels erwacht, hatte sich träge geräkelt, war unvermittelt aufmerksam geworden ... und hatte ihn, Campbell, aufs Korn genommen.

Nichts als Hirngespinste. Er reckte sich ungeduldig und richtete das Licht auf die Uhr. Fast ein Uhr; noch drei Stunden bis zur Dämmerung. Der Lichtstrahl sank tiefer und traf den warmen Kristallwürfel. So hielt Campbell die Lampe mehrere Minuten. Dann schaltete er sie aus und sah genau hin.

Jetzt konnte kein Zweifel mehr bestehen. Während sich Campbells Augen an die Dunkelheit gewöhnten, sah er, daß tief im Inneren des seltsamen Würfels verschwommene Lichtpünktchen tanzten, saphirblauen Funken gleich. Sie befanden sich direkt im Zentrum und schienen aus der flachen Scheibe mit den beunruhigenden Schriftzeichen zu kommen. Und die Scheibe wurde größer ... die Schriftzeichen veränderten sich

... der Würfel selbst schien zu wachsen ... eine Illusion, durch die winzigen Fünkchen hervorgerufen ...

Er hörte ein Geräusch. Vielmehr die Andeutung eines Geräuschs, als strichen Geisterfinger behutsam über die Saiten einer Geisterharfe. Er bückte sich. Es kam aus dem Würfel ...

Ein Quieken ertönte aus dem Unterholz, das Rascheln von Leibern und ein gequältes Wimmern, wie von einem Kind im Todeskampf, das rasch erstickt wurde. Eine der kleinen Tragödien der Wildnis; Jäger und Beute. Campbell ging zu der Stelle, wo es sich abgespielt haben mußte, konnte aber nichts entdecken. Erneut schaltete er die Taschenlampe aus. Ein fahles, blaues Funkeln war dicht über dem Boden zu erkennen. Es ging von dem Würfel aus. Campbell bückte sich, um ihn aufzuheben, doch dann folgte er einem mahnenden Instinkt und zog die Hand zurück.

Wieder stellte er fest, daß das Leuchten erlosch. Die winzigen saphirblauen Fünkchen blitzten unregelmäßig und wichen in die Scheibe zurück, aus der sie gekommen waren. Kein Laut war mehr zu hören.

Campbell sah zu, wie der Widerschein aufleuchtete und verblaßte, aufleuchtete und verblaßte, dabei aber kontinuierlich schwächer wurde. Er überlegte, daß zwei Elemente zusammenwirken mußten, um dieses Phänomen zu erzeugen. Der elektrische Strahl an sich, und seine, Campbells, ungeteilte Aufmerksamkeit. Sein Denken mußte an dem Strahl entlangwandern, sich auf das Herz des Würfels konzentrieren, wenn das Pulsieren zunehmen sollte, bis ... was?

Er verspürte einen kalten Schauer, als hätte er einen fremden Gegenstand berührt. Es war etwas Fremdes, das wußte er nun, etwas, das nicht von dieser Welt stammte. Nicht einmal aus der Zeitspanne der Erdgeschichte. Er überwand seine Angst, nahm den Würfel und trug ihn ins Zelt. Der Würfel war weder warm noch kalt; ohne sein Gewicht hätte Campbell gar nicht bemerkt, daß er etwas trug. Er legte ihn auf den Tisch und drehte die Lampe davon weg. Dann ging er zur Zeltklappe und machte sie zu.

Er ging zum Tisch zurück, zog den Campingstuhl näher und richtete den Lichtstrahl der Taschenlampe so genau er konnte auf das Zentrum. Dann nahm er alle Willenskraft und alle Konzentration zusammen und richtete sein Denken und seine Blicke, wie den Lichtstrahl, auf die Scheibe.

Wie auf Kommando erstrahlten die saphirblauen Funken. Sie stoben aus der Scheibe in die Substanz des Kristallwürfels, dann sanken sie zurück und schienen auf die Scheibe und die Schriftzeichen. Diese veränderten sich allmählich, sie zerflossen, krümmten sich, bewegten sich, rückten vor und wichen im blauen Leuchten zurück. Es waren keine Runen mehr – es waren Gegenstände ... Objekte.

Er hörte die leise Musik, als würden Harfensaiten gezupft. Lauter und immer lauter wurden die Töne, bis der ganze Würfel in ihrem Rhythmus vibrierte. Die Kristallwände schmolzen und wurden dunstig, als bestünden sie aus Diamantstaub. Und die Scheibe selbst dehnte sich aus ... die Schriftzeichen zerflossen, teilten und vermehrten sich, als wäre eine Tür aufgestoßen worden, durch die sich ganze Heerscharen von Phantomen ergossen. Derweil wurde das pulsierende Licht heller und heller.

Campbell verspürte einen Anflug von Panik und versuchte, Blickkontakt und Konzentration zu unterbrechen. Er ließ die Taschenlampe fallen. Aber der Würfel war nicht mehr auf den Lichtstrahl angewiesen, und er selbst konnte sich nicht zurückziehen ... konnte sich nicht zurückziehen? Tatsächlich wurde er regelrecht in die Scheibe hineingezogen, die mittlerweile zu einer Kugel angeschwollen war, in der namenlose Schemen zu einer Musik tanzten, welche die Kugel in ein konstantes Leuchten tauchte.

Das Zelt war verschwunden. Lediglich ein weiter Vorhang funkelnden Nebels verblieb, hinter dem die Kugel leuchtete …

Er spürte, wie er durch diesen Nebel gezogen wurde, von einem kräftigen Wind, direkt auf die Kugel zu.

3. [H. P. Lovecraft]

Während das im Nebel diffuse Licht der saphirblauen Sonnen immer greller wurde, waberten die Umrisse der Kugel vor ihm und lösten sich in einem kreisenden Chaos auf. Ihre Blässe, ihre Bewegung und ihre Musik verschmolzen mit dem umliegenden Nebel, den sie zu einem hellen Stahlgrau verfärbten und in wogende Bewegungen versetzten. Und auch die saphirblauen Sonnen wurden unmerklich eins mit der grauen Unendlichkeit des formlosen Pulsierens.

Derweil nahm das Gefühl einer nach außen gerichteten, unvorstellbaren und in kosmischen Maßstäben rasenden Vorwärtsbewegung unaufhörlich zu. Jegliches Maß irdischer Geschwindigkeit wurde im Vergleich dazu zur Behäbigkeit degradiert, und Campbell wußte, in der stofflichen Realität würde ein derartiger Flug den sofortigen Tod für jedes Lebewesen bedeuten. Auch so – in dieser seltsamen, höllischen Hypnose des Alptraums – lähmte der quasi visuelle Eindruck des meteorgleichen Sausens fast seinen Verstand. Obschon es keine Bezugspunkte in dieser grauen, pulsierenden Leere gab, schien es ihm, als näherte er sich der Lichtgeschwindigkeit selbst. Schließlich hielt sein Denken nicht mehr stand – barmherzige Schwärze verschluckte alles.

Unvermittelt und inmitten undurchdringlichster Dunkelheit setzten Denken und Fühlen von George Campbell wieder ein. Wie viele Augenblicke – oder Jahre – oder Ewigkeiten –

seit seinem rasenden Flug durch die graue Leere verstrichen waren, vermochte er nicht einmal annähernd abzuschätzen. Er wußte nur, daß er sich im Ruhezustand befand und keine Schmerzen verspürte. Tatsächlich war der Verlust aller körperlichen Empfindungen das hervorstechendste Merkmal seines Zustands. Selbst die Schwärze wirkte nicht mehr so undurchdringlich schwarz – was darauf hindeutete, daß er eine körperlose Intelligenz in einem Zustand jenseits von Sinneswahrnehmungen war, und kein stoffliches Wesen, dessen Sinne der gewohnten Gegenstände ihrer Wahrnehmung beraubt waren. Er konnte scharfsinnig und blitzschnell denken – auf fast übernatürliche Weise –, vermochte sich aber nicht das geringste Bild von seiner Situation zu machen.

Halb instinktiv erkannte er, daß er sich nicht in seinem Zelt befand. Zugegeben, er hätte dort aus einem Alptraum in einer Welt, so schwarz wie diese, erwachen können; doch er wußte, daß dem nicht so war. Er lag nicht auf einem Feldbett – er besaß keine Hände mehr, um die Decken und die Zeltplane und die Taschenlampe zu ertasten, die um ihn herum sein müßten – keine Zeltklappe, durch die er die fahle Nacht draußen sehen konnte … etwas stimmte nicht, stimmte ganz und gar nicht …

Er vergegenwärtigte sich den fluoreszierenden Würfel, der ihn hypnotisiert hatte, und dachte darüber nach – wie auch über alles andere, was danach geschehen war. Er hatte gewußt, daß sein Verstand hineingezogen wurde, und doch hatte er sich dem Einfluß nicht entziehen können. Im letzten Moment hatte er eine erschreckende, panische Angst verspürt – eine unterbewußte Furcht, schlimmer als jene, die sein dämonischer Flug in ihm hervorgerufen hatte. Sie entsprang dem vagen Aufblitzen einer fernen Erinnerung – woran genau, konnte er im ersten Moment nicht sagen. Eine Gruppe von Zellen in seinem Kleinhirn schien etwas nebulös Vertrautes in dem Würfel zu erkennen – und dieses Vertraute war mit einem vagen Grauen befrachtet. Nun versuchte er, sich zu erinnern, was das Vertraute und dieser Schrecken sein könnten.

Nach und nach fiel es ihm ein. Einst – vor langer, langer Zeit – hatte er, in Verbindung mit seinem Lebenswerk als Geologe, von etwas wie diesem Würfel gelesen. Es hatte etwas mit jenen fragwürdigen und beunruhigenden, Eltdown Shards genannten Tonbruchstücken zu tun, die vor dreißig Jahren im Süden Englands in Erdschichten ausgegraben worden waren, die vor der Steinkohlezeit datierten. Ihre Form und Beschriftung waren derart ungewöhnlich, daß einige Gelehrte einen künstlichen Ursprung nicht ausschlossen und verwegene Mutmaßungen über die Stücke und ihre Herkunft anstellten. Sie stammten ohne jeden Zweifel aus einer Ära, als noch keine menschlichen Wesen auf dem Erdball existiert haben konnten – und ihre Umrisse und Schriftzeichen waren verdammt rätselhaft. So kamen sie zu ihrem Namen.

Allerdings hatte Campbell von einem Würfel mit einer Scheibe im Inneren nicht in den Schriften eines ernstzunehmenden Wissenschaftlers gelesen. Die Quelle stand in weitaus geringerem Ansehen, war dafür aber um so exotischer. Um das Jahr 1912 war es einem in den okkulten Künsten überaus gebildeten Geistlichen aus Sussex – dem Reverend Arthur Brooke Winters-Hall – gelungen, die Inschriften auf den Eltdown Shards als Abart der sogenannten »vormenschlichen Hieroglyphen« zu entziffern, die unter Mystikern beharrlich verehrt und auf esoterische Weise weitergegeben wurden. Und er hatte eine angebliche Übersetzung der urzeitlichen und verblüffenden »Inschriften« als Privatdruck veröffentlicht – eine »Übersetzung«, die von okkulten Schriftstellern nach wie vor häufig und ernsthaft zitiert wird. In dieser »Übersetzung« – einer erstaunlich umfangreichen Broschüre, wenn man bedenkt, welch geringe Zahl von Tonscherben (sogenannte Shards) existierten – war die angeblich vormenschlicher Autorschaft entstammende Schilderung enthalten, die den inzwischen furchteinflößenden Hinweis in sich barg.

Wie die Überlieferung berichtete, existierte auf einer Welt – und darüber hinaus auf zahllosen anderen Welten – in den Tiefen des Alls ein mächtiger Orden wurmähnlicher Lebewesen, deren Errungenschaften und Herrschaft über die Natur alles in den Schatten stellte, was die menschliche Phantasie sich vorzustellen vermochte. Sie hatten bereits im Frühstadium ihrer Entwicklung interstellare Reisen bewerkstelligt und jeden bewohnbaren Planeten ihrer eigenen Galaxie besiedelt – wobei sie sämtliche Rassen ausrotteten, auf die sie stießen.

Außerhalb der Grenzen ihrer eigenen Galaxie – welche nicht die unsere war – konnten sie leibhaftig nicht reisen, aber in ihrem Bestreben, Raum und Zeit zur Gänze zu erforschen, entwickelten sie eine Möglichkeit, intergalaktische Klüfte im Geiste zu überwinden. Sie schufen eigentümliche Gegenstände – seltsame, energetisch aufgeladene Würfel aus einem speziellen Kristall, die hypnotische Talismane enthielten und in sphärische, dem Weltraum trotzende Hüllen aus einer unbekannten Substanz eingeschlossen wurden –, welche mit Wucht über die Grenzen ihres eigenen Universums hinauskatapultiert werden konnten und lediglich auf die Anziehung kühler, fester Materie reagierten.

Diese Würfel, von denen einige zwangsläufig auf verschiedenen bewohnten Welten in entlegenen Universen landen mußten, bildeten die Brückenköpfe für geistige Kommunikation. Die Reibungshitze der Atmosphäre ließ die Schutzhülle verglühen und legte so den Würfel frei, der nun nur noch von den intelligenten Bewohnern der Welt gefunden werden mußte, auf der er gelandet war. Allein durch seine Natur würde der Würfel Aufmerksamkeit auf sich ziehen. In Verbindung mit dem Einsatz von Licht reichte das schon aus, um seine speziellen Fähigkeiten in Gang zu setzen.

Der Geist, der den Würfel bemerkte, wurde durch die Macht der Scheibe hineingezogen und auf einem Strahl geheimnisvoller Energie an den Ort versetzt, von wo die Scheibe gekommen war – auf die entlegene Welt der wurmähnlichen Eroberer des Weltenraumes, jenseits unermeßlicher galaktischer Abgründe. Die gefangene Seele wurde in einer Maschine empfangen, die mit dem Würfel in Verbindung stand, und ohne Körper und Sinne in Verwahrung behalten, bis ein Mitglied der Herrscherrasse sie einer Untersuchung unterzog. Dann wurde durch einen geheimnisvollen Austauschprozeß ihr gesamter Wesensinhalt abgepumpt. Der Geist des Ermittlers bewohnte nun die seltsame Maschine, während die gefangene Seele sich im wurmähnlichen Körper des Ermittlers befand. In einem weiteren Austauschprozeß sprang der Geist des Ermittlers durch das grenzenlose Weltall in den leeren und bewußtlosen Körper auf der transgalaktischen Welt, wo er den fremden Leib, so gut es in seiner Macht stand, belebte und die fremde Welt in der Gestalt eines ihrer Bewohner erforschte.

Nach vollbrachter Erkundung nutzte der Abenteurer den Würfel samt der Scheibe, um seine Rückkehr zu bewerkstelligen – und manchmal wurde die gefangene Seele wohlbehalten auf ihre weit entfernte Heimatwelt zurückversetzt. Doch die Herrscherrasse war nicht immer so gütig. Wenn eine potentiell bedeutsame Rasse entdeckt wurde, die den Weltraumflug meisterte, benutzte das Wurmvolk den Würfel, um deren Seelen zu Tausenden einzufangen und zu vernichten und die gesamte Rasse aus diplomatischen Gründen auszumerzen. Dabei dienten die Bewußtseinsinhalte der Entdecker als Agenten der Zerstörung.

In anderen Fällen besetzten Kader des Wurmvolks einen transgalaktischen Planeten auf Dauer; sie vernichteten die gefangenen Seelen und löschten die verbliebenen Bewohner aus, um die Inbesitznahme der fremden Körper vorzubereiten. In so einem Fall konnte die Stammzivilisation freilich niemals hundertprozentig dupliziert werden; der neue Planet beherbergte nicht alle für die Kunst der Wurmrasse erforderlichen Rohstoffe. Die Würfel konnten beispielsweise nur auf dem Heimatplaneten hergestellt werden. Nur wenige der zahllosen auf den Weg gebrachten Würfel fanden jemals Resonanz auf einer bewohnten Welt – man konnte unmöglich unbekannte Ziele außerhalb jeglicher Ordnung *anvisieren.* Nur drei, wollten die Überlieferungen wissen, waren je auf bewohnten Welten in unserem eigenen Universum gelandet. Einer hatte vor zwei Milliarden Jahren einen Planeten in der galaktischen Randzone erreicht, der zweite fiel vor drei Milliarden Jahren auf eine Welt in der Nähe des Gravitationszentrums. Der dritte – und einzige, der bekanntermaßen ins Sonnensystem eingedrungen war – stürzte vor 150 Millionen Jahren auf unsere Erde.

Mit diesem letzten befaßte sich die »Übersetzung« von Dr. Winters-Hall besonders ausführlich. Als der Würfel auf der Erdoberfläche einschlug, schrieb er, bestand die dominierende irdische Spezies aus einer hünenhaften, kegelförmigen Rasse, deren Geisteskraft und Errungenschaften die aller anderen Rassen vor und nach ihr bei weitem übertraf. So hoch entwickelt war diese Rasse, daß sie wahrhaftig Seelen durch Raum *und Zeit* geschickt hatte, um den Kosmos zu erforschen, und aus diesem Grund wußte man wenigstens ansatzweise, was geschehen war, als der Würfel vom Himmel gefallen war und bestimmte Individuen geistige Veränderungen durchmachten, nachdem sie ihn betrachtet hatten.

Als ihnen bewußt wurde, daß die veränderten Individuen Bewußtseinsinhalte von Invasoren in sich trugen, ließen die Anführer der Rasse sie vernichten – selbst um den Preis, daß die ausgetauschten Seelen in fremden Welträumen verschollen blieben. Sie hatten Erfahrung mit noch seltsameren

Transitionen. Als sie sich durch geistige Erforschung von Raum und Zeit ein ungefähres Bild von dem Würfel gemacht hatten, verbargen sie ihn vor Licht und Blicken und ließen ihn als etwas Gefährliches bewachen. Sie wollten den Gegenstand nicht zerstören, der späteren Forschern derart vielversprechende Möglichkeiten bot. Hin und wieder verschaffte sich ein unbesonnener und skrupelloser Glücksritter heimlich Zutritt zu dem Würfel und beschwörte seine unheimliche Macht trotz der Folgen, aber diese Fälle entdeckte man samt und sonders und begegnete ihnen mit drastischen Maßnahmen.

Die einzige schlimme Folge dieser Experimente war, daß die wurmähnliche Rasse der Fremden von den neu Verschollenen erfuhr, was ihrer Vorhut auf der Erde widerfahren war, wodurch sie einen unversöhnlichen Haß auf den Planeten und alle seine Lebensformen entwickelten. Sie hätten ihn entvölkert, wäre es ihnen möglich gewesen, und sie schickten tatsächlich weitere Würfel ins All, in der kühnen Hoffnung, die Erde an unvorbereiteter Stelle zu treffen – doch dieser Zufall stellte sich niemals ein.

Die kegelförmigen terrestrischen Wesen verwahrten den Würfel als Reliquie und Gegenstand von Forschungen, bis er nach Äonen im Chaos eines Krieges und der Vernichtung der großen Polarstadt, wo er bewacht wurde, abhanden kam. Als die Wesen vor fünfzig Millionen Jahren ihre Bewußtseinsinhalte in die unvorstellbar ferne Zukunft projizierten, um einer namenlosen Bedrohung aus dem Inneren der Erde zu entfliehen, war der Aufenthaltsort des gefährlichen Würfels aus dem All längst dem Vergessen anheimgefallen.

Das jedenfalls, so der gelehrte Okkultist, behaupteten die Eltdown Shards. Was diese Schilderung nun für Campbell so ungemein beängstigend machte, war die peinliche Genauigkeit der Beschreibung des außerirdischen Würfels. Jede Einzelheit stimmte überein: Abmessungen, Beschaffenheit, die mit Schriftzeichen versehene Scheibe im Inneren, die hypnotisierende Wirkung. Während er in der Dunkelheit dieser seltsamen Situation weiter über die ganze Angelegenheit nachdachte, fragte er sich allmählich, ob sein Erlebnis nicht ein Alptraum war, den eine unbewußte Erinnerung an die Lektüre der extravaganten, unseriösen Schrift heraufbeschworen hatte. In diesem Fall freilich mußte der Alptraum immer noch andauern, da sein derzeitiger körperlicher Zustand nichts Normales an sich hatte.

Welche Zeit seine verwirrten Erinnerungen und Reflexionen beanspruchten, konnte Campbell nicht einmal annähernd abschätzen. Alles an seinem Zustand war so unwirklich, daß gewöhnliche Dimensionen und Maßeinheiten bedeutungslos wurden. Eine Ewigkeit schien vergangen zu sein, aber möglicherweise dauerte es gar nicht lange, bis die plötzliche Veränderung eintrat. Er verspürte eine Empfindung – des Geistes, nicht des Körpers –, und mit einem Mal wurden Campbells Gedanken auf eine turbulente und chaotische Weise emporgewirbelt oder -gesogen, ohne daß er Einfluß darauf gehabt hätte.

Erinnerungen kamen unverantwortlich und belanglos ans Licht. Sein gesamtes Bewußtsein – sein persönliches Wesen, Traditionen, Erfahrungen, Bildung, Träume, Ansichten und Inspirationen – brandete unvermittelt und gleichzeitig, mit schwindelerregender Schnelligkeit und in einem Überfluß herauf, daß er bald den Überblick über die einzelnen Eindrücke verlor. Die Parade seines Bewußtseinsinhalts wurde zu einem Erdrutsch, einem Wasserfall, einem Strudel. Das Erlebnis war so gräßlich und schwindelerregend wie sein hypnotischer Flug durch das All, als der Kristallwürfel ihn gezogen hatte. Schließlich wurde sein Geist überlastet, und eine neuerliche Ohnmacht senkte sich über ihn.

Eine weitere unmeßbare Zeitspanne des Vergessens – und

dann ein langsames Kribbeln von Empfindungen. Diesmal körperlich, nicht geistig. Saphirblaues Licht und das tiefe Grollen eines fernen Geräuschs. Sein Tastsinn übermittelte ihm Eindrücke: Er stellte fest, daß er in voller Länge auf etwas lag, aber seine Haltung hatte etwas unfaßbar Fremdartiges. Er konnte den Druck der stützenden Oberfläche nicht mit seinem eigenen Umriß in Einklang bringen – nicht einmal mit den Umrissen des menschlichen Körpers allgemein. Er versuchte, seine Arme zu bewegen, doch der Versuch führte nicht zu einer eindeutigen Reaktion. Statt dessen spürte er ein kurzes, wirkungsloses nervöses Zucken im gesamten Bereich, der seinen Körper auszumachen schien.

Er versuchte, die Augen weiter zu öffnen, sah sich aber außerstande, ihre Muskulatur zu kontrollieren. Das saphirblaue Licht nahm er auf eine diffuse, nebulöse Weise wahr und konnte es mittels Willenskraft nicht schärfer sehen. Allmählich jedoch nahmen die visuellen Eindrücke seltsam verschwommene Konturen an. Die Grenzen und Eigenschaften seiner Wahrnehmung entsprachen nicht den Normen, mit denen er vertraut war, aber er konnte sie in ungefähre Übereinstimmung mit den Sinneseindrücken bringen, die er als Sehen gekannt hatte. Als diese Wahrnehmung ein gewisses Maß an Stabilität erlangte, wurde Campbell klar, daß er sich immer noch in den Klauen eines Alptraums befinden mußte.

Er schien sich in einem niedrigen Raum von beachtlichen Abmessungen zu befinden. Auf jeder Seite – und offenbar konnte er alle vier Wände gleichzeitig sehen – erkannte er hohe, schmale Scharten, die als Türen und Fenster in einem zu dienen schienen. Vereinzelte flache Tische oder Podeste waren zu sehen, aber keinerlei Mobiliar mit normalen Formen oder Abmessungen. Durch die Scharten strömte das saphirblaue Licht herein, und außerhalb konnte er undeutlich die Mauern und Dächer phantastischer, aneinandergereihten

Würfeln gleicher Bauwerke erkennen. Die Wände schmückten seltsame Symbole beunruhigender Prägung. Es dauerte einige Zeit, bis Campbell klar wurde, weshalb sie ihn so beunruhigten: Sie waren in wiederholten Fällen mit verschiedenen der Hieroglyphen auf der Scheibe des Kristallwürfels identisch.

Das eigentlich Tragende des Alptraums allerdings war etwas vollkommen anderes. Es begann mit dem Lebewesen, das just in diesem Moment zu einer der Scharten hereinkam, sich unverkennbar in seine Richtung wandte und dabei eine Metallkiste mit bizarren Proportionen und verspiegelten, glasartigen Oberflächen trug. Denn dieses Ding war nicht menschlich – es entstammte nicht einmal den Mythen oder Träumen von Menschen. Es war ein gigantischer, blasser grauer Wurm oder Tausendfüßler, im Durchmesser so groß wie ein Mensch, aber doppelt so lang, mit einem scheibenähnlichen Kopf, scheinbar ohne Augen, dafür von Flimmerhärchen umkränzt und mit einer purpurnen Öffnung in der Mitte. Er glitt auf den hinteren Beinpaaren dahin und hatte die vordere Körperhälfte vertikal aufgerichtet – die Beine daran, jedenfalls mindestens zwei Paare, dienten als Arme. Auf dem Wulst des Rückgrats verlief ein seltsamer purpurfarbener Kamm, und der groteske Leib endete in der grauen Membran eines flossenförmigen Schwanzes. Ein Ring flexibler, roter Stacheln erstreckte sich kreisförmig um den Hals, und deren zuckende Bewegungen erzeugten klickende, schwirrende Laute in einem gemessenen, bewußten Rhythmus.

Dies war in der Tat der siebte Kreis des Alptraums – ein Höhepunkt kapriziöser Ausgeburten der Phantasie. Aber nicht diese Vision war der Grund dafür, daß George Campbell zum dritten Mal in Bewußtlosigkeit sank. Dazu fehlte noch eine letzte, unerträgliche Zugabe. Als der namenlose Wurm mit seiner glänzenden Kiste näher kam, erblickte der liegende

Mann in der spiegelnden Oberfläche kurz das, was sein eigener Körper sein sollte. Aber er sah ganz und gar nicht seinen eigenen Körper auf der polierten Metallfläche – womit eine gräßliche Erklärung für seine verzerrten und fremden Empfindungen gefunden war. Er erblickte die abscheuliche, blaßgraue Masse eines der gigantischen Tausendfüßler.

4. [ROBERT E. HOWARD]

Als er aus dieser letzten Bewußtlosigkeit erwachte, hatte Campbell rückhaltlos begriffen, in welcher Situation er sich befand. Sein Geist war im Körper des grauenerregenden Bewohners eines fremden Planeten gefangen, während irgendwo auf der anderen Seite des Universums sein eigener Körper die Persönlichkeit des Monsters beherbergte.

Er kämpfte gegen ein unvernünftiges Grauen an. Weshalb sollte seine Verwandlung, von einem kosmischen Standpunkt aus betrachtet, ihn erschrecken? Leben und Bewußtsein waren die beiden einzigen Realitäten des Universums. *Form* war unbedeutend. Sein derzeitiger Körper war nur nach irdischen Normen abscheulich. Angst und Ekel wurden von der Aufregung des titanischen Abenteuers ertränkt.

Was war sein früherer Körper anderes als ein Mantel, den er im Augenblick des Todes ohnedies abgestreift hätte? Er machte sich keinerlei sentimentale Illusionen über das Leben, aus dem er verbannt worden war. Was hatte es ihm je eingebracht, außer Plackerei, Armut, ständige Enttäuschungen und Unterdrückung? Wenn ihm dieses neue Leben, das vor ihm lag, nicht mehr bot, dann zumindest auch nicht weniger. Aber seine Eingebung sagte ihm, daß es mehr zu bieten hatte – viel mehr.

Von einer Aufrichtigkeit beseelt, die nur möglich ist, wenn

das Leben seiner elementaren Grundlagen beraubt wird, wurde ihm klar, daß er sich lediglich an die körperlichen Lustbarkeiten seines früheren Lebens mit Wonne erinnerte. Aber er hatte schon vor langer Zeit die potentiellen körperlichen Freuden seines irdischen Körpers erschöpft. Die Erde hielt keine Aufregung mehr für ihn bereit. Als Besitzer dieses neuen, fremden Leibes dagegen spürte er die Vorahnung fremder, exotischer Genüsse.

Ein schrankenloses Hochgefühl erfüllte ihn. Er war ein Mann ohne Welt, von allen Konventionen und Restriktionen der Erde befreit, wie auch von denen dieser Welt. Keines der künstlichen Gesetze des Universums hatte mehr Geltung für ihn. Er war ein Gott! Mit grimmiger Heiterkeit stellte er sich vor, wie sein Körper sich frei in der Gesellschaft der Erde bewegte, derweil ein außerirdisches Monster durch die Fenster von George Campbells Augen Leute beobachtete, die schreiend fliehen würden, wenn sie die Wahrheit wüßten.

Sollte er ruhig auf Erden wandeln und nach Gutdünken abschlachten und zerstören. Die Erde und ihre Rassen hatten keine Bedeutung mehr für George Campbell. Dort war er einer von Milliarden Niemanden gewesen, von einem himmelhohen Berg von Gesetzen und Etiketten eingeschränkt und dazu verdammt, in seiner erbärmlichen Nische zu leben und zu sterben. Doch mit einem blinden Sprung hatte er sich über das gewöhnliche Volk aufgeschwungen. Dies war nicht der Tod, sondern eine Wiedergeburt – die Geburt einer ausgeprägten Mentalität, mit einer neuerlangten Freiheit, die sich wenig um die Gefangenschaft auf Yekub scherte.

Er zuckte zusammen. Yekub! Das war der Name dieses Planeten, aber woher kannte er ihn? Dann fiel es ihm ein, ebenso wie der Name desjenigen, dessen Körper er bewohnte – Tothe. Tief in Tothes Gehirn eingravierte Erinnerungen erwachten in ihm – Schatten des Wissens, über das Tothe verfügte. Sie lagen in den Tiefen von Tothes Hirnwindungen und sprachen vage zu George Campbell wie implantierte Instinkte; sein menschliches Gehirn sprach darauf an, übersetzte sie und zeigte ihm nicht nur den Weg in die Freiheit und Sicherheit, sondern zur Kraft seiner auf ihre primitiven Impulse reduzierten, dürstenden Seele. Nicht als Sklave würde er auf Yekub hausen, sondern als König! Wie in urdenklichen Zeiten Barbaren auf den Thronen edler Reiche gesessen hatten.

Zum ersten Mal wandte er seine Aufmerksamkeit seiner Umgebung zu. Er lag immer noch auf dem couchähnlichen Ding im Zentrum des phantastischen Raums, und der Tausendfüßlermann stand vor ihm, hielt ihm den polierten Metallgegenstand entgegen und knirschte mit den Dornen an seinem Hals. Auf diese Weise sprach er zu ihm, wußte Campbell, der aufgrund der implantierten Denkvorgänge von Tothe bruchstückhaft verstehen konnte, was er sagte, wie er auch wußte, daß es sich bei der Kreatur um Yukth handelte, den Oberlord der Wissenschaften.

Doch Campbell schenkte ihm keine Beachtung, denn er hatte einen verzweifelten Plan ersonnen, einen für die Denkweise von Yekub so fremden Plan, daß er sich Yukths Verständnis entzog und ihn vollkommen unvorbereitet traf. Yukth sah genau wie Campbell den spitzen, scharfkantigen Metallgegenstand auf dem Tisch in der Nähe liegen, aber für Yukth war er lediglich ein wissenschaftliches Hilfsmittel. Er wußte nicht einmal, daß man ihn als Waffe benutzen konnte. Campbells irdischer Verstand lieferte das Wissen und die daraus folgenden Taten, indem er Tothes Körper zu Bewegungen veranlaßte, wie sie noch kein Mann auf Yekub je ausgeführt hatte.

Campbell schnappte sich den spitzen, scharfkantigen Metallgegenstand, stieß zu und zog ihn brutal in die Höhe. Yukth bäumte sich auf und sank zu Boden, seine Eingeweide ergossen sich auf den Boden. Im nächsten Augenblick hastete Campbell zur Tür. Seine Schnelligkeit war erstaunlich, berauschend, die erste Stufe zur Erfüllung des Versprechens vollkommen neuer körperlicher Empfindungen.

Er lief, einzig und allein von dem instinktiven, in Tothes Reflexe implantierten Wissen geleitet, und es schien, als würde er von einem separaten Bewußtsein in seinen Beinen getragen. Tothes Körper führte ihn einen Weg entlang, den er, von Tothes Verstand geleitet, schon zehntausendmal zurückgelegt hatte.

Er lief einen gewundenen Korridor hinab, eine Wendeltreppe hinauf, durch eine mit Schnitzereien geschmückte Tür, und dieselben Instinkte, die ihn hierhergeführt hatten, verrieten ihm, daß er gefunden hatte, wonach er suchte. Er befand sich in einem kreisförmigen Raum mit Kuppeldach, durch das ein leuchtendes, blaues Licht hereinfiel. Ein seltsames Gebilde ragte im Zentrum des regenbogenfarbenen Bodens auf, Schicht für Schicht in einer anderen Farbe leuchtend. Die oberste Schicht war ein purpurfarbener Kegel, aus dessen Spitze blauer Rauch zu einer Kugel empordriftete, die in der Luft schwebte – einer Kugel, die wie durchscheinendes Elfenbein schimmerte.

Das, verrieten Campbell die tiefverwurzelten Erinnerungen von Tothe, war der Gott von Yekub, aber weshalb das Volk ihn anbetete und fürchtete, war schon vor einer Million Jahren vergessen worden. Ein Wurmpriester stand zwischen ihm und dem Altar, den keine Hand aus Fleisch jemals berührt hatte. Ihn zu berühren stellte eine Blasphemie dar, die keinem Mann von Yekub jemals in den Sinn gekommen wäre. Der Wurmpriester stand starr vor Entsetzen da, bis Campbells Waffe ihm das Leben raubte.

Mit seinen Tausendfüßlerbeinen erklomm Campbell den stufenförmigen Altar, ohne auf das plötzliche Beben zu achten, ohne auf die Veränderungen in der schwebenden Kugel zu achten, ohne auf den Rauch zu achten, der nun in blauen Schwaden herausquoll. Er war berauscht vom Gefühl der Macht. Er fürchtete den Aberglauben von Yekub ebenso wenig wie den der Erde. Mit dieser Kugel in der Hand würde er König von Yekub werden. Das Wurmvolk würde nicht wagen, ihm etwas abzuschlagen, wenn er ihren Gott als Geisel hielt. Er streckte eine Hand nach der Kugel aus – die war nicht mehr elfenbeinfarben, sondern blutrot ...

5. [Frank Belknap Long, jr.]

Der Körper von George Campbell schritt aus dem Zelt in die fahle Augustnacht hinaus. Er bewegte sich mit einem langsamen, schwankenden Gang auf einem mit duftenden Kiefernnadeln übersäten Waldweg zwischen den Stämmen der gewaltigen Bäume hindurch. Die Luft war klar und kalt. Der Himmel war eine umgedrehte Schüssel gehämmerten Silbers, mit Sternennebeln gesprenkelt, und weit im Norden verströmte die Aurora borealis ihre lodernden Feuerzungen.

Der Kopf des gehenden Mannes rollte gräßlich von einer Seite auf die andere. Aus den Mundwinkeln der schlaffen Lippen hingen dicke, bernsteinfarbene Speichelfäden, die in der nächtlichen Brise wehten. Anfangs ging er aufrecht wie ein Mensch, doch je weiter das Zelt zurückblieb, desto mehr veränderte sich seine Haltung. Sein Oberkörper neigte sich fast unmerklich, die Gliedmaßen wurden kürzer.

Auf einem weit entfernten Planeten im Weltall drückte das Tausendfüßlergeschöpf, das George Campbell war, einen Gott an die Brust, dessen Züge blutrot waren, und rannte insektenhaft wuselnd durch eine regenbogenfarbene Halle, ein gewaltiges Portal hinaus ins helle Licht fremder Sonnen.

Der Körper von George Campbell, der sich mit einem Gang, der auf das linkische Schlurfen einer Werkreatur hindeutete, zwischen den Bäumen der Erde bewegte, erfüllte sein Schicksal, ohne nachzudenken. Lange, mit Klauen bewehrte Finger klaubten Blätter aus dem Teppich duftender Kiefernnadeln, während er sich auf eine ausgedehnte, glitzernde Wasserfläche zubewegte.

In der weit entfernten, außergalaktischen Welt des Wurmvolks eilte George Campbell, der immer noch den runden, roten Gott in die Höhe hielt, auf mit Farnen gesäumten Alleen zwischen den titanischen Klötzen schwarzer Bauwerke dahin.

Auf der Erde, wo der Geist eines Wurmwesens sich in einem einzig von Instinkten geleiteten Körper befand, ertönte in der Nähe des glitzernden Sees der schrille Schrei eines Tiers im Unterholz. Menschliche Zähne gruben sich in das weiche Fell und rissen an schwarzem Tierfleisch. Ein kleiner Silberfuchs biß in verzweifelter Gegenwehr in einen haarigen Menschenunterarm und trat vor Entsetzen um sich, während sein Blut aus ihm herausquoll. Langsam richtete sich der Körper von George Campbell auf; frisches Blut war um seinen Mund verschmiert. Mit seltsam zuckenden Extremitäten näherte er sich dem Wasser des Sees.

Während die schlangengleiche Kreatur, die George Campbell war, zwischen den schwarzen Steinquadern hindurchkroch, warfen sich Tausende Wurmgestalten vor ihm in den funkelnden Staub. Eine gottgleiche Macht schien von dem schwankenden Leib auszugehen, der sich mit langsamen peristaltischen Bewegungen dem Thron eines spirituellen Reiches näherte, welches sämtliche Staaten der Erde in den Schatten stellte.

Ein Trapper, der in der Nähe des Zeltes, wo sich das Wurmgeschöpf im Körper von George Campbell aufhielt, erschöpft durch den dichten Wald der Erde stolperte, gelangte zum Wasser des Sees und machte etwas Dunkles aus, das dort trieb. Er irrte schon die ganze Nacht orientierungslos durch den Wald, daher hüllte seine Erschöpfung ihn im blassen Morgenlicht ein wie ein Mantel aus Blei.

Aber der Umriß stellte eine Herausforderung dar, der er sich nicht entziehen konnte. Er ging zum Ufer, kniete in dem weichen Schlamm nieder und streckte die Arme nach der treibenden Masse aus. Langsam zog er sie ans Ufer.

Weit entfernt im Weltall bestieg das Wurmgeschöpf, das den rot leuchtenden Gott trug, einen Thron, der wie das Sternbild Cassiopeia unter einer fremden Kathedrale von Hyper-Sonnen glomm. Die große Gottheit, die er trug, spendete seinem Wurmgehäuse Energie und verbrannte mit dem weißen Feuer einer überweltlichen Spiritualität jegliche tierische Schlacke.

Auf der Erde sah der Trapper voller Entsetzen in das schwarze und haarige Gesicht des ertrunkenen Mannes. Es war das Antlitz einer Bestie, seine Züge abstoßend menschenähnlich, und aus dem verzerrten, schiefen Mund quoll schwarze Gallerte.

»Derjenige, der deinen Körper über den Abgrund der Zeit hinweg suchte, wird ein unbelebtes Gehäuse bewohnen«, sagte der rote Gott. »Kein Abkömmling von Yekub kann den Körper eines Menschen kontrollieren. Überall auf der Erde zerreißen sich Lebewesen gegenseitig und tun sich, von unvorstellbarer Grausamkeit beseelt, an ihresgleichen gütlich. Keine Wurmseele kann den Körper einer Menschenbestie meistern, wenn diese sich nach Untaten sehnt. Lediglich Menschenseelen, im Lauf Zehntausender Generationen instinktiv konditioniert, sind imstande, die menschlichen Instinkte im Zaum zu halten. Dein Körper auf der Erde wird sich selbst zerstören, das Blut seiner tierischen Vettern und das kühle Wasser suchen, worin er behaglich schwimmen kann. Letzten Endes wird er seine eigene Vernichtung suchen, denn der

Todeswunsch in ihm ist ausgeprägter als die Instinkte des Lebens, und er wird bei dem Versuch zugrunde gehen, in den Schleim zurückzukehren, aus dem er hervorgegangen ist.«

So sprach der runde, rote Gott von Yekub in einem entlegenen Abschnitt des Raum-Zeit-Kontinuums zu George Campbell, während letzterer, von allen menschlichen Begierden geläutert, sich auf den Thron setzte und weiser, gütiger und umsichtiger über ein Reich von Würmern herrschte, als je ein Mensch auf Erden über ein Menschenreich geherrscht hatte.

Ihre Geschichte

Rick DeMarinis

Sein letzter Roman, The Mortician's Apprentice, *war eine ebenso gallig-groteske wie bitterböse Abrechnung mit Amerika und den sechziger Jahren: Rick DeMarinis ist alles andere als das, was man gemeinhin einen Fantasy-Autor nennt, und Kenner der Literatur- und Ausschankszene behaupten, ihn in Missoula, Montana, zusammen mit Größen wie James Crumley und Jim Harrison am Tresen verschiedener Bars gesehen zu haben.* Ihre Geschichte, *ein Märchen der definitiv anderen Art, ist eine philosophisch angehauchte Meta-Fantasy, die die altbekannte Story von Hänsel und Gretel in einen zeitgenössisch-realistischen Kontext transponiert: Am Ende sieht das Geschwisterpaar dem Mörderduo Mickey und Mallory aus Oliver Stones* Natural Born Killers *jedenfalls verdächtig ähnlich. Was nur recht und billig ist. Schließlich schreiben wir die neunziger Jahre, und wenn jetzt der Märchenmond aufgeht, taucht er alles in postmodernes Licht – und warum sollte er bei den Gebrüdern Grimm eine Ausnahme machen?*

Dies alles hat sich in einem frühen Stadium der Menschheitsgeschichte zugetragen – vor wenigen Jahren. Es ist – obwohl Ihnen dazu sicher ein paar spitzfindige Gegenargumente einfallen – *Ihre* Geschichte. Es ist auch die des Autors, nur möchte er das nicht allzu augenfällig werden lassen (deshalb hat er diese spezielle Form der Erzählung gewählt). Sehen Sie's einfach so: Er offeriert Ihnen die Parabel einer Parabel, den Nußkern und die Schale. Die Schale zu knacken und den Kern zu schlucken, ist Ihre Sache. Und im übrigen recht leicht. Wobei allerdings die Frage bleibt, ob die Nuß Ihnen munden oder gallebitter aufstoßen oder Ihnen, weil Sie den Verdauungsprozeß scheuen, wie ein Stein im Magen liegen wird. Bei dieser Geschichte gibt es keinen ausgestreckten Zeigefinger, keinen begütigenden Klaps auf die Schulter und keine andere Gewißheit als die, daß die uralten Wurzeln des Geschehens immer und überall wuchern können. Erschwerend kommt hinzu, daß der Autor (der mit seiner Methode, die Dinge schonungslos offenzulegen, sich aber davor zu hüten, jemanden schuldig zu sprechen, noch nie Applaus eingeheimst hat) die ganze Sache möglicherweise nicht richtig hinkriegt. Er bedarf Ihrer unvoreingenommenen Hilfe dergestalt, daß Sie mit ein paar Pinselstrichen überall da ein wenig Farbe nachtragen, wo er zu blaß bleibt, und dort ein bißchen retuschieren, wo er allzu dick aufträgt. Darin ist er nämlich ganz groß; er hat sich, wenn ich das so sagen darf, damit sogar einen Namen gemacht. So gesehen werden die paar Hilfestellungen, die Sie ihm angedeihen lassen, auch nicht viel nützen. Alle weitergehenden Bemühungen wären indes vergebliche Liebesmüh. Was seine narzißtische Heuchelei angeht, muß er selber sehen, wie er damit ins reine kommt.

Es waren einmal ein Mann und seine Frau, beide von derart

schlichtem Gemüt, daß sie weder ihr Leben noch das ihrer Kinder in den Griff bekamen. Schlimmer noch, sie vermochten nicht mal ihre Zungen im Zaum zu halten. Worte sprudelten ihnen von den Lippen wie Blut aus einer offenen Wunde – heiß, spontan, wahrlich beängstigend für jeden, der das miterlebt. Meinungsäußerungen aus seinem Mund erinnerten stets an den beißenden, dunklen Rauch, wie er von schwelenden Feuern aufsteigt. Sie waren beide leidlich zivilisierte Menschen, die in iher Umgebung Respekt genossen. Schlichte Leute, so unauffällig wie ihre Namen: Gene und Amy Underhill. Wer so heißt, erweckt keinen Verdacht und wirkt auf niemanden wie ein rotes Tuch.

Eines Abends, während sie beim Essen saßen, sagte Amy zu Gene: »Liebling, ich will die Kinder loswerden. Ich hab genug von ihnen. Morgen – morgen will ich sie loswerden.«

Es war nicht das erste Mal, daß Amy diesen Wunsch äußerte. Sie gehörte nicht zu denen, die aus ihrem Herzen eine Mördergrube machen. Aber daß sie eine Frist setzte, das war neu.

»Ja, sie sind der letzte Dreck«, stimmte ihr Gene in seiner verträglichen Art zu. Gene Underhill war ein sanftmütiger, ehrbarer Mann, als Labortechniker bei einer Firma beschäftigt, die titaniumlegierte Drosselklappen für ein geheimes Rüstungsprojekt herstellte; es gab Gerüchte, es habe etwas mit dem Star-Wars-Programm zu tun. Auch er pflegte frei von der Leber weg zu reden, wenn auch nie so heißblütig wie seine Frau. Er war von Natur aus vorsichtig und besonnen. Die unverblümte Offenheit seiner Frau machte ihn unsicher, weil er von vornherein wußte, daß er ihr nicht gewachsen war. »Ich glaube nur, Liebes, ich bring's nicht fertig, ihnen irgendwas anzutun.«

»Du bist ein unglaublicher Feigling«, sagte Amy. Ihre grimmige Entschlossenheit war so unerschütterlich, daß sie selbst wenn eine steinerne Kathedrale über ihr zusammengebrochen wäre, keinen Knacks abbekommen hätte.

Gene wußte, daß sich heute nacht im Bett nichts abspielte. Oder daß, falls sie ihn doch ranließ, nur ein haßerfülltes Gerangel daraus wurde. Was unter Umständen auch ganz interessant sein konnte. Wenn es gelang, Amys Wut zu zügeln und auf gewisse abseits gelegene Pfade umzulenken, die sie allerdings nur selten beschritten. Visionen von Gortex-Strapsen, Velcro-Fesseln, Spandex-Halsbändern, geflochtenen Reitpeitschen und allerlei anderen Spielzeugen, die ungeahnte Lüste zu wecken vermochten, tauchten vor seinem geistigen Auge auf, und er begann bereits abzuschätzen, wie lange es dauern mochte, sich aus der Abteilung für Exotika/Erotika im nahe gelegenen 7-Eleven-Laden die entsprechenden anregenden Videobänder zu besorgen.

»Ich lese in dir wie in einem offenen Buch«, sagte Amy, als sie die Schweißperlen auf Genes Oberlippe bemerkte. »Du kannst dir deinen Spaß und deine Spielchen aus dem Kopf schlagen, bis wir diese Sache ein für allemal geregelt haben. Dann – erst dann steigt die Party.«

Zum Dinner gab es halbwarme BigMacs und Fritten. Ihre Kinder, Buddy und Jill, hatten Gene und Amy heute früher zu Bett geschickt.

»Wir könnten sie in ein Internat geben«, schlug Gene hoffnungsvoll vor. Er stippte seine letzte Fritte in einen nierenförmig zerflossenen Klecks Ketchup. Dieser Aufgabe widmete er, weil er Amy nicht in die Augen sehen mochte, seine ungeteilte Aufmerksamkeit.

»Wundervoll«, sagte Amy. »Wir schicken sie auf eine Schule in England, und du und ich, wir wohnen in einer Villa an der Côte d'Azur, lesen französische Poesie und malen neo-kubistische Nackte. Mein Gott, Gene, werd endlich erwachsen! Tust du mir den Gefallen?«

Gene und Amy waren nicht von Grund auf bitterböse Menschen. Sie litten unter der Last ihrer Schulden, die ihnen (bei einem Zinssatz von zweiundzwanzig Prozent) derart über den Kopf gewachsen waren, daß die monatlichen Belastungen eine Eigendynamik entwickelten und nunmehr – als fiskalisches Frankenstein-Monster – die, die einfältig genug gewesen waren, diesen Teufelskreis anzukurbeln, mit Haut und Haaren zu verschlingen drohten. Tag für Tag wurden sie zermürbt von den tausend großen und kleinen Bedürfnissen eines Lebens, das sich gerade mal am unteren Rand der Mittelklasse abspielte und in dem das Einkommen mit den Wünschen nicht Schritt hielt. Abend für Abend wurden sie mit Fernsehnachrichten überschüttet, deren zunehmend einfallsreichere Perversitäten sie in Verwirrung, Wut und Ratlosigkeit stürzten. Die Kinder, ganz typisch, waren quengelnde undankbare Sprößlinge, die kaum zu schönen Hoffnungen Anlaß gaben, weder in schulischer Hinsicht noch sonst.

»Du bist ein Versager«, hatte Amy einmal in heller Wut zu Buddy gesagt, »genau wie dein Vater.« Jill dagegen flößte Amy im stillen immer ein wenig Angst ein, weil sie in ihrer Tochter ihr eigenes Abziehbild zu erkennen und in den dunklen Augen ständig vorwurfsvollen Kummer zu lesen glaubte. Amy kam sich dauernd vor, wie an den Pranger gestellt, und verspürte den Drang, sich gegen die eigene Tochter zu verteidigen. Und wenn es auch wider alle Vernunft war, es war eben so: Sie litt in Jills Gegenwart unter Schuldgefühlen. Einmal hatte Amy sie angeschrien: »Ich hab das nicht verdient! Ich hab dir nichts getan!« Aber instinktiv hatte sie geahnt, daß sich das nicht nur unsinnig anhörte, sondern auch einen verdammt falschen Unterton hatte.

»Also gut«, sagte Gene schließlich, »dann werden wir's eben tun.« Er kam sich dabei alt und zentnerschwer vor. Er war vor der Zeit ergraut, und die Lachfältchen um seine Augen und seinen Mund hatten sich zu bleibenden Runzeln verhärtet, was ihn permanent so aussehen ließ, als wäre er gerade erschrocken zusammengezuckt. Jeden Morgen verblüffte ihn der Anblick des eigenen Gesichts von neuem. Er war erst vierzig, sah aber aus wie sechzig, obwohl er sich fühlte wie zwanzig. In seinem geistigen Spiegelbild war er ein dunkelhaariger, glatthäutiger Jüngling mit einem gewinnenden Lächeln. Wie war das alles nur gekommen?

Die letzte Fritte mußte sich irgendwo in seinem Brustkorb verklemmt haben, das Ding kratzte wie ein zu lang gewordener schmutziger Fingernagel in seinem Innenleben. »Ja«, sagte er, »morgen tun wir's. Gleich nach dem Frühstück.«

Amy stand auf und küßte ihn. »Ach, Liebling, jetzt ist mir viel leichter ums Herz.«

Was ja wohl hieß ... erwog Gene hoffnungsvoll und hatte gleich wieder Schweißperlen auf der Oberlippe.

Und Amy führte den Gedanken zu Ende, indem sie in sinnlich schmachtendem Ton säuselte: »Ich bin in Sti-him-mung.«

Sie zogen sich nach oben zurück, ins Bett. Amy war nun sehr glücklich. Bald, das spürte sie, würden all ihre Probleme gelöst sein. Bald waren sie in der Lage, ihre Prioritäten neu zu setzen und sich ganz auf die Abzahlung ihrer Schulden zu konzentrieren. Amy war erst dreiunddreißig und hatte wahrlich oft genug in den leeren Kühlschrank, auf die Sollzeile im Bankauszug und in die anklagenden Augen ihrer Tochter gestarrt. Ein sicheres, ein kalkulierbares Leben – das war es, was sie sich wünschte. Sie wünschte sich, den Löwenanteil ihrer Zeit dafür zu verwenden, ihre Finanzen in Ordnung zu bringen, nach guten Anlagemöglichkeiten Ausschau zu halten und eine topsolide Altersversorgung abzuschließen. Und sie wünschte sich, das alles ohne Schuldgefühle zu tun und ohne dauernd durch dies und jenes von ihren Zielen abgelenkt zu werden.

Langsam zog sie sich im gedämpften Licht des Schlafzimmers aus, enthüllte quälend langsam vor den gierigen Augen ihres Mannes ihren immer noch reizvollen Körper. Gene lag bereits im Bett, das Maalox-Fluid auf seinen Lippen begann schon weiß zu verkrusten. »Gortex-Strapse«, schlug er vor, heiser vor Erregung.

»Na gut«, sagte Amy, »ausnahmsweise. Zur Belohnung, weil du dich entschlossen hast, endlich den Tatsachen ins Auge zu sehen – wie ein erwachsener Mensch.«

Zu diesem Zeitpunkt kehrte ich ihnen den Rücken zu und überließ sie ihren verkrampften Vergnügungen. Mir war mehr danach zumute, nach den Kindern zu sehen, und so tänzelte ich in der mir eigenen Weise den knarrenden Flur hinunter zum Kinderzimmer: den linken über den rechten Fuß – hüpf und hopp, den rechten über den linken Fuß – Pirouette und Galopp. Von anderen Fähigkeiten abgesehen, bin ich nämlich eine begnadete Tänzerin.

Die Kinder (sie sind nie so einfältig und stumpfsinnig, wie Eltern glauben) hatten alles mit angehört. Und was sie gehört hatten, machte ihnen angst, wenn es sie auch nicht überraschte.

»Was sollen wir denn jetzt machen?« fragte Jill ihren Bruder Buddy.

»Abwarten, wie's kommt«, sagte Buddy, »wie immer.«

Jill war neun, Buddy wurde bald zwölf. Wunderschöne Kinder, beide blond wie erntereifer Weizen. Sie hatten sich in ihren Betten eingemummelt, das Mädchen an der einen Wand, der Junge an der anderen. Ich küßte sie beide, erst das Mädchen, danach den Jungen. Die Seiten im Comic-Buch des Jungen waren abgegriffen und geriffelt, als hätte der Wind mit ihnen gespielt. In elegant gedrehten Kreisen schwebte ich gemächlich zwischen ihren Betten hin und her, aber sie nahmen nur die Schatten ihrer Träume wahr.

Der nächste Tag war ein Sonntag. Die Familie brach auf zu einem Ausflug in die Wälder, angeblich, um Brennholz für den nahen Herbst zu sammeln. Die Kinder saßen auf der Ladefläche des Pickups, wo auch die Motorsägen und die Benzinkanister lagen. Es war ein zauberhafter Morgen, kühl und klar.

Als Gene vom Highway auf eine schmale, unbefestigte Straße abgebogen war, die zu den bewaldeten Ausläufern der Berge hinaufführte, sagte Amy: »Sobald wir dort oben zwischen den Bäumen sind, lenkst du den Wagen ins Gelände.«

Die Straße stieg steil an, Gene schaltete den Allradantrieb ein. Er steckte den Kopf aus dem Fenster und rief nach hinten: »Haltet euch gut fest. Daß ihr mir ja nicht aufsteht oder weiß Gott was für Spirenzchen macht!«

Der Motor des Toyota fing auf der staubigen, steilen Strecke durch den Wald zu keuchen an. »Bieg ein paarmal links und rechts ab«, sagte Amy, »damit sie die Orientierung verlieren.«

Beinahe eine Stunde verbrachten sie damit, einen Haken nach dem anderen zu schlagen. Gene hielt das Lenkrad des Pickups so fest umklammert, daß sich die Knöchel weiß abzeichneten. Seine Finger verkrampften sich, er schwitzte wie ein Ackergaul. Mit großer Erleichterung entdeckte er schließlich einen trockenen Bachlauf, der zu einer Bergwiese führte. Als sie das weite, offene Gelände erreicht hatten, gab er Gas und kurvte eine Weile durch die Wiese, die so voller Wildblumen stand, daß die Blüten einen unnatürlichen Glanz auf das fahle Grün zauberten; es strahlte wie der Kern eines Atomreaktors. Inmitten dieses exotischen Blütenmeers hielt Gene an, schraubte die Thermosflasche auf, nahm einen Schluck Kaffee mit Whiskey und gestand: »Ich hab keine Ahnung mehr, wo wir sind.«

»Gut«, sagte Amy, »fahr weiter.«

Jenseits der Wiese erhoben sich die Berge. Gene fand einen alten Holzfällerweg. Die Strecke war so steil, daß er in den ersten Gang schalten mußte, um den Aufstieg zu bewältigen. Die Ohren fielen ihnen zu, die Luft wurde merklich kühler.

Silbergraue, vor langer Zeit sauber und glatt abgesägte Baumstümpfe säumten den Weg wie eine lange Reihe von runden Tischen, die mit den Jahren Wurzeln geschlagen hatten, und die paar Vierecke aus schmutzigen Schneeflecken, die zwischen den dicken Stümpfen schimmerten, sahen aus wie vergessene Tischtücher. Die Luft war hier oben klarer, und der Himmel strahlte so blau, daß man meinen konnte, man säße mitten in einem riesigen emaillierten Ei.

Sie kamen an einen Stangenwald mit lauter dürren, abgestorbenen Bäumen. Gene hielt an und zog die Handbremse. »Da haben wir ja, was wir suchen«, sagte er.

»Fahr weiter«, verlangte Amy. »Wir sind nicht Gott weiß wie weit gefahren, um Brennholz zu schlagen, verdammt noch mal.«

Gene seufzte und ließ den Motor wieder an. Sie fuhren noch mal eine Stunde, kamen wieder an toten Gehölzen vorbei, an aufgeschichteten Holzstapeln und an gut abgelagerten Stämmen, die einfach nutzlos herumlagen, weil sie – weiß der Himmel, warum – keiner mitgenommen hatte. Die Sonne stand jetzt tief und von Dunst verschleiert am Himmel. Die Kinder, hungrig und durchgefroren, fingen zu quengeln an und klopften ans Rückfenster der Fahrerkabine. »Wir sind gleich da!« rief Amy ihnen durch die Scheibe zu.

Gene schielte zu seiner Frau hinüber. Er las etwas in ihrem Gesicht, was er noch nie gesehen hatte, von Stund an aber tagtäglich sehen würde. Hätte er's beschreiben müssen, wäre ihm »grimmige Entschlossenheit« eingefallen, doch selbst das traf es nur unzulänglich. Amy war eine attraktive Frau, aber die Art, wie sie die Wangenknochen spannte, und der Ausdruck in ihren Augen ließen ihre Schönheit irgendwie leblos erscheinen. Es war, als offenbarte ihm – zu gar nicht so guter Letzt – eine andere Amy ihr Antlitz, die wahre Amy Underhill. Komisch, dieses irritierende Zwicken im Gedärm, das er auf einmal verspürte. Fälschlicherweise schrieb er es seiner Aufregung zu.

Als sie eine Höhe erreicht hatten, in der nur noch Krüppelgehölz wuchs, hielten sie an und stiegen aus. An dem Hang, unter dem der Pickup stand, wuchsen ein paar vom Ungeziefer zernagte Bäume, mehr als drei, vier Meter ragte keiner auf. Denen rückte Gene nun mit der kleinen Säge zu Leibe. Amy nahm die Kinder mit zu einem Waldspaziergang – um Beeren zu sammeln, machte sie ihnen weis. Sie führte sie über gefährlich lockere Geröllhalden, durch scheußlich pieksende Nadelholzdickichte und über Schneefelder, bis sie schließlich eine abgelegene Stelle erreichten, an der es tatsächlich ein paar Heidelbeersträucher gab. Sie drückte jedem der Kinder einen Plastikbeutel in die Hand. »So, ihr pflückt nun Beeren, während Dad eine Ladung Holz schneidet«, sagte sie. »Die Beutel bis obenhin voll. Danach fahren wir runter in die Stadt und essen bei McDonald's. Bis dahin werdet ihr mächtig Appetit haben.«

Eilends kehrte sie zum Pickup zurück, dessen Ladefläche inzwischen halb voll mit Brennholz war. »Stell die Säge ab und laß uns verschwinden«, schrie sie Gene zu, der sich gerade die nächste Krüppelkiefer vornehmen wollte.

Er stellte die Säge ab und meinte mit einfältigem Grinsen: »He, wär doch blöd, hier abzuhauen, obwohl wir erst die halbe Ladung zusammenhaben.« Auf Amys Gesicht lag immer noch dieser seltsame Ausdruck, der in ihm die Überzeugung weckte, daß man den Partner, mit dem man sein Leben teilt, nie richtig kennenlernt und daß nichts auf dieser Welt bleibt, wie es einmal war.

»Versuch nicht, auf Zeit zu spielen, da wird nichts draus. Wir bringen die Sache zu Ende, Gene.«

»Wie du willst«, sagte Gene, weil er einsah, daß er ihr ohnehin nicht Paroli bieten konnte. Er startete den Truck, hoffte, daß die Kinder nichts hörten, und einen Augenblick später, daß sie den Motor doch hörten. »Wir sind ziemlich ausgebuffte Halunken«, murmelte er – aber eher wie einer, der mit sich selber redet.

»Mhm«, machte Amy, »etwas aus dem Rahmen des Üblichen fallen wir schon.«

»So was macht doch keiner!« platzte er heraus. »Einfach die Kids in den Bergen aussetzen!«

Eine Gemütsaufwallung, die Amy keiner Antwort würdigte. Was hätte sie auch auf eine so dämliche Bemerkung erwidern sollen, die schonungslos offenbarte, daß der Mann, mit dem sie verheiratet war, dort, wo bei anderen das Gehirn saß, nichts als wabbelnden Pudding hatte?

Ich kehrte den beiden den Rücken zu, als Gene gerade klarwurde, daß sich bei Amy erneut eine Verwandlung vollzogen hatte. Diesmal betraf es nicht nur ihren Gesichtsausdruck, nein, sie kam ihm physisch verändert vor. Ihr Nasenrücken sah auf einmal hakenförmiger und irgendwie durchsichtiger aus als vorher, ihre Lippen waren dünner, der Bogen, den ihr Wangenknochen beschrieb, hatte Ähnlichkeit mit einem spitzen Winkel bekommen, und auf ihrer hohen Stirn blühten plötzlich ganze Felder aus verwaschenen, winzigen Farbtupfern. Er hätte sich gern eingeredet (wer sonst hätte ihm zugehört?), daß er es lediglich mit schattenhaften Unregelmäßigkeiten zu tun hatte, die ihm, wenn er nur genauer hingesehen hätte, schon früher aufgefallen wären (denn Menschen sehen nun mal nicht von einem Augenblick zum anderen verändert aus), aber eine so fadenscheinige Beschwichtigungsformel hätte vor dem rechtschaffenen Zorn seiner keimenden Ängste keinen Bestand gehabt.

Nun, ich jedenfalls, ich erhob mich auf meinen schimmernden schwarzen Schwingen in die Lüfte und schwebte zu den Kids hinüber. Sie hatten den Truck nicht wegfahren hören und pflückten immer noch Beeren. Aus majestätischer Höhe ließ ich den Blick auf ihnen verweilen und freute mich über die Thermik, die mich trug, über die Starenschwärme, die mir Geleit gaben, und über die unvergleichliche Schönheit der Wälder des Nordens.

Als die Kids schließlich ihre Plastikbeutel mit dunkelblauen Beeren gefüllt hatten, war die Sonne mittlerweile unter den Horizont gerutscht. Aus den Schatten, in denen sie den Tag über gelauert hatte, kam die kalte Bergluft gekrochen, um aller Welt kundzutun, daß es Abend geworden und die Nacht nicht mehr fern sei. Buddy blickte hoch zum Himmel, wo im tiefer werdenden Blau schon die ersten, die hellsten Sterne zu funkeln begannen. »Wir sollten lieber zum Pickup zurückgehen«, meinte er.

Aber die Berge warfen nun so schwere Schatten, daß die beiden den Rückweg nicht mehr fanden. Als sie bei der Geröllhalde ankamen, war es schon so finster, daß sie den einzigen Pfad, auf dem sie einigermaßen sicher hinübergekommen wären, nicht mehr erkennen konnten. Buddy wollte es dennoch versuchen, doch kaum hatte er die ersten Schritte auf das gefährlich lockere Gestein gewagt, löste sich prompt eine kleine Geröllawine. Das Echo der zu Tal polternden Steine hallte laut von den Bergwänden wider, und Buddy kroch, während Jill ängstlich zu wimmern anfing, eilends dahin zurück, wo er festen Boden unter den Füßen hatte.

»Was sollen wir denn jetzt machen?« jammerte Jill.

Ich hatte inzwischen die Gestalt einer Bärin mit ihren Jungen angenommen und brach – das Maul triefend vom Saft meiner Lieblingsfrüchte – durch das Gebüsch hinter den Kindern; meine beiden Jungen purzelten tollpatschig dicht neben mir.

»O nein!« schrie Jill, »da ist eine Bärin!«

»Beweg dich nicht«, sagte Buddy. »Vielleicht hat sie dich

noch nicht bemerkt. Die können nämlich nicht besonders gut sehen.«

»Habt keine Angst, Kinder«, sagte ich so honigsüß, wie man mit einer rauhen Bärenstimme kann. Unmittelbar vor ihnen warf ich mich auf den Rücken. Meine verspielten Jungen fielen natürlich sofort über mich her und nagten und saugten an meinen pelzbesetzten Brüsten. Ich schubste sie, ein wenig erschrocken über die Heftigkeit der kleinen Biester, mit der Tatze weg, zog sie aber gleich wieder heran, barg sie in meinen Armen, und dann kullerten wir vor Vergnügen schnaufend und brummend zu dritt durchs dicke Bärengras.

Der Junge legte schützend die Arme um seine Schwester. Ihre blassen Gesichter begannen im sterbenden Licht des Tages wundersam zu leuchten. Bären können die Aura eines Menschen wahrnehmen, umgekehrt klappt das selten. »Folgt mir, Kinder«, sagte ich, wandte mich um und trottete im Paßgang hügelabwärts auf ein Dickicht zu.

Es war fast dunkel, als wir bei meinem Haus ankamen. Ich tauchte in meinem eigenen Schatten unter und wählte ein paar günstig gelegene Punkte aus, die mir erlaubten, die beiden aus verschiedenen Blickwinkeln gleichzeitig zu beobachten. Was waren sie doch für gottgefällige, zarte Geschöpfe!

»Was ist das?« fragte das Mädchen seinen Bruder.

»Ein Haus«, sagte er. »Ein lustig aussehendes, kleines altes Haus.«

Sie trauten sich näher heran – so nahe, daß sie die Hände nach den lecker schmeckenden Wänden ausstrecken konnten. »Ich glaube, die kann man essen«, sagte der Junge und leckte sich die klebrigen Finger ab.

»Pfefferkuchen!« quiekte das Mädchen. »Das ist ein Pfefferkuchenhaus!«

Sie stießen die schwere Marzipantür auf und traten ein. Ich saß drinnen am Tisch, in der Gestalt, in der man mich eher kennt. »Guten Abend, meine Kleinen«, sagte ich mit meiner krächzenden Reibeisenstimme.

Das Mädchen schrie auf, und der Junge packte ein Stück Feuerholz und schwang es mit beiden Händen wie eine Waffe.

»Es gibt nichts, wovor ihr euch fürchten müßt«, sagte ich lächelnd.

Das Mädchen rief schrill: »Das ist eine Hexe! Eine häßliche alte Hexe mit grauen Stummelzähnen!«

»Laß uns abhauen!« keuchte der Junge und schob seine Schwester, die vor Angst wie versteinert war, zur Tür.

»Na, wenigstens zum Abendessen müßt ihr noch bleiben«, sagte ich.

Weil sie inzwischen sehr hungrig waren, näherten sie sich tatsächlich dem Tisch, setzten sich aber ans entgegengesetzte Ende. Über so viel Vorsicht mußte ich schmunzeln. »Übertriebene Vorsicht kann zu einer schlechten Gewohnheit werden, meine Lieben«, sagte ich, wechselte aber, weil sie den tieferen Sinn meiner Worte nicht verstehen konnten, schnell das Thema. »Wir wollen ein kleines Spielchen spielen.«

»Erst essen wir«, sagte der Junge, ein dickköpfiger kleiner Schlingel, der wesentlich gewitzter und selbstsicherer zu sein schien als sein schluderiger, wankelmütiger Vater.

Ich zauberte ihnen eine reichgedeckte Tafel, mit allerlei Früchten des Waldes beladen: gebratene Graugans, wilder Spargel, Ziegenmilch und Sonnenblumenbrot mit Löwenzahnsirup. Ach, sie waren wie kleine Schweinchen! Als ich sah, mit welch ungezügeltem Appetit sie zulangten, ging mir das Herz auf. Nur zu bald würde die Zeit kommen, da sie Kalorien zählten und den Cholesteringehalt abschätzten und all dem anderen Unsinn frönten, der aus dem Verdauungstrakt eines Menschen ein ewig zuckendes, in ständigem Aufruhr befindliches Abflußrohr macht.

Als sie alles weggeputzt hatten, seufzten sie zufrieden und

dankbar. »Laßt's euch gutgehen bei mir«, sagte ich, nicht etwa, weil ich die leisen Rülpser und die satt und schlapp herunterhängenden Bäckchen rügen wollte, sondern weil diese Anzeichen des Wohlbehagens mir nicht entgangen waren.

Dem Mädchen fielen bald die Augen zu, noch am Tisch schlief sie ein. Ich trug sie ins Schlafzimmer, wo ich vorsorglich schon die Betten hergerichtet hatte. Als ich mich wieder zu dem Jungen setzte, sagte er: »Jill hat ein paar schwere Tage gehabt, Ma'am.« Ohne zu blinzeln, hielt er meinem Blick stand. Irgendwie mochte ich den Burschen. Er schien von Minute zu Minute an Reife zu gewinnen. Einer wie er würde der schwierigen Welt, die seiner harrte, gewachsen sein.

»Wie steht's mit dir?« fragte ich. »Bist du bereit für ein kleines Spiel? Könnte gut sein, daß du einen hübschen Preis gewinnst.«

»Aber ja«, sagte er. Die Art, wie er es sagte, verriet, daß er Vertrauen zu sich selber hatte und zugleich – einen Schimmer Stahl im Blick – auf der Hut war. Dennoch war er keiner von denen, die beim Spiel ganz auf Nummer Sicher gehen wollen, wußte er doch instinktiv, daß einer, der nicht verlieren kann, sich gar nicht erst auf ein Spielchen einlassen darf.

»Dann komm mit mir. Ich zeig dir was, das du nie vergessen wirst.«

Ich nahm ihn mit hinaus in meinen Stall. »Wo sind denn die Tiere?« wollte er wissen. Ich hob meinen Zauberstab und deutete nach oben. »Oh«, staunte er, »der Stall hat ja gar kein Dach? Warum denn das?«

»Damit das Sternenlicht herein kann«, sagte ich und berührte ihn mit dem Stab an der Schulter. Er zuckte hoch, als hätte ich ihm einen elektrischen Schock versetzt.

»Wo kommt die Musik her?« fragte er.

»Von den Sternen«, sagte ich. »Sie singen auf den langen Wellen des Lichts. Hör nur hin!«

Und da hörte es der Junge:

Nur wer ein Kind ist, sieht die Hand,
Die dieses weite Wunderland,
Die wilde, rätselhafte Welt
Erschaffen hat und uns erhält.

Wieder berührte ich ihn mit dem Zauberstab, diesmal an der anderen Schulter, und wieder zuckte er hoch. Als er von seinem kleinen Luftsprung auf die Erde zurückkam, landete er auf allen vieren. »Vertreib dir die Zeit«, sagte ich, »ich komme später wieder.«

Bei seinem Luftsprung hatte der Junge die unsichtbare Grenze überschritten, die menschliche Narretei von der natürlichen Ordnung trennt, und darum rannte er in diesem Augenblick inmitten eines Wolfsrudels durch die Wälder. Er rannte und rannte, jagte den Hirsch, freute sich an seiner Behendigkeit und seiner Stärke, spürte die Geborgenheit im Rudel und die ungezügelte Lust an der Jagd. Als er müde wurde, kehrte er zurück in den Stall, wo er schlummernd wach lag und der Musik der Sterne lauschte, die er nie vergessen würde, es sei denn, zu seinem Verderben.

Am nächsten Morgen wollte das Mädchen wissen, was ich mit seinem Bruder angestellt hätte.

»Er ist noch dabei, ein kleines Spiel zu spielen«, antwortete ich.

»Du lügst«, fuhr sie mich an, barsch wie ihre Mutter.

Ich grinste sie auf Hexenart böse und verschlagen an. »Hilf mir, das Haus sauberzumachen, du Rotzgöre«, sagte ich.

Meine abstoßende Häßlichkeit vermittelte ihr ein anheimelndes Gefühl. Sie nahm den Besen zur Hand. Und ich tat, wie's meine Gewohnheit ist, genau das, was in den Augen aller Kinder zu allen Zeiten mein verhängnisvoller Fehler war: Ich beugte mich weit vor, um die Backofentür zu öffnen, tat so, als hätte ich einen Staubflusen auf dem Fußboden entdeckt, und wartete, während ich ihn auflas, auf den Stoß. Und das Mädchen tat, was in den Märchenbüchern steht, und versetzte mir den Stoß. Mein knochiger, armer alter Hintern bekam den Besenstiel zu spüren, und ich blieb meiner vorgeschriebenen Rolle treu und stürzte kopfüber in den Backofen. Um das Ganze recht effektvoll zu gestalten, stieß ich einen markerschütternden Schrei aus und dazu eine Flut von jenen wilden Flüchen, an denen man nachträglich den prähistorischen Zeitpunkt ablesen kann, zu dem sich der Wandel von einer der Sprache unbegabten Kreatur zum Homo sapiens vollzogen hat. Das Mädchen schlug die Eisentür zu und stemmte den Besenstiel dagegen, damit ich sie nicht von innen aufdrücken konnte. Dann drehte sie das Gas auf. Ich hörte den Zündfunken klicken und hörte das zischende Gas und spürte, wie die sengende Hitze mir ins Gesicht schlug.

Kurz danach kam der Junge ins Haus. Er war noch ganz benommen von seinem schweren Schlaf und hatte seine liebe Mühe, die üppig wuchernde Logik seiner Träume in Einklang zu bringen mit dem, was nach vorherrschender Auffassung als Realität zu gelten hat. Als er erfuhr, was seine Schwester gemacht hatte, war er sehr aufgebracht. »Sie wollte uns doch nichts Böses antun, Jill!« rief er.

Von so viel Undankbarkeit zutiefst verletzt, schrie sie ihn an: »Hat sie aber doch getan!« Schließlich war sie's ja gewesen, die ihn vor den Verderben bringenden Fängen der alten Hexe bewahrt hatte – oder etwa nicht?

Buddy entdeckte die an die Wand gepinnten Fotos, die ich, während die Kinder schliefen, mit der Polaroidkamera aufgenommen hatte. Er stand da und starrte auf das engelsgleiche blonde Flachshaar, das alle Ähnlichkeiten zwischen den Kindern und ihren Eltern nahezu verwischte. »Sieh mal«, sagte er, »sie hat uns so gern, daß sie sogar Fotos von uns haben wollte.«

Aber da machte Jill schon Kulleraugen und fragte genüßlich: »Riechst du, wie das riecht?«

Ein würziger Duft zog durchs Haus – so süß und verlockend, daß beiden Kindern augenblicklich das Wasser im Mund zusammenlief. Sie vergaßen die Fotos und alle Meinungsverschiedenheiten und konnten nur noch an das wundervolle Aroma denken und rätselten, wo es wohl herkommen mochte. Es kam natürlich aus dem Backofen, und hätte es daran noch Zweifel gegeben, wären sie in dem Augenblick vergessen gewesen, als die Zeitschaltuhr zu klingeln anfing.

Der Junge ging zum Backofen und spähte durch die hitzebeständige Glasscheibe. Drinnen lag, knusprig braun gebacken, ein Pfefferkuchenengel (c'est moi). Er griff sich die Topflappen, nahm den Pfefferkuchen aus dem Backofen und stellte ihn auf den Tisch.

Und dann sagten beide wie aus einem Munde: »Wer weiß, vielleicht hab ich das mit der Hexe nur geträumt.«

Nur geträumt, oder, noch schlimmer: Es war wohl nur ein böser Traum. Das sind die Sprüche, deretwegen ich mich etliche Jahrhunderte lang von dieser Welt ferngehalten habe. Nun aber sitzen diese abgedroschenen Allerweltsweisheiten in den Köpfen aller Kids fest, und sie werden die Wahrheit ihrer Träume so lange verleugnen, bis graue, traumlose Wesen aus ihnen geworden sind, die Fehler auf Fehler häufen und sich schließlich – sozusagen als Krönung ihres mörderisch banalen Lebensweges – zu Grabe tragen lassen.

Ich denke, hier muß die Geschichte enden, auch wenn ihr Autor noch so darauf drängt, sie mit einem seiner ausgefeilten, geradezu zum Markenzeichen gewordenen Epiloge abzurunden. Er sähe es zum Beispiel gern, wenn Buddy und Jill – älter geworden und von der Sehnsucht getrieben, ihren Frieden mit der rauhen Welt zu schließen – sich aufmachten und nach Hause gingen, um ihre Eltern zur Rede zu stellen. Buddy hätte, das wäre seine Lieblingsvorstellung, eine Ruger. 357 Magnum umgeschnallt, und Jills Handtäschchen wäre vollgestopft mit Drogen von der nächsten Straßenecke. (Der Autor hat, weil er nun mal jede Geschichte unbedingt – wie er es nennt – »sauber abrunden« will, noch andere schurkische Ideen auf Lager. Alles frei erfunden, aber er behauptet, das gehöre eben dazu, wenn eine Story beim Leser kein flaues Gefühl im Magen zurücklassen soll. Ich sag's ja: Einem Analnarzißten darf man nie über den Weg trauen. Der trügerische Spiegel, vor dem er dauernd herumtänzelt, gaukelt ihm eine geometrisch abgezirkelte Welt vor, hübsch mit Schleifchen verziert wie ein Weihnachtsgeschenk.) Nur zu gern würde der Autor Ihnen etwas über mich erzählen, was in diesem Fall hieße: mich bei Ihnen schlechtmachen. Nur, der arme Tropf hat überhaupt nicht begriffen, wie weit mein Einfluß reicht, wie tief mein Interesse geht und wie es um meine letzten Refugien bestellt ist in einer Welt, die nichts mehr von mir wissen will. So gesehen ist er einer von Ihnen, keinen Deut besser oder schlechter. Er würde zum Beispiel gern wissen, wo ich mich aufhalte – jetzt, in diesem Augenblick, in dem er meiner so dringend bedürfte. Er hat nicht verstanden, daß ich unvergänglich und allgegenwärtig bin – in seinem Textverarbeitungsprogramm, im Binärcode der Software, in der Verkabelung seines PCs, in den Mikrochips, den Kupfer- und Silikonatomen, verborgen unter den Leptonen, Quarks und Gluonen, und schließlich – jenseits von Zeit und Raum, in Gefilden, in denen ich als kosmische Surferin auf den Wellenkämmen der pulsierenden Energie reite – in der absoluten Null, allüberall und nirgendwo, drinnen und draußen, als geometrischer Ort in einem Ordnungssystem der ungeordneten Vielfalt. Und sogar in sich selbst könnte der Autor mich finden – in den ausgelaugten Achsen und Verästelungen seines geschundenen Gehirns, bei meinem Breakdance auf den zerebralen Hügeln seines Verstandes, wenn er sich vom Schreibtisch erhebt, um sich aus der Küche die zwölfte Tasse Kaffee zu holen, in der verzweifelten Hoffnung, daß ihm endlich doch noch die Wortfetzen einfielen, mit deren Hilfe er die tiefere Bedeutung der Geschichte einzäumen und mittels akribisch geknüpfter Knoten unentrinnbar festbinden möchte. Aber es gibt zu viele schwarze Löcher in der Schlacke seines Seins, seinem Denkvermögen sind zu enge Grenzen gesetzt, zu oft flackert unverkennbarer Aberwitz aus den Zeilen, die er zu Papier bringt. Sosehr er sich auch müht und plagt, er vermag nie auszudrücken, was er meint (was nicht heißt, daß er nicht immer meint, was er aussagt). Er ist meine Marionette – aber ach, ich halte die Fäden allzu locker in den Händen.

Gerade in diesem Augenblick hält er sich im Garten seines Hauses auf. In die Äste seines Weidenbaums ist er gestiegen, bis ganz nach oben, und da sitzt er nun und nippt an seinem Tequilafläschchen und weigert sich, endlich Ruhe zu geben mit dieser Geschichte. Es ist eine windige Sommernacht, und die Sterne blinzeln durchs wogende Blättermeer, als schwirrten in unerreichbarer Ferne Tausende weißglühender Motten am Firmament. Und er nölt und druckst und jammert mir vor: »Wenn ich die Geschichte hier enden lasse, wird niemand die Pointe verstehen.«

Lassen wir ihn da oben in seinem Baum sitzen. Sein Verstand reicht nicht mal dazu, Ihnen ein bißchen Vertrauen entgegenzubringen. Woraus wir sehen: Würden wir ihm erlauben, einen Schluß für die Geschichte zu erfinden, wer wollte dafür geradestehen, daß er nicht ein Monstrum daraus macht?

Nein, es ist, geneigte Leser, *Ihre* Geschichte, und Sie kommen ständig darin vor.

Die Naga

Peter S. Beagle

Peter S. Beagle gehört zu den Autoren, die sich rar machen. Bekannt geworden durch Das letzte Einhorn *(1968), hat er seit 1960 lediglich vier Romane veröffentlicht; sein bislang letztes Werk war* The Innkeeper's Song *(1994). Trotz dieser eher geringen Produktivität ist seine Bedeutung für das Genre nicht zu unterschätzen. Beagle ist ein außerordentlich belesener und entschieden poetisch geprägter Autor, der seine Geschichten meist zu eingängigen Parabeln über romantische und zugleich humanistische Ideale macht. Es kommt jedenfalls nicht von ungefähr, daß* Das letzte Einhorn *zu einem Kultbuch der Hippie-Generation geworden und bis heute geblieben ist. In* Die Naga *nimmt sich Beagle eines alten asiatischen Märchens an, um es auf seine ganz eigene Art zu erzählen, und auch hier spielen Romantik, Weisheit und Poesie eine wichtige Rolle.*

Anmerkung des Autors: Die folgende Erzählung ist das Fragment eines kürzlich entdeckten römischen Manuskriptes aus dem ersten Jahrhundert, das vorerst Gaius Plinius Secundus zugeschrieben wird, der als Plinius der Ältere bekannt ist. Es scheint sich dabei um einen Zusatz zu seiner großen *Naturgeschichte* zu handeln, und es ist vermutlich kurz vor seinem Tod, 79 A. D. beim Ausbruch des Vesuvs, geschrieben worden. Wie es in die Hände dieses Schreibers gelangte, ist eine vollständig andere Geschichte und geht niemanden außer ihn selbst etwas an.

P. S. B.

Laßt uns beginnen mit einer Kreatur, von der wir aus jenen halbmythischen Landen Nachricht erhalten haben, die jenseits des Indus liegen und wo Drachen und Einhörner hausen. Von den Händlern, die zwischen Indien und den römischen Provinzen von Mesopotamien vekehren, wird die Naga als eine große Schlange beschrieben, mit sieben Häuptern, gleich denen des Tieres, das uns als Hydra bekannt ist. Außer der Geschichte des Sieges von Herkules über die lernäische Hydra haben wir zahlreiche Zeugnisse über Begegnungen mit solchen Tieren vor den Küsten Griechenlands und Britanniens. Die Hydra hat zwischen sieben und zehn Häupter, die jenen von Hunden gleichen. Es wird berichtet, daß diese an den Enden von wunderbar muskulösen Hälsen und Armen wachsen, und sie verschlingen nicht die Beute, die sie erhaschen, sondern zerren sie zu einem zentralen, viel größeren Kopf, welcher sie dann mit einem Schnabel zerreißt, dem eines monströsen afrikanischen Papageien ähnlich. Weiterhin heißt es, daß diese Köpfe und Hälse, wenn man sie abtrennt, sofort wieder neu wachsen: So behaupten die griechischen Autoren, aber ihre Lügenhaftigkeit und Leichtgläubigkeit übertrifft jedes Maß, das man anderen Leuten leichthin zugestehen würde. Nichtsdestoweniger kann es kaum Zweifel an der eigentlichen Existenz der Hydra geben – ich selbst habe mit Seeleuten gesprochen, die ihre Kameraden an die Gefräßigkeit dieser Bestien verloren haben und die aus Rache jedes dieser Wesen, so sie denn eines von ihnen habhaft werden könnten, bei lebendigem Leib kochen und verzehren würden. Man hat mir berichtet, daß der Geschmack der Hydra ähnlich dem der Stiefel ist, aus denen Soldaten in verzweifelten Notlagen Suppe bereiten. Der Geschmack bleibt lange im Gedächtnis haften.

Aber die Naga ist offenkundig eine ganz andere Art von Lebewesen als die Hydra, wie groß auch ihre äußeren Ähnlichkeiten sein mögen. Jene Berichte, die ich erhalten habe, besagen, daß die Völker von Indien und den Ländern jenseits davon diese Kreatur verehren, ja sie sogar fast als Gott ansehen und sie doch zugleich auf gewisse Art geringer als den Menschen schätzen. Die Widersprüche enden damit nicht, denn obgleich der Biß der Naga angeblich giftig für alle Lebewesen ist, werden doch nur bestimmte einzelne Wesen als gefährlich für den Menschen erachtet. (In der Tat gibt es in meinen Quellen keine Übereinstimmung darüber, was die übliche Beute der Naga ist: Einige meiner Gewährsleute behaupten sogar, diese Tiere würden überhaupt nicht fressen, sondern lebten von der Milch des wilden Elefanten, den sie hüteten und beschützten, wie wir es mit dem Vieh tun.) Das Wasser ist das Element der Nagas: Man glaubt, sie hätten die Macht, den Regen zu bringen oder ihn zurückzuhalten, und daher müssen sie mit Opfern und anderen Gaben günstig gestimmt und stets mit Respekt behandelt werden. Wie die Drachen bei uns, so hüten auch die Nagas große Schätze in tiefen Höhlen; aber ganz anders als die Drachen, die wir kennen, errichten die Nagas den Berichten zufolge unterirdische Paläste von immensem Reichtum und großer Schönheit, in denen sie leben wie die Könige und Königinnen in unserer Welt. Und doch, heißt es, sind sie oft ruhelos, verzehren sich nach etwas, das sie nicht haben können, und dann verlassen sie ihre Behausungen und ziehen durch die Flüsse und Bäche Indiens. Die weisen Männer jener Region sagen, sie seien auf der Suche nach Erleuchtung – hier in Rom gibt es Sekten, die uns versichern würden, daß sie nach einer menschlichen Seele hungern. Ich selbst habe keine Meinung zu dieser Angelegenheit.

Es mag für jene, die dem Kaiser von Britannien gedient haben, von einigem Interesse sein, daß es Gerüchte darüber gibt, in den äußersten nördlichen Marschen jener Insel existiere eine Kreatur, die große Ähnlichkeit mit der Naga hat. Sie wird dort als Spender von Fruchtbarkeit angebetet, vielleicht weil sie die Wintermonate unterirdisch im Schlaf verbringt und am ersten Tag des Frühlings hervorkommt. Aber ob diese Schlangen ebenso wie die Nagas Schätze anhäufen, und über wie viele Köpfe sie verfügen, das vermag ich nicht zu sagen.

Es heißt, alle Nagas besäßen einen unschätzbaren Edelstein, der sich entweder in ihrer Stirn oder in ihrer Kehle befände und der die Quelle ihrer großen Macht sei. Wie der Elefant sind sie von einer religiösen, sogar ehrfurchtsvollen Natur, errichten häufig Schreine für die Götter Indiens und bringen reiche Opfer der gleichen Art dar, wie sie selbst sie empfangen. Es gibt Berichte über Nagakönige, die ihre Körper den Göttern als Lagerstatt darbieten, wobei sie ihre Hauben ausbreiten, um Sonne und Regen abzuwehren. Ob diese Erzählungen zutreffen oder nicht, allein daß man ihnen dies zuspricht, zeigt die hohe Achtung, welche man den Nagas in jenen Landen entgegenbringt.

Ein weiterer rätselhafter Widerspruch die Nagas betreffend ist die allgemeine Übereinstimmung, daß die weibliche Schlange – die als Nagini bezeichnet wird – in der Lage ist, die menschliche Gestalt anzunehmen, was für die Männer der Rasse nicht zutrifft. In dieser vorgetäuschten Gestalt ist die Nagini gewöhnlich von bemerkenswerter Schönheit, und es heißt, daß es königliche Familien gibt, die von der Heirat eines sterblichen Prinzen mit einer Nagini abstammen. In diesem Zusammenhang steht die folgende Erzählung, die mir ein Händler von Seide und Färbereistoffen berichtet hat, dessen weite Reisen ihn sowohl nach Indien als auch in das im Osten angrenzende Reich geführt haben, das von seinen Bewohnern Kambuja genannt wird. Ich werde sie, so gut ich es vermag, auf seine Art zu erzählen wiedergeben.

In Kambuja, nur einen kurzen Weg vom Palast der Könige entfernt, steht bis auf den heutigen Tag ein Turm, der vollständig mit Gold überzogen ist, wie es zu der Art des Königtums in jenen Gebieten paßt. Dieser Turm wurde vor sehr langer Zeit von einem jungen König errichtet, als Wohnung für sich selbst und seine Königin, wenn er einmal heiratete. Aber in der Arroganz seiner Jugend war er ungeduldig und unmöglich zufriedenzustellen: Dieses Mädchen war zu schlicht, jenes zu langweilig; diese Maid war hübsch genug, aber zu scharfzüngig, und eine andere war aus familiären Gründen nicht akzeptabel und roch zudem noch nach Dörrfisch. So verging denn seine erste Jugend in der Einsamkeit der Majestäten, die – wie mir oftmals bestätigt wurde – kein Ersatz ist für die Gesellschaft und liebende Weisheit einer wahren Gemahlin, sei sie eine Königin oder eine Leibeigene. Aus diesem Grund wurde der König immer einsamer, wenn er das auch nie zugegeben hätte, und übellauniger. Wenn er auch nicht grausam oder launenhaft war, so herrschte er doch auf eine gleichgültige Art, tat wenig Böses und nichts Gutes, da er für beides kein Interesse aufbrachte. Und der goldene Turm blieb Jahr auf Jahr unbewohnt, mit Ausnahme von Spinnen und kleinen Eulen, die im obersten Stockwerk ihre Familien aufzogen.

Nun hatte dieser König die Angewohnheit, sich in Verkleidung im warmen Zwielicht der Straßen und des Marktes unter sein Volk zu mischen. Er bildete sich ein, hierdurch einige Kenntnisse über ihr tägliches Leben zu gewinnen, aber dem war ganz und gar nicht so: Erstens gab es nicht einen einzigen Bettler, so unwissend er auch sein mochte, der ihn nicht auf den ersten Blick erkannte, wie gewitzt seine Verstellung auch war; zweitens hatte er kein wirkliches Verlangen nach solcher Erkenntnis. Nichtsdestotrotz blieb er seinem Brauch treu, und eines Abends näherte sich ihm auf seinem ziellosen Gang eine Bettlerin mit schmutzigem und unwissendem Gesicht und fragte ihn in einem vulgären Dialekt: »Verzeiht, Meister Töpfer« – denn so war er gekleidet –, »aber was ist der Zweck dieses glänzenden Dings dort?« Und sie deutete auf den goldenen Turm, den der König vor so langer Zeit für seine Tage des Glücks entworfen hatte.

Nun war der König anscheinend nicht ohne Humor, auch wenn dieser von einer kalten und freudlosen Art war. Er gab der Bettlerin höflich Antwort und sprach: »Dies ist ein Museum, der Erinnerung an eine Frau gewidmet, die niemals gelebt hat, und ich bin kein Töpfer, sondern sein Hüter. Würdest du gern deine Neugier befriedigen? Wir heißen Besucher willkommen, der Turm und ich.« Die Bettlerin stimmte bereitwillig zu, und der König nahm sie bei der Hand und geleitete sie; erst durch die Gärten, die er mit seinen eigenen Händen gepflanzt hatte, dann durch die große glänzende Tür, deren Schlüssel er immer bei sich trug, obgleich er bis zu diesem Tage noch nie in dem Schloß gedreht worden war.

Von Raum zu Raum und von Stockwerk zu Stockwerk führte der König die Bettlerin, während er die ganze Zeit über in düsterem Spott mit ihr über seine Träume der Vergangenheit sprach. »Hier hätte er gespeist, dieser Mann, der niemals war, und in diesem Zimmer hätte er mit seinem Weib und seinen Freunden gesessen, um Musikanten zu lauschen. Und dieser Raum war für die Frauen seiner Gemahlin gedacht, und in diesem sollten Kinder schlafen – als ob der Nichtgeborene Kinder zeugen könnte.« Aber als sie zum königlichen Schlafgemach kamen, wich der König von der Tür zurück und wollte nicht hineingehen, sondern sagte harsch: »Dort drinnen sind Schlangen und Ungeziefer, komm fort.«

Aber die Bettlerin trat mit dem Gehabe einer Frau, die lange fort von einem Ort gewesen war, kühn an ihm vorbei und in das Schlafgemach. Der König rief ihr ärgerlich nach, und als sie sich umwandte, sah er, daß sie keine garstige Bettlerin war, sondern eine große Königin, in Roben und Edelsteine gewandet, die um vieles wertvoller waren als alles, was er selbst besaß. Und sie sagte zu ihm: »Ich bin eine Nagini und komme aus Liebe und Mitleid aus meinem Palast und von meinem Anwesen weit unter der Erde zu dir. Von diesem Abend an werden weder du noch ich jemals wieder an einem anderen Orte schlafen als gemeinsam in diesem Turm.« Und der König umarmte sie, denn sie war von solch königlicher Lieblichkeit, daß er nicht anders konnte, und außerdem war er viel zu lange allein gewesen.

Als schließlich ein gewisser Grad an Ordnung in ihr Glück eingekehrt war, begann der König von ihrer Hochzeit zu sprechen, von Festen, die über Monate andauern würden, und darüber, wie sie regieren und ihren Hof gemeinsam führen wollten. Aber die Nagini sprach: »Geliebter, wir haben bereits zweimal geheiratet: einmal, als ich dein Gesicht das erste Mal erblickte, und erneut, als wir uns in den Armen hielten. Was Ratgeber und Armeen und Verlautbarungen angeht, so gehört all dies zu deinem Tagesgeschäft, nicht zu meinem. Mein eigenes Reich und mein eigenes Volk bedarf meiner Fürsorge und Regierung ebenso sehr, wie das deine deiner bedarf. Aber in unserer Nachtwelt werden wir nur füreinander sorgen, und wie können unsere pflichterfüllten Tage anders denn glücklich sein, wenn an ihrem Ende stets eine neue Nacht wartet.«

Der König war hiermit nicht zufrieden, denn er wünschte, seinem Volk die lang erwartete Königin zu zeigen und sie jeden Augenblick jedes einzelnen Tages an seiner Seite zu haben. Er sagte zu ihr: »Ich erkenne, daß es kein gutes Ende mit uns nehmen wird. Du wirst es müde werden, ständig zwischen zwei Welten hin und her zu reisen, und mich wegen einem Fürst der Naga vergessen, im Vergleich zu dem ich nicht mehr bin als ein Straßenkehrer oder Dattelverkäufer. Und ich werde mich in meinem Kummer einer Straßensängerin zuwenden, einer gemeinen Kurtisane oder – schlimmer noch – einer Dame des Hofes, und ich werde noch viel einsamer und wunderlicher werden als zuvor, denn ich habe dich geliebt. Ist dies das Geschenk, zu dessen Übergabe du einen so langen Weg gereist bist?«

Bei diesen Worten blitzten die langen, wunderschönen Augen der Nagini, und sie ergriff den König bei den Handgelenken und sprach: »Rede niemals zu mir von Eifersucht und Betrug, nicht einmal im Scherze. Mein Volk ist treu für das ganze Leben – kannst du das gleiche von deinem sagen? Und ich sage dir dies, mein Fürst, mein *Einziger* – sollte jemals die Nacht ohne dich zu diesem Turm kommen, so wird noch vor dem nächsten Morgen eine schreckliche Katastrophe dein Königreich heimsuchen. Wenn du auch nur ein einziges Mal versäumst, mich hier zu treffen, so wird nichts Kambuja vor meinem Zorn retten. So ist unsere Art, die Art der Nagas.«

»Und kommst du nicht in jeder Nacht zu mir«, sagte der König einfach, »so werde ich sterben.« Darauf füllten sich die Augen der Nagini mit Tränen, und sie legte die Arme um ihn und sagte: »Warum quälen wir einander mit Gerede über Dinge, die niemals geschehen werden? Endlich sind wir miteinander vereint, mein Freund, mein Gemahl.« Und es ist überflüssig, von dem Glück zu sprechen, das die beiden in dem goldenen Turm miteinander teilten, es bleibt nur zu erwähnen, daß am Morgen alle Spinnen, Schlangen und Eulen aus ihm verschwunden waren.

So kam es, daß der König von Kambuja eine Nagini zur Königin nahm, auch wenn sie nur in der Dunkelheit zu ihm kam und nur in den goldenen Turm. Er sprach mit niemandem darüber, so wie sie ihn gebeten hatte; aber da er mit dem Einbruch der Nacht stets die Staatsgeschäfte niederlegte, alle Unterhaltungen und Zeremonien verließ, um zu dem Turm zu eilen, verbreiteten sich schnell Gerüchte im Lande, daß er sich dort in jeder Nacht mit einer Frau träfe. Die Neugierigen folgten ihm so dicht und so weit sie es wagten; einige warteten sogar die ganze Nacht unter dem Turm, in der Hoffnung, das Kommen und Gehen der geheimen Geliebten des Königs zu erspähen. Doch niemand sah je auch nur den Schatten der Nagini – nur der König, der langsam wieder in den Tag hinaus schritt, ruhig und gedankenvoll, und sein Gesicht leuchtete im letzten Licht des Mondes.

Im Laufe der Zeit wichen Klatsch und Faszination jedoch der Verwunderung über den Wandel des Königs. Mehr und mehr regierte er mit einem leidenschaftlichen Bewußtsein für das wirkliche Leben seines Volkes, als sei er erwacht und sähe seine Untertanen das erste Mal in all ihrer menschlichen Unschuld, ihrer Bosheit und ihrem Leid. Statt sich um nichts als seine eigene bittere Einsamkeit zu kümmern, arbeitete er nun ebenso emsig daran, ihr Los zu verbessern, wie sie selbst arbeiteten, um zu überleben. Es gab niemanden im Reiche, der nicht frei und offen zu ihm sprechen durfte: kein verurteilter Verbrecher, kein übermäßig besteuerter Kaufmann, kein geprügelter Diener, keine in die Ehe verkaufte Tochter. Solch eifriges Sorgen befremdete viele, die eine andere Art von Herrschern gewöhnt waren, und es verbreitete sich ein halb spöttisches Sprichwort im Lande: »Bei Nacht haben wir eine Königin, aber bei Tag haben wir mindestens fünf Könige.« Doch allmählich begannen die Leute, die Liebe ihres Königs zu erwidern, auch wenn sie diese nicht verstehen konnten, und es wurde gesagt, selbst wenn es nirgends im Universum Gerechtigkeit geben würde, sei sie doch in Kambuja erfunden worden.

Der Grund für diesen Wandel war, wie der König selbst wußte, ein zweifacher: Zum einen war er das erste Mal in seinem Leben glücklich und wollte, daß andere dies auch waren; zum zweiten schien es ihm, daß der Tag um so schneller verging, je härter er arbeitete, und ihn so schneller dem Abend und seiner Nagini-Königin entgegentrug. Und wie sie ihm gesagt hatte, machte die Freude, die er in ihrer beider Liebe fand, in der Erinnerung an sie auch jene Stunden freudvoller, die sie getrennt waren, so wie die Sonne, auch wenn sie schon lange untergegangen ist, uns durch die guten Dienste des Mondes die Nacht erleuchtet. So lernt man Tag, Nacht und Dämmerung gleichermaßen zu schätzen, ohne sie miteinander zu vermengen.

Die Jahre verstrichen auf diese Weise rasch, da auf jeden Tag eine Nacht folgte. Der König verbrachte niemals eine Nacht außerhalb des goldenen Turms – das bedeutete neben vielen anderen Dingen, daß Kambuja während seiner Herrschaft niemals in den Krieg zog –, und die Nagini war immer da, wenn er kam, um ihn mit dem geheimen Namen zu begrüßen, den ihm die Priester als Kind gegeben hatten, dem Namen, den niemand sonst erkannte. Im Gegenzug hatte sie ihm ihren Naga-Namen genannt (und über seinen Versuch gelacht, ihn richtig auszusprechen), aber sie weigerte sich, ihn je ihre wahre Gestalt sehen zu lassen, so wie sie unter ihrem eigenen Volke wandelte. »Wie ich bei dir bin, bin ich am wahrhaftigsten«, sagte sie. »Wir Nagas wechseln auf ewig zwischen Wasser und Erde, Erde und Luft, zwischen einer Gestalt und einer anderen, einer Welt und einer anderen, diesem Verlangen und jenem, diesem Traum und jenem. Hier in unserem Turm bin ich, wie du mich kennst, nicht mehr noch weniger. Und welche Gestalt du annimmst, wenn du dich setzt, um Gericht über Leben und Tod zu halten, das frage ich nicht sehen zu dürfen. Hier sind wir beide so frei, als wärst du kein König und ich keine Naga. Laß es dabei bewenden, mein Liebster.«

Der König antwortete: »Es soll sein, wie du wünschst, aber du sollst wissen, daß es viele gibt, die einander zuflüstern, daß ihre nächtliche Königin tatsächlich eine Naga ist. Das Land ist zu fruchtbar geworden, der Regen zu perfekt, zu verläßlich – wer außer einer Naga könnte solch andauerndes Glück bewirken? Die meisten meines Volkes glauben schon seit Jahren, daß du die wahre Herrscherin von Kambuja bist, was immer du sonst auch sein magst. Und um die Wahrheit zu sprechen, fällt es mir schwer, ihnen nicht zuzustimmen.«

»Ich habe dir niemals gesagt, wie du dein Land zu regieren habest«, antwortete die Nagini ihm. »Du brauchtest keine Anweisung von mir, wie ein König zu sein hat.«

»Du meinst nicht?« fragte er sie da. »Aber ich war überhaupt kein König, bevor du zu mir kamst, und mein Volk weiß dies ebenso wie ich selbst. Vielleicht hast du mich nie gelehrt, eine Straße zu bauen oder einen Kornspeicher zu errichten, eine gerechte Steuer zu erheben oder die Grenzen meines Landes von Feinden freizuhalten, aber ohne dich hätte ich mich nie darum geschert, diese Dinge zu tun. Einst war Kambuja nur zu ertragen, weil es unseren goldenen Turm enthielt; Stück für Stück ist der Turm jetzt so gewachsen, daß er ganz Kambuja in sich aufgenommen hat, und mein Volk ist mit uns hereingekommen und ebenso wertvoll wie wir selbst. Dies ist dein Tun, und aus diesem Grund herrschst du hier bei Tag ebenso wie in der Nacht.«

Zu manchen Zeiten sagte er zu ihr: »Vor langer Zeit, als ich dir sagte, daß ich sterben würde, wenn du jemals versäumtest, mich hier zu treffen, da flog ein Schatten über dein Gesicht und ich wußte, daß ich wahrer gesprochen hatte, als ich zu tun meinte. Ich weiß jetzt – so weise hat mich die Liebe gemacht –, daß du eines Abends nicht kommen wirst, und ich werde wirklich sterben, doch dies kümmert mich nicht. Ich habe dich gekannt. Ich habe gelebt.« Aber die Nagini wollte ihn nie weiterreden lassen, sondern weinte und gelobte ihm, daß eine solche Nacht niemals kommen würde, und dann tröstete der König sie bis zum Morgen. So waren sie stets beieinander, und die Jahre verstrichen.

Der König wurde alt mit der Nagini, so wie er mit ihr jung gewesen war, in Freude und ohne Furcht. Aber jene, die ihm am nächsten waren, wurden ebenfalls alt, und sie starben oder zogen sich vom Hofe zurück, und schließlich tat sich eine ungebärdige Gruppe junger Soldaten und Höflinge hervor, die immer vernehmlicher darüber murrten, daß der König keinen Erben für den Thron gezeugt hatte und daß das Reich nach seinem Tode nach dem Gezänk seiner Vettern in Stücke gerissen werden würde. Sie beschwerten sich zudem, er stünde derart im Banne seiner Nagini oder seiner Zauberin oder seiner Leopardenfrau (der Glaube an solche Gestaltwandler ist weit verbreitet in Kambuja), daß er nur wenig Sorge für den Ruhm und das Ansehen des Königreiches trüge, so daß Kambuja bei anderen Völkern sprichwörtlich für seine wohlgenährte Furchtsamkeit bekannt sei. Wenn auch nichts von alledem der Wahrheit entsprach, so ist es doch wohlbekannt, daß eine lange Ruhe viele Menschen rastlos macht und bereit, jedem zu folgen, der einen stürmischen Wechsel um seiner selbst willen verspricht. Solches ist selbst in Rom geschehen.

Mehrere Freunde versuchten, den König zu warnen, daß an seinem Hofe solcherart Dinge vorgingen, aber er schenkte ihnen keine Beachtung, sondern zog es vor zu glauben, daß alle um ihn her ebenso zufrieden waren wie er selbst. So geschah es, daß der König nicht darauf vorbereitet war, als eine schläfrige Mittagsstunde abrupt in Blut, Geschrei und dem Klirren von Schwertern endete und er sich plötzlich mit dem Rücken an der Tür seines eigenen Thronraumes wiederfand, um sein Leben kämpfend. Wäre ihm nicht das beste Drittel seiner Armee, das aus seinen stärksten Veteranen bestand, treu geblieben, wäre die Schlacht bereits nach den ersten Minuten vorüber gewesen, und die Geschichte meines Händlers würde hier enden. Aber die Truppen des Königs hielten verbissen stand, dann sammelten sie sich, und in der Mitte des Nachmittags waren sie auf dem Vormarsch; als die Sonne niederging, war der Aufstand zu ein paar wenigen Grüppchen verzweifelter Rebellen geschwunden, die wie Wahnsinnige kämpften, da sie wußten, daß ihre Kapitulation nicht akzeptiert werden würde. Im Kampfe mit einem dieser Trupps erlitt der König seine Todeswunde.

Er wußte nicht, daß sie tödlich war. Er wußte nur, daß die Nacht anbrach und daß noch immer Männer zwischen ihm und dem goldenen Turm standen, Männer, die den ganzen Nachmittag geschrien hatten, sie würden erst ihn töten und dann seine Leopardenfrau, seine Schlangenfrau, das Ungeheuer, das so lange das Herz des Reiches hatte verrotten lassen. Er streckte sie mit all der Kraft nieder, die ihm noch verblieben war, dann wandte er sich ab und humpelte vom Schlachtfeld fort auf den Turm zu. Wenn Männer ihm den Weg versperrten, tötete er sie. Aber er fiel oftmals zu Boden, und jedes Mal stand er langsamer wieder auf, was ihn wütend machte. Der Turm schien nicht näher zu kommen, und er wußte, er sollte jetzt bereits bei seiner Nagini sein.

Er hätte niemals den Turm erreicht, wäre nicht die Tapferkeit eines noch sehr jungen Offiziers gewesen, weit jünger als es Jungen in Rom jemals gestattet war, in die Dienste des Kaisers zu treten. Der Kommandant dieses Jungen, dessen persönliche Aufgabe es gewesen war, für die Sicherheit des Königs zu sorgen, war schon früh in der Rebellion erschlagen worden, und der Junge hatte sich selbst an seiner Statt zum Schild des Königs bestimmt, war seinem Herrscher durch das wilde Getümmel des Kampfes überallhin gefolgt und hatte stets an seiner Seite oder in seinem Rücken gefochten. Jetzt lief er herbei, um dem König aufzuhelfen und ihn zu stützen. Er trug ihn mehr, als daß er ihn führte, auf die entfernte Tür zu, durch die der König einstmals, vor so langer Zeit, aus Spaß eine Bettlerin geleitet hatte. Keiner von beiden Seiten des Kampfes kam ihnen nahe, als sie im Zwielicht dahintaumelten; keiner wagte es.

Als sie schließlich die Tür des Turmes erreichten, wußte der Junge, daß der König starb. Er hatte nicht mehr die Kraft, den Schlüssel im Schloß zu drehen, noch konnte er auch nur sprechen, außer mit den Augen, die den Jungen anwiesen, es für ihn zu tun. Doch sobald sie drinnen waren, zog er sich auf die Beine und erklomm die Stufen wie ein junger Mann, der begierig zu seiner Geliebten eilte. Der Junge folgte ihm zögerlich, erfüllt von Furcht vor diesem Ort, von dem seine Eltern ihm in Schauergeschichten berichtet hatten, durch diese tiefe Dunkelheit, in der Dämonenköniginnen raschelten. Doch überwand seine Sorge um den König all diese Schrecken, und er war wieder an der Seite des alten Mannes, als sie auf der Schwelle des Schlafgemaches standen und die Tür vor ihnen aufschwang.

Die Nagini war nicht dort. Der Junge eilte, um die Fackeln an den Wänden zu entzünden, und sah, daß der Raum leer war bis auf die Schatten; Schatten und den leisen Hauch von Jasmin und Sandelholz. Hinter ihm sagte der König ganz deutlich: »Sie ist nicht gekommen.« Der Junge war nicht schnell genug, um ihn aufzufangen, als er fiel. Seine Augen waren offen, als der Junge ihn aufhob, und er deutete auf das Bett, ohne zu sprechen. Nachdem der Junge ihn dort hingetragen und seine vielen Wunden, so gut er es vermochte, verbunden hatte, bedeutete der König ihm, sich dicht zu ihm zu beugen, und flüsterte: »Wache in der Nacht. Wache mit mir.« Es war keine Bitte, sondern ein Befehl.

So saß der Junge die ganze Nacht auf dem großen Bett, in dem der König und die Königin von Kambuja eine so lange Zeit hindurch glücklich geschlafen hatten, und er bemerkte nicht, wann der König starb. Er kämpfte ebenso hart darum, wach zu bleiben, wie er gegen die Feinde des Königs gestritten hatte, aber er war erschöpft und selbst verwundet, und so nickte er ein und wachte wieder auf und nickte aufs neue ein. Dann schreckte er hoch, weil alle Fackeln zur gleichen Zeit mit einem Geräusch erloschen wie dem der Segel eines Schiffes, die in einer Brise knallen, und weil er noch einen anderen Laut vernommen hatte, schwer und langsam, eine grobe Last, die über kalten Stein geschleppt wurde. Im letzten Mondlicht sah er sie: Der riesige Körper erfüllte den Raum wie grünlichschwarzer Rauch, die sieben Kobrahäupter pendelten wie ein einziger, und es war ein Flackern um sie herum, als wechselte sie mit einer Geschwindigkeit, die seine Augen nicht begreifen konnten, zwischen zwei Welten hin und her. Sie war dem Bett nahe genug, daß er erkennen konnte, auch sie hatte frische, blutende Wunden (er sagte später, daß das Blut so hell strahlte wie die Sonne und seinen Augen schmerzte). Er warf sich beiseite und rollte und krabbelte in eine Ecke, doch die Nagini beachtete ihn nicht. Sie beugte ihre sieben Köpfe über den König, wie er so dalag, und ihr brennendes Blut fiel hinab und vermengte sich mit dem seinen.

»Mein Volk hat versucht, mich von dir fernzuhalten«, sagte sie. Der Junge konnte nicht ausmachen, ob alle Köpfe sprachen oder nur ein einziger (er berichtete, daß ihre Stimme voller anderer Stimmen war, so wie ein Musikakkord). Die Nagini sagte: »Sie erzählten mir, heute sei der Tag, der für deinen Tod bestimmt sei, festgelegt in den Atomen des Universums seit dem Anfang der Zeit, und so war es, und ich habe es immer gewußt, wie dir wohl bekannt war. Aber ich konnte mich nicht abwenden und es hinnehmen, ob vom Schicksal bestimmt oder nicht, und ich kämpfte mit ihnen und kam her. Er, der sich in den Schatten verbirgt, wird davon singen, daß du und ich einander niemals im Stich ließen, weder im Leben noch im Tode.«

Dann rief sie den König mit einem Namen, den der Junge nicht kannte, und sie legte ihn auf die Schlingen ihres Leibes, so wie die Völker jener Gebiete glauben, daß eine Naga namens Muchalinda diese Welt trägt und jene, die noch kommen werden. Und sie verließ das Schlafgemach nicht durch die Tür, sondern glitt langsam in die Dunkelheit, verschwand ohne eine Spur, mit Ausnahme des Duftes nach Jasmin und Sandelholz und der verklingenden Musik all ihrer Stimmen. Was aus ihr wurde und aus den Überresten des Königs von Kambuja, das ist nicht bekannt.

Nun finde ich, daß diese Geschichte einige Fragen aufwirft – es gibt mehr Hinweise darauf, daß die Nagas existieren, als es schlüssige Beweise dafür gibt, daß sie *nicht* leben; doch was ihren Verkehr mit den Menschen angeht, so darf ein großer Teil wohl bezweifelt werden. Aber ich schrieb es so nieder, wie ich es tat, zu Ehren des Jungen, der bis zum Sonnenaufgang in jenem stillen, goldenen Turm wartete, bevor er es wagte, hinauszugehen zu dem Geschrei der Geier und dem Jammer der Trauernden, um dem Volk von Kambuja zu verkünden, daß sein König tot und dahin sei. Einer seiner Nachkommen war es – so schwor er mir zumindest –, der mir diese Geschichte erzählte.

Und wenn eine Botschaft oder Metapher darinnen steckt, dann vielleicht die, daß Kummer und Hunger, Mitleid und Liebe viel tiefer in der Welt begründet liegen, als wir es uns vorstellen. Sie sind die unterirdischen Flüsse, auf denen die Nagas auf ewig entlangschwimmen; sie sind der Regen, der uns erneuert, wenn wir den rechten Respekt gezollt haben, ob den Nagas oder uns untereinander. Und wenn es keine Götter gibt und auch keine andere Welt als diese, wenn es nicht so etwas gibt wie Erleuchtung oder eine Seele, so bleiben doch immer jene vier Flüsse – *Kummer und Hunger, Mitleid und Liebe.* Wir Menschen können eine schrecklich lange Zeit ohne Nahrung leben, ohne Obdach, Kleidung oder Medizin, aber es ist eine Tatsache, daß wir sehr schnell sterben, wenn der Regen nicht kommt.

Die hundertjährige Weihnacht

David Morrell

Ein Mann mit vielen Gesichtern: David Morrell, berühmt und berüchtigt durch Romane wie First Blood, Testament *und* The Totem *(»Wäre dieser Roman ein Rennwagen, hieße er ›Turbo Speedburst Maniac‹«, so Morrell-Verehrer Shaun Hutson), die an Deutlichkeiten nichts zu wünschen übriglassen. Aber der heute in Santa Fe lebende Morrell kann auch ganz anders, wie er mit der folgenden Story beweist. Weihnachten war immer schon ein Thema, nicht erst seit Dickens den Geizhals Scrooge von drei Geistern besuchen ließ, und es gibt wohl nur wenige Geschichten, die so charmant, weise und anrührend vom Sinn des Schenkens erzählen. Atmosphärisch irgendwo im verschneiten Niemandsland zwischen Bing Crosby und Tim Burton, berichtet* Die hundertjährige Weihnacht *vom letzten Jahr des Weihnachtsmanns – und können Sie sich auch nur ansatzweise vorstellen, wie es ist, wenn er nicht mehr wiederkommt?*

Über Santa Claus?« fragte das kleine Mädchen. »Jawohl«, antwortete der Vater. »Jetzt deckt euch gut zu. Es ist kalt heute abend.«

»Eine Geschichte über Santa Claus?« fragte das andere Kind, ein kleiner Junge namens Matthew. Er lag eingekuschelt in dem anderen Bett.

Der Vater dachte nach und nickte. »Ja, manche kennen ihn auch als den Weihnachtsmann, und er hat noch einen Freund namens ›Väterchen Zeit‹.«

»Wer ist *das?*« fragte Sarah. »Wer ist ›Väterchen Zeit‹?«

»Bringt er auch Geschenke?« wollte Matt wissen.

»Nein, eigentlich nicht. Keine solchen Geschenke, wie ihr sie morgen unter dem Weihnachtsbaum findet. Aber er macht uns ein ganz besonderes Geschenk.«

»Was ist es?« fragte Sarah.

Draußen vor dem Schlafzimmerfenster heulte der Wind. Es schneite in dicken Flocken.

»Dieses Jahr werden wir weiße Weihnachten haben«, bemerkte der Vater.

»Das Geschenk. Was ist mit dem Geschenk?« erinnerte Matthew.

»Es ist etwas, was uns auch Santa schenkt. Das beste Geschenk von allen. Zumindest behauptet das die Geschichte.«

»Dann erzähl sie uns, erzähl die Geschichte«, bettelten beide. Immer noch schneite es.

»Ihr müßt wissen, daß es schon viele Santas gegeben hat.«

»Gleichzeitig?«

»Nein, nacheinander. Zuerst der eine, dann ein anderer, dann wieder ein anderer. Jeder von ihnen war ein Mensch wie wir, und jeder wurde gefragt, ob er diese Aufgabe übernehmen wolle. Jeder Weihnachtsmann arbeitete hundert Jahre, und wenn seine Zeit um war, mußte er sich nach einem Nachfolger umsehen.«

»Aber was geschah mit den vorigen?«

»Am Weihnachtsabend ihres letzten Jahres mußten sie weggehen.«

»Wohin?«

»Das erzählt uns die Geschichte. Seht ihr, der Ort, wo Santa Claus lebt, findet sich auf keiner Landkarte. Man findet ihn nicht an *unserem* Nordpol. Und auch nicht in der Arktis. Er liegt noch viel, viel weiter weg. Weiter nördlich als nördlich. Weiter weg als alle anderen Orte. Wir können ihn nicht sehen. Von außen ist er unsichtbar, von innen aber ist er ein friedliches Tal, herrlich umgeben von hohen Bergen. Santa wohnt dort in einem großen, alten, schönen Haus. Ein Bach fließt daran vorbei. Es gibt dort Ahornbäume, Weiden und auch Tannen. Man findet dort Kaninchen, Eichhörnchen und Backenhörnchen. Man blickt auf wogende Felder. Die Jahreszeiten wechseln wie die unseren. Wenn wir Sommer haben, ist auch dort Sommer. Und wenn bei uns Winter ist, ist auch dort Winter.«

»Du meinst, es schneit jetzt auch dort gerade?«

»Ganz bestimmt. Doch wovon ich euch erzählen will, das geschieht nicht jetzt im Moment. Es geschah im vergangenen Jahr und im Jahr davor. Es begann an einem Silvesterabend, am Ende von Santas neunundneunzigstem und am Anfang seines hundertsten Jahres. Es war Zeit für ihn, sich nach einem Nachfolger umzusehen. Zuerst aber muß er auf Wiedersehen sagen.«

»Wem?«

»Seinem besten Freund, Väterchen Zeit.«

»Du hast uns noch nicht erzählt, wer das ist.«

»Nun, Väterchen Zeit ist etwas Besonderes. Genauso wie

Santa Claus. An jedem Silvesterabend wird ein Baby geboren. Nein, eigentlich nicht geboren. Es hat keine Mutter und keinen Vater. Es ... es kommt einfach. Wie aus dem Nichts. Santa findet es schlafend in einer Wiege, in Windeln gewickelt. Santa kümmert sich um das Kind. Zuerst wird es das Neujahrskind genannt. Die meiste Zeit jedenfalls, selbst als Baby, obwohl Santa weiß, daß es Väterchen Zeit ist.«

»Das ist komisch. Babys können doch kein Vater sein.«

»Trotzdem, so wird es genannt. So wie Santa hundert Jahre Zeit hat, so hat dieses Baby ein Jahr. Sein ganzes Leben dauert nur diese kurze Zeit. Es altert sehr schnell. Am Ende des Januars ist er bereits acht und am Ende des Februars sechzehn. Das sind acht Jahre in jedem Monat. Im Juni ist er achtundvierzig. Und im Dezember – nun, dann ist er sechsundneunzig. Tatsächlich wird er am letzten Tag des Jahres, seinem Geburtstag, einhundert. Dann muß er gehen.«

»Wohin?«

»Dorthin, wo auch Santa hingehen muß. Den Berg hinauf. Den höchsten Berg. Den, der nach Norden zeigt. Ganz gleich, welche Jahreszeit es ist, Sommer, Winter, selbst wenn Schnee liegt, es führt immer ein Pfad auf diesen Berg hinauf. Ein gewundener schmaler Pfad, der den gleichen Farbton hat wie zertrampeltes Gras im Sommer, wenn die Erde hindurchscheint. Keiner hat ihn gemacht. Keiner benutzt ihn, außer Väterchen Zeit in jedem Jahr am Silvesterabend – und Santa Claus alle hundert Jahre. Selbst wenn der Schnee überall sonst meterhoch liegt, der Pfad ist immer da. Er weist den Weg.«

»Was liegt auf der anderen Seite?«

»Nun, das ist das Seltsamste daran. Keiner weiß das. Weder Santa noch Väterchen Zeit. Alles, was sie wissen, ist, daß sie, wenn ihre Zeit um ist, diesen Pfad nehmen müssen. Sie müssen den Berg hinaufsteigen und auf der anderen Seite hinuntergehen.«

»Wenn ich Santa Claus wäre, würde ich es auskundschaften.«

»Das würde ich auch. Aber Santa kann das nicht. Das wäre gegen die Regeln. Es ist ihm nicht gestattet, den Berg hinaufzusteigen, bis er es muß. Wenn seine Zeit um ist. Außerdem ist der Berg unheimlich.«

»Jetzt kommt der spannende Teil.«

»Hinter dem Berg liegt Nebel. Ein dichter, weißer Nebel, der alles, was auch immer dahinter liegen mag, einhüllt. Der Nebel ist hoch oben wie Wolken auf einer Bergspitze, und er leuchtet, als wäre mitten darin ein helles Licht. Und manchmal schimmert es dort – und es blitzt.«

»Puh, da würde ich nicht hingehen wollen.«

»Santa Claus auch nicht. Und Väterchen Zeit auch nicht. Doch wenn ihre Zeit um ist, müssen sie dort hingehen.«

»Was geschieht, wenn sie das nicht tun?«

»Ich bin nicht sicher, *was* geschehen würde. Niemand hat jemals die Regeln gebrochen. An jedem Silvesterabend wandert Väterchen Zeit, obwohl er es nicht will, den Hügel hinauf. Und alle hundert Jahre geht auch Santa – obwohl er es auch nicht möchte. Sie sind aufgeregt. Sie fürchten sich. Egal, sie gehen.«

»Ich bin traurig. Ist das der traurige Teil?«

»Einer davon.«

»Ich hoffe, ich muß nicht weinen.«

»Dann sollte ich vielleicht hier aufhören.«

»Nein, erzähl die Geschichte, erzähl die Geschichte.«

»Nun, alles begann vor zwei Silvesterabenden – am 31. Dezember. Die Sonne geht gerade unter: Leuchtendes Rot schimmert auf dem knietiefen Schnee. Der Himmel ist klar, die Luft kalt, und Santa ist draußen vor seinem Haus. Er trägt einen warmen roten Mantel mit dickem weißen Schafsfell an Ärmeln, Kragen und Mantelsaum. Er hat rote Wollhosen an, den breiten schwarzen Gürtel, die hohen schwarzen Stiefel. Und natürlich trägt er auch seine rote Kappe mit den langen Quasten. Er lehnt an einem Zaun und blinzelt in den Sonnenuntergang zu seinen Rentieren. Erinnert ihr euch an ihre Namen? Dasher, Dancer, Prancer, Vixen. Comet, Cupid, Donder, Blitzen. In der Weihnachtszeit haben sie hart gearbeitet. Jetzt ruhen sie sich aus und scharren im Schnee, um das Gras darunter anknabbern zu können. Santa Claus blinzelt aber nicht nur wegen der untergehenden Sonne. Er weint. Tränen kullern ihm aus den Augen die roten Backen hinunter. Zuerst sind die Tränen warm. Aber dann verwandelt die kalte Luft sie. Sie werden zu winzigen Eiszapfen, die in dem langen weißen Bart hängenbleiben. Seine Augen brennen, und der Hals ist ihm wie zugeschnürt.«

»Aber warum weint Santa?«

»Genau das wollen die Rentiere auch wissen. Sie zupfen ihn am Bart, um ihn aufzumuntern. Er schnieft und klopft ihnen auf den Rücken, aber als er von seinem Haus her einen Laut vernimmt, bleibt er starr stehen. Die Vordertür geht auf – und schließt sich. Santa hört Schritte auf sich zukommen, langsame, müde Schritte, die über den schneefreien Pfad schlurfen. Er schließt die Augen und beißt sich auf die Oberlippe. Die Schritte kommen näher, jetzt, wo sie den Pfad verlassen und durch den Schnee zum Zaun stampfen, hören sie sich anders an. Wie ein Echo hallen sie in der Kälte. Sie verharren, und in der stillen Abendruhe des Winters dreht sich Santa um. Er wischt sich die Tränen fort und sieht einen alten, alten Mann, viel älter als euer Großvater, alt und groß und sehr dünn. Es ist Väterchen Zeit. Er ist vom Alter gebeugt. Er trägt einen langen weißen Bart «

»Wie der von Santa?«

»Genauso weiß, aber noch länger. Er trägt ein dunkelgraues Gewand, das ihm in Falten am Körper hängt und ihm bis zu den Füßen reicht. Die Kapuze fällt ihm über die Stirn, aber darunter erblickt Santa runzlige Wangen und leuchtende Augen. Der alte Mann hält eine Sense in der Hand.«

»Was ist *das?*«

»Das ist ein langes, gebogenes Messer, das an einem Stab festgemacht ist. Früher hat man damit das Gras gemäht. Die Leute, die das machten, nannte man Schnitter. Väterchen Zeit wird, wenn er alt wird, manchmal ›der Schnitter‹ oder ›der Sensenmann‹ genannt.«

»Was schneidet er denn ab?«

»Nun, das ist eine andere Geschichte. Ich denke, die heben wir uns noch ein paar Jahre auf.«

»Seine Augen glänzen, und er trägt dieses große Messer? Ich denke, das wäre ein trauriger Teil, aber ich finde diesen Mann unheimlich.«

»Das kommt auf jeden selbst an. Santa Claus fürchtet sich jedenfalls nicht. Er weint. Er ist mit Väterchen Zeit gut befreundet.

›Ich bin bereit.‹ Die Stimme von Väterchen Zeit zittert. ›So bereit, wie ich nur sein kann.‹

›Ich hasse es, dies mit anzusehen.‹ Santa fühlt sich, als wäre es ihm ganz eng um die Brust.

Sein Herz ist schwer.

›Es ist die Regel.‹

›Ich weiß. Aber ich muß sie ja nicht mögen‹, erwidert Santa. ›Guter Freund, ich werde dich vermissen.‹

›Ich werde *dich* vermissen. Ich bin beunruhigt. Was liegt wohl hinter dem Berg? Was wartet in dem Nebel?‹

›Das habe ich mich immer gefragt. All diese Jahre habe ich die anderen Väterchen Zeit diesen Berg hinaufgehen sehen. Ich sah zu, wie der Santa, der mich einst auserwählt hatte, auf diesen Berg ging. Ich habe mich immer noch nicht daran gewöhnt. Jedesmal bin ich trauriger. Und einsam. Sehr, sehr einsam.‹

›Da ist das Baby. Es wird bei dir sein.‹

›Es ist noch nicht gekommen. Nicht, ehe du außer Sicht bist, über dem Berg. Doch selbst dann, in einem Jahr wird auch er diesen Weg gehen müssen. Ich werde *ihn* großziehen, wie ich *dich* großgezogen habe. Doch im nächsten Jahr werde ich selber gehen. Beim nächsten Mal endet auch *meine* Zeit.‹

›Vielleicht treffen wir uns dann. Vielleicht kann ich auf dich warten.‹

›Ja, das wäre schön. Auf der anderen Seite.‹

Sie schauen zu dem Berg, der nach Norden zeigt. Die Sonne sinkt nieder. Jetzt ist sie nicht mehr blutrot, sondern orange, leuchtet nicht mehr strahlend, nur noch schwach. Der Nebel über dem Berg aber wird immer dichter, und er strahlt jetzt.

Die beiden alten Männer umarmen sich weinend.

Väterchen Zeit sagt: ›Ich fürchte mich.‹

›Ich werde dich ein Stück begleiten. Bis zum Berg.‹

Sie verlassen den Zaun, schlurfen durch den knietiefen Schnee. Sie gehen zu dem gefrorenen Pfad. Der Berg scheint zu wachsen, je näher sie kommen. Untergehakt gehen sie tapfer weiter.

Väterchen Zeit sagt: ›Ich denke, du solltest nicht so weit mitkommen. Du darfst nicht sehen, was auf der anderen Seite liegt. Bis du deinen eigenen Gang tust.‹

›Nur noch ein paar Schritte.‹

Aber dann beginnt der Pfad anzusteigen. Der Berg ragt hoch vor ihnen auf.

Santa bleibt stehen. ›Ich habe dich gern.‹

›*Ich* habe *dich* gern. Ich erinnere mich immer noch daran, wie du mir vorgesungen hast, als ich klein war, und wie du mich zum Fischen mitgenommen hast. Eines Tages vielleicht …‹

›… werden wir wieder zum Fischen gehen.‹

Sie nicken und küssen einander auf die tränenfeuchten Wangen. Dann beobachtet Santa Claus traurig, wie Väterchen Zeit den Berg hinaufgeht. Neben dem Pfad liegt hoher Schnee. Die Farbe der Sonne hat sich in ein blasses Rosa verwandelt, aber noch ist genug Licht, daß Santa seinen Freund erkennen kann, wie er traurig nach oben stampft. Der Nebel ist noch heller geworden. Väterchen Zeit steht deutlich zu sehen auf der Bergspitze. Das graue Gewand hebt sich gegen den Nebel ab, die Sense blitzt. Väterchen Zeit dreht sich furchtsam um und winkt zum Abschied. Weinend winkt auch Santa Claus. Dann geht Väterchen Zeit in den Nebel hinein. Zuerst kann Santa dessen Füße und Beine nicht mehr erkennen, dann die Hüften und den Rücken, die gebeugten Schultern und die graue Kapuze verschwinden. Das letzte, was Santa von Väterchen Zeit sieht, ist die blanke, gebogene Sense, die Klinge hoch über dem Kopf seines besten Freundes.«

»Und was passiert dann?«

»Santa schaut hinauf, bis die Sonne untergegangen ist. Die Dunkelheit macht ihn noch trauriger. Aber er kann nicht länger warten. Er wischt sich die Tränen weg, und dann muß er zurück zum Haus. Die Lichter sind an. Weißer Rauch steigt aus dem Schornstein. Er geht hinein und zieht sich Kappe, Mantel, Stiefel und Handschuhe aus. Dann steigt er in die pelzgefütterten Hausschuhe. Gekleidet in sein rotes Hemd, geht er durch das Wohnzimmer. Es sieht aus wie das Wohnzimmer von Großmama – ein weiches, altes Sofa und ein Schaukelstuhl vor dem Kamin, auf einem anderen Stuhl neben einer Leselampe räkelt sich die Katze. Santa aber bleibt nicht stehen. Er geht weiter zu dem Schlafzimmer neben dem seinen, das Väterchen Zeit gehört hat. Santa dreht am Türknopf, drückt zaghaft dagegen, dann geht er hinein. Im Raum ist es dunkel, doch vom Wohnzimmer her fällt ein schwacher Lichtschein in das Zimmer. Er hält den Atem an und lauscht in die Stille. In einer Ecke sieht Santa, was er erwartet hat.«

»Da ist das Neujahrsbaby.«

»Richtig. Man sollte meinen, daß Santa sich daran gewöhnt hat. Sicher, er hat erwartet, das Baby zu finden, doch obwohl ihn an jedem Silvesterabend in diesem Raum ein Kind erwartet, ist er dennoch jedesmal überrascht. Denn das Baby ist ein Wunder, und ein Wunder, ganz gleich, wie oft man es erlebt, kann man nie ganz glauben. Jedes Jahr fragt sich Santa, ob das Wunder wieder geschehen wird, und wenn es so ist, zittert er immer vor Aufregung. Santa lugt in die Wiege. Das Baby ist süß und winzig, hat die Beine übereinandergelegt und nuckelt im Schlaf am Daumen.

Santa deckt es mit einer Wolldecke zu. Dann erinnert er sich, daß er die Milch für das Baby wärmen muß. Zuerst aber muß er noch etwas sehr Wichtiges erledigen. Auf einem Tisch steht ein Stundenglas.«

»Was ist das?«

»Das ist ein kegelförmiger Gegenstand. Er sieht ein bißchen so aus wie zwei Waffeltüten. Wie die, in die ihr euer Eis hineinfüllt. Nur, daß die hier aus Glas sind. Die schmalen Enden zeigen gegeneinander. Sie stehen in einem Ständer, und eine Waffeltüte ist mit Sand gefüllt. Der Sand rieselt von der oberen Tüte in die untere, und wenn die gefüllt ist, dreht man das Ganze um und läßt den Sand erneut hinunterrieseln. Eine Stunde braucht der Sand, um ganz durchzulaufen. Deshalb nennt man diesen kegelförmigen Gegenstand ein Stundenglas. Als man noch keine Uhren erfunden hatte, benutzten die Menschen ein solches Stundenglas, um zu wissen, wie spät es ist. Der Sand in Santas Glas aber braucht viel länger, bis er durchgelaufen ist. Er braucht einen ganzen Tag. Und jetzt hat der Sand fast den Boden erreicht. Santa dreht das Stundenglas, so daß der Sand wieder von oben herabrieselt.«

»Was geschieht, wenn er das nicht tut, wenn der Sand aufgehört hat durchzulaufen?«

»Dann bleibt die Zeit stehen. Alles hat dann ein Ende.«

»Du meinst, die ganze Welt?«

»Jawohl. Wir und alles um uns herum.«

»Mensch!«

»Das ist die Arbeit von Väterchen Zeit. Dafür zu sorgen, daß das Stundenglas rechtzeitig gedreht wird und der Sand immer weiterläuft.«

»Und was ist, wenn er krank wird?«

»Dann übernimmt Santa diese Arbeit.«

»Und was ist, wenn Santa am Arbeiten ist? Zum Beispiel in der Weihnachtszeit?«

»Das ist der Grund, warum Väterchen Zeit so wichtig ist. Santa kann nicht immer dasein, um das Glas zu drehen. Er braucht also Väterchen Zeit. Wir alle brauchen ihn. Doch in der Silvesternacht ist Väterchen Zeit noch ein Baby. Santa dreht für ihn das Glas um, dann schleicht er auf Zehenspitzen aus dem Schlafzimmer in die Küche. Nach einer Weile fängt das Baby an zu weinen. Als Santa mit warmer Milch in einem Fläschchen zurückkehrt, entdeckt er, daß das Baby frische Windeln braucht.«

»Ach je.«

»Ich habe das gleiche bei dir getan, Matt. Eines Tages wirst du auch Windeln wechseln.«

»Ach je, sag ich da nur.«

»Dann trägt Santa das Baby ins Wohnzimmer und setzt sich mit ihm in den Schaukelstuhl, um es zu füttern. Das Feuer knistert im Kamin, und Santa denkt an Väterchen Zeit, der eben im Nebel hinter dem Berg verschwunden ist. Er denkt an das Jahr, das vor ihm liegt, sein letztes Jahr, in dem er einen neuen Santa Claus finden muß. Jetzt allerdings, nach der harten Arbeit an Weihnachten, fühlt er sich erschöpft, und er muß sich um das Baby kümmern. Also versucht er, nicht mehr an seine Sorgen zu denken. Das Baby hat sein Fläschchen leergetrunken. Santa hält es hoch, damit es ein Bäuerchen macht. Sag nicht ›Ach je‹, Matt! Dann seufzt das Baby zufrieden auf, kuschelt sich an Santas Brust und schläft mit einem Finger im Mund ein. Die Wärme des Kaminfeuers läßt auch Santa entspannen. Er streckt die Beine aus, lehnt sich im Schaukelstuhl zurück. Die Katze kommt herein, schnuppert an dem Baby, rollt sich unter Santas Beinen zusammen, und während draußen der Frost bizarre Muster an die Scheiben malt, beginnt Santa zu schnarchen.«

»Das macht mich schläfrig, Dad.«

»Du *sollst* schläfrig werden. Mensch, ich habe ja gar nicht bemerkt, wie spät es ist. Ihr braucht euren Schlaf. Morgen wird es ein aufregender Tag werden.«

»Morgen gibt's zuerst die Geschenke!«

»Dann gehen wir in die Kirche. Und danach werden wir Großmama besuchen.«

»Geht es ihr besser?«

»Ein bißchen. Sie freut sich sehr auf euch beide und zu hören, was ihr alles für Geschenke bekommen habt.«

»Hoffentlich gefällt ihr unser Geschenk.«

»Ganz bestimmt. Und Großpapa brennt darauf, mit euch Schlitten zu fahren. Auf jeden Fall ein aufregender Tag. Also bis morgen.«

»Aber was ist mit der Geschichte? Erzählst du sie nicht zu Ende?«

»Du sagtest, sie macht dich schläfrig.«

»Nur als Santa zu schnarchen anfing, jetzt bin ich hellwach.«

»Nun, also ein paar Minuten mehr werden wohl nicht schaden. Ich spreche besser jetzt leise. Mama sagte, ich solle euch nicht so lange auf lassen.«

»Mama hat bestimmt nichts dagegen. Wetten, sie würde die Geschichte auch gerne hören.«

»Sie liest sie. Aber du hast recht. Sie wird sicher nichts dagegen haben. Heute abend ist ja ein besonderer Abend.«

Es schneite stärker.

»Santa hat einen geschäftigen Januar – Fläschchen wärmen, Windeln wechseln. Das Baby wird täglich gebadet. Jede Nacht, wenn es schreit, trägt Santa es herum, wiegt es und singt ihm etwas vor. Am fünfzehnten Januar, nach einem halben Monat, braucht das Kind keine Windeln mehr. Er ist jetzt bereits vier. Er hat laufen gelernt und fängt an, die ersten Dummheiten zu machen, das Geschirr aus den Schränken zu ziehen, Milch zu verschütten.«

»Das hab ich damals auch gemacht. Jetzt nicht mehr.«

»Er zieht die arme Katze am Schwanz.«

»Das hab ich nie gemacht.«

»Ja, Santa hat seine liebe Not damit, auf den Jungen aufzupassen, sag ich euch. Aber dann geht der Januar zu Ende. Der Junge ist jetzt acht. Er läuft gerne Schlittschuh, fährt Schlitten und baut Schneemänner. Der Februar zieht vorbei, die Monatsmitte, und dann ist Väterchen Zeit schon zwölf. Er muß jetzt mit seiner Arbeit anfangen, darauf aufzupassen, daß der Sand immer weiterläuft. Santa erzählt ihm von den Regeln – daß, wenn er vergißt, das Glas zu drehen, die Zeit stehenbleiben wird. Der Junge bekommt Angst. Er hat noch nie etwas so Verantwortungsvolles tun müssen. Er verspricht, nichts zu vergessen; er will Santa nicht enttäuschen. Dann wird der Junge alt genug, um Santa mit den Rentieren zu helfen. Er bürstet sie und entfernt Eisklümpchen aus ihren Hufen und sieht zu, daß sie immer genügend Heu haben. Die Rentiere sind gutmütig. Santa gestattet dem Jungen, auf ihnen zu reiten, und er läßt zu, daß der Junge mit Schneebällen auf ihn wirft. Alles ist wie ein Spiel für Väterchen Zeit.«

»Das hört sich lustig an.«

»Dann geschieht etwas Schreckliches.«

»Was?«

»Eines Abends, als Väterchen Zeit schon schläft, geht Santa auf Zehenspitzen zu ihm, um noch einmal nach ihm zu sehen. Und als er gerade hinausgehen will, sieht er das Schreckliche.«

»Den Sand!«

»Der Junge hat vergessen, das Glas umzudrehen. Das Mondlicht schimmert durch das Fenster, fällt auf das Stundenglas aud dem Tisch, und die letzten Körnchen fallen gerade durch. Sie fallen schnell. Was noch übrig ist, könnte man zwischen zwei Fingern halten. Dann schon nicht mehr. Noch zehn Körner. Fünf. Der Raum beginnt zu beben. Noch vier Sekunden, und die Welt wird stillstehen. Der Raum wird verschwinden.«

»Beeil dich, Santa!«

»Das tut er. Er stolpert zum Tisch, greift nach dem Glas, und als das letzte Sandkörnchen gerade zu Boden fällt, dreht Santa das Glas um. Der Sand ist wieder dort, wo er sein sollte, oben. Eine volle Tüte, aus der der Sand nach unten rieselt.«

»Das war knapp. Wenn der ganze Sand durchgelaufen wäre ... da hat uns Santa gerade noch gerettet.«

»Und Santa weiß das. Draußen rüttelt ein eisiger Wind gegen das Fenster. Drinnen im Schlafzimmer allerdings ist Santa Claus der Schweiß ausgebrochen. Zitternd hält er sich am Tisch fest. Seine Knie sind so wackelig, daß er Angst hat zu fallen. Sein Herz klopft wie wild. Er kann kaum atmen. Wütend dreht er sich zu dem Jungen.«

»Er wird ihn doch nicht verhauen, oder?«

»Was würdest du tun?«

»Ich wäre auch wütend. Ganz sicher. Der Junge hat etwas Schlimmes gemacht. Schlimmer als schlimm. Aber Dad, das ist wie im letzten Jahr, als du mir sagtest, daß ich den Fußball nicht auf die Straße kicken darf. Ich habe es aber doch getan und das Fenster der armen Mrs. Murphy getroffen. Das war schlimm.«

»Gewiß war es das. Der Meinung war auch Mrs. Murphy.«

»Und ich? Als du mir damals verboten hast, auf den Ahornbaum im Vorgarten zu klettern. Du sagtest, die Zweige seien noch zu schwach. Ich bin aber doch hinaufgeklettert und habe drei Äste abgebrochen. Das war schlimm. Es tut mir immer noch leid wegen des Baumes.«

»Du hast nicht gehört. Du hast die Regeln nicht eingehalten.«

»Und du warst wütend.«

»Das war ich auf jeden Fall.«

»Aber Dad, du hast mich nicht verhauen. Oh, wie du mich angeschrien hast, ich habe furchtbare Angst gehabt. Dann hast du gesagt, daß ich das Geld selber verdienen muß, um das Fenster zu ersetzen.«

»Und bei mir hast du gesagt, ich muß die Zweige in kleine Stücke brechen, und ich mußte dieses schwarze Zeug dort auf den Baum pinseln, wo er abgebrochen war. Du hast mich drei Tage nicht draußen spielen lassen.«

»Drei Tage für drei Äste, das war gerecht.«

»Aber du hast mich nicht verhauen.«

»Santa verhaut den Jungen auch nicht.«

»Da bin ich aber froh.«

»Er weckt Väterchen Zeit beinahe auf und will ihn ausschimpfen, aber dann stellt er fest, daß er viel zu wütend ist. Also beißt er die Zähne zusammen und geht aus dem Zimmer.«

»Ist das alles?«

»Nicht ganz. Die Nacht ist lang. Grübelnd sitzt er im Schaukelstuhl am Kamin. Am Morgen, als der Junge zum Frühstück kommt, gießt Santa ihm Milch ein und stellt ihm seine Cornflakes hin, dann setzt er sich ihm gegenüber und nippt an seinem Kaffee. Dann, während der Junge sein Frühstück hinunterschlingt, erzählt ihm Santa, wie die Zeit in der vergangenen Nacht fast zu einem Ende gekommen ist.

›Du hast das Glas nicht umgedreht.‹

Der Junge vergißt das Kauen. Er wird bleich, und beinahe verschluckt er sich. ›Ich habe es wahrscheinlich –‹

›Was?‹

›Vergessen. Mann, das tut mir leid.‹

›Das reicht nicht. Ich habe dir vertraut. Du hast dein Wort gegeben.‹

›Ich wollte es nicht brechen.‹

›Aber du hast es trotzdem gebrochen.‹

›Ich verspreche dir, ich werde versuchen, besser aufzupassen.‹

›Nein, du mußt mehr tun, als es nur versuchen. Heute ist der erste März. Du bist jetzt kein Kind mehr. Du bist sechzehn. Du mußt deine Pflicht erfüllen. Keine Ausflüchte, keine Entschuldigungen. Du mußt ein Mann sein.‹

›Ich werde dich nie mehr enttäuschen.‹

›Das hoffe ich. Da ist noch etwas, was ich dir sagen muß. Ich habe damit gewartet, bis du alt genug sein würdest, es zu verstehen.‹

›Was ist es?‹

Santa erzählt dem Jungen von den hundert Jahren – daß dies das letzte seiner Jahre ist und daß er bald nach Süden reisen muß, um einen neuen Santa zu finden. ›Ich bin mir nicht sicher, ob ich dir vertrauen kann, während ich weg bin. Daß du dann deine Arbeit nicht vergißt. Denn dann würde es keine Welt mehr geben, und auch keinen neuen Santa. Alles würde enden. Weil man sich auf dich nicht verlassen kann.‹

›Ich verspreche es dir.‹

›Halte dein Versprechen. Bitte enttäusche mich nicht. Laß die Welt weiter Weihnachten feiern können.‹

›Und dann wirst du diesen Berg hinaufsteigen?‹

›Ja. Am Weihnachtsabend.‹

Der Junge fängt an zu weinen. ›Ich werde dich vermissen.‹

Santa runzelt die Stirn. ›Da ist noch etwas, das ich dir sagen muß. Sechs Tage später, am Silvesterabend, wird ein anderes Baby deinen Platz übernehmen. Wie ich wirst auch du dann diesen Berg hinaufsteigen müssen.‹

›Du meinst ... ich lebe nur für *ein* einziges Jahr?‹

›So ist es.‹

›Aber das macht mir *angst.*‹

›Es gibt ein Insekt, die Eintagsfliege, sie lebt nur einen einzigen Tag. Das ist die ganze Zeit, die sie kennt. Doch für die Eintagsfliege muß ein Tag genug sein. Für dich wird ein Jahr genug sein müssen. Sicher, es sind keine hundert Jahre, aber alles hat seine zwei Seiten. In meinen hundert Jahren habe ich hundertmal mehr Traurigkeit erlebt, als du erleben wirst.‹

›Du hast aber auch hundertmal mehr Glück erlebt.‹

›Auf der Welt gibt es ein Sprichwort, das da lautet: *Gib mir die Kraft zu ändern, was ich ändern kann, und die Weisheit zu akzeptieren, was ich akzeptieren muß.* Was zählt, ist nicht, wie lange man lebt, sondern wie man die Zeit *nutzt,* die einem gegönnt ist. In deinem Fall ist die Zeit selbst deine Verantwortung. Deshalb bist du hier. Du mußt deine Pflicht erfüllen. Sei ein Mann.‹«

»Vergißt Väterchen Zeit es noch mal?«

»Er hält sein Wort. Aber Santa beobachtet ihn; jeden Abend überprüft er das Glas. Bald wird der Junge zwanzig. Ende März ist er vierundzwanzig. Er ist groß und stark und nett anzusehen. Obwohl er lieber herumstöbern möchte, erledigt er für Santa Claus die schweren Arbeiten. Er hilft mit – er macht sich nützlich. Jetzt ist er wirklich ein Mann. Aber er lacht seltener. Er sieht beunruhigt aus. Santa sieht diese Veränderung bei ihm nicht gern. Er beobachtet, daß Väterchen Zeit oft viele Stunden vor dem Glas sitzt und dem rinnenden Sand zusieht. Dann kommt der Frühling, und der Schnee beginnt zu schmelzen. Eines Abends geht Santa zu ihm und sagt:

›Morgen ist der erste Mai. Ich muß meine Reise antreten. Ich weiß nicht, wie lange ich fort sein werde.‹

Und Väterchen Zeit entgegnet ihm: ›Wie lange du auch brauchst, ich werde daran denken, das Glas umzudrehen. Viel Glück.‹ Santa aber antwortet ihm nur: ›*Bete*!‹«

»Wofür soll er beten?«

»Um Weisheit. Santa hat seine eigene Verantwortung. Stell dir vor, er sucht sich den falschen Mann aus. Was würde geschehen, wenn der neue Santa Claus seine Arbeit nicht mag und sich nicht darum schert, aus jeder Weihnacht etwas Besonderes zu machen? Denkt an all die Jungen und Mädchen, die am Weihnachtsmorgen aufwachen und nichts unter dem Baum finden würden. Stellt euch all die Enttäuschung vor.«

»Mensch, daran hab ich nicht gedacht.«

»Ja, wir verlassen uns auf Santa, aber wir denken nie daran, daß er uns im Stich lassen könnte. Wir nehmen seine Großherzigkeit als selbstverständlich hin. Was wäre, wenn er faul oder lieblos wäre? Oder was, wenn er sich nach seinen Freunden drüben in der Welt sehnt? Wenn er seine Arbeit hinschmeißen würde?«

»Aber das kann er doch nicht tun.«

»Doch, das kann er. Keiner zwingt ihn, seine Arbeit weiterzumachen. Er muß es wollen. Wenn er jemals beschließen sollte, zurück in die Welt zu gehen, dann brauchte er nur nach Süden zu reisen und dort zu bleiben.«

»Wer wäre dann Santa?«

»Nun, wenn er sich nicht die Mühe machen würde, einen neuen Santa Claus zu suchen, dann gäbe es gar keinen mehr. Und das ist auch beinahe passiert. Vor vielen Jahren. Aber der Santa, von dem ich euch gerade erzähle, der gibt seine Arbeit nicht auf. Er behält sie und bittet um Schutz, als er nach Süden reist, um seinen Nachfolger zu bestimmen.«

»Fährt er in seinem Schlitten mit den Rentieren?«

»Nicht im Mai. Da gäbe es keinen Schnee. Außerdem braucht er den Schlitten nur, um all die Geschenke für Weihnachten zu befördern. Auf diese Suche geht er alleine. Er weiß, daß er in seinem Weihnachtsanzug auffallen würde. Deshalb zieht er ihn aus und zieht Kleider an, die nicht so sonderbar aussehen. Ein Jackett und eine Krawatte wären nun doch wohl zu formell. Er überlegt sich, daß sein Jogging-Anzug wohl das richtige wäre. Viele Menschen tragen das jetzt. Santa denkt sich, daß er darin völlig normal aussehen wird. Dann schließt er die Augen und konzentriert sich. Vor sich sieht er einen Park mitten in einer Großstadt. Riesige hohe Gebäude erheben sich um diesen Park. Er sieht einen See und Spazierwege und viele Bäume und Leute, die Fahrrad fahren und joggen. Es ist ein sonniger Tag. Wie Santa sich so konzentriert, fühlt er die warme Frühlingsluft. Und – puff! – ist er verschwunden. Er hört Wind rauschen, dann das ferne Lärmen des Straßenverkehrs und den Gesang der Vögel in der Nähe. Das Surren der Fahrräder, das Vorüberjagen der Jogger. Er beschließt hinzusehen. Und natürlich, er ist in dem Park.«

»Ich wette, es ist *Central* Park.«

»Genau. Jemand fährt ihn fast mit einem Fahrrad über den Haufen. Er muß schnell zur Seite springen, damit zwei Jogger nicht in ihn hineinlaufen. Hinter einem Baum versteckt, wischt er sich die Stirn und sieht sich um. Der Park ist eine Wucht! Aber er nimmt sich kaum die Zeit, ihn zu bewundern. Er hat eine Arbeit zu erledigen ... An diesem Abend sitzt Väterchen Zeit in der Küche, als er aus Santas Schlafzimmer ein Stöhnen vernimmt. Er geht hinein und sieht Santa ausgestreckt auf dem Bett liegen, ohne Besinnung, stöhnend, als habe er einen Alptraum. Santas Jogging-Anzug ist zerrissen, sein Gesicht ist geschwollen, seine Stirn heiß. In den Fingern hält er krampfhaft eine zerknitterte Zeitung, und er sieht so erschöpft aus, daß Väterchen Zeit ihn nicht aufweckt, sondern auszieht und eine Decke über ihn breitet. Dann hält er ihm die Hand, um ihn durch die Nacht hindurchzutrösten. Als Santa aufwacht, stöhnt er auf. Er blinzelt zu Väterchen Zeit und zittert.

›Du siehst aus, als hättest du einen Geist gesehen.‹

›Ein Monster.‹ Santa wird bleich. Er versucht zu schlucken, doch die Kehle ist wie zugeschnürt.

›Hier, ein Glas Wasser. Trink das.‹

Santa leert es in drei Zügen. Wassertropfen rollen ihm über den Bart. Er wischt sie ab. ›Danke, ich weiß nicht, was ich ohne dich täte.‹

›Du hast dich um mich gekümmert, als ich klein war, jetzt ist es an mir, mich um dich zu kümmern. Was ist geschehen?‹

Santa schaudert. ›Alles ist verändert. Die Zeitung …‹ Santa tastet suchend herum. ›Ich war mir sicher, daß ich sie mitgebracht habe.‹

›Hier. Du hattest sie in den Händen, als ob du sie zerreißen wolltest.‹

›Hast du sie gelesen?‹

›Während ich bei dir saß.‹

›Dann weißt du alles. Die schlimmen Dinge, die die Leute einander antun können. Darauf war ich nicht vorbereitet.‹

›Die Welt war anders, als du dort lebtest? Vor langer Zeit, vor hundert Jahren, ehe du hierherkamst, um Santa Claus zu sein?‹

›*Ganz* anders. Doch wenn Weihnachten war, war ich immer zu beschäftigt, um die Veränderungen zu bemerken. Ich verstehe nicht, was geschehen ist. Alles scheint sich verschlechtert zu haben. Die Welt erscheint mir kleiner, schneller, lauter. Alles ist grau. Alle Leute sehen unglücklich aus. Die neuen Erfindungen hätten sie zufriedener machen sollen, statt dessen haben sie die Welt unzufriedener gemacht. Die Kriege sind schlimmer. Ich bin zutiefst erschüttert. Etwas Schreckliches ist im Gange.‹

›Dann findest du vielleicht gar keinen neuen Santa Claus?‹

›Ich weiß es nicht. Es muß doch jemanden geben. Irgendwo muß doch jemand sein, der es wert ist, Santa zu werden.‹

›Du brauchst Ruhe.‹

›Es ist fast Juni. Ich hätte früher mit meiner Suche beginnen sollen.‹

›Du hast noch viele Tage. Hundert Jahre haben dich müde gemacht. Du brauchst Kraft. Ich werde dir eine Suppe kochen.‹

›Ich könnte sie doch nicht essen.‹

›Versuch es. Mir zuliebe.‹

›Ja ...‹«

»Erhält Santa seine Kraft zurück?«

»Väterchen Zeit kümmert sich um ihn. Tatsächlich scheint es jetzt so, als wäre Santa ein kleines Kind und Väterchen Zeit tatsächlich sein Vater. Santa geht es bald wieder gut genug, um seine Suche nach einem Nachfolger fortzusetzen. Er reist überall hin, in alle verschiedenen Länder, alle Städte der Welt. Aber wohin er auch kommt, er kann niemanden finden, der seine Arbeit übernehmen will. Die Menschen haben kein Vertrauen mehr. Sie glauben nicht mehr an den Geist der Weihnacht. Sie haben ihre Herzen verschlossen. Den ganzen Juni, Juli und August ist Santa auf der Suche. Väterchen Zeit wird älter. Bald ist er achtundvierzig , dann vierundsechzig. Es wird Oktober. Er ist achtzig, trägt einen langen weißen Bart, sein langes graues Gewand, er hat runzlige Wangen und glänzende Augen und hält die Sense. Aber Santa hat noch immer keinen Erfolg gehabt. Weihnachten wird kommen, und keiner wird dasein, der die Geschenke überbringt.«

»Was ist mit den Wichteln?«

»Ja, Santas kleine Gehilfen. Sie sind etwa fünf Zentimeter groß, haben spitze Ohren und Himmelfahrtsnasen. In einer Werkstatt nahe bei Santas Haus stellen sie die Spielsachen her, die Santa an Weihnachten den Kindern bringt. Aber die Wichtel können nicht ohne ihn arbeiten. Sie brauchen seine Anleitungen. Im November, als Santa wieder von einer erfolglosen Suche zurückkehrt, erklären ihm die Wichtel, warum er nicht wieder weggehen kann. Die Spielsachen sind noch nicht fertig. Alles ist ein einziges Durcheinander. Wenn Santa nicht hierbleibt, um zu helfen, dann wird es für einen neuen Santa auch keine Geschenke zum Überbringen geben. Santa runzelt die Stirn. Er geht zu Väterchen Zeit, um dessen Rat zu holen.

›Da hast du wirklich ein Problem.‹ Väterchen Zeit sieht jeden Augenblick älter aus. ›Wenn du weggehst, um einen Nachfolger zu suchen, kannst du die Geschenke für Weihnachten nicht vorbereiten. Wenn du aber hierbleibst, um für Weihnachten vorzubereiten, kannst du keinen Nachfolger finden. Selbst *du* kannst nicht zwei Dinge gleichzeitig tun. Und doch mußt du beides erledigen.‹

›Ich brauche deine Hilfe, deine Weisheit.‹

›Dein Problem ist die Zeit. Du hast nicht genug davon.‹

›Aber selbst du kannst mir nicht mehr davon geben.‹

›Das stimmt. Ich bewache die Zeit, ich kann sie nicht verlängern. Ich kann sie nicht erschaffen. Am Weihnachtsabend wirst du den Berg hinaufsteigen müssen. Aber hast du vergessen? An Weihnachten erwacht doch in allen Menschen das Gute.‹

›Ich weiß nicht, was du meinst?‹

›Erledige die eine Arbeit, dann die andere. Zuerst bereite dich auf Weihnachten vor. Und dann, wenn die Geschenke fertig sind, nutze die letzten Tage, um einen Nachfolger zu suchen. Da die Menschen in der Weihnachtszeit großherziger handeln, wirst du auch eine größere Chance haben, jemanden zu finden, der dich ersetzt.‹

Santa lächelt. ›Ich verstehe, ja. Ich werde besonders hart arbeiten, um die Geschenke fertigzustellen. Wenn ich einen neuen Santa Claus finde, wird das die größte aller Weihnacht.

Die beste. Die schönste. Die Menschen werden sich immer daran erinnern. Aber falls ...‹

›Ja? Weiter.‹

›Aber falls ich bei meiner Suche nicht erfolgreich bin, sind all die Geschenke umsonst. Keiner wird dasein, sie zu überbringen. Dann wird es keine Weihnacht mehr geben.‹

›Nein! Weihnachten muß es geben!‹

Den ganzen November arbeiten Santa und seine Wichtel Tag und Nacht. In allen Regalen stapeln sich die Spielsachen. Sie streichen den Schlitten, sie bürsten die Rentiere und hängen ihnen Glöckchen um den Hals. Die Rentiere sind aufgeregt. Alles ist bereit. Santa nimmt sich nicht einmal die Zeit, sich umzuziehen. 20. Dezember. Nur noch ein paar Tage. Er schließt die Augen. Er konzentriert sich. Und – puff! – ist er wieder verschwunden.«

»Aber wird morgen wieder Weihnachten sein?«

»Hör, wie die Geschichte endet. Die letzten Tage vor dem Weihnachtsabend gehen schnell vorbei. Väterchen Zeit wartet unruhig. Jeden Abend dreht er das Stundenglas. Er sitzt vor dem Kamin und macht sich Sorgen. Noch drei Tage. Dann noch zwei. Noch einen. Was hält Santa auf? Was ist schiefgelaufen? Der 24. Dezember kommt. Die Sonne geht auf und durchquert den Himmel, dann senkt sie sich. Immer noch kein Santa. Etwas Schreckliches muß passiert sein. Väterchen Zeit späht aus dem Fenster nach den letzten Sonnenstrahlen. Es ist Heiligabend, und immer noch kein Santa. Die Dunkelheit verdichtet sich. Väterchen Zeit gibt die Hoffnung auf. Da plötzlich beginnt es in der Luft zu knistern. Der Raum wird hell – und puff! Mit einem Schlag ist Santa wieder da, alleine. Völlig erschöpft wirft er sich in den Schaukelstuhl. ›Ich habe mein Bestes getan. Ich habe versagt. Ich konnte keinen anderen Santa finden.‹«

»Nein! Du meinst, morgen wird es keine Weihnacht geben?«

»Warte, und du wirst es hören. Siehst du, was Santa entdeckt hat, war, daß die Menschen es vorziehen, zu bekommen, anstatt zu geben. Jeder sagte: ›Hundert Jahre als Weihnachtsmann, was habe ich davon?‹ Und Santa antwortete ihnen: ›Dein Lohn ist die Freude des Schenkens.‹ Aber diese Antwort war ihnen nicht genug. Die Leute schauten verächtlich und beschwerten sich über die harte Arbeit, die sie für andere würden tun müssen. ›Jeder profitiert davon, nur ich nicht‹, sagten sie. ›Soll doch ein anderer Weihnachtsmann werden. Wir wollen nicht auf unsere Geschenke verzichten.‹«

»Wenn er zu mir käme, ich würde annehmen.«

»Ich weiß nicht. Denk mal drüber nach. Nie mehr Geschenke für dich selbst.«

»Mensch, du hast recht. Daran habe ich nicht gedacht. Ich weiß wirklich nicht, was ich täte. Aber wenn jeder so denkt, dann wird es keine Weihnacht geben. Dad, das ist schrecklich.«

»Santa kann nicht mehr länger warten. Müde erhebt er sich, um seinen Gang anzutreten.

›Aber‹, sagt Väterchen Zeit, ›wenn du jetzt fortgehst, wird morgen keine Weihnacht sein. Bleib da.‹

›Ich kann nicht. Ich muß mich an die Regeln halten. Ganz egal, was auch geschieht, ich muß auf diesen Berg steigen. Ich sagte dir – keine Ausflüchte, keine Ausnahmen.‹

›Aber du bist es doch nicht, der versagt hat.‹

›Wer dann?‹

›Es ist umgekehrt. Die Welt hat dich im Stich gelassen. Sie hat sich selbst um etwas gebracht.‹

›Ich habe mich nicht verständlich genug gemacht. Die Welt hat versagt, aber ich auch. Es ist Zeit zu gehen. Für mich ist die Zeit zu Ende.‹

Traurig verlassen sie das Haus. Sie gehen hinein in die Dunkelheit. Santa hält an. ›Ich habe noch etwas vergessen.‹ Er geht zurück in das Haus und kommt mit einem Sack voller Spielsachen zurück. ›Ich weiß nicht, was ich dort im Nebel finden werde. Dort könnte ja jemand sein, der diese Geschenke verdient.‹

Schluchzend marschieren sie Richtung Berg – ein alter Mann in einem grauen Gewand mit einer Sense über der Schulter und ein anderer alter Mann in einem roten Anzug mit einem Sack Spielsachen. Santas Rentiere schauen den beiden nach. Sie spüren deren Traurigkeit. Die Nacht ist kalt. Der Schnee liegt hoch aufgetürmt neben dem Pfad. Eine Tanne steht aufrecht, die Äste weit gespreizt, als wolle sie sie segnen. Durch die Dunkelheit erreichen die beiden Alten den Berg. Der Nebel schimmert strahlend.

›Ich sollte mich fürchten‹, gibt Santa zu, ›statt dessen bin ich enttäuscht, daß ich meine Arbeit nicht erledigt habe. Nach all den anderen Santas bin ich derjenige, der Weihnachten beendet.‹

›Bist du sicher, daß du nicht umkehren kannst?‹

›Ich bin bereits zu spät dran. Mein Freund und Sohn, ich werde dich vermissen.‹

›Ich werde *dich* vermissen.‹

Die Tränen kullern ihnen über die Wangen, und sie küssen einander. Santa steigt den Berg hinauf. Er ist hoch, und Santa ringt nach Luft. Trotzdem stapft er mühselig immer höher, traurig, der letzte Santa und das Ende der Weihnacht.

Auf der Spitze ruht er aus. Der Nebel strahlt heller, dicht vor ihm. Er späht den Berg hinunter, er schaut zum letzten Mal zu Väterchen Zeit. Wenn doch nur jemand da wäre …

›DU!‹ Er schreit es Väterchen Zeit entgegen.

›Was ist?‹

›*Du* kannst die Geschenke überbringen!‹

›Ich bin nicht Santa.‹

›Das macht nichts. Es gibt keine Regel dagegen. Wer sagt,

daß nur Santa die Geschenke überbringen kann? Wichtig ist allein, daß jemand es tut. Die Welt kann diese letzte Weihnacht erleben! Nimm meinen Platz ein!‹

›Aber wie?‹

›Die Rentiere kennen den Weg! Wenn du es wirklich versuchst – mit Liebe –, kannst du nichts falsch machen! Ein besonderes Geschenk für alle! Noch einmal Weihnachten! Bitte! Tu es mir zuliebe.‹

›Für dich würd ich alles tun.‹

Augenblicklich durchflutet Santa ein warmes Glücksgefühl. Er lächelt aufseufzend und wendet sich dem Nebel entgegen. Er ist bereit. Es wird nach ihm keinen anderen Santa mehr geben, und in den folgenden Jahren wird es auch keine Weihnachten mehr geben. *Dieses* Jahr aber …

Er schreitet vorwärts, vom Nebel geblendet.

Von unten starrt Väterchen Zeit hinauf. Er sieht seinen Freund und Vater verschwinden. Zuerst kann er Santas Stiefel und Hosen nicht mehr erkennen, dann seinen Mantel. Zuletzt sieht er nur noch diesen großen Sack mit den Spielsachen und Santas rote Kappe mit den langen Quasten.

Väterchen Zeit runzelt die Stirn.

Warum ist Santa stehengeblieben? Der Nebel umgibt ihn, aber Kopf und Schultern sind noch sichtbar.

Jetzt dreht Santa sich zu ihm um, und Väterchen Zeit ist ganz überwältigt, als er das Lächeln auf Santas Gesicht sieht. Ein Lächeln, das leuchtender ist als der Nebel. Santas Augen sind freudestrahlend, als wäre das, was ihn im Nebel erwartet, überwältigend – wunderschön und herrlich. Er hebt einen Arm, um zum Abschied zu winken. Voller Freude wendet er sich nochmals dem Nebel entgegen. Er tut einen Schritt.

Und er ist gegangen.«

»Ist Santa in den Himmel gekommen?«

»So könnte man sagen.«

»Ist er dort glücklich?«

»Vollkommen. Nach all seinen Jahren des Schenkens erhält er nun das Glück, das er anderen gegeben hat.«

»Und macht Väterchen Zeit das, was er versprochen hat?«

»Er rennt ins Haus und dreht das Stundenglas. Dann spannt er schnell die Rentiere vor den Schlitten. Den Sack mit den Spielsachen wirft er hinten in den Schlitten. Er klettert hinein und ergreift die Zügel. Die Glöckchen am Hals der Rentiere bimmeln. ›Dasher! Dancer! Prancer! Vixen! Comet! Cupid! Donder! Blitzen!‹ – Bei jedem Namen, den er ruft, geht ein heftiger Ruck durch den Schlitten. Er beginnt, sich zu bewegen. Die Rentiere ziehen fester, und der Schlitten gleitet auf dem Schnee. Die Kufen zischen. Schnee stiebt auf. Plötzlich hebt der Schlitten ab. Acht Rentiere und ein alter Mann bilden eine Silhouette vor dem winterlichen Mond. Mit rasender Fahrt steigen sie hoch in die Lüfte und sind nicht mehr zu sehen.«

»Er hat nur einen Sack mit Spielsachen mitgenommen. Das wird nicht reichen.«

»Der Sack wird nie leer. Darin sind alle Spielsachen, die Santa und seine Helfer angefertigt haben. Wenn Väterchen Zeit ein Spielzeug herausnimmt, kommt sofort ein anderes an dessen Stelle.«

»Aber wie kann Väterchen Zeit zu jedem Haus kommen, bevor die Kinder am Weihnachtsmorgen erwachen? Die Nacht ist zu kurz.«

»Wie mit dem Sack und den Spielsachen – es reicht immer. Vor jedem Heim, vor jeder Wohnung und jedem Haus, wo immer auch die Menschen sind, springt Väterchen Zeit aus dem Schlitten und eilt mit seinem Sack voller Geschenke hinein.«

»Geht er wirklich durch den Kamin?«

»Manchmal. Sonst durch Türen und Fenster, die für ihn offenstehen. Manchmal geht er direkt durch die Wände. Er stellt fest, daß in der Weihnacht alles möglich ist.«

»Und sieht ihn keiner?«

»Nein. Die Kinder schlafen ein, sobald er auftaucht. Ganz selten sehen ihn die Eltern, aber ihre Gedanken werden getrübt, und sie erinnern sich nicht mehr daran, ihn gesehen zu haben. Eine Nacht voller Wunder. Voller Staunen. Er bringt mehr als Spielsachen. Er bringt den Geist der Weihnacht. Die Menschen wachen auf und fühlen sich von Freude erfüllt. Väter, die fort waren, kommen heim. Und Mütter, die krank waren, denen geht es besser. Jeder Mensch fühlt sich geliebt. Am Weihnachtsmorgen läuten die Glocken ihre Botschaft – Friede allen, die guten Willens sind. Diese Weihnacht ist die schönste. Wirklich etwas ganz Besonderes. Väterchen Zeit arbeitet härter, als er sich je vorstellen konnte. Er ist erfolgreicher, als er gehofft hatte. Die Sonne geht auf. Die Rentiere bringen ihn nach Hause. Erschöpft läßt er sich in den Schlitten zurückfallen und seufzt auf. Dann aber lächelt er, und sein Lächeln wird zu einem fröhlichen Lachen. Denn obgleich die Welt jetzt schon weit entfernt ist, kann er noch das jubelnde Echo der glücklichen Menschen vernehmen und die Kirchenglocken, die freudig läuten. Diese fernen Klänge des Glücks sind seine Belohnung. Er befreit die Rentiere vom Schlitten, bürstet und liebkost sie. Er gibt ihnen viel gutes, frisches Heu. Sie schlagen mit ihren Hufen aus und tollen übermütig im Schnee herum. Endlich kann er sich ausruhen. Und da fällt ihm ein, daß er ja alleine ist. Noch sechs kurze Tage. Am Silvesterabend dreht er das Glas um. Die letzte Zeit. Er bleibt, bis die Sonne fast verschwunden ist. Er wirft einen Blick zurück zum Haus, dann geht er den Pfad entlang und steigt auf den Berg.«

»Aber halt. Wenn Väterchen Zeit gegangen ist, dann –«

»Das Neujahrsbaby wird ankommen.«

»Wer wird sich um es kümmern?«

»Keiner.«

»Wer wird das Zeitglas umdrehen?«

»Keiner. Wenn der Sand zu rieseln aufhört –«

»Wird die Zeit enden? Die Welt aufhören?«

»Weil die Menschen nur nehmen wollten, statt zu geben. Weil niemand sich gekümmert hat, niemand großherzig genug war, der neue Santa zu werden.«

»Jetzt wird es ihnen leid tun.«

»Aber Väterchen Zeit fühlt sich schrecklich. Als er den Berg hinaufsteigt, wünscht er sich, sein alter Freund wäre zurück. Er weint – nicht um sich, aber um die Menschheit. Wenn die Menschen doch nur verstanden hätten. Wenn sie doch nur noch eine Chance hätten. Er hält auf der Bergspitze an und blinzelt in den Nebel. Er möchte bleiben, möchte die Welt retten. Er hört im Haus das Neujahrsbaby weinen. Fast dreht er sich um und geht wieder hinunter. Aber die Regeln dürfen nicht gebrochen werden. Das ist die Lektion, die Santa ihn gelehrt hat. Er zuckt zusammen, als das Baby schreit, und zwingt sich, weiterzugehen. Der Nebel leuchtet. Wenn doch nur ... Plötzlich fühlt Väterchen Zeit eine gewaltige Hitze. Er ist auf einmal ganz dick. Er trägt einen roten Anzug und eine Kappe mit Quasten.

Er ist –«

»Santa!«

»›*Geh*‹, ruft ihm eine Stimme aus dem Nebel entgegen. ›*Trotz der Versuchung hast du die Regel befolgt. Du bist es wert. Gib der Welt dieses unschätzbare Geschenk, obwohl sie es nicht verdient. Hundert Jahre Weihnacht. Und die Zeit, lieben zu lernen.*‹ Der Nebel liegt wieder schweigend da. Der neue Santa weint vor Dankbarkeit. Sein Herz ist von Dank erfüllt. Er dreht sich um und geht den Pfad hinunter. Das Neujahrsbaby schreit noch lauter. Aber jetzt ist jemand da, der über es wacht. Und jemand, der über die Zeit wacht. Der das Glas dreht, der dafür sorgt, daß der Sand weiterrinnt. Santa lacht vor Freude. Er beginnt zu laufen.«

»Dann ist morgen also doch wieder Weihnachten?«

»Jetzt. Heute. Es ist nach Mitternacht. Mensch, ich weiß gar nicht, wo die Zeit geblieben ist. Ihr zwei schlaft jetzt besser.«

»Aber ich habe doch gehofft, Santa zu sehen.«

»Du erinnerst dich doch, was ich dir erzählt habe. Falls du zufällig einen Blick von ihm erhaschst, wird er deine Gedanken trüben. Du wirst dich nicht daran erinnern, daß du ihn gesehen hast. Hey, es hat aufgehört zu schneien. Der Wind hat sich gelegt. Morgen wird ein herrlicher Tag.«

»Weiße Weihnachten.«

»Der Anfang von weiteren hundert Jahren. Ich hoffe, daß die Welt Santas Geschenk richtig nutzen wird. Ich hoffe, sie lernt zu lieben. Einen Kuß für dich. Und einen für dich. Bis morgen früh.«

»Fröhliche Weihnachten.«

»Euch auch. Die besten. Wir sind alle zusammen, was könnten wir uns mehr wünschen? Ja, fröhliche Weihnachten.«

Ein Bild von Jesus

PIERS ANTHONY

Lange Zeit war er als der Mann bekannt, der dem Begriff »Trilogie« eine neue Bedeutung verliehen hatte. Piers Anthony liebte es, seine als Dreiteiler konzipierten Werke flugs um einige Bände zu erweitern, wenn sie sich als populär erwiesen. Er schrieb eine Vielzahl von SF-Romanen, bis er schließlich seine wahre Berufung erkannte. Chamäleon-Zauber *(1977) war der erste Roman, der in dem Fantasy-Land Xanth spielte, und damit der Startschuß für eine der beliebtesten humoristischen Fantasy-Serien überhaupt – mittlerweile sind bereits siebzehn Bände erschienen. Die folgende Story beweist, daß Anthony über seine Drolerien mit Prinzessinnen, Elfen und Ogern nicht verlernt hat, seine Leser auch auf andere Art zu packen – ein ungewohnt düsteres und maliziös pointiertes Stück Kurzprosa, das zwar gekonnt, aber ganz bestimmt nicht zum Lachen ist.*

Es war öde in der geschlossenen Abteilung. Ethan arbeitete erst seit zwei Wochen dort, aber schon nach einer Stunde hatte er beruhigt festgestellt, daß die Patienten nicht gewalttätig oder gefährlich waren. Man schob dorthin einfach diejenigen ab, mit denen man andernorts in der Klinik nichts anzufangen wußte. Und auch die Pfleger, die noch nicht lange dabei waren und sich ihre Stelle nicht aussuchen konnten.

Da war zum Beispiel ein fetter alter Mann, fröhlich, aber verwirrt. Wenn man »Hallo« zu ihm sagte, lächelte er und antwortete: »Zig – zig – zzigh.« Mehr Wörter schien er nicht zu kennen. In seinem Hals sammelte sich Schleim, den er gelegentlich hochhustete und auf den Boden spuckte. Meist jedoch landete der Speichel auf seinem hervorquellenden Bauch. Dort hing er in gelben Klumpen, bis jemand ihn abwischte. Das blieb jetzt Ethan vorbehalten. Er mochte Zig trotzdem. Der Mann war nicht bösartig, und er machte keine Schwierigkeiten.

Ein anderer Patient war klein und mager. Er murmelte ständig meist zusammenhangloses Zeug vor sich hin. Er schien die ganze Welt zu hassen, doch er äußerte seinen Haß nicht. Die Pfleger übersah er. Als Ethan ihm beim Baden behilflich war, fiel ihm auf, daß der Mann einen riesigen Leistenbruch hatte. Er informierte die Klinikleitung darüber, doch niemand kümmerte sich darum. Anscheinend hatte man kein Interesse an solch profanen Defekten, also übersah man sie, und dazu eignete sich die geschlossene Abteilung hervorragend.

Einer der Patienten war noch jung. Eigentlich gehörte er auf die normale Männerstation, aber manchmal drehte er durch. Dann steckten sie ihn in eine Zwangsjacke, verabreichten ihm ein Beruhigungsmittel und ernährten ihn durch einen Schlauch in der Nase, bis er sich beruhigt hatte. Das war meist nach etwa einem Tag der Fall. Ab und zu röchelte er, aber das lag an dem Schlauch; körperlich fehlte ihm nichts. Dann kehrte er wieder für ein paar Tage auf die Männerstation zurück.

Manchmal luden sie Patienten nach der Schockbehandlung hier ab. Elektroschocks wirkten grauenhaft: Es sah aus, als stürbe jemand an der Folter, als träte die Totenstarre sofort ein. Doch die Patienten waren bewußtlos; der Anfall wurde gezielt erzeugt und schien sich positiv auszuwirken. Wenn die Männer erwachten, erinnerten sie sich nicht an vorher. Sie stellten alle möglichen Fragen: »Wo bin ich? Wie bin ich hierhergekommen? Wie komme ich hier wieder raus?« Ethan versuchte, es ihnen zu erklären, aber er merkte, daß die Patienten nicht viel damit anzufangen wußten. Erst nach einigen Stunden waren sie wieder ausgeglichener und wurden auf ihre eigene Station zurückgebracht.

Und dann gab es Ulysses. Er saß immer da, starrte an die Wand und blinzelte. Aber wenn Ethan ihm sein Essen brachte, richtete er den Blick darauf und aß bedächtig. Er duschte alleine, wenn man ihn dazu aufforderte, und war imstande, manierlich aufs Klo zu gehen, was man von vielen anderen Patienten nicht behaupten konnte. Wenn er beschäftigt war, wirkte er regelrecht normal. Es hatte den Anschein, als könnte er sich in die Welt einfügen, wenn ihm danach zumute war, hatte jedoch wenig Interesse daran.

Eines Tages, als nichts los war, setzte sich Ethan schließlich zu ihm und versuchte, ein Gespräch anzufangen. »Hallo, Ulysses. Ich bin Ethan.«

»Frome?«

»Wie?« Es verblüffte ihn, daß der Mann antwortete; er hatte noch nie mit Ethan gesprochen.

Ulysses lächelte. »Ah, ihr seid nicht mehr so gebildet wie

zu meiner Zeit. *Ethan Frome* ist ein Roman von Edith Warton, der die Sinnlosigkeit unreifer Liebe schildert. Nichts für ungut.«

Normal? Der Mann war im Vollbesitz seiner geistigen Kräfte! Doch Ethan war nicht ganz überzeugt, denn einige Patienten wirkten von Zeit zu Zeit durchaus vernünftig. Es gab sogar welche, die vorwiegend normal waren. Allein ihre Anfälle von Unvernunft machten sie für die Gesellschaft untauglich. Einer hatte ihm erzählt, er sei von Chicago nach New York unterwegs gewesen, als er wegtrat. Als er wieder aufwachte, befand er sich hier in Bedlam. Er wirkte ziemlich normal, doch der Schein trog. Ethan traute Ulysses also nicht über den Weg, aber es interessierte ihn, was der Mann zu sagen hatte. Er ermunterte ihn, weiterzusprechen. »Unreife Liebe?«

»Frome war in einer unglücklichen Ehe gefangen. Dann lernte er die Cousine seiner Frau kennen, und sie verliebten sich ineinander. Ihre Liebe hatte keine Zukunft; deshalb wollten sie sich gemeinsam umbringen. Sie fuhren mit einem Schlitten gegen einen Baum. Aber sie starben nicht, sondern waren beide gräßlich verkrüppelt, und Fromes Frau versorgte sie. Es war in gewisser Weise ihre Rettung.«

Ethan schüttelte den Kopf. »Sie haben recht. Das war unreif. Heutzutage würde der Mann seine Frau einfach verlassen.«

»Die Moral ist nicht mehr, was sie einmal war.«

Der Spruch hätte von Ethans Großvater stammen können. »Also, ich bin jedenfalls Ethan Drake, ich werde mir für keine Frau das Leben nehmen. Aber Sie – wie kommt's, daß Sie hier sitzen und den ganzen Tag die Wand anstarren, wo Sie doch scheinbar völlig bei Sinnen sind?« Er fürchtete, daß der Mann auf diese Frage hin wieder in seinen Stupor verfallen würde, aber er mußte sie einfach stellen.

»Ich bin normal. Die Gesellschaft ist blind.«

Aha. Jetzt ging's los. »In welcher Hinsicht, Ulysses?«

Der Mann sah ihn mit einem beunruhigend wissenden Blick an. »Glauben Sie mir: Es ist besser für Sie, wenn Sie das nicht wissen.«

Ethan war verärgert. »Das kann ich selbst wohl am besten beurteilen. Was sehen Sie da an der Wand?«

»Ich sehe ein Bild von Jesus.«

Einen religiösen Knall hatte er also. Ethan betrachtete die Wand. »Ich sehe nur ein Muster aus weißer Farbe und schwarzen Flecken. Die Wand müßte mal neu verputzt werden.«

»Das wäre ein Verbrechen. Jesus sollte nicht verborgen werden.«

»Aber da ist kein Bild ! Nur ein paar Kleckse.«

»So erscheint es Ihnen.«

Ethan wurde klar, daß sie sich im Kreise drehten. Er schlug eine andere Taktik an. »Schauen wir uns doch die Wand zusammen an, und Sie erklären mir, wie ich sehen kann, was Sie sehen.«

»Das ist unklug.«

Ethan ließ sich ungern abservieren wie ein begriffsstutziger Trottel, und schon gar nicht von einem Geistesgestörten. Er fürchtete auch, daß Ulysses nie wieder mit ihm reden würde, wenn das Gespräch hier abbrach. Nicht weil er wütend auf Ethan war, sondern weil Ethan die Gelegenheit verpaßt hatte. Die anderen Pfleger würden ihn auslachen, wenn Ethan versuchen würde, ihnen zu erklären, daß der Mann sich ganz normal ausdrücken konnte. »Erklären Sie es mir.«

»Wenn Sie darauf bestehen. Doch es wird Ihnen vielleicht leid tun.«

Der Mann drohte ihm nicht. Er schien aufrichtig besorgt um Ethans Geisteszustand. Verkehrte Welt! »Ich glaube, es würde mir leid tun, wenn ich nicht wüßte, wie Sie die Dinge sehen.«

»Dann will ich Ihnen meine Geschichte erzählen. Wenn sie

Sie beunruhigt oder wenn Sie sie glauben, müssen Sie mich unterbrechen, zu Ihrer eigenen Sicherheit. Ich berichte Ihnen von enormem Wissen, das große Macht verschafft, aber auch große Gefahr in sich birgt. Haben Sie schon einmal einen Computer benutzt?«

»Klar. Ich hab für einen Brief eine Stunde gebraucht, und dann war alles hinüber, weil ich die Lösch- statt der Druck-Taste gedrückt habe. Die Lektion habe ich schnell gelernt!«

»Genau. Was Ihnen mehr Wissen und Handlungsfreiheit verschafft, verstärkt auch Ihre zerstörerischen Kräfte. Wenn Sie sie mißbrauchen, zerstören Sie sich selbst, auch wenn Sie nichts Böses im Sinne hatten. Oder ein Computervirus zerstört Sie, weil Sie unachtsam waren.«

Es war Ethan nicht geheuer, was der Mann sagte, aber er hatte recht. Warum hatte man ihn in die Psychiatrie gesteckt, und warum ließ er das mit sich geschehen? Würde er mit den Ärzten sprechen wie jetzt mit ihm, würde man ihn bald wieder rauslassen. »Das mit dem Computer ist mir nie wieder passiert«, sagte Ethan. »Und ich habe ein Anti-Virus-Programm.«

Wieder sah ihn Ulysses an. »Aber wenn es um Ihr Leben geht, haben Sie nur eine Chance.«

Ethan konnte nicht verhindern, daß es ihm kalt den Rücken hinunterlief. »Wollen Sie damit sagen, daß es lebensgefährlich für mich ist, mit Ihnen zu reden? Wer sind Sie, ein Spion aus dem Weltall?«

»Nein, ein ganz normaler Mensch wie Sie auch. Aber ich kann Dinge sehen, die Sie nicht sehen. Sie könnten es auch lernen, aber Sie möchten sicher nicht so enden wie ich.«

»Ich würde ungern in die Psychiatrie gesteckt werden, wenn mir nichts fehlt«, gab Ethan zu.

»Sie können es sich immer noch anders überlegen.«

Er wirkte so überzeugt! Aber er war schließlich auch nicht umsonst hier.

»Ich will Ihre Geschichte hören.«

Und Ulysses begann zu erzählen.

Ich hatte schon immer viel für Rätsel übrig. Wollte jede Denkaufgabe lösen, den Weg durch jedes Labyrinth finden, jedes Geheimnis aufdecken. Deshalb sprach ich sofort auf das Bild an. Ich entdeckte es in einem Buch, und angeblich war es ein Bild von Jesus. Doch auf den ersten Blick sah man nur weiße und schwarze Flächen, als hätte jemand Kohlestaub im Schnee verstreut. Ich bin nicht religiös, es ging mir also nicht darum, Jesus zu sehen. Aber ich wollte wissen, was der Autor des Buches sich dabei gedacht hatte. Also starrte ich auf das Bild, bis mir die Augen tränten, aber ich sah nichts Menschliches darin, geschweige denn Jesus. Ich hätte damit aufhören können, aber ich wußte, irgend etwas war daran, wie abwegig es auch sein mochte.

Am nächsten Tag sah ich es mir wieder an, doch es kam nichts dabei heraus. Ich dachte an ein Bild von zwei Frauen, das ich vor Jahren betrachtet hatte: Die hübsche junge hatte ich auf Anhieb entdeckt, irgendwann hatte ich dann auch die alte wahrgenommen. Es kam ganz auf die Sichtweise des Betrachters an. Das Gehirn formt die Bilder aus einzelnen Zeichen; deshalb kann die richtige Sichtweise das Verborgene zutage fördern.

Aber da war nichts. Schließlich gab ich es frustriert auf. Ich legte das Buch auf einen Tisch in der Ecke und kümmerte mich um andere Dinge. Die Seite war aufgeschlagen.

Abends fiel mein Blick im Dämmerlicht auf das Bild. Und da war Jesus und blickte mich freundlich an. Die überflüssigen Einzelheiten waren in den Hintergrund gerückt, so daß meine Augen das Bild als Ganzes erfaßten; Kopf und Schultern von Jesus, so klar und deutlich, daß ich mich fragte, wie mir das hatte entgehen können.

Ich tug das Buch ans Licht, und das Bild verschwand. Es war nur noch ein wirres Muster zu sehen. Doch jetzt hatte ich den Zugang gefunden, und ich betrachtete die Seite im Dämmerlicht, bis ich Jesus sah, dann schob ich sie langsam ins Helle. Ich analysierte das Bild, und bald konnte ich Jesus bei jedem Licht erkennen. Doch wenn ich das Bild umdrehte, verschwand er. Also schulte ich meine Augen, bis ich ihn immer sehen konnte, aus jedem Blickwinkel und bei jedem Licht. Ich hatte das Unergründliche enträtselt.

Am nächsten Tag betrachtete ich das Bild erneut, und Jesus blickte mich an. Auf diese Art war ich zum Gläubigen geworden. Ich sah, was mir vorher verborgen geblieben war. Ich war in einer Art Siegestaumel.

Ich ging einkaufen. Auf dem Gehsteig entdeckte ich lauter Bilder: Tiere, Blumen, Gesichter. Sie waren schon immer dort gewesen, aber jetzt konnte ich sie sehen. Indem ich gelernt hatte, Jesus zu sehen, hatte sich meine ganze Weltsicht erweitert.

Als ich die Straße überquerte, sah ich in den Rissen und Fugen im Asphalt eine andere Welt: eine unberührte Landschaft, in der es keine Straße gab. Während ich mich darauf konzentrierte, wurde das Bild intensiver und dreidimensional, als könnte ich hineingehen, doch das war unmöglich: Die Oberfläche der Straße schien durchsichtig wie Glas, doch ich spürte sie noch unter den Füßen. Das änderte nichts an der Lebensechtheit des Bildes; man kann die Szenerie durch ein Fenster betrachten und sie doch nicht berühren. Man weiß, daß sie da ist, ist sich aber bewußt, daß man ausgesperrt bleibt, bis man die Glasscheibe zerbricht oder einen Weg findet, sie zu umgehen. Ich war so fasziniert, daß ich mein ursprüngliches Vorhaben vergaß, einfach umherschweifte und dieses neue Reich betrachtete. Nie zuvor im Leben hatte ich soviel sehen können!

Dann kam ich zu einer bedrohlichen Spalte, die die Straße

und das Gelände ringsherum teilte. Sie war so tief, daß ich es nicht wagte, sie zu überspringen, obwohl ich doch wußte, daß sie nur ein Bild war. Ich blieb am Rand stehen und blickte in den düsteren Abgrund hinunter.

Jemand trat hinter mich. Ich war so abgelenkt, daß ich es nicht bemerkte, bis ich eine Berührung am Ellbogen spürte. »Tu's nicht«, flüsterte die Frau. »Schau nicht hin. Geh einfach drüber.«

Verblüfft gehorchte ich und überschritt mit ihr den Abgrund. Ich sah sie an und versuchte mich zu erinnern, ob ich sie kannte, doch ich hatte sie noch nie gesehen. »Warum –?« fragte ich verwirrt.

»Um Himmels willen, benimm dich normal«, fuhr sie mich an. »Bist du nicht Herr deiner Sinne?«

»Aber wir kennen uns doch gar nicht«, wandte ich ein. »Ich bin Ulysses. Und du –?«

»Chloris«, sagte sie streng. Sie marschierte schnurstracks geradeaus und kümmerte sich nicht um die furchterregende Landschaft, die sie meiner Meinung nach sehr wohl sah.

»Nun, Chloris, warum ... warum nimmst du dich meiner so an?« Sie war nicht schön, aber auch nicht häßlich. Sie hatte eine jugendliche Frische, die auf mich als Mann in mittleren Jahren nicht ohne Wirkung blieb.

»Weil ich nicht will, daß der Drache dich frißt.«

»Der Drache!« rief ich lachend aus.

»Bleib nicht stehen, ich werd's dir erklären«, sagte sie finster.

Ich begriff, daß sie es ernst meinte, und tat, wie mir geheißen. Ich ging an ihrer Seite, was durchaus angenehm war. »Ich nehme an, du weißt, daß ich hier seltsame Dinge sehe.«

»Ist mir klar.« Chloris überblickte das Gelände aus dem Augenwinkel, ohne den Kopf zu bewegen. »Wie ist es bei dir durchgebrochen?«

»Durch ein Bild von Jesus.«

Sie seufzte. »Würden sie diese Bilder nur abschaffen! Die Leute meinen, sie hätten ein religiöses Erlebnis, und dann tötet sie der Drache.«

»Du tust, als gäbe es wirklich einen Drachen!«

»Hör zu, du Trottel!« zischte sie. »Natürlich ist da ein Drache, und wenn du nicht versuchst, ihn zu übersehen, hat dein letztes Stündlein geschlagen.«

»Das verstehe ich nicht. Soll ich das Vieh nun sehen oder nicht?«

»Beides. Du siehst die vollständige Welt, die immer schon existiert hat, die jedoch die wenigsten Menschen wahrnehmen können. Die meisten sind so daran gewöhnt, wegzuschauen, daß sie nur einen kleinen Teil der Welt sehen. Das ist ihr Heil. Aber wem es gelingt, mehr zu sehen, der ist in Gefahr. Wenn du also einen Drachen siehst, mußt du so tun, als sähest du ihn nicht. Geh einfach an ihm vorbei oder sogar durch ihn hindurch und laß dir nichts anmerken. Dein Leben steht auf dem Spiel.«

»Mein Leben!« sagte ich verwundert.

»Dein Leben.« Chloris sah sich wieder um, ohne den Kopf zu bewegen. »Und meines auch, wenn der Drache merkt, daß ich ihn sehe. Ich riskiere es, indem ich dir helfe. Erweise dich dessen würdig.«

Es machte mir Spaß, mit einer jungen Frau zusammenzusein; deshalb beschloß ich, das Spiel mitzuspielen. »Ich werde alle Drachen übersehen«, versicherte ich ihr.

»Das solltest du auch. Sie stammen noch aus der Zeit der Dinosaurier – genaugenommen sind sie weiterentwickelte Dinosaurier, so wie wir weiterentwickelte Menschenaffen sind. Die Drachen sind so schlau wie wir und weitaus gefährlicher, und wir können ihnen nur entkommen, weil unsere begrenzte Welt für sie nicht existiert. Wir sind in ihren Lebensraum eingedrungen, haben in ihren Jagdgebieten Städte erbaut, aber das macht ihnen nichts, denn solange wir sie nicht bemerken, sind wir keine Bedrohung für sie. Aber sie wissen, daß wir ihnen schaden, sobald wir sie sehen. Deshalb töten sie diejenigen, die sie sehen. Wir können nur am Leben bleiben, indem wir tun, als bemerkten wir sie nicht. So müssen wir uns verhalten. Immer. Sonst geht's uns an den Kragen.«

»Willst du damit sagen, daß in den Bildern, die ich sehe, Drachen auftauchen? Aber ich kann nicht in den Bildern sein, also können sie mir auch nichts zuleide tun. Warum sollte ich mir Sorgen um Drachen machen?«

»Weil sie nicht so beschränkt sind wie wir. Sie hören und sehen uns ständig, obwohl sie sich offenbar nicht bemüht haben, unsere Sprache zu lernen. Sie können uns fressen, und wir spüren es, wenn sie das tun. Es ist einseitig: Wir können ihnen nichts tun, aber sie uns. Sie nehmen die Welt schon viel länger vollständig wahr als wir, seit 65 Millionen Jahren, und sie haben Methoden entwickelt, darin zu leben, über die wir nicht verfügen. Irgendwann können wir sie vielleicht erlernen, aber nur, wenn die Drachen nichts davon merken. Deshalb müssen wir so enorm vorsichtig sein. Und deshalb helfe ich dir. Wenn du dich nämlich dumm anstellst und ihre Aufmerksamkeit auf dich lenkst, werden sie dich töten und vielleicht dahinterkommen, daß noch mehr Menschen sie sehen. Dann werden sie aufpassen, und es werden viele sterben. Deshalb müssen wir dich rasch aufklären.«

»Es geht dir also nicht um meine Person«, sagte ich trocken. »Du willst nur verhindern, daß ich euch in die Quere komme.«

»Ganz genau.« Ihre vorbehaltlose Zustimmung enttäuschte mich. Ich hatte es halb im Scherz gesagt. Aber das war ihr offenbar entgangen.

»Wenn ich keinen Drachen sehe, kann ich mich also ganz normal benehmen«, erkundigte ich mich.

»Nein«, sagte Chloris. »Du weißt nie, ob du nicht von einem Drachen beobachtet wirst. Versuche also, so wenig wie möglich von der vollständigen Welt wahrzunehmen. Nach einer Weile wird es dir zur Gewohnheit. Wenn die anderen, die auch sehen können, nicht merken, daß du einer von uns bist, dann bist du in Sicherheit. Soweit uns das möglich ist; wir können nie mehr so unbeschwert sein wie als Unwissende.«

Ich hätte sie ja für verrückt gehalten, aber ich sah, was sie »die vollständige Welt« nannte, und sie wußte, daß ich sie sah. Wenn sie verrückt war, dann war ich es auch. »Wo gehen wir hin?« fragte ich.

»Genau«, sagte sie. »Wir können nicht einfach ziellos herumlaufen. Wir gehen schon zu lange nebeneinander her, um noch wie Fremde zu wirken. Wir müssen flirten.«

»Das ist ganz in meinem Sinne«, sagte ich galant. »Aber bin ich nicht etwas zu alt für dich?«

»Doch nicht wirklich«, sagte Chloris ungeduldig. »Nur bis wir uns wieder trennen können, ohne Aufsehen zu erregen. Ich schätze, du wirst mich nach Hause begleiten müssen.«

Das ließ ich mir nicht zweimal sagen. Ich nahm ihre Hand, und wir marschierten los – ein alter Trottel und ein junges Ding, so konnte man uns am treffendsten beschreiben.

Dann sah ich es. Es ging über eine Kreuzung. Vielleicht auch durch ein Gebäude hindurch. Unserer Welt schien für das Wesen nicht zu existieren. Es sah aus wie ein monströser Dinosaurier – oder wie ein Drache. Ich wandte den Kopf, um es mir genauer anzusehen.

»Laß das!« flüsterte Chloris. »Schau nicht hin!«

Es war wirklich ein Drache – und sie sah ihn auch.

Der Drache wandte den Kopf und merkte, daß ich ihn anstarrte. Seine Ohren richteten sich auf.

»Oh, jetzt ist es passiert!« flüsterte Chloris. »Wir können

nur noch versuchen, ihn zu täuschen. Komm her – und schau den Drachen nicht an!« Sie zerrte an meinem Arm, bis ich mich ihr zuwandte, dann umarmte sie mich.

Na gut. Ich erschrak vor dem Drachen, aber ich konnte mir keine angenehmere Art vorstellen, ihn davon zu überzeugen, daß ich ihn nicht bemerkte. Ich legte die Arme um sie. Sie fühlte sich schlank und weich an, und wenn sie auch keine strahlende Schönheit war, so war sie doch jung, und das entschädigte für manches. Von mir aus hätte das alles real sein können.

Chloris sondierte wieder das Gelände, ohne den Kopf zu bewegen. Mir wurde klar, daß sie das tat, um den Drachen zu täuschen. Jetzt, da ich das Monster mit eigenen Augen sah, verstand ich sie besser. »Er kommt her und will nachsehen«, flüsterte sie. »Es muß echt wirken. Laß deinen Händen freien Lauf.«

»Freien Lauf?« Ich mußte mich dumm stellen.

»Mach schon!« fuhr sie mich an.

Ich ließ also meine Hand ihren Rücken hinuntergleiten und streichelte ihren Hintern. Was für ein exquisites, verbotenes Vergnügen!

Dann sah ich den Drachen hinter Chloris auftauchen und näher kommen. Meine Hand zog sich unwillkürlich zusammen und kniff sie kräftig in den Allerwertesten. Hoppsa!

»Verdammt«, murmelte sie. »Wir müssen uns küssen.«

Wir küßten uns also, aber es war keineswegs so köstlich, wie es hätte sein sollen, da der Drache mittlerweile ganz nah bei uns war und ich seinen rasselnden Atem hörte. Der Bursche war riesig und strahlte mächtige Hitze ab, und seine Schuppen rasselten, während er sich vorwärtswand. Ich hatte die Augen fest geschlossen, und ich spürte den Atem des Drachen am Hals. Unter normalen Umständen hätte ich mich ganz dem

Küssen gewidmet, aber es war ausgesprochen schwierig, ein solches Ungeheuer zu vergessen.

Dennoch konnten wir uns nicht ewig küssen. Ich löste mich von ihr. »Gehen wir zu dir, Süße«, sagte ich und öffnete die Augen.

Und ich begegnete dem Blick des Drachen. Er war bis auf einen Meter herangekommen. Ich zuckte zusammen.

Komischerweise blieben jetzt auch andere Leute stehen, aber sie schauten nicht den Drachen an, sondern uns. Sie konnten das Ungeheuer nicht sehen. Ihr Blick war begrenzt, die vollständige Welt blieb ihnen verschlossen. Sie hatten das Bild von Jesus nicht gesehen – und alles, was daraus entstand.

»So lange kann ich nicht warten«, keuchte Chloris. Sie schien wirklich verzweifelt zu sein, aber nicht, weil sie mich begehrte. »Es muß doch hier irgendwo ein ruhiges Plätzchen geben.«

Sie versuchte, die Situation echt wirken zu lassen. Ich wußte, sie war nur wegen des Drachen so aufgeregt, aber es blieb nicht ohne Wirkung auf mich. Wie weit würde sie gehen, um das Ungeheuer zu täuschen?

Ich fing an, ihre Bluse aufzuknöpfen. Die Leute beobachteten uns und amüsierten sich über das Paar, das drauf und dran war, sich in aller Öffentlichkeit der körperlichen Liebe hinzugeben. Dem Durchschnittsmenschen bleibt nicht nur die vollständige Welt verborgen, er ist auch so sensibel wie ein Misthaufen.

Dann verpaßte mir der Drache einen Hieb. Sein Schwanz traf mit Wucht meinen Hintern. Ich fuhr zusammen.

Sofort packte Chloris meine Hinterbacken, als hätte sie meine Reaktion bewirkt. Sie bemühte sich wacker, doch der Drache ließ sich nicht hinters Licht führen. Er riß das Maul auf. Ich konnte den Blick nicht von den riesigen Zähnen abwenden.

Mir wurde klar, daß wir entweder kämpfen oder fliehen mußten. Mit dem Drachen zu kämpfen, war aussichtslos. »Lauf!« schrie ich. Ich ließ Chloris los und wollte wegrennen.

»Nein!« protestierte sie. Sie glaubte immer noch, den Drachen irreführen zu können. Sie blieb stehen.

Ich zögerte und wandte mich zu ihr um. Ich wollte sie nicht verlassen. Ich kannte sie kaum, doch sie hatte sich sehr bemüht, mir zu helfen. Aber was konnte ich tun? Allein der Kopf des Drachen war so groß wie Chloris.

Dennoch hielt ich nach einer Waffe Ausschau. Ich entdeckte nur ein Brett im Rinnstein, das vielleicht von einem Lastwagen gefallen war. Hilflos sah ich zu, wie der Kopf des Drachen auf Chloris zuschoß. Es schien in Zeitlupe zu geschehen, doch das lag an meinem Grauen.

Im letzten Moment klappte der Drache das Maul zu und stieß Chloris mit der Nase an. Sie stolperte nach hinten – und stürzte vor ein fahrendes Auto.

Reifen quietschten, doch es war zu spät. Der Wagen hatte sie erfaßt. Er hielt an, doch um Chloris war es geschehen. »Sie ist mir direkt vors Auto gelaufen!« schrie der Fahrer verzweifelt.

»Nein!« schrie ich. »Der Drache war's! Er hat sie gestoßen!« Ich ließ jede Vorsicht außer acht, packte das Brett, rannte damit auf den Drachen zu und versuchte mehr schlecht als recht, ihn mit meiner behelfsmäßigen Lanze aufzuspießen. »Stirb, Drache!« brüllte ich.

Ich traf ihn – doch das Brett fuhr durch den Drachen hindurch wie durch Luft. Ich konnte ihm nichts anhaben.

Dann packten mich Hände und hielten mich fest. Ich brüllte immer noch: »Der Drache! Seht ihr ihn nicht? Der Drache hat sie getötet!«

Sie zerrten mich zu Boden und umwickelten mich mit Seilen. Der Drache sah einfach zu. Und plötzlich wurde mir klar, warum: Er brauchte mich nicht zu töten, denn ich war verrückt. Die Leute glaubten, ich hätte Chloris vor das Auto gestoßen. Weil wir uns gestritten hatten. Die Leute kapieren die Wahrheit nie.

»Deshalb wurde ich aufgrund geistiger Unzurechnungsfähigkeit für unschuldig befunden«, schloß Ulysses. »Ich habe nicht versucht, das Urteil anzufechten. Ich weiß, daß der Drache mich sonst getötet hätte. Aber solange ich hier eingesperrt bin, lassen mich die Drachen in Ruhe. Deshalb habe ich mit Schmutz statt Farbe hier ein Bild von Jesus an die Wand gemalt und starre es an, als Erinnerung an meinen Wahn.«

»Aber wenn – wenn Sie glauben, es war so – müssen Sie es den Leuten mitteilen«, sagte Ethan. Er verstand jetzt, warum Ulysses hier einsaß; nicht wegen unsichtbarer Drachen. Doch Ethan war nicht zufrieden. Der Mann konnte es zumindest hier in der Klinik besser haben, indem er mit anderen sprach, statt immer nur die Wand anzustarren.

»Wenn ich versuche, das den Leuten zu erklären, wird zweierlei passieren«, sagte Ulysses. »Entweder wird man mir nicht glauben, dann habe ich mich nur lächerlich gemacht, oder man glaubt mir, dann werden die Drachen gnadenlos zuschlagen, um alle zu vernichten, die um sie wissen. Ich habe gesehen, was sie mit Chloris gemacht haben, und diese Schuld wird für immer auf meiner Seele lasten. Sie hat versucht, mir zu helfen, und dafür mit dem Leben bezahlt. Ich will nicht noch mehr Tote zu beklagen haben.«

Ethan nickte. Das klang einleuchtend. Entweder war der Bursche verrückt oder nicht; warum sollte er sich zwischen Gefangenschaft und Tod entscheiden. Doch es gab noch eine dritte Möglichkeit. »Angenommen, Sie sind nicht verückt, es ist aber auch nicht wahr, sondern Sie hatten lediglich eine Art Alptraum?« fragte er. »Es gibt keine Drachen, und wenn Sie das erkennen, wird man Sie freilassen, und Sie können ein ganz normales Leben führen?«

Ulysses sah ihn wieder mit diesem beunruhigenden Blick an. »Ich hoffe, daß Sie das glauben, denn dann wird Ihnen eine schreckliche Einsicht erspart bleiben. Schauen Sie wieder die Wand an, und beten Sie, daß Sie Jesus nicht sehen.«

Ethan betrachtete die Wand. Da war nur das beliebige Muster aus Flecken. Er konzentrierte sich, strengte sich an, weil er ganz sicher sein wollte, daß da wirklich kein Bild war. Ein Teil des Musters, fand er, wies Ähnlichkeit mit einem Auge auf. Ein anderer ging als Kinn durch. Eine leicht geschwungene Linie, umgeben von einer hellen und einer dunklen Fläche, konnte man als Nase sehen. Mit viel Phantasie konnte man sich die Grundzüge eines Gesichts vorstellen. Am unteren Ende der Nasenlinie ließ sich etwas wie ein Nasenloch entdecken, am oberen eine Augenbraue. Der Kopf war umgeben von größeren, schwarzen und weißen Klecksen, darunter waren Brustkorb und Schultern, von einem lose sitzenden Gewand verhüllt ...

Es war tatsächlich ein Bild von Jesus. Plötzlich begegnete er dem ruhigen, wissenden Blick. »Ich sehe – «, keuchte Ethan, verblüfft über die Klarheit, die er nun wahrnahm anstelle der Schmutzflecken, die er zuvor gesehen hatte.

»Sie sehen gar nichts!« fuhr Ulysses ihn an. »Das ist bloß eine verschmierte Wand!«

»Nein, Sie haben recht. Es ist ein Bild von Jesus.« Ethan blickte um sich. »Und da an der Wand hinter Ihnen ist eine wunderbare Landschaft. Und auf dem Boden – oh, das ist ein Fluß, in dem Fische schwimmen, und eine Nixe! Und an der Decke – was ist das für ein Wesen?«

»Ein Drache!« flüsterte Ulysses. »Schauen Sie weg, Mann, bevor er merkt, daß Sie ihn sehen! Wollen Sie zu Tode kommen?«

Ethan zwang sich wegzusehen und konzentrierte sich auf Ulysses. »Hören Sie zu«, sagte er verstört. »Ich gebe Ihnen recht, da sind erstaunlich echt wirkende Bilder; die ganze Station hier kommt mir vor wie eine Glashülle, durch die man eine phantastische, viel vollständigere Welt sehen kann. Aber damit hat sich's auch; es sind nur Bilder. Bilder können keinem etwas zuleide tun. Warum soll ich sie mir also nicht ansehen?«

»Ich kann das machen«, sagte Ulysses. »Weil ich für verrückt erklärt worden bin und keiner mir Glauben schenkt. Aber Sie dürfen es nicht tun, denn Sie sind normal. Ich hätte nie mit Ihnen reden, Ihnen nie die Wahrheit sagen dürfen. Ich hatte Sie für überheblich und selbstgefällig und deshalb für außerstande gehalten zu sehen, aber ich habe Sie falsch eingeschätzt. Wenn Sie Ihr Seelenheil und Ihr Leben retten wollen, dann müssen Sie wegschauen!«

Ethan glaubte noch immer nicht an die Existenz von unsichtbaren Drachen. Aber die veränderte Weltsicht, die das Jesusbild bei ihm bewirkt hatte, erschütterte ihn zutiefst. Ulysses hatte recht gehabt mit der vollständigen Welt, die hinter der normalen existierte. Und wenn nun alles andere, was er sagte, auch zutraf?

»Es handelt sich natürlich nur um eine optische Täuschung«, sagte Ethan. »Ich habe mich in Sie eingefühlt, um Ihre Sichtweise zu verstehen, und ich habe es geschafft. Aber im Gegensatz zu Ihnen weiß ich, daß diese Welt nicht real ist.«

»Ja, ja!« bekräftigte Ulysses. »Das ist die richtige Haltung. Schauen Sie nicht mehr hin. Achten Sie nur auf die Flecken, Risse, die bedeutungslose Beliebigkeit der begrenzten Welt. Halten Sie sich vor Augen, daß ich verrückt bin und daß Sie normal sein wollen. Lassen Sie mich in Ruhe. Wenn Sie wiederkommen, werde ich nicht mit Ihnen sprechen, und Sie werden glauben, Sie hätten es sich eingebildet, daß ich plötzlich bei klarem Verstand war. Ich will nicht Ihren Tod verschulden.«

»Aber Sie wissen genau, daß ich nicht tun kann, als hätte ich nicht mit Ihnen gesprochen«, sagte Ethan. »Ich teile vielleicht Ihre Weltsicht nicht, aber Sie können sich ganz normal unterhalten. Sie brauchen nicht so zu tun, als – «

Doch der Blick des Mannes war abgeirrt. Ulysses starrte wieder an die Wand und nahm ihn nicht mehr wahr.

»He, lassen Sie das!« rief Ethan aus.

Ulysses sah ihn an. Seine Augen blickten ins Leere, und Speichel rann ihm übers Kinn. Er spielte den Irren.

Ethan wandte sich angewidert ab. Doch die vollständige Welt sah er immer noch. Es war nicht leicht gewesen, diese Grenze zu überschreiten, aber jetzt, wo es ihm gelungen war, konnte er nicht mehr zurück; genau wie er das Fahrradfahren nicht mehr verlernen würde.

Nun, er würde etwas unternehmen müssen. Er würde einen der Ärzte holen und ihm das Jesusbild zeigen. Er würde es anderen beibringen, die vollständige Welt zu sehen. Dann würde Ulysses mit ihnen sprechen müssen, und die Wahrheit hinter seiner Vision würde zutage treten.

Er bog um die Ecke, auf dem Weg zum Telefon der Station.

Und dort, neben dem Telefon, wartete der Drache.

Geschöpfe der Nacht

Marion Zimmer Bradley

Marion Zimmer Bradley, die durch ihre aufsehenerregende Neuinterpretation des Artus-Mythos, Die Nebel von Avalon, *weltbekannt wurde, gehört seit langer Zeit zu den beliebtesten Autorinnen phantastischer Literatur. Ihre Romane über den Planeten Darkover sind zwar formell der Science-fiction zuzurechnen, haben jedoch zumeist auch ein ausgeprägtes Fantasy-Flair. Im folgenden eine »echte« Fantasy der Grande Dame der Fantasy: Lythande, die Heldin von* Geschöpfe der Nacht, *hatte ihre ersten Auftritte in den* Diebeswelt-*Anthologien, bevor sie Freistatt hinter sich ließ. Die Zauberin, die sich als Mann ausgibt, verkörpert in ihrer Person eines der Hauptthemen der Autorin. Frauen und ihre Konflikte mit einer von Männern dominierten Umgebung stehen bei Marion Zimmer Bradley oft im Zentrum der Handlung, und so natürlich auch hier, in einem bislang unveröffentlichten Kleinod der Female Fantasy.*

Erfahrung hatte Lythande gelehrt, in einem neuen Dorf immer als erstes nach einer Taverne oder einem Gasthof Ausschau zu halten. Die Regeln, denen sie als Eingeweihte unterworfen war, verboten ihr zwar, in Gegenwart eines Mannes zu essen oder zu trinken, aber für den Preis einer Schüssel Suppe oder eines Bechers Wein konnte sie stundenlang in der Gaststube sitzen, dem Dorfklatsch zuhören und dabei herausfinden, ob jemand in der Gegend die Dienste eines Söldnermagiers benötigte – irgendwie mußte sie schließlich ihr Brot verdienen.

An diesem Abend hatte sie einen langen Weg hinter sich und war sehr müde, also gab sie sich nicht sofort zu erkennen, sondern blieb einige Zeit ruhig sitzen und lauschte dem Stimmengewirr.

Anfangs war sie noch so erschöpft, daß das an- und abschwellende Gemurmel wie Wellen über sie hinwegschwappte, aber dann hörte sie eine laute Stimme heraus: »Was kann das nur für ein Geschöpf sein? Es jagt in der Nacht und reißt seinen Opfern die Kehle auf; doch bei Tagesanbruch ist es verschwunden und versteckt sich offenbar. Ist es wirklich ein wildes Tier oder ein Ungeheuer aus der Sagenwelt?«

»Ein Wolf?« schlug jemand vor.

»Auf keinen Fall«, erwiderte die erste Stimme. »Ein Wolf verhält sich ganz ähnlich wie ein großer Hund; und die meisten Wölfe, mit denen ich zu tun hatte, waren eher sanfter und ängstlicher als Hunde. Ich habe schon viele Wölfe aufgezogen, die mir als Welpen gebracht wurden, und nie einen erlebt, der nicht im Rudel gejagt hätte. Diese Bestie jagt allein.«

»Wölfe sind Wildtiere«, wandte sein Gegenüber ein, »und kein Wildtier wird je so zahm, daß es nicht wieder wildern würde. Vielleicht ist es ja tatsächlich ein solcher Wolf – aber ich behaupte, es ist gar kein richtiges Tier.«

»Ein Werwolf etwa?« meinte der erste höhnisch.

»Wäre gut möglich«, entgegnete der andere finster. »Aber dann müßten wir nur herausfinden, welche Form er bei Tage annimmt – und ihn in dieser Gestalt erlegen.«

Lythande hob den Kopf. Ihre langen, schlanken Beine hatte sie zum Feuer hin ausgestreckt, jetzt setzte sie sich wieder aufrecht hin und sagte mit betont neutraler Stimme: »Ich habe ein bißchen Erfahrung mit Werwölfen. Woher wißt Ihr, daß dieses Wesen, daß Eure Tiere reißt, ein Werwolf ist?«

»Was sollte es denn sonst sein?« meinte einer der beiden trotzig. »Wenn es bei Nacht jagt und seinen Opfern die Kehle zerfetzt?«

»Mir fallen da noch andere Möglichkeiten ein«, antwortete Lythande zögernd. »Trotz allem, was Ihr berichtet habt, könnte es sich einfach um ein Raubtier handeln, einen Vielfraß vielleicht oder einen Löwen, der aus einer Tierschau ausgebrochen ist. Ein Tiger oder eine andere Raubkatze, die ihrem Besitzer entwischt ist. Oder, wenn Ihr an übernatürliche Geschöpfe denkt, wieso ausgerechnet ein Werwolf und kein Vampir oder Ghoul oder so etwas?«

»Ja, wieso nicht?« wollte der andere wissen.

»Sagt mir«, bohrte Lythande weiter, »zieht es nur bei Nacht auf Beute aus? Wäre es möglich, daß ich mir eines seiner Opfer genauer ansehen kann?«

Ein stämmiger Bauer mischte sich ein: »In meiner Scheune, Magier, liegt ein Schaf, das von dem Untier angefallen wurde. Ihr könnt es Euch gern ansehen – ihr alle.«

Lythande schlüpfte wieder in ihre arg mitgenommenen Sandalen, und mehrere Männer erhoben sich ebenfalls und folgten ihr und dem Bauern in die nahe gelegene Scheune. Dort begutachteten sie im Licht einer Laterne, die von einem Dachbalken hing, ein totes Schaf, das offenbar von scharfen Zähnen zerrissen worden war.

Lythande kniete neben dem Kadaver nieder. Das Vibrieren des Blauen Sterns an ihrer Stirn sagte ihr, daß das Tier tatsächlich mit starkem Zauber in Berührung gekommen war. »Es ist schon möglich, daß das Tier von einem Werwolf oder Vampir gerissen wurde. Was können wir also dagegen unternehmen?«

»Könnt Ihr dieses Ding töten? Diesen, äh, Vampir oder was auch immer?«

»Nein«, erwiderte Lythande. »Ein Vampir ist bereits tot, und Tote kann man kein zweites Mal umbringen. Ich bin zu vielem in der Lage, aber die Toten zu töten gehört nicht dazu.«

Das brachte die Bauern einen Moment lang zum Schweigen. Dann sagte der Tavernenwirt zögernd: »Könnt Ihr denn dieses Wesen, was immer es sein mag, tot oder lebendig … irgendwie vernichten? Wenn es – zum Beispiel – ein Werwolf ist?«

»Wenn die Götter gnädig sind, kann ich das«, erwiderte Lythande.

Der Wirt sagte: »Ich kenne mich ein bißchen mit Magiern aus, und ich nehme an, es wird das Dorf eine Stange Geld kosten, dieses Ungeheuer loszuwerden.«

»Nun ja«, meinte Lythande, »auch Magier müssen leben. Aber wenn das Biest noch länger wütet, werdet Ihr erheblich mehr verlieren.«

»Stimmt«, gab einer der Bauern zu. »Wir können die toten Schafe nicht mal auf dem Markt verkaufen, und wenn die Bestie noch mehr Unheil anrichtet, werden wir all unsere Tiere verlieren. Ich würde sagen, bezahlen wir den Magier, um dieses Ding loszuwerden – und bezahlen wir ihn anständig, bevor wir alle kein Auskommen mehr haben.«

»Du hast recht«, stimmte ein anderer zu. »Ich schlage vor, daß jeder Bauer hier im Dorf ein halbes Silberstück beisteuert. So muß keiner von uns alles zahlen.«

Lythande sah sich um. Selbst mit einem viertel Silberstück wäre sie gut bedient gewesen, denn inzwischen standen um die dreißig Männer in der Scheune. Prüfend berührte sie die Schwertscheiden an ihrem Gürtel: In der rechten befand sich eine Waffe aus Stahl gegen Wegelagerer und Räuber, die Klinge zur Linken war gegen Geister und Ungeheuer und alle anderen Wesen aus dem Reich der Magie gedacht. Schließlich bückte sie sich und band die Riemen ihres schäbigen Schuhwerks so fest um die Knöchel, wie es möglich war. Wenn sie diesen Kampf überlebte, würde sie sich erkundigen müssen, ob es im Dorf einen Schuhmacher gab, und ein oder zwei Silberstücke für neue Schuhe ausgeben oder doch wenigstens die alten flicken lassen. Sie hatten so viele Löcher, als hätte sie sie im Winterregen stehenlassen. Fürs erste murmelte sie einen Zauberspruch, der die abgewetzten Lederstücke noch ein wenig zusammenhalten sollte; sie wollte nicht, daß die Dorfbewohner merkten, wie schäbig ihr Schuhwerk war, aber der Zauber würde nur eine bestimmte Zeit wirken.

Es hatte keinen Sinn, noch länger zu warten. Lythande trat hinaus in die sternenklare Nacht und bezog Posten in dem Pferch, wo die Tiere des Dorfes gehalten wurden. Sie hatte gehofft, den Abend an einem gemütlichen Kaminfeuer verbringen zu können, aber das Angebot, eine solche Prämie zu verdienen, durfte sie nicht ausschlagen. Sie wickelte sich in ihren weiten Magierumhang und ließ sich dicht am Zaun nieder.

Die Nacht schleppte sich dahin; es war feucht und kalt, und Lythande wünschte, sie hätte Zeit gehabt, unbeobachtet einen Teller Suppe zu essen. Wie immer hatte sie eine Handvoll Trockenfrüchte dabei und kaute lustlos auf ein paar Rosinen herum, während sie wartete. Der Mond war gerade untergegangen, als sie ein Geräusch hörte und in der Dunkelheit zwei grün leuchtende Punkte ausmachen konnte, ganz hinten im Schafspferch. Sie schluckte die Rosinen hinunter und überzeugte sich, daß ihre Schwerter griffbereit waren.

Und dann fiel es ihr wieder ein. Vor ein paar Monaten, als

der Wiedergänger sie verfolgt hatte, hatte sie mit ihrem magischen Dolch zugestoßen, und die Waffe war zerstört worden, abgebrochen, geschmolzen, verschwunden. Das bedeutete also, daß sie diesem Wesen unbewaffnet gegenüberstand, falls es tatsächlich übernatürlicher Herkunft war. Ihr normales Schwert war noch heil, aber eine solche Waffe bot keinen Schutz gegen einen Werwolf oder Vampir. Im schwachen, grünlichen Licht ihrer magischen Aura inspizierte Lythande, was von der Klinge des Zauberdolchs noch übrig war.

Nicht viel: Außer dem Griff war nur noch ein Stück verbogenen Metalls vorhanden, das weniger als eine halbe Spanne maß. Würde es zur Verteidigung gegen die geisterhaften grünen Augen ausreichen, die immer noch am Rand des Feldes glitzerten?

Lythande konnte es nur versuchen. Die Stärke der magischen Klinge lag eigentlich nicht im Metall selbst, aber wer wußte schon, wieviel vom Zauber noch geblieben war, nachdem ihr Kampf mit dem Wiedergänger die Waffe beinahe völlig vernichtet hatte? Lythande hatte keine Ahnung, ob das schwache Vibrieren, das jetzt vom Blauen Stern ausging, von ihrer geborstenen Klinge herrührte, von dem Wesen vor ihr, das sie kaum sehen konnte, von ihrer eigenen Aura und dem Blauen Stern selbst oder von etwas ganz anderem, das in der Dunkelheit nicht zu erkennen war.

Das Geschöpf war jetzt ganz nah. Sie flüsterte eine Beschwörung, die für kurze Zeit alle Magie in der Umgebung aufhob, ihre eigene eingeschlossen. Auf diese Weise würde sie feststellen können, ob dieses Ding, das sich da näherte, natürlicher oder übernatürlicher Herkunft war. Daß sie ihm dabei selbst für Sekunden ausgeliefert war, spielte eine untergeordnete Rolle – sie mußte sich einfach überzeugen.

Tatsächlich verschwanden die grünen Augen, aber Lythande wußte nur zu gut, daß die schreckliche Kreatur nicht ebenfalls verschwunden war, sie war nur ohne Magie nicht mehr wahrzunehmen. Es hatte ohnehin nur eine geringe Chance bestanden, daß sie es mit einem Wesen aus dieser Welt zu tun hatte.

Sie griff nach dem Rest ihres magischen Dolchs. Abgebrochen oder nicht, er war alles, was ihr blieb, um dem Ungeheuer entgegenzutreten. Mit dem verbogenen Metallrest stieß sie nach den glitzernden grünen Augen und murmelte gleichzeitig den stärksten Bannspruch, den sie im Repertoire hatte. Sie glaubte nicht, daß er stark genug war, nicht für dieses Geschöpf, aber mehr konnte sie nicht tun.

Das grüne Glitzern verglomm. Ungläubig steckte Lythande den zerbrochenen Dolch wieder ein. Wenn ich mir die Sandalen richten lasse, dachte sie, muß ich auch nach einem Ersatz für den magischen Dolch Ausschau halten. Dazu würde sie jemanden finden müssen, der sich mit Beschwörungen auskannte und eine neue Klinge mit wirkungsvollerem Zauber versehen konnte. Es gab ein altes Sprichwort – und Lythande hatte noch nie erlebt, daß es sich als unwahr erwiesen hatte, aber schließlich gab es für alles ein erstes Mal –, daß für jede magische Gefahr auch ein Gegenzauber existierte. Aber, dachte sie verdrossen, daraus folgt nicht automatisch, daß ich diesen Gegenzauber auch finde.

Mißtrauisch blickte sie sich noch einmal um. Nein, es war kein Verfolger zu entdecken – noch nicht.

Aber würde sie ihn denn sehen können?

Kurze Zeit darauf betrat sie den Gastraum der Taverne, wurde mit Fragen überhäuft und berichtete den Bauern, daß das Untier vertrieben sei, »jedenfalls soweit ich sagen kann; ich bin allerdings weder ein Gott noch unfehlbar«.

Sie hätten ihr gern das beste Essen vorgesetzt, und Lythande geriet tatsächlich in Versuchung. Aber sie hatte gelernt, daß es ihr geheimnisvolles Charisma erheblich minderte, wenn sie sich mit Nichteingeweihten gemein machte, wie dankbar diese ihr auch sein mochten. Also lehnte sie höflich ab, ging wieder hinaus in den Regen und suchte sich ein Stück weiter hinten an der Straße eine gemütliche Scheune, in der sie warm, trocken und ungesehen schlief. Am nächsten Morgen frühstückte sie ein Ei, das sie in einem verlassenen Nest gefunden hatte, und einen Becher Milch von einer gutmütigen Kuh, die besser als die meisten auf ihre Beruhigungszauber angesprochen hatte. Dann machte sie sich auf die Suche nach einem Schuhmacher und nach jemandem, der ihr einen neuen magischen Dolch verschaffen und ihren Vorrat an Bannsprüchen aufstocken konnte. Keine unangenehme Aufgabe, denn das würde ihr endlich wieder einmal Gelegenheit geben, frei zu sprechen, wie sie es nur gegenüber ihresgleichen konnte. In dieser Nacht schlief sie in der Hütte des örtlichen Bannschmieds, der es als Ehre betrachtete, einen Eingeweihten von Lythandes Rang zu beherbergen, aber als sie sich zufrieden wieder auf den Weg machte – sie hatte mit einem Schuhmacher einen guten Preis für das Flicken ihrer Sandalen aushandeln können – und in die Taverne begab, um noch mehr Dorfklatsch zu hören, erfuhr sie zu ihrer Bestürzung, daß das Geschöpf zurückgekehrt war, blutgieriger denn je.

»Und es scheint sich an Euren Zaubersprüchen gemästet zu haben«, meinte der Wirt höhnisch, »denn diesmal hat es nicht nur Schafe gerissen, sondern auch noch zwei der Schäferhunde und den Schäfer dazu.«

Lythande erschrak – es geschah selten, daß ihre Beschwörungen nicht wirkten –, aber es gelang ihr, sich zu beherrschen, und sie verkündete scheinbar unbeeindruckt, sie habe Resultate garantiert und werde dieses Versprechen auch halten. Sobald sich die Aufmerksamkeit wieder von ihr abgewandt hatte, ließ sie sich nieder und dachte nach.

Dieser Vampir war tot, wie selbstverständlich alle Vampire grundsätzlich tot waren, und sie hatte ja bereits erklärt, daß sie nicht imstande war, etwas zu töten, was ohnehin nicht mehr lebte. Wie konnte sie nur ihr Versprechen halten, das Dorf von diesem geheimnisvollen Ungeheuer zu befreien?

Sie packte ein kleines Zauberbuch aus und schlug es einfach irgendwo auf. Sie hatte die Erfahrung gemacht, daß sie auf diese Weise manchmal eine passende Zauberformel finden konnte, immer vorausgesetzt, sie brauchte wirklich dringend eine. Auch diesmal wurde sie nicht enttäuscht: Ihr Blick fiel auf einen Spruch, der Tote wieder zum Leben erweckte. Das erschreckte sie zunächst; auf keinen Fall wollte sie dieses Ding wieder lebendig machen. Aber dann überlegte sie weiter: Sie hatte erklärt, sie könne die Toten nicht umbringen, und damit – wie es den seltsamen Gesetzen der Magie entsprach – das Terrain für die darauf folgende Schlacht festgelegt. Ihre Anstrengungen, den Untoten zu bannen, waren vergebens gewesen. War es möglich, daß sie das Wesen wieder zum Leben erwecken mußte, um es beseitigen zu können?

Ihr blieb nur, es zu versuchen. Wieder ging sie in der Dämmerung zum Anger und erwartete dort das Ungeheuer. Sobald die unheimlichen grünen Augen am Rand des Pferchs auftauchten – das Glühen war nur unwesentlich schwächer als bei ihrer letzten Begegnung –, rezitierte Lythande den Zauberspruch, der Tote wiedererweckte.

Schon nach den ersten Silben erstarrten die grünen Augen. Wie zwei Fackeln glommen sie auf, und von irgendwo – vielleicht aus einem Niemandsland zwischen den Welten – kam ein verzweifeltes Wimmern. Dann wurde es still, und Lythande konnte im Licht ihrer magischen Aura einen auf dem Boden liegenden Mann erkennen. Sie hätte es eigentlich wissen müssen. Wenn diese Beschwörung Tote wiedererweckte, nahmen sie selbstverständlich die Gestalt an, die sie im Leben gehabt hatten.

Sie hielt den neuen Zauberdolch schon bereit. Sie stach zu,

und dann wurde ihr einen Sekundenbruchteil zu spät bewußt, daß das Wesen vor ihr im Augenblick nichts Übernatürliches mehr an sich hatte.

Schnell sprach sie die Formel, die ihre Umgebung von jeglicher Magie befreite. Auf keinen Fall wollte sie riskieren, sich gleich wieder einem Werwolf oder Vampir gegenüber zu sehen, wenn sie nur mit dem normalen Schwert zuschlug. Die Kreatur begann zu schimmern. Sie versuchte offenbar, die Gestalt zu wechseln, aber Lythandes Beschwörung hielt sie in diesem Menschenkörper gefangen.

Das Wesen stieß einen verzweifelten – und menschlichen – Schrei aus, als Lythande mit dem Dolch zustieß, den sie gegen irdische Gefahren benutzte. Für ein Geschöpf, dessen Existenz so lange auf Zauberei beruht hatte, mußte es ganz besonders demütigend sein, in dieser schwachen, menschlichen Gestalt zu sterben.

Ihr Gegner lag tot vor ihr, und sie sprach schnell eine Beschwörung, die verhindern sollte, daß er wieder lebendig würde. Jetzt kamen Leute aus ihren Häusern. Sie näherten sich, und einer beugte sich über die jämmerliche Leiche.

»Das ist ja Haymil!« rief er erstaunt. »Er hat sich letztes Jahr umgebracht und ist in ungeweihtem Boden begraben worden.«

»Und deshalb in anderer Gestalt zurückgekehrt«, erklärte Lythande. »Ihr seht, daß selbst ein Priester die Schriften nicht unnötig grausam auslegen sollte. Hätte er erlaubt, diesen Mann in geweihter Erde zu bestatten, hättet Ihr eine Menge Silber gespart.«

Alle drängten sich darum, sie zum Wein einzuladen und ihr die Hand zu schütteln, aber Lythande war bestrebt, dieses Dorf so schnell wie möglich hinter sich zu lassen. Zumindest, dachte sie, als die Häuser hinter ihr am Horizont verschwanden, trete ich die nächste Etappe meiner Wanderschaft mit frisch geflickten Schuhen an.

Nachdem die Mythen nach Hause gegangen waren

ROBERT SILVERBERG

Einer der ganz Großen: der New Yorker Robert Silverberg, der seit Mitte der Fünfziger als Autor tätig ist und sich schnell an die Spitze geschrieben hat – wo er dann auch bleiben sollte. Eigentlich ein prototypischer SF-Adept, dessen Bandbreite sich von konventionellen Space Operas bis zu hochambitionierten Zukunftsvisionen erstreckt, begann er 1980 mit seinen Majipoor-Chroniken, *in denen er farbenprächtige Abenteuer in einer bizarren Welt schildert, die sehr starke Fantasy-Elemente haben. Die folgende Story – die den fließenden Grenzbereichen zwischen SF und Fantasy zuzuordnen ist – darf als Parabel auf den Zustand unserer Kultur verstanden werden, zeigt Silverberg als leisen Moralisten und behandelt das, was man als Hauptthema der Fantasy bezeichnen könnte: die Bedeutung von Mythen.*

In jenen Jahren vertrieben wir uns eine Weile die Zeit damit, berühmte Persönlichkeiten der Vergangenheit herbeizurufen, um herauszufinden, was für Menschen sie waren. Das war Mitte der Zwölfer – etwa 12400 bis 12450. Wir riefen Cäsar und Antonius, und auch Kleopatra. Wir versammelten Freud und Marx und Lenin in einem Raum und ließen sie reden. Wir holten Winston Churchill, der eine Enttäuschung war (er lispelte und trank zuviel), und Napoleon, der einfach umwerfend war. Für unseren Zeitvertreib plünderten wir zehn Jahrtausende der Geschichte.

Aber nach einem halben Jahrhundert wurde uns unser Spiel langweilig. Wir waren schnell gelangweilt in den Mittleren Zwölfern. Also fingen wir an, die mythischen Figuren, die Götter und die Helden, zu rufen. Das schien uns romantischer, und wir lebten in einer romantischen Ära der Erde.

Damals war die Reihe gerade an mir, als Kurator der Ruhmeshalle der Menschheit zu dienen, und genau dort errichteten sie die Maschine, also war ich von Anfang an dabei. Leor der Erbauer führte die Oberaufsicht. Er hatte die Maschinen gebaut, die die realen Menschen zu uns geholt hatten, und so war diese im Grunde sehr ähnlich und keine wirkliche Herausforderung an seine Fähigkeiten. Er mußte die Maschine mit anderen Daten füttern, mit Archetypen und psychischen Strömungen, aber der grundlegende Prozeß der Rekonstruktion würde der gleiche sein. Leor hegte nie den geringsten Zweifel an seinem Erfolg.

Leors neue Maschine besaß Kristallstäbe und ein silbernes Gehäuse. Ein riesiger Smaragd war in ihren zwölfwinkligen Deckel eingelassen. Lametta aus glänzendem Platin baumelte von den Ebenholzbeinen, auf denen sie sich erhob.

»Das ist nur Dekoration«, gestand Leor mir. »Ich hätte auch

einen schlichten schwarzen Kasten bauen können. Aber Brutalismus ist nicht mehr in Mode.«

Die Maschine nahm fast den gesamten Pavillon der Hoffnung an der Nordfassade der Ruhmeshalle der Menschheit ein. Sie verdeckte den hübschen Mosaikboden, aber dafür erzeugte sie reizvolle Reflektionen in den verspiegelten Oberflächen der Schaukästen. Leor erklärte, daß er wohl um 12570 soweit wäre, seine Maschine in Gang zu setzen.

Wir sorgten für das bestmögliche Wetter. Wir stellten die Winde ein, lenkten den Westwind ein bißchen um und drängten alle Wolken ganz weit nach Süden. Wir schufen neue Monde, damit sie nächtens in wunderbaren Choreographien tanzten und von Zeit zu Zeit zusammenkamen und Leors Namen an das Firmament schrieben. Die Menschen reisten zu Tausenden aus allen Himmelsrichtungen der Erde an und campierten in Zelten auf der großen Ebene, die an der Schwelle der Ruhmeshalle der Menschheit beginnt. Überall herrschte helle Aufregung, und eine Spannung knisterte lieblich in der klaren blauen Luft.

Leor nahm die letzten Justierungen vor. Das Komitee der literarischen Berater sprach mit ihm die Reihenfolge der Auftritte ab, und es gab einiges freundschaftliches Gezanke. Wir entschieden, die erste Demonstration am Tage durchzuführen, und tönten den Himmel wegen des besseren Effektes leicht purpurn. Die meisten von uns zogen ihre jüngsten Körper an, obwohl es auch einige gab, die sagten, sie wollten in Gegenwart dieser legendären Figuren aus dem Anbeginn der Zeit reif und erwachsen aussehen.

»Wir können beginnen, wann immer Sie bereit sind«, erklärte Leor.

Zuerst wurden Reden gehalten. Präsident Peng hielt seine übliche heitere Ansprache. Der Prokurator von Pluto, der gerade auf Besuch bei uns weilte, gratulierte Leor zum Reichtum seiner Erfindungen. Nistim, damals gerade in seiner dritten oder vierten Amtszeit als Wandlungsminister, ermutigte alle Anwesenden, zu einer höheren Stufe aufzusteigen. Dann deutete der Zeremonienmeister auf mich. Nein, sagte ich und schüttelte meinen Kopf, ich bin ein schlechter Redner. Sie erwiderten, als Kurator der Ruhmeshalle der Menschheit wäre es meine Pflicht zu erklären, was gleich geschehen würde.

Zögernd trat ich vor.

»Heute werden Sie Zeuge werden, wie die Träume der alten Menschheit Wirklichkeit werden«, sagte ich, nach Worten ringend. »Die Hoffnungen der Vergangenheit werden mitten unter uns treten, und auch, wie ich glaube, die Alpträume. Wir bieten Ihnen einen Blick auf imaginäre Figuren, mit deren Hilfe die Altvorderen versuchten, dem Universum eine Ordnung zu geben. Diese Götter, diese Helden, standen für Modelle von Ursache und Wirkung und dienten als Ordnungskräfte, um die herum sich Kulturen kristallisieren konnten. Das ist alles sehr fremd für uns und wird höchst interessant sein. Vielen Dank.«

Leor gab das Zeichen zu beginnen.

»Eins muß ich zuerst noch erklären«, sagte er. »Einige der Wesen, die Sie nun gleich sehen werden, existierten nur in der Phantasie, erfunden von Stammesdichtern, so wie mein Freund es Ihnen gerade erzählt hat. Andere basierten jedoch auf realen menschlichen Wesen, die einst als gewöhnliche Sterbliche auf der Erde gelebt hatten und dann verklärt worden waren. Man hat ihnen übermenschliche Attribute gegeben, sie ins Pantheon erhoben. Bis sie hier tatsächlich erscheinen, können wir nicht wissen, wer zu welcher Kategorie gehört, aber ich kann Ihnen sagen, wie Sie ihren Ursprung erkennen können, wenn sie denn erst einmal vor Ihnen stehen. Jene, die menschliche Wesen waren, bevor sie zu Mythen wurden, werden eine kleine Aura, einen Schatten mit sich tragen.

Das ist der verbliebene Überrest ihrer grundlegenden Menschlichkeit, die kein Mythenschaffer auslöschen kann. Das zumindest habe ich bei meinen vorbereitenden Experimenten herausgefunden. Und nun können wir beginnen.«

Leor verschwand im Innern seiner Maschine. Ein einzelner reiner Ton, hoch und klar, hallte durch die Luft. Plötzlich trat ein nackter Mann auf die über die Ebene blickende Bühne. Er sah sich blinzelnd um.

Leors Stimme drang aus der Maschine: »Das ist Adam, der erste Mensch.«

Und so kehrten an jenem strahlenden Nachmittag in den Mittleren Zwölfern die Götter und Helden zu uns zurück, während die ganze Welt voller Staunen und Faszination zuschaute.

Adam ging über die Bühne und sprach zu Präsident Peng, der ihn feierlich begrüßte und erklärte, was hier vor sich ging. Adams Hand bedeckte seine Lenden. »Warum bin ich nackt?« fragte Adam. »Es ist falsch, nackt zu sein.«

Ich wies ihn darauf hin, daß er nackt gewesen war, als er auf die Welt kam, und daß wir nur der Authentizität Respekt zollten, wenn wir ihn in ebendiesem Zustand zurückriefen.

»Aber ich habe den Apfel gegessen«, erwiderte Adam. »Warum bringt ihr mich mit dem Bewußtsein der Scham zurück und gebt mir nichts, um meine Scham zu bedecken? Ist das recht? Ist das konsequent? Wenn ihr einen nackten Adam wollt, dann ruft einen Adam, der noch nicht vom Apfel gegessen hat. Aber –«

Leors Stimme fiel ihm ins Wort: »Dies ist Eva, die Mutter von uns allen.«

Eva trat vor, ebenfalls nackt, doch ihr langes, seidiges Haar verbarg die Wölbung ihrer Brüste. Sie lächelte schamlos und streckte ihre Hand nach Adam aus, der zu ihr stürzte und schrie: »Bedecke dich! Bedecke dich!«

Eva ließ ihren Blick über die Tausende von Zuschauern schweifen und erwiderte kühl: »Warum sollte ich, Adam? Diese Menschen sind ebenfalls nackt, also müssen wir wieder im Garten Eden sein.«

»Das hier ist nicht der Garten Eden«, entgegnete Adam. »Dies ist die Welt der Kinder der Kinder der Kinder unserer Kinder.«

»Mir gefällt diese Welt«, sagte Eva. »Entspann dich.«

Leor verkündete die Ankunft von Pan dem Huffüßigen.

Sowohl Adam als auch Eva waren von der dunklen Aura der grundlegenden Menschlichkeit umgeben. Das überraschte mich, da ich nicht glaubte, daß es je einen ersten Mann und eine erste Frau gegeben hatte, auf die sich Legenden gründen konnten; doch ich nahm an, daß es sich hierbei um eine Art symbolischer Darstellung des Konzepts der menschlichen Evolution handelte. Aber Pan, das halbmenschliche Ungeheuer, besaß ebenfalls diese Aura. Hatte es in der realen Welt tatsächlich ein solches Wesen gegeben?

Damals verstand ich es nicht. Doch später erkannte ich, daß es vielleicht nie einen huffüßigen Mann gegeben hatte, dafür aber zweifelsohne Männer, die sich aufgeführt hatten wie Pan, und daß die lüsterne Gottheit nach ihnen geschaffen worden war. Soweit es den Pan betraf, der aus Leors Maschine trat, hielt es ihn nicht lange auf der Bühne. Er stürzte sich in die Menge, lachte, schwenkte seine Arme und warf übermütig seine Ziegenbockhufe in die Luft. »Der große Pan lebt!« rief er aus. »Der große Pan lebt!« Er schlang seine Arme um die schlanke Gestalt von Milian, der Jahresgattin von Divud dem Archivar, und trug sie in Richtung eines Hains aus Federbäumen am Horizont davon.

»Er läßt mir eine große Ehre zuteil werden«, sagte Milians Jahresgatte Divud.

Leor schuftete weiter in seiner Maschine.

Er rief Hektor und Achilles, Orpheus, Perseus, Loki und Absalom. Er rief Medea, Kassandra, Odysseus und Ödipus. Er rief Thot, den Minotaur, Äneas und Salome. Er rief Schiwa und Gilgamesch, Viracocha und Pandora, Priapus und Astarte, Diana, Diomedes, Dionysius, Deukalion. Der Nachmittag ging zu Ende, und die funkelnden Monde stiegen am Firmament auf, doch Leor mühte sich weiter ab. Er gab uns Klytämnestra und Agamemnon, Helena und Menelaos. Er gab uns Damballa und Guede-nibo und Papa Legba. Er gab uns Baal. Er gab uns Samson. Er gab uns Krishna. Er erweckte Quetzalcoatl, Adonis, Holger Dansk, Kali, Ptah, Thor, Jason, Nimrod, Seth.

Die Dunkelheit wurde immer tiefer, und die mythischen Geschöpfe drängten und tummelten sich auf der Bühne und schwappten auf die Ebene über. Sie kamen zusammen, alte Feinde tratschten miteinander, alte Freunde reichten sich glücklich die Hände, Mitglieder desselben Pantheons umarmten einander oder beäugten mißtrauisch ihre Rivalen. Sie mischten sich auch unter uns, die Helden suchten sich Frauen aus, die Ungeheuer versuchten, weniger ungeheuerlich zu wirken, die Götter gingen umher und warben Anhänger.

Vielleicht hatten wir genug. Aber Leor wollte einfach nicht aufhören. Dies war seine Stunde des Ruhms.

Aus dieser Maschine kamen Roland und Oliver, Rusturn und Sohrab, Kain und Abel, Damon und Pythias, Orest und Pylades, Jonathan und David. Aus der Maschine kamen St. Georg, St. Vitus, St. Nikolaus, St. Christophorus, St. Valentin, St. Judas. Aus der Maschine kamen die Furien, die Harpyien, die Plejaden, die Parzen, die Nornen. Leor war ein Romantiker, und er kannte kein Maß.

Alle, die aus der Maschine traten, waren von der Aura der Menschlichkeit umgeben.

Doch Wunder verblassen. Das Erdenvolk der Mittleren Zwölfer war schnell abgelenkt und schnell gelangweilt. Das

Füllhorn des Wundersamen war längst noch nicht leer, doch an den Rändern der Menge sah ich Leute in den Himmel aufsteigen und nach Hause fliegen. Wir, die wir Leor nahestanden, mußten natürlich bleiben, obwohl auch wir übersättigt von den Phantasiegestalten und verblüfft von ihrer schieren Menge waren.

Ein alter, weißbärtiger Mann verließ die Maschine, eingehüllt in eine dichte Aura. In der Hand trug er ein schlankes Metallrohr. »Das ist Galileo«, sagte Leor.

»Wer ist das?« fragte mich der Prokurator von Pluto, denn Leor war es mittlerweile müde geworden, seine heraufbeschworenen Geister zu beschreiben.

Ich mußte die Information an einem Terminal in der Ruhmeshalle der Menschheit abrufen. »Ein moderner Gott der Wissenschaft«, erklärte ich dem Prokurator, »dem die Entdeckung der Sterne zugeschrieben wird. Soll angeblich einstmals eine historische Persönlichkeit gewesen sein, vor seiner Vergöttlichung, die auf sein Martyrium in den Händen religiöser Konservativer folgte.«

Von der Laune gepackt, rief Leor nun weitere dieser Götter der Wissenschaft: Newton und Einstein und Hippokrates und Kopernikus und Oppenheimer und Freud. Einige von ihnen kannten wir schon aus den Tagen, als wir reale Personen aus der verlorenen Zeit zurückgebracht hatten, doch diesmal erschienen sie in neuer Gestalt, da sie durch die Hände der Mythenschaffer gegangen waren. Sie trugen Embleme ihrer speziellen Funktion, Symbole des Wissens und der Macht, und sie traten unter uns und boten an zu heilen, zu lehren und zu erklären. Sie hatten nichts mit dem realen Newton und Einstein und Freud gemein, die wir gesehen hatten. Sie standen in dreifacher Lebensgröße da, und Blitze zuckten um ihre Stirnen.

Dann kam ein hochgewachsener, bärtiger Mann mit einem blutigen Kopf. »Abraham Lincoln«, sagte Leor.

»Der alte Gott der Befreiung«, erklärte ich dem Prokurator nach kurzer Recherche.

Dann erschien ein gutaussehender junger Mann mit einem strahlenden Lächeln und einem ebenfalls blutigen Kopf. »John Kennedy«, sagte Leor.

»Der alte Gott der Jugend und des Frühlings«, erklärte ich dem Prokurator. »Ein Symbol des Wechsels der Jahreszeiten, des Sieges des Sommers über den Winter.«

»Das war Osiris«, erwiderte der Prokurator. »Warum gibt es zwei?«

»Es gibt noch viel mehr«, sagte ich. »Baldur, Tammuz, Mithra, Attis.«

»Warum haben sie so viele gebraucht?« fragte er.

Leor sagte: »Nun höre ich auf.«

Die Götter und Helden lebten unter uns. Eine Zeit des Feierns und der Freuden begann.

Medea brannte mit Jason durch, und Agamemnon versöhnte sich mit Klytämnestra, und Theseus und der Minotaur nahmen sich eine gemeinsame Wohnung. Andere zogen die Gesellschaft der Menschen vor. Ich unterhielt mich eine Weile mit John Kennedy, der letzten der Mythen, die aus der Maschine gekommen waren. Wie Adam, den ersten, quälte es ihn, hier zu sein.

»Ich war kein Mythos«, beharrte er. »Ich habe gelebt. Ich war real. Ich habe mich zur Wahl gestellt und Reden gehalten.«

»Sie sind zum Mythos geworden«, erwiderte ich. »Sie haben gelebt und sind gestorben, und mit Ihrem Tod wurden Sie verklärt zu einem Gott.«

Er kicherte. »Zu Osiris? Zu Baldur?«

»Das scheint passend.«

»Für Sie vielleicht. Sie haben tausend Jahre bevor ich geboren wurde, aufgehört, an Baldur zu glauben.«

»Für mich«, erwiderte ich, »sind Sie und Osiris und Baldur Zeitgenossen. Für mich und all die Menschen hier. Sie gehören zur Alten Welt. Sie lebten Tausende von Jahren vor unserer Zeit.«

»Und ich bin der letzte Mythos, den Sie aus der Maschine gelassen haben?«

»Das sind Sie.«

»Warum? Haben die Menschen nach dem zwanzigsten Jahrhundert aufgehört, Mythen zu schaffen?«

»Da müssen Sie Leor fragen. Aber ich denke, Sie haben recht: Ihre Zeit war das Ende des Zeitalters der Mythenbildung. Nach Ihrer Zeit konnten wir nicht mehr an Mythen glauben. Wir *brauchten* keine Mythen. Als wir die Ära der Sorgen hinter uns ließen, traten wir in eine Art Paradies ein, in dem jeder von uns seinen eigenen Mythos lebte. Warum sollten wir es also nötig haben, einige Menschen unter uns über den Rest zu erheben?«

Er sah mich sonderbar an. »Glauben Sie das wirklich? Daß Sie im Paradies leben? Daß die Menschen zu Göttern wurden?«

»Verbringen Sie etwas Zeit in unserer Welt«, erwiderte ich, »und sehen Sie es sich selbst an.«

Er ging in die Welt hinaus, aber zu welchem Schluß er kam, habe ich nie erfahren, denn ich habe nie wieder mit ihm gesprochen. Aber ich habe oft andere umherstreifende Götter und Helden getroffen. Sie waren überall. Sie stritten und plünderten und liefen Amok, einige von ihnen zumindest, aber das störte uns nicht, da wir von Archetypen vom Anbeginn der Zeit gar nichts anderes erwartet hatten. Einige waren auch lammfromm. Ich hatte eine kurze Affäre mit Persephone. Ich lauschte bezaubert Orpheus' Gesängen. Krishna tanzte für mich.

Dionysius ließ die vergessene Kunst des Schnapsbrennens

wiederaufleben und lehrte uns, zu trinken und betrunken zu sein.

Loki vollführte Zauberkunststücke für uns.

Taliesen gurrte unverständliche, wundersame Balladen für uns.

Achilles warf seinen Speer für uns.

Es war eine Zeit der Wunder, doch das Staunen verging. Das Mythenvolk begann uns zu langweilen. Es waren zu viele, und sie waren zu laut, zu aktiv, zu fordernd. Sie verlangten, daß wir sie liebten, ihnen zuhörten, uns vor ihnen verneigten, Gedichte über sie schrieben. Sie stellten Fragen – einige von ihnen zumindest –, die die innersten Mechanismen unserer Welt zu erforschen suchten und uns verlegen machten, da wir fast nie eine Antwort wußten. Sie wurden bösartig und schmiedeten Komplotte gegeneinander, die uns gelegentlich in Gefahr brachten.

Leor hatte uns einen ausgezeichneten Zeitvertreib geschenkt. Doch nun waren wir uns alle einig, daß es an der Zeit war, daß die Mythen wieder nach Hause gingen. Wir hatten fünfzig Jahre mit ihnen gelebt, und nun reichte es.

Wir trieben sie zusammen und begannen, sie wieder in die Maschine zu stecken.

Die Helden waren am einfachsten einzufangen, trotz ihrer Stärke. Wir heuerten Loki an, um sie mit einem Trick zurück in die Ruhmeshalle der Menschheit zu locken. »Große Aufgaben erwarten euch dort«, erzählte er ihnen, und sie eilten stehenden Fußes dorthin, um ihre Tapferkeit zu beweisen. Loki führte sie in die Maschine und schlüpfte eilig wieder heraus, und Leor schickte sie fort: Herakles, Achilles, Hektor, Perseus, Cuchulainn und den Rest jener Kraftprotze.

Hinterher kamen viele der dämonischen Figuren und erklärten, sie hätten uns *ebenso* satt wie wir sie, und gingen freiwillig in die Maschine. Auf diesem Wege verließen uns Kali, Legba, Seth und viele andere.

Manchen mußten wir Fallen stellen und sie mit Gewalt in die Maschine schleppen. Odysseus verkleidete sich als Breel, den Sekretär von Präsident Peng, und er hätte uns vielleicht bis in alle Ewigkeit getäuscht, wäre nicht der echte Breel von seinem Urlaub auf dem Jupiter zurückgekehrt und hätte den Betrug entlarvt. Und dann wehrte Odysseus sich mit Händen und Füßen. Loki bereitete uns Probleme. Ödipus belegte uns mit wüsten Beschimpfungen und Flüchen, als wir ihn holen kamen. Dädalus klammerte sich rührend an Leor und flehte: »Laß mich hierbleiben, Bruder! Laß mich hierbleiben!« Er mußte schließlich mit Gewalt in die Maschine geworfen werden.

Jahr um Jahr verbrachten wir damit, sie aufzuspüren und einzufangen, bis schließlich der Tag kam, an dem wir sie alle erwischt hatten. Als letzte ging Kassandra, die allein, in Lumpen gekleidet, auf einer fernen Insel gelebt hatte, in die Maschine.

»Warum habt ihr uns gerufen?« fragte sie. »Und wo ihr uns nun einmal gerufen habt, warum schickt ihr uns jetzt wieder fort?«

»Das Spiel ist aus«, erklärte ich ihr. »Wir werden uns einem anderen Zeitvertreib zuwenden.«

»Ihr hättet uns behalten sollen«, sagte Kassandra. »Menschen, die keine eigenen Mythen haben, täten gut daran, sich die anderer zu borgen, und nicht nur zum Zeitvertreib. Wer wird euren Seelen Trost spenden in den dunklen Stunden, die vor euch liegen? Wer wird euch Hoffnung geben, wenn das Leiden beginnt? Wer wird das Elend erklären, das über euch kommen wird? Wehe euch! Wehe euch!«

»Alles Elend der Erde«, erwiderte ich sanft, »liegt in der Vergangenheit der Erde. Wir brauchen keine Mythen.«

Kassandra lächelte und ging in die Maschine. Und war verschwunden.

Und dann begann das Zeitalter des Feuers und des Aufruhrs, denn als die Mythen nach Hause gegangen waren, kamen die Invasoren. Sie brachen vom Himmel über uns herein. Unsere Türme stürzten ein, und unsere Monde fielen. Und die Fremden mit den kalten Augen lebten unter uns und taten, wie es ihnen gefiel.

Und jene von uns, die überlebten, schrien nach den alten Göttern, nach den entschwundenen Helden.

»Loki, komm zurück!«

»Achilles, verteidige uns!«

»Schiwa, erlöse uns!«

»Herakles! Thor! Gawain!«

Doch die Götter schweigen, und die Helden kommen nicht. Die Maschine, die in der Ruhmeshalle der Menschheit glitzerte, ist zerstört. Leor, ihr Erbauer, ist von dieser Welt gegangen. Schakale laufen durch unsere Gärten, und unsere Herren schreiten durch unsere Straßen, und wir sind ihre Sklaven. Und wir sind allein unter dem beängstigenden Himmel. Wir sind allein.

BIBLIOGRAPHIE:

Piers Anthony: Ein Bild von Jesus. *Deutsche Erstveröffentlichung.* Originaltitel: »A Picture of Jesus«. Ins Deutsche übertragen von Angela Stein. Copyright © 1993 by Piers Anthony. Abdruck mit freundlicher Genehmigung des Autors und Thomas Schlück, Garbsen.

Clive Barker: Hundeleben. *Deutsche Erstveröffentlichung.* Originaltitel: »Animal Life«. Ins Deutsche übertragen von Susanne Walter. Copyright © 1994 by Clive Barker. Abdruck mit freundlicher Genehmigung des Autors und der International Literary Agency, London.

L. Frank Baum: Die Königin von Quok. *Deutsche Erstveröffentlichung.* Originaltitel: »The Queen of Quok«. Erstmals erschienen 1991 in »American Fairy Stories«. Ins Deutsche übertragen von Gerald Jung.

Peter S. Beagle: Die Naga. *Deutsche Erstveröffentlichung.* Originaltitel: »The Naga«. Ins Deutsche übertragen von Rainer Gladys. Copyright © 1992 by Peter S. Beagle. Abdruck mit freundlicher Genehmigung des Autors und der Agentur Mohrbooks, Zürich.

Chris Bunch: Eine Frage der Ehre. *Deutsche Erstveröffentlichung.* Originaltitel: »A Matter of Honor«. Ins Deutsche übertragen von Jörn Ingwersen. Copyright © 1995 by Chris Bunch. Abdruck mit freundlicher Genehmigung des Autors und Baror International, Bedford Hills, N. Y.

Cliff Burns: Die Kobolde. *Deutsche Erstveröffentlichung.* Originaltitel: »The Goblins«. Ins Deutsche übertragen von Sky Nonhoff. Copyright © 1995 by Cliff Burns. Abdruck mit freundlicher Genehmigung des Autors.

Rick DeMarinis: Ihre Geschichte. *Deutsche Erstveröffentlichung.* Originaltitel: »Your Story«. Ins Deutsche übertragen von Klaus Fröba. Copyright © 1988 by Rick DeMarinis. Erstmals veröffentlicht in THE COMING TRIUMPH OF THE FREE WORLD im Verlag Viking Penguin. Veröffentlicht mit der Genehmigung Nr. 51016 der Paul & Peter Fritz AG in Zürich.

Harlan Ellison: Ein Junge aus Hameln. *Deutsche Erstveröffentlichung.* Originaltitel: »Emissary from Hamelin«. Copyright © 1977 by Harlan Ellison. Ins Deutsche übertragen von Michael Nagula. Abdruck mit freundlicher Genehmigung des Autors und seines Agenten, Thomas Schlück, Garbsen.

James Finn Garner: Rotkäppchen. *Deutsche Erstveröffentlichung.* Originaltitel: »Little Red Riding Hood«. Copyright © 1994 by James Finn Garner. Ins Deutsche übertragen von Gisbert Haefs. Abdruck mit freundlicher Genehmigung des Autors und des Verlags MacMillan, New York.

Kenneth Grahame: Der widerspenstige Drache. Originaltitel: »The Reluctant Dragon«. Erstmals erschienen 1898 in »Dream Days«. Ins Deutsche übertragen von Janka Panskus.

Robert E. Howard: Die Stimme von El-Lil. *Deutsche Erstveröffentlichung.* Originaltitel: »The Voice of El-Lil«. Erstmals erschienen 1930 in »Oriental Stories«. Ins Deutsche übertragen von Manes H. Grünwald.

Anne McCaffrey & Georgeanne Kennedy: Devil's Glen. *Deutsche Erstveröffentlichung.* Originaltitel: »Devil's Glen«. Ins Deutsche übertragen von Joannis Stefanidis. Copyright © 1994 by Anne McCaffrey and Georgeanne Kennedy. Veröffentlicht mit der Genehmigung Nr. 51837 der Paul & Peter Fritz AG in Zürich.

Michael Moorcock: Das Lied des weißen Wolfes. *Deutsche Erstveröffentlichung.* Originaltitel: »The White Wolf's Song«. Ins Deutsche übertragen von Susanne Walter. Copyright © 1994 by Michael Moorcock. Abdruck mit freundlicher Genehmigung der Paul Marsh Agency, London.

Catherine L. Moore, Abraham Merritt, H. P. Lovecraft, Robert E. Howard & Frank Belknap Long, jr.: Die Gefahr aus dem Jenseits. *Deutsche Erstveröffentlichung.* Originaltitel: »The Challenge From Beyond«. Erstmals erschienen 1935 in »Fantasy Magazine«. Ins Deutsche übertragen von Joachim Körber.

David Morrell: Die hundertjährige Weihnacht. Originaltitel: »The Hundred-Year Christmas«. Ins Deutsche übertragen von Brigitte Martin. Copyright © 1983 by David Morrell. Copyright © der deutschen Übersetzung 1989 by Bastei-Lübbe Verlag, Bergisch-Gladbach. Veröffentlicht mit Genehmigung von Baror International, Bedford Hills, New York.

Terry Pratchett: Troll Dich. *Deutsche Erstveröffentlichung.* Originaltitel: »Troll Bridge«. Ins Deutsche übertragen von Andreas Brandhorst. Copyright © 1992 by Terry Pratchett. Abdruck mit freundlicher Genehmigung des Autors und seines Agenten Colin Smythe.

Robert Silverberg: Nachdem die Mythen nach Hause gegangen waren. Originaltitel: »After The Myths Went Home«. Ins Deutsche übertragen von Ute Thiemann. Copyright © 1969 by Agberg, Ltd. Veröffentlicht mit der Genehmigung Nr. 51798 der Paul & Peter Fritz AG in Zürich.

Peter Straub: Aschputte. *Deutsche Erstveröffentlichung.* Originaltitel: »Ashputtle«. Ins Deutsche übertragen von Susanne Gerold. Copyright © The Seafront Corporation. Veröffentlicht mit der Genehmigung Nr. 51697 der Paul & Peter Fritz AG in Zürich.

Jeff VanderMeer: Die Geschichte vom Knochenschnitzer. *Deutsche Erstveröffentlichung.* Originaltitel: »The Bone Carver's Tale«. Ins Deutsche übertragen von Andreas Helweg. Copyright © 1994 by Jeff VanderMeer. Abdruck mit freundlicher Genehmigung des Autors.

Tad Williams: Kind einer uralten Stadt. *Deutsche Erstveröffentlichung.* Originaltitel: »Child of an Ancient City«. Ins Deutsche übertragen von Marcel Bieger. Copyright © 1988 by The Terminus Publishing Group, Inc. Abdruck mit freundlicher Genehmigung des Autors und der Agentur William Morris, New York.

Connie Willis: Wer hat schon Mitleid mit einem Schwan? *Deutsche Erstveröffentlichung.* Originaltitel: »And Who Would Pity a Swan?« Deutsch von Gabriele Fröba. Copyright © 1985 by Connie Willis. Abdruck mit freundlicher Genehmigung von Uwe Luserke, Stuttgart.

Marion Zimmer Bradley: Geschöpfe der Nacht. *Deutsche Erstveröffentlichung.* Originaltitel: »To Kill The Undead«. Ins Deutsche übertragen von Regina Winter. Copyright © 1994 by Marion Zimmer Bradley. Abdruck mit freundlicher Genehmigung der Autorin und Baror International, Bedford Hills, New York.